Lucinda Riley

Die Mitternachtsrose

Roman

Aus dem Englischen
von Sonja Hauser

GOLDMANN

Die englische Originalausgabe erschien 2013 unter dem Titel
»The Midnight Rose« bei Pan Books,
a division of Macmillan Publishers Limited, London.

MIX
Papier | Fördert gute Waldnutzung
FSC® C014496

Penguin Random House Verlagsgruppe FSC® N001967

1. Auflage
Neuausgabe April 2023

Umschlaggestaltung: UNO Werbeagentur, München
Umschlagmotiv: © Nic Skerten / Trevillion Images; FinePic®, München
Redaktion: Irmgard Perkounigg
CN · Herstellung: ik
Satz: GGP Media GmbH, Pößneck
Druck und Bindung: GGP Media GmbH, Pößneck
Printed in Germany
ISBN: 978-3-442-49429-3

www.goldmann-verlag.de

Für Leonora

Lasst, wenn ich gegangen bin,
meine Gedanken zu euch kommen,
wie das Nachglühen des Sonnenuntergangs
am Rande des Sternenschweigens.

Rabindranath Tagore, *Verirrte Vögel*

Darjeeling, Indien,
Februar 2000

Prolog

Anahita

Heute ist mein einhundertster Geburtstag. Ich habe nicht nur ein ganzes Jahrhundert erlebt, sondern es sogar in ein neues Jahrtausend geschafft.

Als ich beim Aufwachen die Sonne über dem Kanchenjunga aufgehen sehe, bringt mich ein absurder Gedanke zum Schmunzeln: Wenn ich ein Möbelstück wäre, ein eleganter Stuhl zum Beispiel, würde man mich eine Antiquität nennen. Ich würde poliert, restauriert und meiner Schönheit wegen ausgestellt. Mein Körper jedoch hat sich im Verlauf meines Lebens nicht wie schönes Mahagoni glatt geschliffen, sondern ist eher zu einem schlaffen Sack voll Knochen verfallen.

Meine »Schönheit«, falls man sie so bezeichnen kann, verbirgt sich tief in meinem Innern, sie speist sich aus dem Wissen und den Gefühlen, die ich in einem Jahrhundert angesammelt habe.

Auf den Tag genau vor hundert Jahren befragten meine Eltern wie alle Inder bei der Geburt ihrer Kinder einen Astrologen, wie die Zukunft ihrer neugeborenen Tochter aussehen würde. Diese Vorhersagen befinden sich, glaube ich, nach wie vor unter den wenigen Besitztümern meiner Mutter, die ich aufgehoben habe. Darin heißt es, ich würde alt werden, was im Jahr 1900 mit dem Segen der Götter um die fünfzig bedeutet haben dürfte.

Ich höre leises Klopfen an der Tür. Das ist Keva, meine treue Dienerin, mit einem Tablett, auf dem English Breakfast Tea und ein Kännchen mit kalter Milch stehen. Ich trinke den Tee immer noch wie die Engländer, obwohl ich die vergangenen achtundsiebzig Jahre in Indien, genauer gesagt in Darjeeling, verbracht habe.

Weil ich an diesem besonderen Morgen gern noch eine Weile meinen Gedanken nachhängen möchte, reagiere ich nicht auf Kevas Klopfen. Bestimmt will sie mit mir den Tagesplan besprechen und mir beim Waschen und Anziehen helfen, bevor meine Familie eintrifft.

Während die Sonne die Wolken von den schneebedeckten Bergen verscheucht, suche ich am blauen Himmel nach der Antwort, um die ich jeden einzelnen Morgen der letzten achtundsiebzig Jahre zu den Göttern gebetet habe.

Heute bitte, denke ich, denn mir ist klar, dass mein Sohn noch irgendwo auf dieser Erde lebt. Wenn nicht, hätte ich das wie bei allen Menschen, die ich je geliebt habe, gewusst.

Mit Tränen in den Augen betrachte ich das einzige Foto, das ich von ihm besitze, von einem zwei Jahre alten lächelnden Engel auf meinem Schoß. Das Bild hat mir meine Freundin Indira mit der Sterbeurkunde gegeben, einige Wochen nachdem ich über den Tod meines Sohnes informiert worden war.

Vor einer Ewigkeit. Inzwischen ist mein Sohn ein alter Mann und wird im Oktober dieses Jahres seinen einundachtzigsten Geburtstag feiern. Selbst *meine* Fantasie reicht nicht aus, ihn mir als solchen vorzustellen.

Ich wende den Blick vom Foto meines Sohnes ab, weil ich heute die Feier genießen möchte, die meine Familie für mich vorbereitet hat. Doch bei solchen Gelegenheiten, wenn ich mein anderes Kind mit ihren Kindern und Kindeskindern sehe, empfinde ich die Abwesenheit ihres Bruders umso schmerzlicher.

Natürlich glauben sie, dass mein Sohn vor achtundsiebzig Jahren gestorben ist.

»Maaji, schau, du hast doch sogar seine Sterbeurkunde! Lass

ihn in Frieden ruhen«, sagt meine Tochter Muna immer seufzend. »Freu dich lieber an der Familie, die du hast.«

Mittlerweile begreife ich Munas durchaus gerechtfertigte Frustration. Sie möchte, dass sie mir genügt, sie ganz allein. Aber ein verlorenes Kind lässt sich im Herzen einer Mutter nun einmal nicht ersetzen.

Heute werde ich meiner Tochter die Freude machen, von meinem Stuhl aus wohlwollend die Dynastie zu betrachten, deren Grundstein ich gelegt habe, ohne sie mit meinen Erzählungen über die Vergangenheit zu langweilen. Wenn sie mit ihren Kindern und deren batteriebetriebenen Spielzeugen in ihren schnellen westlichen Jeeps eintreffen, werde ich ihnen nicht schildern, wie Indira und ich die steilen Hügel rund um Darjeeling auf Pferderücken erklommen, dass Strom und fließendes Wasser seinerzeit Luxus waren oder dass ich jedes zerfledderte Buch las, das mir in die Finger kam. Geschichten von früher gehen jungen Leuten auf die Nerven; sie wollen ausschließlich in der Gegenwart leben, genau wie ich damals.

Ich kann mir vorstellen, dass die meisten in meiner Familie sich nicht gerade darüber freuen, meines einhundertsten Geburtstags wegen aus allen Teilen Indiens herfliegen zu müssen, aber vielleicht tue ich ihnen unrecht. In den vergangenen Jahren habe ich viel darüber nachgedacht, warum die Jungen sich in Gesellschaft der Alten unwohl fühlen; sie könnten so viel von uns lernen. Vermutlich stammt ihr Unbehagen daher, dass unsere schwachen Körper ihnen vor Augen führen, was die Zukunft für sie bereithält. In der Blüte ihres Lebens sehen sie, wie auch sie eines Tages ihre körperliche Kraft und Attraktivität verlieren werden, ohne zu erkennen, was sie dazugewinnen.

Wie sollen sie auch ahnen, dass ihre Seelen wachsen, ihr Ungestüm einmal gezügelt und ihr Egoismus durch die Erfahrungen der Jahre gezähmt werden?

Ich akzeptiere, dass das die Natur des Menschen ist, in ihrer ganzen fantastischen Komplexität, und habe aufgehört, sie zu hinterfragen.

Als Keva das zweite Mal an meiner Tür klopft, lasse ich sie herein. Während sie in schnellem Hindi auf mich einredet, trinke ich Tee und gehe im Geiste die Namen meiner vier Enkel und elf Urenkel durch. Im Alter von einhundert Jahren möchte man beweisen, dass der Kopf noch funktioniert.

Die vier Enkel, die meine Tochter mir geschenkt hat, sind inzwischen alle selbst gute, liebevolle Eltern. Sie haben es in der neuen Welt nach der Unabhängigkeit von Großbritannien zu etwas gebracht, und ihre Kinder sind sogar noch erfolgreicher. Mindestens sechs von ihnen haben sich, soweit ich mich erinnere, selbstständig gemacht oder arbeiten in attraktiven Berufen. Eigentlich hätte ich mir gewünscht, dass einer meiner Nachkommen sich für Medizin interessieren und in meine Fußstapfen treten würde, aber man kann nicht alles haben.

Als Keva mich zum Waschen ins Bad bringt, wird mir klar, dass meine Familie mit einer Mischung aus Glück, scharfem Verstand und Kontakten gesegnet ist. Und dass mein geliebtes Indien vermutlich noch ein Jahrhundert brauchen wird, bis bei den zahllosen auf den Straßen Hungernden wenigstens das Minimum der menschlichen Bedürfnisse befriedigt ist. Ich habe immer geholfen, wo ich konnte, weiß jedoch, dass das bei all der Armut und Not lediglich ein Tropfen auf den heißen Stein war.

Während Keva mich in meinen neuen Sari – ein Geburtstagsgeschenk meiner Tochter Muna – kleidet, beschließe ich, heute nicht so trüben Gedanken nachzuhängen. Ich habe mich immer bemüht, anderen beizustehen, das muss genügen.

»Sie sind wunderschön, Madam.«

Ein Blick in den Spiegel sagt mir, dass sie lügt, doch für diese Lüge bin ich ihr dankbar. Meine Hand wandert zu der Perlenkette, die ich seit fast achtzig Jahren trage. In meinem Testament vermache ich sie meiner Tochter Muna.

»Ihre Tochter kommt um elf, und der Rest der Familie wird eine Stunde später hier sein. Wo wollen Sie auf sie warten?«

»Du kannst mich ans Fenster setzen«, antworte ich lächelnd. »Ich möchte meine Berge sehen.«

Sie hilft mir auf und führt mich zum Sessel.

»Kann ich Ihnen etwas bringen, Madam?«

»Nein. Geh in die Küche und vergewissere dich, dass die Köchin alles im Griff hat.«

»Ja, Madam.« Sie stellt meine Glocke vom Nachtkästchen auf das Tischchen neben mir und verlässt das Zimmer.

Ich drehe mein Gesicht ins Licht der Sonne, das durch das Panoramafenster meines Hauses auf dem Hügel hereinströmt, und denke an die Freunde, die bereits von uns gegangen sind und deshalb meiner Feier nicht beiwohnen werden. Indira, meine beste Freundin, ist vor über fünfzehn Jahren gestorben. Damals musste ich, wie nur selten im Leben, hemmungslos weinen. Nicht einmal die Gefühle meiner mir treu ergebenen Tochter lassen sich mit der Liebe und Zuneigung Indiras vergleichen, die trotz ihrer Ichbezogenheit und Flatterhaftigkeit für mich da war, als ich sie am nötigsten brauchte.

Ich blicke zum Sekretär in der Nische hinüber, in dessen verschlossener Schublade sich ein über dreihundert Seiten langer, an meinen geliebten Sohn gerichteter Brief befindet, die Geschichte meines Lebens. Irgendwann fürchtete ich, dass ich die Einzelheiten vergessen könnte, dass sie in meinem Gedächtnis verschwimmen und ausbleichen würden wie ein alter Schwarz-Weiß-Film. Wenn mein Sohn, wovon ich bis zum heutigen Tag fest überzeugt bin, am Leben ist und er jemals zu mir zurückkehren sollte, möchte ich in der Lage sein, ihm die Geschichte seiner Mutter und ihrer unauslöschlichen Liebe zu ihrem verlorenen Kind zu präsentieren. Und die Gründe, warum sie es zurücklassen musste …

Ich begann den Brief in der Mitte meines Lebens, weil ich seinerzeit damit rechnete, bald von dieser Erde genommen zu werden. Nun liegt er seit fast fünfzig Jahren in der Schublade, unberührt und ungelesen, weil ich meinen Sohn nie gefunden habe.

Nicht einmal meine Tochter kennt meine Geschichte vor ihrer Geburt. Manchmal habe ich Gewissensbisse, weil ich sie ihr nicht erzähle. Doch immerhin hat sie meine Liebe gespürt, die ihrem Bruder versagt geblieben ist.

Ich bitte die Götter um Rat. Es wäre schrecklich, wenn der vergilbende Stapel Papier im Schreibtisch bei meinem Tod, der mit Sicherheit nicht mehr allzu lange auf sich warten lässt, in die falschen Hände geriete. Kurz spiele ich mit dem Gedanken, ihn zu verbrennen. Nein. Ich schüttle den Kopf. Solange noch Hoffnung besteht, meinen Sohn aufzuspüren, bringe ich das nicht übers Herz. Ich bin einhundert Jahre alt geworden; vielleicht werde ich auch noch einhundertzehn.

Doch wem soll ich die Geschichte bis dahin anvertrauen …?

Ich gehe im Kopf die Mitglieder meiner Familie Generation für Generation durch und lande schließlich bei einem meiner Urenkel.

Ari Malik, der älteste Sohn meines ältesten Enkels Vivek. Ich schmunzle, als ich eine Gänsehaut bekomme – das Signal der Götter, die so viel mehr wissen als ich. Ari, das einzige Mitglied meiner großen Familie mit blauen Augen, abgesehen von meinem geliebten verlorenen Sohn.

Ich versuche, ihn mir ins Gedächtnis zu rufen; bei elf Urenkeln, tröste ich mich, hätte auch ein Mensch, der nur halb so alt ist wie ich, Mühe, sich zu erinnern. Außerdem leben meine Verwandten über ganz Indien verstreut, und ich sehe sie nur selten.

Vivek, Aris Vater, ist der beruflich erfolgreichste meiner Enkel, wenn auch ein bisschen langweilig. Als Ingenieur verdient er genug, um seiner Frau und seinen drei Kindern ein sehr behagliches Leben bieten zu können. Wenn ich mich recht entsinne, ist Ari, ein ziemlich schlaues Bürschchen, in England zur Schule gegangen. Was er seit dem Schulabschluss macht, weiß ich nicht. Das werde ich heute herausfinden. Ich werde ihn beobachten und überprüfen, ob ich meinem Instinkt trauen kann.

Beruhigt schließe ich die Augen und gestatte mir ein Nickerchen.

»Wo bleibt er nur?«, flüsterte Samina Malik ihrem Mann zu. »Er hat mir hoch und heilig versprochen, diesmal pünktlich zu sein.« Ihr Blick wanderte über die vollständig versammelten Mitglieder von Anahitas großer Familie, die sich im eleganten Salon um die alte Dame scharten und sie mit Geschenken und Komplimenten überhäuften.

»Keine Panik, Samina«, versuchte Vivek seine Frau zu beschwichtigen, »unser Sohn kommt schon noch.«

»Ari hat gesagt, er trifft sich um zehn Uhr am Bahnhof mit uns, damit wir gemeinsam den Hügel hochfahren können ... Vivek, er hat keinen Respekt vor seiner Familie, ich ...«

»Ruhig, *pyari,* er ist ein vielbeschäftigter junger Mann und ein guter Junge.«

»Meinst du wirklich?«, fragte Samina. »Ich bin mir da nicht so sicher. Jedes Mal, wenn ich bei ihm anrufe, meldet sich eine andere Frauenstimme. Du weißt, wie's in Mumbai zugeht. Nichts als Bollywood-Nutten und Ganoven«, sagte sie mit gedämpfter Stimme, weil sie nicht wollte, dass die anderen sie hörten.

»Unser Sohn ist fünfundzwanzig und leitet sein eigenes Unternehmen. Er weiß, was er tut«, erklärte Vivek.

»Die Bediensteten warten mit dem Champagner zum Anstoßen nur noch auf ihn. Wenn Ari in den nächsten zehn Minuten nicht kommt, sollen sie ohne ihn anfangen.«

»Na, hab ich's nicht gesagt?«, verkündete Vivek mit einem

breiten Lächeln, als sein Lieblingssohn Ari den Raum betrat. »Deine Mutter hatte wie immer Panik«, begrüßte er ihn und umarmte ihn.

»Du hattest versprochen, am Bahnhof zu sein. Wir haben eine ganze Stunde gewartet! Wo warst du?«, fragte Samina, die wusste, dass sie sich wie immer nicht gegen den Charme ihres attraktiven Sohnes wehren konnte.

»Entschuldige, Ma.« Ari schenkte seiner Mutter ein strahlendes Lächeln und nahm ihre Hände in die seinen. »Ich bin aufgehalten worden und habe versucht, dich über Handy zu erreichen, aber das war wie üblich ausgeschaltet.«

Ari und sein Vater schmunzelten. Über Saminas Handyaversion amüsierte sich die ganze Familie.

»Jetzt bin ich ja da.« Ari sah sich um. »Hab ich was verpasst?«

»Nein. Deine Urgroßmutter war so damit beschäftigt, die übrige Familie zu begrüßen, dass sie deine Abwesenheit hoffentlich nicht bemerkt hat«, antwortete Vivek.

Ari schaute zu seiner Urgroßmutter hinüber, deren Blick auf ihn gerichtet war.

»Ari! Endlich!«, rief sie ihm lächelnd zu. »Komm und gib deiner Urgroßmutter einen Kuss.«

»Sie mag hundert sein, aber ihr entgeht nichts«, flüsterte Samina Vivek zu.

Als Anahita ihre dünnen Arme für Ari ausbreitete, machten die anderen Verwandten Platz, und aller Augen richteten sich auf ihn. Ari ging zu ihr und kniete vor ihr nieder, um ihr seine Hochachtung mit einem tiefen *pranaam* zu erweisen und auf ihren Segen zu warten.

»Nani«, begrüßte er sie mit dem Kosenamen, den alle ihre Kinder und Enkel für sie verwendeten, »vergib mir die Verspätung. Es ist eine lange Reise von Mumbai hierher«, erklärte er.

Anahita musterte ihn auf diese für sie so typische Weise, als würde sie geradewegs in seine Seele blicken. »Kein Problem.« Dann berührte sie mit ihren kleinen, fast kindlichen Fingern leicht seine Wange und senkte die Stimme, so dass nur er sie verstehen konnte. »Obwohl ich es immer als hilfreich empfinde, den Wecker zu stellen, wenn ich früh aufstehen muss.« Sie zwinkerte ihm zu und gab ihm ein Zeichen, sich zu erheben. »Du und ich, wir unterhalten uns später. Keva wartet darauf, mit der Feier zu beginnen.«

»Ja, Nani, natürlich«, sagte Ari errötend und stand auf. »Alles Gute zum Geburtstag.«

Als er sich wieder zu seinen Eltern gesellte, fragte er sich, woher seine Urgroßmutter wusste, warum er sich verspätet hatte.

Der Tag verlief wie geplant, und Vivek hielt als ältester von Anahitas Enkeln eine bewegende Rede über ihr bemerkenswertes Leben. Je mehr Champagner floss, desto lockerer wurden alle, und die Anspannung, die bei seltenen Familientreffen immer herrscht, begann sich zu lösen. Das angeborene Konkurrenzdenken von Geschwistern trat in den Hintergrund, während sie ihren Platz innerhalb der Familienhierarchie suchten, und die jüngeren Cousins und Cousinen legten ihre Scheu ab und entdeckten Gemeinsamkeiten.

»Schau dir deinen Sohn an!«, bemerkte Muna, Anahitas Tochter, Vivek gegenüber. »Seine Cousinen himmeln ihn an. Es wird Zeit, dass er ans Heiraten denkt.«

»Das sieht er wahrscheinlich anders«, murmelte Samina. »Heutzutage scheinen junge Männer ihre Freiheit so lange wie möglich genießen zu wollen.«

»Du möchtest also keine Ehe für ihn arrangieren?«, fragte Muna.

»Doch, aber ich kann mir nicht vorstellen, dass er sich darauf einlässt.« Vivek seufzte. »Ari gehört einer neuen Generation an, er ist sein eigener Herr, hat ein Geschäft und reist in der Welt herum. Die Zeiten haben sich geändert, Ma, und Samina und ich müssen unseren Kindern selbst überlassen, wen sie heiraten.«

»Ach.« Muna hob eine Augenbraue. »Das ist eine sehr moderne Einstellung, Vivek. So schlecht klappt das mit dir und Samina doch nicht, oder?«

»Das stimmt, Ma«, pflichtete Vivek ihr bei und nahm lächelnd die Hand seiner Frau. »Du hast eine gute Wahl für mich getroffen.«

»Wir können uns dem Trend der Zeit nicht widersetzen«, erklärte Samina. »Die jungen Leute tun heutzutage, was sie wollen, und treffen ihre eigenen Entscheidungen.« Sie blickte zu Anahita hinüber. »Deine Mutter scheint den Tag zu genießen. Sie ist das reinste Wunder.«

»Ja.« Muna seufzte. »Aber ich mache mir Sorgen um sie, weil sie ganz allein mit Keva in den Hügeln lebt. Im Winter wird es schrecklich kalt, das kann nicht gut sein für ihre alten Knochen. Ich habe sie schon oft gebeten, zu uns nach Guhagar zu kommen, damit wir uns um sie kümmern können, doch natürlich weigert sie sich. Sie behauptet, sich hier oben ihren Geistern und ihrer Vergangenheit näher zu fühlen.«

»Ihrer *geheimnisvollen* Vergangenheit.« Vivek runzelte die Stirn. »Ma, glaubst du, du wirst sie je überreden können, dir zu verraten, wer dein Vater war? Ich weiß, dass er vor deiner Geburt gestorben ist, aber nichts Genaueres.«

»Als Kind habe ich sie mit Fragen darüber gelöchert, weil mir das wichtig war, doch jetzt …« Muna zuckte mit den Achseln. »Soll sie ihre Geheimnisse hüten, wenn sie möchte. Sie hätte mir keine liebevollere Mutter sein können, und ich möchte sie nicht aus der Fassung bringen.« Als sie zu ihrer Mutter hinübersah, winkte diese sie zu sich.

»Ja, Maaji, was ist?«, fragte Muna Anahita.

»Ich bin müde und werde mich zurückziehen«, antwortete Anahita, ein Gähnen unterdrückend. »Und in einer Stunde würde ich gern mit meinem Urenkel Ari sprechen.«

»Gut.« Muna half ihrer Mutter beim Aufstehen und führte sie zwischen den anderen Verwandten hindurch. Keva, wie immer nicht weit von ihrer Herrin entfernt, trat einen Schritt vor. »Meine Mutter möchte sich ausruhen, Keva. Würdest du sie bitte begleiten?«

»Natürlich, es war ein langer Tag.«

Muna sah ihnen nach, bevor sie sich wieder zu Vivek und seiner Frau gesellte. »Sie will sich ausruhen und hat mich gebeten, Ari in einer Stunde zu ihr zu schicken.«

»Tatsächlich?« Vivek runzelte die Stirn. »Warum wohl?«

»Wer weiß schon, was im Kopf meiner Mutter vorgeht?«, seufzte Muna.

»Dann sag ich ihm das mal lieber. Ich weiß, dass er bald wieder aufbrechen wollte, weil er morgen früh einen geschäftlichen Termin in Mumbai hat.«

»Dieses eine Mal muss ihm seine Familie wichtiger sein«, sagte Samina entschlossen. »Ich gehe zu ihm.«

Als Ari von seiner Mutter erfuhr, dass seine Urgroßmutter in einer Stunde mit ihm sprechen wolle, war er darüber, wie sein Vater vermutet hatte, alles andere als glücklich.

»Ich darf den Flieger nicht verpassen«, erklärte er. »Ma, ich muss mich um mein Geschäft kümmern.«

»Dann soll dein Vater seiner Großmutter beibringen, dass ihr ältester Urenkel an ihrem einhundertsten Geburtstag nicht die Zeit erübrigen kann, mit ihr zu sprechen.«

»Aber Ma …« Als Ari die grimmige Miene seiner Mutter sah, seufzte er. »Okay.« Er nickte. »Ich bleibe. Entschuldige mich bitte. Ich muss versuchen, hier irgendwo Handyempfang zu kriegen und den Termin morgen zu verschieben.«

Samina sah ihrem Sohn nach. Er war immer schon eigensinnig gewesen und als ihr Erstgeborener von ihr verhätschelt worden. Sie hatte Ari von Anfang an als etwas Besonderes empfunden, von dem Moment an, als sie das erste Mal verblüfft in seine blauen Augen blickte. Vivek hatte im Scherz ihre eheliche Treue infrage gestellt, bis sie von Anahita erfuhren, dass Munas toter Vater ebenfalls blaue Augen gehabt hatte.

Aris Haut war heller als die seiner Geschwister, sein ungewöhnliches Aussehen erregte Aufsehen. Aufgrund der Aufmerksamkeit, die er in seinen fünfundzwanzig Lebensjahren geerntet hatte, besaß er ein gewisses Maß an Arroganz, die allerdings durch seine Gutmütigkeit ausgeglichen wurde. Von ihren Kindern war Ari das liebevollste gewesen. Er hatte ihr immer geholfen, wenn es ein Problem gab – bis zu dem Zeitpunkt, als er nach Mumbai gegangen war, um dort sein eigenes Geschäft aufzubauen …

Der Ari von heute wirkte härter und ichbezogener, was Samina nicht gefiel. Als sie sich wieder zu ihrem Mann gesellte, betete sie, dass diese Phase bald vorbei wäre.

»Mein Urenkel kann jetzt hereinkommen«, verkündete Anahita, als Keva sie im Bett aufsetzte und die Kissen aufschüttelte.

»Ja, Madam. Ich hole ihn.«

»Ich möchte nicht gestört werden.«

»Nein, Madam.«

»Hallo, Nani«, begrüßte Ari sie, als er das Zimmer wenig später forschen Schrittes betrat. »Hast du dich ein bisschen erholt?«

»Ja.« Anahita deutete auf einen Stuhl. »Ari, bitte setz dich. Tut mir leid, dass ich deine geschäftlichen Termine morgen durcheinanderbringe.«

Ari spürte, wie er zum zweiten Mal an jenem Tag rot wurde. »Kein Problem.« Wieder fragte er sich, wie sie seine Gedanken lesen konnte.

»Dein Vater sagt, du lebst in Mumbai und bist ein erfolgreicher Geschäftsmann.«

»Na ja, ›erfolgreich‹ ist im Moment ein bisschen übertrieben«, entgegnete Ari. »Aber ich arbeite hart.«

»Wie ich sehe, bist du ehrgeizig. Bestimmt wirst du eines Tages den gewünschten Erfolg haben.«

»Danke, Nani.«

Ein Lächeln huschte über Anahitas Gesicht. »Obwohl es dir möglicherweise nicht die Befriedigung verschaffen wird, die du dir erhoffst. Das Leben bietet mehr als Arbeit und Reichtum. Aber das wirst du selber noch merken. Ari, ich möchte dir etwas geben. Bitte öffne den Sekretär mit diesem Schlüssel und nimm die Papiere heraus, die du darin findest.«

Ari steckte den Schlüssel ins Schloss und holte ein vergilbtes Manuskript aus der Schublade.

»Was ist das?«, fragte er.

»Die Lebensgeschichte deiner Urgroßmutter. Geschrieben für meinen verlorenen Sohn, den ich leider nie gefunden habe.«

Ari bemerkte, dass Anahitas Augen feucht wurden. Vor Jahren hatte sein Vater ihm von diesem Sohn erzählt, der als kleines Kind in England gestorben war, wo seine Urgroßmutter sich während des Ersten Weltkriegs aufgehalten hatte. Wenn Ari sich recht erinnerte, hatte sie ihn vor ihrer Rückkehr nach Indien dort zurücklassen müssen. Offenbar weigerte Anahita sich zu glauben, dass er tot war.

»Ich dachte …«

»Bestimmt hat man dir von seiner Sterbeurkunde erzählt. Und dass ich in meiner Trauer den Tod meines geliebten Sohnes nicht akzeptieren kann.«

Ari rutschte auf seinem Stuhl herum. »Ja, ich kenne die Geschichte«, gab er zu.

»Ich weiß, was meine Familie denkt, und kann mir vorstellen, was du davon hältst. Doch glaube mir: Es gibt mehr Dinge zwischen Himmel und Erde, als ein von Menschen verfasstes Dokument erklären kann. Was Herz und Seele einer Mutter sagen, darf man nicht ignorieren. Und ich versichere dir, dass mein Sohn nicht tot ist.«

»Nani, ich glaube dir.«

Anahita zuckte mit den Achseln. »Mir ist klar, dass du das nicht tust, aber das macht mir nichts aus. Zum Teil ist es meine

Schuld, dass meine Familie mir nicht glaubt. Ich habe ihr nie erklärt, was damals passiert ist.«

»Warum nicht?«

»Weil ...« Anahita schüttelte, den Blick auf ihre geliebten Berge gerichtet, kaum wahrnehmbar den Kopf. »Es wäre nicht richtig, dir das jetzt darzulegen, denn es steht alles da drin.« Sie deutete auf das Papier in Aris Händen. »Wenn der richtige Moment gekommen ist – und du wirst ihn erkennen –, liest du meine Geschichte vielleicht und entscheidest selbst, ob du Nachforschungen anstellst.«

»Verstehe«, sagte Ari, doch das tat er nicht.

»Ich bitte dich nur, bis zu meinem Tod niemandem in unserer Familie etwas über den Inhalt dieser Aufzeichnungen zu verraten. Ich vertraue dir mein Leben an, Ari. Wie du weißt ...«, Anahita schwieg kurz, »... geht meine Zeit auf Erden allmählich zu Ende.«

Ari sah sie fragend an. »Du möchtest, dass ich die Geschichte lese und dann Nachforschungen über den Verbleib deines Sohnes anstelle?«, vergewisserte er sich.

»Ja.«

»Aber wo soll ich anfangen?«

»Natürlich in England.« Anahita wandte sich wieder zu ihm. »Du folgst meinen Spuren. Was du dazu wissen musst, hältst du in Händen. Dein Vater sagt, du leitest eine Computerfirma. Du kannst sicher mit dem Netz umgehen.«

»Du meinst das Internet?«, fragte Ari schmunzelnd.

»Ja. Du brauchst wahrscheinlich nur ein paar Sekunden, um den Ort zu finden, an dem alles begann.«

Ari folgte dem Blick seiner Urgroßmutter zu den Bergen. »Schönes Panorama«, bemerkte er.

»Ja, deswegen bleibe ich hier oben, auch wenn es meiner Tochter nicht recht ist. Eines nicht allzu fernen Tages werde ich mit Freuden noch weiter hinaufreisen, höher als diese Gipfel, und viele Menschen wiedersehen, um die ich im Leben getrauert habe. Doch so, wie die Dinge stehen«, sie wandte sich wieder ihrem Urenkel zu, »nicht den, den ich am liebsten treffen würde.«

»Woher weißt du, dass er noch lebt?«

Anahita schloss müde die Augen. »Das steht alles in meiner Geschichte.«

»Gut. Ich lasse dich jetzt wieder allein, Nani.«

Anahita nickte. Ari erhob sich mit einem *pranaam* und küsste seine Urgroßmutter auf beide Wangen.

»Auf Wiedersehen. Bis bald.«

»Vielleicht«, erwiderte sie.

An der Tür wandte Ari sich noch einmal zu ihr um. »Nani, warum ich? Warum gibst du die Geschichte nicht deiner Tochter oder meinem Vater?«

Anahita sah ihn an. »Weil sie nicht nur deine Vergangenheit, sondern auch deine Zukunft ist, Ari.«

Als Ari den Raum verließ und zur Garderobe an der Haustür ging, wo seine Aktentasche stand, fühlte er sich ausgelaugt. Nachdem er die vergilbten Blätter darin verstaut hatte, betrat er das Wohnzimmer, wo seine Großmutter Muna auf ihn zukam.

»Warum wollte sie dich sehen?«, fragte sie ihn.

»Sie glaubt nicht, dass ihr Sohn tot ist, und möchte, dass ich in England Nachforschungen anstelle.«

»Oje!« Muna verdrehte die Augen. »Ich kann dir die Sterbeurkunde zeigen. Ihr Sohn ist mit knapp drei Jahren gestorben. Bitte, Ari.« Muna legte eine Hand auf die Schulter ihres Enkels. »Achte gar nicht auf sie. Sie redet seit Jahren davon. Das ist das Hirngespinst einer alten Frau und nicht wert, dass du deine wertvolle Zeit damit vergeudest, glaube mir. Komm«, fügte sie mit einem Lächeln hinzu, »und trink ein letztes Glas Champagner mit deiner Familie.«

Während des Flugs von Bagdogra zurück nach Mumbai versuchte Ari, sich auf die Zahlen vor ihm zu konzentrieren, doch er musste immer wieder an Anahita denken. Bestimmt hatte seine Großmutter mit ihrer Behauptung recht, seine Urgroßmutter verrenne sich da in etwas. Aber bei ihrem Gespräch unter vier Augen hatte Anahita Dinge über Ari gesagt, die sie eigentlich nicht wissen konnte, die ihn verunsichert hatten. Möglicherweise war doch etwas dran an ihrer Geschichte … Vielleicht würde er sich zu Hause die Zeit nehmen, einen Blick darauf zu werfen.

Am Flughafen von Mumbai wurde er von seiner gegenwärtigen Freundin Bimbi abgeholt, obwohl es bereits nach Mitternacht war. Den Rest der Nacht verbrachte er auf höchst angenehme Weise mit ihr in seinem Apartment mit Blick auf das Arabische Meer.

Als er am folgenden Morgen die für seinen Termin nötigen Unterlagen in die Aktentasche steckte, nahm er Anahitas Papiere heraus.

Eines Tages werde ich Zeit haben, sie zu lesen, dachte er, legte das Manuskript in die unterste Schublade seines Schreibtischs und verließ hastig die Wohnung.

Ein Jahr später

… Ich erinnere mich. In der Nacht erscheint schon die sanfteste Brise wie eine himmlische Erholung von der ewigen trockenen Hitze in Jaipur. Oft klettern die anderen Frauen und Kinder der zenana *und ich zu den Dächern des Mondpalastes hinauf und schlafen dort …*

Wenn ich da liege und zu den Sternen hochblicke, höre ich dieses Singen und weiß, dass ein geliebter Mensch von der Erde genommen und sanft nach oben getragen wird …

Ich schrecke aus dem Schlaf hoch und finde mich in meinem Zimmer in Darjeeling wieder, nicht auf dem Dach des Palasts in Jaipur. Es war ein Traum, versuche ich, mich ein wenig desorientiert zu beruhigen, als der Gesang in meinen Ohren nachhallt, obwohl mir klar ist, dass ich wach bin.

Ich weiß, was das bedeutet: Gerade stirbt jemand, den ich liebe. Mein Herzschlag beschleunigt sich, ich schließe die Augen und gehe im Geist meine Familie durch, um herauszufinden, wer.

Ohne Erfolg. Merkwürdig, denke ich, denn noch nie zuvor haben die Götter sich geirrt.

Wer …?

Ich atme tief durch, horche in mich hinein.

Und plötzlich weiß ich es.

Mein Sohn … mein geliebter Sohn.

Tränen treten mir in die Augen. Um mich zu trösten, blicke ich durchs Fenster hinauf zum Himmel. Und sehe nur dunkle Nacht.

Es klopft leise an der Tür, und Keva tritt mit besorgter Miene ein.

»Madam, ich habe Sie weinen hören. Sind Sie krank?«, fragt sie, kommt zu mir und fühlt meinen Puls.

Ich schüttle stumm den Kopf, während sie mit einem Taschentuch die Tränen von meinen Wangen wischt. »Nein«, beruhige ich sie. »Ich bin nicht krank.«

»Was ist dann? Haben Sie schlecht geträumt?«

»Nein.« Sie wird es nicht verstehen. »Mein Kind ist gerade gestorben.«

Keva sieht mich entsetzt an. »Woher wissen Sie, dass Madam Muna tot ist?«

»Nicht meine Tochter, Keva, sondern mein Sohn, den ich vor so vielen Jahren in England zurücklassen musste. Er ist einundachtzig Jahre alt geworden«, murmle ich. »Immerhin hatte er ein langes Leben.«

Keva legt verwirrt eine Hand auf meine Stirn, um zu prüfen, ob ich Fieber habe. »Madam, Ihr Sohn ist schon lange tot. Wahrscheinlich haben Sie geträumt.«

»Möglich«, sage ich, um sie nicht zu beunruhigen. »Notiere bitte trotzdem Datum und Stunde für mich. Diesen Augenblick möchte ich nicht vergessen. Die Zeit des Wartens ist vorüber.«

Sie tut mir den Gefallen und gibt mir den Zettel.

»Ich komme jetzt allein zurecht. Du kannst gehen.«

»Sehr wohl, Madam. Sind Sie sicher, dass alles in Ordnung ist?«

»Ja. Gute Nacht, Keva.«

Als sie das Zimmer verlässt, schreibe ich einen kurzen Brief. Dann hole ich die abgegriffene Sterbeurkunde meines Sohns aus der Schublade des Nachtkästchens. Morgen soll Keva beides in einen Umschlag stecken und diesen an den Anwalt schicken, der meinen Nachlass regeln wird. In dem Brief bitte ich ihn, mich anzurufen, damit ich ihm sagen kann, an wen er den Umschlag nach meinem Tod senden soll.

Ich schließe die Augen, um zu schlafen. Plötzlich fühle ich mich hier auf Erden sehr allein, und mir wird klar, dass ich auf diesen Moment gewartet habe. Bald werde ich meinem Sohn folgen …

Drei Tage später klopfte Keva zur üblichen Zeit an der Tür ihrer Herrin. Nicht sofort eine Antwort zu erhalten war nichts Ungewöhnliches, denn Madam Chavan döste oft bis spät in den Vormittag hinein. Also erledigte Keva eine halbe Stunde lang andere Dinge im Haushalt, bevor sie noch einmal klopfte und wieder keine Reaktion erfolgte. Das war nun allerdings ungewöhnlich. Als Keva leise die Tür öffnete, stellte sie fest, dass ihre Herrin tief und fest schlief. Erst nachdem sie die Vorhänge zurückgezogen und ihr dabei wie immer Belanglosigkeiten erzählt hatte, merkte sie, dass Madam Chavan nicht antwortete.

Aris Handy klingelte mitten im chaotischen Verkehr von Mumbai. Als er die Nummer seines Vaters sah, mit dem er Wochen nicht gesprochen hatte, ging er ran und stellte laut.

»Papa!«, rief er fröhlich aus. »Wie geht's?«

»Hallo, Ari, gut, aber …«

Die Stimme seines Vaters klang traurig.

»Ja?«, fragte er. »Was ist los?«

»Deine Urgroßmutter Anahita ist heute in den frühen Morgenstunden gestorben.«

»Oh, Papa, das tut mir leid.«

»Es tut uns allen leid. Sie war eine wunderbare Frau und wird uns fehlen.«

»Immerhin hatte sie ein langes Leben«, stellte Ari fest, während er mit seinem Wagen einem Taxi auswich, das unvermittelt vor ihm stehen geblieben war.

»Ja. Die Beisetzung findet in vier Tagen statt, damit die Verwandten genug Zeit haben herzukommen. Deine Geschwister und alle anderen werden da sein. Du hoffentlich auch«, sagte Vivek.

»Diesen Freitag?«, fragte Ari entsetzt.

»Ja, mittags. Sie wird nur in Anwesenheit der Familie am *ghaat* von Darjeeling verbrannt. Später findet eine Trauerfeier für sie statt.«

»Papa«, stöhnte Ari. »Wirklich, Freitag geht nicht. Ein potenzieller Kunde fliegt wegen einem Softwarevertrag eigens aus den Staaten her. Der Auftrag würde mein Unternehmen von einem Tag auf den anderen aus der Verlust- in die Gewinnzone bringen. Beim besten Willen: Am Freitag kann ich nicht nach Darjeeling kommen.«

Schweigen am anderen Ende der Leitung. »Ari«, seufzte sein Vater schließlich, »sogar *ich* weiß, dass es Situationen gibt, in denen die Familie wichtiger ist als der Beruf. Deine Mutter würde dir das nie verzeihen, gerade deswegen, weil Anahita dir bei ihrer Geburtstagsfeier letztes Jahr zu verstehen gegeben hat, wie sehr du ihr am Herzen liegst.«

»Tut mir leid, Papa«, beharrte Ari. »Das schaffe ich nicht.«

»Ist das dein letztes Wort?«

»Ja.«

Ari hörte, wie sein Vater den Hörer auf die Gabel knallte.

Am folgenden Freitagabend kehrte Ari bestens gelaunt nach Hause zurück. Das Treffen mit den Amerikanern war so gut gelaufen, dass sie sich sofort auf den Deal verständigt hatten. Da er zur Feier des Tages mit Bimbi ausgehen wollte, fuhr er zuvor zum Duschen und Umziehen zu seinem Apartment. Unten holte er einen Brief aus seinem Postfach und nahm dann den Lift in den sechzehnten Stock. Im Schlafzimmer riss er den Umschlag auf und las den Brief darin.

Anwaltskanzlei Khan & Chauhan
Chowrasta Square
Darjeeling
Westbengalen
Indien

2. März 2001

Sehr geehrter Herr,
den Anweisungen meiner Mandantin Anahita Chavan folgend sende ich Ihnen diesen Umschlag. Wie Sie vielleicht schon wissen, ist Madam Chavan vor ein paar Tagen verstorben.
Mit herzlichem Beileid
Devak Khan
Partner

Ari setzte sich aufs Bett. In der Aufregung um den Geschäftstermin hatte er die Beisetzung seiner Urgroßmutter völlig vergessen. Mit einem tiefen Seufzen öffnete er das Kuvert, das der Anwalt beigelegt hatte. Bestimmt, dachte er, würden seine Eltern es ihm nie verzeihen, dass er sie nicht einmal angerufen hatte.

»Egal, so ist es nun mal«, brummte Ari, als er den Brief entfaltete.

Mein lieber Ari,
wenn Du diese Zeilen liest, weile ich nicht mehr unter den Lebenden. Beigefügt sende ich Dir das Datum und die genaue Uhrzeit des Todes von meinem Sohn Moh sowie seine Sterbeurkunde von damals. Wie Du siehst, stimmen die Daten nicht überein. Im Moment mag Dir das vielleicht noch nichts sagen, doch wenn Du Dich irgendwann entschließen solltest, Nachforschungen darüber anzustellen, was mit ihm geschehen ist, könnte es Dir möglicherweise helfen.
In der Zwischenzeit schicke ich Dir, bis wir uns an einem

anderen Ort wiedersehen, meine Liebe. Vergiss nicht, dass wir unsere Geschicke niemals ganz selbst lenken können. Lausche auf das, was Deine Ohren Dir sagen, und halte Deine Augen offen, das wird Dich leiten.
Deine Dich liebende Urgroßmutter
Anahita

Ari seufzte. Er war nicht in der Stimmung, sich Gedanken über dieses Gewäsch seiner Urgroßmutter oder darüber zu machen, wie wütend seine Eltern im Moment wahrscheinlich auf ihn waren, und wollte sich den Abend nicht verderben lassen.

Bevor er das Wasser in der Dusche aufdrehte, stellte er den CD-Player neben seinem Bett laut, damit er die dröhnende Musik hören konnte.

Nach dem Duschen schlüpfte er in einen seiner maßgeschneiderten Anzüge und schaltete die Musik aus. Beim Verlassen des Schlafzimmers fiel sein Blick auf Anahitas Brief. Einem plötzlichen Impuls folgend faltete er ihn wieder, steckte ihn zurück in den Umschlag und legte ihn zu dem vergilbten Manuskript in die Schublade. Dann löschte er das Licht und verließ die Wohnung.

London,

Juli 2011

1

Als das Flugzeug sich London näherte, betrachtete Rebecca Bradley durchs Fenster die an diesem klaren Sommermorgen herrlich grün schimmernden Felder sowie Big Ben und die Houses of Parliament unter ihr, die sie, verglichen mit New York, an eine Spielzeugstadt erinnerten.

»Miss Bradley, wir sorgen dafür, dass Sie das Flugzeug als Erste verlassen können«, versicherte ihr eine Flugbegleiterin.

Rebecca bedankte sich mit einem Lächeln und nahm die große dunkle Sonnenbrille aus ihrer Umhängetasche, obwohl sie nicht damit rechnete, von Fotografen erwartet zu werden. Denn um schnell von New York wegzukommen, hatte sie einen früheren Flug als ursprünglich geplant genommen.

Es erfüllte sie mit Befriedigung, dass niemand, nicht einmal ihr Agent oder Jack, wusste, wo sie sich aufhielt. Jack hatte ihre Wohnung am Nachmittag verlassen, um seinen Flug zurück nach Los Angeles zu erreichen, ohne von ihr die gewünschte Antwort erhalten zu haben. Sie hatte ihm erklärt, dass sie Zeit zum Nachdenken brauche.

Rebecca nahm das rote Samtetui aus ihrer Tasche und öffnete es. Der Ring darin war ziemlich groß und für ihren Geschmack zu protzig. Als einer der berühmtesten und bestbezahlten Filmstars der Welt neigte Jack zum Auffälligen und konnte ihr kaum etwas Kleineres geben, denn wenn sie seinen Antrag annahm, würde der Ring in Zeitungen und Zeitschriften auf der ganzen Welt zu sehen sein. Jack Heyward und Rebecca Bradley waren das heißeste Paar Hollywoods, um das sich die Medien rissen.

Als das Flugzeug zum Landeanflug ansetzte, schloss sie das Samtetui. Seit sie und Jack sich im Jahr zuvor bei den Dreharbeiten zu einer romantischen Komödie kennengelernt hatten, fühlte sie sich fremdbestimmt. In Wahrheit – Rebecca biss sich auf die Lippe – war die »Traumbeziehung«, die sie und Jack nach Ansicht der Welt führten, genauso Fiktion wie ihre Filme.

Sogar ihr Agent Victor ermutigte sie zu der Beziehung mit Jack und erklärte ihr immer wieder, dass sie ihrer Karriere förderlich sei.

»Die Öffentlichkeit liebt Hollywoodpaare, Schätzchen«, sagte er. »Wenn's mit den Filmen mal nicht so gut läuft, machen sie immer noch gern Fotos von euren Kindern im Park.«

Rebecca überlegte, wie viel Zeit sie und Jack im vergangenen Jahr tatsächlich miteinander verbracht hatten. Er lebte in Hollywood, sie in New York; oft führte ihr voller Terminplan dazu, dass sie einander wochenlang nicht sahen. Und wenn sie tatsächlich zusammen waren, wurden sie von Paparazzi verfolgt. Selbst tags zuvor in dem kleinen Italiener waren sie von Autogrammjägern belagert worden. Am Ende war Jack mit ihr in den Central Park gegangen, um ihr in Ruhe den Antrag machen zu können. Sie hoffte nur, dass niemand sie dort beobachtet hatte …

Das überwältigende Gefühl der Klaustrophobie während der Taxifahrt zu ihrer Wohnung in SoHo, als Jack auf eine Antwort wartete, hatte zu ihrem unvermittelten Beschluss geführt, früher nach England zu fliegen. Ständig unter Beobachtung der ganzen Welt zu stehen und von Fremden verfolgt zu werden, die meinten, man gehöre ihnen, empfand Rebecca momentan als unerträglich. Allmählich forderten der Mangel an Privatsphäre, den eine Beziehung in der Öffentlichkeit mit sich brachte, und die Tatsache, dass sie sich nicht einmal einen Bagel und eine Latte Macchiato aus dem Coffeeshop an der Ecke holen konnte, ohne angesprochen zu werden, ihren Tribut.

Ihr Arzt hatte ihr ein paar Wochen zuvor Valium verschrieben, nachdem sie bis zu ihrer Haustür verfolgt worden war, sie sich in ihrem Bad eingeschlossen und dort hemmungslos geweint hatte. Das Valium hatte geholfen, aber Rebecca war klar, dass dieser Weg ins Nichts führte, möglicherweise sogar in die Sucht. Was Jack nur zu gut wusste.

Zu Beginn ihrer Beziehung hatte er ihr versichert, dass er nicht vom Kokain abhängig sei. Er könne es nehmen oder auch nicht; es helfe ihm, sich zu entspannen. Später hatte Rebecca herausgefunden, dass das nicht stimmte. Als sie ihn auf seinen fortgesetzten starken Kokain- und Alkoholkonsum angesprochen hatte, war er in die Defensive gegangen und aggressiv geworden. Rebecca, die keinerlei Drogen nahm und nur selten Alkohol trank, hasste es, wenn Jack high war.

Anfangs hatte sie ihr Leben für fast vollkommen gehalten: Was konnte man sich mehr wünschen als eine steile Karriere und einen attraktiven, erfolgreichen Partner? Doch aufgrund der Drogen, der langen Trennungszeiten und Jacks Unsicherheit, die sich in einem Wutanfall entlud, als sie ein halbes Jahr zuvor für einen Golden Globe nominiert worden war und er nicht, hatte sich die rosa Brille allmählich grau gefärbt.

Das Angebot, in einem britischen Film mit dem Titel *Die Stille der Nacht* mitzuwirken, der in den zwanziger Jahren des vergangenen Jahrhunderts spielen und in dessen Mittelpunkt eine englische Adelsfamilie stehen sollte, hätte zu keinem günstigeren Zeitpunkt kommen können. Nicht nur, dass sich diese Rolle deutlich von ihren bisherigen seichten Parts unterschied, nein, es war auch eine große Ehre, von Robert Hope, dem gefeierten britischen Regisseur, auserwählt worden zu sein. Jack hatte jedoch auch diesmal wieder ihre Freude gedämpft, indem er sagte, sie bräuchten sie lediglich ihres Hollywoodnamens wegen, um die Geldgeber zufriedenzustellen. Anschließend hatte er ihr erklärt, sie müsse nur gut in den historischen Kostümen aussehen und solle sich keinen Illusionen hingeben, dass ihre schauspielerischen Fähigkeiten ihr das Engagement eingebracht hätten.

»Du bist viel zu schön, um als Schauspielerin ernst genommen zu werden, Schatz«, hatte er hinzugefügt und sein Wodkaglas aufgefüllt.

Nachdem das Flugzeug in Heathrow gelandet und zum Stillstand gekommen war, löste Rebecca ihren Sicherheitsgurt.

»Bereit, Miss Bradley?«, erkundigte sich die Flugbegleiterin.

»Ja danke.«

»Wir sind gleich so weit.«

Rebecca kämmte hastig ihre langen dunklen Haare und schlang sie zu einem Knoten im Nacken. Jack nannte das ihren »Audrey-Hepburn-Look«, und auch die Medien verglichen Rebecca gern mit dieser Schauspielikone. Es war sogar die Rede von einem Remake des Films *Frühstück bei Tiffany* im folgenden Jahr.

Sie durfte nicht auf ihn hören, sich ihr Selbstbewusstsein als Schauspielerin nicht von ihm nehmen lassen. Die letzten beiden Filme von Jack waren Flops gewesen, und er stand nicht mehr so sehr im Rampenlicht wie früher. Die schreckliche Wahrheit sah folgendermaßen aus: Er beneidete sie um ihren Erfolg. Sie atmete tief durch, um sich zu beruhigen. Egal, was Jack zu ihr gesagt hatte: Sie würde beweisen, dass sie mehr zu bieten hatte als ein hübsches Gesicht, und das hervorragende Drehbuch gab ihr Gelegenheit, genau das zu tun.

Auf dem englischen Land, weit weg von der Öffentlichkeit, erhoffte Rebecca sich Ruhe zum Nachdenken. Sie wusste, dass sich hinter den Problemen ein Jack verbarg, den sie liebte. Doch solange er nicht bereit war, gegen seine wachsende Abhängigkeit zu kämpfen, würde sie seinen Antrag nicht annehmen.

»Ich begleite Sie aus dem Flugzeug, Miss Bradley«, verkündete ein dunkel gekleideter Mann vom Sicherheitsdienst.

Rebecca setzte die Sonnenbrille auf und verließ die erste Klasse. Während sie in der VIP-Lounge auf ihr Gepäck wartete, kam sie zu dem Schluss, dass sie sich in einer Sackgasse befand, wenn Jack sich nicht endlich seinen Problemen stellte. Vielleicht, überlegte sie, als sie das Handy aus ihrer Tasche nahm und einen Blick aufs Display warf, sollte sie ihm genau das sagen.

»Miss Bradley, Ihr Gepäck wird gerade zum Wagen gebracht«, erklärte der Mann vom Sicherheitsdienst. »Ich fürchte, draußen warten schon die Fotografen auf Sie.«

»O nein!« Sie sah ihn entsetzt an. »Wie viele?«

»*Viele.* Keine Sorge, ich bringe Sie sicher hinaus.«

»Damit hatte ich nicht gerechnet«, bemerkte sie, als sie mit ihm den Ankunftsbereich betrat. »Ich habe einen früheren Flug als geplant genommen.«

»Aber Sie treffen an dem Morgen in London ein, an dem die große Neuigkeit publik geworden ist. Darf ich gratulieren?«

Rebecca blieb wie angewurzelt stehen. »Was für eine ›Neuigkeit‹?«

»Ihre … Verlobung mit Jack Heyward, Miss Bradley.«

»Oje«, stöhnte sie.

»Auf den Titelseiten ist heute ein hübsches Foto von Ihnen und Mr Heyward im Central Park, wie er Ihnen einen Ring an den Finger steckt.« Er blieb vor der automatischen Tür stehen. »Sind Sie bereit?«

Rebecca, der hinter der Sonnenbrille Zornestränen in die Augen traten, nickte.

»Gut, wir gehen so schnell wie möglich durch.«

Als der Wagen fünfzehn Minuten später das Gelände von Heathrow verließ, betrachtete Rebecca kopfschüttelnd das Foto von ihr und Jack, das auf der ersten Seite der *Daily Mail* prangte, und die Schlagzeile:

JACK UND BECKS – ES IST OFFIZIELL!

Auf dem unscharfen Foto war zu erkennen, wie Jack ihr im Central Park den Ring ansteckte. Rebecca sah ihn darauf mit einem Ausdruck an, der, wie sie wusste, von Panik zeugte, den der Reporter jedoch als Überraschung und Freude interpretierte. Zu allem Überfluss bestätigte Jack in einem Statement, das er offenbar nach dem Verlassen ihrer Wohnung am Nachmittag des vergangenen Tages abgegeben hatte, dass er Rebecca einen Heiratsantrag gemacht habe. Allerdings stehe noch kein Hochzeitstermin fest.

Mit zitternden Fingern zog sie das Handy aus der Handtasche. Als sie sah, dass sich darauf mehrere Nachrichten von Jack, ihrem Agenten und Journalisten befanden, schaltete sie es aus und steckte es zurück. Im Moment hatte sie keine Lust, sich mit ihnen auseinanderzusetzen. Und sie war wütend auf Jack, dass er sich überhaupt zu dem, was im Park geschehen war, geäußert hatte.

Bestimmt würden die Medien schon am folgenden Tag Spekulationen über Brautkleid und Ort der Trauung sowie eine mögliche Schwangerschaft anstellen.

Rebecca schloss die Augen und atmete tief durch. Sie war neunundzwanzig Jahre alt, und bis zum Abend zuvor hatte sie Ehe und Kinder als ferne Zukunftsprojekte erachtet.

Jack ging bereits auf die vierzig zu, war mit den meisten seiner Schauspielerkolleginnen im Bett gewesen und hatte das Gefühl, dass es allmählich Zeit wurde, sesshaft zu werden, während es für sie erst die zweite ernsthafte Beziehung nach vielen Jahren mit ihrer Jugendliebe war, einer Liebe, die Karriere und Ruhm zerstört hatten.

»Nach Devon werden wir ein paar Stunden brauchen, Miss Bradley«, erklärte ihr der freundliche Fahrer. »Darf ich mich vorstellen? Ich heiße Graham. Bitte lassen Sie es mich wissen, wenn ich unterwegs irgendwo anhalten soll.«

»Ja«, sagte Rebecca, die sich von ihm am liebsten in eine afrikanische Wüste ohne Fotografen, Zeitungen oder Mobilfunknetze hätte chauffieren lassen.

»Unser Ziel ist ziemlich abgelegen, Miss Bradley«, erklärte

Graham, der ihre Gedanken zu erraten schien. »Im Dartmoor gibt's keine großen Städte und Läden. Tolles altes Anwesen, wo die Dreharbeiten stattfinden. Wie aus der Zeit gefallen. Hätte nicht gedacht, dass in solchen Herrenhäusern noch Leute wohnen. Für mich ist das eine angenehme Abwechslung. Normalerweise kutschiere ich die Schauspieler durch den Londoner Verkehr zu den Studios.«

Seine Worte trösteten Rebecca etwas. Vielleicht würde die Pressemeute sie dort draußen in Ruhe lassen.

»Sieht aus, als würde uns ein Motorradfahrer folgen, Miss Bradley«, teilte Graham ihr nach einem Blick in den Rückspiegel mit und zerstörte damit ihre Hoffnungen auf Privatsphäre. »Keine Sorge, auf der Autobahn hängen wir ihn schnell ab.«

»Danke«, sagte Rebecca, sank erschöpft in ihren Sitz zurück und schloss die Augen.

»Wir sind fast da, Miss Bradley.«

Nach viereinhalb Stunden im Wagen, in denen sie immer wieder eingenickt war, spürte Rebecca nun den Jetlag. Sie schaute benommen aus dem Fenster. »Wo sind wir?«, fragte sie beim Anblick der rauen, menschenleeren Moorlandschaft.

»Im Dartmoor. Bei Sonnenschein wie heute ist es hier sehr schön, aber im Winter kann's ziemlich düster sein. Entschuldigen Sie«, sagte Graham, als sein Handy klingelte. »Der Produktionsleiter. Ich fahre kurz zum Telefonieren an den Straßenrand.«

Während Graham telefonierte, trat Rebecca in das stoppelige Gras am Rand der schmalen Straße, um die frische Luft einzuatmen. Eine leichte Brise wehte übers Moor, und in der Ferne erkannte sie gezackte Felsen. Kilometerweit war keine Menschenseele zu sehen. »Himmlisch«, flüsterte sie, als Graham den Motor anließ und sie sich wieder in den Wagen setzte. »Es ist so friedlich hier.«

»Ja«, pflichtete er ihr bei, »aber leider hat mir der Produktionsleiter gerade gesagt, dass vor dem Hotel der Schauspieler eine

Horde Fotografen wartet, Miss Bradley. Deshalb soll ich Sie direkt nach Astbury Hall fahren, wo die Dreharbeiten stattfinden.«

»Okay.« Rebecca biss sich frustriert auf die Lippe.

»Tut mir leid, Miss Bradley. Ich sage meinen Kindern immer, dass reiche, berühmte Filmstars es gar nicht so leicht haben, wie die meisten Leute denken. Muss ganz schön hart sein, besonders in solchen Momenten.«

»Stimmt, manchmal schon.«

»Zum Glück kann Ihnen während der Dreharbeiten niemand nahekommen. Der Landsitz liegt mitten in einem großen Park, und von der Einfahrt zum Gebäude ist es ungefähr ein Kilometer.«

Sie erreichten ein schmiedeeisernes Doppeltor mit einem Mann vom Sicherheitsdienst, der das Tor öffnete, als Graham ihm ein Zeichen gab. Rebecca betrachtete mit großen Augen die uralten Eichen, Rosskastanien und Buchen zu beiden Seiten der Straße, die durch das weitläufige Grundstück führte.

Vor ihnen lag ein riesiges Gebäude, eher ein Palast, wie sie ihn nur aus Büchern oder Geschichtssendungen im Fernsehen kannte, ein barockes Ensemble aus gemeißeltem Stein und kannelierten Säulen.

»Wow«, staunte sie.

»Beeindruckend, was? Ich möchte nicht wissen, wie viel das Heizen im Winter hier kostet«, scherzte Graham.

Als sie näher kamen und Rebecca den Marmorspringbrunnen vor dem Haus entdeckte, hätte sie sich bessere Architekturkenntnisse gewünscht, um alles exakter beschreiben zu können. Die elegante Symmetrie des Gebäudes mit den Flügeln zu beiden Seiten einer zentralen Kuppel raubte ihr den Atem. Das Sonnenlicht spiegelte sich in den Fenstern, die die gesamte Front wie Edelsteine schmückten, und das Mauerwerk dazwischen war mit Putten und Urnen verziert. Unter dem wuchtigen Portikus in der Mitte, der von vier gewaltigen Säulen getragen wurde, befand sich eine prächtige Doppeltür aus Eiche.

»Ein richtiges Schloss, was?«, bemerkte Graham, als er den Wagen um das Gebäude herum in den Hof lenkte, auf dem es von Lieferwagen und Lastern wimmelte und von dem aus Leute Kameras, Scheinwerfer und Kabel hineinschleppten. »Soweit ich weiß, sollen die Dreharbeiten morgen beginnen«, erklärte Graham und stellte den Motor ab.

Rebecca bedankte sich und stieg aus, während Graham ihre Tasche aus dem Kofferraum holte.

»Haben Sie nicht mehr Gepäck, Miss Bradley? Filmstars wie Sie reisen normalerweise mit jeder Menge Koffer.«

»Ich war in Eile«, gestand Rebecca und folgte ihm über den Hof zum Haus.

»Ich stehe während der gesamten Dreharbeiten zu Ihrer Verfügung, Miss Bradley. Lassen Sie es mich wissen, wenn Sie irgendwohin wollen, ja? War mir ein Vergnügen, Sie kennenzulernen.«

»Ah, Sie sind da!« Ein schlanker junger Mann schritt auf Rebecca zu und streckte ihr die Hand hin. »Willkommen in England, Miss Bradley. Ich bin Steve Campion, der Produktionsleiter. Tut mir leid, dass Sie den heutigen Morgen mit einem Spießrutenlauf vor der britischen Boulevardpresse beginnen mussten. Hier sind Sie immerhin vor Reportern sicher.«

»Danke. Wissen Sie, wann ich ins Hotel kann? Eine Dusche und ein bisschen Schlaf wären schön«, sagte Rebecca, von der Reise müde.

»Nach dem Empfang am Flughafen wollten wir Ihnen nicht noch die Meute vor dem Hotel zumuten«, erklärte Steve. »Lord Astbury stellt Ihnen fürs Erste ein Zimmer im Haus zur Verfügung, bis wir eine passende Unterkunft für Sie gefunden haben. Wie Ihnen schon aufgefallen sein dürfte«, fügte Steve mit einem Blick auf das riesige Gebäude hinzu, »gibt es hier mehr als genug Räume. Robert, der Regisseur, möchte morgen mit dem Drehen anfangen und wollte verhindern, dass Sie und die anderen Schauspieler im Hotel gestört werden.«

»Tut mir leid, dass ich Ihnen so viele Umstände mache«, entschuldigte sich Rebecca mit schlechtem Gewissen.

»Keine Ursache. Dafür haben wir ja eine berühmte junge Schauspielerin in unserem Film. Die Haushälterin hat mich gebeten, Sie zu ihr zu schicken, sobald Sie da sind, damit sie Ihnen Ihr Zimmer zeigen kann. Heute Nachmittag um fünf treffen sich alle im Salon, so dass Sie noch Zeit für ein paar Stunden Schlaf haben.«

Rebecca, der Steves leicht gereizter Tonfall nicht entgangen war, bedankte sich ein weiteres Mal. Offenbar hatte er sie bereits als »schwierig« eingestuft, und vermutlich würden ihre britischen Schauspielerkollegen, deren Ruhm und Einspielergebnisse im Moment längst nicht an die ihren heranreichten, sie auch so einschätzen.

»Warten Sie hier, ich suche Mrs Trevathan«, sagte Steve und ließ Rebecca mitten auf dem Hof stehen, wo das Kamerateam schwere Ausrüstung an ihr vorbeischleppte.

Wenig später eilte eine rundliche Frau mittleren Alters mit grau gelockten Haaren und rosigem Teint durch die Tür auf sie zu.

»Miss Rebecca Bradley?«

»Ja.«

Die Frau lächelte breit. »Ich hab Sie sofort erkannt. In Wirklichkeit sind Sie noch hübscher als im Kino. Ich hab all Ihre Filme gesehen, und es freut mich sehr, Sie persönlich kennenzulernen. Ich bin Mrs Trevathan, die Haushälterin. Wenn Sie mir folgen wollen … Ich führe Sie zu Ihrem Zimmer. Leider ist es ziemlich weit weg. Graham bringt Ihnen Ihr Gepäck später nach«, erklärte sie, als Rebecca sich nach ihrer Tasche bückte. »Sie können sich gar nicht vorstellen, welche Strecken ich jeden Tag zurücklegen muss.«

»Wahrscheinlich nicht.« Rebecca hatte Mühe, den starken Devon-Akzent der Frau zu verstehen. »Ein imposantes Gebäude.«

»Jetzt nicht mehr so, weil sich nur noch ich und eine Tageshilfe drum kümmern. Ich bin mit den Nerven am Ende. Früher haben hier dreißig Bedienstete rund um die Uhr gearbeitet, aber die Zeiten sind vorbei.«

Rebecca nickte, als Mrs Trevathan sie durch eine Reihe von Türen in eine riesige Küche führte, wo eine Frau in Schwesterntracht am Tisch Kaffee trank.

»Von der Küche aus kommt man über die Bedienstetentreppe am schnellsten hinauf zu den Zimmern«, erklärte Mrs Trevathan und ging Rebecca die steilen Stufen voran. »Ich habe Sie in einem hübschen Raum auf der Rückseite des Hauses untergebracht. Von dort aus haben Sie einen schönen Blick auf die Gärten und das Moor. Sie können von Glück sagen, dass Lord Astbury Ihnen ein Zimmer im Haus zur Verfügung stellt. Er mag Gäste nicht sonderlich. Früher mal haben hier bequem vierzig Leute übernachten können, aber das ist lange her.«

Sie erreichten ein Zwischengeschoss, wo Rebecca kurz die prächtige Kuppel bewunderte, bevor sie Mrs Trevathan einen breiten, dunklen Flur entlang folgte.

»Sie schlafen hier«, verkündete sie und öffnete die Tür zu einem geräumigen Zimmer mit hoher Decke, das von einem großen Doppelbett beherrscht wurde. »Ich habe gut durchgelüftet, deswegen ist es ein bisschen kühl. Aber das ist besser als der modrige Geruch. Wenn Ihnen kalt sein sollte, können Sie den Elektroofen einschalten.«

»Danke. Würden Sie mir noch verraten, wo die Toilette ist?«

»Die zweite Tür links, auf der anderen Seite des Flurs. Leider haben wir keine eigenen Toiletten und Bäder für die einzelnen Zimmer. Ich lasse Sie jetzt ausruhen.«

»Könnte ich ein Glas Wasser bekommen?«, fragte Rebecca schüchtern.

Mrs Trevathan blieb an der Tür stehen. »Natürlich. Sie sind sicher halb verdurstet. Haben Sie was gegessen?«

»Nein, im Flugzeug hatte ich keinen Appetit auf Frühstück.«

»Soll ich Ihnen eine Kanne Tee und ein paar Scheiben Toast bringen? Sie sehen ein bisschen blass um die Nase aus.«

»Das wäre wunderbar.« Plötzlich merkte Rebecca, dass ihr vor Hunger fast schwindlig war.

»Gut, dann hol ich mal die Sachen.« Mrs Trevathan musterte Rebecca mitfühlend. »Stars müssen auch essen, was? Machen Sie sich's bequem. Bin gleich wieder da.«

Kurz darauf trat Rebecca auf den Flur und landete nach einem Fehlversuch in einem Wäscheschrank und einem anderen Zimmer in einem großen Bad mit altmodischer gusseiserner Wanne. Von dem Wasserbehälter über der Toilette baumelte eine rostige Metallkette. Nachdem Rebecca Wasser aus dem Hahn getrunken hatte, kehrte sie in ihr Zimmer zurück, wo sie durch eines der hohen Fenster hinausblickte. Der Garten jenseits der großen Terrasse hinter dem Haus wirkte gepflegt. Die Beete wurden von Blumen und Sträuchern gesäumt, und Blüten hoben sich zartrosafarben vom Grün der Rasenflächen ab. Hinter der hohen Eibenhecke, die den Garten einfasste, lag das raue Moor, das deutlich mit den glatten gemähten Rasenflächen kontrastierte. Rebecca schlüpfte aus den Schuhen und legte sich in das Bett mit der angenehm weichen Matratze.

Als Mrs Trevathan zehn Minuten später an der Tür klopfte und eintrat, sah sie, dass Rebecca tief und fest schlief. Sie stellte das Tablett auf dem Tisch am Kamin ab, deckte sie zu und verließ leise den Raum.

2

»Meine Damen und Herren, ich freue mich, Sie alle heute in Astbury Hall begrüßen zu können, der, wie Sie mir sicher beipflichten werden, idealen Kulisse für die Dreharbeiten zu *In der Stille der Nacht.* Ich fühle mich geehrt, in einem von Englands schönsten Herrenhäusern in Privatbesitz filmen zu dürfen, und hoffe, dass unsere gemeinsame Zeit hier angenehm und produktiv sein wird.«

Robert Hope, der Regisseur, bedachte sein Team mit einem Lächeln. »In diesen Mauern halten sich gegenwärtig die besten und erfahrensten Schauspieler des Landes auf. Viele kennen sich bereits; besonders möchte ich Rebecca Bradley begrüßen, die von Amerika zu uns gekommen ist, um uns verstaubte alte Briten mit ein bisschen Hollywoodglamour aufzupolieren.«

Die Blicke aller wandten sich Rebecca zu, die sich, überwältigt von der Anwesenheit so vieler berühmter britischer Akteure, in eine Ecke drückte. »Hi«, begrüßte sie sie errötend mit einem schüchternen Lächeln.

»Ich überlasse euch jetzt Hugo Manners, dessen wunderbares Drehbuch euer aller Fähigkeiten besonders gut zur Geltung bringen wird«, fuhr Robert fort. »Später erhaltet ihr den endgültigen Text, sozusagen frisch aus der Druckerpresse. Steve, der Produktionsleiter, wird euch außerdem eure jeweiligen Drehpläne geben. Bleibt mir nur noch zu sagen: Auf erfolgreiche Zusammenarbeit! Da kommt Hugo.«

Applaus für Hugo Manners, den oscarprämierten Drehbuchautor. Rebecca hörte ihm nur mit halbem Ohr zu, weil sie sich plötzlich bewusst wurde, was sie wagte. Am meisten Sorge bereitete ihr ihr englischer Akzent. In New York hatte sie Sprachunterricht genommen und sich in den vergangenen zwei Monaten bemüht, im Alltag wie eine Engländerin zu sprechen. Doch sie wusste nur zu gut, dass sie sich mit dieser Rolle ziemlich weit aus dem Fenster lehnte und das durchaus schiefgehen konnte. Die englische Kritik tat nichts lieber, als amerikanische Schauspielerinnen, die sich an einer englischen Rolle versuchten, zu zerreißen. Besonders gern Schauspielerinnen, die so viel kommerziellen Erfolg hatten wie sie.

Da zählte es nicht, dass sie ein Stipendium für die Juilliard

Drama School in New York errungen und in ihrem Jahrgang für die Darstellung der Beatrice in einer Inszenierung von Shakespeares *Viel Lärm um nichts* ausgezeichnet worden war. Alle Schauspielerinnen in Hollywood erachteten sich als »ernsthaft«, auch wenn sie als Model angefangen hatten, was bei ihr definitiv nicht der Fall war. Rebecca wusste, dass dies ihre Chance war, sich als Charakterschauspielerin zu etablieren und endlich auch von den Feuilletons wahrgenommen zu werden.

Wieder Applaus, als Hugo geendet hatte und Steve, der Produktionsleiter, das neue Skript und die Drehpläne verteilte.

»Vermutlich wird es Sie freuen zu hören, dass Sie morgen nicht am Set benötigt werden, Rebecca. Den Vormittag verbringen Sie mit der Kostümanprobe in der Garderobe und anschließend in der Maske. Robert meint, Sie sollten mit dem Sprachcoach Ihren Text für den ersten Drehtag durchgehen«, informierte Steve Rebecca.

»Gut. Haben Sie eine Ahnung, wann ich ins Hotel umziehen kann? Ich würde gern meine Sachen auspacken und mich häuslich einrichten.«

»Offenbar warten die Fotografen immer noch davor. Deshalb hat Robert sich mit Lord Astbury darauf geeinigt, dass Sie hierbleiben, während wir versuchen, eine unauffälligere Bleibe für Sie zu finden. Sie Glückliche«, fügte Steve grinsend hinzu, »Sie haben's bestimmt feudaler als ich in der Abstellkammer über dem örtlichen Pub und können sich obendrein an die Atmosphäre dieses Hauses gewöhnen.«

Ein ausgesprochen attraktiver Mann mit markanten Gesichtszügen streckte ihr die Hand hin. »Miss Bradley? Darf ich mich vorstellen? James Waugh. Ich spiele Lawrence und glaube, wir haben eine Reihe von … wie soll ich es ausdrücken? … ziemlich intimen Szenen miteinander.« Er zwinkerte ihr zu. Rebecca fielen sofort sein Charme und seine ausdrucksvollen blauen Augen auf, die bestimmt mit zu seinem Erfolg im britischen Filmgeschäft beigetragen hatten.

»Erfreut, Sie kennenzulernen, James«, sagte Rebecca und stand auf, um seine Hand zu schütteln.

»Sie Arme«, meinte er mitfühlend, »war vermutlich ein ganz schöner Schock, gleich nach der Ankunft mit der Aufregung über die Verlobung mit Jack Heyward konfrontiert zu sein.«

Rebecca wusste nicht so genau, wie sie darauf reagieren sollte. »Ja, schon irgendwie.«

»Gratuliere.« James ließ ihre Hand noch nicht los. »Dieser Jack ist ein echter Glückspilz.«

»Danke«, entgegnete sie steif.

»Falls Sie vor dem Dreh unsere gemeinsamen Szenen durchgehen wollen, lassen Sie es mich wissen. Ich muss gestehen, dass ich schrecklich nervös bin wegen den ganzen Schauspielergrößen.«

Rebecca, die ihn sympathisch zu finden begann, nickte.

»Sie werden toll sein, und wenn Sie hier in dieser Einöde Lust auf Gesellschaft haben sollten, melden Sie sich einfach.«

»Danke, das tue ich.«

James bedachte sie mit einem letzten vielsagenden Blick, bevor er ihre Hand losließ und sich entfernte.

Da Rebecca zu schüchtern war, um sich unter die Kollegen zu mischen, zog sie sich mit ihrem Drehplan zurück. Ihr war nicht entgangen, dass James ihr zu ihrer Verlobung gratuliert und ihr gleichzeitig zu verstehen gegeben hatte, dass er gern mehr Zeit mit ihr verbringen wolle.

»Rebecca, die Schauspieler und das Team fahren in ein paar Minuten ins Hotel«, teilte Steve ihr mit. »Morgen früh kommen die Caterer. Heute Abend soll Ihre neue Freundin Mrs Trevathan Ihnen in ihrer Küche was brutzeln. Sie ist ganz vernarrt in Sie und sagt, sie will Sie aufpäppeln.«

»Das ist nett von ihr. Ich wollte heute sowieso das neue Skript durchgehen.«

»Alles in Ordnung, Rebecca?«, erkundigte sich Steve besorgt.

»Ja, abgesehen vom Jetlag und von meiner Begegnung mit

den ganzen Berühmtheiten. Ich habe Angst, dass ich ihnen nicht das Wasser reichen kann«, gestand sie.

»Das verstehe ich. Wenn Ihnen das hilft: Ich arbeite seit vielen Jahren mit Robert zusammen; er hat bei der Besetzung seiner Filme noch nie einen Fehler gemacht. Und ich weiß, dass er sehr viel von Ihren schauspielerischen Fähigkeiten hält. Wenn nicht, wären Sie nicht hier – egal, wie bekannt Sie sind. Okay?«

»Ja. Danke, Steve.«

»Dann also bis morgen. Genießen Sie die Nacht in diesem Palast. Hier haben Sie Ihre Ruhe, so viel steht fest.«

Steve entfernte sich, um die Schauspieler aus dem Salon zu scheuchen. Als alle draußen waren, stand Rebecca auf und begutachtete zum ersten Mal ihre Umgebung ausführlich. Die Junisonne schien hell durch die riesigen Fenster und ließ die Mahagonimöbel in dem Raum, in dem mehrere Sofas und Sessel standen und dessen Mittelpunkt ein riesiger Marmorkamin bildete, weniger streng erscheinen. Plötzlich merkte Rebecca, wie kühl es geworden war, und hätte sich gewünscht, dass der Kamin brennen würde.

»Da sind Sie ja, meine Liebe«, begrüßte Mrs Trevathan sie. »Steve sagt, Sie brauchen was zu essen. Ich hab noch Steak-and-Kidney-Pie und Erdäpfel vom Mittagessen Seiner Lordschaft.«

»Erdäpfel?«, wiederholte Rebecca.

»Kartoffeln«, erklärte Mrs Trevathan schmunzelnd.

»Ich habe keinen großen Hunger, ein Salat genügt.«

»So wie Sie aussehen, sind Sie auf Dauerdiät. Miss Rebecca, nehmen Sie mir das jetzt nicht übel, aber Sie bläst doch der leiseste Windhauch um.«

»Ich muss tatsächlich auf die Figur achten«, bestätigte Rebecca verlegen.

»Wie Sie meinen, aber meiner Ansicht nach würde Ihnen was Anständiges zu essen guttun. Soll ich es Ihnen aufs Zimmer bringen?«

»Das wäre sehr nett, danke.«

Als die Haushälterin den Salon verließ, verzog Rebecca das Gesicht darüber, dass Mrs Trevathan sie so schnell durchschaut hatte. Sie achtete tatsächlich sehr auf die Linie, doch was sollte sie machen? Ihre Karriere hing von ihrem guten Aussehen ab.

Sie betrat die große Halle, um die breite Treppe zu ihrem Zimmer hinaufzugehen, und bewunderte die prächtige Kuppel über ihr, deren kleine Glasscheiben Lichtreflexe auf den Marmorboden warfen.

»Guten Abend.«

Beim Klang einer tiefen Stimme zuckte Rebecca zusammen und drehte sich um. An der Haustür stand ein Mann Mitte fünfzig in abgetragener Tweedjacke und Kordhose, deren Beine in Gummistiefeln steckten. Seine drahtigen, widerspenstigen Haare waren von grauen Strähnen durchzogen und hätten einen ordentlichen Schnitt gebrauchen könnnen.

»Hallo«, antwortete sie unsicher.

»Ich bin Anthony, und Sie sind …?«

»Rebecca, Rebecca Bradley.«

»Oh. Die amerikanische Filmschauspielerin. Man hat mir gesagt, dass Sie berühmt sind, aber ich muss gestehen, dass ich noch nie von Ihnen gehört habe. Ich bin kein großer Kinogänger. Tut mir leid.« Er zuckte mit den Achseln.

»Kein Grund, sich zu entschuldigen, man muss mich nicht kennen.«

»Egal.« Der Mann wirkte nervös. »Jedenfalls habe ich noch ein paar Dinge im Garten zu erledigen, bevor es dunkel wird.« Er nickte ihr kurz zu und verließ das Haus.

Auf der Treppe bewunderte Rebecca die Ölporträts der Astburys an den Wänden. Am oberen Ende gesellte sich Mrs Trevathan mit einem Tablett zu ihr und folgte Rebecca in ihr Zimmer.

»Ich hab Ihnen Suppe und frisches Brot mit Butter gebracht, meine Liebe. Und dazu ein Stück von meiner Bakewell Tart mit Vanillesauce«, fügte sie hinzu und hob den Deckel, unter dem sich die Nachspeise befand, mit großer Geste an.

»Danke.«

»Brauchen Sie sonst noch was?«

»Nein danke. Das Haus ist wirklich sehr schön.«

»Ja. Sie ahnen nicht, welche Opfer dafür gebracht wurden.« Mrs Trevathan seufzte leise.

»Ich bin unten dem Gärtner begegnet.«

»Dem Gärtner?« Mrs Trevathan hob eine Augenbraue. »Unten, *im* Haus?«

»Ja.«

»Wir haben jemanden, der einmal die Woche zum Rasenmähen kommt. Vielleicht hat der nach Seiner Lordschaft gesucht. Aber jetzt lasse ich Sie in Ruhe Ihre Suppe essen. Um wie viel Uhr möchten Sie morgen frühstücken?«

»Ich brauche kein großes Frühstück, nur Orangensaft und Joghurt.«

»Mal sehen, was ich tun kann«, sagte Mrs Trevathan mit deutlich sichtbarer Missbilligung über Rebeccas Essgewohnheiten und ging zur Tür, wo sie sich mit einem versöhnlichen Lächeln umdrehte. »Gute Nacht, meine Liebe, schlafen Sie gut.«

»Gute Nacht.«

Rebecca verzehrte die köstliche Kartoffel-Lauch-Suppe und das knusprige Brot, dick mit Butter bestrichen. Weil sie danach immer noch Appetit hatte, probierte sie einen Löffel von der merkwürdigen Nachspeise und aß sie ebenfalls auf, bevor sie sich mit schlechtem Gewissen aufs Bett plumpsen ließ. Sie durfte sich nicht an das schwere englische Essen gewöhnen, dachte sie, auch wenn es noch so gut schmeckte.

Als sich ihr Magen nicht mehr ganz so voll anfühlte, stand sie auf und holte ihr Handy aus der Handtasche, um die Nachrichten darauf abzuhören. Doch ein Blick aufs Display sagte ihr, dass sie keinen Empfang hatte. Das Gleiche galt für ihr iPad.

Sie schmunzelte. Am Morgen hatte sie sich an einen Ort gewünscht, an dem niemand sie erreichen konnte, und nun schien ihr Traum sich zumindest für diesen Abend zu erfüllen. Sie legte sich wieder aufs Bett, schaute durchs Fenster hinaus, beobachtete, wie die Sonne über dem Moor unterging, und genoss die Stille.

Rebecca nahm sich das Drehbuch vor. Sie spielte Lady Elizabeth Sayers, die hübsche junge Tochter des Hauses. Man schrieb das Jahr 1922, Jazz Age. Elizabeths Vater wollte sie mit einem benachbarten Grundbesitzer verheiraten, doch sie hatte andere Vorstellungen. Der Film präsentierte die britische Aristokratie in einer sich wandelnden Welt, in der die Frauen erste zaghafte Schritte in Richtung Emanzipation wagten und die Arbeiterschicht nicht länger bereit war, sich dem Adel unterzuordnen. Elizabeth verliebte sich in einen Dichter namens Lawrence, den sie in einer Londoner Künstlerclique kennengelernt hatte. Dass sie ihren Eltern Schande machte, um ihrem Herzen zu folgen, war eine uralte Geschichte, die für Rebecca jedoch Hugo Manners' geistreich-anrührenden Drehbuchs wegen eine ausgesprochen attraktive Rolle bot.

Wie immer begann der Drehplan nicht am Anfang der Geschichte, und Rebeccas erste Szene mit James Waugh, der den Dichter spielte, war bereits für den übernächsten Tag geplant. Sie würde im Garten stattfinden und beinhaltete einen leidenschaftlichen Kuss. Rebecca seufzte. Egal, wie oft sie schon vor der Kamera verführt worden war: Vor Liebesszenen mit Kollegen, die sie kaum kannte, hatte sie immer Angst.

Aus den Augenwinkeln nahm sie im Garten eine Bewegung wahr. Sie trat ans Fenster und sah, wie der Gärtner, der irgendwie einsam und traurig wirkte, sich auf eine Bank setzte und in die sich herabsenkende Dämmerung starrte.

Nach einem Bad schlüpfte Rebecca zwischen die rauen, gestärkten weißen Laken. Als sie ihren Text durchging und den britischen Akzent der zwanziger Jahre übte, hatte sie das Gefühl, tatsächlich in die Welt des Drehbuchs einzutauchen, so wenig schien sich seit damals in diesem Haus verändert zu haben.

Nach zehn Uhr schaltete Rebecca das Licht aus, obwohl sie glaubte, des Jetlags wegen nicht schlafen zu können. Doch zu ihrer Überraschung schlummerte sie tief und fest und wachte erst auf, als Mrs Trevathan am folgenden Morgen mit dem Frühstückstablett eintrat.

Später, gegen zehn Uhr, suchte Rebecca die Garderobe zur Kostümanprobe auf. Jean, die schottische Kostümbildnerin, musterte sie. »Sie sind wie geschaffen für diese Epoche. Sie haben sogar ein altmodisches Gesicht. Ich hätte da eine Überraschung für Sie.«

»Ja?«

»Die Haushälterin hat mir gesagt, dass sich in einem der Zimmer oben eine große Sammlung von Originalkleidern aus den zwanziger Jahren befindet, die einer längst verstorbenen Verwandten des gegenwärtigen Lord Astbury gehörten und all die Jahre nicht getragen wurden. Ich habe gefragt, ob ich sie mir ansehen darf, aus historischem Interesse, aber natürlich auch …«, sie zwinkerte Rebecca zu, »… um festzustellen, ob was Passendes für Sie dabei ist. Ich fänd's super, wenn wir was im Film verwenden könnten.«

»Gute Idee!«

Jean zog mit großer Geste ein Seidentuch von einem Kleiderständer. »Schauen Sie.«

Rebecca verschlug es beim Anblick der eleganten Roben die Sprache. »Wow, toll.«

»Sie sind in hervorragendem Zustand. Man sieht ihnen nicht an, dass sie neunzig Jahre alt sind. Viele stammen von den französischen Topdesignern der damaligen Zeit, von Lanvin, Vionnet oder Schiaparelli. Die reinste Fundgrube«, seufzte Jean, als sie die Kleider vom Ständer nahmen und genauer begutachteten. »Bei einer Auktion könnte man damit ein Vermögen erzielen. Ich kann's kaum erwarten, dass Sie sie anprobieren. Wenn ich mir Ihre Maße so anschaue, müssten sie eigentlich passen. Die ursprüngliche Eigentümerin scheint in etwa so groß wie Sie gewesen zu sein und eine ähnliche Figur gehabt zu haben.«

»Werde ich sie überhaupt tragen dürfen?«, gab Rebecca zu bedenken.

»Wer weiß? Die Haushälterin klang skeptisch. Sie sagt, sie müsste Lord Astbury fragen. Schlüpfen Sie erst mal rein, alles Weitere sehen wir dann.« Jean nahm ein Kleid vom Ständer. »Wie wär's mit dem hier für Ihre erste Szene mit James Waugh morgen?«

Zehn Minuten später betrachtete Rebecca sich im Spiegel. Seit ihrer Zeit an der Juilliard School hatte sie keine historischen Kostüme mehr getragen; in Hollywood hatte sie ausschließlich moderne junge Frauen gespielt, meist in Jeans und T-Shirt. Das Lanvin-Kleid, das sie gerade anhatte, war aus Seide, darüber Chiffon, mit feinen Perlenapplikationen handbestickt. Bei jeder Bewegung umspielte der Saum sanft ihre Knöchel.

»Und wenn ich Lord Astbury auf den Knien anbetteln muss: Ich werde ihn überreden, uns ein paar von diesen Kleidern zu überlassen«, erklärte Jean entschlossen. »Probieren wir das nächste.«

Nachdem Rebecca ihr eine ganze Reihe prächtiger Gewänder vorgeführt hatte, die ihr alle wie angegossen passten, meinte Jean zufrieden grinsend: »Okay, ich glaub, wir sind fertig. Ich rede mit der Haushälterin. Sie werden fabelhaft aussehen.« Sie half Rebecca aus dem letzten Kleid. »Mit der richtigen Frisur und Schminke wird aus Ihnen eine echte Zwanziger-Jahre-Schönheit! Die Maske ist den Flur runter auf der rechten Seite.«

»Allmählich habe ich das Gefühl, in diesem Haus ein Navi zu brauchen«, bemerkte Rebecca schmunzelnd auf dem Weg zur Tür. »Ich verlaufe mich ständig.«

Sie verließ die Garderobe und ging in die Maske, wo sie sich vor den Spiegel setzte und eine Friseurin prüfend eine Strähne von Rebeccas dichten dunklen Locken in die Hand nahm.

»Macht es Ihnen was aus, wenn Ihre Haare morgen geschnitten und gefärbt werden?«

Das war ein Streitpunkt gewesen. Der Vertrag forderte, dass Rebeccas lange Haare zu einem Bubikopf im Stil der zwanziger Jahre geschnitten und blond gefärbt wurden, damit die Farbe zu den Haaren der Schauspielerin passte, die ihre Mutter spielte.

»Schon in Ordnung.« Rebecca zuckte mit den Achseln. »Sie wachsen ja wieder.«

»Ja. Und sobald die Dreharbeiten vorbei sind, können wir sie ganz leicht wieder zurückfärben. Gut, dass Sie das nicht so eng sehen«, bemerkte die Hairstylistin anerkennend. »Da hab ich mit Kolleginnen von Ihnen schon ganz anderes erlebt. Am Ende gefällt Ihnen der Stil vielleicht sogar; Ihr zartes Gesicht eignet sich gut für einen Bubikopf.«

»Und möglicherweise werde ich als Blondine nicht erkannt.«

»Da würd ich mir keine Hoffnungen machen. Ihr Gesicht ist zu prägnant.« Sie nahm Rebecca gegenüber Platz. »Darf ich Sie was fragen? Wie ist Jack Heyward privat? Im Film find ich ihn zum Anbeißen. Schaut er nach dem Aufstehen auch so süß aus?«, erkundigte sie sich.

Rebecca überlegte. »Doch, schon irgendwie.«

»Hab ich mir gedacht.« Die Friseurin schmunzelte. »Ist bestimmt wie ein Sechser im Lotto, so jemanden zu heiraten.«

»Allerdings.« Rebecca stand auf und verabschiedete sich mit einem Winken. »Bis morgen früh.« Ein Blick auf die Uhr sagte ihr, dass ihr bis zum Termin mit dem Sprachcoach noch zwei Stunden blieben.

Weil eine der Frauen in der Garderobe ihr verraten hatte, dass man in Richtung Moor ein Mobilfunksignal bekommen konnte, lief sie nach oben, um ihr Handy zu holen. Dann ging sie über die brüchigen Steinstufen in den Garten, wo sie sich auf der Bank niederließ, auf der tags zuvor der Gärtner gesessen hatte, und schaltete ihr Handy ein, empfing jedoch nur ein sehr schwaches Signal.

»Verdammt!«, fluchte sie, als sie ihre Mailbox wieder nicht abhören konnte.

»Alles in Ordnung?«, fragte der Gärtner vom Vorabend, eine große Gartenschere in der Hand, vom Rosenbeet aus.

»Ja danke. Ich habe hier nur leider keinen Empfang fürs Handy.«

»Tja, schrecklich.«

»Vielleicht ist es gar nicht so schlecht, von der Außenwelt abgeschnitten zu sein. Eigentlich genieße ich es sogar«, gestand sie ihm. »Arbeiten Sie gern hier?«, erkundigte sie sich höflich.

Er bedachte sie mit einem merkwürdigen Blick, bevor er nickte. »So habe ich das noch nie betrachtet, aber wahrscheinlich schon. Jedenfalls könnte ich mir nicht vorstellen, irgendwo anders zu sein.«

»Der Garten mit diesen ungewöhnlich intensiven Farben ist ein Traum. Besonders die Rose, die Sie gerade stutzen. Das Lila ist so samtig dunkel, dass es fast schon schwarz wirkt.«

»Ja«, pflichtete er ihr bei. »Eine Mitternachtsrose. Die gibt es hier seit Ewigkeiten. Eigentlich hätte der Stock sich längst erschöpfen müssen, aber sie blüht jedes Jahr aufs Neue, als wäre sie gerade erst frisch gepflanzt worden.«

»In meiner Wohnung habe ich nur ein paar Zimmerpflanzen.«

»Sie lieben Gartenarbeit?«

»Als Teenager hatte ich mein eigenes kleines Beet im Garten meiner Eltern. Dort habe ich mich wohlgefühlt.«

»Dem Boden etwas abzutrotzen hilft, Frustrationen abzubauen«, pflichtete der Gärtner ihr bei. »Wie finden Sie England im Vergleich zu den Staaten?«

»Ungewohnt. Trotzdem habe ich heute Nacht besser geschlafen als seit Jahren. Es ist so ruhig. Leider werde ich bald ins Hotel umziehen. Ich glaube, Lord Astbury mag Hausgäste nicht sonderlich. Ehrlich gesagt würde ich gern bleiben. Hier fühle ich mich sicher.«

»Möglicherweise überlegt Lord Astbury es sich anders. Übrigens …« Er deutete auf ihr Handy. »Wenn Sie Mrs Trevathan fragen, lässt sie Sie vielleicht vom Festnetzanschluss in seinem Arbeitszimmer telefonieren.«

»Danke, das mache ich«, sagte Rebecca und stand auf. »Bis bald.«

»Hier …« Der Gärtner schnitt eine Mitternachtsrose ab. »Für Ihr Zimmer. Sie duftet.«

Rebecca bedankte sich noch einmal, gerührt über sein Geschenk. »Ich stelle sie gleich ins Wasser.«

In der Küche bat sie Mrs Trevathan um eine Vase für die Rose und sagte ihr, der Gärtner habe ihr erklärt, dass es im Arbeitszimmer ein Telefon gebe. Daraufhin führte Mrs Trevathan sie in einen kleinen dunklen Raum voller Bücherregale, auf dessen Schreibtisch sich Papier stapelte.

»Das Telefon. Aber bitte machen Sie's kurz, wenn Sie nach Amerika telefonieren. Seine Lordschaft kriegt sowieso schon immer einen Anfall wegen den Telefonrechnungen.«

Mrs Trevathan verließ den Raum.

Seine Lordschaft schien ein richtiges Monster zu sein, dachte Rebecca, als sie sich setzte, die Nummer aus dem Verzeichnis in ihrem Handy heraussuchte und den Hörer von dem alten Apparat mit Wählscheibe abhob, um Jack anzurufen. Als sich die Mailbox einschaltete, war sie einerseits erleichtert, hatte andererseits jedoch ein schlechtes Gewissen.

»Hi, ich bin's. Hier gibt's weder einen Internetanschluss noch ein Mobilfunksignal. Irgendwann heute ziehe ich ins Hotel um, dann melde ich mich noch mal. Mir geht's gut. Ich …« Rebecca überlegte, was sie weiter sagen solle, doch die Probleme waren zu komplex, um sie am Telefon anzusprechen. »Ich ruf dich bald wieder an, tschüs.«

Dann wählte sie die Nummer ihres Agenten Victor, hörte auch dort nur die Mailbox und hinterließ eine ähnliche Nachricht.

Rebecca machte sich auf die Suche nach Steve, um herauszufinden, wo sie während der Dreharbeiten untergebracht sein würde. Sie fand ihn beim Catering-Wagen im Hof.

»Ja, ja, Sie möchten wissen, wo Sie hinkommen«, sagte Steve ein wenig genervt. »Ich wollte Sie schon suchen, denn ich habe gute Nachrichten. Lord Astbury hat mir vor fünf Minuten mitgeteilt, dass Sie während der Dreharbeiten hierbleiben können. Offen gestanden überrascht mich das. Wir hatten schon eine diskrete Unterkunft für Sie in einem der umliegenden Dörfer gefunden, aber die entspräche vermutlich nicht Ihrem gewohnten Standard. Und ich könnte auch nicht garantieren, dass die Paparazzi Sie dort nicht aufspüren. Es ist Ihre Entscheidung.«

»Kann ich es mir überlegen?« Obwohl sie froh war über die Sicherheit und Ruhe ihrer gegenwärtigen Unterkunft, wusste sie nicht, wie sich der Aufenthalt bei dem ihr noch unbekannten Lord Astbury gestalten würde.

»Ja«, antwortete Steve, dessen Sprechfunkgerät zu knistern begann. »Entschuldigen Sie, Rebecca, ich werde am Set gebraucht.«

Wenig später ging Rebecca in ihrem Zimmer noch einmal ihren Text für den Termin mit dem Sprachcoach eine halbe Stunde später durch. Sie schaute zum Fenster hinaus. Hier fühlte sie sich sicher. Im Moment war ihr nichts wichtiger als Ruhe, um sich voll und ganz auf ihre Rolle konzentrieren zu können, die über ihre künftige Karriere entscheiden würde.

Nach der Sitzung mit dem Sprachcoach teilte Rebecca Steve auf der Terrasse mit, dass sie gern in Astbury Hall bleiben würde.

»Unter den gegebenen Umständen ist das vermutlich das Vernünftigste«, pflichtete Steve ihr bei, der erleichtert darüber wirkte, dass das Problem gelöst war. »Mrs Trevathan meint, sie freut sich, Sie am Abend bekochen zu dürfen. Sie scheint Sie unter ihre Fittiche genommen zu haben«, bemerkte er schmunzelnd.

»Ach, ich esse abends nicht viel, also …«

»Hallo«, sagte da eine Stimme hinter ihr.

Als sie sich umdrehte, sah sie den Gärtner die Terrassenstufen heraufkommen.

»Guten Tag, Lord Astbury. Rebecca sagt, sie würde gern hierbleiben«, begrüßte Steve ihn. »Es ist wirklich ausgesprochen nett von Ihnen, ihr eine Bleibe anzubieten.«

»Anthony, bitte«, korrigierte ihn der Mann.

Rebeccas Blick wanderte von Steve zu Anthony.

»Vielleicht möchten Sie mir am Abend, wenn alle weg sind, bei der Gartenarbeit helfen, Miss Bradley«, schlug er augenzwinkernd vor.

»Ich … *Sie* sind Lord Astbury?«, stotterte sie.

»Ja, aber wie gesagt: Alle nennen mich Anthony.«

Rebecca spürte, wie sie rot wurde. »Gott, wie peinlich. Mir war nicht klar, wer Sie sind.«

»Möglicherweise entspreche ich nicht ganz dem Bild, das Sie von mir hatten«, antwortete Anthony gelassen. »Leider muss der verarmte Landadel heutzutage die Schmutzarbeit selbst machen. Und dabei tragen wir weder Frack noch Fliege. Wenn Sie mich jetzt bitte entschuldigen würden: Ich muss mich um den Goldregen kümmern.«

Er verschwand ums Haus.

»Rebecca!« Steve warf den Kopf in den Nacken und lachte schallend. »Klasse! Ich weiß ja nicht, wie das in den Staaten ist, aber die moderne Oberschicht hier in England gibt sich gern im Gammellook und fährt die abgewracktesten Klapperkisten. Kein Adliger mit einem Quäntchen Selbstachtung würde auch nur daran denken, sich daheim schick zu machen. Das wär stillos.«

»Verstehe.« Rebecca fühlte sich plötzlich sehr fremd.

»Aber Ihre Unwissenheit hat keinen Schaden angerichtet, sondern vielmehr zu einer Einladung während der Dreharbeiten geführt.«

Da gesellte sich James Waugh zu ihnen. »Rebecca, ich wollte Sie fragen, ob Sie heute Abend schon was vorhaben. Vielleicht könnten wir uns bei einem gemeinsamen Essen ein bisschen besser kennenlernen. Wir haben morgen unsere erste gemeinsame Szene, und die ist ziemlich – wie soll ich das ausdrücken? – intim.« Er bedachte sie mit einem vielsagenden Grinsen.

»Eigentlich wollte ich früh ins Bett.«

»Bestimmt kann Graham Sie hinterher zurückbringen, dann geht das immer noch.«

»Lieber nicht. Die Reporter …«

»Die sind seit heute Morgen verschwunden. Und der Rummel sollte nun wirklich nicht die Arbeit beeinträchtigen, oder?«

»Nein. Okay«, gab Rebecca sich geschlagen.

»Gut.« James lächelte. »Dann sehen wir uns um acht im Hotel. Keine Sorge, ich lasse uns einen Tisch im hinteren Bereich reservieren.«

»Danke.«

Als James gegangen war, zwinkerte Steve Rebecca zu. »Auf den scheinen Sie Eindruck gemacht zu haben. Aber passen Sie auf, er ist ein Frauenheld.«

»Danke für die Warnung, Steve«, verabschiedete sie sich.

Als sie oben in ihrem Zimmer war, klopfte es an der Tür.

»Herein.«

»Tut mir leid, wenn ich störe, Rebecca, aber ich habe gehört, dass Sie Seine Lordschaft kennengelernt haben«, erklärte Mrs Trevathan und trat ein.

»Ja, stimmt«, murmelte Rebecca, die gerade ihre wenigen Kleidungsstücke in den alten Mahagonischrank hängte.

»Lassen Sie mich das machen«, erbot sich Mrs Trevathan.

»Nein danke, ich …«

»Setzen Sie sich, dann können wir uns unterhalten, während ich Ihre Sachen einräume.«

Rebecca nahm widerwillig auf der Bettkante Platz, während Mrs Trevathan ihre Kleidung auspackte.

»Sie haben nicht viel dabei, meine Liebe«, stellte sie fest. »Ich wollte Ihnen sagen, dass Seine Lordschaft Sie heute Abend zum Essen einladen möchte. Er speist immer um Punkt acht.«

»Das geht leider nicht. Ich bin schon verabredet.«

»Verstehe. Seine Lordschaft wird enttäuscht sein, nachdem er Sie so freundlich hier aufgenommen hat.«

Rebecca entging die Missbilligung in der Stimme der Haushälterin nicht. »Bitte, entschuldigen Sie mich bei ihm und sagen Sie ihm, dass ich ihm an jedem anderen Abend gern Gesellschaft leiste.«

»Wird gemacht. Er mag's nicht, wenn sich die Leute hier die Klinke in die Hand geben. Seine Lordschaft braucht Ruhe, viel Ruhe. Aber es geht einfach nicht anders.«

»Wie meinen Sie das?«

»Er benötigt das Geld von den Filmleuten für die Erhaltung des Anwesens, meine Liebe«, antwortete Mrs Trevathan.

»Verstehe. Hat Lord Anthony Familie?«

»Nein.«

»Er lebt allein hier?«

»Ja. Also dann bis morgen. Passen Sie auf, dass es heute Abend nicht zu spät wird, ja? Sie müssen morgen frisch sein.«

»Versprochen. Danke, Mrs Trevathan.«

Rebecca empfand es als tröstlich, dass die Haushälterin sie bemutterte, weil sie nur ungern an ihre Mutter und ihre frühe Kindheit zurückdachte. Nur sehr wenige Menschen – nicht einmal ihr Agent – kannten ihre Vergangenheit. Und bei einem Kurzurlaub im herbstlich-windigen Nantucket hatte sie auch Jack davon erzählt.

Er hatte sie gehalten, als sie weinte, und ihr sanft die Tränen weggewischt.

Rebecca schüttelte seufzend den Kopf. An dem Wochenende hatte sie sich aufrichtig geliebt gefühlt von Jack. Sie erhob sich und ging auf den knarrenden Bodendielen auf und ab.

Damals war er so anders gewesen als in jüngster Zeit, in der er so oft Kokain schnupfte und aggressiv wurde. Nicht zum ersten Mal wünschte sie sich, Teil eines ganz normalen Paars zu sein wie seinerzeit in Nantucket, als niemand sie erkannt hatte, weil sie wegen der Kälte Mützen und Schals getragen hatten.

Aber so war es nun einmal nicht.

Ein Blick auf die Uhr sagte Rebecca, dass sie nur noch eine Stunde Zeit hatte bis zum Abendessen mit ihrem Kollegen James Waugh.

3

»Guten Abend«, begrüßte James Rebecca, als diese den kleinen Wohnbereich seiner Suite betrat, küsste sie auf beide Wangen und führte sie zu dem gedeckten Tisch. »Unter den gegebenen Umständen essen Sie vermutlich lieber hier oben.«

»Ja danke.« Rebecca war froh, nicht den neugierigen Blicken anderer Gäste ausgesetzt zu sein, fürchtete aber gleichzeitig die Gerüchte, die unweigerlich die Runde machen würden, wenn jemand beobachtet hatte, wie sie die Suite ihres attraktiven Schauspielerkollegen betrat.

»Und zerbrechen Sie sich nicht den Kopf wegen den Angestellten.« James rückte ihr einen Stuhl heraus. »Von Robert weiß ich, dass das Hotel sich für die gesamte Dauer unseres Aufenthalts zur Diskretion verpflichtet hat. Wenn auch nur ein Mucks über die Aktivitäten eines der Schauspieler an die Presse dringt, verklagt die Produktionsfirma die Verantwortlichen.«

»Okay«, murmelte Rebecca.

»Wahnsinn, was?«, staunte James und nahm ihr gegenüber Platz. »Die Suppe ist schon da, also fangen Sie an, bevor sie kalt wird. Wein?«

»Nein danke«, antwortete Rebecca. »Ich muss morgen einen klaren Kopf haben.«

»Was mich interessieren würde: Wie wurden Sie entdeckt?«, erkundigte sich James und füllte sein Glas.

Rebecca tauchte den Löffel in die dünne Suppe von unbestimmbarer Farbe, während sie über seine Frage nachdachte. Gleichzeitig stellte sie fest, dass Mrs Trevathans Essen weit besser schmeckte als das im Hotel. »Ich habe eigentlich nicht das Gefühl, jemals ›entdeckt‹ worden zu sein. Als ich zwanzig war, hat man mir einen kleinen Part in einer Fernsehserie angeboten, und danach sind die Rollen einfach immer größer geworden.« Sie zuckte mit den Achseln.

»Ich hab's noch nicht bis nach Hollywood geschafft«, erklärte James. »Die britische Presse ist schlimm genug, aber nach allem, was ich gehört habe, scheint sie in L. A. mörderisch zu sein.«

»Stimmt«, bestätigte Rebecca. »Weswegen ich nicht dort lebe, sondern in New York.«

»Vernünftig. Ein Freund von mir, der vor ein paar Jahren in L. A. gedreht hat, sagt, die meisten Filmstars gehen praktisch nie aus dem Haus und verbarrikadieren sich hinter Sicherheitszäunen und Kameras. Für mich wär das nichts.«

»Ihr Freund hat recht, und ich finde es auch schrecklich. In New York ist das Leben sehr viel entspannter.«

»Nur nicht jetzt, wo Sie bis ins tiefste Devon verfolgt werden.«

»Ja, im Moment ist es ein Albtraum.« Rebecca legte den Löffel beiseite, obwohl sie kaum etwas von der Suppe gegessen hatte.

»Ich hab's immer schon merkwürdig gefunden, dass junge Schauspieler sich nach Ruhm und Reichtum sehnen«, meinte James. »Der Preis ist hoch. Natürlich spiele ich nicht in Ihrer Liga, aber selbst *meine* Eskapaden sind ein gefundenes Fressen für die Presse.«

»Vermutlich erwarten die Leute, dass man sich irgendwann

daran gewöhnt.« Rebecca seufzte. »Am meisten ärgern mich die Lügen.«

»Aber die Verlobung ist keine Lüge, oder, Rebecca?«

Rebecca ließ sich Zeit mit der Antwort, während James die Suppe abräumte und zwei Teller von der Warmhalteplatte nahm, die der Zimmerservice zur Verfügung gestellt hatte.

»Ich würde sagen, die Mitteilung war ein wenig … übereilt. Doch es stimmt: Jack hat mir tatsächlich einen Heiratsantrag gemacht.«

»Und Sie haben ihn angenommen?«

»So ähnlich. Aber unterhalten wir uns doch lieber über den Film, ja?«, sagte sie abrupt.

»Gern. Miss Bradley, morgen Vormittag darf ich eine der schönsten Frauen der Welt küssen, und wahrscheinlich wird mir das eine schlaflose Nacht bereiten.« Er hob den Blick zum Himmel und seufzte theatralisch. »Die Schauspielerei ist nichts für Feiglinge. Rebecca, Sie sind wirklich ein ausgesprochen hübsches Geschöpf.« James beugte sich ein wenig vor, um sie genauer zu betrachten. »Kein bisschen Make-up. Nicht mal Lippenstift.«

»Morgen, wenn ich aus der Maske komme, werden Sie mich nicht mehr wiedererkennen. Dann sehe ich bestimmt aus wie ein Püppchen.«

»Das war eben der Stil damals«, erklärte James gelassen. »Haben Sie sich vor Jack jemals in einen Ihrer Kollegen verliebt?«

»Nein«, antwortete Rebecca ehrlich. »Und Sie?«

James trank einen Schluck Wein. »Sollen wir nicht, bevor ich diese Frage beantworte, du zueinander sagen?«

Rebecca nickte.

»Ich möchte nicht behaupten, dass ich ein Unschuldslamm bin«, gab er zu. »Bei der Arbeit mit so vielen tollen Frauen kommt man sich vor wie ein Kind im Süßigkeitenladen. Ich war nicht besser, aber auch nicht schlechter als jeder andere junge Mann, mit dem einzigen Unterschied, dass ich im Rampenlicht stand. Aber wenden wir uns einem anderen Thema zu. Wie gefällt dir England bis jetzt?«

Je länger Rebecca mit James zusammen war, desto sympathischer fand sie ihn. Für einen so bekannten Schauspieler war er ziemlich normal geblieben, und er besaß Humor. Rebecca gefiel, dass er weder sich selbst noch seine Karriere sonderlich ernst nahm; für ihn war die Schauspielerei ein Job wie jeder andere. Im Vergleich zu Jack und seinen Klagen darüber, dass die Rollen, die man ihm anbot, seinem Talent nicht gerecht würden, wirkte James erfrischend.

»Seien wir ehrlich«, sagte er beim Pfefferminztee für sie und Kaffee und Brandy für ihn, »wenn wir beide hässlich wie die Nacht wären, würden wir wahrscheinlich nicht Elizabeth und Lawrence spielen. So ist es nun mal.«

Rebecca schmunzelte. »Ich muss allmählich los«, sagte sie, als sie sah, dass es bereits nach zehn war.

»Gut, dann verdrücke ich mich mal in mein Schlafzimmer nebenan, das verglichen mit deinem Schlossgemach bestimmt eher eine Besenkammer ist. Ich verabschiede mich hier, einverstanden?«, fragte er grinsend. »Eventuell draußen lauernde Fotografen sollen keinen falschen Eindruck kriegen.«

Rebecca bedankte sich und stand auf. »Dann bis morgen am Set.«

James küsste sie sanft auf beide Wangen. »Und, Rebecca: Wenn du jemals jemanden zum Reden brauchen solltest: Ich bin da.«

»Danke, gute Nacht«, sagte sie mit leiser Stimme und nahm die Treppe, weil ihr die unauffälliger erschien als der Lift. Draußen wartete bereits Graham im Mercedes auf sie.

Fünfzehn Minuten später betrat Rebecca ihr Schlafzimmer und schloss die Tür hinter sich. Mrs Trevathan hatte die Nachttischlampe für sie brennen lassen und die Bettdecke zurückgeschlagen. Ein wenig fühlte Rebecca sich tatsächlich wie eine verhätschelte Prinzessin.

Irgendwann in der Nacht schreckte sie hoch, sicher, ein Geräusch im Zimmer gehört zu haben. Doch als sie das Licht einschaltete, sah sie niemanden. Dafür roch sie schweres blumiges Parfüm, nicht unangenehm, nur merkwürdig intensiv. Rebecca machte das Licht achselzuckend aus und schlief bald darauf wieder ein.

»In fünf Minuten sind Sie dran, Miss Bradley«, verkündete der Laufbursche.

»Sie ist fertig«, erklärte die Maskenbildnerin Chrissie, nachdem sie eine letzte Schicht Puder auf Rebeccas Stirn aufgetragen und den Schutzumhang von ihren Schultern genommen hatte.

»Wow«, rief der Laufbursche bewundernd aus, als Rebecca aufstand. »Sie sehen umwerfend aus, Miss Bradley.«

Chrissie nickte.

Rebecca, die noch Probleme hatte, sich mit ihren blond gefärbten Haaren, der neuen Frisur, den stark geschminkten Augen, der alabasterweißen Haut und dem dunkelroten Lippenstift anzufreunden, bedankte sich für das Kompliment. Sie hatte kaum noch Ähnlichkeit mit sich selbst. Als sie dem Laufburschen zum Eingangsbereich folgte, sah sie Anthony die breite Marmortreppe herunterkommen und begrüßte ihn mit einem Lächeln. »Guten Morgen.«

Anthony blieb wie angewurzelt stehen.

»Mein Gott«, flüsterte er.

»Was ist?«

Anthony starrte sie stumm an.

»Wir müssen weiter, Miss Bradley«, drängte der Laufbursche.

»Auf Wiedersehen«, verabschiedete Rebecca sich von Anthony, der weiter reglos auf den Stufen stand, und folgte dem Laufburschen.

James wartete bereits im Salon, während das Team die Kamerapositionen auf der Terrasse festlegte.

»Tolle Haare, meine Liebe.« Er begrüßte sie mit einem breiten Lächeln. »Bist das noch du unter all der Schminke?«

»Ganz tief drinnen, ja«, antwortete sie, als sie hinausgerufen wurden.

»Du siehst hinreißend aus, aber das hörst du sicher nicht zum ersten Mal. Mir persönlich bist du allerdings nackt lieber … ich meine natürlich das Gesicht«, flirtete James mit ihr.

Robert Hope, der Regisseur, legte anerkennend den Arm um ihre Schulter. »Perfekt, Rebecca. Bereit?«

»Ja«, antwortete sie nervös.

»Das wird sicher ganz prima«, beruhigte er sie. »Lasst uns die Szene einmal von Anfang an probieren.«

Zwei Stunden später kehrte Rebecca mit James in den Salon zurück und sank erschöpft in einen Sessel. »Gott, bin ich froh, dass es vorbei ist.«

»Super«, lobte James sie und zündete sich an der offenen Tür eine Zigarette an. »Den britischen Akzent hast du ausgezeichnet hinbekommen.«

»Danke. Du hast es mir leicht gemacht.«

»Ich finde, wir sind ein gutes Team. Der Kuss war richtig gut.« Er zwinkerte ihr zu.

Rebecca erhob sich errötend. »Ich hole mir was Kühles zu trinken. Bis später.« Sie verließ hastig den Raum, damit er sich keine falschen Hoffnungen machte. Den Blick kannte sie von anderen Schauspielerkollegen. James war ein netter Kerl, aber sie wollte ihn als Freund, nicht als Geliebten.

»Rebecca.« Steve hielt sie auf dem Weg zum Catering-Wagen auf. »Ihr Agent hat gerade völlig außer sich im Produktionsbüro angerufen. Er sagt, Ihr Verlobter hätte sich bei ihm gemeldet. Beide wollen wissen, wo Sie sind. Würden Sie sich bitte mit ihnen in Verbindung setzen?«

»Ich habe allen zweien eine Nachricht auf Band gesprochen, damit sie wissen, dass alles in Ordnung ist«, verteidigte Rebecca sich. »Aber ich habe hier keinen Handyempfang.«

»Ja, das Problem ist bekannt. Deswegen haben wir Lord Astbury gefragt, ob wir seinen Festnetzanschluss benutzen dürfen. Natürlich übernehmen wir die Kosten. Telefonieren Sie von dort aus. Schließlich wollen wir keine Schauergeschichten in der Zeitung, dass Sie entführt worden sind«, sagte er und entfernte sich.

Rebecca ging seufzend die Treppe hinauf, um ihr Handy zu holen, in dem alle ihre Nummern gespeichert waren.

»Rebecca?«

Sie drehte sich um. Lord Anthony.

»Hallo«, sagte sie unsicher, weil er sie wieder so anstarrte wie zuvor.

»Haben Sie ein paar Minuten Zeit für mich?«, fragte er. »Ich möchte Ihnen etwas zeigen.«

»Natürlich.«

»Bitte folgen Sie mir.« Er führte sie den Flur entlang zum hinteren Teil des Hauses. Dort blieb er stehen und wandte sich ihr zu. »Machen Sie sich auf eine Überraschung gefasst.« Dann öffnete er eine Tür, und sie betraten die große Bibliothek, wo Anthony sie in die Mitte des Raums zog, ihr die Hände auf die Schultern legte und sie in Richtung Kamin drehte.

»Schauen Sie sich das Gemälde darüber an.«

Rebeccas Blick fiel auf das Porträt einer jungen blonden Frau, die ganz ähnlich gekleidet war wie sie selbst und ein mit Edelsteinen besetztes Stirnband trug. Doch nicht nur die Kleidung der Frau fiel ihr auf, sondern auch ihr Gesicht.

»Sie sieht aus wie ich«, stellte Rebecca verblüfft fest.

»Ja. Die Ähnlichkeit ist …«, Anthony schwieg kurz, »… frappierend. Als Sie mir heute Morgen mit den blonden Haaren und dem Kleid begegnet sind, dachte ich, ich hätte einen Geist vor mir.«

Rebecca betrachtete die riesigen braunen Augen, das herzförmige Gesicht, das genauso blass war wie das ihre, die kleine Himmelfahrtsnase und die vollen Lippen. »Wer ist das?«

»Meine Großmutter Violet, eine Amerikanerin. Sie hat meinen Großvater Donald 1920 geheiratet und ist zu ihm nach Astbury gezogen. In England und Amerika galt sie als eine der schönsten Frauen der Zeit. Leider ist sie nicht alt geworden, so dass ich sie nicht kennengelernt habe. Und mein Großvater ist einen Monat nach ihr gestorben.« Anthony seufzte tief. »Man könnte sagen, das war der Anfang vom Ende der Astburys.«

»War Violet krank?«

»Wie ihr ging es damals vielen Frauen: Sie ist bei der Geburt ihres Kindes gestorben.«

»Das tut mir leid.«

»Meine arme Mutter Daisy wurde als Waise von ihrer Großmutter aufgezogen. Das da ist meine Mutter.« Anthony deutete auf ein anderes Porträt, das eine schmallippige Frau mittleren Alters zeigte. »Seit Violets Tod wurden die Astburys von allerlei Schicksalsschlägen heimgesucht.« Er wandte sich wieder Rebecca zu. »Sie sind nicht zufällig mit den Drumners aus New York, einer Anfang des zwanzigsten Jahrhunderts sehr wohlhabenden und einflussreichen Familie, verwandt? Violets Mitgift hat dieses Anwesen vor dem Ruin gerettet.«

Anthony sah sie fragend an, doch Rebecca hatte keine Lust, über ihre Vergangenheit zu sprechen, schon gar nicht mit einem Fremden.

»Nein. Meine Familie kommt aus Chicago, und von den Drumners habe ich noch nie gehört. Die Ähnlichkeit muss Zufall sein.«

»Schon merkwürdig, dass Sie hier in Astbury eine Figur aus der Zeit spielen, in der Violet lebte. Und dass Sie ihr noch dazu so ähnlich sehen.«

»Ja, das stimmt, aber ich versichere Ihnen, dass keinerlei Verbindung zu Ihrer Familie besteht«, wiederholte Rebecca.

»Sie können sich vielleicht vorstellen, was für ein Schock es für mich war, Sie heute Morgen an der Treppe zu sehen. Sie müssen meine Reaktion entschuldigen.«

»Natürlich.«

»Ich hatte das Gefühl, Ihnen das Porträt von Violet zeigen zu müssen. Jetzt werde ich Sie nicht mehr länger aufhalten. Würden Sie mir die Freude machen, mir heute beim Abendessen Gesellschaft zu leisten?«

»Danke, gern. Aber nun muss ich wirklich los. Ich werde in einer Stunde am Set erwartet.«

»Ja.« Anthony hielt Rebecca die Tür auf. Sie kehrten schweigend in die große Halle zurück, wo Rebecca sich mit einem Lächeln von ihm verabschiedete und ein zweites Mal die Treppe hinaufstieg, um ihr Handy zu holen. In ihrem Zimmer bekam sie plötzlich wackelige Knie, ließ sich in den Sessel am Kamin fallen, stützte den Kopf in die Hände und atmete tief durch.

Sie hatte ihn belogen. Das Einzige, was sie über ihre leiblichen Eltern wusste, war der Name ihrer Mutter – Jenny Bradley. Und dass Jenny ihre Tochter mit fünf Jahren zu Pflegeeltern gegeben hatte.

Für Rebecca waren ihre Eltern Bob und Margaret – ein freundliches Ehepaar, das Rebecca vom sechsten Lebensjahr an aufgezogen hatte. Die beiden hatten mehrfach versucht, sie zu adoptieren, doch ihre Mutter hatte sich beharrlich geweigert, ihre Einwilligung zu geben, weil sie hoffte, sich eines Tages selbst um ihre Tochter kümmern zu können.

Emotional war es für Rebecca sehr schwierig gewesen, nie die Sicherheit zu haben, nach der sie sich so sehr sehnte. In ihrer Kindheit hatte sie nachts oft Angst gehabt, dass ihre Mutter irgendwann auftauchen, Anspruch auf sie erheben und sie in ein Leben zurückholen würde, an das sie sich nur noch vage erinnerte.

Als Rebecca neunzehn war, hatten Bob und Margaret ihr sanft erklärt, dass ihre Mutter an einer Überdosis gestorben sei.

Ihren Vater hatte Rebecca nie kennengelernt. Sie wusste nicht einmal, ob Jenny eine Ahnung hatte, wer er war. Vermutlich war sie gezeugt worden, als ihre Mutter für Alkohol und Drogen anschaffen ging.

Rebecca wurde nachdenklich. Wer konnte schon sagen, ob ihr Vater am Ende nicht tatsächlich mit Violet Drumner verwandt gewesen war. Die Möglichkeit bestand durchaus. Da sein Name jedoch nicht auf ihrer Geburtsurkunde vermerkt war, würde sie keine Nachforschungen anstellen können.

Zum ersten Mal seit ihrer Ankunft in England sehnte Rebecca sich nach Jacks tröstender Umarmung. Sie ging mit ihrem Handy, in dem seine Nummer gespeichert war, hinunter in Anthonys Arbeitszimmer, um Jack von dessen Festnetzanschluss aus anzurufen.

Wieder meldete sich nur seine Mailbox, aber sie wusste, dass Jack bei Nummern, die er nicht kannte, aus Sicherheitsgründen grundsätzlich nicht ranging.

»Hi, Schatz, ich bin's. Weil ich hier keinen Handyempfang habe, versuche ich es wieder vom Festnetz aus. Ich probier's später noch mal. In einer Stunde muss ich am Set sein. Ich hoffe, bei dir ist alles in Ordnung. Bis dann.«

Sie legte auf, wählte Victors Nummer und erreichte ihn diesmal persönlich.

»Wie geht's, Schätzchen? Ich wollte schon den CIA auf dich ansetzen.«

»Alles in Ordnung. Wir filmen in einem tollen alten Herrenhaus, und weil die Presse hinter mir her ist, lässt der Mann, dem das Anwesen gehört, ein Lord Astbury, mich bei sich im Haus wohnen. Mach dir keine Sorgen, Victor, ich bin hier gut aufgehoben«, versicherte sie ihm.

»Prima. Was steckt hinter deiner angeblichen Verlobung mit Jack? Du hättest mit mir reden sollen, bevor du Ja sagst.«

»Tatsächlich? Findest du nicht, dass es meine Sache ist, wen ich heirate, Victor?« Rebecca trommelte verärgert mit den Fingern auf dem Tisch.

»Du weißt, dass das nicht so gemeint war, Schätzchen«, versuchte Victor sie zu beschwichtigen. »Ich wollte nur sagen, dass es vielleicht einfacher gewesen wäre, wenn du mir Bescheid gegeben hättest. Dann hätten wir eine offizielle Pressemitteilung formulieren können.«

»Offen gestanden hab ich noch nicht mal Ja gesagt.«

»Wie bitte? Machst du Scherze, Rebecca?«

»Nein.« Als Rebecca die Panik in Victors Stimme hörte, hätte sie am liebsten laut gelacht. »Ich hab Jack gesagt, ich brauche Zeit zum Nachdenken. Und die brauche ich tatsächlich. Es ist nicht meine Schuld, dass er es rausposaunt hat, bevor er meine Antwort hatte.«

»Rebecca, die Presse will unbedingt ein Statement von dir. Du kannst jetzt keinen Rückzieher machen, sonst überschütten dich Jacks Fans mit Hassmails und boykottieren deine Filme.«

Rebecca spürte, wie sich ihr Puls beschleunigte.

»Victor, ich brauche Zeit zum Überlegen, ja?«, erklärte sie mit Nachdruck.

»Bin ich dann bitte der Zweite, dem du deine Entscheidung mitteilst? Ich hoffe, du nimmst seinen Antrag an. Mädel«, fügte er in verschwörerischem Tonfall hinzu, »wenn's nicht funktioniert, kannst du dich immer noch scheiden lassen. Du befindest dich an einem wichtigen Punkt deiner Karriere und kannst jetzt keine negative Publicity gebrauchen.« Kurzes Schweigen, bevor Victor fortfuhr: »Da ist doch kein anderer, oder?«

»Herrgott, Victor! Natürlich nicht«, herrschte Rebecca ihn an.

»Immerhin etwas. Halt dich mal lieber von diesem jungen britischen Schauspieler fern, der im Film deinen Lover spielt. Er hat einen miserablen Ruf als Frauenheld.«

»Fertig mit der Moralpredigt?«, fragte Rebecca. »Interessiert dich auch, wie die Dreharbeiten heute gelaufen sind?«

»Schätzchen, können wir uns darüber ein andermal unterhalten? Ich muss jetzt zu einem Geschäftsfrühstück.«

»Klar.«

»Gutes Mädchen. Ruf mich später noch mal an, ja?«

»Ja. Tschüs, Victor.«

Rebecca legte auf und betrachtete betrübt die hübschen Satinschuhe an ihren Füßen. Victor meinte es gut mit ihr – er war ein ausgezeichneter Agent und managte ihre Karriere gekonnt. Aber manchmal fühlte sie sich von seinem einnehmenden Wesen fast erdrückt. Sie war weder seine Frau noch seine Tochter.

Rebecca betrachtete die alten Fotos in den Silberrahmen auf Lord Astburys Schreibtisch. Sie beneidete Anthony um die Stabilität einer richtigen Familie mit langer Geschichte. Auf den Schwarz-Weiß-Bildern erkannte sie Anthonys Mutter, die er ihr auf dem Porträt in der Bibliothek gezeigt hatte. Auf einem war sie mit einem hübschen, blond gelockten Mädchen an der Hand zu sehen. Die Ähnlichkeit mit Anthony war auffällig, weswegen Rebecca die Kleine für seine Schwester hielt. Rebecca stand vom Schreibtisch auf, warf einen Blick auf den alten Reisewecker und sah, dass ihr vor den Dreharbeiten am Nachmittag nur noch zwanzig Minuten Zeit zum Essen blieben.

4

Um Viertel vor acht abends klopfte es leise an Rebeccas Tür.

»Herein«, rief Rebecca, die bereits bedauerte, Anthonys Essenseinladung angenommen zu haben, weil sie nach dem ersten Drehtag erschöpft war.

»Fertig, Rebecca?«, fragte Mrs Trevathan, die fröhlich den Kopf hereinstreckte.

»Ich bin in fünf Minuten unten.«

Rebecca schlüpfte aus ihrem Bademantel, zog Jeans und eine Bluse an und föhnte ihren noch ungewohnten Bubikopf. Dann betrachtete sie ihr Gesicht im Spiegel. Ohne Make-up, fand sie, machte die neue Haarfarbe sie blass. Sie war sich selbst fremd.

Als sie ihr Zimmer verließ und die große Treppe hinunterging, dachte sie über Mrs Trevathans treue Ergebenheit Lord Anthony gegenüber nach. Wie alles hier entstammte ihre Herr-Diener-Beziehung einer anderen Epoche. Astbury Hall und seine Bewohner wirkten wie aus der Zeit gefallen. Rebecca klopfte an der Tür zum Speisezimmer.

»Herein.«

Anthony erwartete sie bereits am Kopfende eines langen eleganten Mahagonitischs. Dass er ganz allein in dem großen Raum saß, an einem Tisch, der eigentlich für viele Gäste gedacht war, ließ ihn sehr einsam erscheinen.

»Hallo.« Er begrüßte sie mit einem Lächeln, deutete auf den gedeckten Platz zu seiner Linken und stand auf, um ihr den Stuhl herauszuziehen.

»Danke«, murmelte sie, als er zu seinem eigenen Platz zurückkehrte.

»Wein?«, fragte er und nahm die Karaffe von einem Silbertablett auf dem Tisch. »Es gibt Rinderbraten; dazu passt dieser Bordeaux sehr gut.«

»Nur ein kleines Glas«, antwortete Rebecca, die nur selten Alkohol, und wenn, keinen Rotwein trank. Auch Rindfleisch gehörte nicht zu ihren Lieblingsspeisen.

»Meine Mutter hatte noch einen Butler zum Dekantieren und Servieren«, erklärte Anthony beim Einschenken. »Als er in den Ruhestand gegangen ist, war leider kein Geld mehr für einen Nachfolger da.«

»Ich habe keine Vorstellung, wie viel es kostet, ein solches Anwesen zu unterhalten.«

»Versuchen Sie's lieber gar nicht«, seufzte Anthony, als Mrs

Trevathan die Suppe servierte. »Irgendwie wursteln wir uns durch, was, Mrs Trevathan?« Er sah sie lächelnd an.

»Ja, Eure Lordschaft.« Mrs Trevathan verließ den Raum mit einem Nicken.

»Mrs Trevathan schmeißt den Laden hier praktisch allein. Ich wüsste nicht, was ich ohne sie tun würde. Bitte …« Er deutete auf die Suppe. »Fangen wir an.«

»Arbeitet sie schon immer hier?«

»Ja, wie ihre Vorfahren vor ihr. Ihre Mutter Mabel hat sich in meiner Kindheit um mich gekümmert.«

»Es muss schön sein, eine lange Familiengeschichte zu haben und zu wissen, woher man kommt«, sagte Rebecca und aß einen Löffel Suppe.

»Möglich. Aber wie ich Ihnen bereits erzählt habe, ist durch Violets Tod ein Schatten auf dieses Haus gefallen. Wissen Sie, dass das Kleid, in dem ich Sie auf der Treppe gesehen habe, ihr gehörte?«

Rebecca bekam eine Gänsehaut. »Tatsächlich?«

»Ja. Ihre Tochter Daisy – meine Mutter – hat ihre Kleidung nach Violets Tod sehr gepflegt.«

»Daisy hat ihre Mutter also nie kennengelernt, weil Violet bei der Geburt gestorben ist?«

»Ja, aber sie hat Violet verehrt oder besser gesagt ihre Vorstellung von ihrer Mutter. Genau wie ich *sie* verehrte«, erklärte Anthony traurig.

»Wann ist Ihre Mutter gestorben?«, erkundigte sich Rebecca.

»Vor fünfundzwanzig Jahren. Sie fehlt mir nach wie vor. Wir standen uns sehr nahe.«

»Die Mutter zu verlieren ist das Schlimmste, was einem passieren kann«, pflichtete Rebecca ihm bei.

»Wir waren allein. Sie war mein Ein und Alles.«

»Und Ihr Vater?«

Anthonys Miene wurde düster. »Er war kein guter Mensch. Meine arme Mutter hat schrecklich unter ihm gelitten. Er mochte Astbury nicht und hat den größten Teil der Zeit in London verbracht. Am Ende ist er in einem schäbigen Bordell im East End volltrunken gestürzt und hat sich das Genick gebrochen. Darüber war meine Mutter nicht gerade unglücklich.«

Rebecca konnte sich gut in Anthony hineinversetzen. Fast hätte sie ihm von ihrem eigenen Schmerz erzählt. »Das tut mir leid. Es muss hart für Sie gewesen sein.«

»Zum Glück war ich damals erst drei, also erinnere ich mich kaum an ihn. Und später hat er mir nicht gefehlt. Aber lassen wir die Vergangenheit.« Anthony legte den Suppenlöffel weg. »Erzählen Sie mir doch mehr von sich«, bat er, als Mrs Trevathan die Teller abräumte und das Rindfleisch brachte.

»Ich bin ein ganz gewöhnliches Mädchen aus Chicago«, antwortete sie.

»Wohl kaum ›gewöhnlich‹. Sie gelten als eine der bekanntesten und schönsten Frauen der Welt. Wie meine Großmutter Violet in ihrer besten Zeit.«

Rebecca errötete über das Kompliment. »Ich habe Glück gehabt und Karriere gemacht. Den meisten jungen Schauspielerinnen ist das nicht vergönnt.«

»Bestimmt hat Talent auch etwas damit zu tun«, stellte Anthony fest. »Obwohl ich wie gesagt keinen Ihrer Filme kenne. Viele Frauen sind schön, doch nur sehr wenige besitzen dieses gewisse Etwas. Sie haben es, und nach allem, was ich weiß, hatte Violet es auch. Sie war der gefeierte Mittelpunkt der Londoner und New Yorker Gesellschaft und hat die Großen und Wichtigen hier in Astbury Hall empfangen. Das muss damals eine tolle Zeit gewesen sein. Manchmal habe ich das Gefühl, in die falsche Ära hineingeboren zu sein«, erklärte er wehmütig. »Aber genug davon.«

Anthony aß schweigend sein Rindfleisch, während Rebecca ihres auf dem Teller herumschob. Schließlich fragte Anthony: »Sind Sie satt geworden?«

»Ja.« Rebecca betrachtete ihren halb vollen Teller mit

schlechtem Gewissen. »Tut mir leid, ich hatte keinen großen Hunger.«

»Das sehe ich. Könnte ich Sie überreden, ein Stück von Mrs Trevathans Apfel-Brombeer-Kuchen mit Streuseln zu versuchen?«

»Danke, nein.« Rebecca unterdrückte ein Gähnen, und Anthony legte seine erstaunlich zarte Hand auf die ihre.

»Sie sind müde.«

»Ja, irgendwie schon. Ich musste heute ziemlich früh in die Maske.«

»Verstehe. Da wollen Sie sich bestimmt nicht von einem komischen alten Kauz wie mir langweilen lassen. Gehen Sie hinauf. Mrs Trevathan soll Ihnen warme Milch bringen. Das mag altmodisch sein, aber ich bin fest davon überzeugt, dass warme Milch beim Einschlafen hilft.«

»Danke für Ihr Verständnis.«

»Keine Ursache. Es könnte allerdings sein, dass ich Sie wieder bitten werde, mir Gesellschaft zu leisten. Obwohl ich normalerweise lieber allein bin, habe ich diesen Abend sehr genossen. Ach, Mrs Trevathan«, sagte Anthony und hob den Blick, »Rebecca möchte sich zurückziehen, und ich habe ihr versprochen, dass Sie ihr warme Milch bringen.«

»Natürlich, Eure Lordschaft.«

»Dann, meine Liebe.« Anthony stand mit Rebecca auf, nahm ihre Hand und küsste sie. »Es war mir ein Vergnügen. Schlafen Sie gut.«

»Das werde ich. Vielen Dank fürs Essen.«

Als Rebecca, das Glas warmer Milch in der Hand, vom Bett aus in die Dämmerung hinausblickte, die noch nicht ganz der Nacht weichen wollte, dachte sie über ihre Unterhaltung mit Anthony nach. Mit seinen vollkommenen Manieren und seiner eigentümlichen Ausdrucksweise war er genauso sehr ein Relikt der Vergangenheit wie Astbury Hall. Hier fiel es nicht schwer, sich das Leben im vorigen Jahrhundert vorzustellen.

Nun, da Schauspieler und Team weg waren und das Haus zu seinem normalen Rhythmus zurückkehrte, trat die Gegenwart in den Hintergrund.

Sie schüttelte den Kopf; am folgenden Tag musste sie aus der verzauberten Welt von Astbury auftauchen und sich bemühen, Jack persönlich zu erreichen. Sie schaltete das Licht aus.

In den frühen Morgenstunden stieg Rebecca wieder dieser intensive Blumenduft in die Nase, der sie an ferne, unbekannte Orte denken ließ. Dann meinte sie, hohes Singen zu hören, und wachte auf. Ein wenig desorientiert stand sie auf, ging zur Tür und öffnete sie. Im Flur war es dunkel, und das Singen verstummte.

Ich habe geträumt, sagte Rebecca sich, als sie sich wieder hinlegte und, den Nachhall des Gesangs im Ohr, einschlief.

5

Mumbai, Indien

Nach einem langen Tag im Büro am Ende einer harten Woche war Ari froh, zu Hause zu sein. Er öffnete die Tür seiner Maisonettewohnung und ging in die Küche, um sich zum Entspannen einen ordentlichen Gin Tonic einzuschenken. Gleichzeitig hoffte er, dass Lali sich nicht über seinen Alkoholkonsum beklagen würde, denn verglichen mit einigen seiner Geschäftsfreunde aus dem Westen trank er wenig. Ari schlenderte in den Wohnbereich, den er leer vorfand. Wahrscheinlich, dachte er, duschte Lali gerade unten. Er legte sich aufs Sofa und nahm einen Schluck von dem Drink.

Er fragte sich, warum er sich so erschöpft fühlte. Schließlich feierte sein Unternehmen einen Erfolg nach dem anderen. Besonders in letzter Zeit, da die Finanzkrise Amerika und Europa gezwungen hatte, sich nach Indien mit seinen kostengünstigeren Möglichkeiten zu orientieren. Es gab mehr als genug zu tun, und genau das, dachte Ari seufzend, war das Problem. Die Suche nach zuverlässigem, gut ausgebildetem Personal, das ihm helfen konnte, die Auftragsflut zu bewältigen, erwies sich als Albtraum. Was zur Folge hatte, dass er für zehn arbeitete.

Lali lag ihm wegen eines Urlaubs in den Ohren und zeigte ihm immer wieder Broschüren über ruhige Strandresorts. Sie schien nicht zu begreifen, dass daran momentan nicht zu denken war.

»Sobald ich Leute finde, auf die ich mich verlassen kann, fahren wir, das verspreche ich dir.«

»Ari, Schatz, das sagst du jetzt schon drei Jahre lang«, seufzte sie dann traurig und warf die Kataloge in den Papierkorb.

Nach solchen Auseinandersetzungen beruhigte Ari sein schlechtes Gewissen für gewöhnlich damit, dass er ihr Sachen mitbrachte, die seine Sekretärin für ihn ausgesucht hatte, Schmuck oder ein Kleid aus einer von Lalis Lieblingsboutiquen. Außerdem entschuldigte er sich wortreich bei ihr und versprach, abends nicht mehr so spät nach Hause zu kommen und sie zum Essen auszuführen. In den folgenden Tagen diskutierten sie ausführlich, wie sie mehr Zeit miteinander verbringen könnten, doch eine Woche später arbeitete Ari dann schon wieder achtzehn Stunden am Tag wie zuvor.

Als er aufstand, um sich einen neuen Gin Tonic zu holen, musste er zugeben, dass er sie aus Frustration manchmal anschrie.

»Wie sonst soll ich die Hypothek für dieses Apartment bezahlen? Oder all die hübschen Kleider in deinem Schrank?«

Sie antwortete immer das Gleiche. »Es ist mir egal, wo ich wohne oder was ich anhabe. Das ist *dir* wichtig, Ari, nicht mir.«

Natürlich stimmte das nicht, dachte er, als er auf die Terrasse hinaustrat und aufs Arabische Meer blickte. Sie redete sich nur ein, dass ihr all das nicht fehlen würde.

Ari wusste, dass sie abgesehen von seiner Arbeitsbelastung

noch ein viel größeres Problem hatten. Lali war fast dreißig und wollte endlich heiraten. Das konnte er ihr nicht verdenken. Vier Jahre zuvor war sie, darauf vertrauend, dass er ihr bald einen Heiratsantrag machen würde, gegen den Willen ihrer Eltern zu ihm gezogen. Doch sosehr er sich auch bemühte: Ari konnte sich einfach nicht dazu durchringen, die Worte zu sagen, die sie hören wollte. Warum, konnte er sich nicht erklären, weil kein Zweifel daran bestand, dass er Lali liebte. Sie war wunderschön, und ihre sanfte, ruhige Art glich seine Impulsivität aus. Er musste seinen Freunden zustimmen: Sie war genau die Richtige für ihn.

Worauf wartete er also noch? Er war sechsunddreißig und vor Lali mit einer ganzen Reihe toller Frauen zusammen gewesen. Doch sein Instinkt hinderte ihn daran, den entscheidenden Schritt zu wagen.

In den vergangenen Wochen war ihm aufgefallen, dass sie sich von ihm zurückgezogen hatte und oft nicht da war, wenn er nach einem langen, harten Arbeitstag nach Hause kam. Sie behauptete, mehr Zeit im Fitnessstudio oder mit Freundinnen zu verbringen. Wer konnte ihr das verdenken? Wenn er daheim war, nahm er oft gar keine Notiz von ihr.

Ari ging hinein und machte sich in der großen Wohnung auf die Suche nach ihr. Sie fehlte ihm und schien ihm nicht einmal einen Zettel oder eine SMS hinterlassen zu haben, um ihm Bescheid zu geben, wo sie sich aufhielt. Er duschte, holte die Reste vom Vorabend aus dem Kühlschrank, erhitzte sie in der Mikrowelle, schenkte sich ein Glas Wein ein und setzte sich ins Wohnzimmer, wo er den riesigen Fernseher einschaltete und herumzappte, bis er bei einem englischen Fußballspiel landete. Obwohl er jede Menge Arbeit gehabt hätte, konnte er sich, müde, wie er war, nicht dazu durchringen, sie anzugehen.

Das einzig Positive war im Moment ein junger Verkäufer, den er zwei Jahre zuvor eingestellt hatte und der sich sehr gut machte. Ari hatte ihn einige Wochen zuvor zu sich gerufen, um ihm die Betreuung des indischen IT-Markts zu übertragen, der sich genauso rasant entwickelte wie die indische Gesamtwirtschaft. Wenn Dhiren sich in den folgenden sechs Monaten bewährte, glaubte Ari, Geschäftsführerpotenzial in ihm zu sehen.

In drei Wochen wollte Ari zu einem Treffen mit potenziellen Kunden nach London. Während seiner Auslandsaufenthalte brauchte er jemanden, der zu Hause das Steuer übernahm, und diese Reise bot sich als Probelauf an.

Vielleicht, überlegte Ari, sollte er Lali bitten, ihn zu begleiten. Obwohl er nicht viel Zeit für sie haben würde, hätte sie bestimmt Spaß daran, sich die Sehenswürdigkeiten anzuschauen. Ja, das würde er ihr vorschlagen, wenn sie nach Hause kam.

Um halb zwölf schaltete Ari die Lichter im Wohnbereich aus und ging nach unten ins Schlafzimmer. Es war ausgesprochen ungewöhnlich, dass Lali so lange wegblieb, noch dazu, ohne ihm mitzuteilen, wo sie sich aufhielt. Ein Muskel in Aris Schläfe begann zu zucken. Als er ihre Handynummer wählte, meldete sich ihre Mailbox. Vermutlich schmollte sie, dachte er. Sie hatte ihm schon mehrmals gedroht, ihn zu verlassen, doch mit ein wenig Überredungskunst war es ihm immer wieder gelungen, sie umzustimmen. Das würde er auch diesmal schaffen.

Als Ari um acht Uhr morgens vor dem Aufbruch ins Büro hastig einen Kaffee trank, hörte er, wie sich der Schlüssel im Schloss drehte und Lali, die ohne Make-up wie ein kleines müdes Kind wirkte, mit blassem Gesicht die Küche betrat.

»Darf ich fragen, wo du heute Nacht gewesen bist?«, begrüßte Ari sie.

»Bei meinen Eltern.«

»Ach. Ich dachte, mit denen redest du nicht mehr.«

»Habe ich auch bis jetzt nicht, weil ich weiß, dass du sie nicht magst.«

»Haben sie dir nach deinem Entschluss, zu mir zu ziehen, nicht gesagt, du wärst nicht mehr bei ihnen willkommen? Und ich hatte den Eindruck, dass du ihnen nicht nachtrauerst.«

Sie sah ihn mit tränennassen Augen an. »Sie sind meine Eltern, Ari. Ich hatte die ganze Zeit über ein schlechtes Gewissen, weil ich sie enttäuscht habe.«

»Enttäuscht?«, fragte Ari verwirrt. »Was soll das heißen? Du hast eine Entscheidung getroffen, die ihnen nicht gefiel, das ist alles.«

»Ich …«, sie schüttelte seufzend den Kopf, »Ari, du bist so anders als ich.«

»Wie meinst du das?«

»Egal.« Sie zuckte traurig mit den Achseln. »Ich will nicht streiten.«

»Lali, was soll das alles? Raus mit der Sprache.«

Sie holte tief Luft. »Ich gehe wieder zu meinen Eltern, Ari, und bin nur gekommen, um meine Sachen zu holen.«

»Wie lange? Heute Nacht? Einen Monat? Oder für immer?«

»Für immer. Tut mir leid.«

»Das heißt, du verlässt mich?«

»Ja. Ich will keinen Streit und keine Diskussionen, sondern nur meine Siebensachen holen und gehen.«

Ari, der sah, dass sie vor Erregung zitterte, nickte. »Okay. Bist du sicher, dass du nicht darüber reden möchtest?«

»Ja. Es ist alles gesagt. Ich packe jetzt.«

Er schaute ihr nach. Allzu besorgt war er nicht; an diesem Punkt hatten sie sich schon öfter befunden. Doch der Gedanke, dass sie wieder zu ihren Eltern zog – die ihn nicht mochten –, gefiel ihm nicht. Er stand vom Tisch auf und folgte ihr ins Schlafzimmer.

»Lali, *pyari,* ich sehe, dass du ziemlich aus der Fassung bist, aber ich finde wirklich, wir sollten reden. Außerdem wollte ich dir vorschlagen, mich nach Europa zu begleiten. Du hast recht, wir brauchen mehr Zeit füreinander.«

»Dort wirst du wieder keine Zeit haben, die hast du nie. Du wirst die Tage in Besprechungen verbringen, und ich werde im Hotel auf dich warten. Und wenn du dann endlich kommst, bist du so müde, dass du nur noch schlafen willst.« Lali hob einen Koffer aus dem unteren Teil des Schranks, legte ihn aufs Bett, trat an die Kommode und begann zu packen.

»Lali.« Ari trat einen Schritt auf sie zu. »Ich …«

»Fass mich nicht an!«, rief sie aus, duckte sich weg und ging zum Schrank, um ihre Kleider von den Bügeln zu nehmen.

»Lali, was hat dich so aus der Fassung gebracht? Bitte sag es mir. Ich liebe dich, das weißt du, *pyari*. Du darfst nicht gehen.«

Endlich sah sie ihn traurig an. »Das glaube ich dir. Aber ich muss das jetzt durchziehen, für mich.« Lali senkte den Blick, und wieder wurden ihre Augen feucht.

»Warum? In letzter Zeit ist es doch gut gelaufen. Ich …«

»Ich weiß, dass für dich alles in Ordnung ist«, sagte sie, als sie den Koffer schloss und eine Reisetasche holte, um ihre Schminksachen von der Frisierkommode darin zu verstauen. »Ari, du kannst nichts dafür. Es ist, wie es ist.«

»Du sprichst in Rätseln, Schatz, ich verstehe nicht, was du mir sagen möchtest. Wenn ich nicht schuld bin, wer dann?«

Lali stieß einen tiefen Seufzer aus und richtete den Blick in die Ferne. »Wir erwarten unterschiedliche Dinge vom Leben. Ich wünsche mir Ehe, Kinder und einen Mann, der sich Zeit für mich nimmt.« Sie lächelte matt. »Dir sind nur Erfolg und Geld wichtig. Hoffentlich bringen sie dir die Befriedigung, die du dir davon erhoffst.« Lali schloss die Tasche und hob sie vom Bett. »Mein Vater wartet unten. Ich muss los.« Sie griff in die Tasche ihrer Jeans. »Hier sind die Schlüssel für die Wohnung und den Wagen.« Sie legte sie auf die Frisierkommode. »Auf Wiedersehen, Ari. Ich werde dich immer lieben und wünsche dir Glück.«

Ari beobachtete entsetzt, wie Lali mit dem Gepäck das Schlafzimmer verließ. Er hörte bereits die Wohnungstür ins Schloss fallen, als sich seine Schockstarre endlich löste und er ihr hinterherrannte. Doch er sah nur noch, wie die Lifttür hinter ihr zuging.

»Lali!« Er schlug mit der Faust auf den Knopf der Aufzugtür, um sie wieder zu öffnen, doch der Lift hatte sich bereits in Bewegung gesetzt. Ari kehrte in seine Wohnung zurück, schloss die Tür hinter sich und lehnte sich dagegen. Das hatte sie doch bestimmt nicht ernst gemeint, oder? Vielleicht war es nur ein Trick, um ihn dazu zu bringen, dass er sie heiratete. Nein, dachte er, so funktionierte das nicht. Erpressen ließ er sich nicht.

Außerdem bezweifelte er, dass sie es lange in der Hütte ihrer Eltern aushalten würde, in der es nicht einmal fließendes Wasser gab und wo sie sich ein Zimmer mit ihren vier jüngeren Geschwistern teilen musste. Nach dem Luxusleben mit ihm würde ihr das nicht gefallen.

Der Schock wich Wut, als er daran dachte, was er alles für sie getan hatte. Sie hatte immer behauptet, sie mache sich nichts aus materiellen Dingen und würde ihn auch dann lieben, wenn er in einer Hütte am Strand hauste und für ein paar Rupien am Tag Gewürze verkaufte.

»Wenn sie erst mal eine Weile bei ihren Eltern ist, sehen wir ja, ob das stimmt«, sagte er laut.

Als er merkte, dass nicht mehr viel Zeit bis zu seinem Termin war, nahm er die Autoschlüssel und machte sich auf den Weg ins Büro.

Eine Woche später war Ari längst nicht mehr so guter Dinge. Lali hatte sich seit der Trennung nicht bei ihm gemeldet, und er hatte, obwohl er sich anfangs darüber freute, ungestört arbeiten zu können, den größten Teil der Zeit damit verbracht, aus seinen riesigen Fenstern zu starren und die Familien am Strand zu beobachten, die sich vor Vergnügen kreischend in die Fluten stürzten.

Sie fehlte ihm, mehr, als er gedacht hätte. Unzählige Male hatte er schon ihre Nummer gewählt, aber sofort wieder aufgelegt. Schließlich hatte *sie ihn* verlassen, was bedeutete, dass Lali auf ihn zukommen musste. Er würde es ihr leicht machen, dachte er, sich ihre Entschuldigung ohne Vorwürfe anhören, sie mit offenen Armen empfangen und sie dann, wenn er dazu bereit war, fragen, ob sie seine Frau werden wolle. Er würde sie gewinnen lassen …

Doch mit der Zeit kam Ari ins Grübeln. Inzwischen wünschte er sich, wenn er in seiner großen leeren Wohnung saß, mit jemandem reden und sich Rat holen zu können. Doch es fiel ihm niemand ein, dem er genug vertraut hätte. In den vergangenen Jahren war er zu beschäftigt gewesen, um Freundschaften aus der Kindheit zu pflegen, und seitdem er sich zehn Jahre zuvor geweigert hatte, zur Beisetzung von Anahita zu kommen, hätte sich seine Beziehung zu seinen Eltern und Geschwistern abgekühlt. Er rief höchstens noch einmal im Monat zu Hause an und erkundigte sich bei demjenigen, der ranging, ob alle gesund seien und ob es irgendwelche Neuigkeiten gebe. Sogar seine Mutter klang am Telefon distanziert. Keiner aus seiner Familie meldete sich mehr spontan bei ihm.

Sie haben mich aufgegeben, dachte er seufzend, als er sich in sein großes leeres Bett legte, die Hände hinter dem Kopf verschränkte und überlegte, warum vor der Trennung von Lali nie genug Zeit gewesen zu sein schien. Nun, da sie nicht mehr da war, zogen sich die Abendstunden endlos dahin.

Am folgenden Morgen fasste Ari angesichts des langen, öden Wochenendes, das vor ihm lag, einen Beschluss. Er würde seinen Stolz vergessen und auf sie zugehen müssen. Also wählte er ihre Handynummer und legte zum ersten Mal nicht gleich wieder auf. Doch statt Lalis fröhlicher Stimme, die den Anrufer bat, eine Nachricht zu hinterlassen, hörte er die automatische Ansage, dass unter dieser Nummer kein Anschluss bestehe.

Zum ersten Mal seit Lalis Abschied verspürte Ari so etwas wie Angst. Bis zu diesem Zeitpunkt war er überzeugt davon gewesen, dass es sich lediglich um einen Machtkampf handelte, den er bereit war, großmütig zu verlieren. Er hatte keine Sekunde geglaubt, dass Lali die Trennung tatsächlich ernst meinte.

Als Ari es noch einmal versuchte, erhielt er dieselbe Auskunft. Panik stieg in ihm auf, und er fragte sich, wie er sie aufspüren konnte. Er wusste nur, dass ihre Eltern irgendwo in den verwinkelten Gassen von Dharavi wohnten – er hatte sie einmal besucht, aber keine Ahnung, wie er dorthin gelangt war. Ari zermarterte sich das Gehirn, ob er Freunde von ihr kannte. Doch Lali hatte ihn nicht in den Kreis der jungen Frauen, in dem sie sich bewegte, eingeführt, weil viele ihrer Jugendfreundinnen aus armen Familien stammten wie sie selbst. Ihr war klar gewesen, dass sie diese nicht zu einem Abendessen ins schicke Indigo Café mitnehmen konnte. Ari hatte nicht die geringste Ahnung, wie sie zu finden waren.

Er fragte sich, wie er vier Jahre lang unter demselben Dach mit Lali leben und so gut wie nichts über ihre Aktivitäten außerhalb seiner Wohnung hatte wissen können. *War es seine Schuld?*, überlegte er, während er auf der sonnendurchfluteten Terrasse auf und ab ging.

Natürlich, gestand er sich schließlich ein, denn er hatte ihren Eltern ziemlich klar zu verstehen gegeben, dass es ihn nicht interessierte, eine Beziehung zu ihnen aufzubauen. Nicht einmal Lalis wegen. Sie waren keine schlechten Menschen ... arm, ja, aber fleißige und gläubige Hindus, die ihre Kinder nach strengen moralischen Maßstäben erzogen und sich im Rahmen ihrer begrenzten Möglichkeiten um eine gute Ausbildung für sie bemühten.

Ari ließ sich erschöpft in einen Sessel fallen und stützte den Kopf in die Hände. Ihm wurde klar, dass er nicht nur sie, sondern auch das verachtet hatte, wofür sie standen – den blinden Glauben an ihre Götter sowie die demütige Fügung in ihr Schicksal. Sie gehörten dem »alten Indien« an wie seine Eltern, dessen Servilität das Resultat von mehr als hundert Jahren britischer Herrschaft war.

Der älteren Generation schien nicht klar zu sein, dass die Machtverhältnisse sich verschoben hatten und Unterwürfigkeit nicht mehr nötig war. Sein Volk entwickelte Selbstbewusstsein; nach oben waren keine Grenzen gesetzt.

Er hatte vor den alten Werten weglaufen wollen, die die Menschen seiner Ansicht nach nur bremsten. In Ari stieg Wut auf. Warum?

Plötzlich tat er etwas, das er sich jahrelang nicht mehr gestattet hatte. Er stützte den Kopf in die Hände und weinte.

Ari wusste, dass er die langen dunklen Stunden jenes Wochenendes nicht so schnell vergessen würde, in denen er sich der Wahrheit gestellt hatte. Ob er über den Verlust von Lali trauerte oder über sich selbst, darüber, wie einsam, ichbezogen und wütend er geworden war, wusste er nicht. Er fragte sich, ob er gerade so etwas wie einen Nervenzusammenbruch erlitt, möglicherweise Folge der fünfzehn Jahre, in denen er sich Tag um Tag unerbittlich angetrieben hatte.

Ja, er hatte tatsächlich ein erfolgreiches Unternehmen aufgebaut, dabei jedoch sich selbst vergessen.

Er versuchte, sich über die Gründe für seinen Zorn und darüber, warum er seine Gefühle und sein Mitleid von früher verloren hatte, klar zu werden, und dachte zurück an seine Internatszeit in England, wo die Jungen auf ihn herabgeblickt hatten, weil er Inder war. Obwohl Indien mehr als vierzig Jahre zuvor unabhängig geworden war, hatte die britische Oberschicht sich damals noch immer überlegen gefühlt.

Dass seine Eltern so stolz auf ihn gewesen waren, hatte alles noch schlimmer gemacht. Trotz der seiner Meinung nach katastrophalen Folgen der britischen Herrschaft über Indien hatten sich bei ihnen Kultur und Traditionen der einstigen Herren unauslöschlich eingebrannt. Für sie war es nach wie vor das höchste Ziel für einen indischen Jungen, ein britisches Internat zu besuchen.

Doch Ari wusste, dass, obwohl die fünf Jahre in England seinen Ehrgeiz geweckt hatten, sich den englischen Jungen als ebenbürtig zu erweisen, der absolute Wille zum Erfolg in ihm selbst lag. Ihm war auch klar, dass er, indem er alle Eigenschaften, die sein Volk so einzigartig machten, ausblendete, genauso sehr zum Imperialisten geworden war wie jene, die einmal sein Land beherrscht hatten. Er hatte seine indische Seele verloren.

Am Sonntagabend verließ Ari seine Wohnanlage und fragte den ersten Passanten, dem er auf der Juhu Tara Road begegnete, nach dem Weg zum nächsten Tempel. Aus Scham erklärte er, er sei fremd in Mumbai.

Im Tempel zog er die Schuhe aus und verrichtete all die Rituale der Andacht und des Gebets, die er einst ohne nachzudenken ausgeführt hatte, die ihm inzwischen jedoch fremd geworden waren. Ari opferte nicht wie bei den wenigen Tempelbesuchen der vergangenen Jahre Lakshmi, der Göttin von Glück und Wohlstand, sondern Parvati, der Göttin der Liebe und Treue, und Vishnu, dem allmächtigen Beschützer und Bewahrer. Er bat um Vergebung, besonders dafür, dass er sich von seinen Eltern distanziert hatte. Und er betete, dass Lali zu ihm zurückkehren möge.

Als Ari, nun ein wenig ruhiger, nach Hause kam, rief er seine Eltern an. Es meldete sich seine Mutter.

»Hallo, Ma. Ich …«

»Was ist los, Ari?«

Dass sie seine Niedergeschlagenheit sofort bemerkt hatte, brachte ihn zum Weinen, und er flehte sie, seinen Vater und seine Geschwister um Vergebung an. »Es tut mir so leid, Ma«, schluchzte er.

»Mein Sohn, mir bricht es fast das Herz, dich so zu hören. Hat Lali dir das deine gebrochen?«

»Woher weißt du das, Ma?«

»Hat sie dir nicht erzählt, dass sie uns vor zwei Wochen besucht hat?«

»Nein.«

»Verstehe.«

»Was hat sie gesagt, Ma?«

»Dass sie …«, Ari hörte Samina seufzen, »… nicht mehr länger warten will, bis du dich endlich zu ihr bekennst. Sie ist sich jetzt sicher, dass du sie nicht genug liebst, und hält es deshalb für das Beste, dich freizugeben. Du weißt ja, wie sehr sie sich eine Familie wünscht, *pyara.*«

»Ja. Bitte glaube mir, Ma, ich liebe sie. Sie fehlt mir … Ich möchte, dass sie zu mir zurückkommt. Wenn du wissen solltest, wo sie ist, sag ihr das bitte von mir. Ich …« Ari versagte die Stimme.

»Mein Sohn, sie wird nicht mehr zu dir zurückkommen.«

»Warum nicht?« Ari merkte, dass er klang wie ein verwöhntes Kind, dem man das Lieblingsspielzeug weggenommen hat.

»Tut mir leid, dass ausgerechnet ich dir das sagen muss, aber ich denke, du solltest es erfahren. Du erinnerst dich sicher, dass ihre Eltern eine Ehe für sie arrangiert hatten, gegen die sie sich gewehrt hat, als sie dich kennenlernte.«

»Ja. Irgendein Cousin aus der Nähe von Kolkata, glaube ich. Ein Bauer, viel älter als sie. Lali hat behauptet, sie könnte ihn nicht ausstehen.«

»Möglich«, sagte Samina. »Trotzdem hat sie ihn gestern geheiratet.«

Ari verschlug es die Sprache.

»Ari, bist du noch dran?«

»Ja«, presste Ari hervor. »Warum? Ich verstehe nicht …«

»Ich schon«, erwiderte seine Mutter mit leiser Stimme. »Lali ist fast dreißig und hat keinen Beruf, mit dem sie sich ihren Lebensunterhalt verdienen könnte. Und ihre Eltern sind zu arm für eine Mitgift. Bei diesem älteren Mann hat sie den Rest ihres Lebens zumindest finanziell ausgesorgt.«

»Was?!« Ari traute seinen Ohren nicht. »Ma, bei mir hätte sie sich auch keine Sorgen machen müssen! Möglicherweise habe ich ihr nicht genug Zeit gewidmet, aber über Geldmangel konnte sie sich nie beklagen.«

»Sie hätte sich etwas anderes gewünscht. Wie die meisten indischen Frauen.«

»Du meinst die Ehe?«, stöhnte Ari.

»Ja. Lali hat das ganz richtig erkannt: Wenn du ihrer müde geworden wärst, hättest du sie ohne einen Cent auf die Straße setzen können. Als deine Geliebte hatte sie keinerlei Rechte, keinen Status und kein Geld … und all das ist sehr, sehr wichtig.«

»Wenn sie bloß mit mir darüber geredet hätte.« Ari biss sich auf die Lippe.

»Soweit ich weiß, hat sie das oft genug.« Samina seufzte. »Sie sagt, du hättest ihr nicht zugehört. Ihr einziges Kapital sind ihre Jugend und Schönheit. Ihr läuft die Zeit davon.«

»Das war mir nicht klar. Bitte, Ma, glaub mir das.«

»Sie war zu stolz, dich anzubetteln.«

»Ma, was soll ich jetzt machen?«, fragte er verzweifelt.

»Noch einmal von vorn anfangen?«, schlug Samina vor. »Vielleicht hast du daraus ja etwas gelernt. Lali ist jedenfalls weg.«

»Ich muss jetzt aufhören. Die Arbeit …«

»Melde dich …«, hörte er seine Mutter noch sagen, als er das Gespräch beendete.

Am nächsten Tag ging Ari zum ersten Mal in seinem Leben nicht ins Büro und teilte Dhiren, seinem neuen Verkaufsleiter, mit, dass er Fieber habe. Die folgenden Tage stand er nur zum Essen, Trinken und Pinkeln vom Bett auf. Sämtliche Energie schien aus ihm gewichen zu sein, und wenn er sich im Spiegel betrachtete, wirkte er blass und irgendwie kleiner – als hätte er einen Teil seiner Selbst verloren. Was ja letztlich auch stimmte, seufzte er.

In den wenigen Stunden, in denen er wach lag, starrte er die Decke an und fragte sich, wo die Entschlossenheit geblieben war, die ihn in den vergangenen fünfzehn Jahren angetrieben hatte. Anrufe aus dem Büro beantwortete er nicht, weil er einfach nicht die Kraft dazu besaß.

Am Dienstagabend stolperte er auf die helle Terrasse hinaus und dachte, während er das Treiben unter ihm beobachtete, über seine Zukunft nach, die sich vor ihm auftat wie ein tiefer, dunkler Abgrund. Er stützte den Kopf in die Hände. »Lali, es tut mir so leid«, flüsterte er.

Da hörte er innen den Summer. In der Hoffnung, dass sie es war, rannte er hin.

»Hallo?«

»Ari, ich bin's, deine Mutter.«

»Komm rauf«, sagte er enttäuscht, jedoch auch überrascht: Seine Eltern wohnten fünf Autostunden von Mumbai entfernt.

»Mein Sohn.« Samina breitete die Arme aus, als Ari ihr die Tür öffnete.

In dem Moment lösten sich die Anspannung und Verbitterung der vergangenen zehn Jahre, und Ari schluchzte in den Armen seiner Mutter wie ein Kind.

»Es tut mir so leid, Ma.«

»Ari.« Samina strich ihm lächelnd die Haare aus der Stirn. »Du bist in den Schoß deiner Familie zurückgekehrt, nur das zählt. Wie wär's, wenn du deiner alten Mutter eine Tasse Tee anbietest? Es war eine lange Fahrt.«

Am Abend schilderte Ari ihr die Gedanken, die er in den vergangenen Tagen gewälzt hatte, und wie düster er seine Zukunft sah.

»Immerhin kommen deine Worte nun aus deinem Herzen und nicht aus deinem Dickschädel«, stellte Samina fest. »Ich hatte mich die ganze Zeit gefragt, wo mein Sohn geblieben war und ob er je zu mir zurückkehren würde. Es ist ein guter Anfang. Du hast eine wichtige Lektion gelernt, nämlich dass Zufriedenheit viele Ursachen hat. Geld und Erfolg allein machen nicht glücklich, wenn dein Herz kalt bleibt.«

»Anahita hat damals fast genau das Gleiche zu mir gesagt«, erklärte Ari. »Und dass mir das eines Tages bewusst werden würde.«

»Deine Urgroßmutter war eine sehr kluge Frau.«

»Ja, und ich schäme mich zutiefst, dass ich nicht bei ihrer Beisetzung war.«

»Wenn du wie sie an die Welt der Geister glaubst, wirst du feststellen, dass sie hier bei uns ist und deine Entschuldigung annimmt. Aber jetzt …«, sie gähnte, »… bin ich nach der langen Reise müde und würde mich gern ein wenig ausruhen.«

»Natürlich«, sagte Ari und führte sie nach unten in das geschmackvoll eingerichtete Gästezimmer.

»So viel Platz für dich allein«, bemerkte Samina, als Ari ihre Tasche abstellte. »Und eine ganze Nacht ohne das Schnarchen deines Vaters! Vielleicht will ich gar nicht mehr weg von hier.«

»Bleib, solange du möchtest, Ma«, sagte Ari, überrascht darüber, dass er das tatsächlich so meinte, und verlegen, weil er sie nie zuvor zu sich eingeladen hatte. »Danke, dass du gekommen bist«, fügte er hinzu und gab ihr einen Gutenachtkuss.

»Ich habe mir Sorgen um dich gemacht. Egal, wie groß deine Wohnung ist und wie viel Geld du hast, du bist immer noch mein geliebter Sohn.« Samina streichelte ihm liebevoll die Wange.

Als Ari eine halbe Stunde später ins Bett ging, fühlte er sich merkwürdig getröstet, dass seine Mutter nur wenige Meter von ihm entfernt schlief. Es beschämte ihn, dass sie ihm keine Vorwürfe machte und sofort zu ihm gekommen war. Er musste an Anahita denken und ihre standhafte Weigerung, an den Tod ihres Erstgeborenen zu glauben.

Besaßen Mütter im Hinblick auf ihre Kinder einen sechsten Sinn?

Aris Blick wanderte zu der Kommode, in der die Geschichte seiner Urgroßmutter seit Jahren unangetastet lag, und er wurde rot wie damals bei Anahita.

Er konnte nur hoffen, dass sie ihm seine Untätigkeit nicht verübelte. Ari stand auf und nahm die vergilbten Seiten heraus, die in gestochen scharfer Handschrift auf Englisch beschrieben waren.

Ari spürte, wie seine Lider schwer wurden. Jetzt war nicht der geeignete Zeitpunkt, sich dem Text zu widmen, aber er nahm sich vor, am nächsten Tag mit der Lektüre zu beginnen.

Am folgenden Morgen ging Ari mit seiner Mutter zum Frühstücken aus, bevor sie die lange Heimreise antrat.

»Arbeitest du morgen wieder?«, fragte Samina ihn. »Das solltest du. Es lenkt dich ab und ist besser, als weiter allein in deiner seelenlosen Wohnung vor dich hin zu grübeln.«

»Also, weißt du, Ma«, sagte Ari schmunzelnd, »im einen Moment beklagst du dich, dass ich zu viel arbeite, und im nächsten schickst du mich zurück ins Büro!«

»Das Leben sollte immer im Gleichgewicht sein, und das deine musst du noch finden. Dann stellt sich vielleicht auch das Glück ein, nach dem du dich sehnst. Ach, bevor ich's vergesse …« Samina nahm eine zerlesene Ausgabe von Rudyard Kiplings *Rewards and Fairies* aus ihrer Handtasche und gab sie Ari. »Das schickt dir dein Vater. Er sagt, du sollst das Gedicht ›If‹ lesen, das er sehr liebt.«

Ari lächelte. »Das kenne ich, aber ich habe mich seit der Schule nicht mehr damit beschäftigt.«

Gleich nachdem seine Mutter weg war, die ihm das Versprechen abgenommen hatte, seine Familie zu besuchen, wenn er aus Europa zurück sei, fuhr Ari ins Büro.

Dort teilte er Dhiren mit, dass er ihm während seines Londonaufenthalts sein Unternehmen anvertraue und möglicherweise länger wegbleiben werde als ursprünglich geplant.

Vierundzwanzig Stunden später bestieg er das Flugzeug nach London und las das Gedicht von Rudyard Kipling, das sein Vater ihm geschickt hatte. Er verstand die Botschaft. Anschließend bestellte er ein Glas Wein und nahm die Geschichte seiner Urgroßmutter aus seiner Aktentasche.

Jaipur, Indien,
1911

6

Anahita

Mein Kind, ich erinnere mich. In der Nacht erscheint schon die sanfteste Brise wie eine himmlische Erholung von der ewigen trockenen Hitze in Jaipur. Oft klettern die Frauen und Kinder der *zenana* und ich zu den Dächern des Mondpalasts hinauf und schlafen dort.

Jaipur liegt in einer von braunen Wüstenhügeln umgebenen Ebene. Als Kind glaubte ich, am schönsten Ort der Erde zu leben, denn die Stadt hatte etwas Märchenhaftes. In Rosa gehaltene Kuppelhäuser mit kunstvoll gemeißeltem Gitterwerk und Veranden mit eleganten Säulen säumten die breiten Straßen. Der Mondpalast nahm den besten Platz ein – er war sozusagen eine Stadt für sich, umgeben von üppigen Gärten. Das Innere bildete ein Labyrinth, in dem man durch Tore und Bogen in geheimnisvolle Höfe gelangte.

Die Bewohner Jaipurs waren ein buntes Völkchen; die Männer trugen leuchtend gelbe, magentafarbene und rubinrote Turbane. Wenn ich von einer der Terrassen des Palasts auf die Stadt hinabblickte, erinnerten mich die Menschen darin manchmal an geschäftige Ameisen.

In meinem Märchenschloss war es leicht, mich wie eine Prinzessin zu fühlen, denn viele meiner Spielkameradinnen waren tatsächlich von hoher Geburt.

Ich jedoch nicht.

Bis zu meinem neunten Lebensjahr hatte ich in der Stadt gelebt.

Meine Mutter Tira entstammte einer langen Linie von

baidh, von Seherinnen und Heilerinnen, und ließ mich schon als kleines Mädchen bei sich sitzen, wenn Leute aus der Stadt mit ihren Problemen zu ihr kamen. In ihrem kleinen Garten hinter dem Haus pflanzte sie zahlreiche duftende Kräuter, mit denen sie ihre ayurvedischen Tränke mischte. Oft sah ich ihr dabei zu, wie sie Guggul, Färberwurzel oder *gokhru* zu einem Heilmittel verarbeitete. Und die Menschen verließen sie überzeugt davon, dass ihre Liebe erwidert, der Tumor verschwinden oder sie innerhalb des nächsten Monats schwanger werden würden.

Manchmal bat meine Mutter, wenn eine Frau zu uns kam, unsere Dienerin, ein paar Stunden mit mir spazieren zu gehen. Bald schon fiel mir auf, dass die Frau dann für gewöhnlich mit angespannter, furchtsamer Miene auf den Kissen in unserem Hinterzimmer wartete.

Natürlich wusste ich damals noch nicht, dass meine Mutter half, ungewollte Schwangerschaften zu beenden.

Mein Kind, du denkst jetzt vielleicht, dass das eine Sünde gegen die Götter ist. Für gewöhnlich handelte es sich um Frauen, die bereits ein halbes Dutzend Kinder oder mehr hatten – damals gab es in Indien noch keine Möglichkeit, eine Schwangerschaft zu verhindern –, und die Familien waren so arm, dass sie es sich einfach nicht leisten konnten, weitere hungrige Mäuler durchzufüttern. Umgekehrt half Tira jedoch auch werdenden Müttern bei der Niederkunft. Als ich älter wurde, nahm sie mich mit. Beim ersten Mal hielt ich mir zugegebenermaßen die Augen zu, doch später erkannte ich das Wunder der Geburt.

Manchmal ritten meine Mutter und ich auf dem Pferd, das mein Vater außerhalb der Stadt in einem Stall untergestellt hatte, in die Dörfer außerhalb von Jaipur. Damals begann ich zu begreifen, dass nicht alle mit liebevollen Eltern in einer rosafarbenen Märchenstadt lebten und jeden Abend genug zu essen hatten. Bei diesen Besuchen sah ich schreckliche Dinge, Armut, Krankheiten, Hunger und Not. Schon in jungen Jahren lernte ich, dass das Leben nicht gerecht ist. Und diese Lektion vergaß ich nie.

Meine Mutter war wie alle Hindus zutiefst abergläubisch. Mein Vater neckte sie manchmal, dass sie mit ihrem Aberglauben in völlig neue Dimensionen vorstoße. Als ich sechs Jahre alt war, wollten wir zu etwas mehr als dreihundert Kilometer entfernt lebenden Verwandten fahren, um mit ihnen *holi* zu feiern, ein Freudenfest, bei dem man sich gegenseitig mit Farbpulver bewirft, so dass am Abend alle von Kopf bis Fuß bunt sind.

Als wir am Tag der Abreise zum Bahnhof gingen, flog plötzlich unmittelbar vor uns eine weiße Eule auf, und meine Mutter blieb entsetzt stehen.

»Wir können nicht fahren«, erklärte sie meinem Vater und mir. »Wir müssen umkehren.«

Mein Vater, der an den Aberglauben meiner Mutter gewöhnt war und unbedingt seine Verwandten zum *holi*-Fest besuchen wollte, schüttelte schmunzelnd den Kopf. »*Pyari*, das war nur ein schöner Vogel, der da vor uns aufgeflogen ist, nichts weiter.«

Obwohl mein Vater mit Engelszungen auf sie einredete, ließ sie sich nicht umstimmen. Am Ende saßen wir zu dritt zu Hause, und mein Vater und ich dachten schmollend an unsere Cousins, Onkel und Tanten, die ihren Spaß beim *holi*-Fest hatten.

Einen Tag später jedoch erfuhren wir, dass aufgrund von Überschwemmungen eine Brücke unter dem Gewicht des Zuges, den wir hatten nehmen wollen, eingeknickt war, so dass der Zug und die Passagiere in die wirbelnden, schlammig roten Fluten stürzten. Einhundert Menschen aus unserer Stadt kehrten nicht nach Hause zurück.

Danach nahm sogar mein Vater die Ahnungen meiner Mutter ernst. Als ich älter wurde, lehrte meine Mutter mich einfache Heilmittel gegen Husten, Erkältungen und gebrochene Herzen. Sie brachte mir bei, den Mondkalender zu lesen – es gab Zeiten im Monat, in denen die Mischung der Heilmittel besonders wirksam ausfiel. Sie erklärte mir, dass der Mond uns Frauen beeinflusse. Und dass es keine stärkere Kraft gebe als die Natur, die die Götter für uns Menschen erschaffen hätten, um uns mit allem zu versorgen, was wir brauchten.

»Eines Tages, Anni, wirst du die Geister singen hören«, erklärte sie mir, als sie mich ins Bett brachte. »Dann wissen wir, dass auch du die Gabe besitzt.«

Obwohl ich seinerzeit noch nicht verstand, was sie meinte, nickte ich. »Ja, Maaji«, sagte ich, als sie mir einen Gutenachtkuss gab.

In ihrer Familie war man der Ansicht, sie habe unter ihrem Stand geheiratet, weil sie einer hohen Kaste angehörte. Sie war eine Cousine zweiten Grades der Maharani von Jaipur. Damals erschien es mir, als wären alle Menschen, die ich in Indien kannte, irgendwie mit uns verwandt. Meine Mutter war im Alter von zwei Jahren mit einem wohlhabenden Cousin in Bengalen verlobt worden, der jedoch mit sechzehn an Malaria starb. Während die Eltern meiner Mutter nach einem anderen geeigneten Partner suchten, lernte sie beim *Navratri*-Fest meinen Vater kennen, und sie begannen heimlich eine Affäre mit einer Vielzahl geschmuggelter Briefe.

Als meine Großeltern ihr verkündeten, sie hätten einen Mann um die fünfzig gefunden, der meine Mutter als Drittfrau wolle, drohte sie wegzulaufen, falls sie ihr nicht erlaubten, meinen jungen, attraktiven Vater zu heiraten. Ich weiß nicht, was meine Eltern anstellten, um einander sehen zu können – als ich das Licht der Welt erblickte, hatten sich ihre Geschichten bereits verselbstständigt –, aber am Ende stimmten meine Großeltern der Verbindung widerwillig zu.

»Ich habe deinen Großeltern gesagt, dass ich ihrer Tochter keine Rubine, Perlen und auch keinen Palast bieten kann, dass sie bei mir jedoch immer im Haus der Liebe wohnen wird«, hatte mein Vater mir erzählt. »Und du, meine *beti,* darfst nicht vergessen, dass Liebe mehr wert ist als alle Schätze im Reich eines Maharadschas.«

Mein Vater Kamalesh war das genaue Gegenteil meiner Mutter. Als Philosoph und Schriftsteller, dessen Denken sich an Rabindranath Tagore, dem berühmten bengalischen Poeten und Aktivisten, orientierte, verdiente er einen Hungerlohn, indem er monatlich ein Pamphlet mit seinen radikalen Gedanken, besonders über die britische Herrschaft in Indien, veröffentlichte. Er hatte sich selbst Englisch beigebracht und finanzierte seine Schriften ironischerweise dadurch, dass er Inder der höheren Kasten, die die Sprache lernen wollten, um sich mit der britischen Oberschicht verständigen zu können, Englisch lehrte.

Mich unterrichtete er in Englisch und zahlreichen Fächern wie Geschichte oder Naturwissenschaften. Während andere indische Mädchen die Stickkunst und Gebete an Shiva um einen guten, liebevollen Ehemann erlernten, las ich Charles Darwins *Die Entstehung der Arten* und beschäftigte mich mit Mathematik. Im Alter von acht Jahren konnte ich außerdem ohne Sattel reiten und galoppierte über die Ebene außerhalb der Stadt hinter meinem Vater her, der mich anfeuerte. Wie alle kleinen Mädchen bewunderte ich meinen Vater maßlos.

So eröffnete sich mir durch meinen Vater, den radikalen Denker, der Probleme logisch anging, und meine Mutter, die, wenn sie eine Fledermaus im ehelichen Schlafzimmer entdeckte, eine *ojha* kommen ließ, um das Haus von bösen Geistern zu befreien, eine ungewöhnlich breite Sicht der Welt.

Einmal, als mein Vater mich auf seinem Schoß tröstete, nachdem ich beobachtet hatte, wie kleine Jungen einen halb verhungerten Hund auf der Straße schlugen, hob er mein Kinn an, um mir die Tränen wegzuwischen.

»Meine liebe Anni, du hast ein mitleidsvolles Herz, das lauter schlägt als hundert *tabla*, und wie dein Vater verabscheust du Ungerechtigkeit. Aber pass auf, denn Menschen sind vielschichtig und ihre Seelen oft grau, nicht nur schwarz oder weiß. Wo du Güte zu finden glaubst, wirst du möglicherweise auch Böses entdecken. Und wo du auf den ersten Blick nur Böses siehst, ist vielleicht auch Gutes.«

Als ich neun Jahre alt war, starb mein Vater plötzlich in einer Typhusepidemie, die unsere Stadt in der Monsunzeit heimsuchte. Nicht einmal die Heilkunst meiner Mutter konnte ihn retten.

»Seine Zeit war gekommen, *pyari,* das wusste ich«, erklärte meine Mutter mir.

Ich hatte Mühe zu verstehen, warum meine Mutter den Tod meines Vaters so gelassen hinnahm. Während ich vor seinem leblosen Körper laut vor mich hin schluchzte, saß sie ganz ruhig und ohne eine einzige Träne zu vergießen bei ihm.

»Anni, wenn deine Zeit gekommen ist und du gerufen wirst, musst du gehen«, sagte sie. »Daran lässt sich nichts ändern.«

Ihre Antwort beruhigte mich nicht. Ich schlug kreischend um mich und weigerte mich, von der Seite meines Vaters zu weichen, als sein Leichnam auf den Scheiterhaufen gehoben wurde. Ich erinnere mich, dass ich weggezerrt werden musste, als der *swami* zu singen begann und das Stroh entzündet wurde. Während beißender Rauch sich in die Luft erhob, wandte ich mich ab und verbarg mich hinter meiner Mutter.

Nach dem Tod meines Vaters hatten wir kaum noch Geld. Die Maharani von Jaipur bot uns als Cousine meiner Mutter an, dass wir bei ihr wohnen könnten. Also zogen wir von unserem hübschen kleinen Haus in der Stadt in die *zenana* des Mondpalasts.

Die *zenana* war der Ort, an dem die Frauen des Palasts getrennt von den Männern zusammenlebten. Damals hielten sich alle Frauen ab dem Einsetzen der Pubertät an die Tradition der *parda.* Kein Mann außer dem Ehemann oder nahen männlichen Verwandten durfte ihr Gesicht sehen. Wenn eine von uns erkrankte, musste der Arzt seine Diagnose durch einen Wandschirm hindurch stellen. Und in der Öffentlichkeit waren unsere Gesichter und Körper verhüllt und verschleiert. Heute kann ich mir das kaum noch vorstellen, doch damals kannten wir nichts anderes, es gehörte zum Alltag.

Ich brauchte einige Zeit, bis ich mich an den Lärm und das Gewimmel in der *zenana* gewöhnt hatte. In unserem Haus hatten wir eine Dienerin und einen Jungen gehabt, der sich um den Garten kümmerte. Wenn sie abends gingen, waren wir nur noch zu dritt und konnten immer die Tür zumachen, falls wir unsere Ruhe haben wollten. Im Palast war das anders. Wir lebten, aßen und schliefen gemeinsam. Manchmal sehnte ich mich nach dem Frieden und der Privatsphäre meines alten Zuhauses, wo ich mich ungestört in ein Buch hatte vertiefen können.

Das Gemeinschaftsleben hatte jedoch auch seine Vorteile. Es mangelte mir nie an Spielkameraden, denn in der *zenana* gab es viele Mädchen meines Alters. Da war immer jemand, mit dem ich Backgammon spielen konnte oder der mich auf der *veena,* einem Saiteninstrument, begleitete, wenn ich sang.

Meine Spielkameradinnen waren alle Töchter der örtlichen Oberschicht mit guten Manieren. Was mir jedoch schrecklich fehlte, waren meine Unterrichtsstunden. Erst in der *zenana* wurde mir bewusst, wie fortschrittlich mein Vater gewesen war.

Den Kosenamen »Anni« hatte ich von ihm; mein eigentlicher Name Anahita bedeutet »voller Anmut«. Ich hatte immer das Gefühl, dass er nicht zu mir passte. Möglicherweise besaß ich einen scharfen Verstand und war in der Lage, mit dem Pferd Gleichaltrigen davonzugaloppieren, aber an mädchenhafter »Anmut« mangelte es mir. In der *zenana* warfen sich die Frauen vor dem Spiegel in Pose und brachten Stunden damit zu, farblich passende Kleidung auszuwählen.

Alle Prinzessinnen und viele ihrer Cousinen waren bereits einem Mann versprochen, den ihre Eltern für geeignet hielten. Ich hingegen kam aus einer Familie, die zwar einer hohen Kaste angehörte, aber arm war. Mein Vater hatte mir nur wenige Besitztümer hinterlassen, und mir war klar, dass meine Mutter mir keine Mitgift würde mitgeben können. Ich war keine gute Partie für begehrte Männer, und meine Mutter suchte in unserem Stammbaum nach jemandem, der sich für mich interessieren könnte. Mich bekümmerte das nicht, weil ich mich an die Worte meines Vaters an die Eltern meiner Mutter erinnerte, als er um ihre Hand angehalten hatte.

Ich glaubte an die Liebe.

Ich war elf und lebte seit über einem Jahr in der *zenana,* als meine Bildung und meine Fähigkeiten als Reiterin sich auszuzahlen begannen: Die Maharani wählte mich als Gefährtin für ihre älteste Tochter, Prinzessin Jameera.

Obwohl mein Status als Spielgefährtin der Prinzessin mir eine Reihe neuer Privilegien verschaffte und die Tür zu aufregenden Aktivitäten öffnete – zum Beispiel durfte ich sie zu einer der zahlreichen Jagden begleiten oder mich in Teilen des Palasts aufhalten, die mir bis dahin verschlossen gewesen waren –, empfand ich diese Zeit nicht als glücklich.

Jameera war ein verwöhntes, schwieriges Mädchen. Wenn wir ein Spiel spielten und sie verlor, lief sie weinend zu ihrer Mutter und beklagte sich, ich habe gemogelt. Wenn ich Englisch mit ihr sprach, worum ihre Mutter mich gebeten hatte, hielt sie sich die Ohren zu. Und wenn ich es bei unseren morgendlichen Ausritten einmal wagte, ihr davonzugaloppieren, kreischte sie vor Wut auf und ignorierte mich den Rest des Tages.

Wir wussten beide, wo das Problem lag: Sie war zwar die Prinzessin, aber ich besaß natürliche Begabungen und Fähigkeiten, die ihr fehlten. Zu allem Überfluss bekam ich, obwohl ich keine Lust hatte, besonders auf mein Äußeres zu achten, immer wieder Komplimente für meine schlanke Figur und meinen guten Wuchs. Jameera hatte weder das eine noch das andere.

»Maaji«, weinte ich mich in den Armen meiner Mutter aus. »Jameera hasst mich!«

»Sie ist tatsächlich ein schwieriges Mädchen. Aber dagegen lässt sich nichts tun, *pyari*. Wir können ihrer Mutter, der Maharani, ja wohl kaum sagen, dass du ihre älteste Tochter nicht magst, oder? Du musst dir Mühe geben«, bat meine Mutter mich. »Du kannst dich glücklich schätzen, von ihr ausgewählt worden zu sein. Das wird sich sicher eines Tages auszahlen.«

Wie üblich hatte meine Mutter recht. 1911 herrschte in den indischen Prinzen- oder Fürstenstaaten Aufregung. Edward VII., der Kaiser von Indien, war im Jahr zuvor gestorben, und die Krönungszeremonie seines Sohnes George V. sollte im Juni in England stattfinden. Danach, im Dezember, wollte man ein großes Krönungstreffen in Delhi abhalten, und zu diesem *durbar* waren alle Prinzen Indiens eingeladen. Als Prinzessin Jameeras Gefährtin gehörte ich zum riesigen Gefolge ihres Vaters, des Maharadschas von Jaipur.

»Anni«, sagte meine Mutter, wölbte die Hände um mein Gesicht und sah mir in die Augen, »nach deiner Geburt habe ich der Tradition gemäß einen Astrologen konsultiert. Und weißt du, was er dir vorhergesagt hat?«

Ich schüttelte den Kopf. »Nein, Maaji, was?«

»Dass dir im Alter von elf Jahren etwas Außergewöhnliches widerfahren würde. Du würdest jemandem begegnen, der dein Leben verändert.«

Erst jetzt, da ich diese Zeilen schreibe, ist mir klar, wie recht der Astrologe gehabt hatte.

7

Pracht und Prunk des *durbar* lassen sich kaum mit Worten beschreiben. Als wir uns der Ebene näherten, in der der Coronation Park – eine Zeltstadt außerhalb von Delhi – errichtet worden war, hatte man das Gefühl, als wäre ganz Indien auf den Beinen.

Jameera, die jüngeren Prinzessinnen und ich lugten aus unserem *parda howdah* auf einem der großen Elefanten im Gefolge der Maharani durch die Vorhänge hinaus. Auf den staubigen Straßen drängten sich alle nur erdenklichen Transportmittel: Fahrräder, hoch beladene, von schweißnassen Ochsen gezogene Karren, Automobile und Elefanten. Arm und Reich war unterwegs zum Krönungspark.

Jeder Maharadscha hatte sein eigenes Zeltlager, jeweils ein kleines Dorf mit Wasser- und Stromversorgung. Als wir in unserem Lager ankamen, sah ich mit großen Augen die elegant eingerichteten Frauenbereiche.

»Es gibt sogar eine Badewanne«, rief ich Jameera begeistert zu.

Jameera, die sich nach der langen Reise erschöpft fühlte, war weniger beeindruckt als ich.

»Wo ist meine Kiste mit den Opfergaben?«, herrschte sie die Dienerinnen an, die die unzähligen Schrankkoffer auspackten. »Die Laken kratzen!«, jammerte sie. »Bezieht das Bett neu!«

Ich ließ mich nicht von Jameeras schlechter Laune anstecken. Sobald ich ihren Dienerinnen beim Auspacken geholfen hatte und sie sich im Bad von ihnen verwöhnen ließ, ging ich auf Erkundung. Der Nachthimmel über den gepflegten Gärten um unser Lager wurde von einem Feuerwerk im weitläufigen Park erhellt; der beißende Rauch vermischte sich mit dem Geruch von Räucherstäbchen, und von fern hörte ich das Trompeten von Elefanten und Sitarklänge.

Ich empfand einen Augenblick reiner Freude. Alle Prinzen Indiens waren hier auf wenigen Quadratkilometern versammelt, die angesehensten, mächtigsten und gelehrtesten Menschen des Landes. Und ich, Anahita Chavan, war mittendrin.

Ich hob den Blick zum Himmel, um mit meinem Vater zu sprechen.

»Ich bin hier, Vater«, teilte ich ihm voller Stolz mit.

Natürlich erzeugt ein solches Treffen der Großen auf so engem Raum Konkurrenz. Jeder Maharadscha strebte danach, das prächtigste Lager, das größte Gefolge, die meisten Elefanten zu haben und die schönsten Feste und Abendeinladungen zu geben. Der Wert der Rubine, Diamanten, Smaragde und Perlen, die die Prinzen und ihre Frauen schmückten, hätten bestimmt gereicht, die ganze Welt zu kaufen, dachte ich, während ich Jameera beim Ankleiden für das erste Bankett ihrer Eltern in unserem Lager half. Überall herrschte höchste Aufregung.

»Heute Abend kommen achtzehn Prinzen und ihre Maharanis!«, erklärte Jameera, die versuchte, ein Goldarmband über ihre feisten Finger zu schieben. »Maaji sagt, dass der Vater des Prinzen, dem ich versprochen bin, da sein wird. Du musst mir helfen, einen guten Eindruck zu machen.«

»Natürlich«, versprach ich.

Am Ende entfernten sich die vier Frauen des Maharadschas und ihre ersten Dienerinnen, um hinter einem *parda*-Wandschirm sitzend ihre Ehemänner und deren männliche Gäste bei dem großen Empfang vor dem Bankett zu beobachten. Wir anderen atmeten erleichtert auf, als alle weg waren, und bereiteten uns auf das unmittelbar bevorstehende Eintreffen der Frauen und Kinder vor, die getrennt von den Männern mit uns in der *zenana* speisen würden.

Später am Abend wimmelte es in unserem Empfangsbereich von weiblichen Gästen und ihren Sprösslingen. Mit großen Augen verfolgte ich, wie die Frauen der anderen Maharadschas von unseren Maharanis begrüßt wurden. Auf ein elfjähriges Kind wie mich wirkten diese Frauen mit ihren Salben, Düften, feinen Hennamustern, vogeleiergroßen Perlen um den Hals, ihrem glitzernden Kopfschmuck mit Rubinen, Smaragden und wertvollen Diamantnasensteckern wie aus einem Märchen. Ihre Kinder waren genauso prächtig ausgestattet – schon dreijährige Jungen und Mädchen trugen echten Goldschmuck, juwelenbesetzte Knöchelkettchen und filigrane Halsketten.

Ich weiß noch, dass der Prunk, den die Anwesenden für selbstverständlich hielten, während ich schon so viel Armut und Hunger in unserem Land gesehen hatte, mich gleichermaßen beeindruckte und verunsicherte.

Trotzdem betrachtete ich das Schauspiel mit ehrfürchtigem Staunen.

Bei dieser Zusammenkunft erfüllte sich die Vorhersage meines Geburtsastrologen. Für gewöhnlich erkennt man zukunftsträchtige, alles verändernde Momente des Lebens erst einmal nicht. Auch dieser verlief eher unspektakulär.

Nachdem ich die Gäste im *zenana*-Empfangsbereich eine Weile beobachtet hatte, wurde mir langweilig und heiß, und ich stand auf und schlich zu einer Zeltöffnung, um frische Luft zu schnappen. Als ich die Klappe zurückschlug und den Blick zum Sternenhimmel hob, hörte ich eine Stimme ganz in der Nähe.

»Ist dir langweilig?«

Die Perlenketten um den Hals des Mädchens, das neben mir stand, und der winzige glitzernde Kopfschmuck in den dichten, welligen Haaren sagten mir, dass die Kleine das Kind einer wohlhabenden, einflussreichen Familie war.

»Nein, natürlich nicht«, antwortete ich hastig.

»Doch, das seh ich doch! Mir ist nämlich auch langweilig.«

Wir musterten einander ein paar Sekunden lang.

»Wollen wir rausgehen, uns umschauen?«, fragte sie mich.

»Das dürfen wir nicht!«, entgegnete ich entsetzt.

»Warum nicht? Hier drin sind so viele Frauen, da fällt niemandem auf, wenn wir weg sind.« Ihre schönen braunen Augen mit den bernsteinfarbenen Flecken sahen mich herausfordernd an.

Ich holte tief Luft, weil ich wusste, dass ich Schwierigkeiten bekommen würde, wenn meine Abwesenheit bemerkt wurde. Trotzdem nickte ich.

»Wir müssen uns im Schatten halten, sonst entdecken sie uns«, flüsterte sie. »Komm.«

Und dann nahm sie meine Hand.

Ich erinnere mich noch gut daran, wie ihre langen, schlanken Finger nach den meinen griffen, ich den Schalk in ihren Augen sah und meine Hand in die ihre legte.

Draußen deutete meine neue Freundin zur anderen Seite des Lagers. »Siehst du? Da drüben speisen die Maharadschas.«

Rund um das zentrale *durbar*-Zelt standen Tausende von Kerzen in Glasschalen, die die Umrisse der Bäume und Pflanzen in dem exotischen Garten erhellten.

Das Zelt zog mich magisch an; ich spürte das weiche Gras unter den Fußsohlen, als wir darauf zuliefen. Meine neue Freundin schien genau zu wissen, wohin wir mussten. Als wir das Zelt erreichten, huschte sie an der Seite entlang, kniete nieder und hob die schwere Zeltplane an, um hineinzulugen.

»Bitte sei vorsichtig, jemand könnte dich sehen«, warnte ich sie.

»Nach unten schaut niemand«, entgegnete sie kichernd und schob die Plane noch ein wenig höher. »Komm, ich zeig dir meinen Vater. Ich finde, er ist der attraktivste von den Maharadschas.«

Sie machte mir Platz, so dass ich ebenfalls niederknien, die dicke Plane hochheben und hineinblicken konnte.

Obwohl ich nur viele große geschmückte Männerfüße sah, wollte ich meine neue Freundin nicht enttäuschen.

»Beeindruckend«, lautete mein Kommentar.

»Links ist mein Vater.«

»Ja, ja«, sagte ich, den Blick auf die Knöchel vor mir geheftet, »ich sehe ihn.«

»Ich finde ihn attraktiver als deinen!«, erklärte sie mit leuchtenden Augen.

Da wurde mir klar, dass dieses Mädchen mich für eine Prinzessin und den Maharadscha von Jaipur für meinen Vater hielt. Ich schüttelte traurig den Kopf.

»Mein Vater ist tot.«

Sie legte ihre warme braune Hand auf die meine. »Tut mir leid.«

»Danke.«

»Wie heißt du?«

»Anahita, aber alle sagen Anni zu mir.«

»Und ich bin Indira. Meine Familie nennt mich Indy.« Sie lächelte, streckte sich auf dem Boden aus und stützte den Kopf in die Hände. »Wer bist du nun?«, erkundigte sie sich und musterte mich eingehend. »Du bist viel hübscher als die anderen Prinzessinnen von Jaipur.«

»Ich bin keine Prinzessin«, korrigierte ich sie. »Meine Mutter ist eine Cousine zweiten Grades der Maharani von Jaipur. Seit dem Tod meines Vaters vor zwei Jahren leben wir in der *zenana* des Mondpalasts.«

»Leider«, sie hob die Augenbrauen, »bin ich eine Prinzessin, die jüngste Tochter des Maharadschas von Koch Bihar.«

»Bist du denn nicht gern Prinzessin?«, fragte ich.

»Nicht wirklich.« Indira drehte sich auf den Rücken, legte die Hände unter den Kopf und blickte empor zum Sternenhimmel. »Ich wäre lieber Tigerbändigerin im Zirkus.«

Ich schmunzelte.

»Lach nicht. Es ist mein Ernst. Ma meint, ich bin eine sehr schlechte Prinzessin. Ich mach mich die ganze Zeit schmutzig und stelle lauter Unsinn an. Sie spielt mit dem Gedanken, mich in ein englisches Internat zu stecken, damit ich Manieren lerne. Ich hab ihr gesagt, wenn sie das macht, laufe ich weg.«

»Warum? Ich würde England sehr gern sehen. Ich bin noch nie in einem anderen Land gewesen«, erklärte ich wehmütig.

»Du Glückliche. Wir sind immer auf Achse. Ma schleppt uns zur Saison hier und in Europa mit. Ich wünschte, ich könnte die ganze Zeit in unserem Palast bleiben und mich um unsere Tiere kümmern. Wenn nicht Tigerbändigerin, wäre ich gern ein *mahout,* der bei den Elefanten lebt. England würde dir nicht gefallen. Es ist grau und neblig. Dort sind wir alle permanent erkältet, besonders Pa.« Indira seufzte. »Ich mach mir Sorgen wegen seiner Gesundheit. Kannst du Englisch?«

Da merkte ich zum ersten Mal, dass ihre Gedanken wie Schmetterlinge von einem Thema zum nächsten flatterten. »Ja.«

Indira richtete sich halb auf und streckte mir die Hand hin. »Wie geht es Ihnen?«, erkundigte sie sich, den englischen Akzent nachäffend. »Freut mich sehr, Sie kennenzulernen.«

»Das Vergnügen ist ganz meinerseits«, sagte ich, während wir einander die Hand schüttelten. Dann rollten wir plötzlich lachend im Gras. Als wir uns beruhigt hatten, fiel mir ein, dass wir in die *zenana* zurückmussten, bevor jemand unsere Abwesenheit bemerkte. Ich stand auf.

»Wo willst du hin?«, fragte sie.

»Zurück zu unserem Zelt. Wir kriegen Ärger, wenn sie sehen, dass wir weg sind.«

»Ach«, meinte Indira, »Ärger bin ich gewöhnt. Ich glaube, den erwartet man sogar von mir.«

Am liebsten hätte ich ihr gesagt, dass man mir, da ich keine Prinzessin war, sondern mir Kost und Logis als Gefährtin einer solchen verdiente, bestimmt nicht so leicht verzeihen würde.

»Noch fünf Minuten?«, bettelte sie. »Es ist so heiß und langweilig im Zelt. Sag ...«, fuhr sie fort, »... mit wem sollst du verheiratet werden?«

»Das steht noch nicht fest.«

»Sei froh. Ich habe meinen Zukünftigen vor ein paar Tagen hier kennengelernt. Er ist alt und hässlich.«

»Wirst du ihn heiraten? Obwohl er alt und hässlich ist?«

»Niemals! Ich wünsche mir einen schönen Prinzen, der mich liebt *und* mir erlaubt, Tiger zu halten«, antwortete sie grinsend.

»Ich möchte auch meinen Traumprinzen finden«, gestand ich mit leiser Stimme.

Wir blickten hinauf zu den Sternen und träumten von unseren schönen Prinzen. Manche Menschen behaupten, sie würden gern in die Zukunft schauen können. Doch wenn ich mich an jenen Moment reiner kindlicher Unschuld zurückerinnere, als Indira und ich, das ganze Leben noch vor uns, im Gras lagen, bin ich froh, dass wir es nicht konnten.

8

In den folgenden drei Wochen, in denen die Festlichkeiten im Coronation Park bis zur großen Präsentation aller Prinzen vor König George weitergingen, wurden Indira und ich unzertrennlich. Wie sie es schaffte, sich so oft davonzuschleichen, weiß ich nicht, aber sie erschien immer pünktlich an unserem verabredeten Treffpunkt, von dem aus wir unsere Erkundungen starteten. Das Lager wurde zu unserem Abenteuerspielplatz. An den Ständen konnte man allerlei wohlriechende Köstlichkeiten wie goldbraun herausgebackene *panipuris* oder *samosas,* gefüllt mit würzigem Gemüse, erwerben. Dazu kamen Nippesläden mit Ton- und Holzfiguren. Indira, die immer genug Rupien zu haben schien, schenkte mir einen Keramiktiger, der mir besonders gut gefallen hatte. »Wenn wir nicht zusammen sind«, sagte sie, »schaust du einfach in die Augen dieses Tigers, dann weißt du, dass ich an dich denke.«

Zum Glück musste Prinzessin Jameera mit ihren Eltern oft zu förmlichen Besuchen in die Lager der anderen Maharadschas, bei denen meine Anwesenheit nicht erforderlich war. Ich fragte Indira, warum das bei ihr nicht so sei.

»Weil ich die Jüngste bin. Für mich interessiert sich niemand«, antwortete sie.

Ich wusste, dass das nicht ganz stimmte. Es gab durchaus Tage, an denen Indira sich nicht mit mir treffen konnte und sich hinterher beklagte, dass sie stundenlang in heißen Zelten hatte herumsitzen müssen, während ihre Eltern die Runde machten. Doch im Großen und Ganzen gelang es uns, einander täglich zu sehen.

Eines Morgens, als unsere gemeinsame Zeit sich allmählich dem Ende zuneigte und mir schon davor graute, in den Mondpalast in Jaipur zurückzukehren, begrüßte sie mich mit leuchtenden Augen.

»Komm«, sagte sie und zog mich zwischen den Zelten hindurch.

»Wo gehen wir hin?«, fragte ich.

»Das wirst du schon sehen«, antwortete sie geheimnisvoll.

Wenig später erreichten wir das Lager des Maharadschas von Koch Bihar.

»Ich möchte dir meinen Lieblingselefanten zeigen«, teilte Indira mir mit. »Die Kleine ist erst zwei Jahre alt. Eigentlich sollte sie gar nicht dabei sein, weil sie noch nicht gelernt hat, in Umzügen mitzugehen, aber ich hab drauf bestanden, dass sie trotzdem mitkommt. Ohne mich und ihre Mutter wär sie sicher traurig gewesen.«

Beim Betreten des *pilkhana* stieg mir der beißende Geruch von Dung in die Nase. In dem Raum hielten sich mindestens vierzig Elefanten auf. Indira führte mich an den Boxen entlang und begrüßte jeden einzelnen mit einem »Guten Morgen« und seinem Namen. Wir liefen zum hinteren Ende, wo sich in der letzten Box der kleine Elefant befand. Als wir uns näherten, begrüßte das Jungtier Indira mit lautem Trompeten.

»Wie geht's, meine hübsche Preema?«, fragte Indira und

drückte ihr Gesicht gegen den Elefanten. »Ich war bei deiner Geburt dabei, stimmt's, meine Kleine?« Der Elefant wand den Rüssel um die Taille meiner Freundin, die zwei Büschel Bananen von einem Haufen nahm. »Ditti, ihr *mahout,* hat mir erlaubt, ihr einen Namen zu geben«, erklärte sie, während sie den kleinen Elefanten fütterte. »Und ich hab sie Preema genannt, geschrieben ›P-R-I-M-A‹, also ›Erste‹. Weil sie der erste Elefant ist, bei dessen Geburt ich dabei gewesen bin. Jetzt nenne ich sie einfach ›meine hübsche Pretty‹.«

Als ich in die sanften Augen des Elefanten blickte, empfand ich lächerliche Eifersucht.

Wie aus dem Nichts tauchte ein klein gewachsener, nussbrauner Inder auf.

»Ditti, benimmt sich meine Pretty ordentlich?«

»Ja, Hoheit, aber ich weiß, dass sie froh sein wird, wieder nach Hause zu kommen.«

»Wie wir alle«, seufzte Indira.

Als wir die Box verließen, neigte der *mahout* voller Ehrfurcht das Haupt. Zum ersten Mal erlebte ich mit, dass meine Freundin wie eine Prinzessin behandelt wurde. Plötzlich überkam mich Verzweiflung. Das Mädchen, mit dem ich gelacht und gespielt und geredet hatte wie mit einer Schwester, gehörte einer anderen Welt an, in einem fernen Teil Indiens. Und bald schon würde meine Freundin dorthin zurückkehren.

Ich blinzelte meine Tränen weg. Indira war zum Mittelpunkt meiner Welt geworden, ich hingegen bewegte mich nur am Rand der ihren. Bestenfalls hatte ich ein paar Wochen lang zu ihrer Unterhaltung beigetragen. In ihrer Schmetterlingsart würde sie davonflattern und sich anderswo neue Vergnügungen suchen.

Ich versuchte, diese Gedanken beiseitezuschieben und dankbar zu sein für unsere gemeinsame Zeit. Meine Mutter hatte mich immer schon meiner plötzlich eintretenden düsteren Stimmungen wegen gescholten, die sie nicht verstehen konnte. »*Du besitzt die Gabe der Zufriedenheit, aber in dir ist auch tiefe Verzweiflung*«, hatte sie einmal bemerkt.

»Komm, ich möchte dir noch jemanden vorstellen«, sagte Indira.

Ich schob meine tristen Gedanken beiseite und bemühte mich, ihr ein Lächeln zu schenken.

»Was diesmal? Tier, Ding oder Mensch?«

Indira schmunzelte über diese Anspielung auf ein Spiel, das wir oft spielten.

»Eindeutig Mensch. Ich bringe dich zu meiner Mutter.«

Mein Puls beschleunigte sich. In der *zenana* von Jaipur war viel die Rede gewesen von der schönen Ayesha, der Maharani von Koch Bihar. Ich hatte gehört, wie Jameera und ihre Mutter boshaft erklärten, dass Ayesha sich, weil sie der Kaiserin von Indien,Victoria höchstpersönlich, einmal im Buckingham Palace gegenübergestanden hatte, für etwas Besseres zu halten schien als die anderen Maharanis.

»Sie spricht Englisch und trägt in Europa westliche Kleidung!«, hatte Jameeras Mutter entrüstet festgestellt. »Aber die Kleider aus den französischen Modeateliers und der Schmuck, mit denen ihr Mann sie überhäuft, machen sie nicht zu einer besseren indischen Ehefrau und nicht zur Königin!«

Mir war klar, dass Jameera und ihre Mutter sie nicht deswegen schlechtmachten. Der eigentliche Grund lag vielmehr darin, dass Jameeras Vater, der vier Tage zuvor von einer informellen Zusammenkunft im Koch-Bihar-Lager zurückgekehrt war, verkündet hatte, die Maharani von Koch Bihar sei die schönste Frau, die er kenne.

Mein Sohn, inzwischen weiß ich, dass Neid unter Frauen nur selten durch die Intelligenz, den Status oder den Schmuck einer Geschlechtsgenossin ausgelöst wird, sondern fast immer durch deren Fähigkeit, Männer in ihren Bann zu ziehen.

»Ma!«, rief Indira, als wir den Frauenbereich des Koch-Bihar-Lagers betraten. »Wo bist du?«

»Hier draußen, mein Schatz«, antwortete eine sanfte Stimme.

Indira zog mich durch eine Reihe von Zelten auf einen hübschen Vorplatz, der im Schatten sich im Wind wiegender Palisanderholzbäume lag. In der Mitte des Hofs plätscherte ein kleiner Brunnen.

»Ich möchte dir meine Freundin Anni vorstellen. Dürfen wir zu dir kommen?«

»Natürlich, ich bin gerade mit dem Frühstück fertig.«

Indiras Mutter ruhte auf Seidenkissen, ein Frühstückstablett auf dem Schoß. Sie stellte es beiseite, stand auf und trat mit ausgebreiteten Armen auf uns zu.

Eine ungewöhnliche Geste für eine Maharani – ich musste mich den Maharanis in meiner *zenana* immer mit einem tiefen *pranaam* nähern, bis mir erlaubt wurde, mich aufzurichten.

»Wo treibst du dich denn die ganze Zeit herum, du unartiges Mädchen?«, fragte die Maharani lächelnd und schloss Indira in die Arme.

Ich betrachtete diese Frau, über die im Lager so viel geredet wurde, genauer. Indiras Mutter trug weder Schmuck noch Make-up. Ihr schlanker Körper war mit einem schlichten Seidengewand bekleidet, und ihre langen dunklen Lockenhaare umspielten ihre Schultern. Ihre großen bernsteinfarbenen Augen erinnerten mich sehr an die ihrer Tochter. Ich musste Jameeras Vater recht geben: Auch ich hatte nie eine schönere Frau gesehen.

»Ich hab Anni meinen kleinen Elefanten gezeigt, Ma.«

Die Maharani küsste ihre Tochter auf die Stirn. »Dann stell mir mal deine neue Freundin vor.«

»Ja, natürlich. Anni, das ist meine Mutter Ayesha. Ma, das ist Anahita Chavan.«

»Hallo, Anahita.« Die Maharani schenkte mir zur Begrüßung ein freundliches Lächeln. Dabei kamen zwischen ihren sinnlich roten Lippen kräftige weiße Zähne zum Vorschein. Mir verschlug es bei ihrem Anblick die Sprache. Ihre ungewöhnliche Lässigkeit mir und ihrer Tochter gegenüber erhöhte ihren Charme noch. Ich legte die Handflächen aneinander und neigte mein Haupt im traditionellen *pranaam*. »Es ist mir eine Ehre, Sie kennenzulernen«, presste ich hervor und wurde vor Verlegenheit ganz rot.

»Kommt, setzt euch und trinkt einen Tee mit mir.«

Ayesha führte uns zu den Kissen und bedeutete uns, dass wir rechts und links von ihr Platz nehmen sollten. Ich war mir nicht sicher, ob ich das wirklich tun durfte, weil es nicht üblich war, dass eine Maharani sich auf Augenhöhe mit ihren Untertanen begab. In unserer *zenana* blickten die Maharanis von Stühlen auf uns herab.

Als Indira neben ihrer Mutter auf den Kissen niederkniete, folgte ich ihrem Beispiel und machte mich so klein und unauffällig wie möglich. Ayesha klatschte in die Hände, und sofort eilte eine Dienerin aus dem Zelt herbei.

»Chai«, befahl die Maharani, und die Dienerin verschwand mit einer Verbeugung wieder im Innern. Ayesha wandte sich mir zu. »Indira redet die ganze Zeit nur von ihrer neuen Freundin Anahita. Sie sagt, du sprichst sehr gut Englisch. Wo hast du das gelernt?«

»Von meinem Vater, Hoheit. Er war Gelehrter und Lehrer«, antwortete ich mit leiser Stimme.

»Du kannst dich glücklich schätzen, als Mädchen Bildung genossen zu haben. Leider halten viele Väter es immer noch für überflüssig, die Köpfe ihrer Töchter mit Wissen zu füllen. Du könntest Indira ein bisschen mehr Disziplin im Unterricht beibringen«, sagte sie und zerzauste ihrer Tochter zärtlich die Haare. »Sie ist klug, wahrscheinlich klüger als ihre Brüder, aber ihr fehlt die Geduld zum Lernen.«

»Ma, du weißt doch, dass ich Tigerbändigerin werden möchte, nicht Lehrerin!«, erklärte Indira.

Wieder verblüffte es mich, wie offen und locker Mutter und Tochter miteinander umgingen.

»Indira sagt, du lebst im Mondpalast in Jaipur?«, fragte die Maharani.

»Ja.«

»Jaipur ist eine schöne Stadt«, stellte sie lächelnd fest.

Der Tee wurde serviert und eingeschenkt. Während ich daran nippte, konnte ich es immer noch kaum fassen, dass ich mit der berühmten Maharani von Koch Bihar auf deren Seidenkissen *chai* trank.

»Ma, ich kann ohne Anahita nicht abreisen«, verkündete Indira plötzlich. »Ich möchte, dass sie uns begleitet und bei uns im Palast in Koch Bihar lebt.«

Ich senkte errötend den Blick.

Die Maharani hob eine schön geschwungene Augenbraue. »Verstehe.« Sie sah mich an. »Hat Indira darüber schon mit dir gesprochen, Anahita?«

»Ich … nein, Hoheit«, stotterte ich.

»Indira, ich kann mir kaum vorstellen, dass Anahita ihre Familie, ihr Zuhause und ihre Freunde verlassen möchte, um bei uns zu leben. Du bist wieder einmal sehr egoistisch. Anahita, du musst meine Tochter entschuldigen. Manchmal redet sie, bevor sie denkt.«

»Aber Ma, ich bin so allein, jetzt, wo meine Geschwister im Internat sind. Du sagst doch selber, dass Anni mich zum Lernen anspornen und mir in Englisch helfen könnte«, erklärte Indira. »Im Moment ist sie die Gefährtin von Prinzessin Jameera und tut für sie genau das.«

»Umso mehr Grund für Anahita, nicht mit uns zu kommen. Der armen Prinzessin Jameera würde sie sicher fehlen. Du kannst Menschen nicht einfach so entführen, Indira, egal, wie sehr du das möchtest.«

Am liebsten hätte ich ihr gestanden, dass ich mir nichts sehnlicher wünschte, als von meiner wunderbaren neuen Freundin »entführt« zu werden. Doch meine Lippen weigerten sich, die Worte zu formen.

»Aber Ma, wir sind unzertrennlich! Wenn Anni nicht mitkommt, bin ich schrecklich traurig«, beharrte Indira.

»Wir können Anni bestimmt bitten, uns zu besuchen«, tröstete die Maharani sie. »Darf ich dich Anni nennen?«, fragte sie mich.

»Natürlich, Hoheit«, antwortete ich hastig. »Sehr gern.«

»Dann arrangieren wir das. Aber jetzt muss ich mich ankleiden. Wir sind zum Mittagessen beim Vizekönig eingeladen.« Die Maharani erhob sich, und ich tat es ihr gleich. Wieder bedachte sie mich mit einem Lächeln. »Es war mir ein Vergnügen, dich kennenzulernen, Anni. Ich hoffe, dass du uns bald in Koch Bihar besuchen kommst.«

Da Indira ebenfalls zu dem Mittagessen musste, trottete ich allein zu meinem Lager zurück. Dabei rügte ich mich dafür, dass ich nicht den Mund aufgemacht hatte, als Gelegenheit dazu gewesen wäre. Ich hätte sagen sollen, dass ich meiner neuen besten Freundin auch zum Mond folgen würde.

Als die Feierlichkeiten sich ihrem Ende näherten, sah ich Indira seltener. Unser Lager wurde abgebaut, man verstaute alles für die lange Reise zurück nach Jaipur.

»Was ist los mit dir?«, fragte Jameera. »Du siehst aus wie eine Katze, der man auf den Schwanz getreten ist. Hast du denn hier keine schöne Zeit gehabt?«

»Doch, natürlich.«

»Dann solltest du dankbar sein, dass ich dich mitgenommen habe.«

»Ich bin dir sehr dankbar, Jameera.«

Sie verzog den Mund und wandte sich von mir ab. Mir war klar, dass ich ihr nicht die Dankbarkeit und den Respekt erwiesen hatte, die sie erwartete, aber das war mir egal. Bei Indira und ihrer Mutter hatte ich mich willkommen und geschätzt gefühlt. Und das war ein wunderbares neues Gefühl.

In der letzten Nacht in Delhi kroch ich in dem Zeltraum, den ich mir mit Jameera teilte, ins Bett und blinzelte die Tränen weg. Ich wusste, dass wir am folgenden Morgen früh aufbrechen würden und keine Gelegenheit mehr wäre, mich von Indira zu verabschieden. Wir hatten nicht einmal daran gedacht, die Adressen auszutauschen, und ich fragte mich, ob ein Brief mit der Anschrift »Prinzessin Indira im Palast von Koch Bihar« sie erreichen würde.

Bestimmt würde sie mich, sobald sie wieder in ihr Leben als Prinzessin zurückkehrte, bald vergessen. Irgendwann schlief ich schließlich zum Klang von Jameeras Schnarchen ein.

Als ich Indira meinen Namen wispern hörte, glaubte ich zu träumen.

»Anni! Wach auf!«

Ich öffnete die Augen und sprang, plötzlich hellwach, auf. »Wie bist du hier reingekommen?«, flüsterte ich erstaunt. Jameera drehte sich im Bett neben mir um.

Indira legte den Finger an die Lippen und streckte mir die Hand hin. In unseren weißen Nachthemden huschten wir wie Gespenster zwischen den Schlafenden hindurch, bis wir eine lockere Zeltklappe entdeckten und hinauskrochen. Indira zog mich zwischen zwei Zelte, so dass niemand uns sehen konnte. »Ich wollte mich von dir verabschieden«, teilte sie mir mit.

Mit einem Schlag verschwanden die düsteren Gedanken, dass sie mich vergessen könnte. Indira war vor der Abreise zu mir gekommen, und ich hatte ein schlechtes Gewissen wegen meiner Zweifel an ihr. Mir kamen die Tränen. Ich breitete die Arme aus, und sie schlüpfte hinein und drückte mich.

»Du wirst mir so fehlen«, schluchzte ich an ihrer Schulter.

»Du mir auch.« Sie begann ebenfalls zu weinen. »Keine Sorge, Anni, ich finde eine Möglichkeit, dich zu mir nach Koch Bihar zu holen.«

»Indy, ich wüsste nicht, wie …«

»Vertrau mir«, flüsterte sie. »Es gibt immer einen Weg. Jetzt muss ich zurück, bevor jemand merkt, dass ich weg bin, aber …«, sie nahm den kleinen goldenen Ganesh-Anhänger von ihrem Hals und legte ihn mir an, »… der soll dich an mich erinnern. Auf Wiedersehen, meine Schwester, ich verspreche dir: Es wird nicht lange dauern, bis wir uns wiedersehen.«

Mit einem letzten neckischen Blitzen ihrer Augen lief Indira in die Nacht hinaus.

Während der langen Heimreise nach Jaipur berührte meine Hand den Kragen meines Oberteils wohl hundertmal. Darunter verbarg sich Indiras Anhänger, den ich Jameera nicht zu zeigen wagte – sie hätte bestimmt gedacht, dass ich ihn gestohlen hatte.

Im Mondpalast schienen alle außer mir schnell wieder in den Alltag zurückzufinden. Ich wartete, welchen Plan Indira ausheckte, die geschworen hatte, mich nicht zu vergessen.

Doch das Jahr 1912 brach an, und es vergingen Wochen ohne ein Wort von ihr, obwohl ich meinem Keramiktiger immer wieder tief in die Augen blickte und Indira anflehte, an mich zu denken.

Ende Januar, als ich allmählich die Hoffnung aufgab, rief Jameeras Mutter mich zu sich.

Meine Mutter wusch mein Gesicht mit einem rauen Tuch und kämmte mir die Haare. »Die Maharani will mit dir reden, da musst du ordentlich aussehen.«

Beim Betreten ihres Bereichs verneigte ich mich wie üblich mit einem ehrfurchtsvollen *pranaam*.

»Bitte setz dich, Kind, und du auch, Tira«, wies die Maharani uns an.

Wir nahmen im Schneidersitz auf dem Boden vor ihr Platz.

»Ich habe heute Morgen einen Brief von Ayesha, der Maharani von Koch Bihar, erhalten. Darin teilt sie mir mit, dass ihre Tochter Indira sich beim Krönungstreffen mit dir, Anahita, angefreundet hat. Stimmt das?«

Ich überlegte, wie ich ihre Frage beantworten solle, damit sie meine Freundschaft mit Indira nicht als Affront gegen ihre eigene Tochter auffasste.

Und beschloss, die Wahrheit zu sagen.

»Ja, Hoheit, wir haben uns angefreundet.«

»Offenbar so sehr, dass Prinzessin Indira sich zu essen weigert, solange du nicht zu ihr darfst. Ihr scheint es sehr schlecht zu gehen.«

Ob die Maharani das glaubte oder nicht, konnte ich nicht beurteilen.

»Ist sie sehr krank?«, erkundigte ich mich besorgt.

»Jedenfalls so krank, dass ihre Mutter mich persönlich bittet, dich sofort nach Koch Bihar zu Prinzessin Indira zu schicken.«

Ich wandte mich meiner Mutter zu, deren Miene ausdruckslos blieb.

»Was hältst du davon, Kind?«, fragte die Maharani.

Ich bemühte mich sehr, ernst und betroffen dreinzuschauen.

»Natürlich würde ich mich geehrt fühlen, Prinzessin Indira zu helfen, wenn sie mich braucht«, antwortete ich, den Kopf so tief geneigt, dass keine der Frauen sehen konnte, wie sehr meine Augen vor Freude leuchteten.

»Und du, Tira?«, erkundigte sich die Maharani. »Bist du bereit, deine Tochter so weit reisen zu lassen?«

Meine Mutter, die natürlich wusste, was ich empfand, nickte. »Wie Anahita fühle ich mich geehrt.«

»Ich habe bereits mit Prinzessin Jameera gesprochen. Sie ist ebenfalls der Meinung, dass Anahita fahren soll«, erklärte die Maharani.

Fast hätte ich dankbar zum Himmel geblickt. Es wunderte mich nicht, dass Jameera nicht um mich gekämpft hatte, denn sie brauchte eine fügsamere Gefährtin als mich.

»Wenn wir uns einig sind, arrangiert die Maharani von Koch Bihar alles für deine Reise zu ihr.«

»Danke, Hoheit«, sagte ich und neigte noch einmal das Haupt. »Wann werde ich aufbrechen?«

»Sobald alles geregelt ist.«

Meine Mutter und ich entfernten uns rückwärts aus dem Raum. Sobald wir außer Sichtweite waren, hob sie mein Kinn an und sah mir in die Augen.

»Willst du das?«, fragte sie.

»Mehr als alles auf der Welt, Maaji.«

9

Und damit, mein liebes Kind, begann tatsächlich ein neues Kapitel in meinem Leben. Jemand war geschickt worden, um mich von Jaipur nach Koch Bihar zu begleiten. Als ich aus dem Zug stieg, der auf einer eingleisigen Strecke nach Koch Bihar im äußersten Nordosten Indiens gefahren war, sah ich die Silhouette des Himalajagebirges. Ein Träger nahm mir den abgewetzten Koffer ab, der einmal meinem Vater gehört hatte, und ich sah, dass eine *tonga,* ein zweirädriger Pferdewagen, mich abholte.

Vor meiner Abreise aus Jaipur hatte ich so viel wie möglich über Indiras ferne Provinz gelesen. Jemand, der Indien nicht kennt, dürfte sich nur schwer vorstellen können, wie viele unterschiedliche Klimazonen und Landschaften dieses Land umfasst. Indien steckt voll dramatischer Gegensätze; in jedem Teil gibt es eine Unzahl von Kulturen, Sprachen und Völkern.

Als der Fahrer mir in den Wagen half, klebten mir die Kleider am Leib. Hier war es anders als in der trockenen Hitze von Jaipur schwülwarm.

Während unserer Fahrt durch die Stadt sah ich, dass die einfachen Häuser aus Bambus gebaut und mit Stroh gedeckt waren und auf den Dächern Hibiskus blühte. Zum Schutz vor den Überschwemmungen der Monsunzeit standen sie auf Pfählen. Hier vergeudete niemand Geld für massive Steinbauten wie in Jaipur, die zwei- oder dreihundert Jahre überdauerten. In Koch Bihar waren sich die Menschen nur zu bewusst, dass sie schon bald Opfer einer Flut oder eines Erdbebens werden konnten.

Während die Hufe des Pferds über die mit rotem Staub bedeckten Straßen klapperten, hielt ich Ausschau nach dem Palast. Wir hatten die Stadt schon fast erreicht, als ich ihn entdeckte. Er war riesig und hatte zwei große Flügel links und rechts von einem gewaltigen Kuppelbau in der Mitte. Wir fuhren durch einen Park mit sattgrünen, gepflegten Rasenflächen. Nach einer Weile hörte ich das Trompeten von Elefanten aus dem *pilkhana* und sah einen See, der genauso lang war wie der Palast.

Sogar auf mein ungeschultes Auge wirkte der Palast nicht traditionell indisch. Später erfuhr ich, dass ein englischer Architekt ihn entworfen hatte. Von außen ließen das graue Mauerwerk und das Fehlen des feinen indischen Gitterwerks an den Fenstern das Gebäude verglichen mit dem Mondpalast in Jaipur streng erscheinen.

Der Unterschied zwischen der äußeren und der inneren Atmosphäre von indischen Palästen erstaunt mich immer wieder. Auf den Betrachter wirken sie verlassen, weil fast alle Aktivitäten in den zahlreichen schattigen Höfen stattfinden, die die Bewohner vor der sengenden indischen Sonne schützen. Während ich diese Zeilen niederschreibe, wird mir bewusst, dass sich diese Erkenntnis möglicherweise auf die Menschen übertragen lässt. Oft verrät ihr ruhiges, gelassenes Äußeres nichts über ihren lebhaften Geist.

Auf der gesamten Fahrt vom Parktor zum Palast sah ich keine Menschenseele.

Als der Fahrer meinen kleinen Koffer herunterhob, hörte ich hinter mir eine Stimme.

»Überraschung!«

Indira sprang wie ein Äffchen auf meinen Rücken und schlang ihre schmalen braunen Arme um meinen Hals.

»Aua!«, rief ich aus, als sich ihr Armband in meinen Haaren verhedderte. Sie ließ mich los und drehte mich zu sich herum.

»Du bist da! Ich hab dir ja gesagt, dass ich es schaffe!«

»Ja, ich bin da«, bestätigte ich, müde von der langen Reise. Plötzlich fühlte ich mich nach so vielen Wochen der Trennung von ihr befangen.

Ich suchte nach Zeichen der Krankheit, die ihre Mutter in ihrem Brief so lebhaft geschildert hatte. Doch Indiras Augen leuchteten, ihre schwarzen Haare glänzten in der Sonne, und ihr drahtiger Körper erschien mir nicht dünner als beim Krönungstreffen.

»Ich dachte, du bist sterbenskrank«, schalt ich sie. »Seit dem Brief habe ich vor Sorge um dich kaum geschlafen.«

Sie stemmte die Hände in die Hüften und verdrehte die Augen. »Ich war tatsächlich krank. So krank, dass ich wochenlang nichts essen konnte. Ma hat alle möglichen Ärzte geholt, die rausfinden sollten, was mit mir los ist. Sie waren sich einig, dass ich um etwas trauere. Oder um jemanden. Sobald meine Mutter erlaubt hatte, dass du kommst, hatte ich plötzlich wieder Appetit. Ist das nicht ein Wunder?« Indira hob die Hände zum Himmel. »Und seitdem esse ich wie ein Scheunendrescher.« Plötzlich wurde sie ernst. »Du hast mir so gefehlt, Anni. Ich glaube, ohne dich wär ich gestorben.«

Ich war überwältigt, dass sie sich für mich so verstellt hatte.

»Anni, du hast mir nicht geglaubt, stimmt's?«

Ich nickte stumm, nahm ihre Hände und hielt sie fest. »Ja, tut mir leid. Aber von jetzt an werde ich nie mehr an dir zweifeln.«

Meine ersten Wochen mit Indira im Palast von Koch Bihar waren gefüllt mit neuen, aufregenden Erfahrungen. Leben und Alltag dort hätten sich nicht stärker von denen in Jaipur unterscheiden können. Die Frauen meiner früheren *zenana* hatten gesagt, dass die Maharani von Koch Bihar ihr weibliches Gefolge nicht in geziemender Hindumanier leite. Nicht nur, dass sie sich innerhalb der Palastmauern nicht an die *parda* hielt, nein, Ayesha war auch mit ihrer Familie zahllose Male übers Meer gereist, was einem Verstoß gegen die strikten Regeln ihrer Kaste gleichkam.

Außerdem hatten die Damen in Jaipur mir mit ernster Miene erklärt, dass die Maharani ihnen eher westlich als indisch erscheine. Und dass sich in ihrem Palast ständig ausländische Gäste aufhielten, darunter europäische Adlige und amerikanische Schauspieler. Ich hatte genauso ernst genickt. Sie konnten nicht ahnen, dass ihre Schilderungen in mir unbeschreibliche Erregung auslösten.

Wie ich später erkannte, stimmte fast alles, was sie behaupteten. Die Maharani leitete Palast und Familie tatsächlich auf sehr moderne Weise.

Jeden Morgen standen Indira und ich in der Morgendämmerung auf und liefen in den Stall, wo zwei Pferde gestriegelt und gesattelt auf uns warteten. Anfangs galoppierte ich Indira, die sich als ausgezeichnete Reiterin entpuppte, noch hinterher. Wenn ich in halsbrecherischer Geschwindigkeit vor Vergnügen lachend den Park durchquerte und der Wind meine Wangen peitschte, fühlte ich mich freier, lebendiger und glücklicher als je zuvor.

Ich benötigte viele Wochen, bis ich in der Lage war, sie zu überholen, und als es mir schließlich gelang, freute Indira sich mit mir.

An Wochentagen wurden wir nach dem Frühstück von einem Privatlehrer unterrichtet. Indira hatte die Konzentrationsfähigkeit einer Taufliege, und ich brachte sie nur mit all meiner Überredungskunst dazu, sich auf die Arbeit zu konzentrieren. Ich ertappte sie dabei, wie sie nach draußen schaute und den Moment herbeisehnte, wenn sie endlich ihr geliebtes Elefantenbaby Pretty besuchen und einen kurzen Ausritt auf seinem

Rücken unternehmen oder auf dem gepflegten Platz Tennis spielen konnte.

Ich hingegen war froh, mich weiterbilden zu können. Unser Englischlehrer, ein Brite, bestärkte mich in meiner Liebe zu Büchern. Vermutlich freute er sich genauso darüber, mich als Schülerin zu haben, wie ich, dass er mich unterrichtete. Mein Wortschatz wuchs, und ich bemühte mich sehr, mich mit Indira so oft wie möglich auf Englisch zu unterhalten, wie die Maharani mich gebeten hatte.

Außerdem hatte die Maharani eine englische Erzieherin für ihre jüngste Tochter engagiert, Miss Reid, eine sanftmütige Frau, die an der Aufgabe verzweifelte, die wilde Indira in eine Dame zu verwandeln.

Zahllose Male befolgte Indira ihre Bitte, nicht zu spät zum Mittagessen zu kommen oder ein Buch zu lesen, nicht. Sobald Miss Reid ihr den Rücken zukehrte, zwinkerte Indira mir zu, und wir machten uns zum nächsten Abenteuer auf.

Einer meiner Lieblingsorte im Palast war die riesige Bibliothek mit ihren wertvollen Erstausgaben von namhaften Autoren aus aller Welt. Die Glasvitrinen mit diesen Büchern blieben immer verschlossen; sie dienten lediglich der Dekoration. Ich bezweifle, dass irgendeiner der Bände in all den Jahren, die sie dort standen, je herausgenommen und gelesen worden war. Ich betrachtete sie oft mit sehnsuchtsvollem Blick, denn ich musste mich mit den abgegriffenen Ausgaben von *Sturmhöhe, Oliver Twist* und *Hamlet* begnügen, die der Englischlehrer aus seiner Heimat mitgebracht hatte. Sie las ich an den langen, friedlichen Nachmittagen wieder und wieder.

Viele andere Nachmittage verbrachte ich in dem schönen luftigen Zimmer, das ich mit Indira teilte und in dem ich vom Bett aus die himmelblauen, mit kleinen Blumen geschmückten Wände betrachtete und den Göttern dankte, dass sie mich hierhergeführt hatten. Indira, die sonst ständig unter Hochspannung stand, schlief auf der Stelle ein, während ich im Geist noch einmal die Ereignisse des Tages durchging.

In der Abenddämmerung erwachte der Palast zum Leben. Dies war meine liebste Tageszeit; wir freuten uns alle darauf, weil dann immer exotische Gäste aus der ganzen Welt zum Essen kamen. Indira und ich sahen gern zu, wie die Diener den Tisch im riesigen Speisesaal mit edelsteinverziertem Besteck, Tellern aus reinem Gold und riesigen Vasen mit prächtigen Blumen deckten. In der Luft lag der Duft von Weihrauch, der von einem Bediensteten in einem silbernen Fass in den unteren Räumen geschwenkt wurde.

Nachdem wir an meinem ersten Abend im Palast gegessen hatten, wurde ich mit dem nächsten Ritual vertraut gemacht. Als Indira mir sagte, wohin es gehen sollte, war ich schockiert.

»Wir sollen deiner Mutter beim Ankleiden für den Abend zusehen? Warum?«, fragte ich.

»Keine Ahnung. Sie mag es einfach, wenn wir alle dabei sind.« Indira zuckte mit den Achseln.

Auf dem Weg durch den riesigen Kuppelbau der Durbar Hall, der den Mittelpunkt des Palasts bildete und dessen Eingang groß genug war für einen ausgewachsenen Elefanten mit einem Maharadscha im *howdah,* dachte ich, wie sehr es mir selbst missfallen würde, beim Ankleiden Gesellschaft zu haben.

Als wir die Privatgemächer der Maharani betraten, konnte ich kaum glauben, wie viele Menschen sich in dem Boudoir aufhielten. Dienerinnen, Verwandte, Freundinnen und wir Kinder füllten den Raum. Und im Mittelpunkt des Gewühls saß an ihrem perlmuttverzierten Frisiertisch die Maharani.

Indira zog mich zwischen den Menschen hindurch zu ihrer Mutter.

»Anni ist da, Ma!«, rief sie triumphierend.

»Das sehe ich«, meinte die Maharani lächelnd. »Jetzt kehrt dein Appetit sicher wieder, Indira.« Sie sah mich vielsagend an.

»Willkommen, Anni. Ich hoffe, dass du dich hier bei uns im Palast wohlfühlen wirst.«

»Danke«, antwortete ich. »Bestimmt.«

Ich muss zugeben, dass ich mich an jenem Abend kaum auf das konzentrieren konnte, was sie sagte, weil ich fasziniert war von ihrem Gesicht, von ihren mit Kajalstift umrandeten Augen und ihren Lippen, die sie aus einem kleinen Pigmentgefäß mit einem Pinsel rot schminkte. Der Duft ihres französischen Lieblingsparfüms lag in der Luft, als sie sich gleichzeitig schminkte und Hof hielt, wobei sie, je nachdem, mit wem sie sprach, gekonnt zwischen Hindi, Englisch und Bengali wechselte.

»Komm«, sagte Indira. »Ich zeig dir die anderen Räume von Ma.« Sie zog mich ins Bad, in dem eine Wanne im westlichen Stil stand – wir Mädchen ließen uns auf einer rauen Holzbank aus großen Silbergefäßen mit Wasser übergießen –, und in ihr ganz in Weiß und Gold gehaltenes Schlafzimmer mit hoher Decke und einem riesigen Bett auf einem Marmorsockel in der Mitte. Vor dem Raum erstreckten sich eine Veranda und ein schattiger Hof mit Palisanderholzbäumen, Hibiskus und Jasmin.

Mein Sohn, falls es jemals eine Märchenkönigin gegeben hat, eine, die jung, schön und sanftmütig war und in einem prächtigen Palast lebte, so war das Ayesha, die Maharani von Koch Bihar. Sie schlug mich genauso in ihren Bann wie alle anderen.

Als die Maharani später atemberaubend schön in einem mit Smaragden bestickten Sari bereit war, ihre Gäste zu begrüßen, kehrten Indira und ich zu unserem Zimmer zurück, wo Miss Reid uns ins Bett scheuchte.

»Findest du nicht auch, dass Ma die schönste Frau der Welt ist?«, fragte Indira mich gähnend.

»Ja«, antwortete ich ohne das geringste Zögern.

»Und weißt du, was das Beste ist? Dass meine Eltern sich so sehr lieben. Mein Vater vergöttert sie. Und er ist der attraktivste Mann, den ich kenne. Ich kann's gar nicht erwarten, ihn dir vorzustellen.«

Ihre Hand tastete in der Dunkelheit nach der meinen. »Gute Nacht, Anni«, sagte sie mit einem zufriedenen Seufzen. »Ich freue mich so, dass du da bist.«

10

Als ich eines Morgens einen Brief von meiner Mutter erhielt, wurde mir bewusst, dass ich schon fast zwei Monate in Koch Bihar war, obwohl ich anfangs nur einige Wochen bei Indira hätte bleiben sollen. Zu meiner Schande muss ich gestehen, dass ich völlig in meinem neuen Leben aufgegangen war und jedes Zeitgefühl verloren hatte. In dem Brief fragte meine Mutter mich, wann ich nach Hause kommen würde. Die Erkenntnis, dass mein Leben in Koch Bihar nur vorübergehender Natur war, traf mich wie ein Blitz.

Indira und ich waren inzwischen wie siamesische Zwillinge, und sie bemerkte meine traurige Miene sofort.

»Was ist los?«

Ich hob den Blick von dem Brief. »Meine Mutter fragt, wann ich zurückkomme.«

»Wohin?« Indira wirkte verwirrt.

»Nach Jaipur natürlich.«

»Aber du kannst nicht weggehen«, erklärte sie. »Du lebst jetzt hier bei mir. Wir sollten deine Mutter zu uns einladen.«

»Ich bezweifle, dass sie sich über eine so weite Reise freuen würde.«

»Ich rede mit Ma. Sie weiß bestimmt Rat.«

Mir schlug das Herz bis zum Hals, als Indira zu ihrer Mutter lief. Was, wenn die Maharani so beschäftigt war, dass sie meine

Anwesenheit gar nicht bemerkt hatte? Was – mich schauderte –, wenn ich für immer in die *zenana* in Jaipur zurückmusste?

Als Indira eine halbe Stunde später wiederkam, nickte sie zufrieden. »Keine Sorge, Anni. Ma findet schon eine Lösung. Das tut sie immer.«

An jenem Abend versammelten wir uns wie üblich im Boudoir der Maharani, wo sie mich zu sich winkte.

»Indira sagt, du fehlst deiner Mutter. Sie möchte dich sehen.«

»Ja, das schreibt sie in ihrem Brief«, bestätigte ich nervös.

»Das kann ich gut verstehen. Keine Mutter möchte lange von ihrem Kind getrennt sein. Also müssen wir sie einladen.«

»Danke, Hoheit.« Ich verbeugte mich voller Ehrfurcht. Am liebsten hätte ich ihr schönes Gesicht mit Dankesküssen bedeckt.

»Ich schicke deiner Mutter gleich einen Brief. Da wäre noch etwas anderes, was ich mit ihr besprechen möchte.«

Mein Herz machte vor Erleichterung einen Sprung. Sie würde mich also vielleicht doch nicht zurückschicken.

Einige Tage später betrat die Maharani das Zimmer, das Indira und ich uns teilten.

»Komm mit, Anni«, sagte sie und deutete auf die Verandatür.

»Kann ich auch mitkommen, Ma?«, bettelte Indira.

»Nein, Indira, ich möchte mit Anni allein reden.«

Ich folgte der Maharani zu einer schattigen Bank im Hof. Auch in der Alltagskleidung aus Tunika und Hose, die sie trug, wenn keine Gäste anwesend waren, sah sie wunderschön aus.

»Anni, es gibt einen Grund, warum ich ohne meine Tochter mit dir sprechen wollte.«

»Ja, Hoheit?«

»Sagt dir das Leben hier zu?«

»Ja, sehr, Hoheit.«

»Würdest du gern länger bei uns bleiben?«

»O ja!«, rief ich aus.

Die Maharani richtete den Blick seufzend in die Ferne. »Ich

wollte es von dir selbst hören. Indira ist eigensinnig und durch das Leben hier verwöhnt. Ich weiß, dass sie als jüngstes meiner Kinder mehr Freiheiten genießt, als ihr eigentlich zustehen. Daran bin ich nicht ganz unschuldig. Mir ist klar, dass ihre Geschwister ihr fehlen und dass sie einsam war, bevor du zu uns gekommen bist. Trotzdem kann sie nicht erwarten, immer ihren Kopf durchzusetzen, am allerwenigsten dann, wenn es um andere Menschen geht.«

»Sie ist mir das Wichtigste auf Erden«, sagte ich, und das stimmte.

Die Maharani wandte sich lächelnd wieder mir zu. »Das weiß ich, Anni. Ich sehe es in deinem Gesicht. Echte Freundschaft, die Zuneigung, Loyalität und Vertrauen umfasst, ist etwas sehr Seltenes und Wertvolles. Ich hoffe für dich und meine Tochter, dass eure Freundschaft die Zeit überdauern wird. Aber …«, die Maharani umschloss, plötzlich ernst, meine Hände mit den ihren, »… auch du hast Gedanken und Wünsche. Und du musst mir versprechen, dass du dich nie scheuen wirst, sie auszusprechen. Indira besitzt eine starke Persönlichkeit. In dieser Hinsicht ist sie mir ähnlich. Lass dich nicht von ihr herumkommandieren, ja? Das wäre schlecht für dich und für meine Tochter.«

»Ja, Hoheit«, antwortete ich, zutiefst gerührt darüber, dass sie mich ihres Rates für würdig hielt. In dem Moment wurde mir klar, warum Ayesha, die berühmte Maharani von Koch Bihar, von fast allen, die das Glück hatten, sie persönlich kennenzulernen, bewundert wurde: Sie wusste um die menschliche Natur.

»Deine Mutter kommt in etwa einer Woche zu uns. Dann rede ich mit ihr.«

»Danke, Hoheit.«

»Ich muss dir danken, Anni.« Sie ließ meine Hände los und tätschelte sie mit ihren langen kühlen Fingern, bevor sie sich erhob. »Meine Tochter kann sich glücklich schätzen, dich zur Freundin zu haben.«

Zwei Wochen später traf meine Mutter im Palast von Koch Bihar ein.

»Gott, Anni, bist du groß geworden!«, rief sie aus, als ich sie begrüßte und mit ihr einen Rundgang durch den Palast machte. Sie war überwältigt von den zahllosen Räumen mit all den wertvollen Schätzen, die die Maharani aus der ganzen Welt zusammengetragen hatte. Ich selbst hatte mich inzwischen an die Pracht, in der ich lebte, gewöhnt, und nahm sie nicht mehr wahr.

»Wo ist die *zenana*?«, fragte sie.

»Irgendwo da drüben.«

»Lebt die Maharani nicht mit den anderen Frauen in der *zenana*?«

»Nein, Maaji, sie hat ihre eigenen Gemächer.«

Ich spürte das Unbehagen meiner Mutter, als ich sie durch die Gemeinschaftsbereiche des Palasts führte, wo männliche Bedienstete herumhuschten, ohne uns zu beachten. Obwohl meine Mutter als Heilerin und Frau eines Mannes, der fest davon überzeugt war, dass Frauen ein Recht auf Bildung besaßen, besser auf das moderne Leben hier vorbereitet war als Geschlechtsgenossinnen ihres Alters, spürte ich, dass sie sich unsicher fühlte. Abgesehen von meinem Vater hatte noch nie ein Mann sie ohne Schleier gesehen.

»Du und die Prinzessin, ihr werdet allmählich zur Frau. Werdet ihr der *parda* gemäß in der *zenana* leben?«

»Ich weiß es nicht, Maaji«, antwortete ich ehrlich, als wir in dem kleinen Hof vor unserem Schlafzimmer Tee tranken. »Das müsste ich fragen. Vielleicht kannst du das für mich tun. Ich weiß, dass der Maharadscha und die Maharani mit Rabindranath Tagore befreundet sind, den Vater so bewundert hat. Und der hält nicht viel von der Tradition der *parda*«, versuchte ich, ihr den Gedanken schmackhaft zu machen.

Ich erinnere mich noch gut, wie sie zwischen Alt und Neu hin- und hergerissen war.

»Ich würde mich jetzt gern ausruhen. Es war eine lange Reise.«

Am Abend wollte die Maharani meine Mutter in ihrem Boudoir empfangen. Bei dem Gedanken daran, was sie dort erwartete, bekam ich ein flaues Gefühl im Magen. Die Gemächer der Maharani waren ein Schrein des modernen Lebens, und die Hohepriesterin mit ihrem französischen Parfüm und all den westlichen Herrlichkeiten würde meine Mutter verwirren, das war mir klar.

Was, wenn meine Mutter zu der Überzeugung gelangte, dass ich hier nicht auf geziemende Hinduart erzogen wurde? Dann konnte ich es ihr nicht verdenken, wenn sie mich nach Jaipur zurückbrachte.

Natürlich war meine Sorge unbegründet. Als Indira und ich das Boudoir mit meiner Mutter betraten, erhob sich Ayesha und bahnte sich einen Weg durch eine Gruppe von Frauen, um meine Mutter zu begrüßen. Sie war bekleidet mit einem goldglänzenden Sari; um den Hals trug sie eine Brillantkette, und in einem riesigen Rubinnasenstecker spiegelte sich das Licht von dem Baccarat-Kronleuchter über ihr.

»Es ist mir eine Ehre, Sie kennenlernen zu dürfen, Hoheit«, sagte meine Mutter voller Ehrfurcht. Die beiden Frauen hätten nicht unterschiedlicher sein können. Die eine eine strahlende Schönheit, reich und unabhängig, die andere vom harten Leben seit dem Tod meines Vaters gezeichnet.

»Nein«, erwiderte die Maharani mit sanfter Stimme, »ich empfinde es als Ehre, *Sie* kennenzulernen. Sie sind Mutter einer ganz besonderen Tochter, und wir können uns glücklich schätzen, sie bei uns zu haben. Kommen Sie mit in meinen Gebetsraum. Dort können wir Brahma für unsere Kinder danken.«

Mit diesen Worten führte sie meine Mutter zwischen den erstaunten Gästen hindurch in den Nachbarraum und schloss die Tür hinter ihnen.

Als die beiden Frauen fünfzehn Minuten später wiederkehrten, plauderten sie bereits wie alte Freundinnen. Ich dankte den Göttern dafür, dass die Maharani es verstanden hatte, meiner Mutter die Nervosität zu nehmen.

Meine Mutter schwärmte vom guten Geschmack ihrer neuen Freundin, der sich in Möbeln und Kleidung äußerte, sowie von ihrem Wissen über Philosophie, Dichtkunst und die Welt im Allgemeinen. Sie unterhielten sich über ayurvedische Medizin, und die Maharani lauschte fasziniert, als sie von der Sehergabe meiner Mutter erfuhr.

»Hast du für sie in die Zukunft geschaut, Maaji?«, fragte ich sie neugierig, als sie eines Nachmittags aus den Gemächern der Maharani kam.

»Wie du sehr gut weißt, Anni, geht das nur die Maharani und mich etwas an«, antwortete meine Mutter.

Am Ende der ersten Woche war sie entspannt genug, um unter den Blicken der männlichen Palastbewohner einen Spaziergang durch die Gärten zu machen, auch wenn sie sich nach wie vor weigerte, den *ghoonghat* von ihrem Gesicht zu entfernen. Doch ansonsten war sie genauso fasziniert vom Palast von Koch Bihar und seinen Bewohnern wie ich.

Am Tag bevor meine Mutter nach Hause zurückkehren wollte, rief die Maharani sie zu einem Gespräch unter vier Augen in ihre Gemächer. Ich wartete mit Indira nervös vor der Tür.

»Was, wenn meine Mutter möchte, dass ich sie begleite? Ich glaube, das würde ich nicht überleben!«, flüsterte ich voller Angst.

Indira hielt meine Hand. »Sie wird nicht von dir verlangen, dass du mit ihr zurückgehst, Anni, das versprech ich dir.«

Natürlich behielt Indira recht. Meine Mutter trat mit einem Lächeln auf den Lippen aus den Gemächern der Maharani und ging mit mir in mein Zimmer, um sich allein mit mir zu unterhalten.

»Die Maharani hat mich gefragt, ob ich bereit wäre, dich ihrer Familie dauerhaft auszuleihen. Sie hat mir außerdem angeboten, dich gemeinsam mit Indira unterrichten zu lassen, was ganz im Sinne deines Vaters gewesen wäre.«

»Ja, Maaji.«

»Weil sie verstehen kann, dass du mir fehlen wirst, schlägt sie vor, dass ich den Teil des Jahres bei dir verbringe, den die Familie sich im Palast aufhält. Also, meine Tochter: Möchtest du hierbleiben, während ich nach Jaipur zurückkehre?«

»O Maaji, ich …« Tränen traten mir in die Augen. »Ich glaube schon. Auch wenn ich lange von dir getrennt sein und dich schrecklich vermissen werde. Aber ich weiß, dass Vater sehr glücklich darüber wäre, wenn ich meinen Unterricht fortsetzen könnte. Und das ist in der *zenana* in Jaipur nicht möglich.«

»Hier stehen dir viel mehr Möglichkeiten offen, das sehe ich auch so. Du warst immer schon etwas Besonderes, meine *pyari*.« Sie berührte lächelnd meine Wange. »Schreibst du mir jede Woche?«

»Natürlich, Maaji. Wenn du möchtest, jeden Tag!«

»Einmal die Woche reicht, Liebes. Und in vier Monaten, nach dem Monsun, komme ich wieder her. Wir sehen uns bald, das verspreche ich dir.«

»Du wirst mir fehlen.«

»Und du mir.« Sie breitete die Arme aus. »Vergiss nicht: Ich bin in Gedanken immer bei dir.«

»Das weiß ich, Maaji«, sagte ich und drückte sie.

Sie machte ein so trauriges Gesicht, dass ich sagte: »Vielleicht sollte ich doch mit dir nach Jaipur zurückfahren.«

»Nein, Anni.« Sie hob den Blick gen Himmel. »Ich weiß, dass es dir bestimmt ist hierzubleiben.«

Und so kehrte meine Mutter reich beschenkt von der Maharani nach Jaipur zurück. Obwohl sich mein Herzenswunsch erfüllt hatte und ich den Palast von Koch Bihar nun als mein Zuhause betrachten konnte, wurde ich ein Gefühl des Unbehagens darüber nicht los, dass meine Mutter trotz ihrer Sehergabe und ihrer Klugheit so geschickt überredet worden war, auf ihre geliebte Tochter zu verzichten.

Als in jenem Jahr der Monsun nahte und die heiße Erde unter unseren schwieligen, an den harten Boden gewöhnten Fußsohlen brannte wie tausend Bienenstiche, zog das Gefolge des Maharadschas wie alle anderen Privilegierten Indiens in die Hügel, um die frische kühle Luft dort zu atmen. Wir reisten nach Darjeeling, einer Berggegend in über zweitausend Meter Höhe, die berühmt ist für ihre Teeplantagen.

In jenem Sommer begann meine lebenslange Liebe zu Darjeeling; den Anblick des Himalajagebirges empfand ich als erhebend. Auch die Briten hatten längst gelernt, sich nach Darjeeling zurückzuziehen, und ihm ihren Stempel aufgedrückt. Ordentliche Reihen weißer Häuser, benannt nach Orten in England, die sich deutlich von den meisten unserer chaotischen indischen Dörfer unterschieden, säumten die Hügel. Ich träumte davon, einmal selbst das *echte* England zu besuchen.

In Darjeeling lernte ich Indiras Geschwister kennen, die die Ferien vom englischen Internat dort verbrachten. Sie waren siebzehn, sechzehn und fünfzehn Jahre alt und verhätschelten Indira, aber weil diese so viel jünger war als sie, konnte ich verstehen, dass sie sich wie ein Einzelkind vorkam. Minty, ihre fünfzehnjährige Schwester, wirkte auf mich sehr erwachsen und kultiviert. Ich lauschte fasziniert, wenn sie sich beim Abendessen über das Leben in England unterhielten, lernte auf den makellos gestutzten Rasenflächen Krocket spielen und ließ mir von Indiras mittlerem Bruder Abivanth allerlei Kartentricks beibringen. Besonders Raj, Indiras gut aussehender, charmanter ältester Bruder, machte so großen Eindruck auf mich, dass ich in seiner Gegenwart fast völlig verstummte.

Das Haus, das wir hier bewohnten, war im Vergleich zum Palast von Koch Bihar winzig, was bedeutete, dass wir mehr wie eine Familie lebten. Da es sich hoch oben in den Hügeln befand und nur mit Pferden oder Rikschas zu erreichen war, herrschte Ruhe und Frieden. Oft gesellte sich der attraktive Maharadscha, den ich in Koch Bihar nur selten gesehen hatte, weil er dort den Verpflichtungen seines Standes nachkommen musste, bei einem einfachen Picknick im Garten zum Rest der Familie. In der lockeren Umgebung von Darjeeling erlebte ich das, was ich mir für meine eigene Zukunft wünschte: die dauerhafte wahre Liebe zwischen Mann und Frau. Ich erkannte sie in den Blicken, die sie manchmal beim Essen wechselten, darin, wie sie einander anlächelten oder er den Arm um die Taille der Maharani legte. Das war die echte Zuneigung, die ich von der Ehe meiner Eltern kannte.

Sie herrschten gemeinsam über ein Reich und schöpften ihre Kraft aus der Bewunderung und dem Vertrauen, die sie füreinander empfanden.

In jenem Sommer standen Indira und ich immer schon früh auf, um den steilen Pfad zum Tiger Hill hochzureiten und den Sonnenaufgang über dem Mount Everest zu beobachten. Außerdem besuchten wir gern den Markt im Zentrum von Darjeeling, wo Verkäufer aus Tibet und Bhutan mit riesigen Pelzhüten ihre Waren feilboten. Ich war rundum glücklich und fühlte mich ganz als Teil von Indiras Familie.

Aber obwohl ich das harte Leben von früher kannte, war ich noch zu jung, um zu wissen, dass sich die Dinge schnell ändern können und Glück nicht unbedingt von Dauer ist.

Die weniger vermögenden Inder, die weit unterhalb unseres Bergparadieses ausharrten, mussten in jener Saison manches ertragen. Stürme fegten über die Ebenen und bedeckten tagtäglich alles mit einer dünnen Schmutzschicht. Selbst durch den kleinsten Spalt in den Fensterläden drang der feine Staub. Der Monsunregen ließ die Flüsse anschwellen, und die rote Brühe, die sich aus ihrem natürlichen Bett ergoss, riss alles mit sich.

Außerdem fürchteten die Mütter in dieser Jahreszeit wegen unterschiedlichster Krankheiten um ihre Kinder. Auf dem

Friedhof von Darjeeling stellte ich zu meinem Erstaunen fest, dass auch viele britische Sprösslinge gestorben waren. Jedes Jahr forderten Typhus, Malaria und Gelbfieber zahlreiche Opfer unter der Bevölkerung. In jenem Sommer war es in allen Teilen des Landes besonders schlimm.

Eines Nachts Ende August wurde ich von merkwürdigen Träumen heimgesucht und wachte schwitzend und mit einem schrecklichen Gefühl der Angst auf, das nicht weichen wollte. Eine Woche später rief die Maharani mich zu sich. Ich hatte meiner Mutter nicht geglaubt, als sie mir sagte, ich habe ihre Sehergabe geerbt. Doch auf dem Weg zur Maharani wusste ich bereits, was diese mir mitteilen würde.

Sie winkte mich mit einem Brief in der Hand zu sich und bedeutete mir, dass ich mich neben sie auf die Chaiselongue setzen solle.

»Meine *pyari,* leider habe ich sehr schlechte Nachrichten für dich.«

»Wie ist meine Mutter gestorben?«

Dies war das einzige Mal, dass ich die Maharani sprachlos erlebte.

»Ich … Hat jemand es dir gesagt? Ich habe den Brief erst heute Morgen erhalten.«

»Nein, ich habe es einfach … gewusst«, antwortete ich, gegen die Tränen ankämpfend.

»Es heißt, dass wir es spüren, wenn ein geliebter Mensch von uns geht«, erklärte die Maharani, als sie sich von ihrer Überraschung erholt hatte. »Und du scheinst in dieser Hinsicht besonders empfindsam zu sein, Anni. Leider täuschst du dich nicht. Deine Mutter war bei deiner Tante und deinem Onkel in den Hügeln, um der Hitze in Jaipur zu entgehen. Dort war der Monsunregen so stark, dass es nachts zu einem Erdrutsch kam. Keiner im Dorf hat überlebt. Es tut mir wirklich sehr leid, Anni. Soweit ich weiß, hast du nicht nur deine Mutter, sondern auch deine Tante, deinen Onkel und fünf Cousins verloren.«

Ich saß neben ihr, ihre weiche Hand tröstend auf meiner kalten, und dachte an meine Mutter, ihre Schwester, ihren Schwager und meine Cousins, manche von ihnen dem Kleinkindesalter noch nicht entwachsen. Es fiel mir schwer, mich damit abzufinden, dass sie nicht mehr auf dieser Erde weilten.

»Wenn wir etwas für dich tun können, Anni, dann bitte sag es.«

Ich schüttelte stumm den Kopf.

»Es ist mehr als eine Woche her.« Auch der Maharani traten Tränen in die Augen. »Sie suchen immer noch nach den Toten. Wenn sie gefunden sind, musst du natürlich zur Beisetzung nach Jaipur.«

»Ja«, antwortete ich, obwohl wir beide wussten, dass sie keine Leichen finden würden. Meine arme Mutter würde bis in alle Ewigkeit in der von der Sonne gebackenen roten Erde liegen.

»Bestimmt willst du in den Tempel zum Beten. Ich habe da etwas für dich.« Sie reichte mir eine weiße Tunika aus weichster Seide.

»Ich finde es tröstlich, dass wir Inder Weiß, nicht Schwarz als Farbe der Trauer tragen. In solchen Zeiten gibt es genug Dunkles. Und, liebste Anni, mach dir um deine Zukunft keine Sorgen. Ich habe dich von deiner Familie weggeholt und trage auch weiter die Verantwortung für dich. Verstehst du?«

Obwohl ich in dem Augenblick überhaupt nichts begriff, nickte ich.

»Vergiss nicht: Selbst wenn wir sie nicht sehen können, sind die Menschen, die wir lieben, uns nahe«, erklärte sie mit leiser Stimme.

Ich stand auf, unfähig, in ihren Worten Trost zu finden.

Sobald ich die weiße Tunika angezogen hatte, wurde ich in einer Rikscha zu dem kleinen Hindutempel in der Stadt gefahren. Dort brachte ich ganz allein die traditionellen *puja*-Opfer und Gebete dar, die den Toten auf den Weg helfen sollen. Anschließend saß ich mit gesenktem Kopf vor den Götterstatuen. Obwohl ich glauben und *spüren* wollte, dass meine Mutter noch bei mir war, begann ich, als die düstere Realität mir dämmerte, auch an mich selbst zu denken. Ich war jetzt eine Waise ohne Geld und Besitz, gänzlich abhängig von der Großmut der Herrscherfamilie. Mit ziemlicher Sicherheit würde ich niemals heiraten – ohne Familie oder Mitgift war ich für keinen Mann attraktiv. Und obwohl ich weiter Unterricht erhalten würde, konnte ich höchstwahrscheinlich nicht selbst über meine Zukunft bestimmen.

Unter die Tränen, die ich an jenem Tag um meine Familie vergoss, mischten sich zugegebenermaßen auch welche über den Verlust der Zukunft, die sich mein Vater für mich gewünscht hatte und in der ich in der Lage gewesen wäre, meinen wachen Verstand, den er so eifrig gefördert hatte, zu nutzen.

Ich spürte, wie sich eine Hand auf meine Schulter legte.

»Anni, Ma hat es mir gesagt. Es tut mir so leid. Ich werde immer für dich da sein und mich um dich kümmern, das verspreche ich dir.«

Indiras Hand tastete nach der meinen. Ich ergriff sie und klammerte mich daran wie an einen Rettungsanker.

Sie nahm mich in den Arm und hielt mich, während ich mich ausweinte. Ich weiß nicht, wie lange wir so verharrten, bevor ich nach einem letzten Adieu an meine Eltern den Tempel verließ, Arm in Arm mit dem einzigen Menschen auf der Welt, dem ich wirklich etwas bedeutete.

In der Nacht löste ich mich, weil ich nicht schlafen konnte, von Indiras warmem Körper, der sich im Bett tröstend an mich schmiegte, und schlich auf die Veranda hinaus, um die wunderbar kühle Nachtluft zu atmen und die hell leuchtenden Sterne zu betrachten.

»Maaji«, flüsterte ich, »ich sollte da oben bei dir sein, nicht ganz allein hier unten!« Wenn ich noch bei meiner Mutter in Jaipur gelebt hätte, das wusste ich, wäre auch ich nicht mehr auf dieser Erde gewesen.

Da hörte ich auf einmal hohes Singen. Ich wandte den Kopf nach links und rechts, ohne jemanden zu sehen. Der Gesang erinnerte mich an die Wiegenlieder meiner Mutter.

Plötzlich fielen mir die Worte meiner Mutter aus fernen Tagen ein, und mir wurde klar, dass ich zum ersten Mal das Singen hörte, das sie mir prophezeit hatte. Ich spürte meine Mutter nahe bei mir, die mir erklärte, dass sie ihre Gabe an mich weitergebe und ich sie hegen solle. Dass meine Zeit noch nicht gekommen sei.

Im September, als der Monsunregen nachließ und die Luft kühler wurde, kehrten wir in den Palast zurück. Dort suchte mich eine alte Frau auf, die ich vom Sehen aus der *zenana* kannte.

»Anahita, ich habe etwas für dich.«

Als ich sie verwundert anblickte, führte sie mich in eine ruhige Ecke, wo wir uns setzten.

»Weißt du, wer ich bin?«

»Nein.«

»Ich heiße Zeena und bin eine *baidh.* Ich habe hier im Palast die gleiche Funktion wie deine Mutter in Jaipur.«

»Eine Heilerin?«

»Ja. Als deine Mutter zu Besuch hier war, hatte sie vermutlich eine Vorahnung von ihrem Tod, denn sie hat mir etwas für dich anvertraut und mich gebeten, es dir zu geben, falls ihr etwas zustoßen sollte.« Zeena reichte mir einen mit einer Kordel verschlossenen kleinen Stoffbeutel. »Ich weiß nicht, was drin ist, und würde vorschlagen, dass du dich zum Öffnen an einen Ort zurückziehst, an dem du ungestört bist.«

»Ja, das mache ich. Danke, dass du ihn für mich aufbewahrt hast.«

»Sie hat mir gesagt, dass du ebenfalls die Gabe des Heilens besitzt, und mich gefragt, ob ich dir helfen würde.« Sie bedachte mich mit einem intensiven Blick aus ihren dunklen Augen.

»Ich glaube, du besitzt diese Gabe tatsächlich. Wenn du möchtest, bringe ich dir bei, was ich weiß.«

»Meine Mutter hat mir, als ich klein war, prophezeit, dass ihre Gabe auf mich übergehen würde«, erklärte ich, den Tränen nahe. »Ich wusste vom Tod meiner Mutter, bevor die Maharani es mir gesagt hat.«

»Natürlich.« Zeena küsste mich lächelnd auf die Stirn. »Komm zu mir, wenn du bereit bist, von mir zu lernen.«

»Danke, Zeena.«

Ich eilte zu meinem Lieblingsort im Anwesen, einem Durga, der Göttin der weiblichen Urgewalt, geweihten Pavillon, der in einem Wäldchen verborgen lag und an den ich mich oft zum Lesen und Nachdenken zurückzog. Dort setzte ich mich im Schneidersitz hin und öffnete den Beutel, in dem sich das letzte Vermächtnis meiner Mutter befand.

Ich nahm die drei Dinge, die sich darin befanden, heraus und legte sie auf den harten Boden vor mir. Es handelte sich um einen an mich adressierten Umschlag, ein in Leder gebundenes Notizbüchlein und einen kleineren, wiederum mit einer Schnur verschlossenen Jutebeutel. Ich beschloss, zuerst den Brief zu öffnen.

Meine liebste Anni,
pyari, *ich hoffe, dass ich mich täusche, aber in der Nacht vor meiner Abreise von Koch Bihar und Dir, meiner geliebten Tochter, haben die Geister für mich gesungen, um mir zu sagen, dass ich mich vorbereiten muss. Ich weiß nicht, wann es passieren wird. Da wir niemals Angst vor der Zukunft haben sollten, bin ich froh, dass ich es nicht weiß. Anahita, meine schöne Tochter, mir ist klar, dass ich, wenn Du diese Zeilen liest, nicht mehr auf der Erde weilen werde. Aber wie Du noch herausfinden wirst, ist keiner, der Dich wirklich geliebt hat, jemals weit von Dir weg.*
Du bist ein besonderes Kind. Mir ist klar, dass alle Eltern das von ihren Kindern glauben, doch Du bist zu einem bestimmten

Zweck auf diese Welt gekommen. Ich bezweifle, dass Deine Reise leicht sein wird. Du darfst nie vergessen, dass das Schicksal viele schwierige Situationen für uns bereithalten kann. Wann immer Du Dir unsicher bist, welchen Pfad Du wählen sollst, bitte ich Dich, Deiner Intuition zu folgen. Sie wird Dich leiten.
Wahrscheinlich hast Du die Geister an dem Tag, an dem ich von dieser Erde geschieden bin, singen hören – bei mir war es jedenfalls so, als meine Mutter mich verlassen hat. Wenn Du diese Zeilen liest, fühlst Du Dich sicher allein. Dazu besteht kein Anlass, Anni, denn Du bist nicht allein. Dein Leben verläuft genau so, wie die höheren Mächte es wollen. Vergiss nie, dass unser Schicksal von ihnen bestimmt wird. Vielleicht sitze ich jetzt, da Du, pyari, *diese Zeilen liest, bei ihnen und beginne zu verstehen. Die Gabe, die Du geerbt hast, ist Segen und Fluch zugleich. Sie kann Dich in einen dunklen Abgrund ziehen, wenn Du den Tod eines geliebten Menschen vorhersiehst, Dich jedoch auch zu den Sternen emporheben, wenn Deine besonderen Kräfte helfen, jemanden gesunden zu lassen.*
Wie Du auf Deiner Lebensreise noch feststellen wirst, meine Tochter, lässt sich alle Kraft sowohl für das Gute als auch für das Schlechte nutzen. Ich weiß, dass Du Deine Gabe klug einsetzen wirst.
Ich habe Zeena, der ich blind vertraue und der auch Du vertrauen solltest, zwei Dinge für Dich anvertraut. Lass Dir von ihr beibringen, was sie weiß – sie versteht Dich. Das eine ist mein Buch ayurvedischer Formeln mit den Rezepturen für meine Arzneien. Sie wurden über viele Generationen zusammengetragen und sind sehr wertvoll. Ich hoffe, dass sie Dir auf Deiner Lebensreise helfen werden. Achte gut darauf, denn sie enthalten Wissen und Weisheit Deiner Vorfahren, allesamt Frauen mit außergewöhnlichen Fähigkeiten.
Der zweite Gegenstand ist das, was Dein Vater immer unsere »Versicherung« genannt hat. Er hat mir erst am Abend seines Todes von seiner Existenz erzählt; ich kenne seinen Wert nicht und weiß auch nicht, wie er daran gekommen ist. Möglicherweise

hatte er ihn als Mitgift für Dich gedacht. Wenn Du das Gefühl haben solltest, dass das der richtige Zweck ist, liegt es in Deinem Ermessen, ihn dafür zu verwenden.
Meine liebe Tochter, lass Dich von Deinem Kummer und Deiner Verzweiflung über Dein gegenwärtiges Schicksal nicht daran hindern, das Leben zu führen, das Dein Vater und ich uns für Dich gewünscht haben. Auch wenn Du das Gefühl haben magst, dass wir Dich zu früh verlassen haben, kann ich Dich trösten, dass wir in dem Moment, in dem Du diese Zeilen liest, beisammen sind und Dich voller Liebe beobachten.
Wie Dein Vater gesagt hat: Versuch immer, Dir selbst treu zu bleiben. Und ein guter Mensch, in allem, was Du tust.
Deine Dich liebende Mutter XXX

Ich las den Brief mehrmals, weil ich die Worte beim ersten Mal vor Tränen nicht sehen konnte. Dann öffnete ich mit zitternden Fingern den kleinen Jutebeutel und ließ den Inhalt auf den Boden gleiten.

Es handelte sich um drei Steine, wie sie überall in Indien zu finden waren. Als ich den größten in die Hand nahm, fragte ich mich, warum mein Vater sie als »Versicherung« bezeichnet hatte. Verwirrt steckte ich sie in den Beutel zurück, stand auf und kehrte niedergeschlagen in den Palast zurück.

Erst Wochen später, als die Maharani Besuch von ihrem örtlichen Juwelier erhielt, der ihr Steine für eine neue Halskette, ein Geschenk ihres Mannes, präsentierte, erkannte ich ihren wahren Wert. Der Juwelier legte diese Steine, die genauso unscheinbar aussahen wie meine, auf eine Art Tablett, um mit einem Spezialwerkzeug vorsichtig den Schmutz davon zu entfernen. Als etwas rot Schimmerndes darunter zum Vorschein kam, begriff ich, was mein Vater mir hinterlassen hatte: drei Rubine.

Am Ende vergrub ich den Jutebeutel mit bloßen Fingern unter dem Pavillon. Meine Mutter hatte recht gehabt – obwohl ich den Wert der Steine nicht kannte, verließ ich den

Pavillon mit ein wenig leichterem Herzen, weil ich das Gefühl hatte, einen Notgroschen zu besitzen.

Von diesem Tag an verbrachte ich, wenn Indira als Prinzessin an offiziellen Anlässen oder Diners teilnehmen musste, so viele Stunden wie möglich mit Zeena im Kräutergarten, um mir von ihr alles beibringen zu lassen, was sie wusste. Obwohl ich damals nicht vorhatte, Heilerin zu werden oder die Tränke, die in dem ledergebundenen Notizbuch meiner Mutter beschrieben waren, auszuprobieren, fühlte ich mich verpflichtet, die Rezepturen zu lernen. Nachdem Zeena die Eintragungen gelesen hatte und ihre knotigen Finger mit den langen gelben Nägeln darübergeglitten waren, behandelte sie mich mit neuer Achtung.

»Du entstammst einer mächtigen Linie von *baidh*. Hier drin stehen Rezepte für Tränke, die nur wenige kennen.« Sie blätterte in dem Buch. »Schau, da sind sogar welche, die einen Menschen töten können!«, flüsterte sie.

Ich fragte sie, ob sie mit einem Mittel je einem Menschen geschadet habe.

Sie überlegte. »Ich bin Heilerin, Anahita. Die Götter sagen mir, welchen Trank ich verwenden soll.«

Es gab nur sehr wenige Dinge, die ich Indira vorenthielt; meine Stunden mit Zeena gehörten dazu. Und die vergrabenen Rubine. Mein Instinkt riet mir, diese Geheimnisse für mich zu behalten.

11

Ein Jahr später

Indira kam in unser Zimmer gerannt, warf sich aufs Bett und schlug mit den Fäusten auf das Kissen ein. »Ich gehe nicht! Nein, das mach ich nicht!« Ich beobachtete bestürzt, wie meine dreizehnjährige Freundin heulte und kreischte wie ein Kleinkind. »Ich reiß aus!«

In den vergangenen Monaten hatte ich zahlreiche solcher Wutausbrüche miterlebt, wenn Indira ihren Willen nicht bekam. Ich wartete, bis sie sich beruhigte hatte, und fragte mit sanfter Stimme: »Was ist los, Indy? Was ist passiert?«

»Meine Eltern wollen, dass ich meine Geschwister ins Internat nach England begleite. Ich *hasse* England! Da ist es düster und langweilig, und ich bin ständig erkältet.«

Ich sah Indira entsetzt an. Was würde aus mir werden, wenn sie ins Internat musste?, dachte ich egoistisch. »Sie können dich doch nicht zwingen, oder?«

»Mein Vater will, dass ich gehe, und sein Wunsch ist jedermanns Befehl. Ich schwör dir, in England sterbe ich!«

Ich selbst wünschte mir nichts sehnlicher, als England zu besuchen, die Heimat unserer Kolonialherren. Ich malte mir aus, die Narzissen aus Wordsworth' Gedicht zu sehen, das düstere Hochmoor in Yorkshire, wo die Brontës ihre wunderbaren Geschichten geschrieben hatten, und natürlich London, die Hauptstadt der Welt. Doch ich wusste, dass ich das meiner verzweifelten Freundin nicht sagen konnte.

»Wann müsstest du aufbrechen?«

»Im August, damit ich zu Beginn des Schuljahres im September dort bin. Ich hab Ma gesagt, dass das mit dem Unterricht schiefgehen wird, weil ich einfach nicht stillsitzen kann – in diesem kalten, dunklen Land verkümmere ich wie eine Ringelblume im Frost.«

»Du wirst mir schrecklich fehlen.«

»Nein, Anni, du sollst mich begleiten.«

»Ich?«

»Natürlich! Sie wären nicht so grausam, mich allein zu schicken. Du kommst mit, es sei denn, mir gelingt es, sie zu überreden, dass wir hierbleiben können. Aber Ma liebt England und die dortige Saison, was bedeutet, dass sie uns nicht unterstützt.

Was wird dann aus Pretty?«, jammerte Indira. »Sie geht ohne mich ein, das weiß ich!«

Ich versuchte, genauso niedergeschlagen auszusehen wie vor dem Zeitpunkt, als Indira mir gesagt hatte, dass ich sie begleiten würde. »Ist es dort wirklich so schlimm?«, fragte ich. »Deine Eltern und deine Geschwister scheinen England zu lieben. Sie sagen, London sei eine wunderschöne Stadt mit elektrischem Licht, wo die Frauen frei auf den Straßen herumgehen und sogar ihre Knöchel zeigen können!«

»Wir wären nicht in der Nähe von London, sondern kämen in die grässliche Schule am kalten englischen Meer zu meiner Schwester«, erwiderte Indira verzweifelt. »Ach Anni, was sollen wir nur machen?«

»Immerhin haben wir einander«, sagte ich, stand auf und setzte mich neben sie aufs Bett, um ihre Hände in die meinen zu nehmen. »Bitte wein nicht mehr, Indy. Solange wir zusammen sind, ist alles andere doch egal, oder?«

Indira zuckte mit gesenktem Blick die Achseln. Trotz des Geschreis wusste sie, dass sie ihren Willen diesmal nicht durchsetzen konnte.

»Ich pass auf dich auf, das verspreche ich dir.«

In unseren letzten drei Monaten in Indien schmollte Indira die ganze Zeit, während meine Erregung von Tag zu Tag wuchs. In der heißen Zeit zogen wir wieder in die Sommerresidenz der Familie in Darjeeling.

»Das kühlere Klima hier bereitet dich auf England vor«, erklärte Indiras Vater ihr eines lauen Abends, als die Familie nach dem Essen auf der Veranda saß.

»Pa, *nichts* kann mich auf England vorbereiten«, klagte Indira. »Du weißt, dass ich das Land hasse.«

»Genauso, wie ich es hasse, mich ständig mit Staatsgeschäften herumschlagen zu müssen und nie einen Tag für mich zu haben«, erinnerte ihr Vater sie. »Indira, du musst lernen, dass es im Leben nicht nur ums Vergnügen geht.«

Wir kehrten früher als üblich von Darjeeling nach Koch Bihar zurück, um uns auf die Reise vorzubereiten. Die gesamte Familie sollte mit dem Schiff nach England fahren, was bedeutete, dass riesige Koffer und Kisten gepackt werden mussten – die Maharani bestand darauf, immer einen beträchtlichen Teil ihres Hausstands mitzunehmen. Indira verfiel in eine Niedergeschlagenheit, aus der nicht einmal ich sie herausholen konnte. Sie bestand darauf, in der Nacht bei ihrem kleinen Elefanten Pretty im *pilkhana* zu schlafen, und obwohl ich mit Engelszungen auf sie einredete, gelang es mir nicht, sie wieder in unser Zimmer zu locken.

»Ich kann ihr nicht einmal versprechen, dass ich in den Weihnachtsferien nach Hause komme«, schluchzte sie mit einem Blick auf die Schrankkoffer. »Es ist nicht genug Zeit zum Zurückfahren. Ich werde Pretty fast ein ganzes Jahr lang nicht sehen!«

Ich packte meine wenigen Habseligkeiten, das Kräuterbuch meiner Mutter, ihr *shil noda* und eine kleine Auswahl getrockneter Kräuter für den Fall, dass ich in England krank wurde. Nach reiflichem Überlegen beschloss ich, meine Rubine unter dem Pavillon zu lassen, weil ich sie dort sicherer glaubte als in meinem Gepäck.

Vier Tage später stand ich an Deck des größten und prächtigsten Schiffs, das ich jemals gesehen hatte, und beobachtete, wie wir von den Docks von Kalkutta ablegten. Zu diesem Zeitpunkt ahnte ich nicht, dass wir länger wegbleiben würden, als wir beide glaubten.

Das Gefolge des Maharadschas war in herrlichen Oberdecksuiten untergebracht. Indira und ich hatten unsere eigene Kabine am Ende des Flurs, der für die Familie, Butler, Dienstmädchen und anderen Bediensteten gebucht war. Ich konnte nur staunen, wie viel Geld der Maharadscha sich diese Reise kosten ließ.

Sogar Indira rang sich ein Lächeln ab, als wir die moderne

Einrichtung unseres Zimmers inspizierten. Da wir inzwischen fast vierzehn waren, durften wir an den Cocktailpartys teilnehmen, die Indiras Eltern in ihrem großen Salon gaben. Wie Indira hatte ich eine Garderobe im westlichen Stil erhalten – seltsam geschnittene Musselinblusen und kratzende Wollpullover, die ich, wie man mir mitteilte, benötigen würde, sobald wir das kalte England erreichten.

Als ich mich mit den winzigen Perlenknöpfen an meiner unangenehm engen Bluse abmühte, sah ich im Spiegel, dass mein Körper allmählich weibliche Formen anzunehmen begann. Miss Reids Vorschlag, einen Büstenhalter zu tragen, war mir schrecklich peinlich gewesen. Außerdem hatte sie mir Stoffstreifen gegeben für das, was sie meine »Monatsblutungen« nannte. Eine hatte sich kurz zuvor zu meinem Entsetzen eingestellt, doch danach hatte ich Gott sei Dank keine mehr gehabt. Mein neuer, vollerer Körper wurde dadurch noch auffälliger, dass sich der von Indira kein bisschen verändert zu haben schien. Sie war in die Höhe geschossen und nicht in die Breite gegangen und jetzt fast zehn Zentimeter größer als ich. In ihrer Gesellschaft kam ich mir vor wie ein Granatapfel neben einer Banane.

»Seid ihr bereit, Mädchen?«, fragte Miss Reid, als die Dienerin mit dem Kämmen von Indiras ebenholzfarben glänzenden Haaren fertig war.

»Ja, Miss Reid«, antwortete ich für uns beide.

»Das wird bestimmt schrecklich langweilig«, jammerte Indira, als wir die Kabine verließen, um zum Salon zu gehen. Beim Betreten des riesigen, reich geschmückten Raums hörten wir eine Band westliche Musik spielen. Das Licht der Kronleuchter spiegelte sich im Schmuck der weiblichen Gäste. Alle hatten westliche Kleidung an, auch die Maharani, die ein wunderschönes saphirblaues Abendgewand trug. Ich weiß bis heute nicht, ob sie mir im Sari oder im Cocktailkleid besser gefiel – Ayesha stand beides gleich gut.

»Bleib bei mir, ja?«, bat Indira mich und zog mich zwischen den Menschen hindurch.

»Darf's etwas zu trinken sein, Madam?« Ein Lakai in schicker weißer Uniform hielt uns ein Tablett hin.

Indira nahm zwei Gläser Champagner. Der Kellner sah sie fragend an, doch bevor er etwas sagen konnte, war Indira schon in der Menge verschwunden, und ich eilte ihr nach.

»Komm, probier.« Sie reichte mir ein Glas. »Ich mag das Zeug. Die Bläschen steigen einem in die Nase.«

»Meinst du wirklich? Da ist Alkohol drin, Indy. Bestimmt kriegen wir Probleme, wenn uns jemand erwischt.« Ich blickte mich nervös um.

»Wen sollte das interessieren, Anni? Außerdem sind wir so gut wie erwachsen. Komm«, drängte sie mich.

Also trank ich einen Schluck. Als die Bläschen mir in die Nase stiegen, verschluckte ich mich, und Indira musste lachen.

»So, so, Champagner. Und das in eurem Alter, Mädels?«

Am liebsten wäre ich im Erdboden versunken, als Indiras ältester Bruder Raj belustigt beobachtete, wie mir die Tränen in die Augen traten. »Hier, Anahita, nimm mein Taschentuch.«

Ich bedankte mich, wischte mir die Augen ab und putzte mir verlegen die Nase. Im Lauf des vergangenen Jahres hatte ich für Raj zu schwärmen begonnen. Er hatte nach dem Abschluss in Harrow, einer von Söhnen der britischen und ausländischen Oberschicht besuchten englischen Schule, den Sommer in Darjeeling verbracht. Raj, der mir in seiner westlichen Kleidung unglaublich erwachsen und kultiviert erschien, war der attraktivste junge Mann, den ich kannte.

»Darf ich euch meinen Freund Prinz Varun von Patna vorstellen? Nach den Ferien gehen wir nach Oxford. Denen zeigen wir, wie man Kricket spielt, was?« Raj machte eine Geste, als würde er einen Ball schlagen.

»Allerdings.« Prinz Varun nickte. »Na, gefällt euch Mädchen die Fahrt bis jetzt?«

Ich wandte mich Indira zu, die sonst für uns beide antwortete. Doch die blickte wie verzaubert in die Augen von Prinz Varun.

»Ja«, sagte ich. »Es ist meine erste Auslandsreise.«

»Dann lass dich mal von England überraschen und von seinem Wetter erschrecken«, scherzte Raj. »Hoffentlich habt ihr genug Wollsachen und Bittersalz dabei. Und macht euch gefasst auf die Senfbäder, in die sie euch stecken, wenn ihr euch in der Schule eine Erkältung einfangt. Die sind was ganz Spezielles.«

Da Indira Varun nach wie vor schweigend anhimmelte, sagte ich: »Ich glaube, wir sind gut vorbereitet.«

»Prima. Tja, dann überlassen wir euch mal wieder eurem Schicksal.« Raj machte eine kleine Verbeugung in meine Richtung und sah dann seine Schwester an. »Du bist so still, Indira. Alles in Ordnung?«

»Ja.« Indira riss sich widerwillig vom Anblick Prinz Varuns los. »Mir geht's sogar sehr gut.«

Indira, die die »langweilige« Party zuvor noch so bald wie möglich hatte verlassen wollen, bestand nun darauf, dass wir uns in eine Ecke setzten und die Gäste beobachteten. Nach einer Weile begann ich zu gähnen und mich nach meinem Bett zu sehnen. Schließlich stand ich auf. »Komm, Indy, ich bin müde.«

»Noch fünf Minuten«, bettelte Indira, den Blick auf Raj und Varun geheftet, die sich angeregt mit zwei jungen Engländerinnen unterhielten.

Irgendwann gelang es mir, sie aus dem Salon zurück in unser Zimmer zu locken, wo wir uns auszogen und ins Bett legten.

»Indy, du warst heute Abend sehr schweigsam. Was ist los?«

Indira stieß mit geschlossenen Augen einen Seufzer aus. »Alles bestens. Ich habe nur gerade den Mann kennengelernt, den ich einmal heiraten werde.«

»Wie bitte?«

»Ja, ich habe es sofort gewusst.«

»Du meinst Varun?«

»Natürlich.«

»Aber Indy, er ist ein Prinz! Das bedeutet, dass seine Eltern schon eine Frau für ihn ausgewählt haben.«

»Genau wie die meinen bereits wissen, wer mein Mann wird.« Plötzlich schlug sie die Augen auf und sah mich mit einem eindringlichen Blick an. »Ich sage dir, Anni, wir werden ein Paar.«

Die folgenden Wochen an Bord wurden ein richtiges Katz-und-Maus-Spiel, weil Indira beschloss, Raj und ihrem »zukünftigen Ehemann« überallhin zu folgen. Was bedeutete, dass wir ihnen vor ihren Kabinen auflauerten, wenn sie zum Frühstück oder Mittagessen oder zum Billard- oder Krocketspielen gingen. Dann mussten wir so tun, als wäre die Begegnung ein Zufall.

Plötzlich begann Indira, der ihr Aussehen immer egal gewesen war, sich Gedanken darüber zu machen, was sie zum Abendessen tragen sollte, und Parfüm von der Frisierkommode ihrer Mutter oder Lippenstift von ihrer Schwester zu benutzen.

Ich muss gestehen, dass ich ihr Verhalten lächerlich fand und es mir ziemlich auf die Nerven ging. Indira hatte sich das erste Mal verliebt, und mir war klar, dass das bald vergessen sein würde. Doch Indy wäre nicht Indy gewesen, wenn sie sich nicht voller Energie in ihre neue Leidenschaft gestürzt hätte.

Am letzten Abend, bevor wir in Southampton anlegen sollten, war das herrschaftliche Gefolge zum Diner am Kapitänstisch geladen. Indira schwankte die ganze Zeit zwischen der Frage, welches Kleid sie tragen sollte, und der Erkenntnis, dass dies die letzte Begegnung mit Prinz Varun sein würde. Ich verkniff es mir, Indira darauf hinzuweisen, dass Varun sie vermutlich sogar nackt als das gesehen hätte, was sie nach wie vor war: ein kleines Mädchen.

»Schau, Minty hat mir eins ihrer abgelegten Kleider gegeben!« Indira stürmte mit einem pfirsichfarbenen Chiffongewand über dem Arm herein. »Es passt wie angegossen.«

»Willst du das wirklich anziehen?« Ich musste an die züchtigen, hochgeschlossenen Musselin- und Kattunkleider denken, die wir sonst trugen.

»Ja! Anni, begreifst du denn nicht? Ich muss mich was trauen, damit Varun mich wahrnimmt!«

»Damit lässt Miss Reid dich nie zu dem Fest gehen! Außerdem: Was würde deine Mutter sagen?«

»In vier Monaten werde ich vierzehn. In dem Alter sind viele indische Mädchen schon verheiratet«, entgegnete Indira. »Anni, du musst mir helfen. Ich ziehe mich ganz normal mit dir an, und vor dem Speisesaal sage ich Miss Reid, dass ich was vergessen habe, laufe zurück und schlüpfe in dieses Kleid. Wie findest du den Plan?«

»Bitte, Indy, was wird dein Vater dazu sagen? Willst du ihn in Verlegenheit bringen?«, fragte ich entsetzt.

»Also wirklich, Anni!« Indira hielt sich das Kleid an den Körper. »Ich bin ja nicht in der Unterwäsche unterwegs. Es ist einfach nur eine erwachsenere Version dessen, was wir sonst tragen.«

Sie hatte recht. Immerhin wirkte das bodenlange Chiffonkleid mit dem eckigen Ausschnitt und dem knapp unter dem Busen gerafften Oberteil halbwegs züchtig.

»Das hat Minty zu ihrem sechzehnten Geburtstag getragen. So schlimm kann es also nicht sein, oder?«

Ich seufzte, weil ich wusste, dass ihr Entschluss, egal, was ich davon hielt, feststand.

Als wir uns am Abend mit Miss Reid dem Eingang zum Speisesaal näherten, schlug Indira die Hand vor den Mund.

»Ach, Miss Reid! Ich hatte Lady Alice Carruthers versprochen, ihr ein Buch zu leihen und es ihr heute zum Essen mitzubringen. Wenn das Schiff morgen anlegt, ist dazu bestimmt keine Zeit mehr.«

»Soll ich es für dich holen, meine Liebe?«, fragte Miss Reid.

»Nein, machen Sie sich keine Umstände. Ich weiß am besten, wo es ist.«

Indira rannte los und ließ Miss Reid und mich vor der Tür zum Speisesaal stehen.

Ich setzte mich in einen der goldverzierten Sessel auf dem Flur. »Miss Reid, ich warte hier auf sie. Sie haben noch nichts gegessen, und morgen wird ein langer Tag. Ich komme schon zurecht.«

»Wenn du meinst. So wie ich Indira und ihre Unordnung kenne, kann es eine Viertelstunde dauern, bis sie wieder da ist, und ich muss nach dem Essen noch packen.«

»Mir macht das wirklich nichts aus«, versicherte ich ihr, erleichtert darüber, dass sie unter Deck gehen würde, wo die Bediensteten ihre Mahlzeiten einnahmen. »Ich verspreche Ihnen, mich nicht von der Stelle zu rühren, bis sie wiederkommt.«

»Gut, meine Liebe, und danke. Ich hole euch um zehn ab.«

Es half, dass sie mich als die Vertrauenswürdigere von uns beiden erachtete; ich hatte mir ihr gegenüber kaum jemals etwas zuschulden kommen lassen. Während ich auf Indira wartete, verfolgte ich, wie die elegant gekleideten Gäste, die mit ausgeprägt britischem Akzent sprachen, den Speisesaal betraten. Da wurde mir klar, dass das Englisch, das ich in Indien gelernt hatte, sich vermutlich deutlich von dem unterschied, mit dem ich in England konfrontiert sein würde.

Als die letzten Gäste an mir vorbei in den Speisesaal flanierten, fürchtete ich schon, dass Indira es nicht mehr vor dem Dankgebet, das die Engländer vor jedem Essen sprachen, schaffen würde. Da schwebte eine Erscheinung in pfirsichfarbenem Chiffon die Treppe herauf.

Ich blinzelte ungläubig. Was für eine Veränderung! Das Kleid passte meiner Freundin mit ihrem hoch aufgeschossenen, schlanken Körper wie angegossen. Mit den hochgesteckten

Haaren und der pfirsichfarbenen Rose darin war sie atemberaubend schön, eine jüngere Ausgabe ihrer Mutter.

»Wie seh ich aus?«, fragte sie mich nervös.

»Wunderschön. Komm!« Ich stand auf. Wir öffneten die Tür zum Speisesaal just in dem Moment, als der Conférencier in die Hände klatschte und ausrief: »Meine Lords, Damen und Herren, bitte um Ruhe für den Kapitän.«

Alle wandten sich dem Kapitän zu, der ausgerechnet in der Nähe der Tür saß, durch die Indira und ich uns hineinzuschleichen versuchten. Alle wandten sich uns zu. Ich erstarrte wie ein Kaninchen im Scheinwerferlicht und wurde so tiefrot wie Indiras geschminkte Lippen.

Der Kapitän folgte dem Blick der Gäste. »Meine Damen …« Er nickte uns zu. »Bitte nehmen Sie Ihre Plätze ein, damit ich das Dankgebet sprechen kann.«

»Danke.« Indira marschierte hoch erhobenen Hauptes auf den Kapitänstisch zu. Zum ersten Mal erkannte ich die Prinzessin in ihr. Wir setzten uns auf die beiden Plätze, die man am Ende des Tischs für uns freigehalten hatte. Dabei beobachtete ich Prinz Varun, der Indira nun eindeutig mit anderen Augen sah.

Das pfirsichfarbene Kleid verlieh Indira Eleganz und Anmut. Selbst ihre Eltern, die sie mit ihrem Auftritt verblüfft hatte, betrachteten sie mit Wohlwollen.

Wieder einmal, dachte ich, die ich mich in meinem Musselinkleid unattraktiv und unwohl fühlte, tat die Schönheit ihre Wirkung. Niemand hatte verärgert reagiert, alle waren entzückt. Als die Band zu spielen begann, führte der Maharadscha höchstpersönlich seine jüngste Tochter auf die Tanzfläche. Danach folgten ihr Bruder Raj und schließlich Prinz Varun. Als Miss Reid um zehn Uhr auftauchte und mich fragte, wo Indira sei, nickte ich in Richtung Tanzfläche.

»Wo?«, fragte sie verwirrt.

»In dem pfirsichfarbenen Kleid. Sie tanzt mit Prinz Varun.«

Sie schlug entsetzt die Hand vor den Mund und blickte unsicher zur Maharani hinüber. »Das kostet mich wahrscheinlich die Stelle. Hast du Bescheid gewusst?«

»Ja«, antwortete ich. »Aber was sollte ich machen?«

»Tja, wir sind machtlos.« Miss Reid stieß einen tiefen Seufzer aus. »Sie ist eine Prinzessin.«

In jener Nacht musste ich mir wieder und wieder die Einzelheiten von Indiras Triumph und ihrem Tanz mit Prinz Varun anhören. Am Ende hatte er ihr offenbar zugeflüstert, dass sie dabei sei, sich in eine schöne junge Frau zu verwandeln, die sich bald mit ihrer Mutter messen könne. Da kamen mir zum ersten Mal Zweifel daran, dass Indira und ich bis an unser Lebensende zusammen sein würden. Sie wurde vor meinen Augen erwachsen, und eines Tages, dachte ich, die Tränen unterdrückend, würde ihr meine Freundschaft allein nicht mehr genügen. Sie würde die Liebe eines Mannes brauchen.

Am folgenden Tag erwachte ich mit einem Gefühl der Beklommenheit, weil ich nach Indiras Auftritt mit einem Nachspiel rechnete. Doch erstaunlicherweise passierte nichts. Stattdessen hörte ich bei den Verabschiedungen immer nur, wie schön Indira ausgesehen habe. Das hässliche Entlein hatte sich in einen schönen Schwan verwandelt, und niemanden schien es zu stören, dass sie sich nicht an die gesellschaftlichen Regeln gehalten hatte.

Während Indira von Kabine zu Kabine huschte und sich von ihren neuen Freunden verabschiedete, ging ich an Deck, um einen Blick auf das Land zu werfen, von dem ich so viel gehört hatte und das nun in Sicht kam.

Obwohl es August war, angeblich einer der wärmsten Monate in England, zitterte ich in meiner dünnen Baumwollbluse vor Kälte. So früh am Tag hing der Nebel tief über dem Hafen von Southampton. Zum ersten Mal atmete ich englische Luft, die ziemlich unspektakulär nur nach Salz roch.

Ich versuchte, meine düsteren Gedanken mit der Vorfreude darauf zu bekämpfen, dass ich in etwa einer Stunde das gelobte grüne Land betreten würde, das einige der weltbesten Schriftsteller zu ihren Werken inspiriert hatte.

Doch das gelang mir nicht.

Vielleicht, tröstete ich mich, war ich einfach erschöpft von den Ereignissen des vergangenen Abends, aber letztlich wusste ich, dass meine Melancholie tiefere Ursachen hatte. Noch nicht mit den merkwürdigen Gefühlen vertraut, die das hohe Singen mit sich brachte, wunderte ich mich über die Gänsehaut, die mich überlief. Inzwischen weiß ich natürlich, dass diese Gefühle mich vor einer Gefahr warnen sollten.

Als das Schiff beim Anlegen ein letztes Mal laut tutete, herrschte auf den Decks ausgelassene Stimmung. Und am Pier sah ich winzige Gestalten mit Union Jacks winken, die einen ersten Blick auf die Ankommenden erhaschen wollten.

Wenig später leerte sich das Deck, weil alle in ihre Kabinen zurückkehrten, um ihre Habseligkeiten zu holen und sich auf die Ankunft vorzubereiten, und plötzlich war ich allein. Wieder zitterte ich, diesmal nicht nur wegen der Kälte, sondern auch ein wenig vor Angst. Als ich ein Taschentuch hervorholen wollte, spürte ich, wie sich braune Arme von hinten um meine Taille schlangen.

»Was machst du denn ganz allein hier oben? Ich hab dich überall gesucht.« Indira drückte mich, und ihr warmer Atem schmolz das Eis, das sich in meinen Adern gebildet hatte.

»Ich habe einen Blick auf England geworfen.«

Sie drehte mich zu sich herum. »Du hast geweint, Anni. Warum?«

»Ich weiß es nicht so genau«, antwortete ich ehrlich.

Sie wischte mir eine Träne weg. »Wein nicht, Anni, und hab bitte keine Angst. Ich bin ja da.« Wieder schlang sie die Arme um mich und drückte mich an sich. »Und ich werde immer da sein.«

12

Die folgenden zwei Wochen verbrachten wir alle in einem schönen viktorianischen Haus in der Pont Street in Knightsbridge. Dass es verglichen mit dem Palast nicht viel mehr als ein Kaninchenbau war, machte uns nichts aus, weil es draußen so viel zu sehen und zu tun gab. Obwohl Indira immer wieder klagte, wie sehr sie England hasse, sicherte sie sich sofort den Familienchauffeur, um mir London zu zeigen. Als Erstes fuhren wir die Pall Mall entlang zum Buckingham Palace und zur Wachablösung. Wir besuchten den Tower, wo Indira mir in allen schrecklichen Einzelheiten erzählte, wie Henry VIII. von England zwei seiner Ehefrauen ins Jenseits befördert hatte, um wieder heiraten zu können.

»Wie albern, dass sie nur eine Frau haben dürfen und die umbringen müssen, wenn sie eine andere möchten!« Indira kicherte. »Pa könnte, wenn er wollte, bis zu acht Frauen haben.«

Am Trafalgar Square fütterten wir die Tauben, die um die Nelsonsäule herumflatterten, bevor wir ein Themseschiff bestiegen. Doch Indiras Londoner Lieblingsort befand sich nur wenige Meter von unserem Haus in der Pont Street entfernt.

Als sie mich hineinführte, teilte sie mir mit, dass wir gerade das berühmteste Geschäft der Welt betraten.

»Ich liebe Harrods; hier kriegt man alles, von neuen Schlüsseln für ein kaputtes Schloss über Käse bis zu Kleidern – sogar indische Elefanten! Und außerdem …«, fügte sie im Lift hinzu, »… können wir alles auf Mas Rechnung setzen lassen. Also sag's einfach, wenn du was möchtest.«

Das Kaufhaus, wie sie es nannte, war in der Tat das reinste Paradies. Manchmal erlaubte Indira sich ein Spielchen mit einem der streng dreinblickenden Verkäufer, indem sie fragte, ob es hier auch Sittiche und Palisanderholzbäume gebe.

»Die Sittiche finden Sie in der Haustierabteilung, Madam,

und die Bäume in der für Gartenbedarf. Falls die von Ihnen gewünschten Dinge dort nicht vorrätig sein sollten, kann Harrods sie Ihnen sicher bestellen«, antwortete der Verkäufer dann.

»Bitte, Indy, mach dich nicht über sie lustig!«, bat ich sie, vor Verlegenheit errötend, wenn sie sich kichernd entfernte.

Sie führte mich hinauf in die riesige Spielwarenabteilung, wo die Verkäufer sie begrüßten wie eine alte Freundin.

»Als kleines Kind bin ich oft aus dem Haus geschlichen, hab hier nach Herzenslust bestellt und einfach alles auf Mas Rechnung setzen lassen. Sie hat's ewig nicht gemerkt«, erzählte Indira lachend, als sie mich über die sich bewegende Treppe, die sie Rolltreppe nannte, wieder nach unten leitete.

»Willst du heute nichts kaufen?«

»Nein, ich bin zu alt für Spielsachen, findest du nicht? Lass uns in die Damenabteilung gehen – ich hab noch nie ein Kleid von der Stange anprobiert. Das macht sicher Spaß!«

Nachdem sie eine Schar Verkäuferinnen damit beschäftigt hatte, ihr eine Auswahl Kleider zu bringen, folgte ich Indira in den Umkleideraum. Nach zwei Stunden darin wurde ich allmählich ungeduldig.

»Bist du sicher, dass deine Mutter nichts dagegen hat?«, fragte ich, als Indira sich in einem hübschen Kleid um die eigene Achse drehte und die Verkäuferin anwies, es auf den immer höher werdenden Stapel zu legen.

»Erst wenn sie in ein paar Wochen die Kontoabrechnung bekommt«, antwortete sie grinsend.

Auf dem Weg zum Haupteingang kamen wir an der Bücherabteilung vorbei, in der ich fasziniert den Blick schweifen ließ. Als Indira das sah, schlug sie, möglicherweise aus schlechtem Gewissen darüber, dass sie sich so viel Zeit beim Anprobieren der Kleider genommen hatte, vor zu bleiben.

Und plötzlich wähnte ich mich im Schlaraffenland.

Bei Harrods gab es endlose Reihen der Bücher, die ich in den Vitrinen der Bibliothek im Palast von Koch Bihar voller Sehnsucht betrachtet hatte. Hier durfte ich sie tatsächlich anfassen. Ich nahm einen Band nach dem anderen in die Hand und ließ die Finger über die goldgeprägten Titel gleiten.

»Such dir aus, was du willst, Anni«, forderte Indira mich auf, die nun genauso ungeduldig neben mir wartete wie ich zuvor in der Damenabteilung auf sie.

Am Ende entschied ich mich für drei Bücher: Die gesammelten Werke von Charles Dickens, *Jane Eyre* von Charlotte Brontë und *Stolz und Vorurteil* von Jane Austen. Als wir Harrods verließen, presste ich sie an meine Brust, weil ich kaum glauben konnte, dass sie mir gehörten und ich sie nie wieder hergeben musste.

In unserem Zimmer im obersten Stockwerk des Hauses in der Pont Street stellte ich stolz die drei Bände ins Regal und schwor mir, dass ich eines Tages genug Geld verdienen würde, mir so viele Bücher zu kaufen, wie ich wollte.

Obwohl England mich zutiefst beeindruckte, verstärkte der Aufenthalt in London mein Gefühl, von der Koch-Bihar-Familie abhängig zu sein. Im Palast war ich eine von vielen, die ernährt und versorgt werden mussten. Hier in London wurde es mir deutlicher bewusst. Obwohl Indira immer mehr als genug Geld hatte und ausgesprochen großzügig war, mochte ich sie um nichts bitten. In dem kleinen Gebetsraum an der hinteren Seite des Hauses kniete ich nieder und brachte Lakshmi, der Göttin von Glück und Wohlstand, *puja* in der Hoffnung dar, dass ich irgendwann finanziell unabhängig sein würde.

Einige Tage später führte ein Harrods-Besuch Indira und mich unter den wachsamen Blicken von Miss Reid in eine neue Abteilung – in die mit den Schuluniformen.

»Wir müssen Krawatten tragen – wie Männer!«, rief Indira aus, als Miss Reid ihr zeigte, wie man sie band. Indira griff sich mit gespieltem Entsetzen an den Hals. »Hilfe, ich krieg keine Luft mehr.«

Anschließend wandten wir uns den Blusen, Kittelschürzen und Pullovern zu, die so sehr kratzten, dass es sich anfühlte wie tausend Flöhe auf der Haut.

»Diese hier«, erklärte die Verkäuferin, »tragen die Mädchen beim Sport, bei Korbball oder Hockey.« Sie hielt eine formlose braune Hemdbluse und eine weite, dazu passende Hose hoch.

»Korbball? Hockey? Das will ich gar nicht lernen«, erklärte Indira schnippisch.

»Es wird dir Spaß machen, wenn du es erst einmal versucht hast«, meinte Miss Reid mit bewundernswerter Geduld. »Du hältst dich doch so gerne draußen im Freien auf. Bei den englischen Ballspielen bist du in deinem Element.«

»Bestimmt nicht.«

Miss Reid und ich sahen einander an, als Indira in den Umkleideraum stapfte, um die grässliche Bluse anzuprobieren.

Eine Woche später wurden wir mit dem Wagen nach Eastbourne in Sussex gebracht. Indira, die neben mir auf dem Rücksitz des feudalen Rolls-Royce saß, starrte unglücklich in die grüne englische Landschaft hinaus, die ich wunderschön fand. Der Herbst hatte gerade begonnen; die Blätter färbten sich gelb, und der weiche frühmorgendliche Nebel hatte eine beruhigende Wirkung auf mich. Miss Reid, die uns auf der Fahrt begleitete, plauderte vorne mit dem Chauffeur. Schließlich erreichten wir ein schmuckloses graues Gebäude, das mich ein wenig an Dotheboys Hall erinnerte, das Internat, an dem der junge Nicholas Nickleby in dem Roman von Charles Dickens als Hilfslehrer beginnt.

Der Chauffeur holte unser Gepäck aus dem Kofferraum, während Indira sich weigerte auszusteigen. Miss Reid und ich hingegen kletterten hinaus und betrachteten die Schule.

»Kein Grund zur Nervosität, meine Liebe, die Zeit hier wird dich voranbringen. Und …«, fügte Miss Reid mit gedämpfter Stimme hinzu, »Indira muss zum ersten Mal ohne ihre

Zofe zurechtkommen. Lass dich von ihr nicht wie ein Dienstmädchen behandeln, ja? Vergiss nicht: Du magst zwar keine Prinzessin sein, aber immerhin bist du eine gebildete junge Dame und die Cousine einer Maharani.«

»Keine Sorge«, versicherte ich ihr.

Miss Reid hatte keine Gelegenheit mehr, noch etwas zu sagen, weil Indira endlich aus dem Wagen ausgestiegen war und sich im Schneidersitz auf die Kiesauffahrt setzte.

»Steh auf!«, schalt Miss Reid sie. »Und benimm dich wie die junge Dame, die du in den vergangenen Wochen unbedingt werden wolltest!«

Indira verschränkte trotzig die Arme.

Ich ging neben ihr in die Hocke. »Komm, Indy, steh auf, bevor die anderen dich sehen und dich für ein kleines Mädchen halten. Vielleicht wird's ja ganz lustig.«

»Ich hasse es«, zischte Indira mit Tränen in den Augen. »In meiner Familie kümmert es niemanden, dass ich weg bin. Pa war sogar zu beschäftigt, um mir auf Wiedersehen zu sagen. Sie wollten mich los sein.«

»Du weißt, dass das nicht stimmt. Sie lieben dich alle. Und dein Vater möchte stolz auf dich sein.« Mir kam ein Gedanke. »Du hast doch genug Geld, oder?«

Sie nickte.

»Gut.« Ich verschoss meine letzte Munition. »Wenn es uns nicht gefällt, können wir immer noch weglaufen und mit dem Schiff nach Indien zurückfahren. Wie findest du das?«

Ihre Augen begannen zu leuchten.

»Ja«, sagte sie, stand endlich auf und wischte den hellen Kiesstaub von ihrem Rock. »Dann wären sie richtig traurig, was?«

»Ja. Bereit?«, fragte ich.

»Ja.«

Und so marschierten wir Hand in Hand die Stufen hinauf und ins Schulgebäude.

Miss Reid hatte uns gewarnt, dass die anderen Schülerinnen uns angaffen würden. Damals waren indische Mädchen in englischen Internaten noch eine Seltenheit. In der ersten Woche versuchten wir, uns an die Blicke und das Getuschel, die unsere Anwesenheit verursachte, sowie an das Gekicher, das wir hörten, wenn man uns im Speisesaal Hühnchen statt Rindfleisch servierte, zu gewöhnen. Als die anderen Mädchen uns die kalte Schulter zeigten, klammerten wir uns noch enger aneinander. Nachts kroch Indira in dem zugigen Schlafsaal mit den zehn Betten zu mir unter die Decke, damit wir uns gegenseitig wärmen und trösten konnten.

»Ich will nach Hause«, schluchzte sie neben mir. »Bitte, Anni, lass uns weglaufen, wie du's gesagt hast.«

»Bald, das verspreche ich dir, aber wir müssen wenigstens so lange bleiben, bis deine Eltern glauben, dass du es tatsächlich versucht hast.«

Nicht nur Indira fühlte sich elend. Auch ich fand unser neues Leben entsetzlich. Mir graute vor der Kälte des englischen Morgens, die mir in die Knochen kroch. Das fade englische Essen, das ganz ohne Gewürze in Spülwasser gekocht zu sein schien, verursachte mir Übelkeit. Und obwohl ich geglaubt hatte, die englische Sprache gut zu beherrschen, hatte ich Mühe, die Angestellten und Mädchen zu verstehen, die so schnell redeten und selbst mir bekannte Wörter so anders aussprachen. Wenn sie mich etwas fragten, blieb ich stumm und begriff erst später, was sie gemeint hatten. Die Spiele, die mit Holzschlägern auf schlammigen Feldern nach verwirrenden, bisweilen lächerlichen Regeln gespielt wurden, waren mir ein Rätsel. Da ich Ballspiele ohnehin nicht sonderlich mochte, hatte ich vor diesen Stunden die meiste Angst.

Aufgrund des unaufhörlichen englischen Regens roch alles feucht. Nachts hing in der Luft nicht der Duft von Räucherstäbchen wie im Palast von Koch Bihar, und über uns leuchtete lediglich eine nackte Glühbirne.

Nach den ersten beiden Wochen war es schließlich *ich,* die am liebsten weggelaufen wäre.

Doch dann betrat eines Morgens der Geschichtslehrer, der wegen eines Auslandsaufenthalts freigestellt gewesen war, unser eiskaltes Klassenzimmer. Er war jünger als die anderen Lehrer, die wir bis dahin gehabt hatten, und seine Haut nussbraun.

»Guten Morgen, Mädchen«, begrüßte er uns.

Wir standen auf und erwiderten artig: »Guten Morgen, Sir.«

»Ich hoffe, ihr hattet schöne Sommerferien. Meine waren sehr interessant. Ich habe meine Eltern in Indien besucht.«

Die anderen Mädchen wirkten gelangweilt, doch Indira und ich spitzten die Ohren.

»Wir scheinen zwei neue Schülerinnen aus Indien zu haben, eine davon eine Prinzessin.« Er sah Indira und mich an. »Wer von euch ist das?«

Plötzlich gab es Getuschel im Klassenzimmer, und alle Mädchen wandten sich uns zu. Indira hob schüchtern die Hand. »Ich, Sir.«

»Ihre Hoheit, die Prinzessin Indira von Koch Bihar.« Der Lehrer lächelte. »Ich habe Koch Bihar vor zwei Jahren besucht und den prächtigen Palast deiner Familie gesehen.«

Wieder aufgeregt-neugieriges Gemurmel.

»Sir.« Indira senkte den Blick.

»Vielleicht möchtest du uns irgendwann die Geschichte deiner Familie und wie ihr lebt erzählen, Indira. Ich glaube, das wäre für alle lehrreich.«

»Ja, Sir.«

»Und du?«, fragte er mich. »Wo wohnst du?«

»Ich lebe auch im Palast, Sir.«

»Verstehe. Und du bist keine Prinzessin?«

»Nein, Sir.«

»Anni ist meine beste Freundin«, erklärte Indira. »Und meine Gefährtin.«

»Sehr gut. Nun, Mädchen, ich hoffe, dass ihr Prinzessin

Indira und Miss Chavan bei der Eingewöhnung helft. Aber jetzt werde ich euch erzählen, was ich während meiner Reise durch das britische Indien erlebt habe.«

Nach der Stunde wurden wir hinausgeschickt, um die säuerliche Milch für die Pause zu holen und ein wenig erfrischende Seeluft zu schnappen, was den Briten sehr wichtig zu sein schien. Sonst standen Indira und ich in einer Ecke des Hofs und schütteten unsere Milch verstohlen in die Büsche. Doch an jenem Tag war alles anders. Die Mädchen folgten uns.

»Bist du wirklich eine Prinzessin?«

»Wohnst du in einem Palast?«

»Hast du viele Diener?«

»Bist du schon mal auf einem Elefanten geritten?«

»Trägst du zu Hause eine Krone?«

Die Mädchen scharten sich neugierig um Indira, während ich daneben stand und beobachtete, wie sie huldvoll lächelnd so viele Fragen wie möglich beantwortete. Als später die Pausenglocke ertönte und wir in den Speisesaal strömten, gesellte sich Celestria, das beliebteste Mädchen unserer Klasse, zu uns.

»Setzt du dich beim Essen zu uns, Prinzessin Indira?«

»Natürlich.«

Indira entfernte sich mit Celestria ein paar Meter, bevor sie sich zu mir umdrehte. »Anni muss auch mitkommen.«

Celestria nickte, doch als wir den langen Tisch erreichten, machten die Mädchen in der Mitte nur für Indira und Celestria Platz. Ich musste mich ganz an den Rand setzen.

In jener Stunde sonnte sich Indira in der Aufmerksamkeit und Bewunderung unserer Mitschülerinnen. Das konnte ich ihr nicht verdenken, denn sie war es gewöhnt, dass Menschen sich ihr unterordneten und ihr jeden Wunsch von den Augen ablasen. Sie war, anders als ich, etwas Besonderes.

Jener erste harte Winter in England sollte zu einer der trostlosesten Zeiten meines Lebens werden. Indiras Selbstbewusstsein wuchs, allmählich kam ihre Lebhaftigkeit zum Vorschein, und die Mädchen buhlten um ihre Gunst. Schon bald wurde sie von den anderen umschwärmt wie die Bienenkönigin im Stock. Obwohl sie sich Mühe gab, mich teilhaben zu lassen, machten unsere Mitschülerinnen klar, dass sie sich nicht für eine einfache Gefährtin interessierten, die auch nicht so witzig und charmant war wie Indira. Ich fühlte mich immer isolierter und brachte die Mittagspausen oft lesend in der Bibliothek zu, um Indira nicht zur Last zu fallen.

Zu allem Überfluss legte ich aufgrund des üppigen englischen Essens und der hormonellen Umstellung Gewicht zu, während Indiras Körper elegante Formen entwickelte. Außerdem stellte ich fest, dass ich bei schlechtem Licht beim Lesen kaum noch die Buchstaben erkennen konnte. Man schickte mich zum Schularzt, der mir eine hässliche Brille mit dicken Gläsern verschrieb.

Hin und wieder kroch Indira in der Nacht noch zu mir ins Bett und kuschelte sich an mich.

»Ist alles in Ordnung, Anni?«

»Ja, natürlich«, log ich dann.

Tagsüber, wenn sie mit ihren neuen englischen Freundinnen zusammen war, nahm sie kaum noch Notiz von mir. Ich spürte deutlich, dass ich ihr peinlich geworden war. Also vergrub ich mich in meine Bücher und sehnte mich nach dem Juni, wenn wir in den Palast zurückkehren würden und zwischen Indira und mir alles wieder so wäre wie früher.

Mir wurde leichter ums Herz, als der Frühling nahte und wir in den Osterferien in das Haus in London fuhren. Doch dort sah ich von Indira noch weniger als in der Schule, weil sie ständig zu ihren neuen Freundinnen oder zum Tee in schicken Hotels eingeladen war.

Als sie eines Nachmittags von einer solchen Einladung zurückkam, fand sie mich lesend auf dem Bett in unserem Zimmer vor.

»Anni, ich wollte dich um einen großen Gefallen bitten«, erklärte sie mit ihrem frisch erworbenen englischen Akzent.

Ich nahm die Brille ab und sah sie an. »Ja, Indy, worum geht's?«

»Celestrias Eltern sind in Frankreich, es wär schrecklich langweilig für sie, wenn sie allein mit ihrer Erzieherin in ihrem Landhaus bleiben müsste. Sie hat mich gefragt, ob sie zu uns in die Pont Street kommen kann. Und Ma hat Ja gesagt.«

»Wie schön«, murmelte ich.

Sie seufzte theatralisch. »Aber da gibt es ein Problem. Das einzige freie Zimmer, das wir haben, ist die alte Abstellkammer am Ende des Flurs. Da kann ich Celestria kaum unterbringen – schließlich ist sie die Tochter eines Lords. Würde es dir schrecklich viel ausmachen, wenn ich dich in der einen Woche, die sie bei uns sein wird, dort einquartiere?«

»Nein, nein«, antwortete ich.

Letztlich machte es mir tatsächlich nichts aus, in ein Bedienstetenzimmer umzuziehen. Doch ich fühlte mich in der Angst bestätigt, die ich den ganzen Winter über verspürt hatte. Indira konnte ich keinen Vorwurf machen; es war nur natürlich, dass sie sich von mir weg entwickelte. Schließlich war es ihr vorherbestimmt, in der besten Gesellschaft zu verkehren und eines Tages die Frau eines Maharadschas zu werden, während … mein Schicksal ungewiss war.

Zu allem Unglück kamen in der Zeit, in der Celestria meinen Platz in dem Bett neben Indira einnahm, Kriegsgerüchte auf. In London beruhigten die Menschen einander, dass der Kaiser nicht so dumm sein würde, grundlos einen Angriff auf ein Nachbarland zu starten. Ich hatte dabei nur einen Gedanken: Wenn der Krieg tatsächlich ausbrach, würden wir am Anfang der Sommerferien mit Sicherheit nicht nach Indien zurückkehren können.

Indiras Eltern reisten einige Tage nach Ostern in die Heimat, weil ihr Vater in Koch Bihar Staatsgeschäfte zu erledigen hatte. Während der Fahrt zurück zur Schule am Ende der Ferien, als ich Indira endlich wieder für mich hatte, schnitt ich das Thema an.

»Ach was, es wird keinen Krieg geben«, wiegelte sie ab. »Außerdem können wir, wenn nötig, sicher in dem Haus in der Pont Street bleiben. Nach allem, was ich gehört habe, macht die Saison in London einen Riesenspaß.«

Ich war schockiert über ihre Nonchalance. War das wirklich noch dasselbe Mädchen, das ein paar Monate zuvor bei dem Gedanken geweint hatte, seinen Lieblingselefanten allein lassen zu müssen? Diese Geziertheit, derer sich Indira nun wie ihre englischen Freundinnen befleißigte, hätte mich fast dazu gebracht, sie zu schütteln.

Als Indira mich später in der Schule fragte, ob es mir etwas ausmache, wenn sie in den Schlafraum von Celestria und ihren Freundinnen ziehe, fügte ich mich klaglos in mein Schicksal. Ich musste akzeptieren, dass Indira sich unwiderruflich verändert hatte.

Die Zeit bis zu den Sommerferien verging schnell, zum Teil deshalb, weil mir klar wurde, dass Indira für mich – zumindest fürs Erste – verloren war. Charlotte, das Mädchen, das jetzt in Indiras früherem Bett neben dem meinen schlief, war nett und freundlich, ihr Vater als Militärgeistlicher im Ausland stationiert. Obwohl ich nie mehr eine Freundschaft wie die mit Indira würde haben können, entdeckte ich bei Charlotte und mir doch immerhin Gemeinsamkeiten. Weil ihre Schulgebühren von der Armee bezahlt wurden, nahm sie den Unterricht, anders als viele unserer englischen Klassenkameradinnen, die die Schule als Zeitvertreib vor dem eigentlichen Gesellschaftsleben und der Ehe erachteten, ernst. Charlotte wollte Erzieherin werden.

»Das bisschen, was Vater verdient, spart er fürs Alter. Für mich bleibt da nichts übrig, also muss ich später entweder bei meinen Eltern wohnen oder mir selbst meinen Lebensunterhalt verdienen«, vertraute sie mir eines Nachts an.

Das brachte mich auf die Idee, meinerseits über eine Zukunft als Erzieherin nachzudenken. Nach meiner Schulzeit wäre ich qualifiziert, kleine Kinder zu unterrichten. Aber wer würde mich schon wollen? In Indien galt es als Statussymbol, eine Engländerin für die Kinder einzustellen, doch es würde sich weder eine englische noch eine indische Familie finden, die ihren Nachwuchs von einer Inderin erzogen wissen wollte.

Mir wurde immer bewusster, dass ich mich in einem Niemandsland befand. Ich war in einem Palast aufgewachsen, jedoch arm; ich besuchte eine englische Schule, hatte aber die falsche Hautfarbe, um etwas damit anfangen zu können. Ich gehörte nicht der Arbeiterschicht an, jedoch auch nicht der Oberschicht, in der ich Aussichten auf eine gute Partie gehabt hätte. Ich musste an den kleinen Jutebeutel denken, der auf dem Anwesen des Palasts von Koch Bihar unter dem Pavillon verborgen war, und betete zu allen mir bekannten Göttern und Göttinnen, dass er nach wie vor dort vergraben lag.

13

Im Juni wurde dann überall vom Krieg geredet, und eine Rückkehr nach Indien rückte für uns in weite Ferne. Indira und ich würden den Sommer auch nicht in dem Haus in der Pont Street verbringen, das verschlossen war, weil ein Großteil des Personals sich freiwillig gemeldet hatte. Außerdem fürchtete Indiras Mutter Bombenangriffe auf London, weswegen sie ihre Tochter und mich den Sommer über ins südenglische Devon schicken wollte. Die Witwe des früheren Residenten – des ranghöchsten britischen Beamten in jedem Prinzenstaat – von Koch Bihar hatte sich erboten, uns zwei während der Ferien bei sich aufzunehmen.

»Ich kann's nicht glauben, dass Ma uns zwingt, da hinzufahren! Der Krieg ist doch noch nicht mal erklärt«, ereiferte sich Indira, als sie wahllos Kleidung in ihren Koffer warf. »Ich hab sie angefleht, dass sie mich zu Celestria lässt, aber sie hat Nein gesagt. Was um Himmels willen soll ich nur den ganzen Sommer auf dem platten Land und ohne Freunde anfangen?«

Gern hätte ich ihr versichert – tat es aber natürlich nicht –, dass ich ihr Gesellschaft leisten würde. Während der Fahrt nach Devon saß sie so weit wie möglich von mir weg auf dem schwarzen Ledersitz, das Gesicht von mir abgewandt. Wie immer verriet ihre Körpersprache alles, was sie nicht in Worte fasste. Ich bedauerte es schon, dass ich nicht in der Schule hatte bleiben können wie manche der anderen Mädchen, deren Eltern sich im Ausland aufhielten, darunter auch meine Freundin Charlotte. Aber wie hätte ich der Maharani erklären sollen, dass ihre Tochter mich nicht mehr als Gefährtin wollte?

Solche Gedanken konnte ich einer Frau gegenüber, die mich bei sich aufgenommen und bereitwillig für meinen teuren Unterricht gezahlt hatte, weil sie glaubte, dass ihre Tochter sich über meine Gesellschaft freue, nicht aussprechen.

Als wir in den Park von Astbury Hall fuhren, dauerte es einige Minuten, bis das Haus in Sicht kam. Ich betrachtete es fasziniert, denn es ähnelte dem Palast von Koch Bihar sehr. Die zwei Gebäude wirkten wie verwandte Seelen: das eine aus der Hitze, das andere aus Eis erstanden. Später fand ich heraus, dass derselbe Architekt am Entwurf beider beteiligt gewesen war, weswegen es nicht verwunderte, dass der kalte Monolith vor mir mit seinem zentralen Kuppelbau mir so bekannt vorkam.

Als wir vor der breiten Steintreppe zum Eingang hielten, öffnete sich die Haustür, und das Personal strömte heraus und bezog auf den Stufen Stellung. Prinzessin Indira wurde königlich empfangen. Sie schritt an den Bediensteten vorbei die Treppe hinauf zu einer streng dreinblickenden Frau mit breiten Hüften, die ein altmodisches edwardianisches Kleid trug.

»Ich bin Maud Astbury. Willkommen in Astbury Hall, Prinzessin Indira.«

»Danke, Lady Astbury«, antwortete Indira höflich.

Ich folgte ihnen ins Innere.

»Ich hoffe, Ihr Zimmer gefällt Ihnen, meine Liebe. Wir haben im Moment so wenig Personal hier, weil alle jungen Männer zum Militär müssen.«

Indira, die auf Ehrfurcht stets mit Anmut reagierte, nickte. »Verstehe. Es ist schrecklich nett von Ihnen, dass Sie mich bei sich aufnehmen.«

»Mein Sohn Donald kommt in ein paar Tagen nach Hause. Er wird die Ferien ebenfalls hier verbringen und kann für Ihre Unterhaltung sorgen.«

Wie immer stand ich hinter Indira und fühlte mich unbehaglich. Irgendwann bemerkte Lady Astbury auch mich. »Wie ich sehe, haben Sie Ihre Zofe mitgebracht.«

»Nein«, entgegnete Indira hastig. »Anahita ist meine Freundin und Gefährtin.«

»Verstehe.« In Lady Astburys Miene war Bestürzung zu lesen, als sie Indira von mir weg zum Fuß der Treppe zog, um mit ihr zu flüstern.

»Gut, lassen Sie sich mit Ihrer … Gefährtin jetzt nach oben zu Ihren Zimmern führen, Prinzessin Indira. Bitte teilen Sie es mir mit, wenn Sie während Ihres Aufenthalts hier etwas benötigen sollten. Wir sehen uns heute Abend beim Essen.«

»Tut mir leid, Anni«, sagte Indira wieder einmal, als sie sich in der kleinen dunklen Dachkammer umsah, in der ich einquartiert wurde. »Ma scheint so durcheinander gewesen zu sein, dass sie vergessen hat, dich zu erwähnen. Lady Astbury hat mir versprochen, morgen ein Zimmer auf der Hauptetage für dich herrichten zu lassen. Macht es dir viel aus, wenn du heute Nacht hier schlafen musst?«

»Aber nein«, antwortete ich, erfreut über Indiras aufrichtige

Bekümmerung. »Von hier aus habe ich einen schönen Ausblick.«

Indira lugte durch die kleinen Fensterscheiben hinaus. »Stimmt. Und wenn du's überhaupt nicht aushältst: In meinem Bett ist Platz für vier«, meinte sie grinsend.

»Ich komme schon zurecht, danke.«

»Tja, dann. Ich bin unten, wenn du mich brauchst. Anni …« Sie nahm meine Hände in die ihren. »Es tut mir leid, dass ich dich in der Schule vernachlässigt habe. Das war nicht so gemeint.«

Indira schlang die Arme um mich wie früher, als wir noch allein gewesen waren.

»Komm runter, wenn du ausgepackt hast«, sagte sie und verabschiedete sich mit einem kurzen Winken.

Eine Woche nach unserer Ankunft schien Lady Astbury meinen Umzug ins untere Stockwerk vergessen zu haben. Nach sechs Uhr früh war in meiner winzigen Dachkammer nicht mehr an Schlaf zu denken, wenn die Strahlen der Sonne durch das vorhanglose Fenster fielen und den Raum in grelles Licht tauchten. Also wusch ich mir über der Schüssel, die zu diesem Zweck bereitstand, das Gesicht und ging über die hintere Treppe und durch die Küche hinaus, um den Sonnenaufgang zu genießen.

Auf der riesigen Terrasse roch ich den süßen Duft frisch gemähten Grases. Ich schlenderte in den Garten hinunter, bewunderte in der frühmorgendlichen Stille die prächtigen Rosenbeete und erinnerte mich an Indien. Das gemäßigte Klima Englands besaß keine zerstörerische Kraft. Im Winter fielen die Temperaturen zwar, was unangenehm war, aber soweit ich wusste, hatte es auf den Britischen Inseln noch nie einen Monsun, ein Erdbeben oder andere dramatische Naturereignisse gegeben.

Indien, dachte ich, war das genaue Gegenteil von England: bunt, pulsierend und voller Leben. Es wurde sengend heiß,

Stürme fegten übers Land, die Flüsse traten über die Ufer; alles war gewaltig und unberechenbar.

Außerdem begann ich zu begreifen, dass die Briten im Gegensatz zu meinen temperamentvollen Landsleuten kaum jemals Gefühle zeigten. Auf einer Bank sitzend dachte ich daran, wie stoisch meine Freundin Charlotte kurz vor Ende des Schuljahres die Nachricht vom Tod ihrer Mutter aufgenommen hatte. Ich hingegen hatte zwei Jahre zuvor an jenem schrecklichen Tag im Tempel laut um meine Mutter geweint und geschluchzt.

Ich wusste auch, dass seit mehr als zweihundert Jahren niemand mehr eine Invasion des Landes versucht hatte, in dem ich mich jetzt aufhielt, obwohl die Briten immer in irgendeinem fernen Winkel der Erde Krieg führten.

Doch das konnte sich in den folgenden Wochen oder Monaten ändern. Würden die Truppen des deutschen Kaisers mit ihren schweren Stiefeln durch Europa marschieren und eine kleine Nation angreifen, der es irgendwie gelungen war, ein Weltreich aufzubauen, in dem, wie man hier immer wieder gern betonte, die Sonne niemals unterging?

»Hallo, sind Sie unsere indische Prinzessin?«

Ich war so in meine Gedanken vertieft gewesen, dass ich nichts gehört hatte. Nun blickte ich in die blauesten englischen Augen, die mir je untergekommen waren. Sie strahlten aus einem Gesicht mit den noch jugendlichen Zügen der Pubertät, aus denen sich schon bald die des Erwachsenen herausbilden würden. Die Haare des Jungen hatten die Farbe von Stroh, und seine Haut war so hell, wie viele Inder es sich wünschten.

In der Morgensonne wirkte er auf mich wie der Adonis der griechischen Mythen, die ich aus Büchern kannte.

»Ich …«

Als ich den Mund aufmachte, vernahm ich leises Singen, und ich bekam eine Gänsehaut. Jemand oder etwas sagte mir, dass dieser fremde Engländer für mich in der Zukunft eine wichtige Rolle spielen würde.

»Verstehen Sie Englisch?«

»Ja.« Ich versuchte, den Gesang auszublenden, weil ich die Botschaft verstanden hatte. »Mein Englisch ist ganz passabel«, antwortete ich.

»Und Sie heißen Indira?«

»Nein. Ich bin ihre Gefährtin und heiße Anahita Chavan, kurz Anni.«

»Hallo, Miss Chavan oder kurz Anni«, sagte er und streckte mir die Hand hin. »Ich bin Donald Astbury. Wie geht's?«

Seine Manieren waren wie die aller Engländer tadellos.

»Sehr gut, danke«, antwortete ich und schlug die Augen nieder.

Er setzte sich neben mich auf die Bank. »Darf ich fragen, was Sie zu so früher Stunde in den Garten gelockt hat?«

»Die Sonne, die durch mein Fenster scheint, hat mich geweckt. Und Sie?«

»Ich bin gestern spätabends von der Schule nach Hause gekommen. Dort klingelt der Wecker immer um Punkt halb sieben. Deswegen bin ich hier um die gleiche Zeit aufgewacht. Weil es so ein schöner Morgen ist, habe ich beschlossen aufzustehen und nach meiner Stute im Stall zu sehen.«

»Ich liebe Pferde«, sagte ich wehmütig.

»Sie reiten?«

»Ja, schon lange.«

»Ich wusste gar nicht, dass man in Indien wie hier das Reiten schon von klein auf lernt.«

»Natürlich! Wie sonst hätten wir uns Tausende von Jahren fortbewegen sollen?«

»Auch wieder wahr«, meinte Donald lächelnd. »Wie wär's, hätten Sie Lust, mich zum Stall zu begleiten?«

»Gern.«

»Dann kommen Sie.« Er half mir von der Bank auf, und wir schlenderten gemeinsam durch den Garten. »Wie finden Sie England?«

»Manches gefällt mir, anderes nicht.«

Er sah mich an. »Sie wirken so vernünftig, und Ihr Englisch ist ausgezeichnet. Darf ich fragen, wie alt Sie sind?«

»In ein paar Monaten werde ich fünfzehn.«

»Tatsächlich? Die meisten Engländerinnen in Ihrem Alter, die ich kenne, sind noch alberne kleine Mädchen.«

»Danke fürs Kompliment.«

»Keine Ursache«, erwiderte er, als wir uns dem Stall näherten. »Ich finde, wir sollten du sagen. Schau, das ist meine Stute Glory. Meine Mutter hat sie nach irgendeiner ledigen Tante Gloria genannt, aber weil der Name meiner Meinung nach nicht zu ihr passt, sage ich Glory zu ihr. Wie gefällt sie dir?«

Glory, eine prächtige Vollblutstute, machte ihrem Namen mit einem Stockmaß von einem Meter sechzig alle Ehre. Ich streichelte ihren Kopf.

»Donnerwetter, ich bin beeindruckt«, sagte Donald. »Sonst lässt sie sich nicht von Fremden anfassen. Offenbar hast du ein Händchen für Tiere, Anni.«

»Ja, ich scheine sie zu verstehen.«

»Wie wär's mit einem kleinen Ausritt? Mich würd's interessieren, ob Glory dich aufsteigen lässt. Normalerweise scheut sie und wirft ihr fremde Reiter ab.«

»Ich würd's gern probieren.«

»Führ sie raus, dann sattle ich sie«, wies mein neuer Freund mich an. »Sie lässt es uns sicher wissen, wenn sie mitspielt.«

Wenig später raffte ich meine Röcke und kletterte in den Sattel.

Donald lächelte erfreut. »Sie scheint nichts dagegen zu haben. Ich hole den Hengst.«

Fünf Minuten danach trabten wir entspannt nebeneinanderher durch den Park. Nach einer Weile fragte er: »Hast du Lust auf anspruchsvolleres Terrain? Das Dartmoor ist nur ein paar Minuten weg.« Er deutete nach links. »Ich denke, du reitest gut genug.«

»Klar«, sagte ich, obwohl ich mir unter diesem »Dartmoor«

nichts vorstellen konnte. Zum ersten Mal seit Langem fühlte ich mich glücklich und frei. »Ich folge dir.«

»Gut.« Donald trieb seinen Hengst zu einem leichten Galopp an, und Glory und ich bemühten uns, mit ihm Schritt zu halten.

Als wir das Moor erreichten und eine warme Brise durch meine Haare strich, vergaß ich meine Sorgen. Anfangs konzentrierte ich mich noch darauf, uns über den felsigen, unebenen Untergrund zu lenken, doch dann merkte ich, dass Glory den Weg kannte. Nun entspannte ich mich, überließ ihr die Führung und genoss einfach den Ausritt.

Vierzig Minuten später kehrten Pferde und Reiter vor Anstrengung schwer atmend zu den Ställen zurück.

»Alle Achtung«, bemerkte Donald, als er abstieg und seinen Hengst dem gähnenden Stallburschen übergab. »Du bist mit Abstand die beste Reiterin, die ich kenne.«

»Danke. Du wirst sicher feststellen, dass Prinzessin Indira sich durchaus mit mir messen kann.«

»Dann freue ich mich schon darauf, sie ebenfalls auf die Probe zu stellen, aber ich bezweifle, dass sie besser ist als du.« Er half mir beim Absteigen. »Es wäre schön, wenn du mich wieder begleitest«, sagte er, als wir zum Haus zurückgingen. »Gleich morgen früh? Um halb sieben?«

»Ja, gern.«

Als ich nach oben eilte, um mich vor dem Frühstück noch einmal zu waschen, fühlte ich mich glücklicher als seit Monaten.

Trotz meines Bedauerns darüber, dass ich nicht nach Indien zurückkehren konnte, wurde jener erste Sommer in Astbury für mich unvergesslich. Obwohl der Krieg Anfang August tatsächlich ausbrach, blieben wir relativ unberührt davon, weil Donald zu jung fürs Militär war. Und als die Lebensmittel im Land knapp wurden, bekamen wir davon kaum etwas mit, denn das Anwesen mit seinen vielen Hektar fruchtbarem Farmland konnte sich selbst versorgen.

Eines Abends jedoch, als Lady Astburys Tochter Selina nach Hause zurückkehrte, wurde mir die Not der anderen bewusst. Ihr Mann, Hauptmann der britischen Armee, war nach wenig mehr als einem Jahr Ehe nach Frankreich abkommandiert worden und Selina im achten Monat mit ihrem ersten Kind schwanger.

Manchmal traf ich sie nachmittags in der Orangerie sitzend an, in der die zahlreichen exotischen Pflanzen wuchsen, die Generationen von Astburys von ihren weiten Reisen mitgebracht hatten. Einige kannte ich aus dem ledergebundenen Kräuterbuch meiner Mutter. Von ihnen schnitt ich Teile ab, die ich mit meinem *shil noda* zerstieß und auf meinem winzigen Fensterbrett zum Trocknen in der Sonne ausbreitete. Bei meinen Ausflügen in den Garten und ins Dartmoor entdeckte ich weitere ungewöhnliche Kräuter und Pflanzen, so dass meine Sammlung in den Marmeladengläsern, die ich mir aus der Küche besorgt hatte, kontinuierlich wuchs.

»Was machst du mit den Pflanzen, Anni?«, fragte Selina mich eines schwülen Nachmittags in der Orangerie interessiert und fächelte sich Luft zu.

Obwohl ich nicht so recht wusste, was ich ihr darauf antworten sollte, entschied ich mich am Ende für die Wahrheit. »Ich verarbeite sie zu Heilmitteln.«

»Ach. Hast du das in Indien gelernt?«

»Ja. Meine Mutter hat es mir beigebracht.« Mehr erzählte ich nicht, damit sie mich nicht für eine Scharlatanin hielt.

»Wie klug du bist«, sagte sie mit echter Bewunderung. »Mein Vater hat in seiner Zeit in Indien sehr viel von den örtlichen Heilmitteln gehalten. Wenn du einen Trank kennen solltest, mit dem sich das Kind schneller auf die Welt locken lässt, wäre ich dankbar.«

Als ich die Form ihres Bauchs begutachtete, erkannte ich,

dass das Kind sich in den vergangenen Tagen gesenkt hatte, was bedeutete, dass der Kopf bereits nach unten zeigte.

»Ich glaube nicht, dass es noch lange auf sich warten lässt.«

»Wirklich? Kannst du das sehen?«

»Ja. Ich denke schon.«

Leider bekam ich Indira trotz deren aufrichtiger Zerknirschtheit am Tag unserer Ankunft kaum noch zu Gesicht. Lady Astbury hatte ihr erlaubt, Freundinnen aus London einzuladen, vermutlich weil sie ein bestimmtes Ziel damit verfolgte: Schließlich würde Donald aus den Reihen der jungen Oberschichtsfrauen bald eine Braut wählen. Und die Mädchen, die Indira ihr sozusagen frei Haus lieferte, boten wertvolles Material.

»Noch nie hat Astbury Hall so viele hübsche Mädchen gesehen«, erklärte sie mir eines Tages auf der großen Treppe. »Anahita, meine Liebe, würdest du mal nachschauen, ob das Personal daran gedacht hat, Blumen in Lady Celestrias Zimmer zu stellen?«

»Natürlich«, antwortete ich und tat ihr den Gefallen.

Ich mochte Lady Astbury nicht und wusste, dass sie mich auch nicht leiden konnte. Sie war mit ihrem Mann, dem Residenten von Koch Bihar, in Indien gewesen, und aus ihren Erzählungen schloss ich, dass sie jede Sekunde ihres Aufenthalts dort gehasst hatte. Mich behandelte sie wie ein Dienstmädchen. Ihre herablassende Einstellung meinen Landsleuten gegenüber – »schmutzige kleine Heiden« hatte ich sie uns einmal nennen hören – verstärkte ihre Verachtung mir gegenüber. Als strenggläubige Katholikin besuchte sie jeden Tag die Messe in der Hauskapelle.

Für mich vereinten sich in ihrer strikten Förmlichkeit und angeborenen Arroganz die schlechtesten Eigenschaften der Briten. Da Indira dem Herrscherhaus angehörte und im westlichen Stil erzogen worden war, konnte Lady Astbury sie – halbwegs – gleichberechtigt behandeln.

Bei mir war das anders. Obwohl ich ebenfalls aus der indischen Oberschicht stammte, erledigte ich immer mehr Dinge für Lady Astbury. Oft bat sie mich geistesabwesend, ihr ihre Stickarbeit oder ein Buch aus der Bibliothek zu holen.

Die Situation verschärfte sich durch die Personalknappheit im Haus. Da so viele der männlichen Bediensteten an der französischen Front waren, mussten die Hausmädchen die doppelte Arbeit verrichten. Und weil ich nicht unhöflich oder undankbar wirken wollte, erfüllte ich Lady Astburys Bitten. Es fiel mir nicht schwer, den Dienstmädchen zu helfen, die nett und freundlich waren und sich freuten, dass ihnen jemand beim Bettenbeziehen und Staubwischen zur Hand ging.

Die ersten Tage in Astbury war ich mit Indira ins Esszimmer hinuntergegangen, wo man mich nicht beachtete. Als man mir am vierten Abend ein Tablett aufs Zimmer schickte, verstand ich den Wink mit dem Zaunpfahl. Letztlich war es mir recht, weil ich nicht genug elegante Kleidungsstücke für diese abendlichen Zusammenkünfte besaß und Indira auch nicht darauf hinweisen wollte.

Tilly, eines der Dienstmädchen, das mir mein Tablett brachte, meinte irgendwann, dass ich mich in meiner Dachkammer beim Abendessen bestimmt allein fühle, und schlug vor, mich doch zu den Bediensteten in der Küche zu gesellen. Da ich wusste, dass ihr das den beschwerlichen Weg zu mir hinauf ersparte, sagte ich Ja. Von da an aß ich jeden Abend mit dem Personal und beantwortete unzählige Fragen über mein Leben im indischen Palast.

Als sich die Köchin Mrs Thomas eines Tages über die Arthritis in ihren Händen beklagte, fragte ich sie, ob ich ihr etwas gegen die Schmerzen geben solle.

»Ich bezweifle, dass das hilft«, meinte sie. »Aber schaden tut's bestimmt auch nicht.«

Mit meinem *shil noda* zerstieß ich eine Kalmuswurzel, die ich in der Orangerie gefunden hatte, und gab Wasser für eine

Paste dazu. Am Abend demonstrierte ich Mrs Thomas, wie sie die Salbe auf ihre Hände auftragen musste.

»Machen Sie das eine Woche lang jeden Tag zweimal. Ich glaube, das wird Ihnen helfen.«

Und tatsächlich: Eine Woche später erzählte Mrs Thomas allen von dem »Wunder«, das ich vollbracht habe. Das führte sehr schnell zu einer Schar von »Küchenpatienten«, die mich baten, ihnen ein Heilmittel gegen ihre Schmerzen und Zipperlein zusammenzustellen. Ich half ihnen gern, denn es verschaffte mir Gelegenheit, das, was ich von Zeena und meiner Mutter gelernt hatte, in der Praxis zu erproben. Außerdem genoss ich die Freundlichkeit der Bediensteten, ein Gefühl, das ich lange hatte entbehren müssen.

Doch noch mehr bauten mich in jenem Sommer, obwohl Indira mir die kalte Schulter zeigte und Lady Astbury mich von oben herab behandelte, die Ausritte mit Donald Astbury auf.

Am Morgen nach unserem ersten Ritt war ich aus dem Bett gesprungen, gespannt, ob er mich tatsächlich im Stall erwarten würde wie vereinbart.

»Anni«, hatte er mich lächelnd begrüßt. »Lust auf einen weiteren Ausflug?«

»Ja.« Wir hatten die Pferde gesattelt und waren in der Frühsonne übers Dartmoor galoppiert. Von da an hatten wir uns fast jeden Morgen getroffen und uns allmählich angefreundet.

Anders als seine Mutter war Donald herzlich und offen, und ich hatte das Gefühl, dass ich ihm von meinem Leben erzählen konnte. Er interessierte sich aufrichtig für Indien, seine Sitten und seine Kultur.

»Mein Vater hat Indien und seine Menschen geliebt«, erklärte er. »Meine Mutter nicht, weswegen sie nach England zurückgekehrt sind, als Selina und ich noch sehr klein waren. Leider ist mein Vater fünf Jahre später gestorben. Mutter hat Indien die Schuld für seinen Tod gegeben, und tatsächlich machten ihm die wiederholten Malariaschübe zu schaffen, aber am Ende hat ihn eine Lungenentzündung dahingerafft. Seiner Ansicht nach ist ihm das englische Wetter nicht bekommen. Vater war ein sehr anständiger, hilfsbereiter Mensch.«

»Bist du ihm ähnlich?«, fragte ich Donald, als wir uns ins raue Dartmoorgras legten, während unsere Pferde ihren Durst am Bach stillten.

»Das behauptet meine Mutter jedenfalls. Ich glaube, sie konnte sich nie so recht mit seinem Mitgefühl anfreunden – Vater wollte immer allen helfen, und das machte sich oft negativ auf unserem Bankkonto bemerkbar. Ihm waren Religion und Hautfarbe einerlei, während meine Mutter eine … etwas konservativere Einstellung hat.«

Auf unseren Ausritten gestand er mir seine Zukunftsängste wegen des Krieges und seine Sorge, ob er in ein paar Jahren, wenn er einundzwanzig wurde, fähig sein würde, die Leitung des Anwesens zu übernehmen.

»Es ist jetzt schon kaum genug Geld für die laufenden Kosten da«, seufzte er. »Ganz zu schweigen von der Renovierung des Gebäudes – an manchen Teilen wurde seit hundert Jahren nichts mehr gemacht. Mutter hat Astbury Hall geerbt. Vater war kein guter Geschäftsmann, und niemand hat damit gerechnet, dass er so früh sterben würde. Ich vermute, dass Mutter den Kopf in den Sand gesteckt hat. Oder besser gesagt: ins Gebetbuch. Eigentlich will ich ihr nicht eröffnen, wie schlimm es steht; ich glaube, dass nicht einmal ihr Gott uns helfen kann.«

Ich staunte, welch große Verantwortung er bereits in so jungen Jahren tragen musste.

»Der Lebensunterhalt so vieler hängt von mir ab.« Plötzlich wandte er sich grinsend zu mir. »Sieht ganz so aus, als müsste ich eine reiche Erbin heiraten! Komm, wir müssen zurück.«

Wenn Donald ins Haus verschwand, um sich fürs Frühstück umzuziehen, sah ich ihn meist bis zum folgenden Morgen nicht mehr. Die Tage verbrachte er damit, Indira und ihre

Freundinnen beim Essen, mit Tennis und Ritten durch den Park zu unterhalten, die sich deutlich gemächlicher gestalteten als die unseren. Ich bezweifle, dass er je von unseren morgendlichen Ausflügen erzählte – ich tat es jedenfalls nicht. Dies gehörte zu den Geheimnissen, die ich in diesen langen, lauen englischen Sommernächten für mich behielt.

14

Ende August, einige Tage bevor Indira und ich in die Schule zurückkehren sollten, setzten bei Selina die Wehen ein, und die Dienstmädchen liefen mit Handtüchern und heißem Wasser treppauf, treppab. In der Küche herrschte eine angespannte Atmosphäre, eine Mischung aus Vorfreude auf das Kind und Furcht, dass etwas schiefgehen könnte.

»Dr. Trefusis kommt vom Krankenhaus in Exeter. Nur Lady Selina konnte sich einen Sonntagabend für die Geburt aussuchen. Hoffentlich ist er bald da.« Mrs Thomas verdrehte die Augen.

Eine Stunde später kam Tilly, Selinas Zofe, mit blassem Gesicht die Treppe herunter. »Es geht ihr schlecht. Sie wälzt sich vor Schmerzen im Bett und schreit wie am Spieß. Ich weiß nicht, was ich machen soll. Was kann ich ihr geben, damit sie sich beruhigt, Mrs Thomas? Ich hab Angst, dass das Kind feststeckt.«

»Hast du schon nach Lady Astbury gerufen?«, fragte Mrs Thomas.

»Ja, aber Sie wissen ja, dass man die nicht mit zehn Pferden in die Nähe vom Geburtszimmer bringt. Wahrscheinlich hat sie irgendeiner armen Frau damals Geld dafür gegeben, dass sie ihr Kind für sie zur Welt bringt!«

»Lady Selina ist bestimmt erschöpft«, bemerkte ich von meinem Stuhl in der Ecke der Küche aus.

»Ja, Miss Anni. Sie plagt sich seit sechs Stunden«, bestätigte Tilly.

»Dann solltest du ihr Zuckerwasser geben, damit der Zuckerspiegel nicht zu weit absinkt«, riet ich ihr mit ruhiger Stimme. »Und sorg dafür, dass sie auf und ab geht.«

Aller Augen richteten sich auf mich. »Waren Sie je bei einer Geburt dabei, Miss Anni?«, erkundigte sich Mrs Thomas.

»Ja. Ich habe meiner Mutter oft zugesehen, wie sie den örtlichen Frauen half.«

»In der Not frisst der Teufel Fliegen«, seufzte Mrs Thomas. »Miss Anni, würden Sie mit Tilly raufgehen? Sie soll Lady Selina fragen, ob sie Sie sehen will.«

»Ja.« Ich erhob mich nervös von meinem Stuhl.

»Mehr als Nein sagen kann sie nicht. Es hört sich an, als könnte sie Hilfe gebrauchen.«

Ich folgte Tilly die Treppe hinauf, und als ich vor Selinas Zimmer wartete, hörte ich drinnen ihr Stöhnen.

Tilly streckte den Kopf zur Tür heraus und winkte mich hinein. »Sie hat, glaub ich, nicht mitgekriegt, was ich gesagt hab, also kommen Sie einfach rein.«

Im Zimmer sah ich Selina mit aschfahlem Gesicht, die Haare schweißnass, flach auf dem Rücken im Bett liegen.

»Lady Selina, ich bin's, Anahita. Ich habe schon öfter bei Geburten geholfen. Soll ich versuchen, auch Ihnen beizustehen?«

Selina hob erschöpft die Hand, was ich als Zustimmung deutete.

»Als Erstes schieben wir ihr Kissen ins Kreuz, damit sie das Zuckerwasser besser trinken kann. Und wir brauchen feuchte Tücher, die wir ihr auf die Stirn legen. Bind ihr die Haare zurück«, wies ich Tilly an. »Dann schwitzt sie nicht so.«

Sobald Selina aufgerichtet war und Tilly ihr etwas Zuckerwasser eingeflößt hatte, fühlte ich ihren Puls. Er raste.

»Lady Selina, darf ich Sie untersuchen? Ich muss wissen, wie weit Sie sind.«

Sie nickte mit geschlossenen Augen.

Mir war sehr schnell klar, dass der Muttermund noch nicht weit genug geöffnet war.

»Lady Selina, das Kind ist bereit für die Geburt, aber nicht Ihr Körper. Ich möchte, dass Sie aufstehen und mit mir herumgehen. Die Schwerkraft wird Ihnen helfen. Trauen Sie sich das zu?«

»Nein, nein … die Schmerzen …«, jammerte sie.

»Lassen Sie es uns wenigstens versuchen.«

Ich schob meinen Arm unter ihrem Rücken durch, drehte ihre Beine zur Seite des Betts und zog sie mit aller Kraft hoch. »Und jetzt machen wir ein paar Schritte. Das hilft gegen die Schmerzen.« Ich brachte sie dazu, langsam einen Fuß vor den anderen zu setzen und mit mir zur anderen Seite des Raums zu gehen.

»Gut, sehr gut«, lobte ich sie.

Zwei lange Stunden führte ich Selina im Zimmer auf und ab, machte Atemübungen mit ihr und flüsterte ihr aufmunternde Worte zu. Die stete Bewegung beruhigte sie und ihren Puls.

»Jetzt ist es so weit!«, verkündete sie schließlich.

Sie war bereit. Ich gab Tilly ein Zeichen, die Handtücher auf dem Bett auszubreiten, und half Selina, sich daraufzulegen. »Noch nicht pressen, Lady Selina, nur hecheln wie ein Hund … so …« Ich machte es ihr vor. Dann vergewisserte ich mich, dass der Muttermund weit genug geöffnet war, und erklärte ihr, dass sie beim nächsten Mal, wenn sie das Gefühl habe, drücken zu müssen, genau das tun solle, und zwar so fest sie könne. Wenig später durchdrang ein markerschütternder Schrei die Nacht, als der Kopf des Kindes erschien.

Mehrmaliges Pressen war nötig – dabei zerquetschte Selina mir fast die Hand –, bis der Kopf des Kindes vollends da war. Anschließend half ich dem übrigen Körper heraus.

»Ist mit dem Kind alles in Ordnung, Anahita?«, fragte Selina und versuchte erfolglos, nach unten zu schauen.

»Hurra!«, rief Tilly aus, als das Baby kreischend zwischen Selinas Beinen lag. »Ein kleines Mädchen! Gratuliere, Lady Selina!«

Ich nahm das Kind hoch und legte es Selina in die Arme. In dem Moment ging die Tür auf, und der Arzt trat ein.

»So, so«, sagte er, als er ans Fußende des Betts trat und die erschöpfte Mutter mit ihrem Kind sah. Er öffnete seine Tasche, durchtrennte die Nabelschnur und bedachte mich mit einem spöttischen Lächeln. »Darf ich übernehmen?«

»Natürlich.« Da ich wusste, dass ich nicht mehr gebraucht wurde, schickte ich mich an, das Zimmer zu verlassen. Doch Selina streckte die Hand nach mir aus. »Danke, Anni, du warst wunderbar.«

Als ich am folgenden Morgen die Küche betrat – ich war zu müde gewesen, um zu meinem morgendlichen Ausritt mit Donald aufzustehen –, empfing man mich wie eine Heldin.

»Sie haben ihr das Leben gerettet, behauptet Lady Selina«, verkündete Tilly. »Miss Anni war einfach unglaublich«, berichtete sie den anderen in der Küche. »Sie wusste genau, was zu tun ist, und hat sie beruhigt. Hoffentlich dankt der alte Drachen da oben Ihnen das, Miss Anni. Ist das zu fassen? Wie ihre arme Tochter sich so abgequält hat, ist sie kein einziges Mal zu ihr reingegangen. Und hinterher hat sie dem Arzt auf der Treppe erklärt, Lady Selina könnte von Glück sagen, dass es eine leichte Geburt war. Ich finde, sie sollte ihrem Schöpfer danken, dass Sie hier waren und wussten, was zu tun war.«

Später rief Selina mich nach oben und begrüßte mich, ihr Kind im Arm, vom Bett aus mit einem strahlenden Lächeln.

»Hallo, Anni. Sieh dir meine hübsche Tochter ruhig genau an.« Sie signalisierte mir mit einer Geste, dass ich mich zu ihr aufs Bett setzen solle.

»Sie ist wirklich wunderschön!«, bemerkte ich, während ich

mit einem Finger über die samtige, makellose Haut der Kleinen strich. »Wie wollen Sie sie nennen?«

»Leider habe ich da nicht allzu viel mitzureden. Sie wird Eleanor heißen, nach der Mutter ihres Vaters. Ist sie nicht süß? Möchtest du sie halten, Anni?«

»Gern«, antwortete ich, und sie legte mir das Kind in den Arm.

»Du warst großartig heute Nacht. Ich habe meiner Familie gesagt, dass ich es ohne dich nie geschafft hätte. Danke von uns beiden.«

»Keine Ursache. Es war mir ein Vergnügen, am Wunder der Geburt teilzuhaben.«

»Wenn nur der Vater der Kleinen hier sein könnte, um seine Tochter zu sehen. Wir haben natürlich ein Telegramm nach Frankreich geschickt, aber der Himmel allein weiß, wann er die Nachricht erhält.«

Da hörte ich plötzlich wieder dieses Singen, und ein Schatten fiel auf mein Herz. Ich wusste, dass dieses Kind seinen Vater niemals sehen würde. Trotzdem zwang ich mich zu einem Lächeln. »Er kommt sicher bald wieder«, log ich.

»Darum kann ich nur beten. Prinzessin Indira sagt, dass ihr morgen ins Internat zurückmüsst?«

»Ja.«

»Schade, Anni. Ich wünschte, du könntest dich um uns zwei kümmern. Mutter hat ein uraltes Kindermädchen eingestellt. In deiner Gesellschaft fühle ich mich viel wohler. Versprichst du mir, bald wiederzukommen?«

»Ja«, antwortete ich und gab ihr die Kleine zurück.

»Dann auf Wiedersehen, Anni, und danke noch mal.«

»Auf Wiedersehen. Viel Glück mit der hübschen Kleinen.«

Als ich aufstand und zur Tür ging, fragte Selina: »Bist du wirklich erst vierzehn, Anni? Heute Nacht hatte ich das Gefühl, von einer erfahrenen Frau unterstützt zu werden.«

»Ja.« Ich verließ das Zimmer mit einem Lächeln.

Da wir am folgenden Morgen erst um elf Uhr zur Schule aufbrechen mussten, war noch Zeit für einen letzten Ausritt mit Donald. Natürlich hatte er von den Ereignissen gehört.

Als wir wie üblich am Bach saßen, fragte er mich, woher ich gewusst habe, was zu tun gewesen sei.

»Letztlich ist es ganz einfach«, erklärte ich. »Man muss auf die Stimme der Natur lauschen. Der Körper deiner Schwester wusste alles, ich musste ihr bloß helfen, ihm zu vertrauen.«

In Donalds Blick lag Hochachtung. »Wenn nur mehr Menschen so denken würden. Mein Vater hatte großen Respekt vor der Natur. Für ein so junges Mädchen bist du sehr klug, Anahita.«

»Manchmal«, entgegnete ich, als ich die Ferse meines Stiefels in den ausgedörrten Boden bohrte, »ist das ebenso sehr Fluch wie Segen.«

»Wie meinst du das?«

»Ich meine, einen Verstand zu haben, der der Welt Sinn abgewinnen möchte.« Ich sah ihn an. »Den meisten Frauen genügt es, hübsch zu sein und viele neue Kleider zu besitzen.«

»Bei den Kleidern kann ich dir leider nicht helfen«, erklärte er schmunzelnd, »aber ich kann dir immerhin versichern, dass du hübsch bist, sogar sehr hübsch. Doch jetzt machen wir uns lieber auf den Heimweg.«

Als wir vom Stall zum Haus gingen, sagte Donald plötzlich: »Unsere morgendlichen Ausritte werden mir fehlen.«

»Mir auch.«

Er beugte sich vor und küsste mich sanft auf die Wange. »Auf Wiedersehen, Anni, komm uns bald mal besuchen. Du bist eine ganz besondere junge Dame. Es war mir ein Vergnügen, dich kennenzulernen.«

Während der gesamten Fahrt zur Schule in Eastbourne war ich euphorisch. Nicht einmal Indiras aufgeregtes Geplapper, wie sehr sie sich darauf freue, Celestria und die anderen Mächen wiederzusehen, und auch nicht der Gedanke, aufs Neue allein zu sein, konnten mir die Laune verderben.

Denn ich kannte nun jemanden, der mich um meiner selbst willen mochte. Wir waren Freunde, das war alles. Zumindest versuchte ich, mir das einzureden, auch wenn die Erinnerung an seine Lippen auf meiner Wange etwas anderes sagte.

15

Weil in den zwei folgenden Jahren in Europa der Krieg wütete, konnten Indira und ich nicht nach Indien zurück. Ich blieb während der Ferien in der Schule, während Indira sie bei unterschiedlichen Freundinnen verbrachte. Mir machte das nichts aus, denn viele der Mädchen saßen im selben Boot wie ich, darunter auch meine Freundin Charlotte. Ich nutzte die Zeit, um für meinen bevorstehenden Abschluss zu lernen.

Indira und ich feierten unseren sechzehnten Geburtstag in der Schule mit Kuchen, die wegen des Eipulvers, das wir zum Backen verwenden mussten, steinhart waren. Indira wechselte zwischen ihren Freundinnen hin und her und ließ sich von mir trösten, wenn eine von ihnen etwas besonders Garstiges gesagt hatte. Irgendwann fand ich mich mit ihrer Launenhaftigkeit ab, weil ich wusste, dass sie, immer wenn ihr Selbstvertrauen erschüttert wurde, zu mir kam.

Obwohl mich das verletzte, rief ich mir ins Gedächtnis, dass unsere Freundschaft mir immerhin die Bildung verschaffte, die mein Vater sich für mich gewünscht hatte. Ich war eine der besten Schülerinnen meiner Klasse, und die Lehrer begannen, mit mir über die Universität zu sprechen. Natürlich würde mir dieser Weg verschlossen bleiben, aber es freute mich, dass sie so viel von mir hielten.

Weihnachten 1916 verbrachte ich in Astbury. Es gestaltete sich düster, weil Selina, wie es mir das Singen ja bereits gesagt hatte, die Nachricht erhalten hatte, dass ihr Mann im Oktober in Frankreich gefallen war. Und ein Haushalt in Trauer war kein Ort, an dem man festliche Stimmung erwarten konnte.

Selina, die in ihrer schwarzen Witwenkleidung schmal und blass wirkte, rang sich bei meinem Anblick ein Lächeln ab.

»Hallo, meine liebste Anni, wie schön, dein fröhliches Gesicht wieder hier in Astbury zu sehen.«

Am folgenden Nachmittag bat sie mich, sie auf einem Spaziergang zu begleiten.

»Es hat mich sehr betrübt, vom Tod Ihres Mannes zu hören, Selina«, sagte ich, als wir durch den mit Raureif überzogenen Garten schlenderten. Dichter Nebel hatte sich herabgesenkt, und die schwache Wintersonne wich der Nacht.

»Danke«, sagte Selina. »Ich versuche noch, alldem einen Sinn abzugewinnen. Hugo war so jung und hatte das ganze Leben vor sich. Und jetzt …«, sie schwieg kurz, »… ist er tot. Mutter meint, ich soll mich mit Gebeten trösten wie sie. Aber offen gestanden sage ich nur leere Worte vor mich hin. Ich kann mich nicht dazu überwinden, in die Kapelle zu gehen. Findest du es schrecklich, dass ich meinen Glauben nun, da ich ihn am dringendsten benötigen würde, verloren zu haben scheine?«

»Nein, natürlich nicht. Es fällt schwer zu begreifen, warum einem ein geliebter Mensch genommen wird«, erklärte ich. »Aber die Götter nehmen nicht nur, sie geben auch. Sie haben Ihre hübsche kleine Tochter, in der ein Teil von Hugo weiterlebt.«

»Ja, und ich danke Gott – oder den Göttern – für sie«, versicherte Selina mir mit leiser Stimme. »Aber Hugos Tod hat mich mit zweiundzwanzig Jahren zur Witwe gemacht. Ich muss zu Hause wohnen, allein mit meiner Mutter, mit wenig Aussicht auf Änderung.«

»Lady Selina, ich verspreche Ihnen, Sie werden eine zweite

Chance auf das Glück bekommen«, sagte ich, mehr nicht, denn jetzt war nicht der richtige Moment, ihr zu prophezeien, dass eine neue Liebe auf sie wartete.

»Glaubst du das wirklich, Anni?«

»Ja. Und vergessen Sie nicht: Man muss nicht tagtäglich in der Kirche beten. Wir sind alle Teil Gottes. In jedem von uns steckt ein wenig von ihm. *Er* wird Sie hören, egal, wo Sie sind.«

»Danke, liebste Anni.« Selina legte ihre behandschuhte Hand auf die meine, als wir zum Haus zurückgingen, um der Kälte zu entfliehen.

Dieses Weihnachten gab es keine morgendlichen Ausritte, weil Donald ein paar Wochen zuvor eingezogen worden war und in seinem Bataillon die militärische Ausbildung absolvierte.

Eines frostigen Dezembermorgens, als ich wieder einmal in der Küche frühstückte, erhielt ich einen an mich adressierten Brief. Überrascht öffnete ich ihn und begann zu lesen.

Chelsea Barracks
London

19. Dezember 1916

Liebste Anni,
ich hoffe, Du hast nichts dagegen, dass ich Dir schreibe. Ich weiß niemanden sonst, dem ich meine geheimsten Gedanken anvertrauen könnte. Meine Ausbildung (besser gesagt die wenigen Wochen, in denen ich Herummarschieren und Schießen gelernt habe) ist abgeschlossen, und morgen sollen wir an einen unbekannten Ort gebracht werden, vermutlich in Frankreich. Natürlich habe ich meine Mutter und meine Schwester über meine unmittelbar bevorstehende Abreise informiert. In dem Brief klinge ich so, wie es von mir erwartet wird – mutig und stark.
Obwohl meine Kameraden sich schon auf die fröhliche Zeit in den Schützengräben freuen, ignorieren wir alle die Tatsache, dass

viele von uns nicht zurückkehren werden. Nur wenige Stunden vor meinem Aufbruch möchte ich Dir, Anni, gestehen, dass ich noch nicht sterben oder wie so viele arme Seelen als Invalide leben will.

Verzeih mir. Nie zuvor habe ich einen solchen Brief geschrieben. Aber von dem, was die Bediensteten über Dich sagen, und von unseren Ausritten weiß ich, dass Du vermutlich gewisse Kräfte besitzt. Wenn das stimmt, Anni, dann bitte schick mir, was auch immer nötig ist, um mich zu beschützen. Wenn Du mir sagst, dass ich durchkomme, glaube ich Dir das. Du bist mein Talisman.

Könntest Du mir an die oben angegebene Adresse schreiben? Ich würde mich sehr über einen Brief von Dir freuen. Hoffentlich hältst Du mich nun nicht für einen feigen Waschlappen. Ich muss immer wieder an unsere gemeinsamen Morgenstunden am Bach denken, in denen alles so friedlich war. Es mag egoistisch klingen, aber ich würde gern noch mehr solche Tage erleben.

Ich verlasse mich darauf, dass der Inhalt dieses Briefes unter uns bleibt.

Hoffentlich geht es Dir gut. Bitte bete für mich.

Liebe Grüße

Donald Astbury

Ich las Donalds Brief viele Male, bevor ich in den Garten hinausging. Wenn Donald diese Erde bald verlassen sollte, würde ich das spüren und hören.

Doch ich spürte nichts. Absolut nichts.

Mir wurde leicht ums Herz, denn jetzt wusste ich, dass er die schwierige Zeit unbeschadet überstehen und nach Hause zurückkehren würde.

So konnte ich ganz ruhig den Brief verfassen, den ich unabhängig von der Auskunft der Götter geschrieben hätte:

Astbury Hall
Devon

30. Dezember 1916

Lieber Donald,
danke für Deinen Brief.
Bitte hab keine Angst. Ich bin vollkommen sicher, dass Du noch nicht von dieser Erde scheiden musst, und hoffe, Dich bald zu sehen, wenn Du aus Frankreich zurückkommst.
Beste Grüße
Anahita Chavan

In den Weihnachtsferien erhielt Indira keinen Besuch von ihren Freundinnen, weil die Benzinrationierung lange Fahrten aus den südlichen Countys, in denen die meisten von ihnen lebten, unmöglich machte. Angesichts der düsteren Stimmung im oberen Salon beschloss Indira an Silvester, sich zu mir und den Bediensteten zu gesellen. Unten bei uns stand ein Klavier, auf dem Mrs Thomas schwungvoll alte englische Weisen klimperte. Als aus 1916 das Jahr 1917 wurde, war dies zweifelsohne der fröhlichste Ort in Astbury Hall.

Eines Abends kurz nach Neujahr klopfte es an der Tür meiner Dachkammer.

»Herein.«

Indira trat, die Augen rot vom Weinen, mit ausgestreckten Armen ein. Obwohl ich nur ungern aufstand – hier oben brannte nirgends ein Kaminfeuer –, wickelte ich mir die Bettdecke um den Leib, erhob mich und ging zu ihr.

»Was ist los?«, fragte ich.

»Ach Anni, ich hab so Heimweh nach Ma und Pa … und Indien. Ich hasse England. Hier ist alles so trist und kalt. Ich fühle mich genauso verwaist wie du!«

»Der Krieg ist bestimmt bald vorbei. Dann siehst du deine Familie wieder«, versuchte ich, sie zu trösten.

»Anni, mir ist aufgegangen, wie gemein ich zu dir war, dass ich dich links liegen gelassen habe und du in diesem eiskalten Speicherzimmer schlafen musst, weil ich nichts zu Lady Astbury gesagt habe.« Sie bekam eine Gänsehaut. »Komm runter zu mir. Da gibt's wenigstens einen Kamin, und wir können reden.«

Wie immer erfüllte ich ihren Wunsch, und als wir, in Decken gehüllt, vor dem Kamin in ihrem Zimmer saßen, seufzte sie. »Ich träume jede Nacht von unserem Palast. Früher wusste ich ihn nicht zu schätzen. Genauso wenig wie dich«, fügte sie hinzu. »Ich war grausam zu dir, wahrscheinlich bin ich ein schlechter Mensch. Kannst du mir verzeihen, Anni?«

»Natürlich.«

»Eines Tages werden wir doch nach Indien zurückkehren, oder?«

»Sicher. Wir sind dabei, den Krieg zu gewinnen. Es wird nicht mehr lange dauern, das sagen alle.«

»Ich gehöre nicht nach England, sondern nach Indien. Es fehlt mir schrecklich. Pretty glaubt bestimmt, dass ich sie im Stich gelassen habe«, erklärte Indira seufzend.

Der Gedanke an ihren kleinen Elefanten brachte sie erneut zum Weinen.

»Vielleicht lehrt dieser Krieg uns alle, über das nachzudenken, was wir haben, statt über das zu jammern, was uns fehlt.«

Sie sah mich mit großen bernsteinfarbenen Augen an. »Du bist so klug, Anni. Ma hat mal gesagt, ich soll immer auf dich hören, und das war ein guter Rat.«

»Ich bin nicht klug, Indy, ich füge mich nur in mein Schicksal. An dem, was *ist*, können wir nichts ändern, egal, wie sehr wir uns bemühen.«

Indira biss sich auf die Lippe. »Allmählich beginne ich zu denken, dass mein Prinz mich vergessen hat.«

»Ich habe dir schon einmal gesagt, dass ihr zusammenkommt, wenn das Schicksal es so will.«

»Wahrscheinlich hast du recht. Anni, schläfst du heute bei mir? Ich möchte nicht allein sein.«

»Wenn du das willst.«

Also kuschelten wir uns in Indiras großem Bett aneinander, genau wie früher als Kinder.

»Bist du sicher, dass du mir verzeihen kannst, Anni?«, fragte sie, als ich das Licht ausschaltete.

»Du bist mir wichtig, Indy, ich werde dir immer verzeihen.«

Und tatsächlich: Im Internat verbrachte Indira wieder deutlich mehr Zeit mit mir. Das lag zum Teil daran, dass ihre beste Freundin Celestria aus der Schule genommen worden war. Inzwischen bestand die reale Möglichkeit, dass England bombardiert würde, und ihre Mutter wollte ihre Tochter sicher bei sich zu Hause wissen. Auch andere Mädchen waren aus der Schule genommen worden, und obwohl bis dahin hauptsächlich London unter Luftangriffen zu leiden gehabt hatte, verharrte das gesamte Land in einem Zustand erhöhter Anspannung und Angst.

An Ostern packten wir für die Ferien, weil wir damit rechneten, mit dem Zug nach Dartmoor zu fahren, und waren überrascht, als uns am letzten Schultag ein Chauffeur im Rolls-Royce abholte.

»Wo fahren wir hin?«, fragte Indira, doch der Chauffeur schwieg. Erst als wir die vertrauten Straßen von London erreichten, breitete sich ein Lächeln auf ihrem Gesicht aus. Und als der Wagen vor dem Haus in der Pont Street hielt, sprang Indira hinaus und rannte die Stufen zur Tür hinauf.

Aus der die Maharani höchstpersönlich trat.

»Ma!« Indira warf sich in die Arme ihrer Mutter.

»Überraschung!«, sagte die Maharani und drückte ihre Tochter an sich. »Ich wollte dir nicht verraten, dass ich komme, solange das Schiff nicht sicher in England angelegt hätte. Und das war erst gestern.«

»Aber wie ist das möglich? Ich dachte, man kann nicht reisen, weil alle Schiffe für Truppentransporte benötigt werden«, fragte Indira, als wir das Haus betraten.

»Das erzähle ich dir später. Es war ein richtiges Abenteuer!« Die Maharani lachte, und ihr Blick fiel auf mich. »Anni, was bist du groß geworden, eine richtige Schönheit!«

Ohne ihrem Kompliment Beachtung zu schenken, das ich für reine Höflichkeit hielt, folgte ich ihnen in den eleganten Salon, wo im Kamin ein behagliches Feuer prasselte.

»Erzähl, wie du es nach England geschafft hast«, bettelte Indira, als wir uns setzten und die Maharani eine Dienerin bat, den Tee zu servieren.

»Ich habe dem Residenten gesagt, ich muss unbedingt nach London, weil meine jüngste Tochter ernsthaft krank ist. Der Kapitän eines der Truppenschiffe hat sich bereit erklärt, mich mitzunehmen, allerdings mit der Warnung, dass er nicht für meine Sicherheit garantieren kann«, berichtete die Maharani, belustigt über ihr Abenteuer. »Und dass ich möglicherweise in einer Hängematte bei den Soldaten schlafen muss. Natürlich hatte ich am Ende ein bedeutend bequemeres Quartier, und ich habe jeden Abend mit dem charmanten Kapitän und seinen Offizieren gespeist.«

»Ma«, rief Indira entsetzt aus, »du hättest umkommen können! Du weißt, wie viele Schiffe bereits versenkt wurden.«

»Ja, meine *pyari,* aber ich hätte es keinen Tag länger ohne dich ausgehalten. Außerdem war das Schiff ziemlich schnell. Wir haben es in der Hälfte der sonst üblichen Zeit geschafft. Und, wie geht's euch beiden?« Ihr Blick wanderte zu mir und dann wieder zu ihrer geliebten Tochter.

»Anni und ich sind uns vorgekommen wie Vögel in der Monsunzeit«, klagte Indira. »Das Essen war grässlich, die Kälte unerträglich, und alle hier sind unglücklich. Ma, ich glaube, du kennst England nicht wirklich. Es ist ein schrecklich düsteres Land, und ich kann es gar nicht erwarten, nach Hause zu kommen.«

»In Indien ist die Lage auch schwierig. Viele unserer jungen Männer kämpfen in diesem Krieg für England.« Sie seufzte. »Wir müssen das Beste aus der Situation machen. Und solange ich in London bin, werde ich genau das tun.«

Sie hielt Wort. Schon bald war das Haus voll mit Gästen, die lange keine Vergnügungen mehr erlebt hatten. Sie gab Diners und Cocktailpartys – woher sie im London der Kriegszeit Delikatessen wie Wachteleier, Räucherlachs und Kaviar bekam, war mir ein Rätsel.

Die Maharani betrachtete entsetzt meine Garderobe, die fast zwei Jahre lang nicht erneuert worden war. Weil ich aus nahezu allen meinen Kleidern herausgewachsen war, schickte sie mich mit Indira zu Harrods. Diesmal interessierte ich mich bedeutend mehr für die Damenbekleidung. Ich würde nicht so weit gehen, der Feststellung der Maharani zuzustimmen, ich sei »eine Schönheit« geworden. Aber sogar ich erkannte, als ich die Kleider anprobierte und mich im Spiegel ansah, dass mein Babyspeck verschwunden war und ich nun eine durchaus akzeptable Figur hatte.

»Anni, du hättest mir schreiben sollen«, rügte sie mich. »Bitte scheu dich in Zukunft nicht, um das zu bitten, was du brauchst.«

Außerdem schickte die Maharani mich zum Optiker, damit dieser meine kaputte Brille ersetzte. Anschließend gönnten Indira und ich uns einen Haarschnitt und verließen den Salon mit einem modernen Bubikopf. Und wir erhielten unsere erste Maniküre von der Frau, die zur Maharani ins Haus kam. Als ich an jenem Abend in meinem eleganten neuen Seidenkleid von Harrods zum Essen hinunterging, glaubte ich sogar, bewundernde Blicke der Gäste zu bemerken.

Etwa nach der Hälfte der Ferien nahm Prinz Varun, der sich zu einem zweiwöchigen Heimaturlaub in London aufhielt, sehr zur Freude von Indira an einer der Abendeinladungen der Maharani teil.

Seit ihrer letzten Begegnung hatte Indira sich in eine atemberaubend schöne junge Frau verwandelt, und zwischen den beiden knisterte es sofort. Ob das bei Tisch irgendjemandem auffiel, weiß ich nicht.

Als Indira an jenem Abend mit leuchtenden Augen unser Zimmer betrat, war ich gerade unter die Bettdecke geschlüpft.

»Ach Anni, ist er nicht wunderschön?«, schwärmte sie und ließ sich mit verträumtem Blick aufs Bett fallen.

»Er ist sehr attraktiv, ja.«

»Und weißt du, was? Er will mich wiedersehen.« Sie klatschte vor Begeisterung in die Hände. »Natürlich lässt Ma mich niemals allein losziehen. Könntest du mich also zum Tee ins Ritz begleiten, dich am Eingang zum Hotel verdrücken und eine Stunde lang spazieren gehen? Bitte«, bettelte sie. »Ich hab keine Ahnung, wann wir uns wieder treffen können. Ich *muss* das einfach machen.«

»Indy, das geht nicht. Du weißt, dass man dich in der Öffentlichkeit *niemals* allein mit einem Mann sehen darf. Du bist eine Prinzessin und musst dich an die Regeln halten.«

»Das ist mir egal!« Indira vergrub ihr Gesicht in den Kissen und wandte sich mir dann mit schelmisch funkelndem Blick zu. »Bei einer Tasse Tee und Gurkensandwiches können wir schließlich nicht auf dumme Gedanken kommen, oder? Es sei denn, er geht mit mir nach oben …«

»Bitte, das darfst du nicht mal denken!« Ich verdrehte entsetzt die Augen. »Wenn deine Mutter das rausfindet, was mit ziemlicher Sicherheit passiert, weil sie überall ihre Spione hat, sitzen wir beide in der Tinte.«

»Für mich wär das ja nichts Neues, oder? Was soll sie machen, mich zur *parda* zwingen? *Bitte* versprich mir, dass du mir Rückendeckung gibst, Anni, nur dieses eine Mal.«

»Na schön«, sagte ich seufzend. »Nur dieses eine Mal und nur für eine Stunde.«

»Danke!« Begeistert darüber, dass sie ihren Willen durchgesetzt hatte, schlang Indira die Arme um mich. »Du bist wirklich die beste Freundin, die sich ein Mädchen wünschen kann.«

Am folgenden Nachmittag warfen wir uns für den Tee im Ritz in Schale und baten den Chauffeur, uns hinzubringen. Indira, die neben mir auf dem Rücksitz saß, war ganz aufgeregt. »Du hast dir den Plan gemerkt, Anni? Wir sagen dem Chauffeur, dass er uns um vier abholen soll. Und du tust so, als würdest du mich hineinbegleiten, verschwindest aber am Eingang.«

»Ja.« Ich runzelte die Stirn, weil sie mir das nun schon zum hundersten Mal erklärte. Vor dem prächtigen Haupteingang des Ritz wünschte ich ihr viel Glück, während der Chauffeur sich entfernte. Sie verabschiedete sich mit einer Kusshand von mir. Ich ging in Richtung Green Park, obwohl ich mich nicht gerade darauf freute, an diesem kühlen Frühlingstag dort eine Stunde lang allein herumzusitzen. Da entdeckte ich auf der anderen Straßenseite ein elegantes weißes Gebäude, auf dem The Royal Academy of Arts stand. Ich überquerte die Straße. Den Informationen auf dem Schild davor entnahm ich, dass darin eine Ausstellung junger Künstler stattfand. Also stieg ich die Stufen hinauf und trat an die Kasse in der Mitte des eindrucksvollen Eingangsbereichs.

»Ich würde mir gern die Ausstellung ansehen. Wie viel kostet der Eintritt?«, fragte ich die Frau, die dort saß.

»Sind Sie Mitglied der Royal Academy?«

»Nein. Muss ich das sein?«

Sie zögerte einen Moment, bevor sie antwortete: »Ja.«

»Dann entschuldigen Sie bitte die Störung«, sagte ich und wandte mich dem Ausgang zu. Die beiden Engländerinnen, die hinter mir gewartet hatten, traten an den Tisch. Auch sie wurden gefragt, ob sie Mitglieder der Akademie seien, und sie antworteten wie ich mit Nein.

»Das macht dann jeweils fünf Shilling«, erklärte die Dame an der Kasse. Die Frauen zahlten und gingen hinein.

Dies war meine erste Begegnung mit Rassendiskriminierung in Großbritannien, dem Land, das uns seit über hundert Jahren regierte. Leider sollte es nicht die letzte bleiben.

Die folgenden drei Nachmittage verbrachte ich vor Kälte zitternd im Green Park, während Indira sich mit ihrem Prinzen vergnügte. Obwohl Fortnum and Mason's und Piccadilly nur einen Katzensprung entfernt waren, hatte mich die Reaktion der Frau in der Royal Academy so verunsichert, dass ich mich allein nicht mehr anderswohin wagte. Mir war klar, wie fehl am Platz ich außerhalb meines Umfelds, ohne das herrschaftliche Gefolge, wirken musste. Weil ich mit meiner braunen Haut und meiner westlichen Kleidung die neugierigen Blicke vieler Menschen auf mich zog, die an meiner Parkbank vorbeigingen, konzentrierte ich mich ganz auf meinen neuen Freund Thomas Hardy und seinen Roman *Am grünen Rand der Welt.*

Als Indira und ich uns zur verabredeten Zeit am Seiteneingang des Ritz trafen und in den Wagen stiegen, um uns nach Hause fahren zu lassen, hätte unsere Stimmung nicht gegensätzlicher sein können. Sie war bis über beide Ohren verliebt; ich hingegen erkannte immer deutlicher, dass ich nirgendwohin gehörte.

»Ach Anni«, plapperte sie und schilderte mir wieder einmal die zahllosen Vorzüge ihres Prinzen. »Ich bin ja so verliebt, und heute hat er mir gestanden, dass er mich auch liebt!«

»Ich freue mich sehr für dich, Indy, aber …«, ich hatte mich über ihren Prinzen informiert, »… er ist schon verheiratet. Und das weißt du.«

»Natürlich weiß ich das! Schließlich ist er ein Prinz. Die Ehe wurde für ihn arrangiert, noch bevor er richtig laufen konnte. Das ist eine offizielle Geschichte, keine Liebesheirat.«

»Genau wie für dich die Ehe mit dem Maharadscha von Dharampur arrangiert ist«, erinnerte ich sie. »Du könntest es doch bestimmt nicht ertragen, nur die Zweitfrau zu sein, oder? Außerdem wissen wir beide, dass deine Eltern eine moderne Ehe führen. Prinz Varun würde mit ziemlicher Sicherheit von dir erwarten, dass du während seiner Reisen im Palast die *parda* beachtest.«

»Vielleicht anfangs, der Form halber. Aber dann würde ich ihn auf Reisen begleiten wie Ma Pa.«

Ich räusperte mich. »Willst du damit sagen, dass du das bereits mit Prinz Varun besprochen hast?«

»Natürlich! Er möchte mich heiraten. Heute hat er mir gestanden, er hätte schon bei unserer ersten Begegnung gewusst, dass wir eines Tages heiraten würden.«

Ich sah sie schockiert an. Das war absurd. Sie war einem anderen versprochen, und eine Abmachung über eine Ehe, die zwei Prinzenstaaten und ihre Herrscherfamilien Jahre zuvor getroffen hatten, konnte nicht einfach so aufgelöst werden.

Natürlich wusste ich, dass Indira es gewöhnt war, ihren Willen durchzusetzen, doch das würde nicht einmal sie schaffen. Und ich war wütend auf mich selbst, weil ich ihre Romanze gefördert hatte.

»Indy, bitte«, flehte ich sie an. »Dir muss doch klar sein, dass du nie mit Prinz Varun zusammen sein kannst, oder?«

»Sag das nicht!«, herrschte sie mich an. »Natürlich ist es möglich. Wenn man liebt, ist alles möglich …«

Wie immer, wenn ich nicht ihrer Meinung war, distanzierte sie sich von mir. Ich weigerte mich, ihr Spiel weiter mitzumachen, wusste aber, dass sie sich nachmittags, wenn sie ihrer Mutter erzählte, sie wolle eine Freundin besuchen, mit ihrem Prinzen traf. Ich war froh, wenn ich endlich in die Schule zurückkehren konnte und Indira und ich wieder von London weg wären.

Eine Woche später kehrte Varun zu seinem Regiment zurück, und Indira verfiel in eine tiefe Depression. Sie weigerte sich, ihr Zimmer zu verlassen, und behauptete, krank zu sein.

Zwei Tage vor unserer Abreise ins Internat in Eastbourne rief die Maharani mich zu sich in den Salon.

»Liebe Anni, ich glaube, es ist an der Zeit, dass wir uns über deine Zukunft unterhalten.«

»Ja, Hoheit.«

Sie deutete auf einen Stuhl am Kaminfeuer, das im Salon immer brannte. »Nimm doch Platz. Tee?«

Ich nickte und wartete, was sie mir zu sagen hatte.

»Indira weiß das noch nicht, aber ich werde sie mit nach Indien nehmen. Ihre Krankheit hat meinen Entschluss gefestigt. Ich möchte, dass meine Familie in diesen schwierigen Zeiten beisammen ist, und zumindest im Moment erscheint mir Indien sicher. Anders als meine Tochter …«, sie schmunzelte, »… schlägst du dich ausgesprochen gut in der Schule. Ich bin über deine schulischen Leistungen informiert. Du bist ein kluges Mädchen, das weiß ich schon lange, und übst einen sehr positiven Einfluss auf Indira aus.«

Ich fühlte mich geschmeichelt und versuchte, wegen meines schlechten Gewissens darüber, sie in den vergangenen Wochen hintergangen zu haben, nicht rot zu werden. »Danke, Hoheit.«

»Ich möchte dich fragen, was *du* möchtest, Anni. In ein paar Wochen wirst du die Schule abschließen. Bei Indira …«, die Maharani seufzte, »… spielt das kaum eine Rolle. Sie wird in den nächsten achtzehn Monaten den Maharadscha von Dharampur heiraten. Natürlich gibt es bei mir immer einen Platz für dich, aber bestimmt wird Indira, wenn sie heiratet, wollen, dass du sie in ihren neuen Palast begleitest. Doch ich finde, dass ich dich fragen sollte, ob du mit uns nach Indien zurückkehren oder lieber in England bleiben und deine Ausbildung fortsetzen möchtest, Anni.«

»Ich weiß es nicht, Hoheit.«

»Ich habe einen Brief von Lady Selina aus Astbury Hall erhalten. Wie du sicher weißt, ist sie eine alte Freundin meiner Tochter Minty. Sie schreibt, dass du ihr bei der Geburt ihres Kindes beigestanden hast.«

»Ja, Hoheit, das stimmt.«

Die Maharani verschränkte ihre manikürten Hände. »Wenn du beschließen solltest, in England zu bleiben, bietet Selina dir eine Stelle in Astbury Hall an. Du könntest dich um ihre kleine Tochter kümmern. Offenbar hat sie Probleme, in diesen harten Zeiten ein gutes Kindermädchen zu finden.«

Ich muss gestehen, dass mein Herz einen Sprung machte bei der Aussicht, in dem Haus zu leben, in das Donald zurückkehren würde, wenn der Krieg endlich vorüber wäre. »Das ist sehr nett von ihr. Ich werde darüber nachdenken.«

»Natürlich muss ich die Entscheidung dir überlassen«, fuhr die Maharani fort. »Aber ich habe das Gefühl, dass aus dir etwas Besseres als ein Kindermädchen werden könnte.«

Ich wusste, dass mir nicht viel Zeit für eine Antwort blieb. Diese Frau, die mich eigentlich nicht fragen musste, wie ich mir meine Zukunft vorstelle, jedoch den Anstand besaß, es zu tun, bot mir meine Freiheit an. »Wenn ich hierbliebe, würde Indira mir schrecklich fehlen«, antwortete ich ehrlich. »Sie ist wie eine Schwester für mich.«

»Indira und unsere Freunde fehlen uns allen, wenn wir unterwegs sind«, pflichtete die Maharani mir bei. »Doch das Leben, das du bei ihr als erwachsene Frau führen würdest, ist vermutlich nicht das, was du dir wünschst. Obwohl es meine Tochter schmerzen wird, dich zu verlieren, würde ich dich nicht den Rest deines Lebens in einer *zenana* eingesperrt wissen wollen, wo du deinen scharfen Verstand nicht nutzen könntest. Und …«, sie seufzte, »… verzeih mir, wenn ich kein Blatt vor den Mund nehme, aber selbst wenn ich dir helfe, sind deine Aussichten auf eine Eheschließung … begrenzt.«

»Das ist mir klar.«

»Es liegt also bei dir, Anni, ob du in England bleiben und deine Ausbildung fortsetzen möchtest – ich fände es unbefriedigend, wenn du das nach all den Jahren der Arbeit nicht tun würdest – oder ob du lieber mit Indira und mir nach Indien zurückkehrst. Deine Schiffspassage nach Hause ist bereits gebucht, doch das lässt sich jederzeit rückgängig machen.«

»Hoheit, ich brauche etwas Zeit zum Überlegen.«

»Natürlich. Unterhalten wir uns morgen weiter. Wollen wir hoffen, dass Indira sich rechtzeitig vor der Reise von ihrer Krankheit erholt.«

»Ja.«

Als ich zur Tür ging, folgte die Maharani mir und legte mir die Hand auf die Schulter. »Vergiss nicht, Anni, dass ich meine Tochter in- und auswendig kenne. Sie ist mir sehr ähnlich. Ihr Herz beherrscht ihren Verstand.«

Damit wollte die Maharani mir sagen, dass sie über Indiras Schwärmerei für Prinz Varun Bescheid wusste. Vermutlich war das einer der Gründe für ihre Entscheidung, Indira mit nach Indien zu nehmen. Ich war erleichtert, dass sie diese Last von mir genommen hatte.

In jener Nacht ging ich leise im Zimmer auf und ab, während Indira tief und fest schlief. Der Gedanke, selbst Entscheidungen treffen zu können, beschäftigte mich – ich hielt mein Schicksal in den eigenen Händen. Allein in England zu bleiben und meine Ausbildung fortzusetzen, wäre ein mutiger Schritt, während ich bei einer Rückkehr mit der Maharani und Indira nach Indien weiterhin den Schutz der Herrscherfamilie genießen würde. Als mir das Erlebnis in der Royal Academy of Arts einfiel, bekam ich eine Gänsehaut. Doch wenn Indira tatsächlich die für sie geplante Ehe schloss, wäre meine Zukunft, wie die Maharani mir zu verstehen gegeben hatte, auf die Grenzen von Indiras neuer *zenana* beschränkt. Und mit ziemlicher Sicherheit würde ich den Rest meiner Tage als alte Jungfer verbringen.

Während in England die Freiheit und – ich zwang mich, ehrlich zu sein – Donald auf mich warteten.

Ich wusste, dass wir nur Freunde waren und angesichts des Standesunterschieds und der Rassenschranken nie mehr sein konnten, aber wenn ich nach Indien zurückkehrte, würde ich ihn auf keinen Fall wiedersehen.

Am Ende tat ich das, was jeder junge Erwachsene tut, wenn er vor einer schwierigen Entscheidung steht: Ich befragte meine Eltern. Im Schneidersitz blickte ich zum Himmel hinauf und bat sie um Rat. Und wartete auf eine Antwort …

»Ich möchte in England bleiben und meine Ausbildung fortsetzen.«

Die Maharani bedachte mich mit einem Lächeln. »Diese Antwort hatte ich erwartet, Anni.«

»Ich glaube …« Es war das erste Mal, dass ich die Gedanken, die mir schon eine Weile durch den Kopf gingen und sich erst durch die Befragung meiner Eltern herauskristallisiert hatten, laut aussprach. »Ich glaube, ich würde gern eine Schwesternausbildung machen.«

»Das könnte ich mir bei dir gut vorstellen.«

»Aber was wird dann aus Prinzessin Indira? Wir sind fast sechs Jahre lang zusammen gewesen. Sie soll nicht das Gefühl haben, dass ich sie im Stich lasse.«

»Wie wir beide wissen, ist meine Tochter im Moment emotional sehr beschäftigt. Sie hat weder Augen noch Ohren für andere Dinge.«

»Ja«, pflichtete ich ihr bei.

»Überlass das mir, Anni. Ich finde es richtig, wenn du jetzt an dich denkst, und schicke dir monatlich einen Betrag, der für deinen Lebensunterhalt reicht. Wenn du willst, schreibe ich Selina, dass du ihr Angebot gern annehmen würdest.«

»Aber, Hoheit, nur für den Sommer. Danach möchte ich mich dem Voluntary Aid Detachment als Krankenschwester anschließen und meinen Beitrag im Krieg leisten.«

»Das bewundere ich, Anni. Es wird dich gut auf die Zukunft vorbereiten. Damit ist die Sache beschlossen?«

»Ja. Ich kann mich gar nicht genug für alles bedanken, was

Sie für mich getan haben. Sie sind sehr großzügig und freundlich gewesen.« Ich schluckte.

»Meine liebste Anni, ich habe deiner Mutter versprochen, auf dich aufzupassen. Vergiss nie, dass ich sie vertrete. Und versprich mir zu schreiben, wenn du irgendetwas brauchen solltest, weil ich nicht weiß, wie lange es dauern wird, bis wir uns wiedersehen. Komm.«

Die Maharani breitete die Arme aus, und ich schlüpfte hinein.

»Ich liebe dich wie meine eigene Tochter, Anni. Zögere nicht, mich, wenn nötig, um Hilfe zu bitten.«

»Danke«, flüsterte ich, Tränen in den Augen, und dankte auch den Göttern dafür, dass sie mir diese wunderbare Frau geschickt hatten.

Wie die Maharani ganz richtig prophezeit hatte, bekümmerte es Indira nicht sonderlich, als ich ihr mitteilte, dass ich in England bleiben und meinen Schulabschluss machen wolle.

»Schreibst du mir?«, fragte sie mich. »Jeden Tag?«

»Vielleicht nicht jeden Tag, weil ich viel lernen muss«, antwortete ich schmunzelnd. »Aber bestimmt ziemlich oft.«

Als mein Koffer nach unten gebracht wurde, sah sie mich an. »Ich dachte, du hasst England. Warum um Himmels willen möchtest du bleiben?«

»Weil ich weiß, dass das die richtige Entscheidung ist«, antwortete ich.

Erst nachdem ich mich mit einem Wangenkuss von der Maharani verabschiedet, Indira ein letztes Mal gedrückt hatte und im Fond des Wagens Platz nahm, der mich – vielleicht für immer – von ihnen fortbringen würde, wurde mir das Ausmaß der Entscheidung, die ich getroffen hatte, bewusst.

Astbury Hall,
2011

16

Ari schlug in seinem Wagen, der am Rand einer schmalen Straße durchs Dartmoor stand, frustriert mit der Faust auf das Navigationsgerät ein, das vorübergehend kein Signal mehr hatte – etwa seit der Zeit, als er das letzte Mal an einem Wegweiser vorbeigekommen war. Er hatte keine Ahnung, wo er sich befand.

Ari stieg aus und atmete die frische Landluft an diesem für England heißen Tag ein und ließ den Blick über die Hügellandschaft schweifen, deren Schönheit seine Urgroßmutter in ihrer Geschichte so anschaulich beschrieben hatte. Besonders fiel ihm die Ruhe auf; es ging kaum Wind, die Stille wurde lediglich vom Schrei eines Bussards durchbrochen, der übers menschenleere, seit Anahitas Tagen vermutlich unveränderte Moor flog.

Was Ari im Flugzeug von ihrem Manuskript gelesen hatte, war so interessant gewesen, dass er einen Wagen gemietet hatte, um nach Devon zu fahren und sich Astbury Hall selbst anzusehen.

Als er das Moor betrachtete, wurde Ari bewusst, dass die folgenden Tage sein erster Urlaub seit fünfzehn Jahren sein würden. Selbst wenn er feststellte, dass die Geschichte seiner Urgroßmutter es nicht wert war, weiterverfolgt zu werden, hätte er zumindest Zeit, seine Gedanken zu sortieren, bevor er zu den Scherben seines Lebens in Indien zurückkehrte.

»Weil es auch deine Zukunft ist.«

Anahitas letzte Worte waren ihm während seiner Fahrt nach Devon eingefallen.

Ari stieg in den Wagen und ließ den Motor wieder an. Er

würde einfach bis zum nächsten Ort fahren und dort nach dem Weg fragen. Weil er ausnahmsweise nicht unter Termindruck stand, konnte er entspannt die Landschaft genießen.

Eine Stunde später kam er zu einem schmiedeeisernen Doppeltor. Von der Straße aus konnte er dahinter kein Gebäude erkennen, aber das Tor war verschlossen, und daneben stand ein Wachmann. Während er noch überlegte, was er tun solle, näherte sich von der anderen Seite ein weißer Lieferwagen, den der Wachmann mit einem Nicken durchließ.

»Alles klar, Kumpel?«, erkundigte sich der Mann im Van, als er an Ari vorbeifuhr.

»Ja. Das hier ist doch Astbury Hall, oder?«

»Ja, liegt ganz schön versteckt. Ich hab grade Kabel geliefert. Hat mich fast ne Stunde gekostet herzufinden. Sind Sie wegen den Dreharbeiten hier?«

»Ja«, log Ari.

»Wenn Sie zu Steve Campion, dem Produktionsleiter, wollen, folgen Sie immer der Auffahrt und biegen beim Haus rechts ab. Er müsste im Hof sein.« Der Mann verabschiedete sich.

Als die Tore sich zu schließen begannen, fasste Ari sich ein Herz und fuhr los.

»Mir wurde gesagt, dass ich Steve Campion im Hof finde«, erklärte er dem Wachmann.

Der nickte desinteressiert und winkte ihn durch. Beim Durchqueren des Parkgeländes gelangte Ari zu der Vermutung, dass das Anwesen ähnlich wie viele der prächtigen alten Paläste in Indien nun geschäftlich genutzt wurde, wahrscheinlich als Hotel oder Konferenzzentrum.

Als Astbury Hall in Sicht kam, registrierte Ari erstaunt, dass auf den Stufen zum Eingang Herren in Zylinder und Frack sowie Damen in historischen Gewändern versammelt waren. Ein alter Rolls-Royce stand vor dem Haus, daneben wartete ein Mann in altmodischer Chauffeursuniform.

Ari, der sich urplötzlich in die Vergangenheit zurückversetzt fühlte, drosselte das Tempo. Erst als er die Kameras entdeckte, wurde ihm klar, was der Mann im Lieferwagen gemeint hatte.

Jemand signalisierte ihm mit heftigen Handbewegungen, dass er zur rechten Seite des Hauses fahren solle. Offenbar waren die Dreharbeiten in vollem Gange. Ari lenkte den Wagen in einen Hof, in dem hektische Aktivität herrschte. Dort stellte er das Auto ab, stieg aus und geriet in eine Gruppe Techniker und kostümierter Schauspieler, die vor einem Catering-Wagen Schlange standen. Niemand nahm von ihm Notiz. An der Seite des Hauses entdeckte er eine offene Tür, durch die er den Eingangsbereich und schließlich eine große menschenleere Küche betrat.

Ari betrachtete den langen polierten Kiefernholztisch, den altmodischen Herd, das Klavier an der Wand und den durchgesessenen Stuhl neben dem Kamin und fragte sich, ob dies die Küche war, in der Anahita fast einhundert Jahre zuvor gesessen hatte.

»Kann ich Ihnen helfen?«, riss eine Frauenstimme ihn aus seinen Gedanken.

Eine rundliche Frau mittleren Alters sah ihn fragend an. »Hier drin gibt's nichts zu essen, mein Lieber, die Filmleute werden vom Catering-Van draußen versorgt. Und Klohäuschen sind hinter dem Haus«, fügte sie hinzu.

»Entschuldigen Sie«, sagte Ari. »Ich gehöre nicht zum Filmteam.«

»Und was machen Sie dann in meiner Küche?«

»Ich wollte mir Astbury Hall ansehen.«

»Das Anwesen ist nicht öffentlich zugänglich.« Sie wurde misstrauisch. »Sind Sie Journalist? Wie sind Sie hier reingekommen? Am Tor steht doch ein Wachmann.«

»Nein, nein«, antwortete Ari hastig und überlegte, wie er seine Anwesenheit erklären sollte. »Ich bin wegen einer … Familienangelegenheit hier.«

»Ach.«

»Ja. Eine Verwandte von mir hat vor vielen Jahren in Astbury Hall gearbeitet.«

»Wer soll das gewesen sein?«

»Sie hieß Anahita Chavan.«

»Nie gehört«, erklärte die Frau.

»Dass sie hier war, ist über neunzig Jahre her. Ich halte mich gerade geschäftlich in England auf und wollte mir den Ort anschauen, über den ich so viel gehört habe.«

»Und da spazieren Sie einfach so hier rein?«

»Bitte entschuldigen Sie – ich wusste nicht so genau, an wen ich mich wenden soll. Gibt es noch einen Lord Astbury?«

»Ja, aber er ist zu beschäftigt, um Sie ohne Voranmeldung zu empfangen.«

»Natürlich. Vielleicht …«, er zog seine Visitenkarte aus der Jackentasche, »… könnten Sie ihm die geben? Da stehen meine Handynummer und E-Mail-Adresse drauf.«

Während sie sie las, kam eine attraktive, schlanke junge Frau in einem Kleid aus weich fließender Seide, die ihre schmalen Knöchel anmutig umspielte, in die Küche.

»Störe ich, Mrs Trevathan?«

Ari fiel auf, dass die junge Frau mit leichtem amerikanischem Akzent sprach.

»Nein, nein, meine Liebe. Der Herr wollte gerade gehen.« Die mollige Frau wandte sich wieder Ari zu. »Lord Astbury hat keinen Internetzugang und benutzt das Telefon nur selten. Ich würde vorschlagen, dass Sie Ihr Anliegen schriftlich formulieren und das Schreiben hierlassen. Nun, Miss Rebecca, was kann ich für Sie tun?«

»Ich wollte nur fragen, ob Sie zufällig Antihistamine im Haus haben. Ich muss ständig niesen, und meine Augen tränen. Blüht hier gerade Ambrosia?«

»Kenn ich nicht, aber im Juni ist jedenfalls Heuschnupfenzeit. Seine Lordschaft klagt auch manchmal drüber.« Mrs

Trevathan nahm eine Plastikbox mit Tabletten aus einer Anrichte und reichte der jungen Frau die Pillen.

»Danke, Mrs Trevathan. Ich nehm eine beim Essen. Jetzt muss ich gleich ans Set.«

»Tut mir leid, dass ich Sie gestört habe. Ich werde Ihrem Rat folgen und Lord Astbury ein paar Zeilen schreiben. Auf Wiedersehen.« Ari folgte der jungen Frau zur Tür und hielt sie ihr auf. »Darf ich?«

Sie bedankte sich und sah ihn mit großen braunen Augen an.

»Verzeihen Sie, aber Sie kommen mir irgendwie bekannt vor«, sagte Ari, als sie in den hellen Sonnenschein hinaustraten. »Sind wir uns schon mal begegnet?«

»Das bezweifle ich. Viele Leute glauben, mich zu kennen. Gehören Sie zum Filmteam?«

»Nein, ich bin wegen einer Familienangelegenheit hier. Eine Verwandte von mir hat vor langer Zeit in Astbury Hall gearbeitet. Deswegen würde ich mich gern mit Lord Astbury unterhalten, aber ich habe das Gefühl, dass das nicht so einfach ist.«

»Mrs Trevathan hält alles Fremde von ihm fern, also trügt Sie Ihr Instinkt vermutlich nicht«, erklärte die junge Frau, als sie Aris Wagen erreichten.

»Schade«, sagte Ari. »Es könnte nämlich gut sein, dass er diesen Teil seiner Familiengeschichte interessant findet. Egal, ich tue der Frau in der Küche den Gefallen und schreibe ihm.«

»Ich sehe Lord Astbury öfter. Soll ich ihm gegenüber erwähnen, dass Sie hier waren?«, fragte sie.

»Das wäre sehr hilfreich, weil ich mich wahrscheinlich nicht mehr allzu lange in England aufhalten werde.« Er nahm einen Stift und eine weitere Visitenkarte aus seiner Brieftasche und schrieb etwas darauf. »Könnten Sie ihm die geben? Da ist mein Name: Ari Malik. Und daneben habe ich den meiner Urgroßmutter geschrieben, die hier gearbeitet hat. Man kann nie wissen, vielleicht hat er von ihr gehört.«

Als Ari seinen Wagen aufschloss, las die junge Frau, was auf der Karte stand. »Anahita Chavan. Mr Malik, ich sorge dafür, dass er die Karte bekommt.«

»Danke.« Ari holte, einer plötzlichen Eingebung folgend, die Plastikmappe mit der Geschichte seiner Urgroßmutter vom Rücksitz, trennte den Teil, den er gelesen hatte, von dem, den er noch nicht kannte, und reichte ihn ihr. »Könnten Sie ihm das auch geben? Das ist eine Fotokopie der Lebensgeschichte meiner Urgroßmutter. Sie bietet faszinierende Einblicke in das Leben in Astbury Hall und seiner Bewohner in den neunzehnhundertzwanziger Jahren.«

»Das ist genau die Zeit, in der unser Film spielt«, stellte Rebecca fest und nahm die Mappe. »Werden darin irgendwelche alten Familiengeheimnisse aufgedeckt? Das könnte ich mir bei einem Anwesen wie Astbury gut vorstellen.«

»Ich habe die Geschichte noch nicht ganz gelesen; gut möglich.« Ari setzte sich auf den Fahrersitz. »Ihren Namen habe ich nicht mitbekommen.«

»Rebecca, Rebecca Bradley. Bis bald, Mr Malik.« Sie verabschiedete sich mit einem Winken.

Als Ari ihr im Rückspiegel nachschaute, überlegte er, warum die Frau, die er ziemlich attraktiv fand, obwohl er normalerweise nicht auf Blondinen stand, ihm so bekannt vorkam. Er lenkte den Wagen vom Hof auf die Auffahrt, um sich eine Bleibe in der Nähe zu suchen.

Am Ende des Drehtags ging Rebecca in das dunkle Arbeitszimmer, in dem sich das einzige Telefon des Hauses befand, schloss die Tür hinter sich, setzte sich in den abgewetzten Ledersessel und wählte Jacks Nummer. In L. A. war es zehn Uhr morgens, was bedeutete, dass wahrscheinlich selbst Jacks Lebensgeister sich allmählich regten.

»Hallo?« Seine Stimme klang verschlafen.

»Hi, ich bin's, Rebecca.«

»Himmel, Becks! Ich hab mir schon Sorgen um dich gemacht.«

»Jack, ich hab dir auf die Mailbox gesprochen. Hast du meine Nachrichten denn nicht erhalten?«

»Doch, klar … Wie geht's dir? Regnet's bei euch?«

»Nein, warum?«

»In England regnet's doch immer, oder?«

»Nicht immer, nein«, entgegnete sie ein wenig verärgert. »Und wie läuft's bei dir?«

»Ach, ich prüfe Drehbücher – ein paar interessante Sachen sind dabei, aber meinem Agenten wird mein Name nicht groß genug erwähnt.«

»Schade.«

»Und du, Becks? Fehl ich dir?«

»Aber ja. Ich bin in einem Wahnsinnshaus untergebracht, weit weg von der Presse. Es ist sehr ruhig. Wir kommen gut voran, und Robert Hope ist, glaube ich, bis jetzt sehr zufrieden mit meiner Arbeit.«

»Prima. Wie lange, glaubst du, wird's noch dauern?«

»Ich denke, einen Monat.«

»Oje. Wie soll ich denn so lange ohne dich auskommen, Schatz?«

»Das schaffst du schon, Jack.«

»Vielleicht flieg ich einfach rüber zu dir. Schließlich müssen wir Pläne machen, uns auf ein Datum einigen.«

»Jack, ich …« Rebecca seufzte. Er schien verdrängt zu haben, dass sie ihm die Antwort noch schuldete. »Lass uns damit ein bisschen warten, ja? In den nächsten Wochen ist mein Drehplan ziemlich voll. Du weißt ja, wie das ist.«

»Ja, klar, aber du fehlst mir wirklich, Baby.«

»Du mir auch. Ich muss aufhören – ich versuch, dich am Wochenende anzurufen.«

»Ja, bitte mach das. Scheiße, dass ich nicht einfach mit dir reden kann, wann ich will. Hast du wirklich keinen Empfang?«

»Natürlich, Jack. Warum sollte ich dich anlügen? Aber ich muss jetzt wirklich los.«

»Okay, ich liebe dich.«

»Ich dich auch. Tschüs.«

Rebecca legte auf und ging in ihr Zimmer, wo sie seufzend in den Sessel beim Kamin sank. Was war nur los mit ihr? Ein paar Monate zuvor war sie noch bis über beide Ohren in Jack verliebt gewesen, doch jetzt hatte sie Mühe, mit ihm zu sprechen und ihm zu sagen, dass sie ihn liebe.

Vielleicht, dachte sie, lag es daran, dass sie sich in die Enge getrieben fühlte. Außerdem verbrachte sie in England Zeit mit Männern, die sich weit weniger ernst nahmen als Jack.

Rebecca hatte sich nie daran gewöhnen können, dass er mehr Feuchtigkeitscreme und Hautpflegeprodukte verwendete als sie. Sie musste an Lord Astbury denken, dessen einziges Zugeständnis an die Körperpflege vermutlich ein Rasiermesser war, das er seit seiner ersten Rasur besaß.

Das erinnerte sie daran, dass sie Anthony aufsuchen und ihm die Visitenkarte von Mr Malik sowie das Manuskript geben musste. Als sie zum Fenster hinausschaute, sah sie, dass Anthony im Garten die Rosen zurückschnitt. Sie verließ ihr Zimmer und ging nach unten auf die Terrasse, wo er auf sie zukam.

»Wie geht es Ihnen, Rebecca?«

»Es war ein guter Tag …«, antwortete sie. »Und Ihnen?«

»Ach, so wie immer.«

»Hat Mrs Trevathan Ihnen gesagt, dass heute jemand für Sie da war?«

»Nein, wer?«

»Ein junger Inder namens Ari Malik. Er sagt, dass eine Verwandte von ihm vor vielen Jahren hier gearbeitet hat. Er hat mich gebeten, Ihnen diese Seiten zu geben. Seine Urgroßmutter beschreibt darin ihre Zeit in Astbury Hall Anfang des zwanzigsten Jahrhunderts. Ihr Name steht auf der Karte.« Rebecca gab ihm die Visitenkarte, und Anthony warf einen Blick darauf.

»Anahita Chavan … Ich fürchte, der Name sagt mir nichts. Aber wenn sie eine Bedienstete war, steht er in den alten Lohnlisten in der Bibliothek.«

»Vielleicht verrät Ihnen das Manuskript mehr. Mr Malik meint, es könnte Sie interessieren.«

Anthony wirkte unsicher. »Ich beschäftige mich nicht gern mit der Familiengeschichte. Was für einen Sinn hat es, an alten Verletzungen zu rühren?«

»Tut mir leid, Anthony, ich wollte Sie nicht aus der Fassung bringen.«

»Verzeihung.« Anthony rang sich ein Lächeln ab. »Ich habe ja schon Mühe, die Gegenwart zu bewältigen.«

»Das kann ich verstehen. Hätten Sie etwas dagegen, wenn ich die Geschichte lese? Sie könnte mir helfen, mich in die Epoche hineinzuversetzen, in der Elizabeth gelebt hat.«

»Elizabeth?«

»Die Frau, die ich in dem Film spiele«, erklärte Rebecca.

»Ach so. Tun Sie das ruhig«, antwortete Anthony. »Würden Sie mir die Freude machen, mir auf einen Drink Gesellschaft zu leisten, wenn Ihr Drehplan es zulässt?«

»Gern.«

»Darauf freue ich mich schon. Bis bald«, sagte er, steckte die Karte, die sie ihm gegeben hatte, in die Tasche und schlenderte zurück in seinen geliebten Garten.

In der folgenden halben Stunde beobachtete Rebecca, wie im Park vor dem Haus die Dorffestszene gedreht wurde. Kleine Kinder aus den umliegenden Ortschaften liefen zwischen den Ständen hin und her, und die Schwester, die sie am ersten Tag in der Küche bemerkt hatte, schob eine alte Dame im Rollstuhl herum. Rebecca verfolgte voller Bewunderung, wie die britische Schauspielerlegende Marion Devereaux einen langen komplizierten Dialog in einem einzigen Take bewältigte.

Schließlich kehrte Rebecca in ihr Zimmer zurück, legte sich aufs Bett und ging ihren Text durch, bis sie merkte, dass ihre

Gedanken immer wieder zu der Plastikmappe von Ari Malik schweiften.

Als Rebecca das nächste Mal den Blick hob, war es nach Mitternacht, und sie löschte das Licht. In jener Nacht träumte sie von Maharadschas, Rubinen und einem exotischen indischen Prinzen mit blauen Augen.

17

Die folgenden drei mondhellen Nächte waren so warm und trocken, dass Robert beschloss, die Nachtszenen zu drehen, und Rebecca erst nach zwei Uhr morgens todmüde ins Bett sank. Am letzten Abend, an dem sie mit James in dem alten Rolls-Royce darauf wartete, mit ihm durchzubrennen, sah es ganz so aus, als würde es noch später werden.

»Ich begreife gar nicht, warum alle die Schauspielerei so toll finden«, sagte James gähnend. »Ich brenn ja wirklich gern mit dir durch, Becks. Aber um ein Uhr morgens, siebenmal hintereinander und jedes Mal bloß ungefähr dreißig Meter weit, das stellt die Geduld auf die Probe. Was für eine lächerliche Methode, sein Geld zu verdienen.«

»Immerhin sind wir an einem schönen Ort im Freien, nicht in einem eiskalten klimatisierten Hollywoodstudio«, erinnerte Rebecca ihn.

»Wie wahr, wie wahr. Könnte es sein, dass unsere Amerikanerin dabei ist, sich in England zu verlieben? Ich hab dich neulich im Garten mit unserem Gastgeber plaudern sehen. Wie ist er? Er wirkt ziemlich distanziert.«

»Ach, eigentlich ist Anthony ein netter Kerl. Nur ein bisschen menschenscheu.«

»›Anthony‹? Nicht Lord Astbury? Ihr scheint ja schon richtig dicke zu sein«, spöttelte James. »Scharf auf einen Titel, Becks? Wärst nicht die Erste. Schon viele reiche amerikanische Frauen haben ihr Familienerbe gegen einen Platz in der britischen Aristokratie eingetauscht. Und ›Lady Rebecca Astbury‹ hört sich nicht schlecht an, oder?«

»Haha«, murmelte Rebecca, als der Tontechniker signalisierte, dass es losgehen könne.

»Zwanzig Sekunden!«

»Ich finde, das alte Gemäuer könnte eine Finanzspritze gebrauchen. Ich an deiner Stelle würde mich in Acht nehmen. Am Ende hat's Lord Astbury auf dein Geld abgesehen.«

»Zehn Sekunden!«

»Er ist nett, aber nicht mein Typ.«

»Fünf Sekunden!«

»Und wie sieht dein Typ aus?«

Rebecca blieb keine Zeit mehr für eine Antwort, weil die Klappe vor der Windschutzscheibe zuging und James den Wagen zum x-ten Mal die Auffahrt hinunterlenkte.

Ein paar Minuten später verkündete der Regieassistent, dass die Szene im Kasten und die Dreharbeiten für diese Nacht zu Ende seien. Steve hielt Rebecca die Wagentür auf, und sie stieg aus.

»Alles in Ordnung?«, fragte er.

»Ja danke.«

»Leider geht's morgen wieder früh los, aber danach haben wir alle das Wochenende frei«, erklärte er, als sie zu dritt die breite Treppe zum Haus emporstiegen. »Wollen Sie hier in Astbury Hall bleiben, oder soll ich Graham bitten, Sie nach London zu fahren?«

»Ja, komm mit mir nach London«, meinte James. »Ich zeig dir die Sehenswürdigkeiten.«

»Das ist nett von dir, aber nächste Woche hab ich einen ziemlich vollen Drehplan. Ich glaub, ich lerne hier in Ruhe meinen Text und schau mich vielleicht ein bisschen in der Gegend um.«

»Kein Problem. Graham steht bereit, wenn Sie irgendwohin möchten«, versicherte Steve ihr. »Wir sehen uns morgen früh um sechs.«

»Willst du mich wirklich nicht begleiten, Becks? Ich hab ein ungutes Gefühl, wenn du ganz allein hier bei dem geheimnisvollen Lord Astbury und seiner Haushälterin bleibst«, erklärte James. »Falls du es dir doch noch anders überlegen solltest: Ich fahre gleich nach Ende der Dreharbeiten morgen Nachmittag los.«

»Danke fürs Angebot. Gute Nacht, James«, antwortete sie und zog sich in die Garderobe zurück, um aus dem Kostüm zu schlüpfen. Möglicherweise lag es nur an ihrer Erschöpfung, aber im Moment verspürte sie keinerlei Neigung, Astbury Hall zu verlassen. Denn bei ihrem gegenwärtigen Glück wurden sie und James bestimmt zusammen gesehen und fotografiert, und der Schnappschuss ging sofort um die Welt.

Als Schauspieler und Aufnahmeteam das Haus am folgenden Nachmittag zur Teatime verließen, ergriff Rebecca die Gelegenheit, sich ein entspannendes Bad zu gönnen. Sie beschloss, Graham zu bitten, dass er sie am nächsten Tag in den Ort chauffierte, weil sie Kleidung und stärkere Medikamente gegen ihren Heuschnupfen besorgen wollte.

Vor ihrem Zimmer erwartete sie schon Mrs Trevathan.

»Ich habe Ihnen eine Kanne von meinem hausgemachten Kamillentee gebracht, meine Liebe.«

Rebecca bedankte sich.

»Der hilft Ihnen, sich nach der langen Woche zu entspannen. Außerdem möchte Seine Lordschaft Sie heute Abend zu einem Drink auf der Terrasse einladen. Er sagt, er hätte das diese Woche mit Ihnen besprochen.«

»Ja, das stimmt. Wann wäre es ihm denn recht?«

»Um halb acht? Er würde sich freuen, wenn Sie ihm hinterher Gesellschaft beim Abendessen leisten.«

»Nicht heute Abend, danke. Im Moment plagt mich mein Heuschnupfen zu sehr.«

»Sie Arme. Da hilft sicher Schlaf. Ich sage Seiner Lordschaft, dass Sie um halb acht herunterkommen.«

Nachdem Rebecca den Kamillentee getrunken hatte, brachte sie eine Stunde damit zu, sich in die Szenen zu vertiefen, die sie in der folgenden Woche spielen würde. Hinterher zog sie sich an, schlüpfte in eine Strickjacke und trat auf die geflieste Terrasse, die fast um das gesamte Haus verlief.

Anthony saß an einem schmiedeeisernen Tisch, von dem aus sich ein wunderbarer Ausblick auf die Blumengärten, den Rasen und den Park bot. »Guten Abend«, begrüßte er sie, erhob sich und zog lächelnd einen Stuhl für sie heran.

Rebecca bedankte sich und nahm Platz. »Was für ein herrlicher Sonnenuntergang. Die Natur legt sich wirklich ins Zeug für uns. Vor Astbury wusste ich gar nicht, wie viele verschiedene Arten von Sonnenuntergängen es gibt. Und die Sterne scheinen hier auch heller zu leuchten.«

»Möglicherweise fallen sie einem in der Stadt nicht so auf«, mutmaßte Anthony und füllte ihr Glas mit einer braunen Flüssigkeit, in der Früchte und Eiswürfel schwammen.

»Was trinken wir denn?«, fragte sie argwöhnisch.

»Pimm's – das Standardgetränk der Briten an seltenen lauen Sommerabenden wie dem heutigen. Es ist ziemlich viel Limonade drin. Sie werden also keinen Schwips kriegen.«

Rebecca probierte einen Schluck. »Sehr gut«, sagte sie.

»Schön, dass es Ihnen schmeckt. Mrs Trevathan sagt, Sie leiden unter Heuschnupfen.«

»Ja, seit meiner Kindheit. Manchmal macht er mir ziemlich zu schaffen. Übrigens habe ich inzwischen die ersten Seiten der Geschichte von Mr Malik gelesen. Bis jetzt konnte ich keine Leichen im Keller entdecken.« Rebecca lächelte. »Aber Donald, der, soweit ich mich erinnere, Ihr Großvater war, spielt eine wichtige Rolle.«

»Ach, tatsächlich?« Anthony nahm nachdenklich einen Schluck von seinem Getränk. »Ich bin die Lohnlisten in der Bibliothek durchgegangen und habe für den relevanten Zeitraum niemanden namens Anahita Chavan gefunden.«

»Aus ihrer Geschichte geht hervor, dass sie, wenn auch möglicherweise nur kurz, hier gearbeitet hat, als Kindermädchen von Eleanor. Das war die Tochter der Schwester Ihres Großvaters.«

»Selina Fontaine. Soweit ich von meiner Mutter weiß, war sie das schwarze Schaf der Familie. Sie hat irgendeinen französischen Grafen geheiratet und ist mit ihm nach Frankreich gegangen. Danach hat sie nicht mehr viel Zeit hier verbracht.«

»Das überrascht mich. Bei der Lektüre des Manuskripts hatte ich das Gefühl, dass sie ein angenehmer Mensch war. Anthony, es wundert mich, dass Sie nicht mehr über die Vergangenheit Ihrer Familie herausfinden wollen. Ich würde liebend gern mehr über meine eigene erfahren.«

»Verzeihen Sie, wenn ich da anderer Meinung bin. Bei meiner Familie ist es, wie Mrs Trevathan mir immer wieder versichert, klüger, keine schlafenden Hunde zu wecken.«

»Mag sein, aber das, was ich gelesen habe, ist vor fast hundert Jahren geschehen. Es kann doch nicht schaden, mehr über jene zu erfahren, die vor Ihnen hier gelebt haben, oder?«

Anthonys Blick schweifte in die Ferne, bevor er sich wieder Rebecca zuwandte. »Glauben Sie, das würde mir helfen?«

Sein Gesichtsausdruck wirkte wie der eines ratsuchenden Kindes. Sie zuckte mit den Achseln. »Ich als Amerikanerin möchte immer gern über die Fakten Bescheid wissen.«

»Vielleicht sollte ich das Dokument, von dem Sie so fasziniert zu sein scheinen, tatsächlich lesen.«

»Tut mir leid, Anthony, es geht mich nichts an. Ich wollte mich wirklich nicht einmischen.«

»Erscheint Ihnen dieser Mr Malik vertrauenswürdig?«

»Jedenfalls erhofft er sich offenbar nichts anderes von Ihnen als ein Gespräch über seine Urgroßmutter.«

»Gut, ich werde es mir überlegen. Aber nun zu einem anderen Thema: Haben Sie schon Pläne für das Wochenende?«, fragte Anthony. »Ich muss gestehen, dass ich es genieße, mein Heim vorübergehend wieder für mich zu haben.«

»Das kann ich mir vorstellen. Vor mir werden Sie morgen auch Ihre Ruhe haben«, versicherte sie hastig. »Ich werde meinen Fahrer Graham bitten, mich in die nächstgelegene Ortschaft zu chauffieren, weil ich mir ein paar Sachen zum Anziehen kaufen möchte. Ich habe zu wenig Kleidung mitgebracht; hier ist es wärmer, als ich dachte. Anschließend wollte ich mir ein bisschen die Gegend ansehen. Gibt es irgendetwas, das ich mir Ihrer Ansicht nach unbedingt anschauen sollte?«

»Ich habe nicht Sie gemeint. Ganz im Gegenteil: Ich würde mich sogar freuen, wenn ich Ihnen alles zeigen dürfte. Mit ziemlicher Sicherheit kennt niemand diesen Winkel der Erde besser als ich.«

»Anthony, das ist wirklich nicht nötig. Bestimmt haben Sie dieses Wochenende Besseres zu tun.«

»Nein, nein, es wäre mir eine Freude. Mrs Trevathan meint, Sie seien heute zu müde, um mir beim Abendessen Gesellschaft zu leisten. Wollen wir uns morgen früh wieder hier auf der Terrasse treffen, sagen wir um zehn?«

»Ich möchte Ihnen keine Umstände machen.«

»Keine Sorge. Aber erzählen Sie: Wie geht's voran mit den Dreharbeiten?«

Als Rebecca ihm von dem Film berichtete, wich die Anspannung aus Anthonys Gesicht.

»Natürlich ist der eigentliche Star des Films Astbury Hall. Wir alle fühlen uns sehr geehrt, hier sein zu dürfen. Das Anwesen wird auf der Leinwand bestimmt gut zur Geltung kommen.«

»Immerhin verdient es sich ausnahmsweise mal selbst seinen Lebensunterhalt«, seufzte Anthony. »Ironie des Schicksals: Die Tatsache, dass ich nicht das nötige Geld besitze, um es zu modernisieren, hat es als Kulisse für Ihren Film so attraktiv gemacht.«

»Mir gefällt es hier sehr, Anthony, egal, wie altmodisch die Bäder sind«, erklärte sie lächelnd.

»Tatsächlich? Das freut mich.« Ein Ausdruck fast kindlicher Freude huschte über Anthonys Gesicht.

Als Mrs Trevathan verkündete, dass Anthonys Essen fertig sei, hatte Rebecca fast ein schlechtes Gewissen, sich zu verabschieden, um allein eine leichtere Mahlzeit einnehmen zu zu können.

Am folgenden Morgen wachte Rebecca benommen und mit Kopfschmerzen auf. Sie fragte sich, ob sie am Vorabend zu viel Alkohol getrunken hatte und wie stark Anthonys Pimm's gewesen war. Um Punkt neun brachte Mrs Trevathan ihr ein Tablett mit Tee, Toast und einem gekochten Ei ans Bett. Rebecca setzte sich mit einem leichten Gefühl der Übelkeit auf und aß nur wenig. Danach schluckte sie eine Ibuprofentablette gegen die Kopfschmerzen, zog T-Shirt und Jeans an und ging nach unten.

»Guten Morgen.« Anthony erwartete sie bereits auf der Terrasse. »Wollen wir?«

In der Auffahrt stand ein uralter Range Rover. »Steigen Sie ein. Tut mir leid, wahrscheinlich sind Sie Besseres gewöhnt.«

Als Anthony den Motor anließ, fragte Rebecca sich, ob ihr Gastgeber je etwas anderes trug als das karierte Hemd und das alte Tweedsakko. Vielleicht waren das die einzigen Kleidungsstücke, die er besaß. Sie konnte nur hoffen, dass Mrs Trevathan sie hin und wieder wusch.

»Ich habe mir gedacht, wir fahren nach Ashburton, da gibt's ein paar Boutiquen. Natürlich habe ich keine Ahnung, ob das dortige Angebot Ihren Geschmack trifft«, erklärte Anthony. »Anschließend wollte ich in Widecombe-in-the-Moor mit Ihnen im Pub zu Mittag essen. Und hinterher mögen Sie vielleicht das Dartmoor sehen. Am schönsten wäre es mit dem Pferd, aber ich weiß nicht, ob Sie reiten.«

»Sogar sehr gern«, versicherte Rebecca, deren Stimmung

sich schlagartig verbesserte. »Das musste ich vor ein paar Jahren für eine Rolle lernen. Der Film spielte in Montana; zwei echte Cowboys haben es mir beigebracht. Deshalb ist mein Reitstil vermutlich nicht ganz so elegant wie der hier übliche.«

»So, so«, sagte Anthony überrascht. »Leider ist unser Stall nicht mehr so gut bestückt wie früher. Ich habe ihn an die junge Frau vermietet, die die örtliche Reitschule leitet. Dafür lässt sie mich ein paar Pferde dort unterstellen. Ich war auch in jungen Jahren kein sonderlich guter Reiter, und heute habe ich Rückenprobleme, also werden die Tiere längst nicht so viel bewegt, wie sie sollten. Scheuen Sie sich also nicht, sich während Ihrer Anwesenheit ein Pferd auszuleihen, wann immer Sie wollen. Damit tun Sie mir einen Gefallen.«

»Wissen Sie was? Vielleicht nehme ich Ihr Angebot an«, erklärte Rebecca.

»Übrigens habe ich über unser Gespräch gestern Abend nachgedacht und mich mit Mr Malik in Verbindung gesetzt, um ihn für morgen zum Mittagessen einzuladen. Allerdings hätte ich eine Bedingung«, fügte Anthony hinzu.

»Und die wäre?«

»Dass Sie uns Gesellschaft leisten. Schließlich haben Sie mich überredet, mit ihm zu sprechen.«

»Gern. Aber ich finde, Sie sollten, bevor Mr Malik morgen erscheint, wenigstens den Anfang der Geschichte seiner Urgroßmutter lesen. Sie ist wirklich interessant.«

Anthony sah sie unsicher an. »Kommen darin wirklich keine Leichen vor, die meine Familie im Keller hat?«

»Nein, jedenfalls nicht in dem Teil, den ich bisher gelesen habe. Hauptsächlich geht es darin um Anahitas Kindheit in Indien. Ich hatte bei der Lektüre das Gefühl, in eine völlig andere Welt einzutauchen; sie hat mir Lust gemacht, einmal hinzufahren. Anahita hat als Gefährtin einer Prinzessin in einem prächtigen Palast gelebt, bevor die beiden nach England ins Internat kamen.«

»So hat sich vermutlich die Verbindung mit Astbury ergeben«, überlegte Anthony laut. »Ich weiß, dass mein Urgroßvater vor seinem Tod Resident in Koch Bihar war.«

»Ja. Offenbar gefiel es ihm dort sehr gut, Ihrer Urgroßmutter Maud jedoch nicht.«

»Das kann ich mir vorstellen. Leider gab es nicht allzu viel, was sie gut fand. Mit Sicherheit nicht uns Männer«, fügte er hinzu.

»Lesen Sie die Geschichte einfach selbst.«

»Wenn Sie meinen. Und ich sage Mrs Trevathan wegen morgen Mittag Bescheid.« Anthony parkte den Wagen in einer hübschen, lebhaften Hauptstraße. »Und nun lassen Sie uns einkaufen gehen.«

Der Morgen gestaltete sich angenehmer als erwartet. Rebecca genoss es, mit ihren frisch gefärbten Haaren und in Begleitung von Anthony unerkannt im Sonnenschein dahinzuschlendern. Nachdem sie sich in ein paar Läden einige Blusen ausgesucht und in der Apotheke Antihistamintabletten gekauft hatte, fuhren sie weiter nach Widecombe-in-the-Moor, wo sie vor dem Rugglestone Inn frischen Krabbensalat aßen.

»Das ist das Postkarten-England, wie ich es mir vorgestellt hatte«, erklärte Rebecca, während sie den Blick über die malerischen Cottages an der schmalen Straße schweifen ließ. »Was mich daran erinnert, dass ich ein paar Postkarten schreiben könnte.«

»Es ist wirklich ein schönes Fleckchen Erde. Mir tut es gut, es mit Ihrem unverstellten Blick neu zu sehen. Ich bin nicht viel in der Welt herumgekommen; das Vertraute nimmt man nach einer gewissen Zeit kaum noch wahr.«

»Waren Sie in jungen Jahren wie Ihr Großvater Donald im Internat?«, fragte Rebecca.

»Nein. Ich wurde zu Hause unterrichtet. Meine Mutter hielt nichts von Internaten.«

»Ach, tatsächlich? Das wundert mich. Aufgrund des Drehbuchs und meiner Beschäftigung mit der Zeit, in der der Film spielt, dachte ich, dass das für Jungen aus britischen Familien wie der Ihren Tradition war.«

»Ich hätte meiner Mutter zu sehr gefehlt. Sie können sich vielleicht vorstellen, wie einsam sie in Astbury gewesen wäre.«

»Ja.« Ihr fiel auf, dass seine Stimme jedes Mal, wenn er von seiner Mutter sprach, etwas Mädchenhaftes annahm. Rebecca fragte sich, ob Anthony nie geheiratet hatte, weil er schwul war. »Nach allem, was ich gehört habe, können Sie von Glück sagen, dass Sie nicht ins Internat mussten. Ich begreife nicht, wie Eltern ihre Kinder wegschicken können.«

»Mutter fand es immer absurd, dass man junge Briten im Internat für die Führung des Empire ausbildete. Ende der fünfziger Jahre, als ich ein Junge war, gab es schon kein Empire mehr, das man hätte führen können.« Er seufzte. »Aber alle behaupten, dass Internate heute nicht mehr so schlimm sind. Angeblich gibt es dort inzwischen sogar warmes Wasser.«

»Wenn ich Kinder hätte, würde ich nie auf die Idee kommen, sie ins Internat zu schicken.« Rebecca schauderte.

»Wie Sie vollkommen richtig erkannt haben, handelt es sich um eine Tradition. Hätten Sie Lust, heute Nachmittag einen Ausritt ins Dartmoor zu machen?«

Nach dem Essen war Rebecca ein wenig übel, und die Kopfschmerzen meldeten sich wieder. »Vielleicht morgen. Ich bin noch nicht wieder ganz auf dem Damm.«

»Was halten Sie davon, wenn wir nach Hause fahren und ich Ihnen die Familienkapelle zeige? Sie wurde von Vanbrugh, einem berühmten englischen Architekten, entworfen und befindet sich im Haus, hinter der langen Galerie.«

»Ja, gern, Anthony.«

Zwanzig Minuten später, als sie wieder in Astbury Hall waren, folgte Rebecca Anthony durch die elegante lange Galerie, an deren Ende er mit einem riesigen Schlüssel eine Eichentür öffnete.

Beim Eintreten machte Rebecca angesichts der mit Blattgold verzierten Säulen, die sich zu einer kleinen Kuppel mit Wolken und Putten erhoben, große Augen.

»Wunderschön«, flüsterte sie.

»Ja, leider wird sie heute kaum noch genutzt. Ich komme nur selten her. Bitte«, sagte er und setzte sich in eine Bank. »Sehen Sie sich ruhig um.«

Rebecca, die die Ruhe genoss und sich ganz der geschichtsträchtigen Atmosphäre der Kapelle hingab, betrachtete den abgetretenen Marmorfußboden und stellte sich die vielen armen Seelen vor, die im Lauf der Jahre hierhergekommen waren, um Trost zu suchen.

Anthony schien in Gedanken versunken zu sein. Rebecca setzte sich neben ihn. »Glauben Sie an Gott, Anthony?«

»Meine Urgroßmutter Maud war sehr religiös und hat meine Mutter und später auch mich streng im katholischen Glauben erzogen. Ich persönlich glaube an nichts. Offen gestanden war das immer schon so, obwohl ich in ihrer Gegenwart artig Lippenbekenntnisse abgelegt habe. Sind Sie gläubig?«

»Über Religion habe ich mir nie viele Gedanken gemacht. Sie war jedenfalls kein wichtiger Teil meiner Kindheit, so viel steht fest.«

»Der meinen schon. Auch wenn ich nicht mehr darüber nachgedacht haben dürfte als Sie. Für mich war das reine Routine, ohne tieferen Sinn, langweilig wie eine Mathematikstunde. Letztlich sehe ich nur das Chaos, das die Religion im Lauf der Jahrhunderte angerichtet hat. Und Mauds Besessenheit davon hat meiner Familie bloß geschadet. Sie war kein … warmherziger Mensch.«

Er wandte sich Rebecca mit einem traurigen Lächeln zu. »Wollen wir wieder gehen?«

»Ja. Danke, dass Sie mir die Kapelle gezeigt haben.«

»Es war mir ein Vergnügen.«

»Wo sind Ihre Vorfahren begraben?«, fragte Rebecca, die

fürchtete, dass die Gräber sich direkt unter ihren Füßen befanden.

»In einem grässlichen Gebäude im Park. Wenn Sie möchten, bringe ich Sie hin«, erbot sich Anthony, als sie die lange Galerie zurückgingen.

»Leider habe ich schlimme Kopfschmerzen. Vielleicht ein andermal.«

»Hoffentlich fühlen Sie sich morgen gut genug, um mir und unserem jungen indischen Freund Gesellschaft zu leisten. Mrs Trevathans Braten sind nicht zu verachten.«

»Ich tue mein Bestes.«

»Rebecca, ich …« Anthony sah sie einen Moment lang an und schüttelte dann den Kopf. »Nichts. Wollen wir hoffen, dass es Ihnen morgen besser geht. Brauchen Sie noch irgendetwas?«

»Nur ein wenig Schlaf, denke ich.«

»Ich verziehe mich jetzt wieder in meinen Garten. Danke für den schönen Tag.«

Anthony entfernte sich in Richtung Terrasse, während Rebecca die Treppe hinaufstieg. In ihrem Zimmer schluckte sie noch eine Ibuprofentablette und legte sich aufs Bett. Zum ersten Mal wünschte sie sich, in einem Hotel zu sein, wo sie ein »Bitte nicht stören«-Schild an die Tür hängen könnte. Sie schloss die Augen und versuchte, sich zu entspannen.

18

»Rebecca … Rebecca …?«

Eine Stimme weckte sie. Als sie die Augen aufschlug, sah sie Mrs Trevathan.

»Sie haben über drei Stunden geschlafen, es ist fast sieben.

Ich hab mir gedacht, ich weck Sie lieber, sonst tun Sie später kein Auge zu. Ich hab Tee und Scones für Sie.«

»Danke.« Rebecca fühlte sich benommen und desorientiert.

»Seine Lordschaft sagt, Sie hätten starke Kopfschmerzen. Kann ich sonst noch was für Sie tun? Sie sehen sehr blass aus, meine Liebe.«

»Nein, nein, es ist alles in Ordnung, danke«, antwortete Rebecca, schwang die Beine über die Bettkante und trat an den Tisch. »Nach dem Nickerchen fühle ich mich besser.«

»Soll ich Ihnen den Tee einschenken?«

»Ja bitte.«

»Soweit ich weiß, haben wir morgen zum Mittagessen einen Gast. Sie haben Seiner Lordschaft also von dem indischen Herrn erzählt, der hier gewesen ist?«

»Ja.« Rebecca sah die Missbilligung in Mrs Trevathans Miene. »Ist das ein Problem?«

»Nein, nein. Im Moment ist nur alles so hektisch. Wir sind es einfach nicht gewöhnt, dass unser üblicher Tagesablauf durcheinandergebracht wird.«

»Das kann ich mir vorstellen. Er ist sehr nett zu mir. Doch er wirkt einsam. Es geht mich ja nichts an, aber hat Anthony jemals eine Freundin gehabt?«

»Nein, nicht wirklich. Man könnte behaupten, dass Seine Lordschaft ein eingefleischter Junggeselle ist, ein Einzelgänger.« Mrs Trevathan lächelte nachsichtig.

»Ich weiß nicht, ob ich so ganz allein durchs Leben gehen wollte«, seufzte Rebecca und nahm einen Schluck Tee.

»Jeder, wie er möchte, sage ich immer. Nicht jeder hat in der Liebe ein glückliches Händchen, oder? Außerdem leiste ich ihm ja Gesellschaft. Ich lasse Sie jetzt allein.«

»Übrigens habe ich Anthony versprochen, ihm das Manuskript von Mr Malik zu geben, damit er es vor dessen Besuch morgen lesen kann.« Rebecca nahm es vom Nachtkästchen und reichte es Mrs Trevathan.

Diese beäugte die Mappe misstrauisch. »Um was geht's da?«

»Hauptsächlich um das Leben in Indien. Und natürlich auch um Astbury Hall.«

»Verstehe. Hoffentlich steht nichts drin, was Seine Lordschaft beunruhigen könnte. Er ist nämlich …«, Mrs Trevathan suchte nach dem richtigen Wort, »… sensibel, und ich möchte nicht, dass er sich aufregt.«

»Nein, nein.«

»Was will dieser Inder Ihrer Ansicht nach?«

»Er möchte mehr über die Vergangenheit seiner Urgroßmutter herausfinden. Was sonst?«

»Nichts … nichts«, murmelte Mrs Trevathan alles andere als überzeugt. »Aber egal, ich lasse Sie jetzt in Ruhe Ihren Tee trinken.«

Während Rebecca die köstlichen Scones verzehrte, dachte sie über den besitzergreifenden Ton nach, in dem Mrs Trevathan von Anthony sprach. Fast kamen sie ihr wie ein altes Ehepaar vor. Sie verrichtete alle Arbeiten im Haushalt, die traditionell der Ehefrau zufielen, und offenbar lebten sie schon ziemlich lange zusammen. Rebecca fragte sich, wie Mrs Trevathan sich fühlen würde, wenn tatsächlich eine andere Frau auftauchte. Sie fand ihre Beziehung merkwürdig, weil sie in mancherlei Hinsicht so … *vertraut* war, gleichzeitig aber auch sehr distanziert. Vielleicht, dachte sie und verzog das Gesicht, gestalteten sich viele Ehen so.

Rebecca stellte die leere Tasse auf das Tablett und brachte dieses als Zeichen dafür, dass sie nicht gestört werden wollte, vor die Tür. Dann setzte sie sich in einen Sessel und versuchte sich auszumalen, wie das Leben wäre, wenn sie Jack heiratete. Sie würden einander auf Augenhöhe begegnen, nicht wie Herr und Diener. Aber war das wirklich möglich? Jack hatte ein Ego so groß wie die *Titanic*. Das ihre war längst nicht so stark ausgeprägt, und sie mied Konflikte, wo es ging, weswegen sie vermutlich immer nachgeben würde.

Rebecca gönnte sich ein Bad, bevor sie sich mit dem Drehbuch ins Bett legte. Es fiel ihr schwer, sich zu konzentrieren, weil ihre Gedanken immer wieder zu Jack und seinem Heiratsantrag wanderten. Als ihre Augen schließlich schwer wurden, war ihr klar, dass sie nur eines sicher wusste: Sie war noch nicht bereit für eine lebenslange Bindung.

»Ah, Rebecca, gerade wollte ich Mrs Trevathan nach oben schicken, damit sie Sie holt.« Anthony erhob sich vom Esszimmertisch, um sie zu begrüßen. »Heute sehen Sie viel besser aus. Sind die Kopfschmerzen weg?«

»Ja danke.«

»Sie beide kennen sich ja schon. Rebecca, Mr Ari Malik.«

»Hallo noch mal.« Rebecca streckte Ari lächelnd die Hand hin.

»Rebecca«, sagte Ari verlegen, »ich muss mich entschuldigen, dass ich Sie letztes Mal nicht erkannt habe. Inzwischen ist mir aufgegangen, wer Sie sind.«

»Kein Problem. Offen gestanden ist das eine erfrischende Abwechslung«, versicherte sie lachend.

»Gestern habe ich ein Foto von Ihnen und Ihrem Verlobten in der Zeitung gesehen. Darf ich gratulieren?«

»Danke.« Rebecca wurde rot.

»Sie sind verlobt?« Anthony sah Rebecca erstaunt an. »Das wusste ich nicht.«

»Ich … ja.«

»Verstehe. Wollen wir uns setzen?«, fragte Anthony abrupt. »Mr Malik, ich weiß nicht, ob es Ihnen hier schmecken wird. Meine Haushälterin kocht eher traditionell englisch.«

»Bitte sagen Sie doch Ari zu mir. Keine Sorge, ich bin die englische Küche von Harrow her gewöhnt.«

»Sie waren in Harrow?«, erkundigte sich Anthony erstaunt.

»Ja, meine Eltern fanden, es gebe kein besseres Bildungssystem als das britische. Deshalb …«

Seine Attraktivität entging Rebecca nicht. Er hatte dichtes welliges schwarzes Haar, das im Sonnenlicht fast blau schimmerte und ihm bis zum Hemdkragen reichte, ohne ihn unmännlich erscheinen zu lassen. Sein Teint war honigbraun, und er trug ein makellos gebügeltes weißes Hemd. Doch es waren seine Augen, die Rebecca am meisten faszinierten – sie hätte nicht gewusst, wie sie sie beschreiben sollte. Sie waren blau mit grünen und bernsteinfarbenen Sprenkeln und erinnerten sie an das Kaleidoskop, das sie als Kind besessen hatte.

»Was meinen Sie, Rebecca?«, fragte Anthony gerade.

Sie versuchte, sich wieder auf das Gespräch zu konzentrieren. »Tut mir leid, ich war gerade abgelenkt.«

»Ich habe eben zu Ari gesagt, dass viele unserer Traditionen seit dem Niedergang unseres Empire in der Welt wahrscheinlich nicht mehr so angesehen sind wie früher.«

»Finden Sie? Wir Amis lieben euch Briten immer noch.« Rebecca lächelte. »Und wir drehen hier einen Film über die englische Aristokratie für den amerikanischen Markt.«

»Ich bin ganz Rebeccas Meinung«, sagte Ari. »Viele der am tiefsten verwurzelten Sitten und Gebräuche meines Landes gehen auf die langjährige Herrschaft der Briten zurück. Inzwischen scheinen wir in manchen sogar besser zu sein als Sie, zum Beispiel im Kricket«, spottete er.

»Leben Sie in Indien?«, erkundigte sich Rebecca, als Mrs Trevathan die Suppe servierte.

»Ja, in Mumbai, aber ich bin oft im Ausland unterwegs.«

»Was genau machen Sie?«, erkundigte sich Anthony.

»Mein Unternehmen liefert technologische Lösungen für Unternehmen. Einfach ausgedrückt: Wir entwickeln maßgeschneiderte Software.«

»Ach. Ich fürchte, in dieser Hinsicht bin ich ein echter Dinosaurier«, erklärte Anthony. »Ich besitze keinen Computer und werde mir auch keinen anschaffen. Offen gestanden habe ich schreckliche Angst vor den Dingern.«

»Mein sechsjähriger Neffe kann mit dem Computer genauso gut umgehen wie mit einem Buch«, erzählte Ari. »Egal, ob uns das gefällt: Die digitale Welt hat unser aller Leben unwiderruflich verändert.«

»Meines nicht«, erwiderte Anthony. »Ihnen dürfte nicht entgangen sein, dass mein Zuhause und ich selbst ziemlich altmodisch sind, und zwar freiwillig. Aber bitte fangen Sie doch an.«

Während des Essens lauschte Rebecca interessiert, wie die Männer sich über britische und indische Geschichte sowie die Verquickung der verschiedenartigen Kulturen unterhielten.

Danach fragte Anthony: »Wollen wir den Kaffee im Salon nehmen?«

Sobald Mrs Trevathan im Salon den Männern Kaffee und Rebecca Kamillentee serviert hatte, nahm Anthony die Mappe mit Anahitas Geschichte aus einem Sekretär und gab sie Ari zurück.

»Danke, dass ich das Manuskript lesen durfte. Ich finde die Geschichte sehr interessant, besonders die Einblicke in das Indien des Jahres 1911. Das war die Welt, in der mein Urgroßvater lebte.«

»Ich habe daraus auch viel über meine eigene Kultur gelernt.«

»Allerdings«, meinte Anthony, »weiß ich noch nicht, inwiefern diese Geschichte für meine Familie oder Astbury Hall relevant ist.«

»Nach der vollständigen Lektüre kann ich Ihnen versichern, dass sie sogar sehr relevant ist.«

»Ihre Urgroßmutter schreibt, dass sie hier gearbeitet hat, doch wie ich Rebecca bereits gesagt habe, konnte ich keinerlei Aufzeichnungen über sie in den Lohnlisten jener Zeit finden.«

»Das überrascht mich nicht. Leider nahm ihr Aufenthalt für alle Beteiligten kein gutes Ende.«

»Dann weiß ich nicht, ob ich mehr darüber erfahren möchte.«

»Eigentlich bin ich nach Astbury gekommen, um Sie zu fragen, ob Sie mir helfen könnten, ein fehlendes Teilchen in dem Puzzle meiner Familiengeschichte aufzuspüren«, erklärte Ari.

»Und das wäre?«

»Um es kurz zu machen: Kurz nach Violet Astburys Tod wurde Anahita über den Tod ihres Sohnes informiert. Doch sie hat sich bis zu ihrem Lebensende geweigert, die Nachricht zu akzeptieren.« Er deutete auf die Mappe mit dem zweiten Teil der Geschichte. »Es ist kompliziert. Ich glaube, diese Aufzeichnungen erklären alles viel besser, als ich es könnte. Möchten Sie den Rest lesen?«

»Vielleicht.« Anthony erhob sich abrupt. »Rebecca, Sie haben gestern erwähnt, dass Sie gern einen Ausritt übers Moor machen würden.«

»Ja.«

»Können Sie reiten, Ari?«, fragte Anthony.

»Ja.«

»Dann holen Sie sich doch zwei Pferde und reiten Sie los. Das macht den Kopf klar. Auf mich wartet Arbeit im Garten.«

»Es ist so ein schöner Tag heute, ich würde tatsächlich gern ausreiten«, erklärte Rebecca. »Haben Sie Lust, Ari?« Ihr war klar, dass Anthony allein sein wollte.

»Ja, natürlich. Das Essen war köstlich, Anthony, herzlichen Dank für Ihre Gastfreundschaft«, sagte Ari und folgte Rebecca auf die Terrasse. »Aber ich habe weder Stiefel noch eine Reithose dabei.«

»Gehen Sie nach links. Die Ställe befinden sich einen knappen Kilometer hinter dem Hof«, erklärte Anthony. »Sagen Sie Debbie, dass ich Sie geschickt habe. Sie hat Reitkleidung. Viel Spaß.«

Rebecca bedankte sich. »Bis später.«

»Ich scheine ihn aus der Fassung gebracht zu haben«, bemerkte Ari, als sie außer Hörweite waren.

»Vielleicht weiß er mehr, als er zugibt?« Sie zuckte mit den Achseln.

»Möglich. Sind Sie hier bei ihm untergebracht?«

»Ja. Ich weiß, Anthony wirkt ein bisschen seltsam, aber mir gegenüber hat er sich als sehr freundlicher Gastgeber erwiesen. Trotzdem danke, dass Sie mit mir ausreiten wollen«, sagte sie, als sie den vor den Ställen liegenden Hof betraten. »Ich glaube, er braucht ein wenig Zeit für sich.«

»Gern geschehen.«

»Warten Sie hier, dann suche ich diese Debbie.« Während sie an den Reihen der Pferde entlangging, streichelte sie ihre samtigen Mäuler.

Debbie, die den Stall führte, gab Rebecca eine graue Stute und Ari einen kastanienbraunen Hengst. Beim Aufsatteln der Pferde deutete sie in Richtung Moor. »Folgen Sie dort dem Weg«, riet sie ihnen. »Wenn Sie die Gegend nicht kennen, sollten Sie auf dem Pfad bleiben. Sonst tun Sie sich schwer zurückzufinden. Ich bin bis sechs hier«, erklärte sie, als die beiden den Stall verließen.

»Was für ein herrlicher Nachmittag«, bemerkte Ari. »Das englische Klima ist so gemäßigt und neigt nicht zu Extremen – wie die Engländer«, fügte er leicht ironisch hinzu.

»Ich glaube mich zu erinnern, dass Ihre Urgroßmutter etwas Ähnliches geschrieben hat! Jedenfalls sind die Engländer sehr viel weniger überschwänglich als wir Amerikaner.«

»Und als wir Inder! Aber ich bin hier aufgewachsen, und man hat mir beigebracht, meine Gefühle im Zaum zu halten.« Als sie den Rand des Moors erreichten, fragte er: »Lust auf eine schnellere Gangart?«

»Ich versuch's. Wenn ich zurückbleibe, reiten Sie einfach weiter.«

Ari gab seinem Pferd einen Klaps auf die Flanke, und sein Hengst galoppierte los. Rebecca drückte ihrer Stute leicht die Fersen in die Seite und folgte ihm in gemächlicherem Tempo. Schon bald wurde sie sicherer und galoppierte neben ihm her. Als Pferde und Reiter vor Anstrengung schwer atmeten, entdeckte Ari einen Bach.

»Wollen wir die Pferde tränken und uns an der herrlichen Landschaft erfreuen?«, schlug er vor.

»Gern«, antwortete Rebecca, stieg ab und führte ihre graue Stute zum Ufer des Bachs, wo sie sich auf den rauen Boden legte und in den wolkenlosen Himmel hinaufblickte. Ari gesellte sich zu ihr, und so lagen sie eine Weile in entspanntem Schweigen nebeneinander.

»Hören Sie das?«, fragte Ari nach einigen Minuten.

»Was?«

Er schmunzelte. »Die Stille.«

»Ja, völlige Stille«, seufzte Rebecca zufrieden. »Wie lange wollen Sie in England bleiben?«

»Ich warte noch ein paar Tage, um zu sehen, ob Anthony sich dazu durchringen kann, den Rest von Anahitas Geschichte zu lesen. Unterdessen möchte ich in der Gegend Nachforschungen anstellen über ihren angeblich verlorenen Sohn. Im Moment passt es für mich sehr gut. Ich musste eine Weile von Indien weg.«

»Warum?«

»Ich glaube, ich bin an einem Wendepunkt angelangt – in jeder Hinsicht. Möglicherweise stecke ich gerade in einer verfrühten Midlife-Crisis. Plötzlich schien mir alles, was mir bisher wichtig gewesen war, ohne Belang zu sein.«

»Wissen Sie, was dieses Gefühl ausgelöst hat?«

»Leider ja. Ich habe eine wunderbare Frau ziehen lassen, weil ich von Karriere und Erfolg besessen war. Erst im Nachhinein ist mir klar geworden, was ich verloren habe.«

»Und warum können Sie ihr das nicht sagen?«

»Weil sie seit zwei Wochen mit einem anderen verheiratet ist. Ich kann es ihr nicht verdenken, dass sie die Geduld mit mir verloren hat. Sie war die ganze Zeit über, in der ich mein Unternehmen aufgebaut habe, an meiner Seite, ohne dass ich sie richtig wahrgenommen hätte. Aber egal: Vorbei ist vorbei. Es hat keinen Sinn, über das zu jammern, was hätte sein können.«

»Ich bin eigentlich nicht hierhergekommen, um Antworten zu finden«, sagte Rebecca, »doch dieser Ort scheint mir trotzdem welche zu geben.«

»Zum Beispiel?«

Rebecca holte tief Luft. »Ich bin zu dem Schluss gekommen, dass ich noch nicht heiraten möchte.«

»Aha. Da sind Probleme vorprogrammiert! Nach allem, was ich neulich in der Zeitung gelesen habe, plant die Welt ja schon Ihre Hochzeit.«

»Ja, aber ich setze mich lieber jetzt mit dieser Frage auseinander als in fünf Jahren mit einer schmutzigen Scheidung. Vielleicht können Jack und ich einfach eine Weile verlobt bleiben …« Rebecca legte sich auf den Bauch und zupfte am struppigen Gras. »Ich weiß nicht, ob das die Antwort ist.«

»Lieben Sie ihn?«, fragte Ari rundheraus.

»Das weiß ich nicht mehr.«

»Finden Sie's lieber raus, bevor Sie Ihre Entscheidung treffen.« Ari drehte sich auf den Rücken, schloss die Augen und verschränkte die Arme hinter dem Kopf. Wieder fiel Rebecca auf, wie gut er aussah. Sie war zugleich erleichtert und ein wenig enttäuscht darüber, dass er noch nicht über den Verlust seiner Freundin hinweg war und sich nicht für sie interessierte. Sie drehte sich ebenfalls wieder auf den Rücken und schloss die Augen. Nach so vielen Männern, die ihr sofort Avancen machten, war es erfrischend, dass Ari sich mit Gesprächen zu begnügen schien.

»Sie lächeln«, sagte er unvermittelt. »Warum?«

Als sie die Augen aufschlug, bemerkte sie, dass Ari sie musterte. »Weil ich die Ruhe genieße.«

»Den Moment zu genießen ist, wie Ihnen jeder Guru bestätigen wird, der Schlüssel zu einem glücklichen Leben. Haben Sie Lust weiterzureiten? Ich möchte mich noch ein bisschen umsehen.«

»Gern«, antwortete sie, und sie stiegen wieder auf die Pferde.

Aris Blick wanderte umher. »Wenn das hier der Bach ist, den meine Urgroßmutter in ihrer Geschichte beschreibt, müsste ganz in der Nähe ein Cottage liegen. Lassen Sie uns doch danach Ausschau halten.«

Rebecca folgte Ari, der den Weg zu kennen schien, von dem Reitpfad herunter ins Moor. Ein paar Minuten später entdeckten sie die Schornsteine eines Gebäudes, das halb verborgen in einer Senke stand.

»Da ist es«, sagte Ari.

»Was?«

»Das Cottage, in dem Anahita gewohnt hat. Kommen Sie!«

»Ich dachte, sie hat in Astbury Hall gelebt. Hey, das müssen Sie mir erklären!«, rief sie Ari nach, der bereits losritt.

»Alles zu seiner Zeit.«

Rebecca trottete ihm nach, den Hang hinunter und zur Vorderseite des Cottage.

»Das muss es sein«, sagte Ari und sprang vom Pferd. »Sehen wir uns um.« Nachdem er Rebecca beim Absteigen geholfen hatte, gingen sie zusammen zum Tor. Der Garten dahinter war von mindestens zwei Meter hohem Gras überwuchert.

»Sieht aus, als hätte das Moor es zurückerobert«, bemerkte er, als er das Tor öffnete. »Als hätte lange niemand mehr hier gewohnt. Vielleicht seit Anahita vor neunzig Jahren«, überlegte er laut, während er das Gras niedertrampelte, um ihnen einen Weg zum Eingang zu bahnen. Das Cottage war über und über mit Efeu bewachsen, das er erfolglos mit den Händen von den Fenstern zu entfernen versuchte. Auch die Tür ließ sich durch das Efeu hindurch nicht aufdrücken.

Rebeccas Blick fiel auf einen Farbklecks inmitten des Gestrüpps. Als sie es beiseiteschob, entdeckte sie eine kleine Rose der gleichen Farbe wie die, die Anthony ihr kurz nach ihrer

Ankunft in Astbury geschenkt hatte. Bei genauerer Betrachtung stellte sie fest, dass sich am Stiel weitere Knospen befanden. Dass etwas so Schönes in diesem verwilderten Garten wuchs, stimmte sie ein wenig traurig.

»Wollen wir ein Fenster einschlagen?«, fragte Ari. »Oder vielleicht gibt's hinten eine zweite Tür.«

»Ich finde, wir sollten nicht gewaltsam eindringen«, entgegnete Rebecca nervös. »Bestimmt gehört das Cottage jemandem.«

»Ja, Anthony.«

»Dann bitten wir ihn doch um den Schlüssel«, schlug Rebecca vor, die das starke Bedürfnis verspürte zu gehen, weil dieses Cottage ein unbehagliches Gefühl in ihr hervorrief.

»Ich seh mal hinten nach, ob's noch einen anderen Eingang gibt.«

»Wir sollten zurückreiten«, erwiderte Rebecca. »Es ist schon nach sechs. Debbie wird nicht mehr lange da sein.«

Ari sah auf seine Uhr. »Ja, Sie haben recht. Immerhin weiß ich jetzt, wo das Cottage ist, und kann Anthony um Erlaubnis bitten, es mir genauer anzuschauen.«

»Warum interessiert es Sie so sehr?«, fragte sie ihn erleichtert, als sie wieder in den Sattel stiegen und sich von dem Gebäude entfernten.

»Ich möchte wissen, ob es da drinnen noch irgendwelche Hinweise auf meine Urgroßmutter gibt.«

»Sie war vor neunzig Jahren hier. Das ist eher unwahrscheinlich, meinen Sie nicht?«

»Vermutlich haben Sie recht, aber ich würde meine Neugier trotzdem gern befriedigen.«

Als sie den Stall erreichten, entschuldigten sie sich bei Debbie dafür, dass sie sie hatten warten lassen, übergaben ihr die Pferde und kehrten zum Hauptgebäude zurück. Auf den Stufen zur Terrasse entdeckte Rebecca Anthony im ummauerten Garten. Er winkte sie heran.

»Na, hat's Spaß gemacht?«, erkundigte er sich.

»Ja. Danke, dass Sie uns die Pferde überlassen haben«, sagte Ari.

»Gern geschehen. Die armen Tiere werden viel zu wenig bewegt. Wenn Sie wollen, können Sie sich jederzeit eines ausleihen. Wie lange haben Sie vor zu bleiben?«

»Ich weiß es noch nicht«, antwortete Ari.

»Bei der Gartenarbeit bin ich zu dem Schluss gekommen, dass ich mich nicht scheuen sollte, mich mit meiner Familiengeschichte zu beschäftigen. Was bedeutet, dass ich die Aufzeichnungen Ihrer Urgroßmutter weiterlesen werde. Und dann unterhalten wir uns noch einmal.«

»Das freut mich. Melden Sie sich einfach, wenn Sie so weit sind.«

»In der Zwischenzeit können Sie sich jederzeit in Astbury umsehen. Um diese Jahreszeit ist es hier am schönsten. Auf Wiedersehen.« Anthony kehrte in den Garten zurück.

»Passen Sie auf, sonst landen Sie, wenn Sie morgen herkommen, in unserem Film«, warnte Rebecca Ari.

»Wohl kaum, es sei denn, im Skript ist der Kurzauftritt eines indischen Dieners vorgesehen. Danke, Rebecca. Ihnen habe ich es zu verdanken, dass Anthony mich empfangen hat.«

»Gern geschehen. Bis bald, Ari.«

»Ja, das hoffe ich.« Er verabschiedete sich mit einem Lächeln.

19

»Alles in Ordnung, Rebecca?«, fragte James am Montagmorgen am Set. »Du wirkst müde.«

»Ich weiß es nicht so genau.« Rebecca war klar, dass das Zittern ihrer Hände nichts mit der bevorstehenden Szene zu tun hatte. »Irgendwie fühle ich mich komisch, obwohl ich mich ausruhen konnte.«

»Wahrscheinlich hast du dir irgendwas eingefangen, oder dein Magen verträgt unser schweres britisches Essen nicht. Wir könnten Steve bitten, einen Arzt zu holen.«

»Ich werd diese Kopfschmerzen einfach nicht los. Gestern hatte ich schon gedacht, sie wären weg, aber heute sind sie wieder da. Möglicherweise ist es Migräne, aber dazu neige ich eigentlich nicht. Danke, ich werde noch ein bisschen warten und sehen, wie's läuft«, antwortete sie mit einem matten Lächeln.

»Dreißig Sekunden für alle!«

Rebecca war froh, dass sie in der Szene sitzen konnte, denn abgesehen von den Kopfschmerzen plagten sie Übelkeit und Schwindel. In der Mittagspause würde sie noch ein Ibuprofen nehmen müssen.

Eine Stunde später, als Rebecca in ihr Zimmer eilte, um die Tabletten zu holen, kam Steve auf sie zu.

»Das Produktionsbüro hat heute Morgen wieder einen Anruf von Ihrem Verlobten erhalten. Er klang ziemlich besorgt, weil Sie ihm angeblich versprochen hatten, ihn am Wochenende zu kontaktieren, das aber nicht getan haben.«

»Ich habe hier kein Netz und benutze nur ungern den Festnetzanschluss«, erklärte Rebecca.

»Mir ist das klar, aber Ihr Verlobter versteht es offenbar nicht. Ich habe Ihnen ja schon gesagt, dass wir sämtliche Telefonkosten übernehmen, also können Sie den Festnetzanschluss in Lord Astburys Arbeitszimmer ruhig in Anspruch nehmen.«

»Gut, ich rufe ihn später an. Tut mir leid, wenn er lästig ist.« Sie ging müde die Treppe hinauf.

Zum Glück wurde Rebecca an jenem Abend nicht am Set benötigt. Da sich ihr Zustand während des Tages nicht gebessert hatte, zog sie sich in ihr Zimmer zurück, wo sie erleichtert aufs Bett sank.

Wenige Minuten später trat Mrs Trevathan mit besorgter Miene ein.

»Fühlen Sie sich nicht wohl, meine Liebe?«, erkundigte sie sich, eilte zu Rebecca und legte ihr die Hand auf die Stirn.

»Halb so schlimm. Es sind nur wieder diese grässlichen Kopfschmerzen.«

»Fieber haben Sie, glaube ich, nicht. Was halten Sie davon, wenn ich Ihnen einen Teller Suppe bringe und Sie sich früh schlafen legen?«

»Danke, aber ich bringe jetzt wirklich nichts runter«, entgegnete sie und wünschte sich, dass Mrs Trevathan den Raum verließ, damit sie die Augen zumachen konnte.

»Gut. Ich sehe später noch mal nach Ihnen.«

»Das ist wirklich nicht nötig.«

»Ich soll Sie in Ruhe lassen«, bemerkte Mrs Trevathan. »Das kann ich verstehen. Dann gute Nacht, meine Liebe.«

Als sie das Zimmer verließ, fragte Rebecca sich, ob die früheren Bewohner von Astbury Hall sich jemals von der Fürsorge ihrer Bediensteten erdrückt gefühlt hatten. Hier gab es einfach keine Privatsphäre. Sie zog sich aus und schlüpfte seufzend unter die Bettdecke. Rebecca hatte Jack noch nicht angerufen und war jetzt zu schwach dazu. Bestimmt würde Schlaf ihr guttun, dachte sie.

In jener Nacht hatte Rebecca merkwürdige Träume. Sie befand sich in dem Cottage im Moor und spürte, dass Gefahr drohte, doch die Tür klemmte, und als sie ein Fenster zu öffnen versuchte, schlang sich das Efeu, das es bedeckte, um ihre Hände und hielt sie fest. Wieder einmal stieg ihr der Geruch von schwerem Parfüm in die Nase, und eine Hand legte sich auf ihre Nase und ihren Mund. Sie bekam keine Luft mehr …

Rebecca schreckte mit wild klopfendem Herzen hoch, streckte die Hand nach dem Lichtschalter aus und stieß dabei das Glas Wasser auf dem Nachtkästchen neben ihr um. Sie stand auf, fühlte ihre warme Stirn, öffnete die Tür und stolperte den Flur entlang zum Bad, um das Glas aufzufüllen. Außerdem wusch sie sich das Gesicht mit kaltem Wasser, bevor sie in dem schummrigen Licht in ihr Zimmer zurückging.

Als eine dunkle Gestalt sie vor ihrer Tür ansprach, hätte sie fast aufgeschrien.

»Alles in Ordnung?«

»Ich …« Sobald ihre Augen sich an die Dunkelheit gewöhnt hatten, erkannte sie Anthony, der einen Morgenmantel mit Paisleymuster trug. »Ich hatte nicht damit gerechnet, hier jemandem zu begegnen«, erklärte sie und versuchte, tief durchzuatmen.

»Tut mir leid, wenn ich Sie erschreckt habe. Ich habe einen Schrei gehört und bin hergekommen, um nach dem Rechten zu sehen.«

»Wahrscheinlich hatte ich einen Albtraum. Entschuldigen Sie, dass ich Sie geweckt habe.«

»Machen Sie sich deswegen keine Gedanken. Ich schlafe nur selten tief und fest. Wenn Sie sicher sind, dass Sie keine Hilfe benötigen, wünsche ich Ihnen jetzt eine gute Nacht.«

»Gute Nacht.«

»Jack hat wieder angerufen«, teilte Steve Rebecca am folgenden Morgen mit. »Melden Sie sich bei ihm, bevor die Boulevardpresse mich am Ende noch bezichtigt, Ihnen einen Strich durch Ihre Märchenromanze zu machen«, bat er sie und entfernte sich grinsend.

Rebecca verließ die Terrasse und ging in Anthonys Arbeitszimmer. Am Vormittag hatten sich ihre Kopfschmerzen endlich verabschiedet, so dass sie sich in der Lage fühlte, mit Jack zu sprechen.

Wie so oft meldete sich sowohl bei seinem Festnetzanschluss als auch bei seiner Handynummer nur die Mailbox. Frustriert trat Rebecca wieder ans hintere Ende der südlichen Terrasse, wo das Cateringunternehmen Tische in der Sonne aufgestellt hatte, und gesellte sich zu den anderen Schauspielern.

»Kommen Sie, Schätzchen, setzen Sie sich neben mich«, lud Marion Devereaux sie ein.

Rebecca bedankte sich mit einem unsicheren Lächeln. Bis dahin war sie zu schüchtern gewesen, auf die legendäre Schauspielerin zuzugehen, die im Lauf ihrer Karriere alle erdenklichen Auszeichnungen erhalten hatte.

»Ich habe Sie heute Vormittag am Set beobachtet und möchte Ihnen sagen, dass Sie gut sind. Sogar sehr gut.«

»Danke.« Rebecca wurde vor Freude rot.

»Sie bewegen sich ganz natürlich vor der Kamera. Haben Sie Bühnenerfahrung?«

»Ja, ich war an der New Yorker Juilliard School, aber seit meinem Abschluss habe ich nur noch in Filmen gespielt.«

»Ich hoffe, Sie finden irgendwann wieder Zeit fürs Theater. Es gibt nichts Besseres als ein Livepublikum, um das Adrenalin hochzutreiben und einen Schauspieler zu Höchstleistungen anzuspornen.« Marion zündete sich schmunzelnd eine Zigarette an. »Leider verdient man nur einen Hungerlohn.«

»Geld ist mir nicht so wichtig, das war es noch nie.«

»Das kann ich mir nach den Hollywood-Kassenschlagern, die Sie gemacht haben, gut vorstellen«, bemerkte Marion trocken.

Rebecca wurde rot. »Hätten Sie irgendwelche Tipps, wie ich noch besser werden könnte?«

Die alte Dame richtete ihre berühmten veilchenblauen Augen auf sie. »Ja, Schätzchen, *leben* Sie. Sammeln Sie Erfahrungen, und lernen Sie sich selbst kennen. Einblick in die menschliche Psyche bringt Ernsthaftigkeit und Emotionalität in eine schauspielerische Leistung, die man sich allein durch Technik nicht erwerben kann. Spielen Sie aus Kopf *und* Seele«, erklärte sie und legte die Hände auf ihren üppigen Busen.

Obwohl Rebecca den Drang zu kichern verspürte, nickte sie ernst. »Danke, Marion. Ich werd's versuchen.«

»Wie gern ich Sie wäre, ganz am Anfang meiner Karriere, noch jede Menge wunderbare Rollen vor mir.« Sie seufzte. »Immerhin bin ich heute eine sehr viel bessere Schauspielerin, als ich es in Ihrem Alter war. Wir sollten vor Ende der Dreharbeiten einmal miteinander zu Abend essen. Aber jetzt muss ich hier weg«, sagte sie und erhob sich, »sonst zerfließt mir die Schminke in der Sonne.«

Rebecca blieb, wo sie war, und freute sich über das Lob, den warmen Tag und die Tatsache, dass sie momentan keine Kopfschmerzen hatte. Kurze Zeit später nahm James auf dem Stuhl Platz, auf dem Marion einige Sekunden zuvor gesessen hatte.

»Hast du dich ein bisschen erholt?«, fragte er. »Du siehst jedenfalls besser aus.«

»Ja danke.«

»Geht's dir gut genug, um mir heute Abend beim Essen Gesellschaft zu leisten? Wir könnten zu dem Pub fahren, von dem du mir erzählt hast.«

»Warum nicht?«, antwortete Rebecca, die das Gefühl hatte, eine Pause von Astbury Hall zu brauchen.

»Wunderbar. Allerdings müssen wir bis acht dort sein. Hier in der Pampa macht alles schon so früh zu.«

»Da spricht der Stadtmensch«, neckte Rebecca ihn.

»Ja, stimmt. Ich bin einfach nicht fürs Land geschaffen, sondern steh eher auf verrauchte Nachtklubs um zwei Uhr morgens. Aber man muss sich ja seiner Umgebung anpassen …« Mit diesen Worten entfernte sich James.

»Darf ich fragen, was Sie vorhaben?«, erkundigte sich Mrs Trevathan, als sie Rebeccas Zimmer betrat. »Sie haben sich fein gemacht.«

»Nicht wirklich. Das ist nur die Bluse, die ich am Samstag gekauft habe. Ich geh mit einem der Schauspieler ins Pub.«

»Sie sind heute Abend nicht zum Essen hier?«

»Nein, heute nicht.« Rebecca fühlte sich versucht hinzuzufügen: »Vorausgesetzt, Sie erlauben es!« Doch sie hielt sich zurück.

»Lord Astbury hatte gehofft, dass Sie ihm Gesellschaft leisten. Er wollte sich mit Ihnen über die Geschichte von dem Herrn aus Indien unterhalten und hat ihn für morgen Abend noch einmal zum Essen eingeladen. Da sind Sie doch hier, oder?«

»Ja, natürlich. Bitte entschuldigen Sie mich bei ihm und richten Sie ihm aus, dass ich mich darauf freue, ihn morgen wiederzusehen.«

»Gut, also bis später, meine Liebe. Ich bleibe auf, bis Sie wohlbehalten zu Hause sind. Seine Lordschaft möchte, dass ich das Haus abschließe, bevor ich zu Bett gehe.«

»Meinetwegen müssen Sie nicht aufbleiben. Vielleicht könnte ich mir für heute Abend den Schlüssel ausleihen?«

»Das ist wirklich nicht nötig«, versicherte Mrs Trevathan.

»Okay. Es wird mit Sicherheit nicht so spät. Ich hätte da noch eine ziemlich merkwürdige Frage an Sie: In welchem Teil des Hauses befindet sich das Schlafzimmer Seiner Lordschaft?«

»Im westlichen Flügel, auf der anderen Seite der Haupttreppe. Warum?«

»Ach, nicht so wichtig. Ich dachte nur, ich hätte heute Nacht jemanden vor meiner Tür reden hören, aber vermutlich habe ich das geträumt.«

»Ja, bestimmt. Ich wünsche Ihnen einen schönen Abend, meine Liebe.«

Als Rebecca zu Grahams Wagen ging, in dem James auf sie wartete, schwirrte ihr der Kopf. Wenn Anthony am anderen Ende des Hauses schlief, konnte er sie in der Nacht nicht schreien gehört haben. Warum also war er vor ihrer Tür gewesen?

James sprang aus dem Auto, um ihr die Beifahrertür zu öffnen. »Schätzchen, du siehst so … modern aus!«, scherzte er.

Während der Fahrt zum Rugglestone Inn plauderten sie über die Dreharbeiten, und im Pub wurden sie in einer Nische ein wenig abseits von den anderen Gästen platziert.

James ging zur Theke, kehrte mit einer Flasche Wein zurück, setzte sich und schenkte Rebecca ein.

»Genug!«, erklärte sie, als ihr Glas halb voll war. »Ich möchte nicht riskieren, dass diese grässliche Migräne wiederkommt.«

»Du trinkst kaum Alkohol, stimmt's?«

»Das klingt, als wär's was Schlechtes«, rügte sie ihn.

»Natürlich nicht. Im Vergleich zu den meisten amerikanischen Schauspielern scheinen die Briten zügellose Alkoholiker zu sein. Zum Wohl!« James stieß mit ihr an. »Auf unsere Laster.« Er schmunzelte. »Wie läuft's in Astbury Hall?«

»Unter uns: Je länger ich dort bin, desto seltsamer finde ich's. Lord Astburys Haushälterin Mrs Trevathan führt sich auf wie ein Zerberus.«

»Vielleicht ist sie verliebt in ihn; weibliche Bedienstete vergucken sich oft in ihre Herrschaften. Das mag ein Klischee sein, aber es passiert.«

»Möglich. Sie bringt mir ständig was zu essen und zu trinken aufs Zimmer.«

»Klingt himmlisch. Ich hätte nichts dagegen, von einer Frau umsorgt zu werden«, erklärte James grinsend.

»Ich weiß, das ist gut gemeint, aber ich habe das Gefühl, dass sie mir die Luft zum Atmen nimmt.«

»Mir würd's gefallen, wie eine Prinzessin in einem Palast zu leben und mich hinten und vorne bedienen zu lassen. In unserem Hotel gibt's nach zehn abends nicht mal mehr Zimmerservice.« James sah sie fragend an. »Trotz der Umstände hat dir die Ruhe doch sicher gutgetan, oder?«

»Ja, das war angenehm. Sorry, ich höre mich an wie ein verzogenes Kind. Mir ging's in den letzten Tagen einfach nicht so gut.«

»Und was ist mit dem geheimnisvollen Lord Astbury? Er hat doch nicht versucht, sich an dich ranzumachen, oder?«

»Gütiger Himmel, nein!« Rebecca verdrehte die Augen. »Ich hab das Gefühl, dass er sich nicht sonderlich für Frauen interessiert – und auch nicht für Männer oder überhaupt für Beziehungen.«

»Ich weiß nicht so genau, was ich von ihm halten soll«, pflichtete James ihr bei. »Er lebt seit Jahren allein in dem riesigen Haus, ohne Internet und all die anderen modernen Annehmlichkeiten – er ist schon ein komischer Kauz.«

»Ich mag ihn irgendwie. Zugegeben, er ist ein bisschen seltsam und hat etwas Trauriges. Manchmal würde ich ihn gern trösten und in den Arm nehmen«, gestand Rebecca.

»Du bist also tatsächlich dabei, dich in ihn zu vergucken?«

»Aber nein! Ich habe nur das Gefühl, ihn beschützen zu müssen. Es ist, als würde er die heutige Welt nicht so richtig begreifen. O Gott, jetzt klinge ich schon wie Mrs Trevathan!«, stöhnte sie.

»Es ist doch ein Segen, dass er Mrs Trevathan hat, die sich hingebungsvoll um ihn kümmert«, meinte James.

»Allmählich beginne ich mich zu fragen, ob sie nicht Teil des Problems ist. Selbst wenn er jemanden kennenlernen würde, bestünde keine Chance, dass etwas draus wird, weil sie ihn nicht aus den Augen lässt.«

»Klingt ganz, als wäre sie in ihn verliebt. Vielleicht teilen sie seit Jahren heimlich das Bett. Ich stelle mir gerade Rendezvous im Wäscheschrank oder hinter dem Schuppen vor.«

»Bitte hör auf!«, bat sie, weil sie bei dem Gedanken eine Gänsehaut bekam. »Es geht mich auch nichts an.«

»Nein, aber es ist immer interessant, sich das Leben anderer Leute vorzustellen. Wir sind Schauspieler. Die Analyse menschlichen Verhaltens gehört zu unserem Job.«

»Außerdem erzählt Anthony mir ständig, wie ähnlich ich seiner Großmutter Violet sehe. Ich finde das gruselig.«

»Und stimmt das?«, erkundigte sich James.

»Er hat mir ihr Porträt gezeigt. Ja, besonders seit meine Haare blond gefärbt sind.«

»Es wird immer merkwürdiger. Du bist nicht zufällig mit dieser Violet verwandt?«

»Nein. Meine Familie hat bestimmt keine Verbindung zum englischen Adel.« Rebecca nahm einen Schluck Wein.

»So wie sich das anhört, wäre das, was sich in Astbury Hall abspielt, ein spannenderer Stoff als der von unserem Film.«

»Wenn ich das Kostüm trage, habe ich manchmal das seltsame Gefühl, tatsächlich Violet zu sein, die Frau, der ich ähnlich sehe, und in ihr Leben in Astbury in den zwanziger Jahren einzutauchen. Es ist alles irgendwie surreal.«

»Man sollte Fantasie und Realität nicht verwechseln. Wenn du jemanden brauchst, der dich in die Realität zurückholt, bin ich der geeignete Mann. Wollen wir bestellen?«

Da trat eine Frau mittleren Alters an ihren Tisch. »Entschuldigen Sie die Störung, aber sind Sie nicht James Waugh? … Und du lieber Himmel! Rebecca Bradley? Blond hab ich Sie gar nicht erkannt.«

»Volltreffer«, antwortete James der Frau lächelnd. »Was können wir für Sie tun?«

»Wenn es Ihnen nichts ausmacht, hätte ich gern ein Autogramm und ein Foto von Ihnen beiden.«

»Gern.« James nahm Serviette und Stift, die sie ihm hinhielt, und setzte seine Unterschrift darauf. Er reichte die Serviette gerade Rebecca, als ein Blitz aufleuchtete.

»Herzlichen Dank. Noch mal Entschuldigung für die Störung. Ich wünsche Ihnen einen angenehmen Aufenthalt in England, Miss Bradley.«

Als die Frau weggegangen war, sah Rebecca James entsetzt an. »Wieso hast du ihr erlaubt, ein Bild von uns zu machen? Bei mir dürfen das Fans nur, wenn sie mir schriftlich geben, dass das Bild für ihr privates Fotoalbum ist!«

»Beruhige dich, Rebecca. Ich bezweifle sehr, dass sie den Schnappschuss postwendend an die örtliche Boulevardzeitung schickt.«

»Genau das passiert aber normalerweise, wenn jemand ein Foto von mir macht«, konterte Rebecca mit einem flauen Gefühl im Magen.

»Dann bist du vermutlich sehr viel interessanter für die Presse als ich.« James zuckte mit den Achseln. »Wollen wir hoffen, dass sie es nicht tut.«

Danach kamen immer mehr Leute aus der Gegend an ihren Tisch, um sich ein Autogramm geben zu lassen.

»Schätze, es wird Zeit, dass wir hier verschwinden. Tut mir leid, Rebecca«, sagte James, als er sie aus dem Pub und zum wartenden Wagen geleitete. »Offenbar hab ich deinen Ruhm unterschätzt.«

»Egal. Vergiss alles Schlechte, was ich zuvor über Astbury Hall gesagt habe. Jetzt bin ich froh, dass ich dort wohne. Ich hatte fast vergessen, wie es ist, zum Essen auszugehen.«

»Dein Leben muss wirklich die Hölle sein.« James verdrehte die Augen. »Wie um Himmels willen erträgst du das nur?«

»Gar nicht … und dabei habe ich Jacks Heiratsantrag noch nicht mal angenommen! Die Medien sind völlig aus dem Häuschen, obwohl ich selber noch nicht weiß, wie ich mich entscheiden werde.«

»Verstehe«, murmelte James, als sie unter einem klaren Sternenhimmel durch die majestätische Moorlandschaft fuhren.

»Das wird sich alles klären, wenn ich wieder in den Staaten bin. Ich sage nicht, dass es aus ist zwischen uns, ich will mich bloß nicht zu einer Heirat drängen lassen.«

»Falls du jemals beschließen solltest, ihm den Laufpass zu geben, würde ich mich sehr gern als Ersatz zur Verfügung stellen.«

»Herzlichen Dank«, sagte Rebecca amüsiert, »aber ich glaube nicht, dass das nötig sein wird.«

»Schade.« Als sie vor Astbury Hall hielten, stellte er fest: »Vermutlich wäre es unschicklich, mich auf einen Kaffee oder einen Nachttrunk von dir hineinbitten zu lassen, also wünsche ich dir einfach hier eine gute Nacht.«

»Gute Nacht, James, und danke fürs Essen.«

Rebecca öffnete die Wagentür, doch bevor sie aussteigen konnte, zog er sie zum Abschied kurz in seine Arme.

»Vergiss nicht, ich bin immer für dich da, wenn du reden möchtest.«

»Danke.« Rebecca löste sich aus seiner Umarmung, stieg aus, warf ihm eine Kusshand zu und winkte ihm und Graham nach. Als sie sich umdrehte, erstarrte sie.

»Jack«, rief sie aus und trat auf ihn zu. »Was in aller Welt machst du denn hier?«

»Ich hab versucht, dich zu erreichen, um dir zu sagen, dass ich herkomme, aber du hast nicht zurückgerufen. Jetzt weiß ich, warum. Wer war denn der Lover Boy im Wagen?«, fragte er wütend.

Rebecca schüttelte den Kopf. »Er ist nicht … Ich meine, ich …«

»Immerhin begreife ich nun, warum ich in den letzten zwei Wochen kaum was von dir gehört habe. Vermutlich ist es das Beste, wenn ich gleich wieder abreise.«

»Jack, bitte! Es ist nicht so, wie du denkst!«

»Wie ist es verdammt noch mal dann? Kannst du mir verraten, warum wir seit deiner Abreise und unserem Beschluss zu heiraten nur ein einziges Mal miteinander telefoniert haben, wenn's nicht an ihm liegt?«

»Wir haben überhaupt nichts beschlossen! Bitte …« Rebecca war sehr bewusst, dass die Tür weit offen stand und im Haus jeder ihr Gespräch mitverfolgen konnte. »Ich erkläre es dir drinnen.«

»Herrgott!« Jack bedachte sie mit einem eisigen Lächeln. »Du klingst genau wie ich, wenn ich in einer heiklen Situation erwischt werde.«

Mrs Trevathan erschien an der Tür. »Kommen Sie mal lieber rein. Seine Lordschaft schläft. Ich möchte nicht, dass er geweckt wird.«

»Sie müssen entschuldigen, Mrs Trevathan«, sagte Rebecca. »Ich wusste nicht, dass mein … Freund kommt.«

»Weil du mit deinem neuen Liebhaber rumgeturtelt hast und keine Zeit zum Zurückrufen hattest!«

»Bitte, Sir, ich wäre Ihnen dankbar, wenn Sie leiser sprechen könnten«, zischte Mrs Trevathan.

»Sollen wir ins Hotel gehen?«, fragte Rebecca, als sie der Haushälterin ins Haus folgten. »Mein Fahrer kann uns hinbringen.«

»Ich bezweifle, dass Sie um halb elf Uhr abends noch jemanden an der Rezeption antreffen würden«, erklärte sie, führte sie einen Flur entlang und öffnete die Tür zu einem kleinen Wohnraum. »Hoffentlich gelingt es Ihnen, Ihre Meinungsverschiedenheit hier zu bereinigen.« Sie verließ das Zimmer und zog die Tür hinter sich zu.

»Was hat die denn für ein Problem?« Jack verschränkte die Arme. »Würdest du mir bitte verraten, was los ist? Willst du Schluss machen und hast bloß nicht den Mut, es mir zu sagen?«

»Ich hab's dir doch erklärt, Jack. Es gibt hier keinen Handy- und Internetempfang, und im Haus befindet sich nur ein einziges Telefon, das ich nicht gern benutze.«

»Dieses Gemäuer sieht tatsächlich aus wie aus dem Geschichtsbuch. Aber selbst wenn's schwierig ist, mich zu erreichen: Ich hab Nachricht um Nachricht im Produktionsbüro hinterlassen, dass du mich anrufen sollst, und du hast das entweder überhaupt nicht getan oder zu einem Zeitpunkt, wo du wusstest, dass ich nicht rangehen würde. Warum, Becks?«

Rebecca sank erschöpft aufs Sofa. »Wahrscheinlich hab ich Zeit zum Nachdenken gebraucht.«

»Worüber? Über uns? Am Abend vor deiner Abreise hab ich dir einen Verlobungsring an den Finger gesteckt und dich gefragt, ob du meine Frau werden willst! Am nächsten Tag bist du einfach weggeflogen, ohne mir zu sagen, was in deinem Kopf vorgeht, Becks. Und bei dem einzigen Telefongespräch seitdem hast du geklungen, als könntest du's gar nicht erwarten, wieder aufzulegen. Seitdem bin ich außer mir vor Sorge.« Jack fuhr sich mit der Hand durch die Haare und begann, auf und ab zu gehen. »Begreifst du denn nicht, dass das grausam ist? Ich liebe dich, Becks. Und an dem Abend habe ich dich gebeten, den Rest deines Lebens mit mir zu verbringen! Warum bist du abgehauen?«

»Bin ich nicht. Es war schon lange geplant, dass ich nach England fliege. Ich habe lediglich beschlossen, einen früheren Flug zu nehmen, das ist alles.« Sie versuchte, ruhig zu bleiben.

»Ach was! Erzähl mir keine Märchen.«

»Tut mir leid. Vermutlich …«, sie suchte nach den richtigen Worten, »… habe ich kalte Füße bekommen. Die Ehe ist eine ernste Sache, und in letzter Zeit hatten wir unsere Probleme.«

»Was für Probleme? Ich hatte nicht den Eindruck, dass wir Probleme haben, sonst hätte ich dir an dem Abend keinen Heiratsantrag gemacht.«

Sie holte tief Luft. »Ich meine die Drogen, Jack. In den vergangenen Monaten war's ziemlich schlimm.«

»*Was*? Becks! Glaubst du wirklich, ich hätte ein Drogenproblem? Die meisten Leute in Hollywood nehmen irgendwas. Das ist ganz normal. Du tust ja grade so, als wär ich süchtig!«

»Sorry, ich kann damit einfach nichts anfangen.«

»Ein bisschen Spaß wird man sich doch wohl noch gönnen dürfen, oder? Besonders jetzt, wo es mit meiner Karriere nicht so läuft, wie ich mir das vorstelle. Aber da kannst du dich natürlich nicht reindenken.«

»Jack, bitte versuch zu verstehen, dass ich Zeit zum Nachdenken gebraucht habe. Als ich hier aus dem Flieger gestiegen bin, hat mich ein ganzer Pulk Journalisten erwartet, um mir zu meiner Verlobung zu gratulieren. Ich habe mich übergangen gefühlt. Hast du die Medien über unsere Verlobung informiert?«

»Nein, ich hab kein Sterbenswörtchen verraten.«

»Ach. Und woher haben die dann die Zitate von dir?«

»Wie immer von ihren Informanten, Schatz.« Jack verdrehte die Augen. »Becks, nun tu nicht so naiv. Du weißt, wie der Hase läuft, und es verletzt mich, dass du mir die Schuld gibst.«

»Tut mir leid.«

»Weißt du, was mich echt sauer macht? Selbst wenn ich meinen Heiratsantrag der Presse gegenüber tatsächlich bestätigt hätte … Wäre das denn so schlimm? Tja, ich scheine mich getäuscht zu haben. Ich hatte gehofft, du würdest dich freuen.«

»Es ist eine wichtige Entscheidung und …«

»Inzwischen dürftest du genug Zeit zum Nachdenken gehabt haben. Kann ich dich also fragen, ob du zu einem Entschluss gelangt bist?«

Rebecca schwieg.

»Okay, schätze, das sagt alles.« Jack seufzte. »Und der Typ vorher im Auto … von dem lässt du dir beim Überlegen helfen, oder?«

»Nein! James spielt auch in dem Film mit. Er ist ein netter Kerl. Ich mag ihn, habe ihn aber außerhalb der Dreharbeiten kaum gesehen. Heute Abend hat er mich zum Essen eingeladen, mehr nicht.«

Jack verschränkte die Arme. »Erwartest du wirklich, dass ich dir das abkaufe? Bei Dreharbeiten mit Schauspielerkollegen in die Kiste zu hüpfen ist eine uralte Geschichte. Beleidige bitte nicht meine Intelligenz. Nach zwei Wochen Schweigen von meiner Freundin tauche ich hier auf und sehe sie in den Armen eines anderen Mannes. Was soll ich da glauben? Wundert es dich, dass ich zwei und zwei zusammenzähle?«

»So ist es aber nicht. Frag, wenn du möchtest, Mrs Trevathan. Sie kann dir bestätigen, dass ich jeden Abend hier war. Ich weiß, wie es für dich aussehen muss, Jack, aber du täuschst dich.«

»Himmel, du klingst sogar anders. Du scheinst dir hier einen englischen Akzent zugelegt zu haben.«

Sie schwiegen eine Weile.

»Sind wir nun noch zusammen?«, fragte Jack schließlich.

»Ja, das wissen alle.«

»Fragt sich nur, ob *du* es auch weißt, Becks. Hast du dir die Antwort auf meinen Heiratsantrag überlegt? Du hast jetzt wirklich genug Zeit zum Nachdenken gehabt. Ein Ja könnte helfen, mich davon zu überzeugen, dass du nicht mit diesem Schauspieler im Bett warst.«

Rebecca schwirrte der Kopf. »Ich …« Sie presste die Finger gegen die Schläfen. »Jack, dein Kommen hat mich überrascht. Können wir morgen weiterreden, wenn wir ausgeschlafen sind? Ich hatte die ganze Zeit eine schreckliche Migräne und …«

»Bitte versuch's nicht mit der Mitleidstour, Becks. Immerhin warst du fit genug, mit Lover Boy zum Essen zu gehen.« Jack seufzte. »Ich denke, ich habe genug gesehen. Wahrscheinlich ist es das Beste, wenn ich verschwinde.«

»Jack, bitte!«, flehte sie ihn an. »Wir müssen reden. Bloß weil dein Heiratsantrag mich erschreckt hat, heißt das doch nicht, dass es vorbei ist. Eins unserer Probleme besteht darin, dass wir kaum jemals genug Zeit haben, allein miteinander zu reden. Du bist immer woanders unterwegs als ich. Im Moment hätten wir Zeit. Meinst du nicht, dass wir das nutzen sollten?«

Jack sank neben ihr aufs Sofa. »Ich weiß im Moment nicht, was ich will, Becks. Die Aussicht, dich zu heiraten, war das Einzige, was mich aufrechterhalten hat. Mit meiner Karriere geht es nicht voran; ich bekomme keine guten Rollen mehr wie früher. Allmählich beginne ich zu glauben, dass meine besten Zeiten vorbei sind. Ich …«

Jack begann zu weinen. Rebecca nahm ihn in den Arm.

»Das tut mir leid für dich, Jack. Natürlich bist du nicht am Ende. Du machst nur eine schwierige Phase durch. Bestimmt wird mir das irgendwann auch passieren.«

»Ja, aber du hast noch etliche Jahre mit Hauptrollen vor dir, wogegen mein Zenit mit ziemlicher Sicherheit überschritten ist. Und du hast recht: Wahrscheinlich habe ich in letzter Zeit zu viel Stoff genommen, aber ich schwöre dir, Becks, ich bin nicht süchtig. Ich war nur ziemlich down und wollte mich aufmuntern. Das glaubst du mir doch, oder?«

»Ja«, antwortete Rebecca. Was sollte sie sonst sagen?

»Es verletzt mich sehr, dass du meinen Heiratsantrag nicht ernst genommen hast. Dir ist nicht klar, wie sehr ich dich liebe.«

Rebecca strich ihm über die Haare. »Tut mir leid, dass ich dir wehgetan habe, Jack. Wirklich.«

»Danke. Jetzt könnte ich was zu trinken vertragen. Gibt's in diesem gottverlassenen Gemäuer irgendwo einen Drink?«

»Wenn ja, wüsste ich nicht, wo. Gehen wir doch rauf und versuchen zu schlafen. Wir können uns morgen weiter unterhalten, auch wenn ich schon sehr früh am Set sein muss.«

»Bist du sicher, dass du mich in deinem Bett haben möchtest? Die Sache mit diesem Schauspieler wird sich noch klären, denn wenn du was mit ihm gehabt hast, wissen deine Kollegen und die Crew Bescheid. Ich mag mich nicht zum Gespött der Leute machen.«

»Ich schwöre dir, dass ich nichts mit ihm hatte«, versicherte Rebecca ihm müde.

Endlich trat ein Lächeln auf Jacks Gesicht. »Wahrscheinlich muss ich dir das glauben. Also bring mich hinauf in deinen Turm, o Maid, damit wir die verlorene Zeit wettmachen können.« Er zog Rebecca zu sich heran und küsste sie.

»Lass uns gehen. Höchstwahrscheinlich treibt Mrs Trevathan sich noch irgendwo hier rum. Sie geht immer erst ins Bett, wenn alle andern schlafen.« Rebecca führte ihn durch das Labyrinth dunkler Flure zum Eingangsbereich, wo Mrs Trevathan wie aus dem Nichts auftauchte. »Hat Ihr … *Freund* vor, die Nacht hier zu verbringen?«, flüsterte sie Rebecca zu.

»Ja, wenn Sie und Anthony nichts dagegen haben«, antwortete Rebecca.

»Nun, um diese Uhrzeit kann ich Seine Lordschaft wohl kaum um Erlaubnis fragen, oder? Er schläft bestimmt tief und fest. Aber am Morgen werde ich ihm selbstverständlich mitteilen, dass Ihr junger Mann sich im Haus aufhält. Gute Nacht.«

»Gute Nacht, Ma'am, und danke. Tut mir leid, dass ich vorhin einen solchen Krach gemacht habe.« Jack schenkte ihr ein charmantes Grinsen, das Mrs Trevathan nicht beeindruckte.

»Seltsame Alte«, stellte Jack fest, als sie in Rebeccas Zimmer waren. »Hey, kann man hier wirklich nicht zusperren?«, fragte er vom Bett aus, auf das er sich gesetzt hatte.

»Leider nicht«, antwortete Rebecca verlegen, als Jack die Arme nach ihr ausstreckte.

»Komm. Ich hatte ganz vergessen, wie schön du bist. Und das Blond steht dir gut. Du hast mir gefehlt, Becks.«

Sie versuchte, sich zu entspannen und den Sex mit ihm zu genießen. Hinterher schlief Jack ein, und Rebecca stand leise auf, um zur Toilette zu gehen, bevor sie sich wieder zu ihm ins Bett legte und das Licht löschte.

Er wachte früh auf und tastete in der Dunkelheit nach ihr. Als sie sich ihm hingab, hatte sie das unheimliche Gefühl, beobachtet zu werden …

Später kuschelte sie sich an Jacks breiten Rücken, schob diesen Gedanken beiseite und schlief ein.

20

Am folgenden Tag war Jacks nächtliche Ankunft *der* Gesprächsstoff am Set. Die Mädchen aus der Maske himmelten ihn an, als er Rebecca bei ihnen besuchte.

»Sie Glückspilz«, bemerkte Chrissie, die Chefmaskenbildnerin. »In der Realität sieht er sogar noch toller aus als auf der Leinwand«, stellte sie fest, nachdem Jack Rebecca auf die Stirn geküsst und sich auf den Weg zum Catering-Van gemacht hatte, um zu frühstücken.

»Wann ist er denn aufgetaucht?«, fragte James, als sie eine Stunde später am Set Position bezogen. »Du hast gestern Abend gar nichts davon erwähnt, dass er kommt.«

»Das wusste ich auch nicht. Er stand auf der Treppe, als ich aus dem Wagen gestiegen bin, und hat dummerweise die Umarmung gesehen. Natürlich vermutet er jetzt das Schlimmste.«

»Verstehe. Bevor es zu einem Duell im Morgengrauen kommt, werte Dame, bin ich selbstverständlich bereit, die Angelegenheit verbal mit ihm zu klären. Ich werde ihm mitteilen, dass ich deinem Charme jederzeit mit Freuden erlegen wäre, dass du davon aber leider nichts wissen wolltest.« Er grinste vielsagend. »Er ist wirklich ein attraktiver Bursche. Fast könnte ich mich in meiner Männlichkeit von ihm bedroht fühlen.«

Beim Mittagessen gab sich Jack wie immer lebhaft und genoss es, im Mittelpunkt zu stehen.

»Ich bin froh, dass ich hergeflogen bin, Becks«, erklärte er und kippte das Bier, das Steve für ihn besorgt hatte. »Deine Kollegen gefallen mir.«

»Ja, alle sind sehr nett zu mir.«

»Und diese Seidenstrümpfe und der Strumpfhalter machen mich ganz wild«, flüsterte er ihr zu. »Die Haarfarbe ist auch toll. Fühlt sich an, als hätt ich eine komplett neue Freundin.«

Nach dem Lunch zog Jack Rebecca ins Haus und die Treppe hinauf. »Komm, Zeit für ein Nickerchen.«

»Rebecca, wären Sie so freundlich, mich mit Ihrem Gast bekanntzumachen?«, erklang da eine strenge Stimme hinter ihnen.

»Hallo, Anthony.« Rebecca versuchte, nicht allzu schuldbewusst zu wirken. »Tut mir leid, dass ich bisher keine Gelegenheit hatte, Ihnen meinen Freund vorzustellen. Er ist heute Nacht unerwartet hier eingetroffen, und Mrs Trevathan meinte, Sie würden schon schlafen. Das ist Jack Heyward. Jack: unser Gastgeber Lord Anthony Astbury.«

»Hallo, Sir, ich meine Lord Astbury«, begrüßte Jack ihn nicht ganz so selbstbewusst wie sonst, ging zu ihm hinunter und streckte ihm die Hand hin. »Danke, dass ich die Nacht hier verbringen durfte.«

Anthony musterte ihn kühl. »Ich scheine in dieser Sache nicht allzu viel zu sagen zu haben, aber Sie sind trotzdem willkommen.«

»Danke. Wenn Ihnen das lieber ist, ziehe ich mit Becks selbstverständlich ins Hotel um.«

»Mrs Trevathan hat Ihnen vermutlich schon ein Zimmer hergerichtet, oder?«

»Nein, Sir … Ihre Lordschaft. Ich hab mit Becks geschlafen … ich meine, bei ihr im Zimmer.«

Fast hätte Rebecca über Jacks Verlegenheit gelacht.

»Verstehe.« Anthony hob eine Augenbraue. »Wenn Sie sonst noch etwas benötigen sollten, wenden Sie sich bitte an Mrs Trevathan. Ich nehme an, Sie werden heute Abend nicht mit mir essen wollen, Rebecca. Sie wissen, dass Mr Malik mir Gesellschaft leistet?«

»Tut mir leid, Anthony. Jack und ich müssen ein paar Dinge besprechen.«

»Gut.« Er nickte und entfernte sich.

»Der Typ ist ja noch schräger als die Haushälterin!«, bemerkte Jack, als sie wieder die Treppe hinaufstiegen.

»Wenn man ihn besser kennt, ist er wirklich sehr nett. Er kann wahrscheinlich einfach nicht so viel mit Menschen anfangen.«

»Heißt das, er ist ein Soziopath?«, fragte Jack lachend, als er die Tür zu Rebeccas Zimmer öffnete.

»Nein, er lebt nur allein hier und hat nicht viel Kontakt mit der Außenwelt.«

»Wie gesagt: ein komischer Kauz. Ihm scheint's nicht recht zu sein, wenn ich das Zimmer mit dir teile. Sag jetzt bloß nicht, dass er sich Sex erst nach der Hochzeit vorstellen kann.« Jacks Hand wanderte ihren Oberschenkel hinauf.

»Ich glaube, er macht sich überhaupt nichts aus Sex«, erklärte Rebecca kichernd, als Jack sie aufs Bett warf und ihr Lachen mit einem Kuss erstickte.

Später am Nachmittag sollte Rebecca eine komplizierte Szene drehen, die einige Stunden in Anspruch nehmen würde. Jack wollte in der Zeit zum Hotel von James fahren, um das dortige WLAN zu nutzen.

»Du hast mir also nichts vorgeschwindelt. Hier gibt's tatsächlich keinen Empfang, was?«, sagte er und küsste sie auf die Nase. »James hat mich als Entschuldigung für den falschen Eindruck, den er gestern Abend auf mich gemacht hat, auf einen Drink eingeladen. Tut mir leid, Becks, dass ich voreilige Schlüsse gezogen habe.«

»Mir tut es auch leid.«

»James meint, ich müsste das hiesige Bitter probieren. Offen gestanden wären mir ein oder zwei Wodka lieber.«

»Viel Spaß«, wünschte sie ihm, als er sich verabschiedete, und schmunzelte darüber, wie schnell Jack und James sich angefreundet hatten. In gewisser Weise waren sie einander sehr ähnlich, und sie wagte sich gar nicht vorzustellen, wie die holde Weiblichkeit im Ort reagieren würde, wenn sie gemeinsam die Hotelbar betraten.

»Heute wirkst du deutlich munterer«, bemerkte Robert augenzwinkernd, als sie eine halbe Stunde später am Set erschien. »Ich hab mir gerade die Muster angesehen; auf Film kommst du super rüber. Vielleicht sollten wir uns in künftigen Verträgen mit dir die Anwesenheit deines Verlobten zusichern lassen. War ein Scherz, Schätzchen. Gut, fangen wir an.«

Zur Abwechslung kamen sie gut voran, und um halb acht trug Rebecca bereits wieder ihre Jeans und machte sich unten auf die Suche nach Anthony, um sich vor seinem Abendessen mit Ari für Jacks unerwartetes Auftauchen zu entschuldigen. Weil sie ihn im Garten vermutete, ging sie die Terrassenstufen hinunter. Doch nicht er saß auf der Bank im Rosengarten, sondern Ari.

»Hallo, Rebecca.«

»Hallo, was machen Sie denn hier draußen?«

»Mrs Trevathan hat gesagt, dass Anthony noch nicht unten ist und ich einen Spaziergang im Garten machen soll, bis er kommt. Ich glaube, sie mag mich nicht.«

»Ich denke, sie mag einfach keine Leute, die ihren Tagesablauf durcheinanderbringen«, erklärte Rebecca.

»Wollen wir ein bisschen herumgehen?«, fragte Ari und stand auf.

»Warum nicht?«

»Die Landschaft hier ist wunderschön. Alles wirkt irgendwie so …«, Ari suchte nach dem richtigen Wort, während sie über den Rasen schlenderten, »… gelassen. Das findet man in Mumbai selten.«

»Genauso wenig wie in New York.«

»Leben Sie dort?«

»Ja.«

»Dieses Gefühl, Platz zu haben, fehlt in Indien. In den Städten meiner Heimat wimmelt es von Menschen, und auf den Straßen ist Tag und Nacht Betrieb. Sogar in den Tempeln wird gesungen und geplappert. Irgendwo Ruhe zu finden ist fast unmöglich.«

»Ich war noch nie in Indien. Letztlich bin ich überhaupt nur selten aus den Staaten herausgekommen. Es wundert mich, dass Sie Indien als hektisch bezeichnen, denn in den meisten

Büchern, die ich darüber gelesen habe, heißt es, die Leute würden hinfahren, um ihren inneren Frieden zu finden.«

»Ja, stimmt«, pflichtete Ari ihr bei. »Aber wenn man mit den älteren Verwandten, dem Ehemann und den Kindern in einem Raum wohnt und nur ein paar Rupien für Reis zur Verfügung hat, ist tiefer Glaube nötig. Hier im Westen braucht man diesen Glauben vielleicht nicht mehr. Physisches Wohlergehen – Materialismus, wenn Sie so wollen – ist meiner Ansicht nach der Feind einer jeden ernsthaften Spiritualität. Wenn wir nicht frieren und keinen Hunger haben, bewältigen wir den Tag auch mit leerer Seele. Was, wie ich gerade merke, die größte denkbare Armut ist.«

»So habe ich das noch nie gesehen, aber Sie haben recht.«

»Möglicherweise bin ich nach England gekommen, um meine Seele zu suchen«, erklärte Ari mit dem Anflug eines Lächelns, während sein Blick sich auf den Sonnenuntergang richtete. »Ich kenne nur sehr wenige wirklich *glückliche* Menschen«, stellte Rebecca fest. »Alle sind so gierig und nie mit dem zufrieden, was sie haben.«

»In meinem Land bringt man uns bei, dass man das Nirwana erlangt, indem man weltliche Besitztümer loslässt. Aber als armer Inder hat man sowieso nichts! Ich glaube, sehr viel hängt von unseren Erwartungen an das Leben ab. Je weniger man erwartet, desto zufriedener ist man.« Ari breitete die Arme aus. »Wir scheinen gerade unseren eigenen kleinen Aschram auf dem Anwesen eines englischen Herrenhauses zu gründen.«

Sie mussten beide lachen.

»Es wird kühl«, sagte er. »Sollen wir zurückgehen?«

»Ja.«

»Leisten Sie uns beim Essen Gesellschaft?«

»Nein, ich habe Besuch. Gestern Abend ist aus heiterem Himmel mein Freund hier aufgetaucht.«

»Verstehe. Darf ich nach unserem Gespräch neulich fragen, wie es läuft?«, erkundigte sich Ari.

»Besser, als ich dachte.«

»Gut. Wünschen Sie mir Glück für das Abendessen mit Anthony. Ich hoffe, die Geschichte meiner Urgroßmutter hat ihn nicht zu sehr aufgeregt.«

»Da ich nicht weiß, wie sie weitergeht, kann ich dazu nichts sagen«, meinte Rebecca, als sie das Haus betraten.

»Das erzähle ich Ihnen irgendwann noch, aber wenn ich mich jetzt nicht beeile, komme ich zu spät.«

»Viel Glück.« Sie ging zur Treppe.

»Danke.«

Ari machte sich auf den Weg zum Esszimmer.

Als er eintrat, hob Anthony den Blick. »Hallo, Mr Malik. Bitte schließen Sie die Tür, bevor Sie Platz nehmen. Ich möchte nicht belauscht werden. Wie geht es Ihnen?«

»Gut, danke«, antwortete Ari, machte die Tür zu und setzte sich zu ihm an den Tisch. »Und Ihnen?«

»Offen gestanden bin ich schockiert über das, was ich bis jetzt gelesen habe.«

Ari nickte.

Anthony schenkte Ari seufzend Wein ein. »Anscheinend müssen wir uns also über die Vergangenheit unterhalten …«

21

Anahita

Wieder in der Schule konzentrierte ich mich auf meine Prüfungen, weil ich wusste, dass ich, wenn ich in England einen medizinischen Beruf ergreifen wollte, außergewöhnliche Leistungen bringen musste. Die Abschlussprüfungen absolvierte ich in einem Nebel aus Schlafmangel, Kopfschmerzen und

Angst. Ich glaubte, mich gut geschlagen zu haben, würde die Resultate jedoch erst Ende des Sommers erhalten.

Bevor ich die Stelle als Kindermädchen bei Selina und ihrer kleinen Tochter antrat, begleitete ich meine Freundin Charlotte in ihre Heimat Yorkshire, weil ich unbedingt das Zuhause meiner geliebten Brontë-Schwestern sehen wollte.

Charlottes Vater verrichtete Missionsarbeit in Afrika, und vielleicht erinnerst du, mein lieber Sohn, dich noch, dass ihre Mutter im vergangenen Jahr gestorben war. Charlotte und ihr reizender Zwillingsbruder Ned fuhren mit mir im Bus nach Haworth Moors.

An jenem Abend aßen wir zu dritt im hübschen Garten des Pfarrhauses.

»Was willst du jetzt nach dem Schulabschluss machen?«, fragte ich Ned beim Kaffee.

»Wenn dieser Krieg nicht verdammt schnell endet, und das bezweifeln wir ja alle, werde ich wohl im Lauf der nächsten sechs Wochen eingezogen. Eigentlich ist das Kämpfen nicht meine Sache«, erklärte Ned. »Ich würde lieber wie die Brontës schreiben.«

»Du möchtest also nicht wie dein Vater Geistlicher werden?«

»Keine Angst! Falls ich überhaupt einmal so etwas wie Glauben gehabt haben sollte, hat dieser Krieg ihn mir gründlich ausgetrieben.«

»Ned«, schalt Charlotte ihn. »Sag das bitte nicht. Bestimmt ist der Krieg bald vorbei.«

»Wir dürfen den Glauben niemals verlieren, Ned«, pflichtete ich Charlotte bei. »Was bliebe uns denn sonst noch?«

Am folgenden Tag, als Charlotte einen Verwandtenbesuch machte, gingen Ned und ich in den Keighley Moors spazieren. Dabei unterhielten wir uns über Literatur und Philosophie, und er stellte mir Fragen über mein Leben in Indien. Ich fand seine umsichtige, sanfte Art angenehm und muss zugeben, dass ich in den folgenden Monaten ziemlich oft an ihn dachte. Am nächsten Morgen verabschiedete ich mich am Bahnhof von Keighley tränenreich von Charlotte, bevor ich die lange Fahrt nach Devon antrat.

»Anni! Liebe Anni, willkommen!« Selina umarmte mich zur Begrüßung, als ich aus dem zweirädrigen Pferdewagen stieg. »Komm herein, und vielmals Entschuldigung dafür, dass ich kein Auto zum Bahnhof schicken konnte, um dich abzuholen. Die Rationierung macht uns sehr zu schaffen, und weil wir so weit vom Schuss sind, müssen wir eisern Benzin sparen. Ich habe dich neben dem Kinderzimmer auf dem Hauptstockwerk untergebracht«, teilte sie mir mit, während sie mich die Treppe hinaufbegleitete. »Eleanor schläft nachts meistens durch, aber ich finde es gut, wenn du in der Nähe bist, falls sie doch einmal aufwacht.«

»Danke«, sagte ich, überwältigt von ihrem herzlichen Empfang. »Sie wissen, dass ich wenig Erfahrung im Umgang mit kleinen Kindern habe?«

»Anni, du hast mir geholfen, Eleanor auf die Welt zu bringen! Ich vertraue dir.« Sie öffnete die Tür zu meinem Zimmer. »Gefällt es dir?«

Ich sah mich in dem Raum mit dem wunderbaren Blick auf den Garten und das Moor um. »Ja, es ist sehr schön, danke.«

»Soll ich dir Tee bringen lassen?«

»Ehrlich gesagt würde ich gern meine Freunde in der Küche wiedersehen und den Tee dort trinken.«

»Es freut mich so, dass du da bist, Anni. Du kannst dir gar nicht vorstellen, was für ein Albtraum es war, eine geeignete Person für Eleanor zu finden. Das alte Kindermädchen, das Mutter für mich aufgetrieben hatte, war grässlich. Ich habe die Alte vor die Tür gesetzt, was Mutter natürlich nicht gut fand.« Selina verdrehte die Augen. »In den letzten Monaten habe ich mich selbst um Eleanor gekümmert. Komm doch zu uns ins Kinderzimmer, wenn du dich hier eingerichtet und in der Küche alle begrüßt hast.«

Beim Auspacken musste ich darüber schmunzeln, dass eine junge Mutter es als unerhört empfand, sich selbst um ihr Kind zu kümmern. Nachdem ich mich frisch gemacht hatte, ging ich hinunter in die Küche, wo sich die Bediensteten sofort um mich scharten. Mrs Thomas versorgte mich mit Kuchen und Tee, Tilly drückte mich fest, und ich fühlte mich gleich zu Hause.

Danach ging ich zu Eleanor ins Kinderzimmer. Sie war inzwischen fast drei Jahre alt, ein entzückendes Mädchen, das mich sofort mochte. Ich badete die Kleine, während ihre Mutter uns zusah, zog ihr ein Nachthemd an und sang sie in den Schlaf.

»Du bist das reinste Wunder«, schwärmte Selina, als wir auf Zehenspitzen aus dem Zimmer schlichen. »Eleanor hat dich schon ins Herz geschlossen. Anni, ich denke, sobald sie sich ein bisschen besser an dich gewöhnt hat, könnte ich vielleicht nach London fahren. Ich habe dieses Haus über ein Jahr nicht verlassen, und es gibt so viele Freundinnen, mit denen ich mich gern treffen würde.«

»Natürlich, Lady Selina. Deshalb bin ich ja hier. Sie können hinfahren, wohin Sie möchten.«

»Wahrscheinlich nehme ich dich beim Wort! Hier war es so langweilig. Es würde mich freuen, wenn du Mutter und mir beim Abendessen Gesellschaft leistest. Ich bin neugierig, wie es Minty, Indira und der Koch-Bihar-Familie geht.«

Ich zog mein bestes Kleid von Harrods an und ging hinunter ins Esszimmer. Lady Astbury strafte mich wie üblich mit Missachtung. Ich wusste, dass es ihr unangenehm war, mich, ein einfaches Kindermädchen, bei sich am Tisch sitzen zu haben. Selina hingegen freute sich über die Schilderungen meiner Zeit mit Indira in London, als es der Maharani gelungen war, mit dem Schiff nach England zu reisen.

»Mutter, da Anni sich ja nun um Eleanor kümmert, habe ich mir gedacht, ich könnte nächste Woche nach London fahren. Darf ich?«, fragte Selina beim Nachtisch.

Es stimmte mich traurig, dass sie ihre Mutter um Erlaubnis

bitten musste, obwohl sie doch selbst eine verheiratete Frau mit eigenem Haushalt gewesen war. Doch leider hatte das Schicksal Selinas unabhängiges Leben sehr schnell beendet.

»Wenn du meinst, Selina.« Lady Astbury bedachte sie mit einem abschätzigen Blick. »Sind Sie sicher, dass Sie mit dem Kind zurechtkommen, Miss Chavan?«, fragte sie mich. »Ich werde jedenfalls keine Zeit dafür haben.«

»Natürlich, Lady Astbury. Eleanor und ich schaffen das schon«, versicherte ich ihr.

Als Selina einige Tage später ihre Reisehandschuhe anzog und in den Pferdewagen stieg, der sie zum Bahnhof bringen sollte, spiegelte sich in ihrer Miene eine Mischung aus Vorfreude und Furcht.

»Viel Spaß, Lady Selina. Sie sind jung und schön und haben sich nach so schwierigen Zeiten ein wenig Freude verdient.«

»Danke, Anni. Du findest immer die richtigen Worte. Bitte schick ein Telegramm an unsere Londoner Adresse, falls es Probleme mit Eleanor geben sollte.«

»Das mache ich«, versprach ich und winkte ihr nach.

Am Ende blieb Selina, beruhigt, dass ihre Tochter sich in guten Händen befand, fast einen Monat in London. Das konnte ich ihr nicht verdenken. Auf Astbury Hall lag ein dunkler Schatten. Sogar ich, der es sonst kaum auffiel, dass es kein heißes Wasser gab und der Verputz von den Außenmauern des Gebäudes bröckelte, konnte nicht übersehen, wie renovierungsbedürftig es war.

Dazu kam, dass der Sohn und Erbe des Hauses, mein geliebter Donald, noch immer im Ausland kämpfte. Seit Wochen hatten wir keine Nachricht von ihm. Als ich eines Tages mit Eleanor in den Ställen war, um die Pferde zu streicheln, legte ich den Kopf an Glorys glatte Mähne.

»Dein Herr kommt bald wieder, das verspreche ich dir«, flüsterte ich der Stute zu.

Im August verrottete das Korn auf den Feldern, weil niemand da war, um es zu ernten und zu dreschen. Die Schafe auf dem Moor blieben ungeschoren und verbrachten den Sommer in ihrer schweren Wolle, die viele Soldaten in kälteren Regionen hätte wärmen können.

Stoischen Vorsitz über das Chaos führte Maud Astbury, die jeden Tag um Punkt halb vier den Tee auf dem Rasen einnahm und dann um sechs in die Hauskapelle ging, völlig unbeeindruckt davon, dass das Leben auf dem Anwesen stillzustehen schien.

Ich versuchte, Verständnis für sie aufzubringen und mir ins Gedächtnis zu rufen, dass fünfundzwanzig Jahre zuvor, als sie Donalds Vater geheiratet hatte, eine andere Zeit gewesen war. Man hatte sie nicht darauf vorbereitet, die Verantwortung für Astbury allein zu tragen. Das erklärte ich den Bediensteten, die darüber zu klagen begannen, dass ihre Herrin es nicht schaffte, etwas an dem traurigen Zustand zu ändern.

»Dann sollte die Lady gefälligst *lernen*, das Anwesen zu führen«, erklärte Mrs Thomas. »Wenn sie nicht bald was unternimmt, gibt es nicht mehr viel, wozu der junge Lord zurückkehren könnte!«

»Hoffentlich bleibt nicht eines Tages alles an dir hängen, Eleanor«, flüsterte ich der Kleinen eines Nachmittags bei unserem täglichen Spaziergang durch den Park zu. »Und hoffentlich haben die Götter sich nicht geirrt, und dein Onkel kommt tatsächlich wohlbehalten zurück.«

Die Prüfungsergebnisse erhielt ich Mitte August. Ich hatte mit Auszeichnung bestanden, und der lange, düstere Sommer hatte mich überzeugt, dass ich, anders als die anderen Bewohner von Astbury Hall, nicht bereit war, untätig herumzusitzen und zu warten, bis der Krieg zu Ende wäre.

Einige Tage nach Selinas Rückkehr aus London ging ich zu ihr.

»Lady Selina«, begann ich, »ich bin zu dem Schluss gelangt, dass ich England dienen möchte, und habe mich beim Voluntary Aid Detachment beworben.«

»Oje«, stöhnte Selina. »Die Maharani hatte erwähnt, dass du mit dem Gedanken spielst, aber ich hatte gehofft, dass das erledigt ist.«

»Leider nein. Meine Ausbildung zur Krankenschwester beginnt im September in London. Ich weiß, dass Sie jemand anders finden müssen, der auf die kleine Eleanor aufpasst. Jane, die neue Magd aus dem Ort, hat eine besondere Zuneigung zu ihr gefasst, und Eleanor scheint sie auch zu mögen. Ich könnte mir vorstellen, dass sie sich sehr gut um sie kümmert.«

Selina stieß einen tiefen Seufzer aus. »Hoffentlich weißt du, worauf du dich einlässt, Anni. Eine meiner Freundinnen, die sich freiwillig als Hilfskrankenschwester gemeldet hat, war nur eine Woche dabei. Sie musste Bettpfannen ausleeren!« Selina rümpfte die Nase. »Vermutlich wäre es Verrat an König und Vaterland, wenn ich dich bitten würde, es dir noch einmal zu überlegen, also musst du natürlich gehen. Und ich werde hier in diesem gottverlassenen Gemäuer sitzen und einmal in der Woche mit Mutter, dem Geistlichen und seiner siebzigjährigen Schwester Bridge spielen!«

Ich nahm eine ihrer schmalen, blassen Hände in die meinen. »Lady Selina, ich kann Ihnen versichern, dass Sie in der Zukunft viel Schönes erleben werden. Vermutlich haben Sie während Ihres Aufenthalts in London bereits eine erste Ahnung davon bekommen.«

Sie sah mich überrascht an. »Anni, woher weißt du das? Ja, da war ein Mann, aber ich bin erst knapp ein Jahr Witwe, und Mutter würde ihn mit Sicherheit nicht gutheißen. Er ist Ausländer, ein französischer Graf, für die französische Regierung in London tätig.« Sie wurde rot. »Offen gestanden, Anni: Ich mag ihn mehr, als mir lieb ist.«

»Wenn Sie Ihrem Herzen folgen, Lady Selina, und sich nicht

von anderen Leuten beirren lassen, wird alles gut, das verspreche ich Ihnen.«

»Danke, Anni. Du schaffst es immer, anderen Menschen Hoffnung zu geben.«

»Ich sage nur, was mein Instinkt mir eingibt.«

»Du hättest auch jemanden verdient, der dir besonders am Herzen liegt.«

»Danke, Lady Selina.« Zum Glück wusste sie nicht, wer das war.

22

November 1918, Nordfrankreich

Ich möchte nicht so genau schildern, was für Gräuel ich während meiner Krankenschwesternzeit in Frankreich sehen musste. Mein Sohn, bestimmt hast du in den Geschichtsbüchern darüber gelesen. Ich kann nur sagen, dass das, was dort steht, den Schrecken, den ich erlebt habe, nicht annähernd beschreibt.

Einige Wochen nach der Ausbildung wurde ich nach Frankreich geschickt. Ich hatte mich als fähig erwiesen, und man brauchte dringend Schwestern zur Versorgung der an der Front Verwundeten. Wie bei allen, die damals vor Ort waren, hinterließen diese Monate unauslöschliche Erinnerungen in mir. Mit ansehen zu müssen, wie die Menschen einander umbrachten, ließ mich an meinem Glauben zweifeln. Ich war dankbar dafür, dass meine Mutter mich, als ich klein war, in die Umgebung von Jaipur mitgenommen hatte, wo ich bereits in jungen Jahren viel Leid sah. So war ich besser auf die Schrecken des Kriegs vorbereitet als die meisten meiner Kolleginnen.

Zufällig begegnete ich Ned, dem Zwillingsbruder meiner Freundin Charlotte, der mit einer tiefen Wunde an der Stirn einige Tage in meinem Feldlazarett verbrachte. Es war eine Freude, ein vertrautes Gesicht aus der Vergangenheit zu sehen.

Offenbar empfand Ned, der in der Nähe unseres Lazaretts stationiert war, genauso, denn nach seiner Genesung fuhr er mit mir in den wenigen freien Stunden, die wir hatten, in den nahe gelegenen Ort Albert, wo wir uns eine kurze Auszeit gönnen konnten. Wir unterhielten uns über Bücher, Kunst und Theater – über alles, nur nicht über die schreckliche Realität, mit der wir tagtäglich konfrontiert wurden.

Wir verbrachten auch den Tag zusammen, an dem endlich der Waffenstillstand verkündet wurde. Inzwischen waren die Schützengräben halb leer, zum Teil weil es angesichts der grässlichen Schlachten an der Somme nicht sonderlich sinnvoll erschien, neues Kanonenfutter herbeizuholen. Allmählich wurde klar, dass den Deutschen keine andere Wahl bleiben würde als die Kapitulation.

Wir fuhren mit anderen Krankenschwestern und Soldaten im Jeep nach Albert; keiner von uns konnte glauben, dass die Nachricht tatsächlich stimmte. An jenem Abend strömten Soldaten aller Nationalitäten auf den Hauptplatz des Ortes – Engländer, Franzosen, Amerikaner und sogar Inder –, wo eine bunt zusammengewürfelte Kapelle aufspielte.

Als ein Freudenfeuerwerk abgeschossen wurde, verstummte der ganze Platz, und alle erstarrten, weil wir fürchteten, dass es sich um deutsche Raketen handelte. Doch dann sahen wir die leuchtenden Farben am Himmel, und die Anspannung fiel von uns ab.

Unmittelbar danach, ich tanzte gerade mit Ned, tippte mir jemand auf die Schulter. Ich drehte mich um. Vor mir stand, wie ein Schatten seines früheren jungenhaften Selbst, Donald Astbury.

»Anahita? Bist du das?«

»Donald?«

»Ja.« Er lächelte. »Selina hat mir geschrieben, dass du als

Krankenschwester in Frankreich arbeitest, aber was für ein Zufall, dass wir uns heute hier begegnen!«

Ned salutierte – Donald hatte einen höheren Rang als er –, ich stellte sie einander vor, und sie gaben sich die Hand.

»Wissen Sie was, Feldwebel? Als ich die junge Dame das letzte Mal gesehen habe, war sie knapp fünfzehn. Jetzt …«, Donalds Blick wanderte über meinen Körper, »… ist sie eine erwachsene Frau. Ich hätte dich fast nicht erkannt«, fügte er an mich gewandt hinzu. »Damals …«, wieder zu Ned, »… hat Anni mir prophezeit, dass ich den Krieg wohlbehalten überstehen würde. Ich habe im Schützengraben immer wieder deinen Brief gelesen, Anni. Er hat mir die Kraft gegeben, daran zu glauben, dass ich es schaffe.« Ein strahlendes Lächeln breitete sich auf seinem müden, grauen Gesicht aus. »Und da bin ich nun!«

Die Kapelle stimmte »Let Me Call You Sweetheart« an.

»Hätten Sie was dagegen, mir diesen Tanz mit Anni zu überlassen?«, fragte Donald Ned.

»Natürlich nicht, Sir«, antwortete Ned mit Bedauern in der Stimme.

»Danke. Komm, Anni, lass uns feiern.« Donald nahm meine Hand und zog mich in die tanzende Menge.

Leider muss ich gestehen, dass ich an jenem Abend nicht mehr zu Ned zurückkehrte. Donald und ich tanzten auf dem Marktplatz in Nordfrankreich die ganze Nacht hindurch, als würde unser Leben gerade erst beginnen. Und vielleicht war das auch so.

»Nicht zu fassen, wie erwachsen du geworden bist!«, sagte er ein ums andere Mal. »Anni, du bist wunderschön!«

»Bitte …« Ich wurde rot. »Mein Kleid ist drei Jahre alt, und ich war über achtzehn Monate nicht mehr beim Friseur.«

»Deine Haare sind wunderschön«, schwärmte Donald und ließ die Finger hindurchgleiten. »*Du* bist wunderschön! Es ist Schicksal, dass wir uns heute Abend hier begegnet sind.«

Ich versuchte, Donalds Komplimente und sein Geständnis,

er habe in den vergangenen zwei Jahren jeden Tag an mich gedacht, nicht bis zu meinem Herzen vordringen zu lassen, weil ich wusste, dass sein Überschwang der allgemeinen Euphorie entsprang.

Als sich der Platz an jenem frostigen Novemberabend leerte, setzten Donald und ich uns auf den Rand des Brunnens in der Mitte und blickten zum Sternenhimmel hinauf.

»Zigarette?«, fragte er.

Ich nahm eine, und wir rauchten schweigend.

»Ich kann es immer noch nicht glauben, dass es vorbei ist«, sagte er.

»Stimmt. Aber ich muss bald ins Lazarett zurück, wo, Waffenstillstand hin oder her, Kranke und Verwundete auf mich warten.«

»Bestimmt werden sie bei deiner Pflege schnell gesund, Anni. Du bist die geborene Krankenschwester.«

»In Zukunft würde ich gern mehr von meinen Patienten überleben sehen. Obwohl ich mein Möglichstes getan habe, konnte ich oft nicht helfen. Trotzdem möchte ich nach dem Krieg, glaube ich, in dem Beruf weiterarbeiten.«

»Er *ist* vorbei, liebste Anni«, versicherte mir Donald, und wir mussten beide über den Satz lachen, den wir in den vergangenen vier Jahren so oft gehört hatten.

»Ich muss jetzt wirklich zurück, sonst dreht die Oberschwester mich durch die Mangel.«

»Heute Abend bestimmt nicht. Aber wenn du gehen musst, begleite ich dich.«

»Ist das nicht ein Umweg für dich?«, fragte ich und stand auf.

»Egal. Heute habe ich das Gefühl, dass meine Beine mich überallhin tragen.«

Wir schlenderten Arm in Arm die menschenleere Straße entlang, wo noch der beißende Geruch von Granatfeuer in der Luft hing.

»Du warst wirklich mein Talisman«, sagte Donald, als wir uns dem Lazarett näherten. »Ich bin so oft aus dem Schützengraben gesprungen, und nie ist mir was passiert.«

»Ich wusste, dass du unter einem Glücksstern geboren bist«, erklärte ich schmunzelnd.

»Mag sein, aber du hast mir geholfen, es zu glauben. Das war das Entscheidende. Gute Nacht, Anni.«

Donald beugte sich zu mir herunter, um mich zu küssen. Ich muss gestehen, dass der Kuss ziemlich lang dauerte.

In den folgenden Wochen waren wir damit beschäftigt, die Männer zu versorgen, die in unserem Lazarett auf ihre Rückkehr nach England warteten. Jeden Abend, wenn Donald mich mit seinem Jeep abholte, runzelten die anderen Schwestern die Stirn und tuschelten.

»Unsere Anni hat einen Offizier als Verehrer, noch dazu einen mit zwei Armen und zwei Beinen. Du Glückliche!«, bemerkte eine der Schwestern ein wenig neidisch.

Ich versuchte verzweifelt, mich gegen meine Gefühle für Donald abzuschotten. In jenen wertvollen gemeinsamen Stunden in einer Welt ohne Regeln und Konventionen, in der die Gesellschaft uns nicht vorschrieb, wie wir uns verhalten mussten oder wen wir lieben durften, sprach keiner von uns über die Zukunft. Wir lebten einfach nur im Hier und Jetzt und genossen jede Sekunde.

Als der Tag näher rückte, an dem ich mit meinen Patienten über den Ärmelkanal nach England zurückkehren musste, wurde das Knistern zwischen uns fast unerträglich.

»Sehe ich dich in London?«, fragte Donald mich an unserem letzten gemeinsamen Abend. »Und kommst du nach Astbury? Du weißt, dass alle dort dich mögen.«

»Außer deiner Mutter.« Ich verdrehte die Augen, als ich, seinen Arm um mich, in seinem Jeep saß.

»Achte gar nicht auf sie. Sie mag niemanden. Ich konnte das Kriegsende gar nicht erwarten, aber jetzt muss ich mich allmählich mit dem Gedanken anfreunden, meine liebe Mama und das Anwesen wiederzusehen. Und das dämpft meine Stimmung gewaltig.« Er verzog das Gesicht. »In ein paar Wochen, an meinem einundzwanzigsten Geburtstag, geht Astbury offiziell auf mich über. Dann ruht die Last der Verantwortung ganz auf meinen Schultern.«

»Das wird wahrscheinlich tatsächlich ein ordentliches Stück Arbeit.«

»Wo wirst du in England wohnen?«

»In der Nähe des Whitechapel Hospital, wo ich fürs Erste arbeite, befindet sich ein Schwesternwohnheim«, antwortete ich.

»Anni.« Plötzlich klang Donalds Stimme dringlich. »Bitte geh heute Nacht nicht zurück. Komm mit zu mir in den Ort. So könnten wir wenigstens noch ein paar Stunden zusammen sein.«

»Ich …«

»Anni, ich bin ein Gentleman und würde nichts tun, was du nicht möchtest.«

Ich legte ihm einen Finger auf die Lippen. »Ich komme mit.«

Natürlich war es uns in jener Nacht genauso unmöglich wie allen verliebten Paaren auf der Welt, unserer Sehnsucht nicht nachzugeben. Als Donald mich zärtlich entkleidete, hatte ich in jenem kleinen Zimmer, in das durch die Fensterläden nur das trübe Licht des Platzes draußen drang, keinerlei Schuldgefühle. Und als er mich am ganzen Körper küsste und wir eins wurden, spürte ich, wie mein Glaube an die Götter und die Menschheit wiederkehrte.

»Ich liebe dich, Anni, ich muss bei dir sein«, beteuerte er. »Ich brauche dich …«

»Ich liebe dich auch«, flüsterte ich genauso leidenschaftlich wie er. »Und das wird sich nie ändern.«

23

Nach unserer Heimkehr nach England sah ich Donald einen Monat lang nicht. Es war Weihnachten – das erste, das er seit drei Jahren mit seiner Familie verbrachte. Doch er schrieb mir jeden Tag; lange wundervolle Briefe, in denen er mir versicherte, wie sehr ich ihm fehle, wie sehr er mich liebe und wie sehr er sich danach sehne, wieder mit mir zusammen zu sein.

In meinen Antwortbriefen schilderte ich ihm meinen Alltag im Krankenhaus. Obwohl mein Herz vor Liebe für ihn fast barst, ließ ich meinen Gefühlen in meinen Zeilen nicht so freien Lauf wie er. Ich wusste, dass ich mich, nun, da ich wieder in England war, nicht völlig in dieser Liebe verlieren durfte, weil ich keine Möglichkeit sah, in Zukunft mit ihm zusammen zu sein. Zum Glück war ich im Royal Hospital in Whitechapel sehr beschäftigt. Eines Nachmittags kurz nach Neujahr bat mich die Oberschwester in ihr Büro.

»Schwester Chavan, in meiner wöchentlichen Besprechung mit den Ärzten war heute die Rede von Ihnen. Wir sind uns einig, dass Sie eine besondere Begabung für den Schwesternberuf besitzen. Sie haben sich in Frankreich einen guten Ruf erworben, und auch Ihre Arbeit hier genügt den höchsten Ansprüchen.«

Ich bedankte mich, geschmeichelt über das seltene Lob.

»Vor Ihrer Abreise nach Frankreich haben Sie lediglich die Grundausbildung zur Hilfsschwester erhalten, nicht wahr?«

»Ja, Schwester, aber in Frankreich mussten alle zupacken, und bei der Arbeit habe ich viel gelernt. Ich kann Wunden nähen und verbinden, Injektionen geben und habe den Ärzten bei zahlreichen Notoperationen assistiert.«

»Das ist mir bekannt. Ihre Ruhe und Sicherheit geben Ihren Patienten Zuversicht. Außerdem sehe ich, dass sogar die voll ausgebildeten Schwestern sich Rat von Ihnen holen und Sie schätzen. Deshalb würden wir vom Krankenhaus Ihnen vorschlagen, die Qualifikationen zu erwerben, die nötig sind, um eine richtige Krankenschwester und später vielleicht Stationsschwester zu werden.«

Ich hatte nicht geahnt, dass meine Leistungen wahrgenommen worden waren. »Danke, Schwester, ich fühle mich geehrt.«

»Sie würden weiter hier im Krankenhaus arbeiten und drei Tage pro Woche im College die theoretische Seite des Schwesternberufs erlernen, mit der Sie bisher nicht vertraut gemacht worden sind. In einem Jahr wären Sie voll ausgebildete Krankenschwester. Was halten Sie von diesem Vorschlag?«

»Ich würde den Kurs sehr gern besuchen.«

»Gut. Dann schreibe ich Sie gleich ein, und Sie können nächste Woche anfangen.«

Ich bedankte mich, stand auf und verließ das Zimmer. Draußen stieß ich einen kleinen Freudenschrei aus und stellte mir vor, wie stolz meine Eltern auf mich gewesen wären. Zwei Tage später, als Donald nach London kam, war mein Glück vollkommen. Er wohnte im Haus der Astburys am Belgrave Square, wo Selina sich gerade mit der kleinen Eleanor und ihrem Kindermädchen Jane, die ich als meine Nachfolgerin vorgeschlagen hatte, aufhielt.

Ich hatte mir einen Tag freigenommen und fuhr mit der Straßenbahn zu Selfridges, um einen Teil meines hart verdienten Geldes für einen neuen, ausgesprochen schicken Mantel auszugeben. Als ich mich dem Piccadilly Circus näherte – Donald und ich hatten uns unter der Eros-Statue verabredet –, begann mein Herz wie wild zu pochen. Während ich in der Menge nach seinem vertrauten Gesicht suchte, überkamen mich Bedenken, ob er erscheinen würde. Doch am Ende entdeckte ich ihn, wie er genauso eifrig nach mir Ausschau hielt wie ich nach ihm. Er kam auf mich zu und schloss mich in die Arme.

»Du hast mir so gefehlt, Schatz!« Er hob mein Kinn ein wenig an. »Ich dir auch?«

»Aber ja. Es gibt so viel zu erzählen. Gehen wir irgendwo einen Tee trinken?«, schlug ich vor.

»Ja.« Er drückte sein Gesicht an meinen Hals. »Obwohl mir der Sinn im Moment eher nicht nach Tee steht. Aber wahrscheinlich muss ich mich vorerst damit begnügen.«

Wir unterhielten uns angeregt im Lyon's Corner House an der Shaftesbury Avenue, bis es dunkel wurde. Donald schien sich genauso sehr über meine Beförderung zu freuen wie ich.

»Du bist eine wunderbare Krankenschwester. Alle Kameraden, die in Frankreich durch deine zarten Hände gegangen sind, erinnern sich an dich. Und meine Schwester schwärmt in höchsten Tönen von dir. Übrigens habe ich ihr erzählt, dass wir uns heute treffen. Sie sagt, sie und Eleanor würden dich auch gern sehen. Möchtest du morgen Abend zu uns nach Hause kommen? Du könntest Eleanor begrüßen und anschließend zum Essen mit Selina, mir und ihrem neuen Verehrer Henri Fontaine bleiben.«

»Lady Selina hat sich verliebt? Ich hab's gewusst!«, rief ich begeistert aus.

»Ja, sogar sehr«, bestätigte Donald. »Aber aus Gründen, die du dir vermutlich denken kannst, weiß Mutter noch nichts davon. Sie würde es nicht gutheißen.«

»Ich muss in meinem Dienstplan nachsehen, bin mir aber ziemlich sicher, dass es geht. Sobald ich nächste Woche im College bin, wird alles leichter. Meine Kurse enden um vier. Weiß Lady Selina Bescheid über … uns?«

»Ich habe ihr keine Einzelheiten erzählt, weil Mutter an Weihnachten bei uns war, doch Selina weiß, dass wir in Frankreich viel Zeit miteinander verbracht haben. Wenn sie uns zusammen sieht, wird sie es sich denken können.«

»Und das macht dir nichts aus?«

»Anni, warum sollte es mir etwas ausmachen? Selina mag dich sehr, und außerdem hat sie Mutter selbst noch nicht verraten, warum *sie* so oft nach London fährt.«

»Deine Mutter mag Ausländer nicht besonders«, stellte ich fest.

»Meine Mutter lebt in der Vergangenheit, in einer anderen Epoche. Das weißt du, Anni.«

»Ja. Aber …«

»Still!« Donald legte mir einen Finger auf die Lippen. »Sie ist jetzt nicht hier, und ich möchte mir die wenige Zeit, die wir miteinander haben, nicht von Gedanken an sie verderben lassen.«

Als ich einen Blick auf meine Uhr warf, sah ich, dass ich in weniger als einer Stunde im Schwesternheim sein musste. »Es wird Zeit, dass ich gehe«, sagte ich.

»Wirklich?«

»Ja.«

Donald zahlte, und wir traten hinaus in die frische Nachtluft. Auf dem Weg zum Piccadilly Circus, von wo aus ich die Straßenbahn nehmen wollte, zog er mich in einen Hauseingang und küsste mich leidenschaftlich.

Als er mich schließlich losließ, fragte er: »Dann sehe ich dich also morgen Abend bei uns? Belgrave Square Nummer neunundzwanzig. Ich habe um sechs in meinem Klub einen Termin mit dem Bankberater meiner Familie, und je nachdem, wie schlimm es um unsere Finanzen bestellt ist, könnte es sein, dass ich ein wenig später komme.«

»Steht es sehr schlecht?«

»Kurz zusammengefasst bleibt mir, wenn die Bank sich weigert, mir weiter Geld zu leihen, keine andere Wahl, als das Anwesen – Gebäude und Grund – zu verkaufen.« Donald seufzte. »Es könnte also wohl kaum schlimmer stehen.«

»Gib die Hoffnung nicht so schnell auf. Wir sehen uns morgen.« Ich gab ihm zum Abschied einen Kuss und stieg in die Straßenbahn.

Am folgenden Abend fuhr ich zum Belgrave Square. Selina und Eleanor freuten sich, wie Donald gesagt hatte, mich zu sehen.

»Anni, wie schön, dass du kommen konntest«, begrüßte Selina mich und führte mich zu Eleanor, die auf dem Teppich vor dem Kamin in einem Bilderbuch blätterte. »Eleanor, schau, Anni ist da.«

Schon bald saß Eleanor auf meinem Schoß, und Selina bat das Dienstmädchen, Tee zu bringen. »Erzähl mir doch, solange Donald noch nicht da ist, alles über Frankreich. Und natürlich …«, sie lächelte vielsagend, »… wie ihr euch dort begegnet seid.«

Ich schilderte ihr in groben Zügen meine Arbeit hinter der Front und gab ihr einen kurzen Abriss meiner Begegnung mit Donald. Dann bat Selina Jane, Eleanor ins Bett zu bringen, und setzte, sobald wir allein waren, ihre Befragung fort.

»Das heißt also, dass das Schicksal euch am Tag des Waffenstillstands zusammengeführt hat und ihr in Frankreich die ganze Nacht durchgetanzt habt. Wie romantisch!« Sie senkte die Stimme. »Aber ich habe den Eindruck, dass du mir nicht alles erzählst. Ich kenne meinen kleinen Bruder und sehe doch, dass er verliebt ist. Anni, du kannst mir vertrauen. Wenn du die Glückliche bist, freut mich das sehr!«

»Ich glaube, das müssen Sie Donald fragen.«

»Keine Sorge, das werde ich. Schließlich hast du mir prophezeit, dass ich jemanden kennenlernen würde. Und du hast recht gehabt, Anni. Ich bin sehr glücklich.«

»Das freut mich für Sie, Lady Selina.«

»Bitte sag doch einfach Selina zu mir; wir sind ja praktisch verwandt.« Sie lächelte. »Jedenfalls bin ich sehr verliebt in Henri. Wir wollen so schnell wie möglich heiraten, egal, was Mutter davon hält. Ich hoffe, er gefällt dir. Manchmal habe ich ein schrecklich schlechtes Gewissen, weil ich für Eleanors armen toten Vater nie so viel empfunden habe wie für Henri.«

»Wir können uns nicht aussuchen, in wen wir uns verlieben.«

»Nein, wahrscheinlich nicht. Hugo war ein guter Mann, gesellschaftlich gesehen genau der Richtige für mich, wie Mutter immer sagte, aber er hat nie mein Herz erobert.«

»Willst du hier in London bleiben oder nach Frankreich gehen?«

»Wohl beides. Henri besitzt ein Château in Südfrankreich, das offenbar sehr schön ist, aber er mag London auch.«

In dem Moment betrat Donald den Raum. Obwohl er müde wirkte, begannen seine Augen zu leuchten, als sein Blick auf mich fiel. Er wollte sofort zu mir gehen, doch weil seine Schwester mir gegenübersaß, hielt er sich zurück.

»Selina, du bist schön wie immer«, stellte er fest. »Und, Anni, wie geht es dir?« Er nahm meine Hand und küsste sie. Sein Blick drückte all das aus, was sein Körper nicht sagen durfte.

»Gut, danke, Donald«, antwortete ich förmlich, aber mit einem kurzen Augenzwinkern.

Ich merkte, dass Selina uns fasziniert beobachtete, doch es blieb ihr keine Zeit mehr, uns Fragen zu stellen, da sich die Tür zum Salon erneut öffnete und das Dienstmädchen einen klein gewachsenen Mann mit Schnurrbart und langer Künstlermähne hereinführte.

»Hallo, Henri.« Selina begrüßte ihn ebenso förmlich wie ich zuvor Donald. »Darf ich dir meinen Bruder Lord Donald Astbury vorstellen und unsere Freundin, Miss Anahita Chavan?«

»Enchanté, Mademoiselle«, sagte der Graf, als er mir die Hand küsste.

»Wer möchte was trinken?«, fragte Selina.

Der Wein zum Essen lockerte unsere Zungen, und wir begannen, über Selinas und Henris Zukunftspläne zu sprechen.

Einmal beugte Henri sich zu mir herüber und flüsterte: »Ist ihre Mutter wirklich so schlimm, wie Selina sagt?«

»Leider ja. Und sie mag keine Ausländer.«

Wir mussten über die absurde Situation lachen, in der wir uns alle befanden. Während Donalds Hand unter dem Tisch zu meinem Knie wanderte, erzählte Henri weiter.

»In den nächsten zwei Wochen will ich mit Selina nach Devon fahren, um bei *Madame le dragon* um die Hand ihrer Tochter anzuhalten. Wird sie mich bei lebendigem Leib verschlingen?«

»Es besteht durchaus die Möglichkeit, dass Sie bei dem Abenteuer einen oder zwei Finger verlieren. Mehr vermutlich nicht, denn Franzosen schmecken ihr nicht.«

Nach dem Essen blieben Donald und Henri den Sitten der Zeit gemäß zu Brandy und Zigarren am Tisch sitzen, während Selina und ich in den Salon wechselten.

»Ist Henri nicht wunderbar?«, fragte sie, als sie sich zufrieden in den Sessel am Kamin sinken ließ.

»Ich finde ihn sehr sympathisch und glaube, dass er dir ein guter Ehemann wird.«

»Donald verehrt dich genauso wie Henri mich. Vielleicht sollten wir Doppelhochzeit feiern«, schlug sie kichernd vor.

»Selina, deine Voraussetzungen unterscheiden sich sehr von denen Donalds«, erwiderte ich ernst. »Er ist der Erbe von Astbury und wird, wie er mir einmal gesagt hat, eine Frau heiraten müssen, die ihm helfen kann, das Anwesen zu retten. Du weißt selbst, wie renovierungsbedürftig es ist.«

»Ich kenne mich mit Geld nicht aus.«

»Donald hat mir gestanden, dass es sehr schlecht um die Finanzen der Familie bestellt ist.«

»Aber er braucht eine starke Person wie dich, die ihn dabei unterstützt, Astbury auf Vordermann zu bringen«, entgegnete Selina.

»Leider wissen wir beide, dass deine Mutter das anders sehen wird.«

»Liebst du ihn, Anni?«

»Mehr als alles auf der Welt. Doch ich will ihm nicht die Zukunft verbauen, Selina. Ich habe keinerlei Mitgift, und gemischtrassige Ehen sind in England nach wie vor nicht gern gesehen. Nicht dass Donald mich überhaupt gefragt hätte«, fügte ich hastig hinzu.

»Unsinn! Erst vor einer Woche habe ich einen Brief von meiner Freundin Minty, Indiras großer Schwester, erhalten, in dem steht, dass eine ihrer Freundinnen einen Engländer geheiratet hat.«

»Wahrscheinlich war ihre Freundin eine Prinzessin, keine einfache Kinderschwester«, seufzte ich. »Wir wissen beide, dass deine Mutter entsetzt wäre.«

»Vergessen wir meine Mutter! Donald ist volljährig, Lord Astbury, Herr über das Anwesen *und* sein eigenes Leben. Du machst ihn glücklich, Anni. Alles andere spielt keine Rolle.«

Kurz darauf gesellten sich die Männer zu uns. Ein Blick auf die Uhr verriet mir, dass es nach elf war. Obwohl ich eine Ausgeherlaubnis hatte, musste ich spätestens um Mitternacht im Schwesternheim sein.

»Ich muss gehen«, sagte ich leise zu Donald.

»Natürlich. Ich ruf dir ein Taxi.«

Nachdem ich mich von Selina und Henri verabschiedet hatte, begleitete Donald mich hinaus.

»Wie ist dein Gespräch mit dem Mann von der Bank gelaufen?«, fragte ich, als wir am Belgrave Square auf ein vorbeifahrendes Taxi warteten.

»Genauso schlimm wie befürchtet«, antwortete er. »Wir stehen am Rande des Ruins, und er sagt, dass die Bank mir kein Geld mehr geben kann. Mutter hat Astbury verkommen lassen.«

»Das tut mir leid, Donald.«

»Der Mann von der Bank meint, ich sei nicht der Einzige, der nach vier Jahren Krieg zu Hause eine solche Situation vorfindet. Unglücklicherweise sind die Ursachen des Problems schon viel früher zu suchen, nach dem Tod meines Vaters. Mir wird nichts anderes übrig bleiben, als das Anwesen zu verkaufen. So einfach ist das.«

»Für dich mag das einfach sein, aber glaubst du, deine Mutter nimmt es widerspruchslos hin?«

»Sie wird es hinnehmen müssen wie wir alle. Uns bleibt keine andere Wahl. Leider«, seufzte Donald, als er mir ein Taxi heranwinkte, »ist nichts mehr wie früher.«

Ich nannte dem Fahrer meine Adresse, und Donald drückte mir einen Geldschein in die Hand, als er mich zum Abschied umarmte.

»Sehe ich dich morgen?«, fragte er.

»Meine Schicht im Krankenhaus endet um acht.«

»Dann hole ich dich ab, und wir gehen irgendwo in Whitechapel etwas essen.«

»Ich glaube nicht, dass es dir dort gefallen wird«, entgegnete ich beim Einsteigen.

»Frankreich hat mir vor unserer Begegnung auch nicht sonderlich gefallen.« Er lächelte. »Ich warte um acht vor dem Krankenhaus auf dich, Anni. Gute Nacht.«

Als ich in den weichen Ledersitz sank, dachte ich an das, was Selina gesagt hatte. Wenn Astbury verkauft werden musste, bestand vielleicht die Chance auf eine gemeinsame Zukunft mit Donald.

Zum ersten Mal gestattete ich mir, sie mir vorzustellen. Wie vermessen von mir!

In den folgenden beiden Wochen gelang es Donald und mir, uns jeden Tag zu sehen. Selina war nach Astbury Hall zurückgekehrt, um ihre Mutter auf den Besuch von Henri und ihre Hochzeit vorzubereiten, was bedeutete, dass Donald und ich das Londoner Haus für uns hatten.

»Am Ende wird mich die Oberschwester noch vor die Tür setzen, weil ich zu wenig Engagement zeige«, sagte ich, als Donald und ich eines Nachts eng umschlungen in dem großen Bett lagen. »In den vergangenen zwei Wochen habe ich mir siebenmal eine Wegbleiberlaubnis für die ganze Nacht ausstellen lassen.«

»Sie weiß doch, dass deine ›Tante‹, eine Cousine der Maharani von Koch Bihar höchstpersönlich, in England weilt und ihre Nichte sehen möchte«, neckte Donald mich und strich mir sanft über die Haare. »Hör zu, Anni.« Plötzlich sah er mich mit ernster Miene an. »Ich muss schon sehr bald nach Devon, um mit meiner Mutter über den Verkauf des Anwesens zu sprechen. Ich wollte damit warten, bis Selina ihr verkündet hat, dass sie Henri heiraten wird. Zu viele Schocks auf einmal bekommen ihr vielleicht nicht.«

»Das kann ich verstehen.«

»Dann wäre da noch die Sache mit uns …«

»Wie meinst du das?«

»Anni, bitte, das weißt du genau. Ich liebe dich. Du bist meine beste Freundin, meine Geliebte und die klügste und schönste Frau, die ich kenne. Ich möchte dich heiraten.«

Ich sah ihn erstaunt an. »Mich heiraten?«

»Ja. Wieso bist du so überrascht? Ich könnte den Gedanken, ohne dich zu leben, nicht ertragen. Welchen besseren Grund könnte es zum Heiraten geben?«

»Aber …«

»Kein Aber.« Donald legte einen Finger auf meine Lippen und schlang die Arme um mich. »Du bist über meine gegenwärtigen Probleme informiert, die ich eines nach dem anderen angehen werde. Aber du sollst wissen: Ich will dich zu meiner Frau machen. Dir muss allerdings klar sein, dass du beim gegenwärtigen Stand der Dinge nicht Herrin eines großen Hauses sein wirst. Auch nach dem Verkauf des Anwesens werden wir nicht viel Geld haben, weil ich aus dem Erlös etwas Angemessenes für Mutter erwerben muss. Ich habe mir gedacht, dass wir in London leben und ein kleineres Haus auf dem Land kaufen, wenn sich Nachwuchs einstellt.«

»O Donald.« Ich begann zu weinen.

»Schatz, was ist denn?«

»Es ist nur …« Ich putzte mir die Nase. »Ich bin überrascht, dass du dir ernsthaft Gedanken über eine Zukunft mit mir gemacht hast.«

»Warum? Hast du denn nicht darüber nachgedacht?«

»Donald, begreifst du nicht, dass ich es nicht gewagt habe, mir so etwas vorzustellen? Wir stammen aus unterschiedlichen Welten. Ich bin eine indische Krankenschwester ohne einen Penny, und du bist ein englischer Lord.«

»In deinem eigenen Land gehörst du auch der Oberschicht an, Anni.«

»Ja, aber wie die deine hat auch meine Familie harte Zeiten erlebt. Meine Mutter hat aus Liebe geheiratet.«

»Siehst du.« Er schmunzelte.

»Donald ...« Ich nahm all meinen Mut zusammen. »Nicht nur deine Mutter wird gegen diese Heirat sein. Aufgrund meiner Rasse und meiner Hautfarbe bin ich in England schon oft Vorurteilen begegnet. Bist du dir sicher, dass du mit dem Makel leben kannst, eine indische Frau zu haben?«

»Ich liebe die wunderbare Farbe deiner Haut, Schatz«, versicherte er mir und küsste meinen Hals. »Leute, denen das nicht passt, möchte ich gar nicht kennenlernen.«

Noch nie hatte ich ihn so geliebt wie in diesem Moment. »Du bist ein sehr ungewöhnlicher Mann, Donald Astbury.«

»Und du bist eine außergewöhnliche Frau. Ich liebe dich.«

Als er am folgenden Tag nach Devon fuhr, fing ich tatsächlich an, mir eine gemeinsame Zukunft vorzustellen. Und der kleine Bereich meines Herzens, in dem ich meine Liebe zu ihm eingeschlossen hatte, begann, größer zu werden.

24

Ich beschloss, mich während Donalds Aufenthalt in Astbury voll und ganz auf meine Schwesternausbildung zu konzentrieren, die ich vernachlässigt hatte. Egal, was die Zukunft für uns beide bringen würde: Dies war ein Ziel, das ich mir selbst gesteckt hatte.

Oft strahlt man, wenn man geliebt wird, eine Zufriedenheit und Zuversicht aus, die andere unwiderstehlich finden. Jedenfalls wollten mich noch nie zuvor so viele Ärzte meines Krankenhauses zum Tanzen oder zu Ausflügen einladen.

»Der Schwarm aller«, bemerkte eine der Schwestern, als ich wieder eine Einladung eines begehrten jungen Arztes ausschlug.

Und zum ersten Mal in meinem Leben schien das zu stimmen.

Inzwischen weiß ich, dass man sich nie zu sicher fühlen darf. Der Moment, in dem man sich unverwundbar fühlt, ist immer nur sehr kurz, und leider muss ich berichten, dass der meine schon bald vorbei sein sollte. Eine Woche nachdem Donald nach Devon gefahren war, erhielt ich im Schwesternheim einen Brief, den Selina an mich weitergeleitet hatte.

Koch-Bihar-Palast
Koch Bihar
Bengalen

Dezember 1918

Meine liebe Anni,
ich habe keine Ahnung, wo Du seit Deiner Rückkehr aus Frankreich vor ein paar Wochen wohnst, habe mir jedoch gedacht, dass die Astburys es vermutlich wissen. Vielleicht hast Du mir inzwischen selbst mit Deiner neuen Adresse geschrieben, aber Du weißt ja, wie lange die indische Post brauchen kann! Wir sind hier alle sehr stolz auf Deine Arbeit als Krankenschwester an der Front. Ich hoffe, dass es Dir gutgeht und Du nach den unruhigen letzten vier Jahren endlich den Dir vorbestimmten Weg einschlagen kannst.
Deshalb fällt es mir schwer, diesen Brief an Dich zu schreiben,

weil er Dich von Deinem eigenen Leben ablenken wird. Doch ich brauche Deine Hilfe.
Wie wir beide wissen, liebt Indira Prinz Varun schon lange. Die Vorbereitungen für ihre Hochzeit mit dem Maharadscha von Dharampur sind jetzt, da der Krieg zu Ende ist, in vollem Gange. Aber sie weigert sich standhaft, ihn zu heiraten. Wir haben alle auf sie eingeredet und ihr klarzumachen versucht, dass ihr nichts anderes übrig bleibt – Du kannst Dir den Skandal vorstellen, wenn die Hochzeit abgeblasen würde. Der Maharadscha ist, obwohl älter als sie, ein guter Mensch. Indira muss ihre Pflicht gegenüber der Familie erfüllen, egal, was ihr Herz begehrt.
Im Moment will sie weder essen noch vom Bett aufstehen. Sie behauptet, es sei ihr lieber, so zu sterben, als einen Mann zu heiraten, den sie nicht liebt. Niemand im Palast kann sie umstimmen. Deswegen flehe ich Dich, Anni, als ihre Freundin, die sie achtet und der sie vertraut, an, zumindest vorübergehend nach Hause zu kommen und uns zu helfen. Du bist wahrscheinlich die Einzige, auf die sie hört.
Diesem Schreiben lege ich ein Erste-Klasse-Ticket nach Hause bei, undatiert, weil ich keine Ahnung habe, wie lange es dauert, bis der Brief Dich erreicht. Du musst Dich nur mit dem Büro von P&O in Verbindung setzen und das genaue Datum Deiner Abreise vereinbaren.
Ich weiß, dass ich ziemlich viel von Dir verlange, aber Dein letzter Besuch in Deiner Heimat ist lange her, und wir haben Dich alle sehr gern.
Liebe Anni, wir brauchen Dich.
Alles Liebe und die besten Wünsche …

Der Brief war mit »Ayesha« unterschrieben und trug das Herrschersiegel.

Erinnerungen an die Vergangenheit stürmten auf mich ein. Ich war so vollständig in das Leben in England eingetaucht, dass es mir schwerfiel, mir den Palast und die Gesichter der

Menschen, die mir einmal so viel bedeutet hatten, überhaupt vorzustellen.

Unzählige Gedanken gingen mir durch den Kopf, der wichtigste davon: Was würde Donald dazu sagen?

War es nicht zu viel von mir verlangt, alles hinzuwerfen und – wenn auch nur für kurze Zeit – zu einem Leben zurückzukehren, von dem ich mich lange zuvor verabschiedet hatte? Als ich im Schlafsaal auf und ab lief, wurde mir klar, dass meine Reise, selbst wenn ich nur zwei Wochen in Indien bliebe, insgesamt fast zwei Monate in Anspruch nehmen würde. Der Zeitpunkt hätte nicht ungünstiger sein können.

Aber ich wusste auch, dass ich alles, was ich jetzt war und hatte, der Maharani und ihrer Familie verdankte, die sich um mich gekümmert und für mich gesorgt hatte, als niemand sonst für mich da gewesen war. Bei unserem letzten Gespräch hatte die Maharani mir die Wahl gelassen, doch diesmal hatte ich keine, das war mir klar.

»Das ist sehr schade«, seufzte die Oberschwester am folgenden Morgen, als ich ihr mitteilte, dass ich einer dringenden Familienangelegenheit wegen nach Indien müsse. »Können Sie abschätzen, wann Sie wieder hier sein werden?«

»Ich hoffe, innerhalb von drei Monaten.«

»Dann würde ich vorschlagen, dass Sie familienbedingt Urlaub nehmen. Das bedeutet, dass wir Ihnen sowohl im Krankenhaus als auch in der Schwesternausbildung Ihren Platz freihalten können. Wir würden Sie nur ungern verlieren.«

»Schwester, es tut mir wirklich leid, Sie im Stich zu lassen, aber ich muss fahren. Ich werde gebraucht.«

»Bitte sehen Sie zu, dass Sie *überhaupt* zurückkommen, Schwester Chavan.«

»Natürlich komme ich zurück.« Ich erhob mich mit einem selbstsicheren Lächeln. »Mein Leben spielt sich jetzt hier in England ab.«

Ich ging, wie die Maharani mich gebeten hatte, zum Büro von P&O, um die nächstmögliche Schiffspassage zu buchen, schickte ihr ein Telegramm, in dem ich ihr den Tag meiner Ankunft mitteilte, und bereitete mich innerlich darauf vor, es Donald zu sagen, der bald darauf von Devon nach London zurückkehrte. Wie befürchtet war er entsetzt.

»Anni«, sagte er, als ich es ihm am ersten Abend mitteilte, »musst du wirklich gehen?«

»Ja. Sie sind praktisch meine Familie. Die Maharani hat für mich gesorgt, als meine Mutter gestorben ist, und mich nach England geschickt und meine Ausbildung hier finanziert.«

»Was kannst du denn machen? Wenn Indira sich weigert, diesen Maharadscha zu heiraten, wird kaum jemand sie von ihrem Beschluss abbringen können, auch nicht ihre älteste Freundin. Ich würde mir jedenfalls von niemandem sagen lassen, dass ich dich nicht lieben darf«, fügte Donald mit einem traurigen Lächeln hinzu.

»Du hast recht. Ich bezweifle auch, dass ich etwas ausrichten kann, aber die Maharani hat mich um Hilfe gebeten, und ich darf sie nicht im Stich lassen.«

»Wie lange wirst du weg sein?«

»Etwa drei Monate, denke ich.«

Donald ergriff meine Hände und drückte sie. »Keinen Tag länger, versprichst du mir das?«

»Ich kann dir nur versprechen, dass ich so bald wie möglich nach England zurückkomme.«

»Du bist lange nicht mehr zu Hause in Indien gewesen. Vielleicht verführen dich seine Reize dortzubleiben.« Er runzelte die Stirn.

»Das wird nicht passieren«, versicherte ich ihm. »Aber nun erzähl mir von Devon und wie deine Mutter die Nachricht von Selinas Verlobung aufgenommen hat.«

»Ich habe schreckliche zehn Tage hinter mir. Bei meiner Ankunft hat Selina mir gesagt, Mutter sei fast in Ohnmacht gefallen, als Selina ihr gestanden hat, dass sie Henri heiraten und höchstwahrscheinlich in Frankreich leben wird. Natürlich hat Mutter es ihr verboten; sie hat ihr gedroht, dass sie nie wieder nach Astbury kommen darf und sie sie enterbt, wenn sie es wagt, Henri zu heiraten. Nicht dass sie irgendetwas zu vererben hätte«, fügte Donald mit düsterer Miene hinzu. »Als ich dann ein paar Tage später gekommen bin, lag sie im Bett, wollte niemanden sehen und behauptete, krank zu sein. Gut, sie war erkältet, aber ich hatte nicht gerade den Eindruck, dass sie im Sterben liegt. Allerdings konnte ich ihr nach Selinas Eröffnung nicht auch noch sagen, dass ich das Anwesen verkaufen muss. Oder dass ich dich liebe, Schatz.«

»Nein, das wäre zu viel gewesen«, pflichtete ich ihm bei.

»Was bedeutet, dass wir uns im Moment in einer Sackgasse befinden. Während du in Indien bist, werde ich nach Devon fahren und mich nach einem Käufer für das Anwesen umsehen – und den richtigen Augenblick abwarten, um es Mutter zu eröffnen.«

»Darum beneide ich dich nicht, Donald. Wo ist Selina jetzt?«, fragte ich.

»Sie ist mit Eleanor und Henri nach Frankreich gefahren. Er will ihr sein Château in der Provence zeigen. Die Glückliche. Ich wünschte, ich könnte dich nach Indien begleiten.«

»Ich auch.«

»Du schreibst mir doch, oder?«, fragte Donald.

»Natürlich. Du wirst sehen: Die Zeit vergeht schnell. Der Verkauf von Astbury wird dich ablenken.«

»Erinnere mich nicht daran. Bei dem Gedanken, die kommenden Monate mit Mutter allein zu sein, läuft es mir kalt über den Rücken. Ich habe wirklich vor, es ihr zu sagen, Anni, nicht nur die Sache mit dem Anwesen, sondern auch das mit uns. Eigentlich hatte ich dich, sobald sie Bescheid wüsste, ganz offiziell fragen wollen, ob du meine Frau werden möchtest, in der angemessenen Form, mit Kniefall und Ring. Nun sollst du vor deiner Abreise wenigstens noch wissen, wie ernst es mir mit dir und unserer Zukunft ist. Wir werden heiraten, Anni, das verspreche ich dir. Das wünschst du dir doch auch, oder?«

»Ja, so sehr, dass es mir Angst macht.«

»Dann liebst du mich also, Schatz?«

»*Natürlich* liebe ich dich, Donald.«

»Manchmal bist du viel englischer als ich, denn du hast deine Gefühle anders als ich unter Kontrolle. Ich trage mein Herz auf der Zunge, das war immer schon so. Können wir fürs Erste festhalten, dass wir inoffiziell verlobt sind?« Er küsste mich sanft auf die Fingerspitzen.

»Ja, gern, sehr gern sogar.«

In den folgenden Tagen zeigte ich Donald angesichts der bevorstehenden Trennung meine Liebe offen und vorbehaltlos. Da mein Urlaubsantrag bereits genehmigt war, musste ich meinen Platz im Schwesternwohnheim räumen und zog mit meinem Koffer zu Donald am Belgrave Square. Er gab dem Dienstmädchen eine Woche frei, damit wir ganz für uns waren.

Wie andere verliebte junge Paare verbrachten wir die Tage mit Spaziergängen durch die schönen Londoner Parks und die Nächte eng umschlungen in seinem Bett. Weil mir im Moment nichts wichtiger war als unsere Liebe, wurde ich nachlässig und schützte mich nicht ausreichend.

Am Tag meiner Abreise nach Indien begleitete Donald mich nach Southampton, ging mit mir an Bord und bewunderte meine schicke Kabine.

»Die Prinzessin kehrt in ihren Palast zurück«, sagte er grinsend und zog mich auf das riesige Bett. »Meinst du, jemand würde es merken, wenn ich mich als blinder Passagier einschmuggle?«

»Bestimmt nicht.«

»Ach, wenn das nur ginge«, seufzte er, als das Signal erklang, dass wir bald ablegen würden. »Aber wahrscheinlich ist es vernünftiger, wenn ich nach Hause fahre und nach Möglichkeiten suche, dir das zu bieten, was du offenbar gewöhnt bist«, scherzte er.

»Du weißt, dass Luxus mir nicht wichtig ist, Donald.«

»Das trifft sich gut, denn als meine Frau wirst du keinen genießen können.«

Unsere Stimmung schlug um, als ich mich an Deck von ihm verabschiedete.

Er legte die Arme um mich. »Anahita, ich liebe dich. Komm zu mir zurück, so schnell du kannst.«

»Ja, das verspreche ich dir.« Nicht nur ich hatte Tränen in den Augen.

»Gut«, sagte er nach einem letzten Kuss. »Auf Wiedersehen, Schatz. Pass auf dich auf, bis ich es wieder für dich tun kann.«

»Und du auf dich.« Mir schnürte es die Kehle zu.

Er entfernte sich mit einem kurzen Winken und ging mit den letzten verbliebenen Gästen von Bord. Ich rief ihm nach: »Warte auf mich, Donald! Egal, wie lang es dauert.«

Doch der Wind trug meine Worte davon.

25

Die Reise nach Indien verlief ohne Zwischenfälle und wäre angenehm gewesen, wenn Donald mir nicht so sehr gefehlt hätte, denn an Bord gab es zahllose Zerstreuungsmöglichkeiten und junge Männer, sowohl Engländer als auch Inder, die beim Abendessen neben mir sitzen wollten und mich hinterher zum Tanzen aufforderten.

Im Verlauf der Fahrt wurde mir klar, dass das unbeholfene Mädchen, das einige Jahre zuvor nach England gekommen war, seine alte Haut abgestreift hatte und zu einer eleganten und recht attraktiven jungen Frau geworden war. Das gab mir das Gefühl, Donald ein wenig würdiger zu sein. Er schickte mir Telegramme an Bord, in denen er mir liebevoll-witzig schilderte, wie es ihm gelungen war, ein Gemälde zu verkaufen oder billig neue Schafe und eine zweite Dreschmaschine zu erwerben. Außerdem schrieb er mir, dass seine Mutter nach wie vor im Bett liege und behaupte, krank zu sein. Sein letztes Telegramm freute mich besonders:

Mutter will nicht zu Selinas Hochzeit STOP Nächste Woche in London STOP Ich mache den Brautführer STOP Wir die nächsten, Schatz STOP Donald XX

Während das Schiff durch ruhige See in meine Heimat stampfte, begann ich, mich gedanklich mit Indira zu beschäftigen. Da ich wusste, wie stur sie war, bezweifelte ich, sie umstimmen zu können. Letztlich hoffte ich sogar, dass meine Versuche, sie zur Vernunft zu bringen, nichts fruchteten und ich, nachdem ich meine Pflicht getan hätte, so schnell wie möglich nach England zu Donald zurückkehren könnte.

Wenn ich im Bett sanft von der See hin und her gewiegt wurde, wollte ich das Singen nicht hören, das mir sagte, dass es nicht so kommen würde. Ich war jetzt selbst Herrin über mein Schicksal, flüsterte ich den Stimmen zu. Und ich würde dafür sorgen, dass es klappte, egal wie.

An dem Morgen, an dem das Schiff in Kalkutta anlegte, packte ich meine dicken Wollpullover ganz unten in den Koffer und zog ein altes Sommerkleid an, das schon bessere Tage gesehen hatte. Dann ging ich hinauf an Deck und atmete die schwülheiße Luft ein. Unten wartete eine bunte, lärmende Menge am Pier.

Ich war zu Hause.

Die Maharani hatte Suresh, einen ihrer Vertrauten, geschickt, um mich abzuholen und im Zug von Kalkutta nach Koch Bihar zu begleiten. Als er in schnellem Hindi auf mich einredete, fiel es mir schwer, ihn zu verstehen, weil ich mich so lange nicht mehr in meiner Muttersprache unterhalten hatte. Während der Zugfahrt nach Koch Bihar wurde mir klar, dass ich Zeit brauchen würde, mich wieder in die Kultur einzufügen, die ich fast vergessen hatte. Ich litt unter der überwältigenden Hitze, und mir klangen die Ohren von dem unablässigen Lärm Indiens und seiner Bewohner. Es herrschte eine hektische Atmosphäre, mit der ich nur schlecht zurechtkam, weil ich inzwischen an das gemäßigtere Tempo Englands und seiner Bewohner gewöhnt war.

Außerdem wurde mir bewusst, dass ich die atemberaubende Schönheit des Palastes von Koch Bihar vergessen hatte. Als der Chauffeur mich durch den Park fuhr, saugte ich den Anblick begierig in mich auf, denn ich hatte lange nichts so Spektakuläres mehr gesehen.

»Die Maharani möchte bei Sonnenuntergang mit Ihnen sprechen«, teilte Suresh mir mit. »Sie wird in Ihr Zimmer kommen. Bis dahin haben Sie Zeit zum Ausruhen.«

Ich erhielt eine geräumige Suite im opulent ausgestatteten Gästebereich, und als das Dienstmädchen sich mit einer Verneigung verabschiedete, kam mir der Gedanke, dass Indira möglicherweise nichts von meiner Anwesenheit ahnte. Ich legte mich aufs Bett und fragte mich, wie ich, eine Frau, die selbst in eine geheime Affäre verwickelt war, versuchen sollte, eine Geschlechtsgenossin zu überreden, dass sie sich gegen die Stimme ihres Herzens entschied.

Um sechs Uhr, als der Geruch von Weihrauch, der in Silberkesseln im Palast geschwenkt wurde, und von Öllampen, die man entzündete, mir in die Nase stieg, betrat die Maharani mein Zimmer.

»Anahita.« Ayesha, noch immer so schön, wie ich sie in Erinnerung hatte, schloss mich in die Arme. »Willkommen daheim«, begrüßte sie mich und trat einen Schritt zurück, um mich zu betrachten. »Du bist zu einer attraktiven jungen Frau herangewachsen, die seit unserer letzten Begegnung Lebenserfahrung gewonnen hat. Aus Selinas Briefen an Minty weiß ich um deinen Einsatz in Frankreich.«

»Danke, Hoheit, aber ich war nur eine von vielen, die ihren Beitrag geleistet haben. Ich muss mich entschuldigen, dass ich keine angemessene Kleidung für den Aufenthalt im Palast habe. Ich besitze nur noch westliche Sachen«, erklärte ich mit einem verlegenen Blick auf ihren eleganten Sari aus lilafarbenem, mit zartem goldfarbenem Hibiskusblütenmuster besticktem Stoff.

»Das macht nichts. Morgen schicke ich dir meine Schneiderin. Aber lass uns jetzt zum Reden nach draußen gehen.«

Wir betraten einen Hof mit süß duftendem Jasmin und Palisanderholzbäumen. Während die Sonne über der großen Mittelkuppel des Palasts unterging, erzählte die Maharani mir von Indira.

»Sie weigert sich, ihr Zimmer zu verlassen, solange ihr Vater und ich nicht die Vereinbarung mit dem Maharadscha von Dharampur annullieren und ihr erlauben, die Frau von Prinz Varun zu werden. Wir wissen beide, dass Indira ziemlich eigensinnig sein kann, und sie scheint zu glauben, dass sie diesen Mann liebt. Aber es geht einfach nicht«, sagte die Maharani, deren hektische Handbewegungen ihre innere Anspannung verrieten. »Das hätte einen Skandal in den indischen Prinzenstaaten zur Folge, und ich möchte weder meine Tochter noch meine Familie als Mittelpunkt eines solchen Skandals sehen.«

»Weiß Indira, dass ich hier bin?«

»Nein, ich habe es ihr nicht gesagt. Ich hielt es für besser, wenn du einfach hierherkämst, um deine alte Freundin zu besuchen.«

»Bitte, Hoheit«, unterbrach ich sie. »Indira ist nicht auf den Kopf gefallen. Sie wird ahnen, dass Sie mich gerufen haben.«

»Du hast recht, doch du bist die Einzige, auf die sie vielleicht hört. Indira begreift nicht, dass Liebe wachsen kann.

Meine Ehe mit ihrem Vater war ebenfalls arrangiert. Er war nicht meine Wahl, aber wir haben gelernt, einander zu lieben, und sind glücklich.«

»Das weiß ich, Hoheit. Das sieht und spürt man.«

»Ich habe Indira die Kindheit ermöglicht, die ich nicht hatte. Sie hat Zeit in der westlichen Kultur verbracht und konnte sich mit ihr vertraut machen. Indira ist zwischen zwei Welten aufgewachsen. Während ihr Vater und ich glaubten, so ihren Horizont zu erweitern, haben wir sie in Wahrheit verwirrt. Wir haben sie in dem Glauben gelassen, dass sie Wahlmöglichkeiten besitzt, die sie nie hatte.« Die Maharani blickte traurig in die Abenddämmerung. »Aber das weißt du sicher alles nur zu gut, Anni.«

»Ja. Man hat das Gefühl, zu keiner der Welten zu gehören.«

»Wenigstens wird es für dich keine arrangierte Ehe geben. Du kannst der Stimme deines Herzens folgen. Leider ist das bei Indira nicht möglich. Geh bitte heute Abend zu ihr und versuch, sie zur Vernunft zu bringen, damit sie ihrer Familie keine Schande macht.«

»Ich werde mein Möglichstes tun.«

Sie tätschelte meine Hand. »Das weiß ich.«

Eine Stunde später wurde ich zu Indiras Zimmer gebracht. Als ich es betrat, sah ich das leere Bett, in dem ich einst geschlafen hatte. Indira lag mit geschlossenen Augen in dem ihren daneben.

»Indy?«, flüsterte ich. »Ich bin's, Anni.«

»Anni?« Indira machte ein Auge auf. »Himmel, du bist es wirklich! Du bist gekommen?«

»Natürlich.«

»Ich freu mich ja so, dich zu sehen.« Sie streckte mir die dürren Ärmchen entgegen, und ich drückte ihren schmalen Körper. Diesmal war die Schilderung von Indiras Zustand nicht übertrieben gewesen. So wie sie aussah und sich anfühlte, hungerte sie sich tatsächlich zu Tode.

»Deine Mutter hat mir geschrieben, dass du sehr krank bist, Indy«, sagte ich und setzte mich zu ihr aufs Bett. Sie legte den Kopf an meine Schulter.

»Ja, ich bin krank. Ich mag nicht mehr leben«, seufzte sie.

Fast hätte ich geschmunzelt, denn Indira hatte sich kein bisschen verändert. In der Kindheit war es immer fast ein Weltuntergang gewesen, wenn sie etwas nicht bekam, das sie unbedingt wollte. Nun, dachte ich, unsere Probleme mögen im Erwachsenenleben ernster werden, aber unsere Reaktion darauf ändert sich nicht wesentlich.

»Warum willst du nicht mehr leben?«, fragte ich leise, während ich ihr über die Haare strich.

»Bitte erspar mir deine Herablassung, Anni.« Sie nahm den Kopf von meiner Schulter und sah mich mit fiebrigen Augen an. »Mir ist klar, dass meine Mutter dich geholt und wahrscheinlich schon mit dir gesprochen hat. Also weißt du, warum ich mich so fühle. Wenn du gekommen sein solltest, um mich umzustimmen, kannst du gleich wieder gehen, denn du wirst nichts ausrichten. Ach Anni, ich …«

Indira begann zu schluchzen. Ich saß schweigend bei ihr wie bei meinen Patienten und wartete, bis sie sich ein wenig beruhigt hatte.

»Hier, ein Taschentuch.«

»Danke«, schniefte sie.

»Ja, ich weiß, warum du so krank bist. Und deine Mutter hat mich geholt«, gestand ich. »Aber es war meine Entscheidung zu kommen. Ich habe vieles in England zurückgelassen, um hier bei dir zu sein, Indy. Du bist meine Freundin, und ich möchte versuchen, dir zu helfen.«

»Wie?«, fragte Indira und putzte sich die Nase. »Nicht einmal du mit deiner Klugheit und deiner besonderen Gabe kannst etwas daran ändern, dass ich in genau vier Monaten einen alten Mann heiraten werde, den ich nur zweimal gesehen habe, und dass ich den Rest meines Lebens in seiner *zenana* und seinem grässlichen, gottverlassenen Palast verbringen soll, wo nie jemand zu Besuch kommt. Da kann ich mich genauso gut hier in meinem Zuhause zum Sterben hinlegen.«

»Das ist doch nicht die ganze Wahrheit, oder? Du leidest, weil du einen anderen liebst.«

»Ja. Dass ich ein glückliches Leben mit Varun haben könnte, der nicht viel älter ist als ich und den ich liebe und begehre, macht die Vorstellung noch schlimmer.«

»Das kann ich verstehen«, sagte ich leise. »Ich weiß, wie es ist, wenn man liebt.«

»Ach. Ich wünschte, meine Eltern könnten es auch verstehen.«

»Indy, ich lasse uns jetzt etwas zu essen bringen – mir knurrt der Magen, auch wenn du keinen Hunger hast –, und dann musst du mir alles über deinen Prinzen erzählen.«

Ich klingelte und redete kurz mit einer Dienerin, die mit einem Nicken den Raum verließ.

»Steh auf und geh mit mir nach draußen, wo uns niemand belauschen kann.«

Indira erhob sich mit wackeligen Beinen, und ich half ihr auf die Veranda, wo wir uns auf bequemen Kissen niederließen.

Sie erzählte mir, wie es ihr und Varun gelungen war, einander in den vergangenen Jahren so oft wie möglich zu treffen. Während des Kriegs war es schwierig gewesen, doch in den letzten fünf Monaten hatte ihr älterer Bruder Raj Varun in den Palast eingeladen, und ihre Gefühle füreinander hatten sich noch verstärkt.

»Anni, wir wollen nicht ohne einander leben.«

Während sie redete, fütterte ich sie löffelweise mit Suppe – von meiner Arbeit im Krankenhaus wusste ich, dass Ablenkungsmanöver bei Patienten, die keinen Appetit hatten, oft Wunder wirkten. Schweren Herzens musste ich feststellen, dass Indiras Entschluss feststand und es keinen Sinn hatte, sie umstimmen zu wollen. Ich konnte nur zuhören und ihr helfen, wieder zu Kräften zu kommen. Ihr erbärmlicher Zustand war einer logischen Entscheidung nicht förderlich.

Letztlich konnte ich meine Freundin gut verstehen. Der Gedanke, dass sie einen Mann heiraten müsste, den sie nicht liebte, und den Rest ihrer Tage in *parda* und einer *zenana* verbringen würde, ließ mich schaudern.

»Das ist der Stand der Dinge«, schloss Indira, als sie mit ihrer Geschichte – und der Suppe – fertig war.

»Ich erinnere mich noch gut an den Tag auf dem Schiff, als du Varun zum ersten Mal gesehen und mir erklärt hast, dass das der Mann ist, den du einmal heiratest.«

»Ja, und das werde ich auch, weil ich muss!« Indira wandte sich mir zu. »Es tut so gut, mit jemandem zu reden, der meine Gefühle nachvollziehen kann.«

»Leider tue ich das tatsächlich.«

Indira schlang die Arme um mich und drückte mich. »Anni, es ist so schön, dich wiederzusehen. Ich hatte ganz vergessen, was für ein besonderer Mensch du bist.« Sie löste sich von mir, um mich anzusehen. »Du bist nicht nur attraktiver, sondern auch weiser geworden.« Sie nahm ein *chapati*-Fladenbrot vom Teller und riss ein Stück ab. »Dann willst du mich also nicht überreden, dass ich den alten Mann heirate?«

»Wie könnte ich das?«, fragte ich schmunzelnd. »Vergiss nicht: Ich kenne dich gut genug, um zu wissen, dass es keinen Zweck hat, dich von etwas abbringen zu wollen. Es geht eher darum herauszufinden, wie du den Mann, den du liebst, heiraten kannst, ohne einen Bürgerkrieg zwischen zwei Prinzenstaaten heraufzubeschwören.«

Wir begannen zu kichern wie früher als Kinder.

»Meinst du, dass der alte Mann meinen Vater zu einem Duell im Morgengrauen herausfordern wird, wie es in England Sitte ist, weil er sich in seiner Ehre gekränkt fühlt?«

»Möglich. Doch ich finde, deiner Liebe zu Varun wegen sollte lieber niemand sterben.«

»Ja.« Endlich sah ich wieder das alte Leuchten in Indiras Augen. »Aber wie soll das gehen?«

Auch ich riss ein Stück Fladenbrot ab und überlegte. »Lässt du mich darüber nachdenken?«

»Nur wenn du schwörst, dass du wirklich auf meiner Seite stehst, Anni. Du verrätst Ma nicht, was ich dir erzählt habe?«

»Natürlich bin ich auf deiner Seite, und ich verrate kein Sterbenswörtchen. Doch dafür musst du mir auch einen Gefallen tun, Indy. Wenn wir Pläne schmieden, brauchst du Kraft, sie auszuführen. Die Märtyrerin zu spielen und dich zu Tode zu hungern bringt uns nicht weiter. Du musst mir versprechen, wieder zu essen. Drei volle Mahlzeiten täglich. Und du darfst nicht mehr den ganzen Tag im Bett liegen bleiben und dich in Selbstmitleid suhlen.«

»Oje.« Sie verdrehte die Augen. »Früher hast du mich nicht so rumkommandiert!«

»So wie du ausschaust, würde Varun dich wahrscheinlich gar nicht mögen. Du bist ja nur noch ein Strich in der Landschaft! Wenn du so weitermachst, wirst du noch richtig hässlich.«

»Du hast recht, ich sehe schrecklich aus und fühle mich auch so. Aber vor deiner Ankunft hatte ich ja auch keinen Grund, mich anzustrengen.«

»Jetzt schon. Also, sind wir uns einig?«

»Kann ich dir wirklich vertrauen, Anni?«

»Indy. Hab ich dich je im Stich gelassen? Ich bin um die halbe Welt gereist, um dir zu helfen. Und aus durchaus egoistischen Gründen möchte ich, dass dein Problem so rasch wie möglich gelöst wird. Denn ich habe jemanden in England, zu dem ich schnell zurückkehren möchte.«

»Wirklich? Wie aufregend! Darüber musst du mir morgen alles erzählen.«

»Das tue ich. Und?« Ich sah sie fragend an.

»Ja.« Sie streckte mir die Hand hin. »Abgemacht.«

26

Meine Erfahrung als Krankenschwester sagte mir, dass Indiras Genesung Zeit beanspruchen würde, denn sie hatte ernsthaftes Untergewicht und war schwach. In den folgenden Tagen brachte ich sie immerhin dazu, aufzustehen und zu frühstücken. Anschließend machten wir einen kurzen Spaziergang durch den Garten, und vor dem Essen ruhte sie sich aus. Ich bat in der Küche um einfache, nahrhafte Gerichte, weil schweres Essen sich nicht für einen Magen eignete, der so lange nicht beansprucht worden war. An den Abenden aßen wir zusammen auf der Veranda vor ihrem Zimmer. Um sie zu motivieren, erklärte ich ihr, dass ich ihr meinen Plan erst offenbaren würde, wenn sie kräftig genug wäre, ihn auch auszuführen.

Wie dieser Plan aussehen würde, wusste ich selbst noch nicht so genau. Die Maharani gesellte sich jeden Tag, wenn Indira ihr Nachmittagsschläfchen hielt, zu mir, erstaunt über die Wandlung ihrer Tochter.

»Du hast wahre Wunder gewirkt, Anni. Ich bin dir sehr dankbar, dass du gekommen bist. Vielleicht nimmt sie bald Vernunft an.«

»Sie hat ihren Lebenswillen wiedergefunden, das soll fürs Erste genügen«, entgegnete ich.

Abends in meinem Zimmer schrieb ich Donald von Indira und dem Leben im Palast und bereitete ihn darauf vor, dass ich vermutlich später nach England zurückkehren würde als ursprünglich gedacht. Er fehlte mir sehr, und ich musste all meine Geduld zusammennehmen, um Indira bei ihrer langsamen Genesung zu begleiten.

Nach einem Monat begann Indira allmählich, wieder wie früher auszusehen und Lebensfreude zu entwickeln. Nun hatte sie auch genug Kraft, um morgens mit mir im Park auszureiten. Bei einem dieser Ausritte erzählte ich ihr von Donald und unserer geplanten gemeinsamen Zukunft in England. Und ich vertraute ihr meine Sorge hinsichtlich Donalds Mutter und ihrer Vorurteile an.

»So wie du mir Donald schilderst, ist es ihm egal, was seine Mutter denkt«, sagte Indira. »Das Anwesen gehört ihm; er kann heiraten, wen er möchte.«

»Er hat es noch nicht gewagt, ihr von mir zu erzählen.«

»Das tut er bestimmt bald, und dann werdet ihr zwei glücklich miteinander. Du musst dich nur mit einer bösen Schwiegermutter herumschlagen, während bei mir ein Krieg zwischen zwei Prinzenstaaten droht. Anni, du Glückspilz, du kannst tun und lassen, was du willst.« Sie seufzte.

Es gelang mir, ein wenig Trost aus Indiras Worten zu schöpfen, obwohl mir klar war, dass sie die Komplexität meiner Lage nicht begriff. Außerdem beschäftigte mich noch etwas anderes, das ich, wie jede junge Frau in meiner Situation, in der Hoffnung ignoriert hatte, dass ich mich täuschte.

Als ich Indira an jenem Abend ins Bett gebracht hatte, überlegte ich fieberhaft, wie ich ihr helfen könnte. Wenn sie gezwungen wäre, einen Mann zu heiraten, den sie nicht liebte, und den Rest ihres Lebens in einer *zenana* zu verbringen, würde sie zugrunde gehen. Und ich wäre nicht da, um ihr beizustehen.

In jener Nacht bat ich die Sterne um Rat – meine Mutter hatte mir eingeschärft, immer Vorsicht walten zu lassen, wenn ich mich in die Geschicke anderer Menschen einmischte.

»Pass auf, Kleines«, hatte sie mich einmal gewarnt, »denn wenn du jemandem hilfst, wirst du Teil seines Schicksals.«

Obwohl ich wusste, dass fast jeder Plan, den ich mir ausdachte, von der Maharani – der Frau, die praktisch meine zweite Mutter war – mit ziemlicher Sicherheit als Vertrauensbruch gedeutet werden würde, blieb mir nichts anderes übrig.

Am folgenden Tag ritt ich vor dem Frühstück durch den Park zu dem Pavillon, unter dem ich seinerzeit mein Erbe vergraben hatte, holte den Jutebeutel hervor und sah zu meiner

Erleichterung, dass sich die Steine nach wie vor darin befanden. Ich steckte die beiden kleineren Rubine in eine Tasche meines Saris und buddelte den größten wieder ein.

Bei unserem nachmittäglichen Spaziergang führte ich Indira zu einem Winkel des Gartens, in dem wir nicht belauscht werden konnten, und bedeutete ihr, sich neben mich zu setzen.

»Und? Hast du einen Plan?«

»Keine Ahnung, ob es wirklich ein Plan ist«, antwortete ich. »Aber ich bin der festen Überzeugung, dass Menschen, wenn man sie vor vollendete Tatsachen stellt, diese meist irgendwann akzeptieren. Indira, weißt du, wo Varun sich im Moment aufhält?«

»Ich glaube, irgendwo in Europa.« Indira rieb sich nachdenklich die Nase. »Seine Bediensteten leiten Briefe an ihn weiter, egal, wo er ist.«

»Dann musst du ihm schreiben, dass du in ein paar Wochen zu ihm nach Europa kommst. Vielleicht nach Paris. Schlag ihm einen Tag und einen Ort für das Treffen vor.«

»Du meinst, ich soll weglaufen?«, fragte sie erstaunt.

»Eine andere Möglichkeit sehe ich nicht. Ich sage deiner Mutter, dass du dich von deiner Krankheit am besten in der Schweiz erholen kannst und die frische Bergluft sowie der Tapetenwechsel nicht nur dafür sorgen, dass du wieder zu Kräften kommst, sondern dich auch von Varun ablenken. Dass du dich bereit erklärt hast, nach deiner vollständigen Genesung nach Indien zurückzukehren und den Maharadscha von Dharampur zu heiraten.«

»Anni!« Indira ergriff meine Hände. »Wird Ma dir das abkaufen?«

»Leider vertraut deine Mutter mir blind, Indy. Ich werde meine Rolle spielen und ihr erzählen, ich hätte dir erklärt, dass du deine Pflicht erfüllen musst. Doch auch du wirst sie davon überzeugen müssen, dass du bereit bist, die arrangierte Ehe zu akzeptieren.«

Indira kaute an ihrer Lippe. »Aber sie erlauben mir doch sicher nicht, Varun zu heiraten, oder?«

»Nein. Wenn du diesen Plan in die Tat umsetzt, wirst du dich damit abfinden müssen.«

Ich sah, wie sie über meinen Vorschlag nachgrübelte, und fragte mich, ob es nicht zu viel von ihr verlangt wäre, auf die Liebe ihrer Eltern zu verzichten und sich ihre Wut und Enttäuschung zuzuziehen. Es war eine schreckliche Entscheidung. Sie musste sich über die Konsequenzen im Klaren sein, bevor sie sich auf den Plan einließ.

»Ich müsste Varun also heimlich heiraten?«

»Ja. Wenn Varun genauso viel für dich empfindet wie du für ihn, wird er akzeptieren, dass es nicht anders geht. Obwohl das nicht die große Zeremonie wäre, die einer Vereinigung zweier Prinzenstaaten würdig ist, müsstest du dich damit begnügen.« Ich seufzte. »Indy, wenn du mit deinem Prinzen zusammensein möchtest, bleibt dir keine andere Wahl.«

»Aber ich habe kein eigenes Geld, nicht einmal genug für ein Brautkleid!« Indira lachte nervös, als ihr die Folgen ihrer Entscheidung bewusst wurden. »Ma und Pa enterben mich bestimmt, sobald sie davon erfahren.«

»Ich habe ein bisschen Geld gespart«, sagte ich und amüsierte mich insgeheim über die absurde Situation, dass ich mich im Palast zweier sagenhaft reicher Menschen aufhielt und ihrer Tochter anbot, ihr finanziell unter die Arme zu greifen.

»Werden sie mir je vergeben?«

»Das kann ich dir nicht beantworten. Aber als Krankenschwester in Frankreich habe ich gelernt, dass das Leben kurz ist, Indy. Wir müssen Opfer bringen für das, was uns richtig erscheint.«

»Ich weiß, dass es richtig ist, wenn Varun und ich zusammen sind. Also werde ich ihm schreiben, dass wir uns in Paris treffen müssen.«

»Wenn er Ja sagt, spreche ich mit deiner Mutter.«

Indira stand auf und lief eine Weile hin und her. Schließlich blieb sie stehen und sah mich an. »Gut, ich schreibe ihm. Könntest du den Brief am Nachmittag für mich aufgeben?«

»Natürlich.«

Als ich Indiras Brief an Prinz Varun und meinen an Donald abgeschickt hatte, ging ich die lauten, von Menschen wimmelnden Straßen ein wenig benommen entlang. Mein Anteil an der Täuschung würde mit ziemlicher Sicherheit zur Folge haben, dass ich im Palast nie wieder willkommen wäre.

Doch mich erwartete ein neues Leben in England. Als ich ein Schmuckgeschäft betrat, gab mir die Liebe zu Donald die Kraft, dem Juwelier die beiden Rubine zu überreichen.

Der Blick des Mannes verriet mir, wie wertvoll meine Steine waren. Mit ziemlicher Sicherheit bekam ich nur ein Viertel ihres eigentlichen Wertes, aber immerhin besaß ich nun genug Geld, um damit für Indira ein Brautkleid erwerben und mir selbst sicher sein zu können, dass ich, wenn nötig, ein Jahr überstehen würde. Was ich, das wurde mir allmählich klar, wahrscheinlich auch musste.

Mehr als zwei Wochen lang warteten Indira und ich gespannt auf Varuns Antwort. Als sie endlich kam, brachte ich Indira den Brief sofort. Sie öffnete ihn mit aufgeregt-ängstlichem Blick und sah mich dann mit leuchtenden Augen an. »Er hält das auch für die einzige Lösung und schreibt, dass er ohne mich nicht leben kann! Was jetzt?«

»Ich spreche mit deiner Mutter.«

»Anni! Wie kann ich das je wiedergutmachen?«

»Eines Tages wird sich sicher Gelegenheit dazu ergeben.«

Am Abend nahm ich all meinen Mut zusammen, bat um ein Gespräch mit der Maharani und war entsetzt darüber, wie leicht sie sich von mir hinters Licht führen ließ. Am Ende nahm sie lächelnd meine Hände in die ihren. »Danke für deine Hilfe, Anni. Ich hatte mir schon gedacht, dass du die Einzige sein würdest, auf die sie hört. Wir sind dir alle sehr dankbar.«

Ich verließ die Räumlichkeiten der Maharani mit Gewissensbissen, weil ich gelogen hatte, und schickte Indira zu ihrer Mutter. Auch sie spielte ihre Rolle perfekt. Am folgenden Tag wurde unsere Schiffspassage nach Europa für zehn Tage später gebucht.

Dann musste ich mich mit einem anderen dringenden Problem befassen. Am folgenden Tag traf ich mich in der *zenana* mit meiner alten Freundin und Lehrerin Zeena. Wir gingen in den Garten, wo sie meine Hand nahm, meinen Puls fühlte, mich ansah und nickte.

»Ich weiß, warum du mich aufgesucht hast.«

»Kannst du mir helfen?«, fragte ich verzweifelt.

»Du möchtest das Kind nicht?«

»Doch, aber jetzt ist ein ungünstiger Zeitpunkt. Es wird noch andere geben …«

Sie neigte den Kopf. »Komm heute Nachmittag zu mir, dann werden wir sehen, was ich für dich tun kann.«

Ich war schrecklich nervös, als sie mich einige Stunden später untersuchte. Nach einer Weile schüttelte sie den Kopf.

»Du bist schon über der zwölften Woche. Mit einem Versuch würde ich dein Leben in Gefahr bringen, und das Risiko will ich nicht eingehen. Du weißt so gut wie ich, dass es zu spät ist.«

Natürlich wusste ich das. Schließlich war ich Krankenschwester. Aber ich hatte den Kopf in den Sand gesteckt, genauso feige und ängstlich wie die meisten jungen Frauen in meiner Situation.

»Der Vater liebt dich?«, fragte Zeena.

»Ja.«

»Warum bist du dann hier?«

»Das ist … kompliziert.«

»Liebe ist immer kompliziert«, erklärte sie schmunzelnd und schüttelte noch einmal den Kopf. »Sag ihm, dass du ein wertvolles Geschenk für ihn hast. Wenn er dich wirklich liebt, wird ihn das glücklich machen.«

Als mir das ganze Ausmaß des Problems bewusst wurde, packte mich die nackte Angst. »Zeena, du verstehst das nicht. Ich weiß nicht, was ich tun soll.«

»Du wirst eine Lösung finden, Anahita, da bin ich mir sicher.«

Ich verließ sie mit tränennassen Augen, ging zu den Stallungen, bat den Burschen, ein Pferd für mich zu satteln, ritt im vollen Galopp davon und schrie meine Frustration über meine eigene Dummheit in die heiße, staubige Luft hinaus. Ich wusste es seit Wochen. Warum nur hatte ich mich geweigert, mich mit den Fakten auseinanderzusetzen? Ich war eine Krankenschwester und eine Heilerin und half anderen, hatte aber mein eigenes Leben nicht im Griff.

Ich spornte mein Pferd an und spielte mit dem Gedanken, einfach von seinem Rücken zu springen, statt mich meiner Zukunft zu stellen. Egal, wie sehr Donald mich liebte: Unsere Beziehung war schon mit so vielen Problemen belastet, und eine Schwangerschaft würde das Fass für ihn bestimmt zum Überlaufen bringen. Ich dachte an seine Mutter, die trotz ihres katholischen Glaubens vermutlich nichts dagegen hatte, wenn uneheliche Kinder gleich nach der Geburt ertränkt wurden – am allerwenigsten, wenn sie einer Verbindung zwischen ihrem Sohn und einem indischen »Heidenmädchen« entstammten.

Ich brachte das Pferd zum Stehen, glitt aus dem Sattel und fiel weinend auf die Knie, denn ich wusste, dass die Schuld ganz allein bei mir lag.

Schließlich tröstete ich mich damit, dass ich an Bord des Schiffs ein paar Wochen Zeit zum Nachdenken haben würde und außerdem das Geld von den Rubinen besaß, um meine Entscheidung, wie sie auch immer ausfallen mochte, in die Tat umzusetzen. Sicher war nur, dass das Kind in meinem Bauch sechs Monate später das Licht der Welt erblicken würde.

Ich hatte meinen Patienten oft geraten, den Willen der Götter zu akzeptieren und um Kraft und Demut zu beten. Das musste ich nun selbst tun, wenn ich die Krise überstehen wollte.

In der folgenden Woche reisten wir nach Europa ab. Indiras Hand suchte nach der meinen, als wir von Deck aus zusahen, wie Indien allmählich in der Ferne verschwand.

Indira erwachte bald schon zu neuem Leben und durchtanzte die Nächte mit den zahlreichen jungen Männern, die sie umschwärmten. Endlich hatte ich Muße, über meine Zukunft nachzudenken, und ich legte mir einen Plan zurecht.

Nach unserer Ankunft in Le Havre nahmen wir den Zug nach Paris und checkten im Ritz ein. Von dort aus schickte ich der Maharani sofort ein Telegramm, in dem ich ihr mitteilte, dass wir sicher angekommen seien und in den folgenden Tagen mit dem Zug zu der Klinik in den Schweizer Alpen fahren würden. Prinz Varun erwarteten wir für den folgenden Morgen.

Indira probierte völlig überdreht unzählige Kleider und verwarf sie wieder.

»Ich hab nichts zum Anziehen! Es ist so lange her, dass ich in Europa einkaufen war. Alle meine Sachen sind altmodisch.«

»Dein Prinz wird dich lieben, egal, was du anhast.«

In jener Nacht konnten wir beide nicht schlafen.

»Hast du eine Ahnung, wohin du mit Varun von hier aus fahren wirst?«, fragte ich.

»Er schreibt, dass wir so schnell wie möglich heiraten und dann in Europa bleiben müssen, bis sich die Aufregung zu Hause gelegt hat. Anni, findest du das, was ich tue, falsch? Es wird Ma und Pa das Herz brechen.«

»Irgendwann werden sie darüber hinwegkommen. Indy, ich hab dir schon einmal gesagt, dass wir alles in unserer Macht Stehende tun müssen, um glücklich zu werden.«

»Auch wenn wir damit den Menschen wehtun, die wir lieben?«

»Manchmal ja. Aber hoffentlich glätten sich die Wogen bald. Deine Eltern lieben dich zu sehr, um dich zu verstoßen. Mir allerdings wird deine Mutter wohl nie vergeben«, sagte ich in die Dunkelheit hinein.

»Natürlich wird sie das, weil sie bestimmt denkt, dass ich dich überredet habe. Sie werden mir die Schuld geben, Anni. Dafür sorge ich schon.«

»Du wirst tatsächlich einen attraktiven Prinzen zum Mann haben, der dich liebt, wie wir es uns damals als Kinder erträumt haben.«

»Und du wirst zu dem deinen zurückkehren, und wir werden beide glücklich sein bis an unser Lebensende.«

Während ich mich in den langen Stunden bis zum Morgengrauen schlaflos im Bett wälzte, wurde mir immer klarer, dass *mein* Traum dabei war, sich in einen Albtraum zu verwandeln.

Am folgenden Tag betrat endlich Indiras Prinz den Salon, und Indira warf sich mit einem Freudenschrei in seine Arme. Ich zog mich so diskret wie möglich zurück.

Als ich einige Stunden später zurückkehrte, saß Indira, einen Stift in der Hand, mit nachdenklicher Miene am Sekretär.

»Da bist du ja, Anni. Ich brauche deine Hilfe. Varun sagt, ich muss meine Eltern sofort informieren, dass wir heiraten wollen. Wenn der Brief sie in Indien erreicht, werden sie nicht mehr eingreifen können. Aber ich …«, Indira runzelte die Stirn, »… ich weiß nicht, was ich schreiben soll.«

»Natürlich helfe ich dir. Doch verrat mir zuerst: Entspricht der Prinz deinen Erwartungen?«

»O ja«, antwortete Indira mit verträumtem Blick. »Er hat bereits eine spezielle Heiratsgenehmigung für uns besorgt und sagt, wir dürfen keine Zeit verlieren, weil meine Familie sonst möglicherweise über ihre Spione in Paris von unserem Vorhaben erfährt. Deshalb soll die Trauung schon übermorgen im Rathaus stattfinden. Ich werde einen Trauzeugen brauchen. Würdest du das für mich machen, Anni?«

»Mitgefangen, mitgehangen«, antwortete ich. »Natürlich. Aber lass uns zuerst diesen Brief schreiben.«

Als Varun am folgenden Tag zu Besuch kam, tranken wir zu dritt Tee in Indiras Suite und besprachen ihre Pläne. Es beruhigte mich, dass Indiras Liebe ganz offensichtlich von ihrem Prinzen erwidert wurde. Sie strahlten beide vor Freude über ihre Wiedervereinigung.

»Wohin wirst du Indira nach der Hochzeit bringen?«, fragte ich ihn.

»Ein guter Freund hat mir für unbegrenzte Zeit sein Haus in St. Raphaël angeboten. Unser beider Familien werden sich erst einmal mit der Situation anfreunden müssen. Ich möchte sie nicht noch mehr verärgern, indem ich mit Indira in der europäischen Gesellschaft als frisch vermähltes Paar auftrete, also halten wir uns fürs Erste im Hintergrund.«

»Die meisten Leute in Europa werden die Geschichte vermutlich schrecklich romantisch finden«, sagte ich lächelnd. »Ein Prinz und eine Prinzessin, die miteinander durchbrennen, das klingt sehr nach einem Märchen aus Tausendundeiner Nacht, oder?«

»Varun sagt, ich muss meinem verschmähten Maharadscha einen netten Brief schicken«, erklärte Indira schmollend vom Sekretär aus. »Was um Himmels willen soll ich schreiben? ›*Lieber alter Prinz, Du bist dick und hässlich, und ich habe Dich nie geliebt. Leider muss ich Dir mitteilen, dass ich einen anderen geheiratet habe. Deine Prinzessin Indira.*‹?«

Darüber mussten wir alle lachen, und Varun legte den Arm um Indira. »Mir ist klar, dass du keine Lust hast, ihm zu schreiben, Liebling, aber wir tun sehr vielen Menschen weh. Deshalb müssen wir versuchen, mit größtmöglicher Rücksichtnahme vorzugehen.«

»Ja«, seufzte Indira. »Ich weiß.«

Varun erhob sich. »Danke, Anahita, für alles, was du für meine Prinzessin getan hast. Wir stehen tief in deiner Schuld. Ich lasse euch jetzt allein, um selbst einen Brief nach Hause zu schreiben. Indira, wir sehen uns morgen früh im Rathaus.«

»Bonne nuit, mon amour«, verabschiedete Indira sich von ihm und warf ihm eine Kusshand zu, bevor sie sich mir zuwandte. »Ich kann's kaum glauben, dass morgen mein Hochzeitstag ist. Den hatte ich mir immer als große Staatsaktion vorgestellt, bei der mein Prinz in Festkleidung auf einem Elefanten zur Durbar Hall reitet. Und nun fahren wir im Taxi zum Rathaus!«

»Wär dir das wichtig?«, fragte ich.

»Nein, und ihm auch nicht.«

»Ich glaube, Varun ist ein guter Mensch, Indy. Du kannst dich glücklich schätzen, ihm begegnet zu sein. Und noch wesentlicher: Es ist nicht zu übersehen, dass er dich liebt.«

»Das weiß ich«, sagte sie ernst. »Wenn ich seine Frau bin, muss ich aufhören, mich wie ein verhätscheltes Kind zu benehmen. Dass ich das manchmal tue, ist kein Geheimnis.«

»Nein«, pflichtete ich ihr schmunzelnd bei. »Und auf was für ein vorhochzeitliches Mahl hätte die Braut in spe nun Lust?«

Obwohl Indira am folgenden Tag nicht stundenlang gebadet, parfümiert und in die zahlreichen Schichten eines Hochzeitssaris gekleidet wurde, fand ich, dass sie bildhübsch aussah in ihrem weißen Spitzenkleid und mit den winzigen cremefarbenen Rosenblüten im dunklen Haar. Als ich mit Varuns Diener in dem düsteren Raum des Rathauses der Trauung meiner besten Freundin und ihres Prinzen beiwohnte, spürte ich, dass sich der Kreis in unserem jungen Leben schloss. Unsere Zukunft würde nicht das Märchen werden, von dem wir als kleine Mädchen geträumt hatten, als wir zusammen im Gras lagen und zu den Sternen emporblickten. Die Liebe hatte uns beide auf unerwartete Weise berührt und verändert.

Nach der Trauung ließen die Frischvermählten Champagner in die Honeymoonsuite bringen, die Varun für sie gemietet hatte.

»Liebste Anni, bevor unsere Wege sich trennen, musst du mir deine Adresse geben«, bat Indira.

»Ja, natürlich. Ich schicke sie dir nach St. Raphaël, sobald ich in London bin.«

Zwanzig Minuten später verabschiedete ich mich, weil ich sah, dass die beiden allein sein wollten. Ich schenkte Indira, die der Intimität, welche sie in jener Nacht mit ihrem Prinzen zum ersten Mal erleben würde, mit einer Mischung aus Neugierde und Angst entgegenblickte, ein aufmunterndes Lächeln. Beim Abschied empfand ich sowohl Furcht als auch Erleichterung, weil ich mich schon bald auf meine eigene Zukunft konzentrieren konnte.

Als das Paar am nächsten Tag gegen Mittag aus seiner Suite trat, war ich bereits abreisefertig. Beim Anblick meines Koffers wurde Indira traurig. »Willst du wirklich nicht eine Weile mit uns nach St. Raphaël kommen?«

»Nein, ich denke, ihr zwei werdet mit euch beschäftigt sein. Da stör ich nur. Außerdem …«, fügte ich weit fröhlicher hinzu, als ich mich fühlte, »… möchte ich zurück zu Donald.«

»Natürlich. Ich kann dir gar nicht sagen, wie dankbar ich dir bin, dass du mir geholfen hast.«

»Nun heißt es wohl Abschied nehmen.«

Wir fingen beide an zu weinen.

»Viel Glück, Indira«, sagte ich, als der Gepäckträger meinen Koffer nahm.

»Dir auch, Anni. Ich werde nie vergessen, was du für mich getan hast. Du weißt, wie du mich erreichen kannst, falls du je meine Hilfe brauchen solltest.«

»Danke.« Ich nickte gerührt. »Auf Wiedersehen.«

Ich holte tief Luft und ging hinaus, ohne mich noch einmal umzudrehen, weil ich wusste, dass ich sonst ganz und gar die Fassung verlieren würde.

Auf der Place Vendôme warf ich das Schreiben, in dem ich Donald mitteilte, dass ich einige Zeit weg sein würde, in einen Briefkasten und blieb ein paar Sekunden lang stehen, um mich zu sammeln, bevor ich den ersten Schritt ins Ungewisse wagte.

Astbury Hall,
Juli 2011

27

»Möchten Sie einen Brandy? Ich könnte einen vertragen«, sagte Anthony zu Ari, als Mrs Trevathan hereinkam, um die Desertteller abzuräumen.

»Danke«, antwortete Ari, worauf Anthony eine Karaffe von einem Tablett auf der Anrichte nahm, Brandy in zwei Gläser goss und eines Ari reichte.

»Auf Ihr Wohl«, prostete Anthony ihm zu.

»Und auf das Ihre. Es tut mir schrecklich leid, wenn die Geschichte Sie beunruhigt hat.«

»Ich muss zugeben, dass ich nach der Enthüllung von Anahitas Schwangerschaft mit dem Lesen aufgehört habe, weil ich mir unsicher bin, ob alles, was in den Aufzeichnungen Ihrer Urgroßmutter steht, der Wahrheit entspricht«, erklärte Anthony.

»Jedenfalls der Wahrheit, wie sie sie erlebte«, meinte Ari.

»Sehr realistisch erscheint mir allerdings Anahitas Beschreibung meiner Urgroßmutter Maud. Sie war eine furchteinflößende Person. Mutter und ich haben bis zum Tag ihres Todes in Angst vor ihr gelebt.«

»Ich kann Ihnen verraten, dass Maud eine wesentliche Rolle in der Tragödie spielte, die später folgte«, sagte Ari.

»Tatsache ist, dass es keinen einzigen Beleg für die Beziehung Ihrer Urgroßmutter mit meinem Großvater oder ihren Aufenthalt hier in Astbury gibt.«

»Wenn Donald wirklich ein Kind mit Anahita zeugte, wäre man doch angesichts des Skandals, den das verursacht hätte, bestrebt gewesen, jede Spur von ihr und ihrem Sohn zu tilgen, oder?« Ari sah Anthony erschaudern.

»Das Kind ist jedenfalls gestorben – Sie sagen, Ihre Urgroßmutter hätte seine Sterbeurkunde von ihrer Freundin Indira erhalten?«

»Ja. Bisher habe ich keinen Hinweis darauf gefunden, dass ihr Sohn tatsächlich noch lebt«, musste Ari zugeben. »Mit ziemlicher Sicherheit jage ich hier einem Phantom nach. Trotzdem bin ich froh, den Ort kennengelernt zu haben, der ihr so wichtig war.«

»Ich wünschte, ich könnte Ihnen bei Ihren Nachforschungen behilflich sein, aber leider bin ich nicht dazu in der Lage. Ist Ihnen schon einmal der Gedanke gekommen, dass die Geschichte Ihrer Urgroßmutter zum Großteil ihrer Fantasie entsprungen sein könnte? Sie hat sie dreißig Jahre später zu Papier gebracht, und wir wissen alle, wie Erinnerungen sich manchmal verzerren.«

»Stimmt, an manchen Stellen könnte sie übertrieben haben. Doch einem Punkt wollte ich nachgehen. Im hinteren Teil erwähnt sie ein Cottage, in dem sie ein oder zwei glückliche Jahre verbracht hat.«

»Was für ein Cottage? Hier auf dem Anwesen gibt es eine Reihe von Cottages«, sagte Anthony.

»Das im Moor, in der Senke beim Bach. Rebecca und ich sind bei unserem Ausritt daran vorbeigekommen. Ich bin mir sicher, dass Anahita das gemeint hat.«

»Oje! Das ist doch ganz verfallen. Ich wollte es abreißen lassen.«

»Waren Sie drin?«, erkundigte sich Ari.

»Ja, natürlich.«

»Wenn Sie nichts dagegen haben, würde ich Ihr Angebot annehmen, mir noch einmal ein Pferd von Ihnen ausleihen und übers Moor reiten«, erklärte Ari.

»Gern«, sagte Anthony und leerte sein Glas. »Wann haben Sie vor, nach Indien zurückzukehren?«

»Mal sehen. Es ist Hochsaison, und die Vermieterin meiner

Pension erwartet eine Familie, die die nächsten zwei Wochen bei ihr gebucht hat, also muss ich mir übermorgen eine andere Bleibe suchen.«

Anthony erhob sich abrupt. »Kommen Sie doch vor Ihrer endgültigen Abreise noch einmal her, um sich zu verabschieden.«

»Das tue ich, danke.« Ari stand ebenfalls auf.

An der Tür drehte Anthony sich zu Ari um. »Für den Fall, dass Sie morgen noch einmal ausreiten sollten, möchte ich Ihnen das Versprechen abnehmen, das Cottage am Bach nicht zu betreten. Es ist einsturzgefährdet, und ich will nicht schuld sein, wenn Ihnen etwas passiert. Verstehen Sie das?«

»Ja.« Ari folgte Anthony hinaus. »Danke fürs Essen.«

»Die Haustür ist nicht verschlossen; Sie kennen den Weg ja«, sagte Anthony an der Treppe. »Tut mir leid, dass Ihr Aufenthalt hier nichts gefruchtet hat. Gute Nacht.«

»Gute Nacht.« Ari trat hinaus in die sternenklare Nacht. Auf dem Weg zum Wagen dachte er über das Gespräch mit Anthony nach. Er kannte den Mann nicht gut genug, um beurteilen zu können, ob er tatsächlich keine Ahnung von der Vergangenheit hatte und seine Vorfahren schützen wollte oder ob er nicht doch mehr darüber wusste, als er zugab.

Als Rebecca nach dem Baden in ihr Zimmer kam, war es nach zehn und Jack von seinem Abend mit James noch nicht zurück. Sie schob ihre Verärgerung darüber, dass sie durchaus mit Anthony und Ari zu Abend hätte essen können, wenn Jack ihr gesagt hätte, dass es so spät werden würde, beiseite und versuchte, sich auf das Drehbuch zu konzentrieren.

Um halb zwölf klopfte es leise an der Tür.

»Herein«, rief sie.

Mrs Trevathan streckte den Kopf herein. »Tut mir leid, wenn ich störe, Miss Rebecca. Wollte Ihr Freund heute Nacht noch kommen oder nicht?«

»Sie müssen entschuldigen, Mrs Trevathan. Jack ist mit James Waugh in Ashburton. Gehen Sie doch ins Bett. Ich bleibe auf, bis er zurückkommt.«

»Nicht nötig. Aber könnte er mir in Zukunft sagen, wann er zurückzukehren gedenkt?«

»Natürlich. Ich habe ihn viel früher erwartet.«

»Egal. Schlafen Sie gut, meine Liebe, bis morgen früh.«

Mrs Trevathan entfernte sich.

Wahrscheinlich, dachte Rebecca, war es das Beste, mit Jack ins Hotel zu ziehen. Zwar würden sich die Medienberichte überschlagen, wenn herauskam, dass sie sich zusammen in England aufhielten, und mit ziemlicher Sicherheit würden die Paparazzi vor ihrer Unterkunft Stellung beziehen, doch sie wollte Anthonys und Mrs Trevathans Gastfreundschaft nicht überstrapazieren.

Inzwischen betrachtete sie ihre Beziehung optimistischer. Sie hatte sich gefreut, ihn zu sehen, und der Sex mit ihm hatte sie daran erinnert, wie eng das Band zwischen ihnen war. Vielleicht hatte sie seine Gefühle für sie unterschätzt. Dass er ihr nach England gefolgt war, schien jedenfalls zu beweisen, wie wichtig sie ihm war.

Um Mitternacht schaltete sie das Licht aus, weil sie am nächsten Tag wieder früh am Set sein musste.

In den frühen Morgenstunden wurde sie von Geklapper aufgeschreckt. Als sie das Licht anknipste, sah sie Jack, der über das Beistelltischchen gestolpert war, auf dem Boden liegen.

»'tschuldigung«, meinte er kichernd. »Ich wollt leise sein und dich nicht wecken.«

Rebecca blickte ihn vom Bett aus an. Er war ziemlich betrunken.

»War's ein schöner Abend?«

»James weiß, was Spaß macht. Am Ende hat er eine Frau aufgerissen, die mit ihm aufs Zimmer wollte. Jedenfalls …« Er versuchte aufzustehen, schaffte es erst beim zweiten Anlauf, stolperte zum Bett und ließ sich voll bekleidet daraufplumpsen. »Weißt du eigentlich, wie appetitlich du bist?«, fragte er mit undeutlicher Stimme.

Rebecca fielen seine großen Pupillen auf. »Jack, du hast wieder Koks geschnupft, stimmt's?«

»Nur ganz wenig. Komm.« Er streckte die Hand nach ihr aus, doch sie wich zurück.

»Bitte, ich brauche Schlaf, Jack. In …«, Rebecca sah auf die Uhr, »… vier Stunden muss ich am Set sein …«

»Komm, Baby, ich mach schnell«, versprach er und schob die Hände unter ihr T-Shirt.

»Nein!« Rebecca entwand sich ihm.

»Spielverderberin, ich wollte mein Mädchen doch bloß ein bisschen liebhaben. Mein Mädchen …«

Rebecca wusste aus Erfahrung, dass er innerhalb von zwei Minuten tief und fest schlafen würde. Und tatsächlich hörte sie schon bald sein Schnarchen.

Mit Tränen in den Augen bemühte sie sich, ebenfalls einzuschlafen.

Am folgenden Morgen fuhr Ari zu den Ställen von Astbury und machte sich, nachdem Debbie ihm den kastanienbraunen Hengst gesattelt hatte, bei strahlendem Wetter auf den Weg ins Moor. Zwanzig Minuten später erreichte er das Cottage am Bach, stieg ab und trat an den hohen Holzzaun mit Tor, der sich neben dem Häuschen befand. Weil diese Seite weniger heruntergekommen als der Rest wirkte, vermutete er dort eine Tür zum rückwärtigen Teil des Cottage. Er zog an dem schwarzen Ring in der Mitte des Tors, aber es bewegte sich nicht. Ari unternahm einige Versuche hochzuspringen oder darüberzuklettern, doch es gelang ihm nicht.

Schließlich führte er das Pferd zum Zaun, stieg auf, hielt sich am oberen Ende der Pfosten fest, stemmte sich hoch, schwang die Beine hinüber und sprang hinunter. Er landete weich in einem Hof mit einer Reihe kleiner Nebengebäude. Ein kurzer Blick hinein sagte ihm, dass sie abgesehen von einem zweirädrigen Pferdewagen leer waren.

Nun wandte er sich der hinteren Seite des Cottage zu, drückte die Klinke der Tür herunter und stellte überrascht fest, dass sie sich ganz leicht öffnen ließ. Ari trat vorsichtig ein und fand sich in einer Küche wieder.

Wegen des vielen Efeus und Anthonys Behauptung vom Vorabend hatte Ari Schmutz und Spinnweben erwartet. Doch weit gefehlt. Er ließ einen Finger über den Holztisch, der in der Mitte der Küche stand, gleiten. Die Staubschicht darauf war längst nicht so dick, wie nach neunzig Jahren zu vermuten gewesen wäre. Die Tassen hingen ordentlich an Haken, der alte schwarze Herd hatte keinen Rost angesetzt, und die Teller in der Anrichte waren angeschlagen, aber sauber. Als Ari den Blick senkte, stellte er fest, dass er keine Spuren auf dem Fliesenboden hinterließ.

Auf der Arbeitsfläche neben dem Herd stand ein elektrischer Wasserkocher. Ari zog einen Stuhl unter dem Tisch heraus und setzte sich. Dies war eindeutig kein verlassenes Cottage, das so baufällig war, dass es bald abgerissen werden musste, wie Anthony behauptet hatte.

Als ihm bewusst wurde, dass sich durchaus jemand in dem Häuschen aufhalten konnte, stand Ari auf, trat auf den Flur und lauschte, ohne etwas zu hören. Hinter einer Tür zu seiner Linken verbarg sich ein kleines, des Efeus an den Fenstern wegen dunkles Wohnzimmer. Aris Augen brauchten eine Weile, um sich an das trübe Licht zu gewöhnen. Im Kamin befand sich nur wenig Asche, und der Stuhl davor war durchgesessen, aber sauber.

In den Bücherregalen standen alte Ausgaben britischer Klassiker, die Anahita geliebt hatte.

Ari ging die schmale Treppe hinauf, öffnete vorsichtig eine der beiden Türen im ersten Stock und betrat ein ordentlich aufgeräumtes Schlafzimmer mit ausgeblichenen blümchengemusterten Vorhängen und einem abgewetzten Patchworkquilt über dem Bettgestell aus Metall. Die Kissen waren überzogen, und das Bettzeug sah aus, als könnte gleich jemand darunterschlüpfen. Auf der Frisierkommode standen allerlei Cremes und Lotionen sowie eine große Flasche Parfüm.

Ari kratzte sich verwundert am Kopf. Es wirkte alles so, als wäre das Cottage bewohnt.

Aber von wem?

Das von außen verlassen wirkende Cottage war das perfekte Versteck, dachte Ari, als er aus dem Schlafzimmer ging.

In dem zweiten Raum wartete eine weitere Überraschung auf ihn. Ein verrostetes Kinderbett mit einer von Motten zerfressenen Babydecke nahm den größten Teil des winzigen Raums ein. Vom Bett aus sah ihn ein Paar trauriger Augen an. Ari nahm den alten Teddybären in die Hand und drückte ihn an sich wie ein Kind.

»Mein Gott«, flüsterte er. Nun wusste er, dass die Geschichte seiner Urgroßmutter stimmte.

28

Jack schlief noch tief und fest, als Rebecca am folgenden Morgen aufstand, in eine Jogginghose schlüpfte und nach unten in die Maske ging.

Die Dreharbeiten dauerten den ganzen Tag, und sie kehrte erst nach sechs Uhr abends erschöpft in ihr Zimmer zurück.

»Willst du weg?«, fragte sie überrascht, als sie sah, dass Jack Hemden in seiner Tasche verstaute.

»Ja, aber nur nach London. James hat mir von einem Film erzählt, den Sam Jeffrey machen will. Heute Morgen hab ich von dem Telefon im Arbeitszimmer aus meinen Manager angerufen, damit der sich mit ihm in Verbindung setzt und ihm sagt, dass ich im Land bin. Er will sich morgen Vormittag mit mir treffen. Ist das nicht toll, Schatz? Jeffrey ist ein vielversprechender junger Regisseur mit etlichen Auszeichnungen der hiesigen Film- und Fernsehhochschule. Ich hab mir ein Taxi für die Fahrt nach London bestellt und bin irgendwann morgen Abend wieder da.«

»Okay«, sagte Rebecca verblüfft.

»Zu dir nach England zu kommen war die richtige Entscheidung.« Er küsste sie. »Wünsch mir Glück und versprich mir, dass du dich in meiner Abwesenheit nicht in die Arme meines neuen Freundes wirfst.« Jack nahm seine Tasche. »Ich weiß, wie er ist. Ich liebe dich, Baby, tschüs.« Mit einem Augenzwinkern schloss er die Tür hinter sich.

»Ich dachte, du bist hergekommen, um mit mir zusammenzusein«, sagte sie mit leiser Stimme und setzte sich aufs Bett. Nachdem sie sich halbwegs von Jacks abruptem Aufbruch erholt hatte, nahm Rebecca ein Bad. Da es so ein schöner Abend war und sie den ganzen Tag über drinnen hatte verbringen müssen, beschloss sie, ein wenig frische Luft zu schnappen. Auf der großen Treppe begegnete sie Mrs Trevathan.

»Nicht auf der Treppe an mir vorbeigehen, Rebecca. Das bringt Unglück«, erklärte sie.

»Ach, tatsächlich? Das scheint ein englischer Aberglaube zu sein.« Rebecca zuckte mit den Achseln.

»Wahrscheinlich«, meinte Mrs Trevathan. Rebecca hatte den Eindruck, dass sie nervös wirkte. »Ist Ihr junger Mann weg?«

»Ja, aber er kommt wieder.«

»Verstehe. Soll ich Ihnen heute Abend was kochen?«

»Nein danke. Ich hatte schon ein richtiges Mittagessen.«

»Dann bringe ich Ihnen für später ein paar Sandwiches und den Kamillentee, den Sie so gern mögen.«

»Danke, Mrs Trevathan.«

Das Filmteam war zu abendlichen Dreharbeiten in den Ort gefahren, so dass es in Astbury ruhig war. Rebecca setzte sich auf die Bank in dem ummauerten Garten. Die inzwischen voll erblühten Rosen verströmten einen himmlischen Duft.

»Hallo.« Anthonys Stimme riss sie aus ihren Gedanken. »Ihr junger Freund ist nach London gefahren, höre ich?«

»Ja. Aber er kommt morgen zurück. Bitte sagen Sie es, wenn das ein Problem sein sollte. Dann ziehen wir ins Hotel.«

»Nein, nein. Obwohl …«

»Was?«

»Ich hatte ihn mir anders vorgestellt. Entschuldigung, ich darf mir wohl kein Urteil über die Beziehungen zwischen Männern und Frauen erlauben.«

»Schon in Ordnung, Anthony.«

»Solange Sie mit ihm glücklich sind … Das ist das Einzige, was zählt.«

»Ja.«

»Und was halten Sie von unserem jungen indischen Freund?«

»Ich mag ihn«, antwortete Rebecca ehrlich.

»Ja, er scheint nett zu sein, aber es fällt mir schwer, die Geschichte seiner Urgroßmutter zu glauben. Wenn sie stimmt, würde das meine Wahrnehmung von Donald und Violet, meinen Großeltern, verändern, und das wäre mir gar nicht recht«, gestand er.

»Ich kenne nicht die ganze Geschichte, kann mir jedoch nicht vorstellen, warum er oder seine Urgroßmutter sie sich ausgedacht haben sollte«, entgegnete Rebecca.

»Nein, es sei denn, er will etwas«, erklärte Anthony.

»Was sollte er wollen?«

»Geld? Vielleicht möchte er auch Anspruch auf das Anwesen erheben?«

»Anthony, ich habe nur die ersten hundert Seiten gelesen, also kann ich mich nicht dazu äußern. Auf mich wirkt Ari aufrichtig. Ich habe nicht den Eindruck, dass er hierhergekommen ist, um Unruhe zu stiften. Meiner Ansicht nach möchte er nur mehr über die Vergangenheit seiner Familie erfahren.«

»Selbst wenn er hinter Geld her wäre, dürfte ihm jetzt klar sein, dass es hier nichts zu holen gibt«, erklärte Anthony mürrisch.

»Nach allem, was Ari mir erzählt hat, ist er ein sehr erfolgreicher Geschäftsmann. Ich glaube wirklich nicht, dass er aus finanziellen Gründen da ist.«

»Nein?«

Wieder einmal spürte Rebecca Anthonys fast schon kindliches Bedürfnis nach Bestätigung. »Nein.«

»Wenn das so ist …« Anthony wirkte sichtlich erleichtert. »Ich fürchte, ich war nicht sonderlich gastfreundlich. Gestern Abend hat er mir gesagt, dass er morgen sein Zimmer in der Pension räumen muss. Soll ich ihm anbieten, hier im Haus zu wohnen, bis er nach Indien zurückfliegt?«

»Das wäre eine sehr nette Geste.«

»Himmel, dieses Haus hat Jahre nicht mehr so viele Gäste gesehen wie jetzt«, seufzte Anthony.

»Gefällt es Ihnen, Gesellschaft zu haben?«, fragte sie.

»Ja, ich glaube schon. Auch wenn Mrs Trevathan natürlich nicht allzu begeistert ist. Danke für Ihren Rat, Rebecca. Ich rufe gleich Mr Malik an.« Er verabschiedete sich mit einem kurzen Lächeln von ihr und ging ins Haus.

Rebecca wandte sich dem Park zu, um zu überlegen, wie sie sich Jack gegenüber verhalten sollte. Weniger als vierundzwanzig Stunden in seiner Gesellschaft hatten genügt, um ihr ins Gedächtnis zu rufen, warum sie sich noch zu keinem Ja zu seinem Antrag hatte durchringen können. Als sie über das mit Sonnenflecken übersäte Gras zwischen den hohen Kastanien schlenderte, wurde ihr bewusst, dass die Wochen in Astbury sie verändert hatten. Sie war in der Lage, die Dinge klarer zu sehen, als spiegelte die Weite von Astbury den neu gewonnenen Raum in ihrem Kopf. Wenn sie sich selbst gegenüber ehrlich war, hatte Jack sie, als er in der vergangenen Nacht betrunken und high in ihr Zimmer gestolpert war, angeekelt.

Vor dem Hintergrund von Astbury wirkte er wie ein personifiziertes Hollywoodklischee. In der Filmwelt mochten Jacks Verhalten, sein Ego und seine Selbstverliebtheit vielleicht als normal gelten, doch in der Realität, in der die Menschen ihr Leben Tag für Tag aufs Neue meistern mussten, war das nicht der Fall. Egal, wie oft sie Entschuldigungen für Jacks Abhängigkeit von Drogen und Alkohol zu finden suchte: Letztlich konnte sie damit nicht leben. Aus bitterer Erfahrung wusste sie, dass dieser Weg ins Nichts führte.

Sie sah keine Möglichkeit, seinen Antrag anzunehmen. Auch wenn die Welt nicht begreifen würde, warum. Schließlich musste nicht die Welt mit ihm zusammenleben, sondern sie. Sie würde ihm sagen, dass sie ihn nicht heiraten könne, solange er sein Leben nicht in Ordnung bringe. Immerhin wäre sie, wenn sie es ihm hier in Astbury mitteilte, vor den Medien geschützt. Natürlich würde ihr Agent in die Luft gehen. Aber allmählich wurde Rebecca klar, dass sie sich in den vergangenen Jahren von zu vielen anderen Menschen – die meisten von ihnen Männer – hatte beeinflussen lassen. Sie musste die Verantwortung wieder selbst übernehmen, egal, wie es ausging.

Vielleicht war ihr Nein auf seinen Heiratsantrag genau das, was Jack brauchte, um zur Besinnung zu kommen.

Plötzlich merkte sie, dass sie sich in einem Teil des Parks befand, in dem sie noch nie gewesen war. Inmitten eines kleinen Wäldchens entdeckte sie ein Bauwerk, das ein wenig an einen griechischen Tempel erinnerte und in dieser englischen Idylle fehl am Platz wirkte. Sie stieg die Stufen zwischen den weißen Marmorsäulen hinauf. Zu ihrer Überraschung ließ sich die große Tür öffnen.

Rebecca betrat schaudernd das kühle, dunkle Innere. Sie erinnerte sich, dass Anthony erwähnt hatte, seine Vorfahren seien in einem Mausoleum auf dem Anwesen begraben. Eigentlich wollte sie gleich wieder gehen, doch dann fiel ihr Blick auf die großen Steinplatten an den Wänden, auf denen die Namen der Verstorbenen eingraviert waren. Hier lagen die früheren Bewohner von Astbury, Ehegatten auf ewig im Tod vereint; die Daten reichten bis ins sechzehnte Jahrhundert zurück. Rebecca wandte sich den neueren Grabmälern zu und entdeckte die letzte Ruhestätte von Lord Donald und Lady Violet Astbury:

DONALD CHARLES ASTBURY
1. Dezember 1897 – 22. August 1922
VIOLET ROSE ASTBURY
14. November 1898 – 25. Juli 1922

Rebecca bekam eine Gänsehaut, als sie noch einmal das Datum von Donald Astburys Tod las. Er war so jung gestorben … und nur einen Monat nach Violet. War das Zufall? Neben dem Gedenkstein für Donald und Violet befand sich der für Lady Maud Astbury – sie hatte ihren Sohn um dreiunddreißig Jahre überlebt, war 1955 im Alter von dreiundachtzig Jahren verschieden und neben ihrem Mann George begraben, der bereits 1911, vierundvierzig Jahre vor ihr, das Zeitliche gesegnet hatte. Der neueste Stein gehörte Anthonys Mutter:

DAISY VIOLET ASTBURY
25. Juli 1922 – 2. September 1986
ANTHONY DONALD ASTBURY
20. Januar 1952 –

Das Sterbedatum unter Anthonys Namen war noch nicht eingemeißelt.

Unter dem Stein stand eine große Vase mit frischen Rosen.

Rebecca kniete nieder und roch daran. Es wunderte sie, dass Anthonys Vater offenbar nicht neben dessen Mutter Daisy begraben lag. Stattdessen würden irgendwann einmal Anthonys Gebeine ihre letzte Ruhe neben den ihren finden. Als Rebecca das Mausoleum verließ, fragte sie sich, warum Anthony fünfundzwanzig Jahre zuvor beschlossen hatte, neben seiner Mutter begraben zu werden, nicht neben der Frau, die er möglicherweise irgendwann einmal heiraten würde.

Während sie durch den Park zurück zum Haus schlenderte, kam Rebecca wieder einmal der Gedanke, dass Anthony wahrscheinlich schwul war. Oder er interessierte sich überhaupt nicht für Sex und hatte das immer schon gewusst.

Egal, wie seine Vorlieben aussahen: Der Besuch im Mausoleum hatte Rebecca in ihrem Glauben bestärkt, dass das Leben zu kurz war, um sich mit falschen Entscheidungen zu belasten. Sobald Jack aus London zurück war, würde sie ihm ihren Beschluss mitteilen.

29

Am folgenden Morgen wurde Rebecca erneut von Kopfschmerzen und Übelkeit geplagt. Nachdem sie zwei Ibuprofen mit der Tasse Tee genommen hatte, die ihr von Mrs Trevathan gebracht worden war, ging sie in die Maske.

»Du siehst wieder angeschlagen aus, Becks«, lautete James' Kommentar, als sie den Salon betraten, um die nächste Szene zu drehen.

»Ich werde dieses verdammte Kopfweh einfach nicht los«, erklärte sie. »Aber ansonsten bin ich in Ordnung.«

»Du solltest Steve bitten, den Arzt zu holen, damit er dich durchcheckt.«

»Bitte sag nichts. Ich will nicht, dass die andern mich für einen amerikanischen Hypochonder halten.«

»Das tut angesichts deines gegenwärtigen Zustands bestimmt niemand«, versicherte James ihr. »Trotz der elenden Hitze hier drin hast du eine Gänsehaut.«

»Wenn's nicht bald besser wird, lasse ich einen Arzt holen, das verspreche ich.«

»Wann kommt übrigens mein neuer Kumpel Jack aus London zurück?«

»Das weiß ich auch nicht so genau. Ihr scheint ja gestern einen tollen Abend gehabt zu haben«, stellte sie spöttisch fest.

»Allerdings. Ein Mann ganz nach meinem Geschmack, dein Verlobter. Ich nehme alles, was ich über die Alkoholfeindlichkeit der Kollegen in Hollywood gesagt habe, zurück. Gegen Jack bin ich ein Waisenknabe.«

Nach dem Lunch hatte Rebecca bis zum Abend frei. Dann sollte anlässlich Robert Hopes Geburtstag auf der Terrasse ein feierliches Essen für die Schauspieler stattfinden. Einem plötzlichen Impuls folgend schlenderte sie in die Bibliothek und zum Kamin, um das Porträt von Violet Astbury noch einmal zu betrachten.

»Ja, die Ähnlichkeit ist frappierend«, sagte eine Stimme hinter ihr.

Als Rebecca sich umdrehte, sah sie, dass Ari Malik sie aus einem Ledersessel mit hoher Lehne anlächelte.

»Oh, Sie haben mich erschreckt. Ich hatte Sie gar nicht bemerkt.«

»Sorry.« Ari stand auf und trat zu ihr. »Die Frage drängt sich auf: Sind Sie mit Violet Astbury verwandt?«

»Wie ich Anthony erklärt habe, als er mir das Bild gezeigt hat: Meine Familie stammt aus Chicago und war nicht wohlhabend. Soll heißen: soweit ich weiß, nicht.«

»Trotzdem muss der arme Anthony das Gefühl haben, dass die Vergangenheit seiner Familie ihn einholt.« Ari seufzte.

»Ich habe mich gestern Abend mit ihm unterhalten, und die Geschehnisse damals haben ihn tatsächlich aus der Fassung gebracht. Er hält die Erinnerung an Violet und seine Mutter Daisy hoch«, erklärte Rebecca. »Treffen Sie sich heute mit ihm?«

»Ich denke, ja, obwohl ich ihn seit meiner Ankunft noch nicht zu Gesicht bekommen habe. Gestern Abend hat er mich völlig überraschend angerufen, um mir zu sagen, dass ich bis zu meiner Abreise nach Indien hier wohnen kann. Mrs Trevathan schien allerdings nicht sonderlich erfreut über dieses Arrangement zu sein, als sie mich vorhin auf mein Zimmer gebracht hat.«

»Haben Sie gefunden, wonach Sie suchten?«

»Ich habe genug gesehen, um mir ziemlich sicher zu sein, dass meine Urgroßmutter tatsächlich in Astbury war und der größte Teil ihrer Geschichte stimmt. Ich bin nicht hergekommen, um irgendjemandes Leben auf den Kopf zu stellen. Verständlicherweise gibt Anthony nur ungern Fakten über die Vergangenheit seiner Familie preis. Wahrscheinlich unterstellt er mir andere Motive.«

»Und, haben Sie die?«

»Nein.« Ari schüttelte den Kopf. »Ich möchte mich nur vergewissern, dass meine Urgroßmutter hier war und ihr Sohn tatsächlich als Kind gestorben ist, wie seine Sterbeurkunde bescheinigt.«

»Glauben Sie, Anthony weiß mehr, als er zugibt?«

»Manchmal habe ich das Gefühl, aber bei dem Abendessen neulich hat er mir gestanden, dass er es nicht erträgt, die Aufzeichnungen weiterzulesen, und das glaube ich ihm. Das Ganze war für alle Beteiligten eine Tragödie. Wahrscheinlich hat Anthony recht mit seiner Annahme, dass der Tod seiner Großeltern Violet und Donald den Niedergang der Astburys einleitete.«

»Ari, ich kenne noch nicht die ganze Geschichte, aber nach allem, was ich bis jetzt gelesen habe, vermute ich, dass Anahitas und Donalds Beziehung die Ursache für die weiteren Ereignisse war. Habe ich recht?«

»Ja.«

»Wenn sich herausstellen sollte, dass das Kind von Anahita und Donald tatsächlich noch lebt, würde das doch bedeuten, dass Sie irgendwie mit ihm und letztlich auch mit Anthony verwandt sind, oder?«

»Es ist kompliziert, Rebecca, und wirft zahlreiche Fragen auf.«

»Als Erstes fällt mir ein, ob Sie Ihrer Verwandtschaft wegen unter Umständen einen juristischen Anspruch auf dieses Anwesen hätten.«

»Daran hab ich nicht mal gedacht«, sagte Ari aufrichtig erstaunt.

»Anthony aber vielleicht schon. Es könnte helfen, ihm in dieser Hinsicht die Angst zu nehmen. Sie sehen ja, dass Astbury sein Lebensinhalt ist.«

»Sie haben recht. Offen gestanden weiß ich nicht, woran ich mit Anthony bin.«

»Möglicherweise empfindet er das Ganze einfach als sehr schmerzhaft. Das ist manchmal so mit der Vergangenheit«, erklärte Rebecca.

»Ich werde ihn nicht weiter drängen. Ein paar Dingen kann ich auch ohne seine Hilfe nachgehen. Aber genug von mir und den Rätseln der Vergangenheit. Wie läuft's bei Ihnen? Kommen Sie mit dem Film voran?«, erkundigte sich Ari.

»Ich fühle mich okay, und die Filmarbeiten machen auch Fortschritte. Doch seit ich hier bin, leide ich unter schlimmer Migräne.«

»Merkwürdig. Hatten Sie damit früher schon Probleme?«, fragte er mit nachdenklicher Miene.

»Nein, das ist das erste Mal. Aber davon lasse ich mir meinen Aufenthalt in England nicht vermiesen.«

»Und wie geht's Ihrem Verlobten?«

»Er trifft sich gerade in London mit einem Regisseur. Um unsere Beziehung steht es momentan nicht zum Besten.«

»Hatten Sie nicht gesagt, dass es, seit er hier ist, besser läuft?«

Rebecca schüttelte den Kopf. »Das wollte ich wahrscheinlich glauben. Ich denke, ich muss anfangen, auf mich zu hören und mein Leben selbst in die Hand zu nehmen.«

»Sie haben gerade fast wörtlich ein Gedicht zitiert, das ich neulich wieder einmal gelesen habe. ›If‹ von Rudyard Kipling, das Lieblingsgedicht meines Vaters. Kennen Sie es?«

»Nein, leider nicht«, antwortete Rebecca.

»Lesen Sie's. In dem Gedicht geht es darum, dass man sich selbst treu sein soll.«

»Wird gemacht«, versprach sie. »Aber jetzt muss ich los. Heute Abend findet auf der Terrasse ein großes Essen zu Ehren unseres Regisseurs statt, und ich muss mich noch umziehen.«

»Ich möchte auf dem örtlichen Friedhof nach Hinweisen auf Anahitas Sohn suchen und in Exeter recherchieren, ob sein Tod offiziell dokumentiert wurde.«

»Lassen Sie es mich wissen, wenn Sie etwas finden? Irgendwie habe ich das Gefühl, auch Teil der Geschichte zu sein. Wahrscheinlich liegt das an meiner Ähnlichkeit mit Violet. Kannte Ihre Urgroßmutter sie?«

»Ja, offenbar schon«, antwortete Ari, als sie die Bibliothek verließen. »Ich wünsche Ihnen einen schönen Abend, Rebecca. Und gehen Sie zum Arzt, wenn die Kopfschmerzen nicht bald aufhören, ja?«

»Das tue ich. Danke.«

Als er ihr nachsah, wurde ihm klar, wieso sie Anthony so durcheinandergebracht hatte. Selbst er war verwirrt über ihre Ähnlichkeit mit Violet. Und trotz ihres Ruhms und Erfolgs wirkte Rebecca verletzlich. Das Schicksal hatte sie nach Astbury verschlagen wie in ein komplexes Schachspiel.

Wie Anthony hatte er den Eindruck, dass die Geschichte

sich wiederholte: Donald und Anthony, die unverheirateten Erben von Astbury, Violet und Rebecca, die schönen, reichen Amerikanerinnen, und Anahita und er aus einem fernen exotischen Land …

Wenn Anahita tatsächlich da oben bei den Geistern war, die sie ihrer Aussage nach ihr gesamtes Leben geleitet hatten, verfolgte sie nun wohl interessiert, wie eine neue Generation menschlicher Akteure das komplizierte Spiel des Lebens meisterte.

Obwohl Rebecca mehrere Tabletten gegen die Kopfschmerzen geschluckt hatte, fiel es ihr schwer, das Geburtstagsessen für Robert auf der Terrasse durchzustehen.

»Du bist sehr still, Schätzchen«, sagte James und legte einen Arm um ihre Schulter. »Immer noch nicht besser?«

»Alles okay, James, mach dir keine Sorgen.«

»Der schlimme Junge Jack kommt also heute noch zurück?«

»Ich glaube schon. Er kann mich hier in Astbury nicht auf dem Handy erreichen, um mir zu sagen, wann.«

»Gratuliere, dass du ihn gebändigt hast, Becks. An dem Abend im Pub haben ihn alle Frauen umschwärmt, aber er hat sie keines Blickes gewürdigt. Er liebt dich wirklich.«

»Meinst du?«

»Gott, ja!« James trank einen Schluck Sekt. »Es ist schon eine ganz besondere Frau nötig, damit ein Mann ihr ewige Treue schwört, das kannst du mir glauben.«

»Schätze, das soll ein Kompliment sein«, sagte Rebecca. »Ich geh jetzt schlafen. Bis morgen früh.«

In ihrem Zimmer dachte Rebecca über das nach, was James gesagt hatte. Möglich, dass Jack sie liebte und die Avancen anderer Frauen ignorierte – zumindest fürs Erste –, doch die Tatsache blieb, dass er sich seinen Problemen stellen musste.

Oder ging sie zu hart mit ihm ins Gericht?

Nachdem sie sich ausgezogen und aufs Bett hatte fallen lassen, nahm sie einen Schluck von Mrs Trevathans Kamillentee, warf einen Blick auf ihre Uhr und fragte sich, wo Jack blieb. Schließlich schaltete sie das Licht aus, halb hoffend, dass er nicht mehr aufkreuzen würde, weil sie dann ungestört schlafen konnte.

Es war nach Mitternacht, als er das Zimmer betrat.

»Hi, Baby.« Jack durchquerte den Raum beschwingten Schrittes und küsste sie. Er stank so nach Alkohol, dass Rebecca, der sowieso schon übel war, den Kopf wegdrehte.

»Alles in Ordnung, Becks? Du hast eine merkwürdige Gesichtsfarbe.«

»Ich hab wieder Kopfweh. Wenn's morgen nicht besser ist, lass ich einen Arzt kommen.«

»Ja, mach das.« Jack setzte sich auf die Bettkante und nahm ihre Hand. »Armes Kleines. Hey, könnte es sein, dass ich dir ein Kind gemacht hab?«

»Nein, Jack, das ist unmöglich. Ich nehme die Pille, das weißt du doch.«

»Ja, aber wär das nicht toll? Wahrscheinlich würde es das schönste Kind der Welt. Und für mich wär das kein Problem. Wird höchste Zeit, dass ich Daddy werde.«

»Jack, eine Schwangerschaft kann ich mit fast völliger Sicherheit ausschließen«, entgegnete Rebecca müde. »Und, wie ist es gelaufen?«

»Bestens. Ich und der Regisseur, wir haben uns sofort super verstanden. Hinterher sind wir zum Essen gegangen und haben uns einen Kumpelabend gegönnt«, erzählte er schmunzelnd.

»Und wann sagt er dir wegen der Rolle Bescheid?«

»In den nächsten Tagen. Ich nehm jetzt ein Bad in der alten Wanne am Ende vom Flur. In diesem komischen Gemäuer gibt's ja leider keine Dusche.« Er küsste sie auf die Nase. »Entspann dich ein bisschen, während du auf mich wartest.«

Rebecca nickte und schloss die Augen, als Jack mit seinem Kulturbeutel das Zimmer verließ.

Fünfzehn Minuten später legte er sich zu ihr ins Bett.

»Könntest du die Energie aufbringen, heute Nacht ein Baby zu machen?«, flüsterte er.

»Jack, mir geht's wirklich nicht gut. Würdest du mich bitte schlafen lassen?«

»Spielverderberin.« Als er sich über sie beugte, um sie zu küssen, sah sie zu ihrem Schrecken weißes Pulver in seiner Nase.

»'tschuldige Becks, aber ich bin nun mal mit der Traumfrau im Bett, die jeder Mann der westlichen Welt flachlegen möchte. Kein Wunder, dass mich das antörnt.«

»Bitte! Ich hab gesagt, mir geht's nicht gut, ich muss schlafen.«

»Sorry«, sagte er eingeschnappt, als sie sich abwandte und das Licht ausschaltete.

Am Morgen bat Rebecca Steve, einen Arzt zu holen. Da sie diesen schlecht neben ihrem Verlobten begrüßen konnte, der seinen Rausch ausschlief, ging sie nach unten und wartete im Salon auf ihn.

Zwanzig Minuten später betrat ein groß gewachsener Mann mittleren Alters mit Arzttasche den Raum in Begleitung von Steve.

»Ich lasse Sie allein«, sagte Steve von der Tür aus, während der Arzt sich zu ihr setzte.

»Hallo, Miss Bradley. Ich bin Dr. Trefusis. Wie kann ich Ihnen helfen?«

Rebecca erklärte ihre Symptome und ließ sich gründlich von ihm untersuchen.

»Gut«, sagte er hinterher. »Ihr Puls ist zu schnell und Ihr Blutdruck zu hoch. Das kann auf Stress zurückzuführen sein, besonders wenn man es mit einem fremden Arzt zu tun hat«, erklärte er mit einem freundlichen Lächeln.

»Ich versteh das nicht, ich bin so gut wie nie krank«, seufzte sie.

»Wir sind alle nur Menschen. Das kann dem Gesündesten

passieren. Ich hätte jetzt gern eine Urinprobe von Ihnen, und außerdem möchte ich Ihnen Blut abnehmen. Bitte versuchen Sie, ruhig zu bleiben, Miss Bradley. Mit ziemlicher Sicherheit haben Sie sich ein Virus eingefangen. Ihre Temperatur ist nicht erhöht, doch das könnte an den Ibuprofen liegen.«

Rebecca ging mit einem kleinen Plastikbehälter für die Urinprobe in die Toilette, bevor sie sich mit abgewandtem Gesicht Blut von ihm abnehmen ließ. Der Anblick der Nadel erinnerte sie an ihre Mutter.

»Schon passiert. Hier ist meine Handynummer, für den Fall, dass sich Ihr Zustand verschlechtert. Ich melde mich bei Ihnen, sobald ich Ihre Blut- und Urinwerte habe. Das könnte allerdings einige Tage dauern. Bis dahin sollten Sie im Bett bleiben. Trinken Sie viel und nehmen Sie weiter Ibuprofen.«

»Im Bett bleiben? Das geht nicht! Mein Drehplan für die nächsten zwei Tage ist voll, und ich möchte die Kollegen nicht aufhalten«, rief Rebecca entsetzt aus.

»Sie können nichts dafür, dass Sie krank sind, Miss Bradley. Im Moment befinden Sie sich nicht in der Verfassung zum Arbeiten. Ich rede mit dem Mann, der mich zu Ihnen gebracht hat, und erkläre ihm die Situation.« Dr. Trefusis schloss seine Tasche und machte sich auf den Weg zur Tür, wo er stehen blieb. »Sind Sie möglicherweise schwanger?«

»Ich nehme die Pille«, erklärte Rebecca auch ihm.

»Trotzdem würde ich gern einen Schwangerschaftstest durchführen, um ganz sicher zu sein. Auf Wiedersehen, Miss Bradley.«

Rebecca lehnte sich mit dröhnendem Kopf und schlechtem Gewissen darüber, dass sie krank war, auf dem Sofa zurück. Am liebsten wäre sie in ihr Zimmer gegangen, hätte die Vorhänge zugezogen und geschlafen. Doch die Vorstellung, sich in diesem angeschlagenen Zustand mit Jack auseinandersetzen zu müssen, hielt sie zurück.

Zehn Minuten später betrat Steve den Raum. »Alles geregelt, meine Liebe. Ich hab mit Robert gesprochen. Wir stellen den Drehplan um, damit Sie sich ein paar Tage erholen können.«

»Tut mir leid, Steve, dass ich Ihnen solche Umstände mache.«

»Rebecca, hören Sie auf, sich etwas vorzuwerfen. Hier wissen alle, wie fleißig Sie sind. Uns tut es leid, dass es Ihnen nicht gut geht. Wollen wir hoffen, dass Sie sich nach ein bisschen Ruhe besser fühlen.«

»Ja. Danke.«

»Gehen Sie rauf und legen Sie sich hin«, schlug Steve vor.

»Jack schläft noch. London hat ihn ziemlich angestrengt. Ich bleibe hier unten, bis er aufsteht.«

»Okay.« Steve bedachte sie mit einem merkwürdigen Blick, bevor er sich verabschiedete. »Aber Sie gehören ins Bett. Ich frage Mrs Trevathan, ob sie uns für Sie noch ein Zimmer zur Verfügung stellen kann.«

Rebecca war das alles schrecklich peinlich. Sie war nicht nur zu krank zum Arbeiten, sondern konnte auch nicht in ihr Zimmer, weil ihr Freund darin schlief.

»Hallo, meine Liebe.« Wenige Minuten später betrat Mrs Trevathan mit mitfühlendem Blick den Salon. »Wie geht es Ihnen?«

»Schrecklich«, antwortete Rebecca, den Tränen nahe.

»Ganz ruhig, meine Liebe.« Mrs Trevathan legte tröstend eine Hand auf die von Rebecca. »Steve hat mir alles erklärt. Sie können ein zweites Schlafzimmer haben.«

Eine halbe Stunde später lag Rebecca in einem riesigen Himmelbett, und Mrs Trevathan brachte ihr Wasser, Tee und Illustrierte, die Rebecca ihrer Meinung nach interessierten.

»Ich glaube, in ein paar davon sind Fotos von Ihnen«, erklärte sie schmunzelnd.

»Was für ein schönes Zimmer«, stellte Rebecca fest.

»Ja, nicht? Das war die Suite von Lady Violet Astbury. Sie ist in den vierzig Jahren, die ich nun schon hier arbeite, nie genutzt worden. Seine Lordschaft persönlich hat sie vorgeschlagen, als ich ihn gefragt habe, wo ich Sie unterbringen soll. Das Zimmer hat den schönsten Blick auf den Garten und das Moor, und es ist das einzige mit eigenem Bad. Außerdem befinden sich ein Wohn- und ein Ankleideraum hinter dieser Tür.« Sie zeigte Rebecca die Richtung.

»Richten Sie bitte Anthony meinen Dank aus. Ich brauche es nur, bis Jack aufsteht.«

»Ich an Ihrer Stelle würde hierbleiben, bis es mir besser geht. Aber schlafen Sie jetzt mal lieber, meine Liebe.«

»Ganz herzlichen Dank für alles.«

»Keine Ursache. Dafür bin ich doch da.« Mrs Trevathan verließ lächelnd das Zimmer.

Als Rebecca später aufwachte, fühlte sie sich ein wenig besser und trank einen Schluck von Mrs Trevathans Tee. Nun nahm sie das Zimmer erst richtig wahr. Fast konnte sie es nicht glauben, dass es so viele Jahre unbewohnt gewesen war – sogar die Bodenleisten sahen frisch gestrichen aus. Auf dem hochglanzpolierten Art-déco-Frisiertisch befanden sich Parfümfläschchen und eine Haarbürste, und an der Ecke eines der drei Spiegel hing eine Perlenkette. Rebecca schnupperte an dem Parfüm … und stellte erstaunt fest, dass sie den blumigen Duft kannte: Es war der, den sie einige Nächte zuvor in ihrem Zimmer gerochen hatte.

Sie tappte barfuß ins Bad und war erneut überrascht über den tadellosen Zustand. Die Badewanne war alt, wirkte jedoch nicht so abgenutzt wie fast alles andere im Haus. Eine Wand wurde ganz von Spiegelschränken eingenommen. Rebecca öffnete einen und staunte über die wunderschönen Gewänder darin, die alle in transparenten Kleidersäcken steckten.

»Violets Sachen«, murmelte sie, kehrte ins Schlafzimmer zurück und ging zu der anderen Tür. Dahinter befand sich ein kleiner, hübsch eingerichteter Wohnraum. Auf einem Sekretär standen Fotos in Silberrahmen, aus denen ihr Violets Gesicht – ihr eigenes Gesicht – entgegenblickte. Neben ihr war ein attraktiver junger Mann in Abendgarderobe zu sehen; das musste Donald sein, Anthonys Großvater.

Eine weitere Tür führte zu einem karg eingerichteten kleineren Zimmer, das offensichtlich einem Mann gehört hatte. Das schmale Holzbett, der Mahagonischrank, die Kommode und das volle Bücherregal darin sagten ihr, dass das Donalds Ankleideraum gewesen sein musste. Rebecca las die Titel der Bände im Regal, die von Kinderbüchern bis zu Thomas Hardy reichten. Besonders einer fiel ihr auf: Auf dem Rücken eines dicken, in braunes Leder gebundenen Bandes stand in geprägten Goldlettern »Rudyard Kipling«. Das erinnerte sie an das Gedicht »If« des berühmten Schriftstellers, das Ari tags zuvor erwähnt hatte. Als sie ihn herauszog, fiel ihr Blick auf reich verzierte Goldinsignien. Sie setzte sich aufs Bett, schlug das Buch vorsichtig auf und fand darin eine Widmung in verblasster Tinte:

Weihnachten 1910
Mein lieber Donald, dieses besondere Geschenk habe ich vom Maharadscha von Koch Bihar nach fünf Jahren als dortiger Resident vor meiner Rückkehr nach England erhalten. Er hat es eigens für mich in Auftrag gegeben, da er wusste, dass Rudyard Kipling mein Lieblingsautor ist. Ganz vorne befindet sich sein mit der Hand geschriebenes Gedicht, aber eigentlich ist es ein Tagebuch.
Verfahre damit, wie Du möchtest.
Dein Dich liebender Vater
George

Rebecca wusste von der Inschrift im Mausoleum, dass George Astbury wenige Wochen später im Januar 1911 gestorben war.

Sie blätterte zu dem handgeschriebenen, mit erlesenen Goldverzierungen geschmückten Gedicht. Als sie es gelesen hatte, wusste sie, dass ein Vater seinem Sohn kaum ein schöneres letztes Geschenk machen konnte.

Die Worte gaben ihr noch hundert Jahre später Kraft.

Ein Tintenfleck auf einer der Seiten veranlasste sie weiterzublättern, und sie setzte sich wieder, um den ersten, in makelloser Schrift verfassten Eintrag zu lesen.

Januar 1911
Vater ist vor vier Tagen gestorben. Ich habe es in der Schule erfahren und bin jetzt zur Beisetzung zu Hause. Mutter verbringt die meiste Zeit in der Kapelle und besteht darauf, dass wir sie begleiten. Offen gestanden kann ich im Moment nicht so recht an IHN glauben, aber ich werde mein Möglichstes tun, um sie in ihrem Kummer zu stützen. Auch Selina wirkt verzweifelt. Mir ist klar, dass ich jetzt der Mann im Haus bin und Stärke beweisen muss. Aber die Wahrheit sieht so aus: Vater, du fehlst mir schrecklich, und ich weiß nicht, wie ich die Frauen trösten soll.

Der Rest der Seite war leer, doch als Rebecca erneut weiterblätterte, stellte sie fest, dass das Tagebuch 1912 von Neuem begann, dass in den nächsten drei Jahren gelegentliche Einträge folgten und diese schließlich im Februar 1919, also nach dem Ende des Ersten Weltkriegs, wieder aufgenommen wurden.

Da hörte Rebecca, wie jemand ihren Namen rief. Sie stellte das Buch ins Regal zurück und eilte ins Schlafzimmer.

»Wie geht es Ihnen, meine Liebe?«, erkundigte sich Mrs Trevathan, die gerade hereingekommen war.

»Besser, danke.«

»Sie haben auch wieder ein bisschen mehr Farbe. Rebecca, Jack ist wach und möchte Sie sprechen. Ich habe ihm gesagt, dass Sie schlafen. Fühlen Sie sich in der Lage, ihn zu sehen?«

»Nicht wirklich«, gab sie zu.

»Soll ich dafür sorgen, dass er bis morgen beschäftigt ist? Er könnte seinen Schauspielerfreund ins Hotel in Ashburton begleiten. Mr James hat sich übrigens nach Ihnen erkundigt und schickt Ihnen liebe Grüße.«

»Das wäre sehr nett von Ihnen. Aber wenn Jack tatsächlich mit James ausgehen sollte, könnte es spät werden …«

»Keine Sorge, darum kümmere ich mich schon.«

»Schicken Sie ihn bitte, falls er Ihnen Unannehmlichkeiten machen sollte, zu mir.«

»Ich kann Ihnen versichern, dass ich schon sehr viel Schlimmeres als Ihren jungen Mann in den Griff gekriegt habe. Ich habe Ihnen das Abendessen, ausreichend Wasser und auf ausdrücklichen Wunsch Seiner Lordschaft ein Glas warme Milch bereitgestellt. Auch er schickt Ihnen Grüße und wünscht Ihnen gute Besserung. Ach, und der indische Herr, der nun bei uns wohnt, hat sich ebenfalls sehr besorgt geäußert und wollte Sie sehen. Ich gehe jetzt und kümmere mich darum, dass Sie heute Nacht von keinem Ihrer Verehrer gestört werden.« Mrs Trevathan zwinkerte ihr zu. »Wenn Sie irgendetwas brauchen sollten, betätigen Sie einfach die Klingel neben dem Bett.«

Rebecca sah hinüber. »Die funktioniert noch?«

»Ja, meine Liebe«, antwortete Mrs Trevathan. »Gönnen Sie sich doch ein schönes langes Bad und gehen Sie früh zu Bett. Ich kann Ihnen Ihre Sachen aus Ihrem alten Zimmer bringen.«

»Danke. Sie haben recht: Ich brauche tatsächlich Ruhe.«

»Ich weiß. Wie gesagt: Überlassen Sie alles mir.«

Einem plötzlichen Impuls folgend, trat Rebecca zu Mrs Trevathan und umarmte sie. »Danke.«

Überrascht und verlegen ob Rebeccas Gefühlsausbruch löste Mrs Trevathan sich hastig von ihr und marschierte zur Tür. »Gute Nacht, schlafen Sie gut.«

»Das werde ich.«

Beruhigt darüber, dass Jack nicht urplötzlich auftauchen würde, nahm Rebecca ein Bad und holte noch einmal das ledergebundene Tagebuch aus Donalds Ankleidezimmer. Im Bett wandte sie sich den Seiten nach dem Ersten Weltkrieg zu.

Im ersten Eintrag war die Rede davon, dass »A« an Bord eines Schiffs nach Indien gehe.

Bestimmt, dachte Rebecca, meinte Donald damit Anahita.

Wenn ja, beinhaltete dieses Buch, das jahrzehntelang unbemerkt im Regal gestanden hatte, möglicherweise den Beleg, den Ari zur Bestätigung von Anahitas Geschichte suchte.

Bereits nach der Lektüre von zwei weiteren Einträgen wusste Rebecca, dass »A« tatsächlich Anahita war, und hob den Blick zum Himmel.

»Anni, du hast uns beide hierhergeführt, und ich habe es gefunden«, flüsterte sie, machte es sich bequem und ließ sich von Donalds Worten in die Vergangenheit entführen.

Donald,
Februar 1919

30

1. Februar
A hat heute mit dem Schiff abgelegt, das sie nach Indien bringen wird. Ich fühle mich sehr elend. Sie ist so menschlich und klug, anders als alle anderen Mädchen, die ich kenne. Wie ich in den nächsten Wochen ohne sie zurechtkommen soll, weiß ich nicht. Und morgen muss ich nach Astbury zurück und Mutter auf den Verkauf des Anwesens vorbereiten. Ehrlich gesagt fürchte ich mich vor ihrer Reaktion.

19. Februar
In Astbury. Mutter weigert sich nach wie vor, ihr Zimmer zu verlassen. Sie behauptet, sie liege im Sterben, aber der Arzt kann körperlich nichts feststellen. Der gesamte Haushalt weiß, dass sie Selina immer noch die Hochzeit mit Henri nachträgt. Egal, ob ihr das gefällt oder nicht: Heute werde ich mit ihr reden. So kann es nicht weitergehen. Habe ein wunderbares Telegramm von A erhalten, die vor drei Tagen neunzehn geworden ist. Ihre Worte der Liebe geben mir Kraft. In zwei Wochen wird sie in Kalkutta anlegen. Ich kann nur hoffen, dass sie bald wieder nach Hause kommt. Habe ihr ein Telegramm geschickt, in dem steht, wie sehr ich sie liebe …

Donald straffte die Schultern und klopfte an der Tür zum Zimmer seiner Mutter. Er hörte das Klappern von Porzellan und ein schwaches »Herein«.

»Hallo, Mutter. Darf ich einen Vorhang aufmachen? Hier drinnen ist es so dunkel, dass ich dich kaum sehe.«

»Wenn's sein muss, aber das Licht tut meinen Augen weh«, antwortete Maud mit schwacher Stimme.

Donald zog einen Vorhang zurück und trat zu seiner Mutter. »Kann ich mich setzen?«

»Rück einen Stuhl heran«, wies sie ihn mit einer matten Geste an.

Donald nahm Platz. »Wie geht es dir?«

»Unverändert schlecht.«

»Immerhin hast du wieder ein bisschen Farbe.«

»Das ist wahrscheinlich das Rouge, das ich mir heute Morgen von Bessie habe auftragen lassen«, erklärte Maud. »Ich fühle mich jeden Tag schlechter.«

Donald holte tief Luft. »Mutter, ich weiß, dass es dir nicht gut geht, aber wir müssen einige Dinge bereden.«

»Zum Beispiel, dass deine Schwester diesen grässlichen kleinen Franzosen geheiratet hat? Dein Vater würde sich im Grab umdrehen, wenn er das wüsste.«

Donald war klar, wie glücklich sein herzlicher, sanfter Vater darüber gewesen wäre, dass Selina nach dem Verlust ihres ersten Mannes jemanden gefunden hatte, mit dem sie ihr Leben teilen wollte.

»Es ist, wie es ist, Mutter, und lässt sich nicht mehr ändern. Selina ist eine erwachsene Frau und muss ihre Entscheidungen selbst treffen.«

»Warum gehst du zu ihrer erbärmlichen kleinen Hochzeit, wenn du sie nicht gutheißt?«, fragte Lady Astbury. »Von der Londoner Gesellschaft lässt sich dort niemand blicken.«

»Sie ist meine Schwester, Mutter. Und ich mag Henri. Ich glaube, er liebt Selina und wird gut für sie und Eleanor sorgen.«

»Was willst du dann mit mir besprechen?«

Donald nahm all seinen Mut zusammen. »Mutter, Astbury steckt in ernsten finanziellen Schwierigkeiten, und wenn ich nicht bald etwas unternehme, fällt uns buchstäblich die Decke auf den Kopf. Wir sind so tief verschuldet, dass die Bank sich möglicherweise sogar zu einer Zwangsversteigerung entschließt.«

Als seine Mutter nichts erwiderte, sprach er weiter.

»So traurig das auch sein mag: Mir bleibt nichts anderes übrig, als zu verkaufen. Ich muss noch dankbar sein, wenn ich einen finanzkräftigen Interessenten finde, der das Potenzial von Astbury erkennt.«

Lady Astbury sah ihren Sohn entsetzt an.

»Astbury *verkaufen*?« Sie warf den Kopf in den Nacken und lachte. »Donald, obwohl ich weiß, dass das Haus renovierungsbedürftig ist, bin ich der Ansicht, dass du übertreibst. Wir können es nicht verkaufen! Es befindet sich seit dem sechzehnten Jahrhundert im Besitz unserer Familie!«

»Ich habe im letzten Monat mit unserer Bank, dem Buchhalter und dem Verwalter gesprochen, und alle stoßen ins gleiche Horn: Wir stehen vor dem Ruin. Tut mir leid, aber so ist es nun mal.«

»Donald.« Plötzlich wurde Lady Astburys Stimme schrill. »Egal, was passiert: Dem Verkauf von Astbury werde ich niemals zustimmen.«

»Mutter«, erwiderte Donald, so ruhig er konnte, »du erinnerst dich vielleicht, dass das Anwesen, als ich volljährig wurde, in meinen Besitz übergegangen ist. Deshalb liegt die Entscheidung bei mir. Egal, wie wenig uns das gefallen mag: Wir müssen verkaufen. Weil uns sonst der Gerichtsvollzieher auf die Straße setzt.«

Maud sank in die Kissen und griff sich ans Herz.

»Wie kannst du nur so grausam sein? Ich bin eine kranke Frau und habe schreckliche Schmerzen in der Brust; bitte ruf Bessie, ruf den Arzt …«

Sie war tatsächlich aschfahl geworden.

»Mutter, ich will dich nicht aus der Fassung bringen, aber uns bleibt wirklich nichts anderes übrig.«

Als sie nach Luft zu ringen begann, stand Donald auf. »Ich hole Dr. Trefusis. Tut mir leid, dass ich dich so aufgeregt habe.« Er verließ seufzend das Zimmer.

Wenig später untersuchte Dr. Trefusis Maud, während Donald unruhig vor der Tür wartete.

»Sie hat einen nervösen Anfall erlitten. Ich habe ihr ein Schlafmittel gegeben und sehe morgen früh wieder nach ihr. Uns allen zuliebe würde ich Ihnen raten, das Thema, über das Sie vorhin mit ihr gesprochen haben, erst einmal ruhen zu lassen.«

10. März
Habe ein Telegramm von A erhalten, in dem steht, dass das Schiff sicher in Indien angelegt hat und sie auf dem Weg zum Palast von Koch Bihar ist. Mutter weigert sich nach wie vor, ihr Zimmer zu verlassen oder mich zu empfangen, und ich laufe in einem Zustand permanenter Angst und Verzweiflung im Haus herum. Diesen Nachmittag habe ich, um mich zu trösten, einen langen Brief an A geschrieben. Der düstere Schatten, der gegenwärtig auf Astbury liegt, ist fast mit Händen zu greifen. Die Bediensteten haben ein feines Gespür für Probleme, bestimmt wissen sie, dass etwas im Busch ist. Heute Morgen war ein Makler bei uns, um den Wert des Anwesens zu schätzen – er ist denkbar gering, wenn man bedenkt, was alles dazugehört. Immerhin wird der Erlös reichen, die Schulden zu begleichen, für mich und A ein deutlich kleineres Landhaus sowie für meine Mutter etwas Ähnliches zu erwerben.

Donald war froh über die hellen Frühlingstage im April, die den Garten zu neuem Leben erweckten und den Stechginster im Moor leuchtend gelb erblühen ließen. Doch als er eines Morgens mit Glory den Stall verließ, überkam ihn Angst. Fast einen Monat hatte er nichts von Anni gehört, seit ihrer Ankunft im Palast von Koch Bihar. Beim Galopp übers Moor begannen ihn Zweifel zu quälen.

Hatte sie in Indien einen anderen kennengelernt? Sie war eine schöne, kluge und gebildete Frau – keine Prinzessin, nein, aber aristokratisch aufgrund ihrer Anmut und Intelligenz und deswegen für jeden Mann attraktiv. Er selbst war zwar ein britischer Lord, jedoch mittellos. Und sobald Astbury verkauft wäre, hätte er kein Reich mehr, über das er herrschen konnte.

Im vergangenen Monat war Donald klar geworden, dass seine Erziehung ihn lediglich dazu befähigt hatte, als Angehöriger des Landadels sein Anwesen und seine Bediensteten zu führen. Was konnte er, vorausgesetzt, er kehrte nicht in die Armee zurück – ein grässlicher Gedanke –, mit seiner Zukunft anfangen, wenn das Anwesen verkauft wäre? Er stieg bei dem Bach ab, an dem Anni und er sich in jenem ersten Sommer unterhalten hatten, und legte sich ins Gras, um nachzudenken.

Nach seinen Kriegserfahrungen erschien ihm ein Leben im Müßiggang sinnlos. Und er hatte ein schlechtes Gewissen, weil *er* es sein würde, der einen Schlussstrich unter die jahrhundertelange Geschichte der Astburys in Astbury Hall zog. Wieder ertappte er sich dabei, wie er überlegte, ob es nicht vielleicht doch eine Möglichkeit gab, das Anwesen zu retten. Er wusste: Wenn er einen Weg fände, würde er ihn einschlagen, nicht nur seiner Familiengeschichte wegen, sondern auch, weil er damit den etwa zweihundert Bediensteten und Pächtern den Lebensunterhalt sichern und seine Mutter beruhigen könnte, die durch seine Pläne in ihren Grundfesten erschüttert war.

Donald erhob sich und schwang sich wieder in den Sattel. Er würde sein Schicksal akzeptieren und sich auf die Zukunft mit Anni konzentrieren müssen, um einen neuen Sinn im Leben zu finden.

15. Mai
Gestern ist Mutter (endlich!) aus ihrem Zimmer aufgetaucht. Von A habe ich seit fast zehn Wochen kein Wort gehört. Ich habe zahllose Briefe an den Palast geschrieben, jedoch keine Antwort erhalten. Wo kann sie sein? Noch nie war ich so niedergeschlagen. Vielleicht hat sie mich vergessen, wie ihre Freundin Indira einen indischen Prinzen kennengelernt und mit ihm das Weite gesucht …

Donald ließ den Stift fallen, erhob sich und blickte betrübt durchs Fenster hinaus. Die Sonne stand hoch am Himmel, und es war ein strahlender Tag, den er nur leider nicht genießen konnte, weil ihn schreckliche Gedanken an Anni und die Gründe, warum sie sich nicht meldete, beschäftigten. Möglicherweise lag es daran, dass seine Briefe nicht zu ihr gelangten. Der Postverkehr zwischen England und Indien war bekanntermaßen langsam. Er wusste, dass er erst wieder ruhig würde schlafen können, wenn er von ihr hörte.

Beim Frühstück stellte er fest, dass seine Mutter sich durch einen Teller mit Eiern und Speck arbeitete.

»Freut mich, dass es dir besser geht, Mutter.« Er rang sich ein Lächeln ab.

»Du weißt ja, wie sehr mir der Winter immer zu schaffen macht. Aber jetzt kommt der Sommer, und es gibt jede Menge zu tun.«

»Ach.« Donald fragte sich, was sie meinte.

»Ja.« Maud reichte ihm einen Brief. »Alte Freunde deines Vaters haben geschrieben, dass sie uns gern besuchen würden. Natürlich habe ich Ja gesagt.«

Donald überflog den Brief, auf dem sich ein New Yorker Absender befand. »Hier steht, dass sie in ungefähr sieben Wochen kommen wollen. Wer sind diese Drumners?«

»Ralph Drumner ist das Oberhaupt einer der ältesten und wohlhabendsten Familien von New York. Ich glaube, ihm gehört eine Bank, und seine Frau ist, soweit ich mich erinnere, reizend. Sie haben eine Tochter namens Violet, die etwa im gleichen Alter ist wie du. Sie macht ihre Europatour und wird irgendwann diesen Sommer zu ihren Eltern stoßen.«

Donald war überrascht über ihre Begeisterung, denn Maud fand die meisten Amerikaner »gewöhnlich«.

»Wenn du dich wohl genug fühlst, sie hier zu empfangen, Mutter, freut es mich, dass die Aussicht auf den Besuch alter Freunde dich so aufmuntert.«

»Ja, das weckt tatsächlich meine Lebensgeister.« Maud lächelte zufrieden.

Donald beschloss, ihre gute Laune zu nutzen und die Selina-Frage in Angriff zu nehmen. »Vielleicht könntest du dich mit dem Gedanken anfreunden, Selina hierher einzuladen, wenn deine Gäste da sind. Der kleinen Eleanor fehlen ihre Großmutter und Astbury.«

»Donald, du weißt, dass ich Selina, solange sie mit diesem Mann verheiratet ist, in unserem Haus nicht sehen möchte. Habe ich mich klar genug ausgedrückt?«

Donald seufzte. Ihm war klar, dass es ihm als Lord Astbury und Eigentümer des Anwesens freistand, sich über ihre Wünsche hinwegzusetzen und seine Schwester einzuladen, wann immer er wollte. Doch er hatte keine Lust, sich zu einem Zeitpunkt, da sich seine Mutter zu erholen schien, wieder mit ihr zu streiten.

9. Juni
War noch einmal in London, um mit dem Mann von der Bank zu reden. Weitere schlechte Nachrichten – die Zeit zerrinnt mir zwischen den Fingern, bald werde ich den Verkauf von Astbury angehen müssen. Außerdem habe ich Annis Oberschwester im Royal Hospital in Whitechapel aufgesucht, die ebenfalls kein Wort von ihr gehört hat. Habe mich kurz mit Selina getroffen, die sagt, dass sie in Südfrankreich Indira und ihrem frischgebackenen Ehemann begegnet ist. Anni hatte Indira vor ihrer Abreise aus Paris

im April erklärt, sie wolle direkt nach England zurückkehren. Ich bin außer mir vor Sorge. Was bleibt mir ohne sie?

14. Juli
Ralph Drumner und seine Frau Sissy sind vor einer Woche hier eingetroffen. Sie wirken nett und freuen sich trotz des heruntergekommenen Zustands von Astbury darüber, in einem echten englischen Herrenhaus inklusive eines englischen Lords zu wohnen. Sissy hat zur Begrüßung doch glatt einen Knicks vor mir gemacht! Ich halte Ralph Drumner für weitaus cleverer, als er sich gibt. Er scheint sagenhaft reich zu sein; Sissy trägt die neueste Pariser Mode und ist von oben bis unten mit Diamanten behängt. Sie wollen zwei Monate bleiben und in der Zeit »England machen«, wie sie sich ausdrücken. Morgen gesellt sich ihre Tochter Violet zu uns. Noch immer keine Nachricht von A. Mein Herz erstarrt allmählich zu Eis, weil mir nur ein Grund einfällt, warum sie sich nicht bei mir meldet.

»Die Drumners kommen um halb vier, rechtzeitig zum Nachmittagstee. Ich würde vorschlagen, dass wir ihn auf der Terrasse nehmen. Du weißt, dass sie nach London gefahren sind, um ihre Tochter abzuholen? Sie ist gestern Abend von Paris eingetroffen.«

»Ja, Mutter«, antwortete Donald geistesabwesend beim Frühstück.

»Sie ist etwa so alt wie du, du könntest ihr Gesellschaft leisten.«

Donald legte die *Times* zusammen und erhob sich vom Tisch. »Keine Sorge, ich tue meine Pflicht.«

Am Nachmittag machte Donald einen Ausritt über das Anwesen. Immerhin wirkten die Pächter, die noch nichts von ihrem Schicksal ahnten, zuversichtlich, weil sie eine Rekordweizenernte erwarteten und glaubten, ihm mit dieser Nachricht eine Freude zu machen.

Mittlerweile hatte sich ein Interessent für Astbury gefunden. Mr Kinghorn, ein Geschäftsmann aus Cornwall, der während des Kriegs durch Zinnhandel reich geworden war und einen guten Eindruck machte, wollte sich durch den Erwerb des Anwesens einen Platz in der guten Gesellschaft sichern. Er würde es spottbillig bekommen, weil sich in den finanziell düsteren Nachkriegsjahren niemand sonst dafür interessierte. Donald musste nur noch einschlagen. Immerhin, tröstete er sich, als er seine Stute dem Stallburschen übergab und zum Haus ging, konnte er sicher sein, dass Astbury unter dem wachsamen Blick des neuen Eigentümers höchstwahrscheinlich weitaus effizienter und professioneller geführt werden würde als bisher.

Die Drumners und Donalds Mutter saßen bereits auf der Terrasse beim Tee, was bedeutete, dass er die Reitkleidung nicht mehr würde wechseln können. Sein Blick fiel auf die junge Frau am Tisch. Es bestand kein Zweifel: Violet Drumner war eine Schönheit. Sie war schlank und trug ein hübsches Nachmittagskleid, und ihre blonden Haare waren zu einem modischen Bubikopf geschnitten. Als er näher kam, bemerkte er, dass sie lebhafte braune Augen und schön geformte sinnliche Lippen sowie makellose helle Haut hatte.

Er begrüßte die Gruppe. »Mutter, Ralph, Sissy, ich muss mich entschuldigen, dass ich so spät dran bin, und Miss Drumner …«, Donald wandte sich der jungen Frau zu, »… darf ich Violet zu Ihnen sagen?«

»Ja, gern.« Sie lächelte, und dabei kamen ebenmäßige Zähne zum Vorschein.

»Ich freue mich sehr, Ihre Bekanntschaft zu machen«, erklärte er und setzte sich, während das Dienstmädchen ihm Tee einschenkte. »Hatten Sie eine angenehme Reise?«

»Sogar sehr angenehm«, antwortete Violet. »Endlich sehe ich das Londoner Umland. Alle Tanzveranstaltungen, die ich bisher besucht habe, fanden in der Stadt statt.«

»Violet ist letztes Jahr in New York in die Gesellschaft eingeführt worden«, erklärte Sissy.

»Aha«, sagte Maud und hob kaum wahrnehmbar eine Augenbraue.

»Hat Ihnen die hiesige Saison auch gefallen?«

»Aber ja! Ich habe so viele interessante Leute kennengelernt. Ich liebe England!«, rief Violet in ihrem fröhlichen New Yorker Tonfall aus.

»Nach allem, was man hört, war Violet der Mittelpunkt der Londoner Saison«, bemerkte Ralph. »Umschwärmt von jungen Adligen. Gib dir keine Mühe, das zu bestreiten, Violet.«

»Pa.« Violet errötete auf sehr hübsche Weise. »Alle Mädchen waren gefragt.«

»Fanden Sie einen jungen Mann besonders attraktiv?«, erkundigte sich Maud.

»Ich glaube, ich bin noch zu jung, um mich schon zu binden«, antwortete Violet diplomatisch.

»Reiten Sie, Violet?«, fragte Donald, um das Thema zu wechseln.

»Ja, im Central Park, ziemlich oft. Und in unserem Sommercottage in Newport habe ich mein eigenes Pferd.«

»Dann müssen Sie mich auf einen Ausritt ins Moor begleiten.«

»Sehr gern, danke, Donald.«

24. Juli

Bin heute Morgen wieder mit V beim Reiten gewesen. Sie beherrscht die Technik, reitet aber wie ein Mädchen, wogegen A wie ein Mann im Sattel saß. Trotzdem ist sie nett, intelligent und gebildet, und ihr Entzücken über England amüsiert mich. Außerdem ist sie ziemlich hübsch. Wenn ich sie ansehe, denke ich mir manchmal, dass ihre helle Haut und ihre blonden Haare sich nicht stärker von denen der exotischen dunklen A unterscheiden könnten. Immerhin hilft sie mir mit ihrer ansteckenden Lebensfreude, mich von A abzulenken.

Donald wurde bewusst, dass seine Schritte in den vergangenen beiden Wochen ein wenig beschwingter geworden waren. Mit ihrem typisch amerikanischen Enthusiasmus hatten die Drumners die düstere Atmosphäre von Astbury aufgeheitert, und seine Mutter hatte ein paar Tage zuvor tatsächlich die Energie aufgebracht, einige Nachbarn zu einer Dinnerparty einzuladen. Sogar die Bediensteten schienen sich über die zusätzliche Arbeit, die sie der Gäste wegen hatten, zu freuen. Dienstmädchen eilten treppauf, treppab, um Bäder für die beiden amerikanischen Frauen einzulassen und sich um ihre umfangreiche Garderobe zu kümmern. Der Flur vor den Gästezimmern roch permanent nach Violets schwerem blumigem Parfüm.

Eines Morgens beim Frühstück präsentierte Ralph Donald mit strahlender Miene den Plan der Drumners, sich in den folgenden Tagen »Cornwall vorzunehmen«.

»Mutter«, sagte Violet, »wäre es schlimm, wenn ich euch nicht begleite? Amy Venables hat mich zu einem Ball in London eingeladen. Ich würde gern einige meiner neuen englischen Freunde noch einmal sehen, bevor wir nach New York zurückfahren.«

»Das kann ich verstehen, aber allein nach London, das kommt nicht infrage«, antwortete Sissy.

»In unserem Londoner Haus ist genug Platz«, mischte sich Maud ein. »Dort können Sie gern wohnen, Violet.«

»Das ist sehr nett, Lady Astbury. Danke für das Angebot.«

»Hast du nicht gesagt, dass du in den nächsten Tagen nach London musst, Donald?«, fragte Maud.

»Ich … Ja, ich werde in London sein«, antwortete er zögernd.

»Wunderbar – dann begleiten Sie mich doch zu dem Ball! Amy Venables hätte sicher nichts dagegen.«

»Ausgezeichnete Idee!«, rief Maud aus. »Gut, dann ist das also abgemacht.« Sie lächelte in die Runde.

Nach dem Frühstück zog Donald sich mit der *Times* in die Bibliothek zurück, konnte sich jedoch nicht aufs Lesen konzentrieren. Obwohl die letzte Nachricht von Anni mittlerweile fünf Monate her war, bereitete ihm der Gedanke, Violet zu einer Tanzveranstaltung zu begleiten, Unbehagen. Seine Mutter hatte ihn ausgetrickst, aber es wäre ausgesprochen unhöflich gewesen, sich zu drücken.

Donald fragte sich angesichts der neu gewonnenen Lebensfreude und Milde seiner Mutter das erste Mal, ob das plötzliche Eintreffen der Drumners in Astbury tatsächlich so überraschend gewesen war. Schließlich bestand kein Zweifel an deren Reichtum, und Ralph hatte erst neulich von dem beträchtlichen Treuhandvermögen erzählt, das er für Violet verwaltete, bis sie in drei Monaten volljährig wurde, ein Betrag, den sie selbstverständlich in die Ehe mitbringen würde.

»Verdammt, Mutter!« Donald knallte die *Times* auf den Tisch, stand auf und trat ans Fenster. Wie hatte er nur so naiv sein können, das Netz nicht zu erkennen, das seine Mutter um ihn spann? »Ich lasse mich nicht kaufen oder manipulieren«, zischte er, als er in das weiche Augustlicht hinausblickte, in das die Sonne den Park tauchte. Aber Violets Gefühle für ihn konnte Maud nicht beeinflussen. Mit ihrem Vermögen, ihrer Attraktivität und ihrem angenehmen Wesen konnte sie sich die Männer aussuchen. Es war fraglich, ob sie sich für ihn interessierte. Doch ihm war nicht entgangen, wie sie ihn unter ihren langen Wimpern hervor anlächelte, wie gern sie alles, was er vorschlug, mitmachte …

Während der langen Zugfahrt nach London lauschte Donald Violets Schilderungen von ihrem Leben in New York, von dem prächtigen Haus an der Park Avenue, in dem sie mit ihren Eltern wohnte, und den schönen Dingen, die sie während ihrer Reise durch Europa gesehen hatte.

»Ich fürchte, die Rückkehr wird mir sehr schwerfallen. Die

Amerikaner können sehr auf sich bezogen sein«, fügte sie hinzu, als hätten die drei Monate in Europa sie zur Weltbürgerin gemacht.

»Dann ist Ihnen England also lieber?«, erkundigte sich Donald höflich.

»Ja. Ich liebe die englische Literatur, und die Landschaft hier gefällt mir sehr. In England ist alles so pittoresk.«

In dem Haus am Belgrave Square führte eine Bedienstete Violet in den oberen Stock hinauf, und Donald ging in den Salon, wo Selina am Sekretär einen Brief schrieb.

»Donald.« Sie erhob sich strahlend, um ihn zu umarmen.

»Wie geht's dir, Selina?«

»Ich war gerade in Henris Château in Frankreich. Er ist dortgeblieben, weil er sich um geschäftliche Angelegenheiten kümmern muss. Eleanor und ich wohnen fürs Erste hier, bis unser neues Haus in Kensington bezugsfertig ist. Tee?«

»Gern«, antwortete Donald und setzte sich in einen Sessel, während Selina nach dem Dienstmädchen klingelte.

»Wie stehen die Dinge in Astbury?«, fragte Selina Donald.

»Mutter geht es deutlich besser, sie wird richtig lebhaft.«

»Irgendwelche Hinweise darauf, dass sie mir verziehen hat?«

»Offen gestanden habe ich das Thema in letzter Zeit nicht angeschnitten. Ich wollte ihre gute Stimmung nicht verderben.«

»Außerdem warst du vermutlich damit beschäftigt, deiner jungen amerikanischen Erbin die Sehenswürdigkeiten von Devon zu zeigen.«

»Ja, ich bin meiner Pflicht nachgekommen«, gab er zu. »Heute Abend muss ich zu einer grässlichen Tanzveranstaltung mit ihren naiven Debütantenfreundinnen.«

»Magst du Violet, Donald? Ich freue mich schon darauf, sie kennenzulernen.«

»Ja, sie ist ein sehr nettes Mädchen. Doch …«, Donalds Miene verfinsterte sich, »… weiter geht die Sache nicht.«

»Natürlich. Hast du was von Anni gehört?«

»Keinen Ton.« Er seufzte. »Ich hab sogar Scotland Yard eingeschaltet, aber die konnten auch nichts rausfinden. Sie hat sich im wörtlichen Sinne in Luft aufgelöst.«

»Immerhin können wir doch davon ausgehen, dass sie noch unter den Lebenden weilt, oder?«, versuchte Selina ihn zu trösten.

»Selina, sie könnte überall sein. Vielleicht ist sie nicht einmal nach England zurückgekehrt, wie sie gesagt hat, sondern nach Indien und hat es einfach nicht übers Herz gebracht, mir das zu gestehen.«

Als das Dienstmädchen das Tablett mit dem Tee brachte, schenkte Selina ihn ein und musterte Donald nachdenklich.

»Donald, mein Lieber, ich sage das ja nur ungern, aber …«

»Ich weiß. Allmählich wird mir klar, dass mir wahrscheinlich keine andere Alternative bleibt, als mich auf die Zukunft zu konzentrieren.«

»Ja, das fürchte ich auch«, pflichtete Selina ihm bei. »Ich weiß, wie sehr du sie geliebt hast …«

»Wie sehr ich sie *liebe*«, fiel Donald ihr ins Wort.

»Ja, wie sehr du sie liebst. Aber eine Ehe mit ihr wäre auf jeden Fall schwierig geworden. Du kennst die englische Gesellschaft. Ihr hättet Mühe gehabt, akzeptiert zu werden.«

»Das ist mir egal«, erklärte Donald verärgert. »In den Schützengräben habe ich Schulter an Schulter mit Kameraden aller Hautfarben und Religionen gekämpft, ihren Mut erlebt und sie genauso qualvoll sterben sehen wie Männer mit weißer Haut.«

»Es ist dir hoch anzurechnen, dass du keine Vorurteile hast, aber bei den meisten Leuten verhält es sich anders und wird auch immer anders bleiben«, erwiderte Selina mit leiser Stimme.

»Willst du damit sagen, dass Anni mich verlassen hat, um mich zu schützen?«

»Nein. Ich sehe es lediglich als möglichen Grund. Mich wundert es genauso sehr wie dich, dass sie sich nicht meldet.«

»Ich kann nur hoffen, dass Anni bei mir nie das Gefühl haben musste, wegen ihrer Hautfarbe diskriminiert zu werden.«

»Donald, mein Lieber, ich behaupte auch gar nicht, dass das bei dir der Fall gewesen wäre, aber denk an die andern, zum Beispiel an unsere Mutter. Und was wäre, wenn ihr Kinder bekommen hättet? Sie wären Mischlinge gewesen …«

»Genug!« Donald stellte seine Tasse klappernd auf der Untertasse ab.

»Entschuldige.« Selina war den Tränen nahe. »Ich wollte dich nur auf die Probleme hinweisen.«

»Wenn wir zusammen gewesen wären, hätte das alles keine Rolle gespielt.« Donald stand auf. »Ich muss mich für diesen verdammten Ball umziehen.«

Donald ging hinauf in sein Zimmer und ließ sich aufs Bett fallen. Konnte etwas an Selinas Theorie dran sein? Hatte Anni, um ihn vor sich selbst zu schützen, beschlossen, sich von ihm fernzuhalten?

Er weigerte sich, das zu glauben. Anni wusste, dass er Vorurteile in jeder Form hasste.

Donald gelangte immer wieder zu demselben Schluss: Ihr war klar geworden, dass sie ihn doch nicht so sehr liebte, wie sie gedacht hatte. Oder dass sie einen anderen mehr liebte.

Zum ersten Mal stellte er sich, Tränen in den Augen, ernsthaft eine Zukunft ohne sie vor. Und merkte, dass er begann, die Hoffnung aufzugeben.

31

25. August
Die Tanzveranstaltung gestern Abend hat mir besser gefallen als erwartet, weil Freunde aus Harrow-Tagen in Begleitung ihrer Mädchen da waren. Es hat Spaß gemacht, mit ihnen über alte Zeiten zu plaudern. Sie wollen beide in den nächsten Wochen heiraten und haben mich zu ihren Hochzeiten eingeladen. Natürlich haben sie mich wegen V aufgezogen und mich beneidet, weil ich das hübscheste Mädchen des Balls ausführen darf.

Violet hatte beschlossen, ein wenig länger als geplant in London zu bleiben, und Donald wollte noch nicht nach Devon zurückkehren und Mr Kinghorn seine endgültige Entscheidung über den Verkauf des Anwesens mitteilen. Also begleitete er Violet zu Abendeinladungen, sah sich mit ihr London an und suchte seinen Klub in der Pall Mall auf, wo er sich mit alten Bekannten bis tief in die Nacht über den Krieg unterhielt.

Ihm wurde immer klarer, dass sein Leben sich bei seinem London-Aufenthalt nach dem Waffenstillstand ausschließlich um Anni und seine Liebe zu ihr gedreht hatte. Nichts anderes war wichtig gewesen, er hatte wie in einer Blase gelebt. Obwohl er sich nach wie vor nach Anni sehnte, war ihm die Ablenkung jetzt sehr willkommen.

Er genoss es, dass seine Freunde ihn um Violet beneideten, die tatsächlich der Mittelpunkt des gesellschaftlichen Lebens in London zu sein schien. Sie war hübsch und intelligent und besaß, wie Donald feststellte, wenn sie nicht mit ihren Eltern zusammen war, Temperament und durchaus bissigen Humor.

Er ließ sich von ihrer Lebensfreude anstecken. Während Anni tiefsinnig, leidenschaftlich und dunkel gewesen war, wirkte Violet fröhlich, ein wenig frivol und hell. Donald registrierte ihre grenzenlose Großzügigkeit und dass sie sich gern kleine Überraschungen für ihre zahlreichen Freunde ausdachte.

Sie konnte sich kaum vor Einladungen der feinen Londoner Gesellschaft retten. Die Männer balgten sich fast darum, neben ihr zu sitzen. Und Donald, der sie beinahe allabendlich zu Veranstaltungen begleitete, musste zugeben, dass er Geschmack daran fand.

Gegen Ende von Violets London-Aufenthalt waren sie zu einem Dinner bei Lord und Lady Charlesworth am Hyde Park eingeladen. Ihr Sohn Harry, der Erbe eines der größten Anwesen im Land, war ausgesprochen attraktiv, charmant und lebhaft. Violet saß beim Essen neben ihm, und Donald beobachtete, wie Harry und sie vertraulich miteinander tuschelten. Es lag auf der Hand, dass er von ihr angetan war und sie von ihm. Beim Nachtisch wurde Donald plötzlich bewusst, dass er eifersüchtig war.

Bestürzt über diese Erkenntnis war er auf der Fahrt nach Hause ziemlich schweigsam. Violet hingegen plapperte munter wie immer über Harry und davon, dass er sie nach Derbyshire eingeladen habe, wo bald die Jagdsaison beginne.

Am folgenden Tag lag ein Brief für Violet auf dem Tablett im Flur. Als Donald ihn auf dem Weg zum Frühstück umdrehte, sah er das Siegel der Charlesworth' auf der Rückseite. An jenem Abend bat Violet Donald nicht wie üblich, sie zu begleiten, und ließ sich in einer Wolke aus Parfüm und einem wunderschönen neuen Paquin-Kleid von einer Freundin abholen. Donald konnte erst einschlafen, nachdem er sie in den frühen Morgenstunden die Treppe hatte hinaufschleichen hören.

Am Morgen erschien sie nicht zum Frühstück; er sah sie erst beim Mittagessen, wo sie herzhaft gähnte.

»Hatten Sie einen schönen Abend?«, erkundigte sich Donald höflich.

»Wunderbar«, antwortete sie verträumt. »Harry kennt alle interessanten Lokale in London. Wir waren in einem Klub, wo sie Jazzmusik spielen, und haben die ganze Nacht getanzt! Mir tun jetzt noch die Füße weh. Seine Freunde sind einfach toll.«

»Werden Sie Harry wiedersehen?«

»Das hoffe ich. Ich bin gern mit ihm zusammen.«

»Ich muss bald nach Devon zurück. Wollen Sie in London bleiben? Sie scheinen sehr gut auf sich selbst aufpassen zu können.«

Als sie ihn unter ihren langen Wimpern hervor ansah, wirkte sie ziemlich verletzlich. »Ich glaube, es würde mir nicht gefallen, die weite Strecke allein zurückzufahren.«

»Ich will Ihnen nicht den Spaß verderben«, erklärte er und fühlte sich plötzlich doppelt so alt, wie er tatsächlich war. »Warum schließen wir nicht einen Kompromiss und kehren am Ende der Woche zurück nach Devon?«

»Ja, gute Idee! Es war wunderschön in London. Danke, Donald.«

»Keine Ursache. Freut mich, dass es Ihnen gefallen hat. Aber jetzt müssen Sie mich entschuldigen. Ich habe noch eine Verabredung in meinem Klub.« Donald ging zur Tür, wo er stehen blieb und sich umwandte. »Vielleicht könnten Sie mir eines dieser neuen Lokale zeigen, die Harry kennt?«

»Ja, gern!«

Nun drehte sich der Spieß um. In seinem Wunsch, Violet zu gefallen, lernte Donald in den folgenden drei Nächten, zu der neuen Jazzmusik zu tanzen, die in Amerika so populär war und in England für Aufregung sorgte. Sie kamen kichernd immer erst im Morgengrauen zurück zum Belgrave Square, wo Donald ihr am Fuß der Treppe einen keuschen Gutenachtkuss gab und sie ihn mit einem Lächeln belohnte, bevor sie leichtfüßig hinaufeilte.

Als Violet an ihrem letzten Abend in London nach oben verschwunden war, ging Donald in den Salon, um sich einen Brandy einzuschenken. Ihm war bewusst, dass er sie gern richtig geküsst hätte und er sich tatsächlich darauf freute, am folgenden Tag mit ihr nach Devon zurückzukehren und sie wieder ganz für sich zu haben.

»Anni«, flüsterte er und sank mit schlechtem Gewissen in einen Sessel. »Vergib mir.«

Den größten Teil der Heimfahrt schlief Violet, erschöpft von ihren Londoner Abenteuern, während Donald die Zeit nutzte, sich über seine Gefühle klar zu werden.

Er wusste nicht, ob seine wachsende Zuneigung zu Violet nur eine Reaktion auf den Verlust Annis war. Jedenfalls konnte er nicht leugnen, dass sie die Chance auf eine neue Zukunft zu bieten schien. Wenn er Astbury verkaufte, hatte er keinen Lebensinhalt mehr. Ursprünglich war Anni Teil der Gleichung gewesen, und die Vorstellung von einem Neubeginn mit ihr an seiner Seite hatte den Plan erträglich erscheinen lassen. Doch welchen Zweck würde sein Leben noch haben, wenn er verkaufte und dann allein war?

Wäre es wirklich eine so schlechte Alternative, Violet zu heiraten, die er gut leiden konnte und die mit ihrem Geld, ihrer Persönlichkeit und ihren gesellschaftlichen Kontakten Astbury Hall zu neuem Leben erwecken würde?

Vielleicht, dachte er, hatte Selina in gewisser Hinsicht recht gehabt: In den ersten Monaten nach dem Krieg hatten die schrecklichen Erlebnisse ihn seelisch und emotional aufgewühlt. Diese Erfahrung mit jemandem zu teilen, der Ähnliches erlebt hatte, war wichtig gewesen. Aber auf lange Sicht … Donald blickte zum Zugfenster hinaus. Hätte es wirklich funktionieren können? Oder hatte er sich etwas vorgemacht?

Außerdem gestand er sich ein, dass es ihm im vergangenen Monat in London Spaß gemacht hatte, wieder in seine alte Welt einzutauchen. Egal, wie oberflächlich sie war: Immerhin gehörte er zu ihr. Mit Sicherheit würde er nie wieder jemanden so lieben wie Anni, aber konnte man sich in seiner Schicht überhaupt den Luxus erlauben, aus Liebe zu heiraten? Seinen

Eltern war das bestimmt nicht vergönnt gewesen – sie hatten sich damit begnügen müssen, eine funktionierende Partnerschaft aufzubauen.

Und eine hübschere Braut konnte er sich kaum wünschen, dachte Donald, als er Violet betrachtete, die ihm in dem Erste-Klasse-Abteil gegenübersaß. Es wäre nicht gerade ein Opfer, mit ihr zu schlafen. Er begehrte sie körperlich, daran bestand kein Zweifel.

Violet konnte natürlich Nein sagen, die Möglichkeit bestand. Schließlich war er nur einer von vielen Verehrern und obendrein ein fast mittelloser.

Als der Zug in Exeter einfuhr, hatte Donald den Beschluss gefasst, sie zumindest zu fragen.

Beim Abendessen sprachen die Drumners von ihrer Heimreise eine Woche später.

»Wir bedauern es alle, England zu verlassen. Nicht wahr, Violet?«, fragte Sissy ihre Tochter.

»Ja, sogar sehr«, antwortete Violet mit einem Seufzen. »England gefällt mir so gut.«

»Und Sie gefallen England«, hörte Donald sich selbst sagen.

Später, bei Brandy und Zigarren in der Bibliothek mit Ralph Drumner, nahm Donald all seinen Mut zusammen.

»Mr Drumner …«

»Bitte, Lord Astbury, sagen Sie doch Ralph zu mir.«

»Und ich bin Donald«, erwiderte er. »Ralph, es kann deiner Aufmerksamkeit nicht entgangen sein, wie lieb ich Violet gewonnen habe.«

Ralph hob eine Augenbraue. »Tatsächlich? Dann hat sich eure Beziehung im vergangenen Monat offenbar weiterentwickelt.«

»Ja«, pflichtete Donald ihm bei. »Violet ist eine ganz besondere Frau, und …«, Donald wählte seine Worte mit Bedacht, »… mir in vielerlei Hinsicht ans Herz gewachsen.«

»Sie ist in der Tat etwas Besonderes.« Ralph musterte ihn.

»Und besitzt obendrein ein beträchtliches Vermögen. Ich möchte nicht, dass ein Mann meine Tochter deswegen ausnutzt.«

»Natürlich nicht«, erklärte Donald hastig. »Ich kann dir versichern, dass mir das fernläge.«

»Auch wenn Astbury im Moment eine ordentliche Finanzspritze vertragen könnte?«, fragte Ralph. »Donald, ich bin weder blind noch dumm. Ich habe mich umgesehen und weiß, wie viel Geld nötig wäre, um Astbury Hall auf Vordermann zu bringen.«

»Ralph, entschuldige, wenn ich das sage, aber ich spreche gerade über meine Gefühle für deine Tochter, nicht über meine finanzielle Situation«, konterte Donald unbeeindruckt. »Ich habe einen Interessenten und überlege ernsthaft, das Anwesen zu verkaufen.«

Ralph wirkte aufrichtig überrascht. »Tatsächlich? Du wärst bereit, das Familienerbe zu veräußern? Dieses Anwesen, das sich, soweit mir bekannt ist, seit dem sechzehnten Jahrhundert in eurem Besitz befindet?«

»Wenn nötig, ja. Im Augenblick ist es mir ein Klotz am Bein, und wenn es mir nicht gelingt, das Geld für die Begleichung der Schulden und die Renovierung aufzutreiben, bin ich lieber realistisch und verkaufe es.«

Ralph überlegte. »Und wo willst du dann leben?«

»Offen gestanden halte ich das für zweitrangig gegenüber der Notwendigkeit, mich selbst, meine Mutter und meine zukünftige Ehefrau sowie unsere gemeinsamen Kinder finanziell abzusichern.«

»Ich scheine dich unterschätzt zu haben, junger Mann. Bei schwierigen finanziellen Entscheidungen darf man sich nicht von Gefühlen beeinflussen lassen. Und ich kenne nur wenige Menschen, die in der Lage sind, sich solchen Herausforderungen pragmatisch zu stellen. Besonders wenn es um das Zuhause der Familie geht.«

»Ich habe vor, mich Ende dieser Woche mit Mr Kinghorn,

dem Interessenten für das Anwesen, zu treffen, um ihm meine endgültige Entscheidung mitzuteilen.«

»Zu verkaufen?«

»Ja«, antwortete Donald. »Weil mir keine andere Wahl bleibt.«

»Aber das bricht deiner Mutter doch bestimmt das Herz.«

»Wie du selbst gesagt hast, darf ich mich nicht von meinen Emotionen leiten lassen. Ich muss pragmatisch vorgehen.«

»Hast du darüber mit Violet gesprochen?«, erkundigte sich Ralph.

»Nein, aber ich gehe davon aus, dass sie mich, wenn sie bereit ist, meine Frau zu werden, genug liebt, um im Hinblick auf den Ort, an dem wir leben werden, nicht wählerisch zu sein.«

»Natürlich«, sagte Ralph nach kurzem Schweigen. »Wird nach der Befriedigung der Gläubiger noch etwas von dem Erlös aus dem Verkauf von Astbury übrig sein?«

»Genug, um ein angemessenes Haus auf dem Land zu erwerben und das in London zu behalten.«

»Verstehe.«

»Ich kann nur hoffen, dass das reicht, um die Erwartungen deiner Tochter zu erfüllen.«

»Darf ich das als Heiratsantrag auffassen?«

»Ja, obwohl ich es nach unserem Gespräch gerade eben verstehen könnte, wenn du es für unklug halten würdest zuzustimmen. Leider kann ich ihr nicht so viel bieten wie andere Verehrer.«

»Junger Mann, allem, was ich gerade gesagt habe, zum Trotz muss ich zugeben, dass es hier nicht ausschließlich ums Geld geht. Ich muss an das Herz meiner Tochter und ihre Zukunft denken. Hast du mit ihr über ihre Gefühle gesprochen?«

»Nein, das wollte ich nicht, bevor ich nicht mit dir geredet hätte.«

»Donald, du hast mir Stoff zum Nachdenken gegeben. Aber am Ende liegt die Entscheidung wohl bei Violet.«

»Darf ich sie also fragen?«

»Ja. Allerdings wäre es mir lieb, wenn du ihr gegenüber nichts von deinem Vorhaben erwähnst, Astbury zu verkaufen. Wir wissen beide, dass daraus nichts wird, wenn sie deinen Antrag annimmt. Meine Tochter soll das Beste bekommen.« Ralph leerte sein Brandyglas und sah Donald an. »Junger Mann, ich muss zugeben, dass ich nicht so genau wusste, woran ich mit dir bin, aber deine Ehrlichkeit in diesem Gespräch hat mich überzeugt. Ich glaube, du würdest einen guten Ehemann für meine Tochter abgeben.«

»Danke, Ralph. Das freut mich.«

»Und ich bin glücklich, wenn mein Mädchen glücklich ist. Wollen wir uns zu den Damen gesellen?«

Die drei Frauen hoben erwartungsvoll den Blick, als Ralph und Donald den Salon betraten.

»Ich bin reif fürs Bett. Sissy, kommst du?«, sagte Ralph mit einem vielsagenden Blick zu seiner Frau.

»Natürlich.« Sissy verabschiedete sich mit einem Gutenachtkuss von Violet.

Maud wünschte Violet und Donald angenehme Träume und entfernte sich ebenfalls.

»Tja, da wären wir also«, sagte Donald verlegen, als sie schließlich allein waren.

»Ja, da wären wir.«

Donald setzte sich in den Sessel ihr gegenüber. »Ich habe gerade zu Ihrem Vater gesagt, wie sehr mir Ihre Gesellschaft fehlen wird, wenn Sie nächste Woche nach New York zurückkehren.«

»Tatsächlich?«, fragte Violet mit großen Augen.

»Ja. Es dürfte Ihnen nicht entgangen sein, wie sehr Sie mir im vergangenen Monat ans Herz gewachsen sind.«

»Das ist sehr nett, danke, Donald.«

»Ich habe mich mit Ihrem Vater darüber unterhalten, wie ich Sie möglicherweise überreden könnte, noch länger zu bleiben.«

»Wie?«

Donald holte tief Luft. »Violet, ich könnte es verstehen, wenn Sie meinen Vorschlag als unangemessen erachten, weil ich keine Ahnung habe, was Sie für mich empfinden. Aber ich habe festgestellt, dass mir sehr viel an Ihnen liegt. Und deshalb möchte ich Sie … fragen, ob Sie meine Frau werden wollen.«

Sie sah ihn schmunzelnd an. »Donald Astbury, soll das ein Heiratsantrag sein?«

»Ja. Verzeihen Sie meine Unbeholfenheit. Ich mache das nicht jeden Tag.« Donald holte noch einmal tief Luft und ging vor Violet auf ein Knie, bevor er ihre Hand nahm. »Violet Drumner, ich liebe Sie und frage Sie, ob Sie mich zum glücklichsten Mann der Welt machen würden, indem Sie mich heiraten.«

Sie sah ihn schweigend an.

Donald fuhr verlegen fort: »Möglicherweise hat ja ein anderer Ihr Herz erobert. Wenn ja, verspreche ich Ihnen, Ihr Nein wie ein Mann zu akzeptieren.«

Violet warf den Kopf in den Nacken und lachte. »Sie meinen Harry Charlesworth?«

»Ja«, antwortete er ernst.

»Donald, Entschuldigung …« Violet versuchte, sich zu beruhigen. »Harry hat keinerlei romantisches Interesse an mir oder irgendeiner anderen Frau, wenn Sie verstehen, was ich meine.«

»Er ist homosexuell?«

»Aber natürlich! Ist das nicht offensichtlich?«

»Für mich nicht, nein.«

Allmählich entspannte Violet sich wieder. »Harry wird bestimmt ein guter Freund bleiben. Ich habe oft mit ihm über Sie gesprochen.« Plötzlich wurde auch sie ernst. »Er sagt, Sie hätten ein Geheimnis.«

»Ach.«

»Letztes Jahr sind in London Gerüchte über Sie kursiert.«

»Tatsächlich?«

»Ja, dass Sie mit einer unbekannten Frau zusammen sind.«

»Meine Güte«, stöhnte Donald überrascht. »Mir war nicht klar, dass ich so genau beobachtet werde.«

»Donald Astbury! Sie sind ein Lord und ein begehrenswerter Junggeselle. Natürlich stehen Sie unter Beobachtung. Bevor ich also antworte, möchte ich wissen, ob an den Gerüchten was dran ist. Hatten Sie eine heimliche Geliebte?«

Donald versuchte, eine angemessene Antwort zu finden. »Es gab da tatsächlich eine Frau, die mir wichtig war. Aber das ist vorbei.«

»Sind Sie sicher?«

»Vollkommen.« Zum ersten Mal glaubte Donald das wirklich.

»Ich muss schon sagen, Ihr Antrag überrascht mich. Ich hatte das Gefühl, dass Sie sich nicht für mich interessieren«, gestand Violet.

»Wirklich?«

»Ja.« Sie errötete auf höchst attraktive Weise. »Sie haben vielleicht gemerkt, dass Sie mir nicht gleichgültig sind.«

»Gilt das nach wie vor?«

»Donald! Wie können Sie daran zweifeln? Ich habe doch in den vergangenen Wochen alles getan, um Ihnen das zu zeigen. Haben Sie das nicht gemerkt?«

»Ehrlich gesagt dachte ich, Sie hätten sich in unseren Freund Harry Charlesworth verguckt.«

»Nein, du Esel! Die meiste Zeit hab ich mich bei ihm darüber beklagt, dass *du* mich nicht wahrnimmst. Wo doch ganz London weiß, wie verliebt ich in dich bin.«

»Tatsächlich?«, fragte Donald wieder.

»Natürlich, seit dem Moment, als du in deiner Reithose die Terrasse heraufgekommen bist!« Sie senkte kokett den Blick.

»Heißt das, du könntest dir vorstellen, meine Frau zu werden?«

»Ja. Unbedingt.«

»Dann machst du mich zum glücklichsten Menschen der Welt.« Donald erhob sich und zog sie in seine Arme. »Darf ich dich, da wir ja jetzt offiziell verlobt sind, küssen?«

»Ich denke schon, aber eins noch: Bekomme ich einen Ring?«

»Violet.« Donald war entsetzt. »Den habe ich oben. Ich hole ihn gleich. Ich …«

Violet legte Donald einen Finger auf die Lippen. »Ganz ruhig, war ein Scherz.«

Donald küsste ihre angenehm weichen Lippen. Obwohl er nicht die gleiche Leidenschaft wie für Anni empfand, freute er sich über ihren Eifer. Schließlich löste er sich von ihr und hob ihr Kinn ein wenig an, um ihr in die Augen zu schauen. »Sollen wir morgen allen sagen, dass Lord Astbury seine künftige Lady erkoren hat?«

»Gern. Ich glaube, das wird keine Überraschung für sie. Als du heute so lange mit Pa geredet hast, war uns Frauen klar, dass du um meine Hand anhältst. Meine Eltern sind bestimmt hocherfreut. Meine Mutter weiß, was ich für dich empfinde, und aus Pas Wunsch, heute so ungewöhnlich früh ins Bett zu gehen, schließe ich, dass er keine Einwände hat. Und wenn Pa einverstanden ist, hast du gute Karten.«

»Sieht fast so aus.« Plötzlich musste Donald gähnen. »Entschuldige, Violet, ich bin ziemlich kaputt. Wahrscheinlich von dem Gespräch mit deinem Vater. Wollen wir uns zurückziehen?« Er streckte ihr die Hand hin, und sie ließ ihre schlanken kühlen Finger in die seinen gleiten. Am Fuß der Treppe blieben sie stehen.

»Ich kann's noch kaum glauben, dass dies mein neues Zuhause sein wird«, sagte sie und hob den Blick zu der hohen Kuppel. »Man könnte hier mal streichen, findest du nicht?«

»Bin ganz deiner Meinung.«

»Wahrscheinlich gibt's nicht mal eine richtige Heizung in dem Haus, und im Winter wird's eisig kalt.«

»Wieder richtig«, gab er zu, als sie das obere Ende der Treppe erreichten. »Gute Nacht, Violet.«

»Gute Nacht«, verabschiedete sie sich.

Donald entfernte sich in die entgegengesetzte Richtung. In seinem Zimmer setzte er sich auf das schmale Bett und blickte durchs Fenster hinaus ins Mondlicht.

»Anni, wo du auch immer sein magst: Ich werde dich ewig lieben. Vergib mir.«

Dann stützte er den Kopf in die Hände und weinte.

32

30. September
Vs »Leute«, wie sie sie nennt, wollen bald nach New York aufbrechen. Daddy Drumner muss aus geschäftlichen Gründen zurück – vermutlich um seine Millionen zu zählen. Violet bleibt in Astbury und organisiert mit Mutter die Hochzeit. Meine Hoffnungen auf eine kleine intime Feier zerschlagen sich. Die Gästeliste, die V zusammengestellt hat, wäre einer königlichen Hochzeit würdig. Zum Glück übernimmt Daddy Drumner die Kosten. Gestern Abend hat er mich zu einem Gespräch in die Bibliothek gebeten …

Ralph schenkte sich einen großen Brandy ein, nahm in einem Sessel Platz und zündete sich eine Zigarre an. »Es freut mich sehr, mein kleines Mädchen so strahlen zu sehen.«

»Ich werde alles in meiner Macht Stehende tun, dass es so bleibt«, sagte Donald und setzte sich ihm gegenüber.

»Sprechen wir über Violets Vermögen. In sechs Wochen, an ihrem einundzwanzigsten Geburtstag, kann sie darüber verfügen. Es handelt sich um einen nicht unerheblichen Betrag, von dem ein großer Teil für die Begleichung der Schulden, mit denen das Anwesen belastet ist, und die Renovierung ihres zukünftigen Zuhauses benötigt wird.«

»Wenn dir bei der Sache nicht wohl ist, teile ich Mr Kinghorn gern mit, dass er Astbury haben kann. Wir könnten in ein sehr viel kleineres Haus umziehen.«

»Wie du weißt, wäre meine Tochter entsetzt über diesen Gedanken«, erklärte Drumner. »Kommen wir zum Punkt: Sag mir, wie viel du brauchst. Für die Innenausstattung kannst du fünfzigtausend drauflegen. Du wirst noch merken, dass meine Tochter nur mit dem Besten zufrieden ist. Würdest du das für mich tun, Junge?«

»Ich kann auf jeden Fall versuchen, dir einen groben Überblick zu verschaffen.«

»Und keine Zurückhaltung, bitte. Ich möchte, dass alles von Anfang an richtig läuft und Violet das schönste Haus in England hat. Egal, wie viel das kostet – es ist genug Geld da. Ihr Vermögen hat sich seit dem Krieg vervielfacht. Violet ist eine sehr reiche junge Frau. Von dir verlange ich bloß, dass du meine Tochter glücklich machst. Wenn dir das nicht gelingt oder wenn du versuchst, sie hinters Licht zu führen – dir dürfte klar sein, was ich damit meine –, kriegst du's mit mir zu tun, verstanden?«

»Ja«, antwortete Donald, der den Eindruck hatte, dass Ralph Drumner nicht nur geschäftlich Emotionen auszublenden wusste, sondern auch sonst kein Blatt vor den Mund nahm.

»Solange wir uns verstehen, soll mir alles recht sein. Du hast also ein Projekt, und weil ich für Violet die Schecks ausstelle, schlage ich vor, dass du so bald wie möglich Kostenvoranschläge einholst.«

»Wird gemacht.«

Während Donald sich einen Überblick über die Renovierungskosten verschaffte, machte Violet sich Gedanken über die

Innenausstattung. Überall lagen Vorhangmuster herum, und aus London kamen Händler, die moderne Möbel, bunte Teppiche, Lampenschirme und neue Matratzen für alle Betten präsentierten, die sie und Donald sofort ausprobieren mussten.

»Wir können Wochenendgästen nicht zumuten, auf den alten Matratzen zu schlafen. Wahrscheinlich wimmeln die von Wanzen.« Violet erhob sich schaudernd von einer auf dem Boden des Salons, nahm ein Golddamastmuster in die Hand und hielt es am Fenster ins Licht. »Das würde hier drin toll aussehen und ein freundlicheres Raumklima schaffen. Oder …«, sie hob es an ihre blonden Locken, »… soll ich mir daraus lieber einen Schleier nähen lassen?« Sie küsste Donald auf die Wange. »Hoffentlich schaffen wir's, das Haus auf Vordermann zu bringen, bevor die Hochzeitsgäste kommen.«

Violet war die Einzige, der das gelingen konnte, das wusste Donald. Überall wurden bereits die Bodendielen herausgerissen; Klempner und Elektriker überprüften die Möglichkeiten für eine moderne Heizung und neue Stromleitungen; Maler beratschlagten darüber, wie man das Haus gestalten könne, sobald die Grundsanierung beendet sei. Donald, dem beim Anblick der Zahlen Tränen in die Augen traten, leitete die Voranschläge per Post oder Telegramm an Ralph weiter. Bisher hatte er noch keine Klagen von ihm gehört.

Violet hatte einen von einer Londoner Freundin empfohlenen Innenarchitekten namens Vincent Pleasance engagiert. Donald konnte Vincent nicht ausstehen, der im Haus herumstolzierte und Violet seine Vision vom neuen Astbury darlegte.

»Gütiger Himmel«, stöhnte Maud eines Morgens beim Frühstück, als Violet mit Vincent beschäftigt war, das eheliche Schlafzimmer zu planen. »Merkt sie denn nicht, dass das wie in dem Märchen mit dem Kaiser und den neuen Kleidern ist? Donald, pass auf, sonst verbringst du wegen diesem schrecklichen kleinen Menschen die Nächte am Ende im Boudoir einer Dirne.«

»Ich habe ihm eingeschärft, dass er die Finger von meinem Ankleidezimmer lassen soll.«

»Das will ich hoffen. Violet hat Vincent gebeten, einen Blick auf Dower House zu werfen, um es ›dem heutigen Stil anzupassen‹, weil ich ja nach eurer Hochzeit dort wohnen soll. Du kannst dir vermutlich denken, dass ich seine Hilfe abgelehnt habe. Mir gefällt es so, wie es ist.«

Der Hochzeitstermin war für Anfang April 1920 festgesetzt. Donald floh nach London und überließ es Violet, die sich unermüdlich um die kleinsten Details kümmerte, das Haus und die Feier vorzubereiten.

In seinem Klub erntete er Schulterklopfen und trank Champagner.

»Tolle Braut, alter Junge!«

»Die kriegt dich und das alte Gemäuer in Devon in den Griff!«

»Wahnsinnsmädel. Ich kann die Hochzeit kaum erwarten und du wahrscheinlich auch nicht, was?«

14. Oktober
War voriges Wochenende in Devon, um mit dem Verwalter von Astbury zu besprechen, was er braucht. Im Haus wimmelt es von Händlern und Handwerkern; es herrscht Chaos. V hat alles unter Kontrolle. Ich bewundere ihre so ganz und gar unbritische Beharrlichkeit und Durchsetzungsfähigkeit. Manchmal frage ich mich allerdings, ob sie Astbury mehr liebt als mich.

Als die Drumners Weihnachten aus New York kamen, waren sie beeindruckt von dem, was ihre Tochter bisher geschafft hatte. Donald weigerte sich, einen Kommentar über den Teppich für den Salon abzugeben, der aus achtzehn Leopardenfellen bestand und von einer berühmten italienischen Modeschöpferin entworfen worden war. Donald konnte sich ein Lächeln nicht verkneifen, als seine Mutter ihn das erste Mal sah.

»Wie findest du ihn, Mutter?«, fragte Violet Maud, die sie inzwischen so nannte.

»Er ist nicht ganz das, was ich mir in jungen Jahren ausgesucht hätte«, erklärte Maud erstaunlich diplomatisch.

»Mir gefällt er sehr, Liebes«, sagte Sissy und setzte sich auf die frisch bezogene rote Chesterfieldcouch. »Das alte Gemäuer wirkt jetzt viel freundlicher.«

»Und du, Donald?«, fragte Violet ihren Verlobten. »Felle sind gerade sehr in Mode.«

»Ich finde ihn … bemerkenswert«, antwortete er genauso diplomatisch wie seine Mutter.

Der größte Teil der eigentlichen Baumaßnahmen sollte während der langen Flitterwochen stattfinden, die Donald und Violet nach der Hochzeit im April antreten würden. Als erster Halt war New York geplant, wo Donald in die Gesellschaft eingeführt werden sollte. Den Sommer wollten sie auf Violets Wunsch in Italien verbringen.

»Venedig wird schrecklich romantisch, nur du und ich«, seufzte Violet überglücklich.

So wie Donald Violet kannte, würden sie mit ziemlicher Sicherheit nicht allein sein. Sie hatte bereits Freunde erwähnt, die sich in der Nähe aufhielten. Donald, der dem hektischen gesellschaftlichen Leben noch nie viel hatte abgewinnen können, hoffte nur, dass Violet, sobald sie nach den Flitterwochen wieder in Astbury wären, etwas zur Ruhe käme. Doch je mehr Freunde aus London sie übers Wochenende besuchten, und je lauter das Haus von ihrem Lachen und der Musik aus dem Grammophon widerhallte, desto größer wurden Donalds Zweifel.

»Wir müssen mehr Bedienstete einstellen, Donny«, stellte Violet eines Februarmorgens fest, als der letzte Hausgast sich nach einem besonders ausgelassenen Wochenende verabschiedete. »Die, die wir haben, schaffen die Arbeit nicht.«

»Natürlich«, antwortete er und machte dann auf Glory einen

Ausritt ins Moor, wo er sich an seinen Lieblingsplatz beim Bach setzte und in der kühlen Morgenluft fröstelnd überlegte, ob er je den Mut aufbringen würde, Violet irgendetwas abzuschlagen. Wie sollte er das auch, wenn sie für alles zahlte?

Weil es nach einer Weile zu kalt wurde zum Stillsitzen, stand Donald auf und lief auf und ab. Er fragte sich, wie viel von dem alten Astbury noch übrig wäre, wenn Violet damit fertig war. Momentan suchte sie moderne Kunstwerke aus. Am Morgen hatte sie ihm gestanden, dass ihr die Familienporträts, die neben der Treppe an der Wand hingen, nicht gefielen.

»Die sind so langweilig, Schatz! Ich kenne jede Menge moderne Künstler. Ihre Werke würden frischen Wind ins Haus bringen. Ich liebe Picasso«, hatte sie geschwärmt und die Arme um ihn geschlungen. »Das hab ich Pa gesagt. Vielleicht schenkt er uns ein Bild von ihm zur Hochzeit. Wär das nicht toll?«

Er hatte geschwiegen, weil er es für vernünftiger hielt, solche Diskussionen auf die Zeit nach den Flitterwochen zu verschieben, wenn das Haus fertig renoviert wäre.

Donald kickte missmutig gegen ein gefrorenes Büschel struppiges Gras. In den vergangenen beiden Wochen war er oft schweißgebadet mitten in der Nacht aufgewacht und hatte voller Panik über die Zukunft gegrübelt. Nur der Gedanke, dass Astbury für die nächsten Generationen gesichert wäre, hielt ihn aufrecht. Auch wenn er dafür permanent Violets Freunde ertragen musste.

Donald seufzte. Für die Rettung von Astbury schien er seine Seele verkauft zu haben. Doch er wusste, dass ihm keine andere Wahl blieb. Der Prozess war in Gang, und wie ein Zug, der sich selbstständig gemacht hat, entwickelte er eine Eigendynamik.

2. April

Morgen werde ich V heiraten. Der gesamte Haushalt befindet sich in einem Zustand nervöser Anspannung, und V eilt hin und her, um sicher zu sein, dass die Blumen auf dem Tisch im Ball-

saal richtig arrangiert und die Frisuren der Brautjungfern genau so sind, wie sie sich das vorstellt. Gestern hat sie einen Wutanfall bekommen und die Tischkarten zurückgeschickt, weil ihr die Schrift nicht gefiel. Manchmal frage ich mich, ob ich ihren Ansprüchen genügen werde.

Donald beendete den Eintrag in seinem Tagebuch und stellte es zu den anderen Bänden ins Regal. Er hatte das Gefühl, dass es die einzige Möglichkeit war, sich offen zu äußern – mit wem sonst sollte er über seine Zukunftsängste reden? Er beobachtete, wie seine Mutter gelegentlich die Stirn runzelte über den ihrer Meinung nach vulgären Geschmack Violets. Da sie alles jedoch selbst eingefädelt hatte, konnte sie sich schlecht beklagen.

Donald legte sich zum letzten Mal in sein Junggesellenbett. Am Abend des folgenden Tages würde er in das neu gestaltete eheliche Schlafzimmer umziehen, das durch eine Tür von dem zugehörigen Wohnraum und Bad getrennt war, und beginnen, Bett und Leben mit Violet zu teilen.

Er lag bis in die frühen Morgenstunden wach und sehnte sich nach Annis Klugheit, Ruhe und Stärke. Und nach ihrer dunklen Haut. Wenn er nur sie zum Altar und später ins Bett hätte führen können …

Mit schlechtem Gewissen darüber, dass dieser Gedanke ihn erregte, drehte Donald sich herum und versuchte zu schlafen.

Noch Monate später sprach man voller Begeisterung über die Hochzeit von Violet Drumner und Lord Donald Astbury. Die Glücklichen, die dabei gewesen waren, schwärmten von den riesigen Blumenarrangements in der Kapelle, von dem üppigen Hochzeitsfrühstück und dem Ball in der Long Gallery zur Musik des Savoy Quartet, das eigens aus London angereist war.

Und natürlich von der Braut selbst, die atemberaubend schön gewesen war in dem mit französischer Spitze handbestickten

Kleid und der Schleppe, die fast so lang war wie der Gang der Kapelle. Die Zeitschrift *Tatler* räumte dem Ereignis nie da gewesene acht Seiten mit Fotos der amerikanischen und britischen Elite, von Politikern, Bühnen- und Leinwandstars ein.

Als Donald sich am folgenden Morgen zu den Drumners gesellte, sah er, dass sie die Bilder in allen großen Zeitungen bewunderten.

»Unser kleines Fest scheint ziemlich viel Aufsehen erregt zu haben, mein Junge«, bemerkte Ralph übers ganze Gesicht strahlend.

»Violet ist wunderschön auf den Fotos, und du machst dich auch nicht schlecht, Donald.« Sissy zwinkerte ihm verschwörerisch zu. »Wie geht's meiner Kleinen heute Morgen?«

»Ich glaube, sehr gut. Das Dienstmädchen hat ihr ein Frühstückstablett gebracht. Ich dachte, ich lasse sie lieber allein, damit sie sich in Ruhe anziehen kann.«

»Vernünftig, vernünftig, mein Junge«, murmelte Ralph. »Du lernst schnell.«

Als die ersten Gäste, die über Nacht geblieben waren, nach und nach in dem Frühstücksraum erschienen, zog Donald sich in sein Ankleidezimmer zurück.

4. April
Nun bin ich also mit V verheiratet. Alle sind begeistert von der Hochzeit, und ich muss zugeben, dass V einfach wunderbar war.

Er hielt inne und schaute zum Fenster hinaus, um die richtigen Worte zu finden.

Unsere erste Nacht miteinander war gut. V sah traumhaft schön aus in ihrem seidenen Nachthemd – es war mir bedeutend lieber als das Spitzenungetüm, in dem sie mich geheiratet hat. Ich glaube, alles ist zur Zufriedenheit abgelaufen. Natürlich nicht so wie mit A, aber inzwischen habe ich mich damit abgefunden, dass das unvergleichlich war. Nun bin ich also verheiratet, und ich werde meine Pflicht als Ehemann erfüllen, denn V verdient es. Muss jetzt packen, weil wir morgen sehr früh mit Ma und Pa Drumner nach Amerika aufbrechen.

Einige Zeit später betrachtete Selina im Salon des Londoner Hauses die Fotos von Donald und seiner Frischvermählten im *Tatler.*

Vor der Hochzeit war er zu ihr gekommen, um ihr mitzuteilen, dass er ihrer Mutter gegenüber darauf bestanden habe, Henri und Eleanor einzuladen. Und Selina hatte ihn gefragt: »Bist du glücklich?«

»Ja, doch«, hatte er geantwortet und schnell das Thema gewechselt.

Nun hielt Selina sich am Belgrave Square auf, um den Transport der letzten Kleinigkeiten in das neue Haus in Kensington zu überwachen, das sie mit Henri teilte. Wenn Donald und Violet von den Flitterwochen zurückkehrten, würde das Domizil am Belgrave Square allein ihnen gehören. Ein Dienstmädchen war gerade dabei, die letzten Sachen aus Selinas Zimmer zu räumen.

Selina hörte die Klingel, ging jedoch nicht an die Tür. Drei Minuten später klopfte es, und die Haushälterin streckte den Kopf zum Salon herein.

»Entschuldigen Sie, Gräfin, aber da ist … eine Fremde, die mit Ihnen sprechen möchte. Sie war gestern schon mal da und hat behauptet, sie hätte vor ein paar Monaten etwas hiergelassen, aber ich habe sie weggeschickt.«

»Tatsächlich? Wie heißt sie denn?«

»Anahita.«

Selinas Herz setzte einen Schlag aus. »Gut«, sagte sie und versuchte, sich zu sammeln. »Bitte führ sie herein.«

Sie erhob sich, als Anni, die schrecklich dünn war, den Salon betrat.

»Hallo, Selina. Ich wollte meinen Koffer holen, den ich vor meiner Abreise hier untergestellt habe.«

»Bitte nimm doch Platz, Anni«, forderte Selina sie auf. »Ich lasse uns einen Tee bringen.«

»Danke.«

Anni setzte sich.

Sobald das Dienstmädchen den Raum verlassen hatte, fragte Selina: »Anni, was ist passiert? Wo warst du? Du siehst schrecklich aus. Donald und ich waren außer uns vor Sorge.«

»Das ist eine lange Geschichte. Ich bin in Frankreich krank geworden, nach England zurückgekehrt und viele Monate im Krankenhaus gewesen.«

»Anni, warum hast du dich nicht bei mir gemeldet? Du weißt doch, dass ich dir geholfen hätte.«

»Ja, Selina, das weiß ich, aber ich war einfach zu krank. Manche Dinge passieren … unerwartet.« Anni seufzte.

»Es tut mir sehr leid, dass du krank warst.«

»Danke. Ich bin auf dem Weg der Besserung«, erklärte Anni und lächelte zum ersten Mal.

»Wo lebst du jetzt?«, erkundigte sich Selina, die merkte, dass Anni sich nicht weiter über ihr Verschwinden auslassen wollte.

»Meine Schulfreundin Charlotte hat mir freundlicherweise eine Bleibe bei sich in Yorkshire angeboten, bis ich mich ganz erholt habe. Ihrer Familie gehört ein Haus im Moor, wo wir … ich wohne. Wenn ich wieder bei Kräften bin, hoffe ich, nach London zurückkehren und als Krankenschwester arbeiten zu können.«

»Du hättest dich mit einem von uns in Verbindung setzen sollen«, sagte Selina, als das Dienstmädchen mit dem Tee hereinkam.

»Ich habe Donald aus Paris geschrieben, dass ich einige Zeit weg sein würde und er auf mich warten soll. In den letzten Wochen habe ich mehrere Briefe geschickt. Hat er sie denn nicht bekommen?«

»Nein, Anni. Er hat seit deiner Ankunft in Kalkutta vor vierzehn Monaten kein Wort von dir gehört.« Selina sah, wie Anni blass wurde und ihre langen schmalen Finger sich um die Teetasse verkrampften.

»Wie geht's Donald?«

»Gut, sogar sehr gut. Er verbringt den Sommer im Ausland«, fügte Selina hinzu, die dieser armen zerbrechlichen Frau einfach nicht die Wahrheit sagen konnte.

»Verstehe. Dann wird es wohl noch länger dauern, bis ich ihn wiedersehe.« Sie lächelte matt. »Wir haben beide schon so lange gewartet; was machen da noch ein paar Wochen mehr?«

»Ja.« Selina war den Tränen nahe.

Anni nahm einen Schluck Tee. »Wo genau ist Donald denn?«

»Im Moment in New York, und danach will er, glaube ich, bis zum Ende des Sommers nach Europa.«

»Er musste Astbury verkaufen und wollte weg?«

»Nein, Anni, Astbury ist nicht verkauft.«

»Wirklich? Das freut mich für ihn. Ich weiß, wie sehr ihn der Gedanke belastet hat.«

»Ja. Du hast Glück, dass du mich heute hier antriffst. Ich bin nur da, um meine letzten Dinge zusammenzupacken und in das Haus bringen zu lassen, das ich jetzt mit Henri in Kensington bewohne. Wir erwarten ein zweites Kind.«

»Selina!«, rief Anni erfreut aus. »Dann hat eure Liebe, die es am Anfang so schwer hatte, also ein gutes Ende genommen.«

»Ja, so scheint es.«

Als Anni ihren Tee trank, fasste Selina einen Beschluss. Es stand ihr nicht zu, dieser jungen Frau, die behauptete, Donald geschrieben zu haben, zu eröffnen, dass der Mann, den sie liebte und von dem sie geglaubt hatte, er würde auf sie warten, den Bund fürs Leben mit einer anderen eingegangen war.

»Könntest du das Dienstmädchen bitten, meinen Koffer zu bringen?«, fragte Anni. »Ich glaube, Donald bewahrt ihn in seinem Zimmer für mich auf.«

»Natürlich. Wahrscheinlich ist es das Beste, wenn du deine Adresse aufschreibst und ich sie Donald bei seiner Rückkehr gebe. Er setzt sich bestimmt sofort mit dir in Verbindung.«

»Danke.«

Selina klingelte dem Dienstmädchen und nahm Papier und Stift aus einer Schreibtischschublade. »Anni, brauchst du Geld?«

»Nein danke, ich habe genug«, antwortete sie stolz.

Selina reichte ihr Papier und Stift. »Bitte notier mir deine Adresse, dann gebe ich dir die meine in Kensington. Wende dich an mich, wenn du in Donalds Abwesenheit etwas brauchen solltest, ja?«

»Gern, aber wie gesagt: Ich hoffe, bald wieder arbeiten zu können«, antwortete Anahita, als das Dienstmädchen ihr den Koffer brachte. »Hast du Donalds Adresse in New York? Ich würde ihm gern schreiben. Wenn er meine Briefe nicht erhalten hat, macht er sich bestimmt Sorgen.«

»Ja, richtig, doch leider habe ich seine Anschrift nicht. Er ist viel unterwegs«, log Selina. »Wenn er mich das nächste Mal anruft, erzähle ich ihm von deinem Besuch. Er wird sehr erleichtert sein, dass du wohlbehalten bist.«

Anni stellte ihre Tasse auf den Tisch. Dabei fiel ihr Blick auf den *Tatler* mit den Fotos von der Hochzeit. »Ist das nicht Donald?«, erkundigte sie sich und beugte sich vor, um die Bilder genauer zu betrachten.

»Ja, bei irgendeinem gesellschaftlichen Ereignis …«

Doch es war zu spät. Anni hatte die Zeitschrift bereits in die Hand genommen.

Der Tatler gratuliert zur Hochzeit des Jahres von Lord Donald Astbury und Violet Rose Drumner …

Anahita starrte die Fotos einige Sekunden lang an, bevor sie sich mit gequältem Blick in ihrem Stuhl aufrichtete. »Er hat geheiratet?«, fragte sie, den Tränen nahe. »Warum hast du mir das nicht gesagt?«

»Anni, ich …«

»Ich kann es nicht glauben. Ich hatte ihn doch gebeten, auf mich zu warten …« Anahita ballte die Hände zu Fäusten und schlug sich damit gegen die Stirn.

»Anni, bitte. Donald hatte monatelang nichts von dir gehört. Und Indira hat gesagt, du würdest von Paris aus direkt nach England fahren. Als du nicht zurückgekommen bist, stand für ihn fest, dass du ihn nicht mehr willst. Bitte, deine Abreise nach Indien ist jetzt fünfzehn Monate her. Ich weiß, Anni, du hast das wirklich nicht verdient«, schloss Selina, der die Allgemeinplätze ausgingen.

»Ich muss gehen«, sagte Anni und erhob sich unsicher. »Auf Wiedersehen.« Sie wandte sich der Salontür zu.

»Anni, er liebt sie nicht. Er hat immer nur dich geliebt!«

Doch da schlug die Tür zum Salon schon zu.

21. August

Wir sind wieder in Astbury, das ich kaum noch als mein altes Zuhause erkenne. Die Arbeiter waren in unserer Abwesenheit fleißig; ich habe das Gefühl, mich in einem Luxushotel zu befinden, wenn ich den Salon oder das Speisezimmer betrete oder die Flure entlanggehe. Daran werde ich mich wohl gewöhnen müssen. Ich gebe zu, dass Vs Organisationstalent mich beeindruckt. New York war wunderbar, und Violets Familie und Freunde haben mich mit offenen Armen empfangen. Kein Wunder, dass sie so aktiv ist – die Stadt birst schier vor Energie. Dort herrscht vierundzwanzig Stunden am Tag eine Hektik, die London vergleichsweise betulich und langweilig erscheinen lässt. Italien war so schön, wie ich es in Erinnerung hatte, und Violet hat zu unserer Unterhaltung jeden Abend Feste und Esseneinladungen gegeben. Sie ist wundervoll, alle himmeln sie an. Sogar Prinz Henry, der Sohn von König George, hat Zeit

gefunden, ihre inzwischen allseits bekannte Gastfreundschaft zu genießen.
Sie wächst mir mehr und mehr ans Herz, weil ich ihre Bereitschaft zu lernen und ihren Lebenshunger höchst attraktiv finde, auch wenn sie mir das Gefühl gibt, ein alter Mann zu sein. Manchmal kann ich es kaum glauben, dass wir ungefähr gleich alt sind. Sie kommt mir vor wie ein hyperaktives Kind, das gleichermaßen beschützt und geleitet werden muss, und dass ich das kann, tröstet mich ein wenig. Noch habe ich sie nicht mit schlechter Laune erlebt. Sie packt alle Probleme voller Energie an. Kurzum: Viele der Ängste, die ich vor der Hochzeit hegte, sind verschwunden. Gott sei Dank scheinen die Geister der Vergangenheit endlich zu ruhen …

In der Bibliothek öffnete Donald am Schreibtisch einen Brief nach dem anderen von dem Stapel Post, der sich in den vier Monaten seiner Abwesenheit angesammelt hatte. Alle Rechnungen konnte er jetzt einfach Violet geben, die sie an ihren Vater weiterleitete. In dem Raum war es unerträglich heiß – zum ersten Mal öffnete er eines der alten Schiebefenster, um ein wenig Luft hereinzulassen. Violet hatte versuchsweise die neue Zentralheizung eingeschaltet, in der Luft lag der Geruch von frischer Farbe. Donalds Füße versanken in dem hohen Teppich, und den Kaffee trank er aus dem neuen Limoges-Porzellan. Alles im Haus war auf Komfort ausgerichtet, von den weichen Matratzen bis zu den Badewannen mit den glänzenden Goldarmaturen, aus denen zu jeder Tageszeit heißes Wasser kam. Als er sich wieder der Post zuwandte, erkannte er auf einem Brief Selinas Handschrift und öffnete ihn.

Pitt Street 21,
Kensington, London

15. August 1920

Liebster Donald,
ich hoffe, Du bist wohlbehalten von Deinen Reisen zurückgekehrt. Danke für Deine Postkarten von all den wunderbaren Orten, die Du besucht hast. Vielleicht findest Du, wenn Du wieder zu Hause bist, die Zeit, mich in unserem neuen Haus in Kensington zu besuchen, das bestimmt nicht so prächtig ist wie das frisch renovierte Astbury Hall. Ich würde Dich gern sehen, denn ich hatte Besuch von einer gemeinsamen Bekannten. Ruf mich doch bitte an und komm so bald wie möglich in die Stadt. Unter Umständen kannst Du Deinen Besuch mit anderen Terminen verbinden.
Alles Liebe, Donald. Eleanor schickt Dir einen Kuss.
Selina

Donald las den Brief noch einmal, um sicher zu sein, dass er den Inhalt nicht missverstanden hatte, bevor er zum Hörer des neu installierten Telefons auf seinem Schreibtisch griff und sich mit der Nummer von Selina verbinden ließ.

Zwei Tage später fuhr Donald nach London und ohne Umwege zu Selina in Kensington.

»Sie ist in das Haus am Belgrave Square gekommen? Du hast sie gesehen? Wie geht es ihr? Wo war sie die ganze Zeit? Ich …«

»Donald, ich erzähl dir alles. Aber lass uns in den Salon gehen, wo wir uns ungestört unterhalten können.«

»Entschuldige, Selina. Wie du dir vielleicht vorstellen kannst, habe ich in den letzten achtundvierzig Stunden kein Auge zugetan.«

»Das kann ich verstehen. Wie wär's mit einem Gin?«

»Werde ich denn einen brauchen?«

»Ich brauch jedenfalls einen«, seufzte Selina und bat den Butler, ein Tablett mit Drinks in den Salon zu bringen.

Nachdem Selina die Tür geschlossen hatte, musterte sie ihren Bruder. »Du siehst blendend aus, Donald. War's schön?«, fragte sie und setzte sich schwerfällig hin. Erst jetzt fiel Donald die Wölbung um ihre Leibesmitte auf.

»Selina! Du bist schwanger.« Er trat zu seiner Schwester und umarmte sie. »Gratuliere. Wann ist es so weit?«

»In etwa zwei Monaten. Offen gestanden wäre es mir lieb, wenn das Kleine sich ein bisschen beeilen würde. Der Sommer in London war lang und heiß. Henri wollte nicht, dass wir nach Frankreich fahren, damit dem Kind nichts passiert.«

»Darf ich dir sagen, dass du ebenfalls blendend aussiehst, Selina?«

»Ich bin auch sehr glücklich. Und ich habe das Gefühl, dass der Kreis sich schließt. Es ist gut für Henri und mich, ein eigenes Kind zu haben.«

»Ja. Und dieses Haus ist wunderschön.«

»Wir sind hierhergezogen, damit die Kinder in London einen Garten zum Rumtoben haben. Erst vor Kurzem ist mir aufgegangen, was wir für ein Glück hatten, in Astbury aufgewachsen zu sein, mitten im Moor.«

Der Butler brachte die Drinks, und Donald nahm einen großen Schluck von seinem Gin. Als sie wieder allein waren, fragte er: »Geht es ihr gut?«

»Immerhin lebt sie, aber sie sieht furchtbar aus, Donald, völlig abgemagert. Sie hat mir erzählt, dass sie lange im Krankenhaus lag.«

»O Gott.« Donald gefror das Blut in den Adern. »Ist sie wieder auf dem Damm?«

»Ehrlich gesagt weiß ich das nicht. Ich schwör dir, ich hab ihr nichts von deiner Hochzeit erzählt, aber sie hat die Fotos im *Tatler* gesehen, der aufgeschlagen auf dem Beistelltischchen lag, und ist ziemlich überstürzt aufgebrochen.«

»Wie schrecklich, dass sie es so erfahren musste. Hat sie dir gesagt, warum sie sich nicht gemeldet hat?«

»Sie behauptet, sie hätte dir geschrieben, dass sie länger wegbleiben würde als erwartet. Und …«, bei dem Gedanken traten Selina Tränen in die Augen, »… und sie hätte dich gebeten, auf sie zu warten. Ich habe ihr gesagt, dass du meines Wissens nie einen solchen Brief erhalten hast, das hättest du mir gegenüber bestimmt erwähnt. Hast du Nachricht von ihr bekommen?«

»Nein.« Donald schüttelte den Kopf. »Du weißt, dass ich es dir sofort erzählt und ihrem Wunsch entsprochen hätte, wenn tatsächlich ein solcher Brief bei mir eingetroffen wäre. Hast du eine Ahnung, wo sie jetzt ist?«

»Sie hat mir ihre Adresse notiert, bevor die Sache mit dem *Tatler* passiert ist. Ich habe ihr versprochen, sie dir zu geben, sobald du zurück wärst.«

»Wo lebt sie jetzt?«

Selina nahm einen Zettel aus dem Schreibtisch und reichte ihn Donald. »Ihre Anschrift. Sie ist irgendwo in Yorkshire, bei einer alten Schulfreundin.«

»Was, zum Teufel, macht sie dort oben? Anni weiß doch, wie sehr ich sie liebe und dass ich immer für sie da bin …«

»Donald, bitte. Seit ihrem Besuch stelle ich mir diese Frage jeden Tag. Sie hat sicher ihre Gründe.«

»Ich muss sie so schnell wie möglich sehen. Gibst du mir Rückendeckung?«

»Natürlich, aber möglicherweise triffst du sie nicht mehr da an, weil sie sich inzwischen eine neue Bleibe gesucht hat.«

»Zumindest können sie mir dort sagen, wo sie jetzt steckt. Mein Gott, Selina, warum bloß sind ihre Briefe nicht angekommen?«

»Das habe ich auch überlegt«, antwortete Selina, als sie den gequälten Blick ihres Bruders sah. »Ich fürchte, daran könnte ich schuld sein.«

»Wieso denn das?«, fragte Donald erstaunt.

»Weil ich vor dem schrecklichen Streit über Henris und meine Hochzeit erwähnt haben könnte, dass ihr euch bei Kriegsende in Frankreich begegnet seid. Außerdem war Anni mit dir hier am Belgrave Square. Vielleicht hat einer der Bediensteten es Mutter zugetragen.«

»Aha.«

»Da Mutter wusste, wie schlecht es um das Anwesen stand, lag es vermutlich nicht in ihrem Interesse zuzusehen, wie du den Familiensitz verkaufst und eine Inderin heiratest.«

»Selina, willst du damit andeuten, dass Mutter Annis Briefe an mich abgefangen hat?«, fragte Donald entsetzt.

»Das musst du sie selber fragen – falls du den Mut dazu aufbringst. Wenn die Briefe an dich gerichtet waren und einen indischen oder ausländischen Poststempel trugen, hat sie bestimmt zwei und zwei zusammengezählt. Und als du dann endlich geglaubt hast, dass Anni für immer verloren ist, hat unsere liebe Mama die schöne, wohlhabende Violet Drumner eingeladen, damit diese dich von deinem gebrochenen Herzen kuriert und Astburys leere Kassen füllt.«

»Ich kann mir nicht vorstellen, dass sie so hinterhältig ist.« Donald schüttelte den Kopf.

»Tatsächlich? Es würde doch zu ihr passen. In Mutters Leben ist es immer nur um sie selbst gegangen. Leider traue ich ihr alles zu, Donald. Immerhin motiviert mich das, meinen Kindern eine fürsorgliche Mutter zu sein. Keine Ahnung, wie Daddy sie ausgehalten hat.« Selina schüttelte den Kopf. »Sie ist immer schon eiskalt gewesen.«

»Wenn sie das wirklich getan hat, Selina …«, Donald ballte die Fäuste, »… drehe ich ihr den Kragen um. Hat die Frau denn kein Herz?«

»Herz genug, um sie am Leben zu halten. Immerhin hat sie für die Rettung von Astbury auch große Opfer bringen müssen. Für sie war es bestimmt nicht einfach mit anzusehen, wie deine Frau in ihrem geliebten Zuhause die Kontrolle übernimmt. Bei der Hochzeit habe ich mir endlose Klagen über den grässlichen Schiaparelli-Teppich aus den achtzehn Leopardenfellen anhören müssen.«

»Ja, der ist ziemlich geschmacklos.« Donald verzog den Mund. »Was soll ich jetzt tun, Selina?«

»Ich weiß es nicht. Mit ziemlicher Wahrscheinlichkeit wird Anni sich nicht bei dir melden, nun, da sie über deine Heirat Bescheid weiß. Das verbietet ihr der Stolz.«

»Ja. Außerdem lässt sich die Ehe mit Violet trotz meiner anfänglichen Bedenken gut an. Ich möchte ihr nicht wehtun. Am Tag unserer Hochzeit habe ich mir geschworen, meine Pflicht als Ehemann zu erfüllen. Vielleicht liebe ich sie nicht so wie Anni, aber das ist nicht ihre Schuld.«

Selina legte ihm die Hand auf die Schulter. »Das kann ich verstehen. Vielleicht solltest du die Sache ruhen lassen.«

Donald sah sie mit traurigem Blick an.

»Wir wissen beide, dass das nicht geht.«

33

1. September
Bin immer noch erschüttert über As Besuch bei Selina in London. Und darüber, dass sie mir geschrieben hatte. Die Wut auf meine Mutter kennt, wenn sie tatsächlich, wie Selina meint, As Briefe abgefangen hat, keine Grenzen. Ob es so war, werde ich erst mit Sicherheit wissen, wenn ich Mutter zur Rede gestellt habe. Allerdings muss das warten, bis ich A gefunden habe. Selbst wenn sie sich nicht mehr an der Adresse aufhält, die Selina mir gegeben hat, hoffe ich, dort ihre neue Anschrift zu erfahren. Habe V gesagt, ich wolle mir landwirtschaftliche Maschinen ansehen. Hasse es, sie anzulügen, aber ich muss A aufspüren, koste es, was es wolle.

Donald hielt mit dem Wagen vor dem Pfarrhaus von Oxenhope, einer hübschen Ortschaft im Yorkshire-Moor. Sein Herz schlug schneller, als er ausstieg und auf das Holztor zuging. Er konnte kaum glauben, dass sich in dem Haus dahinter die Frau aufhielt, an die er in den vergangenen neunzehn Monaten immerzu gedacht hatte.

»Bitte, Gott, gib, dass sie noch da ist«, murmelte er.

Dann nahm er allen Mut zusammen und klingelte.

Wenige Sekunden später öffnete eine Bedienstete. »Was kann ich für Sie tun?«

»Ich suche nach Anahita Chavan. Eine Freundin hat mir gesagt, dass sie hier wohnt.«

»Tut mir leid, den Namen kenn ich nicht, Sir. Hier leben Reverend Brookner und seine Tochter. Ich bin erst seit zwei Monaten da, aber soweit ich weiß, hat dieses Cottage immer schon ihnen gehört.«

»Verstehe. Sind der Reverend und seine Tochter zu Hause?«

»Der Reverend ist in der Gemeinde unterwegs, Miss Brookner arbeitet im Garten.«

»Dürfte ich hereinkommen und mit ihr sprechen?« Er gab ihr seine Visitenkarte.

Das Dienstmädchen ließ ihn ein und führte ihn in ein dunkles Wohnzimmer. »Bitte warten Sie hier. Ich hole Miss Brookner.«

»Danke.«

Donald wartete. Schließlich betrat eine junge Frau mit freundlichen wachen Augen den Raum.

»Lord Astbury?«, fragte sie und schloss die Tür hinter sich.

»Ja«, antwortete er und streckte ihr die Hand hin. »Und Sie sind Charlotte Brookner, Annis Freundin?«

»Ja. Bitte setzen Sie sich doch.«

»Danke. Ihnen ist vermutlich klar, warum ich hier bin«, sagte er nervös und nahm Platz.

»Ja, ich denke schon.« Ihre braunen Augen wirkten traurig.

»Wissen Sie, wo sie ist?«

»Ja, aber sie hat mir das Versprechen abgenommen, es niemandem zu verraten.«

»Geht es ihr gut? Meine Schwester meint, sie sei sehr krank gewesen.«

»Als ich sie das letzte Mal gesehen habe, ist es ihr halbwegs gut gegangen.«

»Sie hat meiner Schwester gesagt, Sie hätten ihr sehr geholfen.«

»Ich habe getan, was unter den … schwierigen Umständen möglich war. Doch vor zwei Monaten ist mein Vater aus Afrika zurückgekehrt, und da war es besser, dass Anni hier ausgezogen ist.«

»Darf ich fragen, was für Umstände das waren?«, erkundigte sich Donald.

»Mein Vater ist Geistlicher, Lord Astbury, und hat Mitleid mit armen Seelen in Not, doch seine weniger toleranten Gemeindemitglieder wären mit Sicherheit nicht erfreut gewesen, wenn er eine Frau in einer solchen Lage bei sich aufgenommen hätte. Dies ist eine kleine Ortschaft in Yorkshire, nicht London.« Charlotte schwieg kurz, bevor sie hinzufügte: »Ich muss schon sagen, Ihr Besuch überrascht mich.«

»Wenn ich die Briefe erhalten hätte, die sie mir allem Anschein nach geschickt hat, wäre ich bereits vor Monaten gekommen. Aber leider war das nicht der Fall.«

»Ich weiß, dass sie Ihnen geschrieben hat, Lord Astbury, denn ich habe persönlich einen Brief an Sie aufgegeben, als sie krank im Bett lag und selbst nicht dazu in der Lage war.«

»Bitte glauben Sie mir. Ich habe über ein Jahr lang keine Nachricht von ihr erhalten.«

»Offen gestanden hatte ich Sie nach all den Monaten ohne ein Wort von Ihnen aufgegeben und Anni gesagt, dass sie Sie vergessen soll. Doch sie wollte unbedingt zu Ihnen nach London fahren.«

»Ja.« Donald spürte ihre Feindseligkeit.

»Darf ich fragen, wie die Flitterwochen waren?«

»Ja, ich … Hören Sie, Miss Brookner … Charlotte … Bitte sagen Sie mir, wo Anni ist, damit ich zu ihr fahren und ihr erklären kann, dass ich ihre Briefe nicht ignoriert habe. Die Sorge hat mich fast um den Verstand gebracht. Ich hatte keine Ahnung, ob sie lebt oder tot ist. Und ich hätte nie eine andere Frau geheiratet, wenn ich nicht davon überzeugt gewesen wäre, dass Anni für mich verloren ist.«

»Sie liebt Sie mehr als alles auf der Welt und duldet kein böses Wort gegen Sie, obwohl ich ihr oft genug gesagt habe, dass es gerechtfertigt wäre.«

»Ich muss akzeptieren, dass Sie meinen, ich hätte sie im Stich gelassen …«

»Nein, Lord Astbury, ich war von vornherein der Ansicht, dass Ihre gesellschaftliche Stellung es am Ende nicht zulassen würde, eine Inderin zu heiraten«, erklärte sie ganz offen.

»Anni hat Ihnen doch sicher erzählt, dass ich sie vor ihrer Abreise nach Indien gefragt habe, ob sie meine Frau werden möchte, oder?«

»Ja, natürlich. Aber es hat mich nicht erstaunt, dass Sie es sich anders überlegt haben, als der Plan dann drohte, Realität zu werden.«

»Das stimmt nicht!«, verteidigte er sich. »Ich bin mir fast sicher, dass meine Mutter Annis Briefe aus Indien abgefangen hat. *Ihr* hätte meine Ehe mit Anni tatsächlich nicht gepasst. Oder der Verkauf von Astbury, den ich vorhatte.«

»Und wenige Monate später haben Sie eine amerikanische Erbin geheiratet?«

»Ja, aber erst nach mehr als einem Jahr ohne Nachricht von Anni. Wenn ich Anni nicht heiraten konnte, war es mir letztlich egal, wer meine Frau wurde.« Donald traten Tränen in die Augen. »Bitte, Miss Brookner, Sie müssen mir glauben. Es tut mir leid, ich …«

Als Charlotte Donalds Kummer sah, wurde sie milder und tätschelte seine Hand. »Wenn das alles wahr ist, handelt es sich zweifellos um eine Verkettung tragischer Umstände. Das Traurige ist nur: Ich wüsste im Moment nicht, wie sich das wieder einrenken ließe.«

»Ich flehe Sie an: Sagen Sie mir, wo sie ist, damit ich mit ihr reden kann.«

»Ich habe ihr versprochen …«

»Sie *müssen*!«, beharrte Donald.

Schließlich nickte sie. »Na gut, ich verrate es Ihnen. Egal, ob Anni Sie sehen möchte oder nicht – Sie sollten wenigstens Gelegenheit haben, ihr alles zu erklären. Selbst wenn das das Leid der Vergangenheit nicht ungeschehen machen kann, hilft es ihr möglicherweise zu wissen, warum es so gekommen ist.«

»Danke«, murmelte Donald erleichtert, als Charlotte zu einem Sekretär in der Ecke des Zimmers ging, um ein Adressbuch sowie ein Blatt Papier herauszuholen und etwas darauf zu notieren.

»Sie lebt in Keighley, einem Industrieort etwa fünfundvierzig Minuten von hier. Ich muss gestehen, dass ich sie, seit sie sich dort aufhält, nicht besucht habe, weil ich mich um meinen Vater kümmern muss, der praktisch als Invalide aus Afrika heimgekehrt ist.«

Donald sprang auf. »Ich kann Ihnen gar nicht genug danken, Miss Brookner«, sagte er und steckte den Zettel in die Tasche. »Ich fahre sofort zu Anni.«

»Lassen Sie mich wissen, wie es ihr geht?«, fragte Charlotte ihn auf dem Weg zur Haustür. »Ich habe keine Ahnung, in welchen Verhältnissen sie lebt. Sie ist so stolz. Ich habe ihr Geld angeboten, aber sie wollte es nicht annehmen.«

»Das hört sich ganz nach Anni an. Auf Wiedersehen, Miss Brookner, und noch einmal danke.«

Donald fuhr durchs Yorkshire-Moor, stellte den Wagen

schaudernd in dem düsteren Industrieort Keighley ab und lief durch ein Labyrinth aus schmalen Straßen mit Gebäuden, die vom Ruß der Baumwollfabriken geschwärzt waren. Verdreckte Kinder saßen trotz des kühlen Septemberwetters barfuß auf den Stufen davor.

Er fragte sich zur Lund Street durch, der er folgte, bis er die richtige Nummer fand. Als er an der Tür klopfte, öffnete eine abgehärmte Frau mit einem Baby auf der Hüfte und einem Kleinkind, das sich an ihren Röcken festklammerte. Sie musterte Donald misstrauisch.

»Sind Sie der neue Mieteintreiber? Dem letzten hab ich versprochen, dass wir am Freitag zahlen. Meinem Mann ist grade von der Fabrik gekündigt worden.«

»Man hat mir gesagt, dass Anahita Chavan hier wohnt. Stimmt das?«

»Ja, Anni wohnt bei uns, aber sagen Sie das bitte nicht dem Mieteintreiber. Wir dürfen eigentlich nicht untervermieten. Wenn man sieben Mäuler stopfen muss, geht's nicht anders. Sind Sie ein Freund von ihr?«

»Ja, ich heiße Donald. Ist sie da?«

»Sie geht kaum aus und bleibt für sich, unsere Anni. Sie ist wirklich ein nettes Mädchen. Kommen Sie mal lieber rein«, forderte die Frau ihn auf, und Donald schob sich durch einen schmalen Flur zu einem winzigen Raum, der als einfache Küche diente. »Setzen Sie sich, Sir, dann hol ich sie.«

Als die Frau sich entfernte, bemerkte Donald, dass ihn von der Tür aus mehrere leuchtende Augenpaare neugierig anstarrten.

»Wie heißen Sie, Mister?«, fragte eines der Kinder, ein etwa siebenjähriger Junge.

»Donald. Und du?«

»Tom«, antwortete der Junge und kam näher. »Sie sprechen ziemlich fein und haben gute Kleidung an. Sind Sie Fabrikbesitzer?«

»Nein, mir gehört keine Fabrik.«

»Wenn ich groß bin, werd ich Fabrikbesitzer«, verkündete Tom. »Und dann bin ich reich wie Sie.«

Ein kleines Mädchen, das in den Raum gekrabbelt kam, zog sich an Donalds Hosenbein hoch und hinterließ mit seinen schmutzigen Fingern Fettspuren darauf.

»Joanna, lass den armen Mann in Ruhe!«, ermahnte die Mutter das Kind, als sie die Küche betrat. »Anni kommt gleich. Sie sagt, Sie sollen im vorderen Zimmer auf sie warten. Sonderlich glücklich war sie nicht, wie ich ihr gesagt hab, dass Sie da sind. Kommen Sie.«

Donald bedankte sich.

Die Frau brachte ihn ins verhältnismäßig ruhige Wohnzimmer. Was hatte Anni nur in dieses grässliche Haus geführt?, fragte er sich.

Da trat Anni ein, deren exotische Schönheit in der Düsternis ihrer Umgebung erstrahlte. In ihrem schmalen Gesicht wirkten ihre bernsteinfarbenen Augen riesig, und die Wangenknochen standen scharf hervor.

Sie schloss die Tür anmutig hinter sich – ihre Bewegungen waren immer anmutig gewesen – und blieb stehen.

»Anni, ich bin da.«

»Ja.«

»Ich … Geht es dir gut?«

»Ja. Und dir?«

»Ja. Anni …« Donald setzte sich, weil ihm flau im Magen wurde. »Ich weiß nicht, was ich sagen soll.« Er stützte den Kopf in die Hände.

»Ich kann verstehen, dass es schwierig ist.«

»Du musst mir glauben, dass ich keinen einzigen deiner Briefe erhalten habe, seit du von Bord gegangen bist. Ich hatte keine Ahnung, ob du noch lebst. In meiner Verzweiflung bin ich sogar in das Krankenhaus gefahren, in dem du früher gearbeitet hast, und habe Scotland Yard eingeschaltet. Am Ende musste ich glauben, dass du mich nicht mehr willst. Dass du in Indien jemanden kennengelernt hast.«

»Und deshalb hast du eine andere geheiratet?«, fragte sie ungewohnt kühl.

»Ja. Wenn ich dich nicht bekommen konnte, war es mir letztlich egal, wen ich heiratete. Das Geld meiner Frau konnte immerhin Astbury retten.«

»Ich habe in der Zeitschrift gelesen, dass deine Frau eine reiche Erbin ist. Hoffentlich seid ihr glücklich miteinander«, sagte sie leise.

»Natürlich bin ich das nicht!«

»Auf den Fotos wirkst du aber glücklich.«

»Mag sein«, gab Donald zu. »Aber für die Kamera lächelt jeder.«

Anni wich seinem Blick aus. »Wieso bist du hier? Was willst du mir sagen?«

Donald stieß ein ersticktes Lachen aus. »Ich wollte dir erklären, dass mit ziemlicher Sicherheit meine Mutter deine Briefe an mich abgefangen hat.«

»Donald, ich hätte trotzdem auf dich gewartet und keinen anderen geheiratet. Aber das spielt jetzt keine Rolle mehr.«

Ihre kühle Distanziertheit war ihm fremd. Am liebsten hätte er sie in die Arme genommen und die leidenschaftliche Frau in ihr geweckt, die sie einmal gewesen war. »Können wir wenigstens woandershin gehen? Ich finde es grässlich, hier mit dir zu reden.«

»Leider gibt es in dieser Gegend keine Hotels, in denen man sich beim Tee unterhalten kann. Außerdem ist das hier mein Zuhause«, entgegnete sie sarkastisch.

»Anni, bitte, ich weiß, dass du eine schwere Zeit hinter dir hast und mich wahrscheinlich hasst, aber ich schwöre dir, ich habe niemals aufgehört, dich zu lieben, und in den letzten neunzehn Monaten immerzu an dich gedacht.«

»Egal, was passiert ist, Donald: Ich bin hier, und du bist dort, verheiratet mit einer anderen.«

»Anni, trotzdem sind meine Gefühle für dich unverändert. Bitte«, flehte er sie an. »Du kennst mich.«

»Das dachte ich tatsächlich mal. Aber was zählt das jetzt noch?«

»Für mich zählt nur, dass ich dich nach all den schrecklichen Monaten gefunden habe und wir im selben Zimmer sitzen und miteinander reden. Begreifst du denn nicht, was mir das bedeutet?«

Schweigen.

Da klopfte es kurz, und die Tür ging auf. Die Frau, bei der Anni wohnte, trat mit einem schreienden Kind auf dem Arm ein.

»Tut mir leid, wenn ich störe, Anni, aber bei dem Krach, den er in der Küche macht, verstehen wir unser eigenes Wort nicht.«

Anni nahm das Kind auf den Arm, während die Frau argwöhnisch Donald musterte, bevor sie den Raum verließ.

»Ist das ihr Kind?«, fragte Donald verwirrt.

Anni musterte ihn nachdenklich und seufzte schließlich. »Nein, das meine.«

Donald betrachtete den Kleinen stumm. Erst jetzt nahm er die schöne honigbraune Haut, die dunklen Haare und die leuchtend blauen Augen, die ihn fragend anblickten, wahr.

Am Ende fand er seine Stimme wieder. »Ich … ist er …?«

»Ja, Donald, das ist dein Sohn Moh.«

34

4. September
Ich habe A mit dem Argument, dass ich keine Gefährdung der Gesundheit und des Wohlergehens meines Sohnes dulde, dazu gebracht, ihre wenigen Habseligkeiten zu packen und mit ihm dieses schreckliche Haus zu verlassen. Die erste Nacht waren wir im Hotel. Ich wusste nicht, wohin ich mit ihr fahren sollte, nur dass ich sie nie wieder im Stich lassen konnte. Sie schien ihr früheres Feuer verloren zu haben und wirkte innerlich leer. Während der langen Autofahrt sagte sie kaum ein Wort.

»Hast du Hunger?«, fragte Donald Anni in den Derbyshire Dales.

»Nein, aber ich müsste dem Kleinen die Windel wechseln.«

»Natürlich.« Donald lenkte den Wagen zu einem Hotel in der Nähe von Matlock, wo sie ausstiegen und Anni sich mit dem Kind in die Toilette zurückzog. Er erkundigte sich unterdessen im Restaurant, ob es in dem Haus ein Telefon gebe, denn inzwischen hatte er sich einen Plan zurechtgelegt. Er würde sie zu Selina bringen, die hoffentlich bereit wäre, Anni und den Kleinen vorübergehend in ihrem Kensingtoner Haus aufzunehmen. Dann wäre immerhin gesichert, dass Anni nicht einfach wieder verschwand.

Der Kellner teilte Donald mit, dass es in dem Hotel tatsächlich ein Telefon gebe, und führte ihn hin. Als Donald ins Restaurant zurückkehrte, wartete Anni bereits mit dem schlafenden Kind im Arm auf ihn.

»Ich habe gerade mit Selina telefoniert. Du bleibst bei ihr, bis ich eine dauerhafte Lösung für euch gefunden habe«, erklärte Donald.

»Verstehe«, sagte Anni, deren Tonfall nicht zu entnehmen war, was sie von diesem Arrangement hielt.

»Ich habe Suppe und Sandwiches bestellt, ist das in Ordnung?«

»Danke, ja.«

Donald streckte die Hand nach ihr aus. »Anni, ich weiß nicht, was du durchgemacht hast und ob du mich hasst, aber jetzt bin ich da, und ich schwöre, ich werde dich nie wieder im Stich lassen. Bitte glaube mir, ich hätte Violet nicht geheiratet, wenn ich nicht der festen Überzeugung gewesen wäre, dass du für mich verloren bist.«

Anni hob den Blick. »Liebst du sie?«

»Ich mag sie. Sie ist ein nettes Mädchen, und ich möchte sie nicht verletzen. Aber ich liebe sie nicht und werde das auch nie tun. Letztlich ist das Ganze eine arrangierte Ehe, wie du sie aus Indien kennst.«

»Sie ist sehr schön.«

»Ja … Herrgott …« Donald schüttelte frustriert den Kopf. »Ich will mich nicht immer wiederholen. Man tut manchmal Dinge, die man später bereut.«

Anni aß schweigend ihre Suppe und probierte dann das Sandwich. Allmählich bekam sie etwas Farbe.

Als sie wieder im Wagen saßen, schliefen Anni und das Kind sofort ein. Donald weckte sie erst, als sie Selinas Haus in Kensington erreichten.

»Sind wir da?«

»Ja. Soll ich dir mit dem Kind helfen?«

»Nein. Weiß Selina von dem Kleinen?«, fragte Anni besorgt. »Bei meinem Besuch in London habe ich nichts von ihm erwähnt.«

»Ich habe ihr von ihm erzählt, und sie war nicht schockiert. Jetzt begreift sie, warum du verschwunden bist.«

Bei Selina angekommen brachte das Dienstmädchen Anni und das Kind nach oben, während Donald sich mit seiner Schwester und einem Gin in den Salon zurückzog.

»Donald, was für eine Tragödie! Ich kann mich nur zu gut

in Anni hineinversetzen. Sie muss schreckliche Angst gehabt haben.«

»Ja. Selina, du hast keine Ahnung, wie grässlich das Haus war, in dem Anni gewohnt hat …«

»Natürlich bleiben Anni und dein Sohn fürs Erste hier, aber was willst du langfristig machen? Schließlich ist der Kleine, bis du mit Violet ein Kind hast, dein Erbe. Nicht auszudenken, was passieren würde, wenn Violet von ihm erfährt.«

»Was für ein Chaos. Aber das Wichtigste ist, dass ich Anni gefunden habe. Selina, ich liebe sie. Mein einziger Gedanke war, sie und unser Kind aus diesem Rattenloch herauszubekommen. Bisher hatte ich noch keine Zeit zu überlegen, wie es weitergehen soll. Eine Lösungsmöglichkeit bestünde darin, sie in einem Haus hier in der Stadt unterzubringen und sie zu besuchen, wenn ich in London bin, aber ich möchte Anni nicht wie meine Geliebte behandeln, und bestimmt würde sie das auch nicht mitmachen.«

»Hat sie verlauten lassen, was *sie* will?«, erkundigte sich Selina.

»Sie hat kaum ein Wort gesprochen. Es wird dauern, bis sie sich seelisch und körperlich von den letzten Monaten erholt hat.«

»Wenigstens kann ich ihr ein warmes Bett, anständiges Essen und ein Kindermädchen bieten, das ihr den Kleinen abnimmt. Und im Kinderzimmer ist genug Platz. Schließlich sind meine Tochter und dein Sohn Cousin und Cousine.«

»Ich wünschte, die Welt könnte das erfahren.«

»Das geht aber nicht. Die arme Violet kann nichts dafür. Obwohl ich mich wahrscheinlich nie enger mit ihr anfreunden werde, finde ich, du solltest sie nicht mit dem Gedanken belasten, dass ihr Mann ein Kind mit einer anderen Frau hat.«

»Du hast recht«, sagte Donald und schenkte sich einen weiteren Gin ein. »Als Erstes werde ich nach Devon fahren und Mutter zur Rede stellen.«

»Wirst du ihr von dem Kind erzählen?«

»O ja.« Donald lächelte grimmig. »Es dürfte kaum etwas geben, das sie mehr betrübt, als zu erfahren, dass sie einen unehelichen Mischlingsenkel hat, den ich möglicherweise als Erben von Astbury anerkenne.«

»Donald, die Nachricht könnte ihr den Garaus machen!«

»Das wage ich zu bezweifeln. Wir sollten nicht vergessen, dass unsere Mutter, obwohl sie so tut, als wäre sie achtzig, noch nicht mal fünfzig ist. Sie ist zäh und wird uns alle überleben. Wenn unsere Vermutungen stimmen, habe ich die verfahrene Lage einzig und allein ihr zu verdanken. Ich habe keine Angst mehr vor ihr.«

Anni ließ ausrichten, dass sie zu müde sei, um Selina und Donald Gesellschaft zu leisten, und so brachte das Dienstmädchen ihr das Essen aufs Zimmer. Bevor Donald ins Bett ging, klopfte er an ihrer Tür.

»Wer da?«

»Donald. Darf ich reinkommen?«

Als er keine Antwort erhielt, öffnete er die Tür und sah, dass Anni ihren Sohn auf dem Bett stillte.

»Entschuldige«, sagte sie, nahm Moh von der Brust und bedeckte sich.

»Kein Grund, dich zu entschuldigen. Ich finde das wunderschön. Die meisten Frauen, die ich kenne, stillen ihre Kinder nicht selbst.«

»Mir ist nichts anderes übrig geblieben, weil ich mir die Milch nicht leisten konnte. Aber allmählich wird er groß – nächsten Monat ist sein erster Geburtstag, und ich kriege ihn nicht mehr satt. Wahrscheinlich hat er deshalb in Keighley so oft geweint.«

»Ach Anni«, seufzte Donald. »Darf ich mich zu dir setzen?«

»Wenn du möchtest.«

Donald hockte sich auf die Bettkante und betrachtete den Kleinen, der nun satt und zufrieden in Annis Armen schlief. »Kann ich ihn halten?«

»Natürlich«, antwortete Anni und reichte ihm Moh.

Donald roch die Milch und den Talkumpuder an seiner warmen Haut, und als er seinen Sohn betrachtete, erfasste ihn so große Liebe, dass ihm Tränen in die Augen traten.

»Ich kann's kaum glauben, dass wir ihn zusammen gemacht haben.«

»Jedes Kind ist ein Wunder, egal, in welches Leben es hineingeboren wird«, meinte Anni.

»Anni, hasst du mich?«

Sie zögerte kurz. »Das hätte ich mir oft gewünscht, Donald. Vielleicht mag ich dich im Moment nicht sonderlich, aber ich liebe dich, vom ersten Augenblick an.«

»Glaubst du mir, dass ich mich um dich und unseren Sohn kümmern werde?«

»Was bleibt mir anderes übrig?«, fragte sie traurig.

Am folgenden Tag verabschiedete sich Donald von Anni und Moh und machte sich auf den Weg nach Astbury Hall, wo er sofort nach seiner Ankunft zu seiner Mutter in Dower House ging.

»Ist sie da, Bessie?«, fragte er das überraschte Dienstmädchen, als er ins Haus marschierte.

»Ich glaube, sie ruht sich oben aus, Sir.«

Donald rannte die Treppe immer zwei Stufen auf einmal hinauf und klopfte an der Tür zum Zimmer seiner Mutter.

»Herein.«

Als Donald eintrat, sah er, dass Maud am Kamin ein Buch las.

»Donald, was machst du denn hier?«, erkundigte sie sich mit einem missbilligenden Stirnrunzeln.

»Wir müssen uns unterhalten. Bitte leg das Buch weg, Mutter. Ich möchte, dass du mir einige Fragen beantwortest«, erklärte Donald und nahm ihr gegenüber Platz.

Überrascht über seinen scharfen Tonfall tat Maud, was er sagte. »Was ist los?«

»Letztes Jahr sind mehrere an mich gerichtete Briefe verloren gegangen. Ich habe Grund zu der Annahme, dass du sie abgefangen hast.«

»Briefe?«, wiederholte sie unschuldig.

»Ja, Mutter, Briefe. Aus Indien, Paris und Yorkshire von einer jungen Dame, die ich, wie du weißt, sehr gernhabe. Die ich liebe und immer lieben werde.«

»Donald, wir bekommen so viele Briefe aus der ganzen Welt. Wenn manche nicht eintreffen, liegt das doch sicher an der Post. Ich glaube kaum, dass du mich dafür verantwortlich machen kannst.«

»O doch, Mutter, das kann ich sehr wohl. Ich muss nur die Bediensteten im Hauptgebäude, die, wie du dich vielleicht erinnerst, inzwischen mir unterstehen, fragen.«

Als Donald Anstalten machte aufzustehen, hielt Maud ihn bestürzt zurück.

»Hast du den Verstand verloren? Willst du, dass das Personal sich über unsere Privatangelegenheiten das Maul zerreißt?«, zischte sie.

»Mir ist das scheißegal.«

»Sogar dann, wenn Violet es erfährt?«

»Was gut möglich ist, weil ich endlich Anahita aufgespürt habe. Sie wohnt fürs Erste bei Selina in London, bis ich entschieden habe, was weiter geschehen soll.« Am liebsten hätte Donald laut über das entsetzte Gesicht seiner Mutter gelacht.

»Was soll das heißen?«, fragte Maud. »Du willst doch nicht etwa Violet von dieser … Affäre mit dem indischen Mädchen erzählen?«

»Das weiß ich noch nicht, aber wenn du mir nicht endlich reinen Wein einschenkst und zugibst, dass du ihre Briefe abgefangen hast, könnte ich mich versucht sehen, genau das zu tun.«

»Gott im Himmel, Donald! Hast du den Verstand verloren? Damit stürzt du diese Familie in den Ruin. Violet würde sich auf der Stelle von dir scheiden lassen, und was wäre dann mit Astbury?«

»Meinst du, das interessiert mich? Du hast von meinen Plänen gewusst, Astbury zu verkaufen, und von dem Interessenten dafür. Doch dir hätte das nicht gepasst, stimmt's, Mutter? Raus mit der Sprache, sonst sage ich es Violet. Glaube mir, ich habe absolut nichts zu verlieren. Mir würde es vollkommen genügen, ein ruhiges Leben mit der Frau zu führen, die ich liebe. Übrigens …«, Donald spielte seine Trumpfkarte aus, »… hat Anni vor nicht allzu langer Zeit unser Kind zur Welt gebracht. Was bedeutet, dass ich einen Sohn habe und du einen Enkel.«

Donald, der sah, wie seine Mutter vor seinen Augen in sich zusammensank, kannte kein Erbarmen. »Möchtest du, dass ich meiner Frau alles erzähle? Kannst du dir vorstellen, was für einen Skandal das zur Folge hätte?«

»Hör auf! Wie kannst du so gemein sein? Ich bin deine Mutter!«, jammerte sie.

»Ja, eine Mutter, der ihre eigenen Wünsche und Bedürfnisse immer wichtiger waren als die ihres Sohnes. Anni ist eine gebildete Frau aus der indischen Oberschicht, kein gewöhnliches Bauernmädchen aus einem Bordell!«

»Bitte!«

»Vielleicht interessiert es dich zu erfahren, dass es heutzutage eine ganze Reihe gemischtrassiger Ehen in der guten Gesellschaft gibt. Aber natürlich könntest du dir mit deinen Vorurteilen für deinen Sohn keine solche Verbindung vorstellen. Du bist und warst immer schon kalt, berechnend und bigott. Ich …«

»Genug!«, kreischte Maud und brach in Tränen aus.

Das brachte Donald zum Verstummen. Er zog verlegen ein Tuch aus der Tasche und reichte es ihr. »Hier, Mutter, wisch dir die Augen ab.«

»Es stimmt«, schluchzte Maud schließlich. »Ich habe die Briefe tatsächlich versteckt oder mir zumindest die Post geben lassen, um sie vor dir durchzusehen. Begreifst du denn nicht, dass ich dich schützen wollte? Du behauptest, dass eine

Ehe mit jemandem wie ihr inzwischen von der Gesellschaft toleriert wird. Möglicherweise hast du recht. Aber du wolltest auch noch Astbury verkaufen. Was hättest du dann gehabt? Eine indische Frau, aber kein Familienanwesen.«

»Nein, Mutter, Liebe«, entgegnete Donald leise. »Ich wäre glücklich gewesen. Doch von dir kann ich wohl nicht erwarten, dass du das verstehst.«

Sie schwieg.

»Danke, dass du die Sache mit den Briefen zugegeben hast«, sagte Donald schließlich. »Jetzt muss ich versuchen, Ordnung in das Chaos zu bringen, das du angerichtet hast.«

»Was willst du tun?«

»Vermutlich wird es dich freuen zu hören, dass ich nicht vorhabe, Violet wehzutun. Sie ist nicht schuld an diesem Schlamassel.« Donald sah, dass seine Mutter den Anstand besaß, rot zu werden. »Aber ich möchte auch nicht die Frau, die ich liebe, und das Kind, das sie mir geboren hat, verstecken wie ein schmutziges Geheimnis. Ich werde Anni vorschlagen, mit Moh hier in der Nähe zu leben, und ihnen ein Zuhause auf dem Anwesen zur Verfügung stellen.«

»Was ist, wenn Violet die Wahrheit erfährt?«, fragte Maud entsetzt.

»Nur fünf Menschen wissen Bescheid. Und die halten mit Sicherheit alle den Mund. Das ist die einzige Möglichkeit, die ich sehe, die Lüge zu leben, die du mir eingebrockt hast.«

»Violet zu heiraten, war deine Entscheidung, Donald. Ich habe dich nicht dazu gezwungen.«

»Das stimmt. Aber wenn alle Hoffnung verloren ist, kümmert einen die Zukunft nicht mehr. Sind wir uns also einig?«

»Wenn du meinst«, antwortete Maud mit gesenktem Blick.

»Gut. Dann mache ich mich auf die Suche nach einem geeigneten Zuhause für Anni. Und vielleicht …«, fügte er auf dem Weg zur Tür hinzu, »… möchtest du ja eines Tages deinen Enkel besuchen. Er hat deine Augen.«

Astbury Hall,
Juli 2011

35

Rebecca erwachte aufrecht sitzend im Bett, Donalds Tagebuch in der Hand. Sie hatte keine Ahnung, wann sie eingeschlafen war, nur dass sie wieder einmal Albträume mit diesem seltsam hohen Singen gequält hatten.

Die Einträge in dem Tagebuch, stellte sie beim Weiterblättern fest, endeten abrupt nach dem September 1920. Ein Blick auf die Uhr sagte ihr, dass es nach neun war.

Sie stand auf, ging ins Bad, wusch sich die Hände und betrachtete sich im Spiegel. Kein Zweifel: Donalds Beschreibung von Violet hätte sehr gut auch auf sie selbst zutreffen können.

Nach allem, was Rebecca inzwischen wusste, hatte Donald nicht Violet geliebt, sondern eine schöne Inderin aus einer exotischen Welt. Rebecca schlenderte in den Räumen umher, berührte Violets Sachen und roch mit einem sich verstärkenden Gefühl des Surrealen an dem Parfüm, das sie inzwischen kannte. Sie schlief in Violets Bett, das diese einmal mit Donald geteilt hatte, trug im Film Violets Kleider und tauchte in ihre Welt von damals ein …

Als Rebecca sich in den Sessel im Wohnbereich setzte, fragte sie sich, welche Laune des Schicksals sie nach Astbury verschlagen hatte. Die Ähnlichkeiten zwischen ihr selbst und Violet waren unübersehbar.

»Becks, bist du da drin?«, riss eine vertraute Stimme sie aus ihren Gedanken.

»Ja«, rief sie, und wenige Sekunden später stürmte Jack gefolgt von der aufgeregten Mrs Trevathan herein.

»Hallo, Schatz«, begrüßte er sie und ging auf sie zu.

»Tut mir leid, Rebecca, ich habe versucht, Mr Heyward zu erklären, dass Sie nicht gestört werden wollen.«

»Danke, Mrs Trevathan. Keine Sorge, ich fühle mich schon besser.«

»Gut«, sagte Mrs Trevathan und entfernte sich.

»Danke.« Jack sank in einen Sessel und stieß einen übertriebenen Seufzer der Erleichterung aus. »Für wen hält die sich eigentlich? Für deine Mutter? Komm, lass dich in den Arm nehmen.«

Rebecca, die seine blutunterlaufenen Augen und seine fettigen, ungekämmten Haare sah, rührte sich nicht von der Stelle. Anscheinend war er wieder mit James durch die Kneipen gezogen. »Hattest du eine schöne Nacht?«

»Ja, hat Spaß gemacht.«

»Freut mich für dich.«

Jack blickte sie verunsichert an. Als ihm klar wurde, dass ihre Äußerung ironisch gemeint war, ging er in die Offensive. »Hör auf, mich wie ein Kind zu behandeln, Becks! Genau das ist es: Du bist die Sauberfrau, die nicht trinkt, nicht raucht und auch sonst keine Sachen unternimmt, die Spaß machen, und sich normalen Sterblichen wie mir überlegen fühlt.«

»Jack«, erwiderte sie müde. »Wir müssen reden.«

»Kriegt der unartige Junge jetzt wieder eine Gardinenpredigt? Nur zu, Mami, versohl mir das Hinterteil.«

»Du hast ein Problem, Jack, und mit dem solltest du dich auseinandersetzen«, hob Rebecca mit ruhiger Stimme an. »Ich sage dir das nur, weil mir an dir liegt und ich Angst habe, dass es noch schlimmer wird.«

»Und was für ein Problem wäre das?«

»Machst du Witze? Wir wissen beide, dass du zu viel trinkst und kokst. Du bist süchtig, Jack. Und wenn du nichts dagegen unternimmst, kann ich die Beziehung mit dir nicht weiterführen.«

Jack warf den Kopf in den Nacken und lachte. »Becks, ich

bitte dich! Seit deiner Abreise nach England weiß ich, dass was nicht stimmt. Dass du mich nicht mehr liebst oder einen andern kennengelernt hast. Und jetzt ziehst du hier die älteste Show der Welt ab: Du gibst *mir* die Schuld und redest von Problemen, die überhaupt nicht existieren, damit du mir den Laufpass geben kannst. Ja …«, Jack nickte, »… ich durchschaue dich.«

»Jack, mich stören nur die Trinkerei und Kokserei. Nüchtern bist du der Größte für mich, und ich liebe dich. Aber angetrunken oder high kann ich nichts mit dir anfangen. Ich würde dir raten, nach L. A. zurückzufliegen und etwas dagegen zu unternehmen. Wenn du das machst, kannst du auf mich zählen. Wenn nicht …« Rebecca führte den Satz nicht zu Ende.

»Soll das ein Ultimatum sein?« Jack stellte sich mit verschränkten Armen vor sie hin. »Entweder ich schaffe ein Problem aus der Welt, das ich gar nicht habe, oder das mit uns ist aus. Sieht es so aus?«

»Nein, und das weißt du auch. Wer sonst soll dir die Wahrheit sagen? Begreifst du denn nicht, dass das für mich genauso schwierig ist wie für dich? Ich will keine Trennung, Jack. Ich liebe dich und habe deinen Heiratsantrag bloß noch nicht angenommen, weil ich nicht weiß, wie ich mit deinem Problem umgehen soll.«

Jack begann, im Zimmer auf und ab zu laufen. »Du verlangst also von mir einen Entzug als Beweis meiner Liebe?«

»Jack, egal, wie du es formulierst: So kann ich nicht weitermachen. Ich fühle mich hundeelend und muss die Rolle in dem Film spielen. Such dir professionelle Hilfe. Und wenn ich wieder zu Hause bin, unterhalten wir uns weiter.«

»Becks, würdest du bitte aufhören, mich zu bevormunden?« Jack setzte sich. »Die Chancen stehen gut, dass ich einen Film mit dem jungen Regisseur mache, mit dem ich mich neulich getroffen habe. Und mein Manager hat mich angerufen, weil er ein paar tolle Drehbücher geprüft hat. Ich könnte also, selbst wenn ich dir den Gefallen tun wollte, den Entzug nicht in meinem Terminkalender unterbringen.«

»Freut mich für dich, dass sich beruflich was tut, Jack.«

»Ja, sieht fast so aus, als wär dein Freund doch noch nicht so weg vom Fenster, wie du denkst. Wenn ich in letzter Zeit dem Alkohol ein bisschen intensiver zugesprochen haben sollte, lag's daran, dass mir langweilig war.« Jack sah sie an. »Willst du wirklich Schluss machen?«

»Nein, aber ich habe das Gefühl, dass mir keine andere Wahl bleibt.«

»Okay!« Jack schlug sich auf die Schenkel und stand auf. »Wenn du die Trennung möchtest, sollst du sie kriegen.«

»Es tut mir leid, Jack.« Rebecca traten Tränen in die Augen.

»Das glaub ich dir aufs Wort«, höhnte er. »Du solltest dich fragen, warum du mir so einen Stress machst, bloß weil ich das Leben genieße. Ich bin nicht wie deine Säufermutter, Becks, und möchte auch nicht so behandelt werden. Glaub ja nicht, dass ich an der Trennung zerbreche. Vielleicht wär ein Pfarrer für dich besser als ein leidenschaftlicher Mann. Aber hey, das ist nicht mehr mein Problem. Schätze, das war's dann.«

Rebecca kam sich vor, als hätte er ihr eine Ohrfeige verpasst.

»Noch eins«, fügte Jack hinzu. »Da ich ja derjenige bin, der in die Wüste geschickt wird, würd ich es fair finden, wenn du es mir überlässt, es den Medien mitzuteilen. Ich bitte meinen Manager, eine kurze Pressemitteilung rauszugeben. Okay?«

»Wie du möchtest.«

»Gut. Hoffentlich bereust du deine Entscheidung nicht. Auf Wiedersehen, Becks.«

Als die Tür hinter ihm ins Schloss fiel, machte Rebecca die Augen zu und stützte den Kopf auf den kühlen Seidenstoff des Sessels. Seine Anspielung auf ihre Mutter hatte sie, obwohl er vermutlich gar nicht so daneben lag, sehr verletzt: Ihre Kindheit hatte sie im Hinblick auf Suchtmittel sensibilisiert.

Doch das rechtfertigte nicht sein Verhalten.

Ihr kamen die Tränen, als ihr bewusst wurde, dass es keinen Weg mehr zurück gab. Jack war es gewöhnt, von Frauen umschwärmt zu werden. Rebecca bezweifelte, dass er jemals von einer den Laufpass bekommen hatte. Bestimmt würde er sich schnell einen Ersatz suchen. Und Fotos von ihm mit seiner neuen Partnerin in den Zeitschriften zu sehen, würde höllisch schmerzen. Doch den Jack, den sie einmal geliebt hatte, gab es nicht mehr.

»Alles in Ordnung, meine Liebe?«, fragte Mrs Trevathan von der Tür aus.

Rebecca zuckte stumm mit den Achseln.

»Es geht mich ja nichts an, aber ich finde, Sie haben das Richtige getan. Wie meine Mama immer sagt: Auch andere Mütter haben attraktive Söhne.«

»Danke«, flüsterte Rebecca rau. »Wären Sie so nett, es mir zu sagen, wenn er weg ist?«

»Natürlich, meine Liebe.« Sie verließ den Raum mit einem mitfühlenden Lächeln.

Eine halbe Stunde später brachte Mrs Trevathan ihr Toast und Tee und teilte ihr mit, dass Jack das Haus verlassen habe.

»Wie geht es Ihnen?«

»Ich fühle mich ein bisschen wackelig. Hoffentlich war das die richtige Entscheidung.«

»Ich war mal mit einem Mann wie Jack verheiratet. Nach einem Jahr bin ich gegangen. Wahrscheinlich ist Ihr Jack nicht der gewalttätige Typ wie meiner damals, aber wenn die Männer Tag für Tag zu tief ins Glas schauen, weiß man nie, was ihnen einfällt.«

»Stimmt. Haben Sie Ihren Mann geliebt?«

»Klar. Jedenfalls am Anfang. Aber am Schluss konnte ich ihn nicht mehr ausstehen. Glauben Sie mir, Rebecca, im Moment mag es sehr wehtun, doch auf lange Sicht war's die richtige Entscheidung.«

»Danke, Mrs Trevathan.«

»Da wären ein paar Leute, die gern zu Ihnen raufkommen und mit Ihnen reden würden. Ich habe allen gesagt, dass Sie Ruhe brauchen. War das in Ordnung?«

»Ja danke. Vielleicht später.«

»Wie geht's den Kopfschmerzen?«

»Die sind heute nicht mehr so schlimm, danke.«

»Sie sind immer noch ziemlich blass, aber das überrascht mich nicht. Ich schaue später noch mal nach Ihnen, dann können Sie mir ja sagen, ob Sie Lust haben, jemanden zu sehen.«

Rebecca schlief erschöpft ein. Als sie später ein wenig erfrischt aufwachte, wusch sie sich und zog sich an, und weil sie ein schlechtes Gewissen hatte, alle auf Distanz gehalten zu haben, bat sie Mrs Trevathan, Steve heraufzuschicken.

»Tut mir leid, wenn ich störe, ich wollte nur hören, wie es Ihnen geht«, sagte er, als er den Wohnbereich betrat.

»Die Kopfschmerzen lassen allmählich nach, also werde ich morgen wohl wieder arbeiten können«, versicherte sie ihm.

»Das freut mich, Rebecca. Bestimmt hat der Stress der letzten Tage nicht gerade zu Ihrer Erholung beigetragen.«

»Wie meinen Sie das?«, fragte Rebecca.

»Meine Beste, Jacks kleines Problem ist mir und den andern nicht entgangen. Er hat mich gleich bei unserem ersten Gespräch gefragt, ob ich Stoff für ihn hätte.«

»Oje, das tut mir leid, Steve.«

»Dafür können Sie doch nichts. Vor ein paar Stunden hat er mich gebeten, ihm einen Fahrer nach London zu organisieren. Ihm war anzusehen, dass dicke Luft ist auf dem Planeten Jack und Rebecca.«

»Stimmt«, bestätigte Rebecca. »Ich habe ihm gesagt, dass Schluss ist, wenn er nicht mit dem Zeug aufhört. Mir wäre es lieb, wenn das nicht gleich die Runde macht.«

»Das können sich sowieso alle denken. Sie wissen ja, wie schnell sich Dinge am Set rumsprechen. Das Wichtigste sind jetzt Sie und Ihre Gesundheit, und darauf sollten Sie sich nach dem Abschied von Jack konzentrieren.«

»Zu den morgigen Dreharbeiten bin ich wieder auf dem Damm.«

»Warten wir's ab. Sie haben nur eine Szene am späten Nachmittag. Kopf hoch.« Mit diesen Worten verließ er das Zimmer.

Eine halbe Stunde später klopfte es erneut an der Tür, und Anthony trat ein. Er musterte sie kurz, seufzte und lächelte.

»Ich wollte nur nach dem Rechten sehen«, erklärte er. »Wie geht es Ihnen?«

»Besser, glaube ich«, antwortete Rebecca. »Herzlichen Dank für diese wundervollen Räume.«

»Ich könnte mir keine passendere Bewohnerin vorstellen«, meinte er steif. »Ihr junger Mann ist abgereist?«

»Ja, und er kommt auch nicht wieder.«

»Verstehe.« Anthony sah sie an. »Heute Abend esse ich mit unserem indischen Freund.«

»Ach.«

»Ich hoffe, dass Sie sich morgen besser fühlen.«

»Das hoffe ich auch. Danke, dass Sie nach mir geschaut haben.«

Anthony verabschiedete sich und verließ das Zimmer.

Als er weg war, gönnte Rebecca sich ein ausgiebiges Bad in der riesigen Wanne. Weil sie so lange geschlafen hatte, war sie nun hellwach, und als Mrs Trevathan ihr Tee und Scones brachte, aß sie mit Appetit.

»Ich glaube, ich bin tatsächlich auf dem Weg der Besserung.«

»Das höre ich gern, meine Liebe.«

»Ist Mr Malik da?«, erkundigte sie sich.

»Er war unterwegs, aber jetzt ist er, denke ich, wieder zurück. Er wird später mit Seiner Lordschaft zu Abend essen.«

»Könnten Sie ihn, wenn Sie ihn sehen, zu mir heraufbitten?«

»Das richte ich ihm gern aus«, versprach Mrs Trevathan und ging.

Zwanzig Minuten später klopfte es an der Tür.

»Herein!«, rief Rebecca.

»Hallo, Rebecca, Sie wollten mich sehen?«

»Ja, Ari. Sind Sie in der örtlichen Kirche weitergekommen?«

»Ich war auf dem Friedhof, habe aber keinen Grabstein mit dem Namen Moh gefunden. Dann bin ich nach Exeter gefahren, um einen Blick ins zentrale Geburten- und Sterberegister zu werfen, wieder ohne Erfolg. Ich scheine mich in einer Sackgasse zu befinden.«

»Ist das nicht seltsam?«, fragte Rebecca. »Normalerweise werden ausgestellte Sterbeurkunden doch verzeichnet, oder?«

»Das hatte ich auch gedacht, ja.«

»Ari, ich habe gestern in diesen Räumen einen Beweis dafür entdeckt, dass Anahita in Astbury war.«

»Tatsächlich? Was?«

»Donald Astburys Tagebuch. Wahrscheinlich wissen Sie das meiste, was drinsteht, bereits, aber es bestätigt, dass er Ihre Urgroßmutter geliebt hat und sie ein Kind miteinander hatten.«

»Rebecca, das ist ja unglaublich! Das Tagebuch würde ich gern lesen«, sagte Ari sofort.

»Ich hole es.« Rebecca ging in Donalds Ankleidezimmer und nahm den Band aus dem Regal. »Hier«, sagte sie und reichte ihn Ari.

Ari betrachtete den Namen auf dem Buchrücken und die Insignien. Als er das Tagebuch aufschlug, fiel sein Blick auf die Widmung und das Gedicht. »Das ist ja das Gedicht, von dem ich Ihnen vor ein paar Tagen erzählt habe.«

»Genau. Hauptsächlich deswegen habe ich es aus dem Regal genommen. Es ist, als hätte uns etwas zu ihm geführt.«

»Früher habe ich nicht viel auf den Aberglauben meiner Urgroßmutter gegeben, aber jetzt …« Er betrachtete den Band in seinen Händen. »Meinen Sie, Anthony hat das Tagebuch gelesen?«

»Das glaube ich nicht, denn es stand viele Jahre lang zwischen all den anderen Bänden.«

»Darf ich es mir für heute Abend ausleihen?«

»Eigentlich kann nicht ich das entscheiden, oder?«

»Nein, aber Anthony möchte ich nicht fragen. Danke, Rebecca.«

»Sie könnten mir Ihrerseits einen Gefallen tun, Ari.«

»Natürlich. Welchen?«

»Ich weiß, das klingt absurd, doch ich werde das Gefühl nicht los, dass tatsächlich eine Verbindung zwischen Violet und mir besteht. Das lässt mir keine Ruhe.«

»Verständlich.«

»Ich würde gern erfahren, wie Violet gestorben ist.«

»Hm …« Ari sah auf seine Uhr. »Anthony erwartet mich in zwanzig Minuten zum Abendessen. Wissen Sie was? Ich gebe Ihnen Anahitas Geschichte. Sie erklärt alles viel besser, als ich es könnte.«

»Würden Sie sie mir bringen?«, bat Rebecca ihn. »Dann kann ich gleich mit dem Lesen anfangen.«

»Ja, gern.« Ari verließ den Raum mit dem Tagebuch unter dem Arm. Wenige Minuten später kam er mit der Plastikmappe zurück.

»Ich muss Sie warnen, Rebecca. Es ist keine angenehme Lektüre.«

»Danke.«

Als Ari gegangen war, machte Rebecca es sich auf dem Sofa bequem, nahm das Manuskript aus der Mappe und blätterte bis zu der Stelle, an der sie zu lesen aufgehört hatte …

Anahita, 1920

36

Als Donald mir erklärte, wo wir leben sollten, fragte ich ihn schockiert, was seine Mutter dazu sagen würde.

»Sie hat dabei nichts zu sagen, weil sie an der Situation schuld ist. Ohne sie wären wir jetzt verheiratet und würden unser Kind gemeinsam aufziehen, und Astbury wäre verkauft.«

Obwohl Donald mich zu beruhigen versuchte, war ich verunsichert. Maud Astbury hatte mich noch nie leiden können. Ihre Abneigung hatte nicht nur mit ihren Vorurteilen wegen meiner Hautfarbe zu tun – sie wusste, dass ich die egoistische Seele hinter ihrer Fassade erkannte.

»Was ist, wenn die Bediensteten reden?«, fragte ich Donald. »Sie kennen mich.«

»Ja, stimmt, aber das habe ich bedacht«, antwortete Donald. »Wir behaupten einfach, dass du in Indien geheiratet, deinen Mann jedoch leider verloren hast und jetzt Witwe bist. Vielleicht sollten wir uns einen neuen Familiennamen für euch beide ausdenken.« Er legte seine Hand auf die meine. »Kommst du mit mir nach Astbury, Anni? Ich möchte dich und unser Kind bei mir in der Nähe wissen. Das mag keine ideale Lösung sein, aber etwas Besseres fällt mir nicht ein.«

Ich fragte ihn, ob er mir Zeit geben könne, über seinen Vorschlag nachzudenken, denn so nahe bei Donald zu leben und ihn mit seiner Frau sehen zu müssen, war keine schöne Aussicht.

Inzwischen ist mir klar, wie verletzlich ich damals war. In Keighley war es mein einziges Bestreben gewesen, mich und dich, meinen lieben Moh, am Leben zu erhalten, und ich hatte alle Gedanken an die Zukunft beiseitegeschoben. Das gesamte

Geld aus dem Verkauf der Rubine hatte ich für die Begleichung meiner Krankenhausrechnungen, für die Miete und unser Essen ausgegeben. Obwohl ich Donalds Angebot liebend gern ausgeschlagen hätte, blieb mir letztlich keine andere Wahl, als es anzunehmen.

Ich selbst hätte gern für meinen Stolz mein Leben geopfert, aber ich musste an dich denken. Die Vorsehung hatte uns Donald gerade rechtzeitig geschickt, und trotz des schalen Geschmacks, den sein Plan bei mir hinterließ, wusste ich: Mir blieb nichts anderes übrig, als Donalds Vorschlag zu akzeptieren.

In der Woche, die ich bei Selina verbrachte, kehrten meine Kräfte durch das gute Essen und die Ruhe allmählich wieder, und auch meine Gedanken wurden klarer. Donalds Angebot gab mir immerhin Gelegenheit zum Luftholen. Nach meiner vollständigen Genesung konnte ich vielleicht wieder als Krankenschwester arbeiten und von ihm unabhängig werden.

Doch würde ich es auch ertragen, wenn Donald von uns zu seiner Frau zurückkehrte? Das machte mir am meisten zu schaffen. Unsere Liebe war so vollkommen gewesen; ich wusste nicht, ob sie dieser Prüfung standhalten würde.

Dann erhielt ich über Selina, die ihrer Freundin Minty geschrieben hatte, dass man mich gefunden habe, einen Brief von Indira, in dem sie mir von ihrer Schwangerschaft berichtete. In ihrer üblichen wortreichen Art beklagte sie sich über die allmorgendliche Übelkeit und die Unfreundlichkeit von Varuns erster Frau, die im Palast das Regiment führte.

Unterschied sich meine Situation wesentlich von der Indiras?, fragte ich mich. Unsere Männer hatten beide Frauen, die sich in der gesellschaftlich besseren Position als wir befanden, jedoch nicht ihr Herz besaßen. Wäre ich mit einem indischen Prinzen verheiratet gewesen, hätte ich ihn möglicherweise mit mehr als einer Frau teilen müssen. Und obwohl an meinem Finger kein Ring von Donald steckte, waren wir in jeder anderen Hinsicht ein Paar.

Sobald ich die Sache so betrachtete, fiel es mir leichter, mich mit meiner Lage abzufinden. Dass Donald Violet geheiratet hatte, weil sie eine gute Partie war und mit ihrer Mitgift den Erhalt von Astbury sicherte, entsprach den Arrangements von Prinzen in meiner Heimat. Wenn ich mich selbst als zweite Frau Donalds sah, nicht als seine Geliebte, konnte ich die Situation eher akzeptieren.

Und alle Zweifel, die sonst noch bestanden, traten angesichts der Tatsache, dass ich deinen Vater liebte, in den Hintergrund.

»Wir kommen mit nach Devon«, sagte ich schließlich.

»Gott sei Dank. Ich weiß, dass das nicht die ideale Lösung ist, Anni, und würde mir nichts sehnlicher wünschen, als dich als Ehefrau mit nach Astbury nehmen zu können. Ich besitze ein Cottage, das sich weder direkt auf dem Anwesen noch im Ort befindet, sondern im Moor. Es ist ziemlich abgelegen, was, wenn ich dich regelmäßig besuchen will, wichtig ist.«

»Ich habe nichts gegen Einsamkeit, solange Moh mir Gesellschaft leistet.«

»Es hat so viele Jahre leer gestanden, dass es ein paar Wochen dauern wird, bis ich es habe herrichten lassen. Ist es dir recht, in der Zeit hier in Kensington zu bleiben?«

»Wenn Selina damit einverstanden ist.«

»Du weißt, dass sie euch gernhat, und weil sie kurz vor der Geburt steht und Henri sich in Frankreich aufhält, finde ich es gut, wenn sich jemand in ihrer Nähe befindet. Sind wir uns also einig?«

»Ja«, antwortete ich.

Donald blieb noch zwei Tage, bevor er zum Wochenende nach Astbury Hall aufbrach, wo seine Frau ein großes Fest veranstaltete, um die neue Innenausstattung zu präsentieren. Ich bemühte mich, mir keine Gedanken darüber zu machen – solche Situationen würde ich noch öfter ertragen müssen, wenn ich

Teil seines Lebens sein wollte. Als ich mich lächelnd von ihm verabschiedete, musste ich an Indira denken, wie sie sich zähneknirschend der ersten Frau ihres Prinzen unterordnete.

Die Wochen, bis unser neues Zuhause renoviert war, verliefen ruhig. Das reichhaltige Essen, das warme, saubere Kinderzimmer und das Kindermädchen trugen dazu bei, dass du prächtig gediehst, zunahmst und in beachtlicher Geschwindigkeit zu krabbeln anfingst.

Selinas Kind kam im Oktober ohne Komplikationen zur Welt, und ich konnte mich für ihre Gastfreundschaft revanchieren, indem ich mich um sie und ihre Tochter kümmerte, der sie und Henri den Namen Fleur gaben. Anfang Dezember brachte Donald uns voller Vorfreude darüber, uns unser neues Zuhause zeigen zu können, schließlich nach Devon.

Ein Feldweg führte uns durchs Moor in eine Senke, in der sich ein Steincottage, das mich ein wenig an das Pfarrhaus von Charlotte in Oxenhope erinnerte, verbarg. Davor plätscherte der Bach, an dem Donald und ich uns in jenem Sommer vor so langer Zeit unterhalten hatten.

Donald stellte seinen Crossley hinter dem Häuschen ab und schloss das Tor in dem hohen Holzzaun hinter uns, um uns vor neugierigen Blicken zu schützen. Dann nahm er meine Hand und führte uns zur hinteren Tür. Wir betraten eine Küche mit niedriger Decke und gingen von dort aus über einen schmalen Flur in ein gemütliches, frisch gestrichenes Wohnzimmer mit Kamin.

Oben legte ich dich in dem winzigen zweiten Schlafraum, den Donald als Kinderzimmer eingerichtet hatte, in das Bettchen und betrat anschließend das größere Schlafzimmer, wo mein Blick auf die geblümten Vorhänge und das große Messingdoppelbett mit der freundlichen Patchworkquiltdecke fiel.

»Und, Anni, wie findest du's?«

»Es ist wunderschön, Donald«, antwortete ich begeistert.

Nach der Enge und dem Schmutz von Keighley war es fast wie das Paradies.

»Ich habe neue Fenster, elektrisches Licht und unten neben der Spülküche ein Bad einbauen lassen. Und ... das ist für dich.« Er nahm ein Bündel Papiere aus seiner Manteltasche und reichte es mir.

Ich überflog sie rasch.

»Hiermit sichere ich, Lord Donald Astbury, dir ein lebenslanges Wohnrecht für das Cottage zu, was bedeutet, dass niemand dich vor die Tür setzen kann, egal, was mit mir passiert. Dies ist dein Zuhause, solange du willst.«

Mir traten Tränen in die Augen. Seit dem Tod meines Vaters und dem Umzug mit meiner Mutter in die *zenana* hatte ich kein eigenes Zuhause mehr gehabt.

»Danke, Donald.«

»Gern geschehen. Du hättest so viel mehr verdient.«

Er nahm mich in die Arme und küsste mich. Vielleicht lag es an meiner Erleichterung darüber, endlich an einem sicheren Ort und versorgt zu sein, dass mein Körper auf den seinen reagierte. Jedenfalls sanken wir auf das große bequeme Bett. Und nach den vielen Wochen, in denen wir uns nahe gewesen waren, ohne uns zu berühren, fühlte sich die Liebe mit ihm noch leidenschaftlicher an als früher. Hinterher hielten wir uns eng umschlungen, während unser Sohn friedlich im Zimmer daneben schlief. Ich gab mir Mühe, den Gedanken, dass Donald mit seiner Frau das Gleiche machte, auszublenden.

Am Ende war er es, der es erwähnte. »Jetzt weiß ich wieder, wie es sein muss. Anni, ich liebe dich über alles.«

»Und ich liebe dich, Donald.«

Wir schliefen nebeneinander ein, seit meiner Abreise nach Indien zum ersten Mal in innerem Frieden. Egal, wie der Teufelspakt aussah, den wir geschlossen hatten, und egal, wie moralisch falsch er war: In diesem Augenblick hätte sich nichts richtiger anfühlen können.

Viel später, als ich dich in der Küche fütterte, zeigte Donald mir die Vorräte in den Schränken. »Ich habe noch eine Überraschung für dich«, sagte er. »Komm mit nach draußen.«

Ich hüllte dich in ein Tuch, um dich vor der eisigen Kälte zu schützen, und folgte Donald hinaus. Neben der Scheune befand sich ein Stall, dessen Tür Donald öffnete, bevor er die Laterne darin vom Haken nahm und anzündete.

»Hallo, Mädchen, das ist deine neue Herrin.«

Donald streichelte die Nüstern der Stute, deren Fell wie poliertes Mahagoni glänzte und die eine weiße Blesse auf der Stirn hatte.

»Ich habe ihr noch keinen Namen gegeben. Das wollte ich dir überlassen. Sie gehört dir.«

Ich streichelte die Stute ebenfalls, während du neugierig die Hand nach ihr ausstrecktest.

»Danke, Donald. Sie ist wunderschön. Ich nenne sie Sheba, weil sie aussieht wie eine Königin.«

»Wunderbar. Sie ist zwar nicht so temperamentvoll wie das Pferd, das du früher geritten hast, aber so sanftmütig, dass Moh später auf ihr lernen kann. In der Scheune steht auch ein zweirädriger Pferdewagen für Fahrten in den Ort.«

»Du hast wirklich an alles gedacht«, sagte ich, als ich im Cottage Teewasser aufsetzte. »Doch dir dürfte klar sein, dass ich im Ort Leuten aus der Gegend begegne.«

»Natürlich werden sie dich erkennen, Anni. Und bestimmt werden sich viele freuen, dich wiederzusehen. Angesichts deiner langjährigen Verbindung mit unserer Familie ist es doch ganz natürlich, wenn ich dir nach dem traurigen Tod deines Mannes ein Zuhause gebe.«

»Und Violet? Was, wenn die Bediensteten ihr von mir erzählen und sie Verdacht schöpft?«

»Violet ist so ziemlich das Einzige, worüber ich mir keine Sorgen mache. Sie ist der strahlende Mittelpunkt der Gesellschaft und gilt als schönste Dame Londons, wenn nicht Englands. Es gibt keine Frau, die sich ihrer Reize und ihrer Position sicherer sein könnte. Sie kommt bestimmt nicht auf die Idee, dass ihr Mann eine Affäre mit einer indischen Witwe im Moor hat.«

Donald entging meine Reaktion auf seine unglückliche Wortwahl nicht.

»Entschuldige.« Er tätschelte meine Hand. »Und was die Bediensteten anbelangt: Sie interessiert sich nicht für sie und ihr Privatleben. Für sie erfüllen sie eine Funktion; darüber hinaus hat sie nichts mit ihnen zu tun. Sie sind immer beschäftigt. Violet badet zweimal pro Tag und lässt das Bett täglich frisch beziehen.«

»Wie eine Königin«, flüsterte ich und dachte an die Maharani, die es ähnlich gehalten hatte. Doch in Indien war es viel heißer und staubiger als in England.

»In Amerika wird Violet tatsächlich wie eine Königin behandelt. Ich glaube, sie findet die Engländer, mich eingeschlossen, ziemlich schmuddelig.« Donald schmunzelte. »Der Nabel von Violets Welt ist Violet. Es wird sie nicht beunruhigen, wenn ich ihr sage, dass du hier bist.«

»Du willst es ihr sagen?«

»Natürlich. Im Moment ist sie mit der Organisation eines großen Weihnachtsballs beschäftigt, zu dem sie alle ihre schicken Londoner Freunde einlädt. Sie wird mit Sicherheit keinen weiteren Gedanken an dich verschwenden.«

»Hoffentlich hast du recht, Donald. Sie ist nicht schuld an der Situation. Wir dürfen ihr nicht wehtun.«

»Ich weiß«, pflichtete er mir bei und sah auf seine Uhr. »In einer Stunde findet das Abendessen statt, und sie erwartet mich aus London zurück. Ich schaue morgen früh wieder vorbei. Kommst du hier allein zurecht? Immerhin ist das Cottage gemütlich. Ich würde so gern bleiben, aber leider geht das nicht.«

»Wir kommen zurecht«, versicherte ich ihm, während du erfolglos versuchtest, dich am Tischbein hochzuziehen.

»Bald wirst du zu reden anfangen, stimmt's, kleiner Mann?«, sagte Donald, beugte sich zu dir hinunter und küsste dich sanft auf die Stirn. »Ich muss los«, erklärte er, knöpfte seinen Mantel zu und ging zur Tür. »Zum Glück kann ich von hier aus durchs Moor zur Straße fahren und komme so durchs Haupttor nach Astbury. Und mit Glory bin ich in fünfzehn Minuten da. Bestimmt bist du mich schon bald satt.«

»Das bezweifle ich«, widersprach ich und küsste ihn. »Danke, Donald. Zum ersten Mal seit vielen, vielen Monaten fühle ich mich geborgen.«

Er warf mir zum Abschied eine Kusshand zu.

Nachdem ich dich in dein Bettchen gelegt hatte, inspizierte ich mein neues, von Donald so liebevoll eingerichtetes Heim. Ich zündete den Kamin im gemütlichen Wohnraum an und betrachtete die Bücher, die in den Regalen rechts und links davon standen. Donald hatte einige meiner Lieblingsromane für mich besorgt, die ich an den Abenden im Cottage immer wieder lesen würde.

In jenen ersten langen Wintermonaten, in denen das Moor mich in einer Schneewüste gefangen hielt und in denen es für Donald schwierig wurde, mir auf Glory Essen, Milch und Liebe zu bringen, las ich eifrig. Mein einsames Dasein machte mich innerlich ruhig. Vielleicht verlieh der Schnee mir ein trügerisches Gefühl der Sicherheit; er schottete mich von Astbury Hall und seinen Bewohnern ab, und ich lebte mit dir auf einer Insel der Glückseligen, auf der Donald mich besuchte.

Jene Monate waren wohl genau das, was meine kranke Seele brauchte; im schrecklichen ersten Jahr deines Lebens hatte es Zeiten gegeben, in denen ich fast die Hoffnung verloren hätte. In denen ich die Dinge, die mich immer geleitet hatten, weder sehen noch fühlen noch hören noch *glauben* konnte. In denen ich mir eher den Tod als das Leben wünschte und zum ersten Mal begriff, was es bedeutete, allein zu sein. Auch wenn nun manchmal Tage vergingen, bis ich Donald wiedersah, konnte ich mir sicher sein, geliebt zu werden.

Weihnachten war schwierig. Ich sah Donald, der im Hauptgebäude zu tun hatte, weil amerikanische Verwandte von Violet erwartet wurden, nur selten. Am Heiligen Abend kam er kurz mit einem Korb voller Speisen, die gereicht hätten, eine zwölfköpfige Familie satt zu bekommen, zu uns. Sein Geschenk an mich, das unter unserem Christbaum lag, öffnete ich am ersten Feiertag. Es handelte sich um eine Perlenkette, die ich an jenem Weihnachtsmorgen des Jahres 1920 anlegte und heute noch trage.

Als der Schnee Anfang März taute, veränderte sich mein Leben in dem Cottage am Bach. Donald erzählte mir, dass Violets Mutter krank sei und Violet zu ihr nach New York fahren wolle.

»Musst du sie nicht begleiten?«, fragte ich, als wir vor dem Kamin im Wohnzimmer saßen und dir zusahen, wie du deine ersten unsicheren Schritte wagtest.

»Natürlich, aber ich habe ihr erklärt, dass ich im Frühjahr, wenn die neuen Lämmer zur Welt kommen, nicht wegkann. Schließlich erwartet Daddy Drumner von mir, dass ich Astbury wie ein kleines Unternehmen führe. Es scheint Violet nichts auszumachen.«

Das Frühjahr, das Violet in Amerika verbrachte, entpuppte sich als paradiesische Zeit für uns. Donald vereinbarte mit Selina, dass er so tun würde, als wäre er bei ihr in London. Doch in Wahrheit fuhr er zu uns und verbarg seinen Wagen hinter dem Cottage. Als das Moor zu neuem Leben erwachte, wohnten wir zusammen wie eine richtige Familie.

Traurig stimmte mich nur, dass du deinen Vater niemals »Papa« nennen konntest und Donald und ich uns in deiner Gegenwart nicht verplappern durften. Am Ende fandest du deinen eigenen Ausdruck für den Mann, der zu einer so wichtigen Person in deinem Leben wurde.

»Mr Don, komm!«, riefst du mit ausgestreckten Ärmchen, wenn du von deinem Vater gedrückt werden wolltest. Und Donald führte dich auf dem Rücken des Pferdes im Hof herum, bis du vor Vergnügen kreischtest.

Er brachte uns kleine Geschenke und Ableger von Pflanzen aus dem Garten von Astbury, die ich bei mir einsetzen konnte.

Eines Tages glitt er vom glänzenden Rücken Glorys und reichte mir einen dornigen Rosenbusch. »Der Gärtner, der gerade die Beete umgräbt, sagt, dass das ein sehr seltenes und exotisches Exemplar mit dem schönen Namen ›Mitternachtsrose‹ ist. Da musste ich gleich an dich denken«, erklärte er lächelnd und küsste mich. »Wollen wir den Busch einpflanzen? Vielleicht vor dem Cottage?«, schlug er vor.

Nach den schrecklichen Monaten des Zweifels konnte ich mir Donalds Liebe nun sicher sein. Und wenn er über die Armut klagte, in der immer noch so viele in England leben mussten, und mir von der Renovierung der Arbeiterhäuschen auf seinem Anwesen erzählte, wuchs meine Achtung vor ihm.

»David Lloyd George gibt sich Mühe, aber die Angst der Oberschichtspolitiker vor Veränderungen macht es schwer, Reformen durchzusetzen«, stellte er eines Abends fest, als wir im Garten saßen.

»Mein Vater hat immer gesagt, im Leben einen Felsen um einen Zentimeter zu bewegen, ist eine ebenso große Leistung, wie jeden Tag hundert Kieselsteine ins Meer zu werfen. Echte Veränderungen brauchen Zeit, Donald. Noch stehst du mit deinen Ansichten ziemlich allein da, aber bald schon werden viele die Welt wie du betrachten.«

»Meine Mutter hat mich immer schon seltsam gefunden. Als Kind war ich mit dem Sohn eines Reitknechts befreundet und wollte, dass er bei uns im Haus isst, weil er ständig Hunger hatte. Ich habe sogar Essen für ihn aus der Küche gestohlen. Das Klassensystem konnte ich noch nie ausstehen.«

»Ich wollte dich etwas fragen«, wechselte ich das Thema.

»Darf ich nach Astbury Hall kommen, bevor deine Frau aus Amerika zurückkehrt? Ich würde gern nach den Heilkräutern sehen, die ich im Küchengarten gepflanzt habe, Ableger nehmen und hier meinen eigenen kleinen Kräutergarten anlegen.«

»Natürlich! Deine Anwesenheit ist kein Geheimnis. Jetzt, wo das Frühjahr da ist, musst du dich nicht mehr verstecken. Es würde sogar natürlicher wirken, wenn du es nicht tust.« Er strich mir sanft über die Wange. »Solange ich nicht vergesse, dass ich dich in Gegenwart anderer nicht berühren darf.« Er warf schmunzelnd einen Blick auf die Küchenuhr. »Ich muss nach Astbury«, seufzte er. »Bald kommen die ersten Lämmer zur Welt.«

37

Als ich wenige Tage später mit Moh in dem zweirädrigen Pferdewagen zum Hauptgebäude fuhr, stellte ich fest, dass viele der Kräuter, die ich in einem schattigen Winkel des Küchengartens gepflanzt hatte, noch gediehen. Während ich auf Knien Ableger nahm und gleichzeitig dich daran hinderte, sie mit deinen kleinen Händen aus dem Boden zu reißen, hörte ich eine vertraute Stimme hinter mir.

»Wen haben wir denn da?«

»Mrs Thomas!« Ich begrüßte sie mit einem Lächeln, als sie, einen Korb am Arm, zu mir trat, um Gemüse fürs Abendessen zu ernten.

»Ich hab schon gehört, dass Sie wieder da sind, Anni. Tilly behauptet, sie hätte Sie letzte Woche im Ort gesehen, aber ich dachte, das hat sie sich eingebildet.«

»Ich bin seit dem Winter hier, doch im Moor lag der Schnee ziemlich hoch, und mir ging es nicht so gut.«

»Das hab ich auch gehört, und dass Ihr Mann gestorben ist. Tut mir leid. Mit dem Kleinen war das wahrscheinlich ziemlich hart. Ein strammer kleiner Bursche«, bemerkte Mrs Thomas mit einem Blick auf dich, und du winktest ihr freundlich zu. »Oh, er hat blaue Augen«, stellte die Köchin fest. »Ich wusste gar nicht, dass Inder blaue Augen haben können.«

»Sein Vater hatte blaue Augen, das ist bei manchen Indern so«, erklärte ich hastig.

»Das war mir nicht klar. Jedenfalls scheint er ein nettes Kerlchen zu sein. Sie müssen sich jetzt öfter hier blicken lassen. Kommen Sie doch, wenn Sie draußen fertig sind, in die Küche und zeigen Sie den anderen Ihren Jungen. Sie werden sich freuen, Sie zu sehen.«

»Das ist sehr nett von Ihnen, Mrs Thomas. Ich komme gleich nach.«

Als sie sich abwandte, betrachtete ich bang deine blauen Augen, die so leicht das Geheimnis von deinem Vater und mir verraten konnten.

In der Küche scharten sich die Bediensteten um uns, deren herzlicher Empfang mich nach so vielen Monaten der Abgeschiedenheit freute. Sie fütterten dich mit Kuchen und Schokolade, bis ich abwinken musste, damit dir nicht übel wurde. Bei einer Tasse Tee am Küchentisch ließ ich mich mit Fragen bombardieren, die ich beantwortete, so gut ich konnte. Ich dachte mir sogar den Namen Jaival Prasad für meinen imaginären toten Ehemann aus.

»Sie haben vermutlich gemerkt, wie sehr sich das Leben in Astbury verändert hat«, sagte Mrs Thomas und hob die Augenbrauen. »Lord Donald hat letztes Jahr eine Amerikanerin geheiratet, und seitdem tanzen wir nach Lady Violets Pfeife.«

»Und wie«, murmelte Tilly.

»Allerdings hat die neue Lady auch ihre guten Seiten«, erklärte Mrs Thomas. »Ich hab einen neuen Herd bekommen …«, sie deutete stolz darauf, »… und neue Töpfe und Pfannen. Sie fand die alten unhygienisch, obwohl ich ihr gesagt hab, dass von meinem Essen noch keiner gestorben ist. Aber ich muss zugeben, dass ich froh bin über die neuen.«

»Mögen Sie Lady Violet?«, erkundigte ich mich.

»Sie ist ganz in Ordnung«, antwortete Mrs Thomas. »Auch wenn sie uns hier unten nicht wahrnimmt. Weil sie keine Ahnung hatte vom englischen Essen oder was in einem Haus wie diesem auf den Tisch kommt, musste ich es ihr erklären. Jetzt überlässt sie das mir. Was oben in ihren Körper reingeht, interessiert sie nicht sonderlich. Unten ist ihr wichtiger!«

Die Bediensteten kicherten.

»So was Eitles ist mir noch nie untergekommen«, klagte Tilly. »Ich hab mit der Zofe von einer Lady geredet, die bei uns zu Besuch war. Die sagt, dass die Yankees alle so sind. Lady Astbury hat sich eine ganze Wand mit Schränken bauen lassen, und die platzen aus den Nähten vor Gewändern.«

»Sie ist sehr hübsch. Die schönste Frau, die ich kenne«, mischte sich die Spülerin ein.

»Stimmt«, pflichtete Mrs Thomas ihr bei, »aber wären wir das nicht alle, wenn wir uns so viel Zeit für unser Äußeres nehmen könnten und das Geld hätten, uns mit flotten Kleidern herauszuputzen?«

»Ist sie nett?«, fragte ich.

»Geht so«, antwortete Tilly. »Wenn ich ihr abends beim Frisieren und Ausziehen helfe, redet sie die ganze Zeit bloß von ihren Kleidern und ihrem Schmuck. Nach mir hat sie sich noch nie erkundigt.«

»Wir hätten es schlechter treffen können«, erklärte Mrs Thomas. »Wenigstens ist sie kein solcher Drachen wie der in Dower House, und immerhin tummeln sich im Haus jetzt junge Leute, nicht mehr nur Witwen in Schwarz. Mit Lady Violet ist Astbury zu neuem Leben erwacht, und dafür müssen wir dankbar sein.«

Von da an konnte ich mich nicht mehr über einen Mangel an Gesellschaft beklagen. Du und ich, wir wurden ständig zum Tee in die Cottages der Bediensteten oder zu den Volksfesten eingeladen, die alle paar Monate auf dem Astbury Green stattfanden. Ich besuchte immer nur sie und nicht umgekehrt, mit der Begründung, dass ich mit meinem Pferdewagen mobiler sei und mein Cottage so weit vom Schuss liege. Trotzdem lebte ich in ständiger Angst davor, dass jemand unangemeldet bei mir auftauchte, wenn Donald da war.

Allmählich sprach es sich im Ort herum, dass ich wieder in Astbury war, und man redete über die Kräuter, die ich verwendete, um die Arthritis von Mrs Thomas, den Husten von Tilly oder die Gicht des Butlers zu lindern. Die Ableger aus dem Küchengarten, die ich bei mir eingesetzt hatte, gediehen prächtig. Donald baute mir ein kleines Gewächshaus, in dem meine Kräuter vor dem Winterfrost geschützt wären, und im Moor fand ich weitere einheimische Heilpflanzen, die ich meiner wachsenden Sammlung hinzufügte.

In jenem Sommer fuhr ich oft mit dir im Pferdewagen übers Moor zum Häuschen einer Ortsbewohnerin, deren Kind unter Fieber litt. Die einfachen Leute hatten keinerlei gesundheitliche Versorgung, und der Arzt verlangte ein kleines Vermögen für einen Hausbesuch, den sich die meisten nicht leisten konnten. Ich hingegen forderte keinen Lohn; mir reichte das glückliche Gesicht einer erleichterten Mutter.

Außerdem stellte ich fest, dass meine Erfahrung als Krankenschwester und meine ayurvedischen Kenntnisse sich gut ergänzten, denn ich erkannte schnell, wo meine Heilkräuter nichts ausrichteten. Wenn ich bei einem Patienten nicht weiterwusste, riet ich zu einem Besuch im örtlichen Krankenhaus.

Im Juli traf ich bei einer Taufe im Ort den Arzt wieder, den ich seit damals, als er zu spät zu Selinas Geburt gekommen war, nicht mehr gesehen hatte.

»Ich bin Ihnen zu Dank verpflichtet, Miss Anahita«, sagte

Dr. Trefusis mit einer leichten Verneigung. »Sie nehmen mir Arbeit ab, und die Leute im Ort profitieren von Ihrem Wissen. Haben Sie daran gedacht, wieder in Ihrem Beruf zu arbeiten? Eine Bezirkskrankenschwester wäre ein Segen für alle.«

»Ja, aber ich muss mich um meinen Sohn kümmern, und eine richtige Anstellung würde, solange er noch so klein ist, zu viel Zeit kosten. Außerdem bezweifle ich, dass die Mediziner es gutheißen würden, dass ich Kräuter der Gegend für meine Patienten verwende.«

»Wahrscheinlich haben Sie recht«, pflichtete Dr. Trefusis mir bei. »Trotzdem würde ich gern mehr darüber erfahren. Alles, was den Armen nützt, ist gut. Weiter so!«

»Ich sehe dich kaum noch, weil du so oft unterwegs bist, Leuten helfen«, beklagte sich Donald irgendwann Ende August. Da Violet bald zurückerwartet wurde, war Donald offiziell »nach London gefahren«, um Zeit mit uns im Cottage verbringen zu können.

»Es vertreibt mir die Zeit, und außerdem helfe ich gern«, erklärte ich.

»Das weiß ich«, sagte er und löffelte den Eintopf, den ich für uns zubereitet hatte. »Aber im Winter wird's schwieriger für dich werden.«

»Sheba ist ausdauernd und kennt das Moor. Bestimmt macht ihr der Schnee dieses Jahr nichts mehr aus.«

»Vielleicht sollte ich eine Telefonleitung ins Cottage legen lassen«, überlegte Donald laut. »So kann ich dich erreichen, wenn es ein Problem gibt, und die Leute im Ort könnten dich vom Postamt aus anrufen, falls ein Patient dich dringend braucht.«

»Das ist nett von dir, Donald, aber Telefone sind teuer, und es wäre mir lieber, wenn du nicht so viel Geld für mich ausgibst.«

»Anni, dein Unterhalt fällt praktisch nicht ins Gewicht«, versicherte Donald mir. »Wenn wir verheiratet wären, würdest du dir darüber auch keine Gedanken machen. Letztlich sind wir das ja auch, nur nicht auf dem Papier. Außerdem macht es mich stolz, dass du den Leuten in der Gegend hilfst. Die Einrichtung eines Telefons ist das Mindeste, was ich für dich tun kann.«

»Na schön«, seufzte ich. »Danke.«

»Du bist so anders als meine liebe Frau«, erklärte Donald. »Violet denkt nur an sich selbst. Offen gestanden habe ich Angst vor ihrer Rückkehr aus New York. Wir haben nur noch eine Nacht miteinander. Sehr befriedigend ist das nicht, oder?«

»Ich bin dankbar für das, was wir hatten, Donald«, erwiderte ich, obwohl mich der Gedanke an Violet ebenfalls bedrückte.

»Möglicherweise dauert es ein paar Tage, bis ich wieder von Astbury wegkann«, warnte Donald mich, als er am folgenden Morgen zum Hauptgebäude aufbrach. »Auf Wiedersehen, Schatz. Pass auf dich und den Kleinen auf, ja?«

»Ja«, versprach ich ihm, Tränen in den Augen, weil er in seine andere Welt zurückkehrte.

Je näher der Winter rückte und je kälter es wurde, desto mehr Zeit nahmen meine Patienten in Anspruch. Aber ich war froh über die Ablenkung. Seit Violets Rückkehr sah ich Donald sehr viel seltener, da er sich nach der sechsmonatigen Trennung von ihr nicht so oft von Astbury entfernen konnte. Für gewöhnlich schaute er bei mir vorbei, wenn er zu einem Fest oder Ball nach London fuhr.

»Die meisten ihrer Freundinnen sind unerträglich langweilig und arrogant. Trotzdem«, erklärte er seufzend, »muss ich meine Pflicht tun.«

Eines Abends im Dezember tauchte Donald unerwartet im Cottage auf.

»Was ist?«, fragte ich ihn, als ich seine angespannte Miene sah.

»Ich habe Neuigkeiten«, antwortete er und sank auf einen Stuhl am Küchentisch.

»Schlechte Neuigkeiten?«, erkundigte ich mich und setzte Teewasser auf.

»Die meisten Leute würden sie vermutlich nicht als schlecht bezeichnen, aber dir dürften sie nicht gefallen. Ich wollte es dir sagen, bevor du es von jemand anders erfährst. Du weißt ja, wie es hier ist: Die Dinge sprechen sich schnell herum. Bestimmt wissen die Bediensteten schon Bescheid.«

»Dann sag es mir.«

Donald holte tief Luft und senkte den Blick. »Violet … erwartet ein Kind.«

»Verstehe.«

»Anni, macht es dir nichts aus?«

Und ob es mir etwas ausmachte! Weniger das Kind selbst als das, was zu seiner Zeugung nötig gewesen war. Doch ich nahm mich zusammen. Schließlich hatte ich gewusst, worauf ich mich mit unserem Arrangement einließ.

»Es ist nur natürlich, dass du mit deiner Frau eine Familie gründen möchtest, mit einem Erben für das Anwesen«, antwortete ich, bemüht, mir die Verbitterung nicht anmerken zu lassen. »Es steht mir wohl kaum zu, etwas dagegen zu haben, oder?«

»O doch«, erwiderte Donald. »Ich weiß nicht, ob ich das an deiner Stelle so gelassen hinnehmen könnte.«

»Da ich in dieser Angelegenheit kein Mitspracherecht habe, muss ich mich in mein Schicksal fügen.«

»Du solltest wissen, dass der Akt der Zeugung aus reinem Pflichtbewusstsein geschah, nicht aus Vergnügen.«

Obwohl ich ihm glauben wollte und auch nicht an seiner Aufrichtigkeit zweifelte, tat mir der Gedanke weh.

»Die Schwangerschaft gestaltet sich schwierig. Weil sie sich so schlecht fühlt, hat Violet für die nächsten Wochen sämtliche Termine abgesagt und bleibt im Bett. Das bedeutet leider, dass sie erst einmal nicht wie üblich mit anderen Dingen beschäftigt ist und ich mehr Zeit mit ihr verbringen muss. Es tut mir wirklich leid, Anni.«

»Wir werden einen Weg finden. Das ist uns noch immer gelungen.«

»Stimmt. Trotzdem habe ich mehr und mehr das Gefühl, dass das Leben, das ich mit Violet in Astbury führe, eine Lüge ist.«

»Das lässt sich nicht ändern. Wir müssen beide das Beste daraus machen«, entgegnete ich.

»Ja.« Er sah mich mit schuldbewusstem Blick an. »Verzeih mir. Eigentlich sollte ich dich trösten. Aber leider muss ich jetzt los. Violet erwartet Dr. Trefusis.« Donald stand auf und küsste mich auf die Stirn. »Ich komme so bald wie möglich wieder.«

38

Donald berichtete mir, dass Dr. Trefusis Violet beste Gesundheit bescheinigt, ihr Kohletabletten gegen die Übelkeit verschrieben und ihr Ruhe verordnet habe. Allgemein bekannt gemacht werden sollte ihre Schwangerschaft erst nach der zwölften Woche, doch Maud und Violets Eltern wussten bereits Bescheid.

»Heute Nachmittag muss ich zu meiner Mutter in Dower House, um, wie sie es ausdrückt, eine ›heikle Angelegenheit‹ zu besprechen. Ich kann also nicht lange bleiben«, entschuldigte Donald sich, als er uns einige Tage später besuchte. »Keine Ahnung, was sie will.«

Nachdem er sich verabschiedet hatte, überlegte auch ich, weshalb er sie aufsuchen musste. Maud Astbury war meine Nemesis, das Damoklesschwert, das drohend über meinem kleinen Glück schwebte. Als Donald am folgenden Tag zu mir kam, sah ich ihm an, dass das Gespräch sich um mich gedreht hatte. Ich kochte uns Tee, mit dem wir uns an den Kamin im Wohnzimmer setzten.

»Was hat sie gesagt?«, erkundigte ich mich.

»Dass Gerüchte kursieren. Offenbar ist bekannt, dass ich regelmäßig übers Moor reite.«

»Das ist ja wohl kaum ein Verbrechen, oder?«

»Immer in dieselbe Richtung«, fügte Donald vielsagend hinzu.

»Verstehe. Und wer behauptet das?«

»Der Schäfer hat seiner Frau erzählt, dass er mich in den Frühjahrs- und Sommermonaten ziemlich oft in der Nähe dieses Cottage gesehen hat. Sie hat es ihrer Freundin Mrs Thomas gesagt, und die hat es wiederum Bessie, dem Dienstmädchen meiner Mutter, zugetragen. Natürlich habe ich sie gefragt, warum das für Gerüchte Anlass gibt. Schließlich reite ich immer schon übers Moor und halte am Bach, um Glory zu tränken.«

Ich lauschte schweigend.

»Mutter hat mir erklärt, dass jeder meiner Schritte als Herr dieses Anwesens beobachtet und von den Bediensteten diskutiert wird. Sie sagt, sie macht mich nur darauf aufmerksam, weil Violet schwanger ist und der Arzt körperliche Schwäche diagnostiziert hat. Mutter möchte nicht, dass solche Gerüchte, egal, wie weit hergeholt sie sein mögen, Violet in diesem Zustand zu Ohren kommen, weil das den Erben von Astbury gefährden könnte. Deswegen soll ich meine Ritte übers Moor sofort einstellen.«

»Verstehe.«

»Anni, sie hat mir das Gefühl gegeben, ein Ungeheuer zu sein. Ihrer Ansicht nach ist es schlimm genug, dass ich sozusagen unter den Augen meiner Frau eine Affäre habe, aber dass ich es wage, diese während Violets Schwangerschaft fortzusetzen, findet sie schlichtweg ekelhaft.«

»Da muss ich deiner Mutter leider recht geben«, sagte ich nach längerem Schweigen. »Violet ahnt von alldem nichts. Sie ist noch mehr Opfer der Umstände als wir.«

»Ich weiß.« Donald senkte verlegen den Blick. »Sie hat das nicht verdient, am allerwenigsten jetzt.«

»Richtig. Und egal, ob deine Mutter ihre Schwangerschaft benutzt, um unsere Beziehung kaputt zu machen: Wir müssen an Violet denken. Ich werde jeden Tag von Gewissensbissen geplagt, weil ich sie hintergehe. Deine Besuche bei mir müssen aufhören.«

»Aber wie willst du allein zurechtkommen? Oder besser gesagt: Wie soll ich ohne dich auskommen, Anni?«

»Wir könnten uns wieder aufs Briefeschreiben verlegen.«

»Sehr komisch.«

»Es ist das Beste so.«

»Wie soll ich es schaffen, mich von dir fernzuhalten?«, fragte Donald.

»Das musst du einfach.«

Er nahm meine Hand und küsste sie zärtlich. »Ja, es scheint, als müssten wir wieder Abschied voneinander nehmen. Aber nur, bis das Kind da ist.«

»Die Monate vergehen schnell«, versuchte ich, ihn zu trösten.

»Mein Moh wird fast drei sein, wenn ich ihn wiedersehe«, klagte Donald.

Wir standen auf und gingen zur Küchentür, wo wir uns umarmten.

»Keine Sorge, ich werde Möglichkeiten finden, mich mit dir in Verbindung zu setzen. Ich liebe dich.«

»Auf Wiedersehen, Donald«, flüsterte ich.

Nach diesem Nachmittag verbrachte ich wieder viel Zeit ohne den Mann, den ich liebte. Dass wir einen Pakt geschlossen hatten, machte das Ganze ein wenig einfacher. Ich war mit dir und meinen Patienten beschäftigt und gab mir alle Mühe, nicht zu oft über unsere erzwungene Trennung nachzugrübeln.

Am Weihnachtsmorgen fand ich erneut einen Korb mit einem riesigen Truthahn, allerlei Leckereien und Geschenken für dich und mich auf der Schwelle. Den Abend feierte ich mit den Leuten aus dem Ort im Gemeindesaal. Es war schön, deine Freude an den bunten Kugeln, mit denen der Raum geschmückt war, zu beobachten.

An Silvester luden mich Tilly und ihr reizender Mann Jim, die eine Tochter namens Mabel etwa in deinem Alter hatten, zu sich in ihr Cottage ein.

»Gutes neues Jahr«, flüsterte ich Donald zu, als die Kirchenglocken das neue Jahr einläuteten. Dass er so nahe und doch unerreichbar war, stimmte mich sehr traurig.

»Alles in Ordnung, Anni?«, fragte Tilly und legte den Arm um mich. »Sie denken bestimmt an Ihren Mann.«

»Ja«, bestätigte ich.

»Anni, Sie sind so schön und klug. Eines Tages finden Sie bestimmt jemanden.«

In dem Moment hätte ich ihr am liebsten mein Herz ausgeschüttet, aber ich wusste, dass das nicht ging. Mir blieb nichts anderes übrig, als die Last meines Geheimnisses allein zu tragen.

Am Ende sah ich Donald dann früher als erwartet.

Eines kalten Januarabends, als ich dich in der Küche badete, hörte ich draußen das Klappern von Pferdehufen. Das konnte nur Donald sein. Er klopfte höflich, bevor er die hintere Küchentür öffnete.

»Was führt dich hierher? Ich dachte, wir hätten uns geeinigt …«

»Ich bin mit Wissen meiner Frau hier«, entgegnete er, schwer atmend vom Ritt übers Moor.

»Was soll das heißen?«

»Darf ich reinkommen? Dann kann ich dir alles erklären.«

Ich ließ ihn ein.

»Mr Don!«, riefst du strahlend aus und begannst, fröhlich in der Wanne zu planschen.

»Hallo, kleiner Mann«, begrüßte er dich schmunzelnd und küsste dich auf den eingeseiften Kopf, bevor er sich mir zuwandte. »Leider ist die Übelkeit meiner Frau nicht besser geworden. Sie erträgt den Geruch von Essen nicht und bekommt keinen Bissen hinunter. Dr. Trefusis scheint sich keine großen Sorgen zu machen. Er sagt, das gibt sich wieder, aber Violet geht es nicht gut.«

»Manche Frauen leiden in der Schwangerschaft sehr«, bestätigte ich.

»Was mich zum Grund meines Besuchs führt. Violet scheint von den Bediensteten gehört zu haben, welche Wundertaten du mit deinen Kräutern vollbringst, und sie hat mich gebeten, dich zu fragen, ob du etwas gegen ihre Übelkeit hast.«

Ich starrte ihn an, als hätte er den Verstand verloren. »Das ist nicht dein Ernst!«

»Doch, Anni. Dein Ruf eilt dir voraus. Es wäre sehr merkwürdig, Lady Astbury Hilfe zu verwehren, wenn sie dich persönlich darum bittet.« Donald schüttelte den Kopf und zuckte mit den Achseln. »Ich hätte auch nicht gedacht, dass ich einmal auf Bitte meiner Frau zu dir kommen würde.«

»Donald, ich …«

Vielleicht entlud sich die wochenlange Anspannung, möglicherweise lag es auch an der Absurdität der Situation – jedenfalls begann ich zu kichern. Am Ende stimmte Donald erleichtert mit ein, und du, mein lieber Sohn, sahst deine Eltern erstaunt von der Wanne aus an.

»Eigentlich ist es nicht lustig«, sagte ich schließlich und wischte mir die Lachtränen mit dem Badehandtuch aus dem Gesicht.

»Nein«, pflichtete Donald mir bei. »Überhaupt nicht. Ach Anni, es ist so schön, dich zu sehen.« Er nahm mich in die Arme. »Habe ich dir auch gefehlt?«

»Sogar sehr«, antwortete ich. »Die Lady möchte also, dass ich zu ihr komme.« Ich löste mich von ihm und hob dich aus der Wanne.

»Ja. So schnell wie möglich. Vielleicht morgen früh?«

»Ich muss natürlich zuerst einen Blick in meinen Kalender

werfen«, erklärte ich mit einem Augenzwinkern, während ich dich auf meinem Schoß trocken rubbelte. »Aber ich finde bestimmt noch irgendwo Zeit für deine Frau.«

»Danke, Anni. Ich wäre dir wirklich sehr dankbar, wenn du ihr helfen könntest. Die Arme leidet furchtbar – und alles andere als stumm.«

»Ich fahre gleich morgen zu ihr. Sag ihr, sie kann mich gegen halb zehn erwarten«, bat ich ihn, während du dich mir entwandest und die Arme nach ihm ausstrecktest.

»Umarmen, Mr Don«, riefst du, und er setzte dich auf seinen Schoß.

»In den letzten Wochen ist er ganz schön gewachsen«, stellte Donald fest und strich dir über die weichen dunklen Haare.

»Ja, stimmt. Er plappert ohne Unterlass. Ich bitte Tilly, auf ihn aufzupassen, während ich mir deine Frau ansehe. Wie du sicher weißt, arbeitet Tilly nicht mehr in Astbury. Ihr Mann Jim ist gerade zum Hilfspostmeister befördert worden.«

»Wunderbar. Wenn ich schon hier bin …« Donald nahm einige Geldscheine aus seiner Tasche. »Hier. Immerhin muss ich jetzt nicht Tillys Mann bemühen, dir die in einem Brief zu überbringen«, erklärte er schmunzelnd.

»Danke.« Ich hasste diese Geldgeschenke, war im Moment jedoch auf sie angewiesen.

»Mr Don, Pferdschen?«, fragtest du erwartungsvoll.

»Nein, heute nicht, kleiner Mann«, antwortete Donald bedauernd. »Aber ich verspreche dir, dass du bei meinem nächsten Besuch wieder auf Sheba reiten darfst. Ich muss jetzt los.«

Du folgtest ihm mit enttäuschtem Gesicht zur Tür, wo ich dich auf den Arm nahm, um dich zu trösten, und Donald fragte: »Wirst du morgen bei Violet sein?«

»Ich habe das Gefühl, dass ich mich allen Beteiligten zuliebe rar machen sollte.«

»Ja«, pflichtete ich ihm bei.

Als Donald weg war, legte ich dich ins Bett und setzte mich an den Kamin, um über die absurde Situation nachzudenken.

In jener Nacht hörte ich wieder fernes Singen.

Am folgenden Tag fuhr ich, nachdem ich dich zu Tilly gebracht hatte, mit dem Wagen nach Astbury Hall, wo ich in der Küche mit freundlichem Lächeln begrüßt wurde.

»Wir freuen uns sehr, Sie zu sehen, Miss Anni«, erklärte Mrs Thomas. »Ich habe der Lady gesagt, wenn irgendwer ihr helfen kann, dann Sie. Glauben Sie, Sie schaffen das? Mir gehen nämlich allmählich die Ideen aus, wie ich ihr Appetit machen soll.«

»Ich hoffe es. Aber zuerst muss ich sie mir ansehen«, antwortete ich, als Ariane, Violets neue Zofe aus Frankreich, die Küche betrat, um mich nach oben zu geleiten.

»Wir halten alle die Daumen«, versprach Mrs Thomas.

»Ich gebe mein Bestes«, versicherte ich ihr, verließ die Küche und folgte Ariane durch das Labyrinth aus Fluren zur großen Halle. Dort stellte ich fest, dass Violet im Hinblick auf die Familienporträts an den Wänden neben der Treppe ihren Willen durchgesetzt hatte. Sie waren durch auffällige moderne Gemälde ersetzt worden.

»Wenn Sie hier warten würden, *s'il vous plaît*«, bat mich die Zofe und führte mich in einen luxuriös eingerichteten Wohnbereich. »Ich sage der Lady Bescheid.«

In dem Raum war es so heiß, dass ich mich an Indien erinnert fühlte.

»Die Lady bittet Sie herein«, verkündete Ariane und ging mir voraus in Violets Schlafzimmer.

Ich betrat das Zimmer, in dem es genauso warm war wie im Wohnbereich daneben. Am liebsten hätte ich die Fenster aufgerissen, um frische Luft hereinzulassen.

Die blasse Gestalt wirkte in dem riesigen Himmelbett mit den schweren Brokatvorhängen winzig.

»Guten Tag, Lady Astbury«, begrüßte ich sie und machte einen Knicks. »Ich bin Anahita Prasad. Sie haben nach mir geschickt?«

»Ja, weil die Bediensteten von Ihren wunderbaren Heilkräutern schwärmen«, antwortete sie mit ihrem amerikanischen Akzent. »Kommen Sie doch näher … Ariane, rück einen Stuhl ans Bett, damit Miss Anahita sich neben mich setzen kann.«

Wenig später nahm ich Platz und hatte zum ersten Mal Gelegenheit, Donalds Gattin aus der Nähe zu betrachten. Sie wirkte so jung, war selbst fast noch ein Kind. Mit ihren blonden Haaren, den riesigen braunen Augen und den schön geformten sinnlichen Lippen sowie der hellen makellosen Haut erinnerte sie mich an ein zerbrechliches Porzellanpüppchen. Ich erkannte auf den ersten Blick, dass sie schwach war und viel zu dünn.

»Ich bin sehr froh, dass Sie gekommen sind, Miss Anahita. Sogar Dr. Trefusis war der Meinung, dass es nicht schaden könnte, Sie heranzuziehen.«

»Gerne, Lady Astbury. Dr. Trefusis hat Ihnen sicher gesagt, dass ich ausgebildete Krankenschwester bin und ayurvedische Medizin praktiziere.«

»Egal. Hauptsache, es hilft«, seufzte Violet. »Mir ist seit Wochen speiübel.«

»Lady Astbury, dürfte ich Sie untersuchen?«

»Machen Sie ruhig. In letzter Zeit ist so viel an mir herumgezupft und -gestochert worden, dass ich meine Scham längst verloren habe.«

Ich untersuchte sie gründlich. Ihr Puls ging ein wenig zu schnell – was bei Schwangeren oft der Fall ist –, Temperatur und Herzschlag jedoch waren normal. Das Kind, das ich ertastete, erschien mir für diese Phase der Schwangerschaft klein, war aber definitiv am Leben. Violets Haut fühlte sich klamm an, vermutlich aufgrund der drückenden Hitze im Raum. Außerdem diagnostizierte ich Blutarmut.

Ich wusch mir die Hände in der Schüssel auf der Kommode, trocknete sie ab und setzte mich.

Violet, die die Untersuchung stumm über sich hatte ergehen lassen, sah mich mit erwartungsvollem Blick an.

»Ich glaube, ich kann Ihnen helfen, Lady Astbury.«

»Gott sei Dank! Ich habe nämlich das Gefühl, bald einzugehen.«

»Es ist alles in Ordnung, das kann ich Ihnen versichern. Hat Dr. Trefusis Ihnen gegenüber etwas von Anämie erwähnt?«

»Nein.« Violet schüttelte den Kopf. »Er hat mir Hühnerbrühe verschrieben, die ich hasse. Was ist Anämie? Was Ernstes?«

»Nicht wenn man sie rechtzeitig erkennt und behandelt. Das Kind in Ihrem Leib verbraucht zu viel von Ihren Eisenvorräten. Das macht Sie müde und lethargisch, aber das lässt sich leicht beheben. Lady Astbury, kennen Sie Malzbier?«

»Trinken das nicht die Bauarbeiter?« Violet verzog den Mund.

»Ja, doch es eignet sich auch hervorragend für schwangere Frauen, weil es viel Eisen enthält. Es schmeckt nicht sonderlich gut, aber es hilft. Außerdem werde ich Mrs Thomas bitten, alle Ihre Speisen in einer Eisenpfanne zuzubereiten. Das Essen nimmt das Eisen von der Pfanne auf; das ist eine natürliche Möglichkeit, es Ihrem Körper zuzuführen.«

»Aber genau das ist doch das Problem!«, jammerte Violet. »Ich bringe keinen Bissen runter. Schon beim Geruch von Essen wird mir übel.«

»Ich denke, das bekommen wir in den Griff. Ich gebe Mrs Thomas frischen Ingwer, aus dem sie Ihnen Tee zubereiten soll. Der hilft gegen Übelkeit. Fürs Erste sollten Sie den Tee mindestens dreimal täglich trinken.«

»Ingwer?« Violet rümpfte ihre hübsche Nase. »Hoffentlich macht das Zeug nicht alles noch schlimmer!«

»Nein, das verspreche ich Ihnen. Außerdem werde ich Ihnen einen kräftigenden Kräutertrank mischen. Ich schreibe Ihnen auf das Fläschchen, wie Sie ihn einnehmen müssen. Leider schmeckt er auch nicht besonders gut. Und noch etwas, Lady Astbury: In diesem Zimmer ist es viel zu heiß. Sie müssen die Heizung herunterdrehen und frische Luft hereinlassen. Täglich ein kurzer Spaziergang im Garten schadet weder Ihnen noch dem Kind. Ganz allein hier oben zu liegen, hilft Ihnen bestimmt nicht.«

»Aber draußen ist es so kalt«, erklärte Violet schaudernd.

»Ziehen Sie sich einfach dick an. Wenn Sie meine Anweisungen befolgen, haben Sie schon bald wieder Lust, wie ein Lämmchen im Garten herumzutollen.«

»Sind Sie sicher?«

»Absolut.«

»Gut«, seufzte sie resigniert. »Ich habe nichts zu verlieren, also probier ich's einfach mal auf Ihre Art. Fürs Kind ist das alles nicht schädlich, oder?«

»Wenn es schädlich wäre, würde ich es Ihnen nicht empfehlen.«

»Natürlich.« Violet errötete.

»Ich gehe jetzt nach unten und spreche mit Mrs Thomas. Uns fallen sicher Gerichte ein, die genauso nahrhaft sind wie Hühnerbrühe und besser schmecken.«

»Das wär ja schon mal was«, meinte Violet, erneut seufzend.

»Ich komme in ein paar Tagen wieder«, versprach ich und stand auf. »Falls Sie mich vorher brauchen sollten, lassen Sie mich einfach rufen.«

»Ja. Sie müssen mir die Arzneien nicht selbst bringen. Ich habe Ihnen schon genug Umstände gemacht. Von den Bediensteten weiß ich, dass Sie ein kleines Kind haben. Ich schicke Ihnen heute Nachmittag jemanden, der sie holt.«

»Danke. Freut mich, wenn ich Ihnen helfen kann.«

»Auf Wiedersehen, Miss Anahita. Geben Sie die Rechnung bitte unten dem Butler.«

»Meine Dienste kosten nichts. Auf Wiedersehen, Lady Astbury.«

In der Küche schrieb ich eine Liste mit Anweisungen für Mrs Thomas.

»Wenn das was nutzt, bin ich der König von England. Aber Sie haben ja schon so vielen geholfen …«

»Danke. Ich muss jetzt meinen Sohn von Tilly abholen. Er fragt sich bestimmt schon, wo ich bleibe.«

Am Nachmittag kam Donald persönlich zu mir, um den Ingwer und die Kräutermittel für Violet zu holen.

»Wenn sie das alles ab sofort nimmt, sollte in den nächsten Tagen eine Besserung eintreten«, erklärte ich ihm.

Er bedankte sich und steckte den Ingwer und die Mittel in die Tasche. »Ich werde Violet gut zureden, deine Anweisungen zu befolgen. Unter den gegebenen Umständen ist es sehr nett von dir, dass du ihr hilfst.«

»Sie ist ein Mensch in Not«, sagte ich und brachte ihn zur Tür. »Natürlich bemühe ich mich, ihr beizustehen.«

Eine Woche später wurde ich in Astbury wieder nach oben geführt. Diesmal erwartete mich Violet voll bekleidet im Wohnbereich.

»Miss Anahita!« Sie stand auf, um mich zu meiner Überraschung zu umarmen. »Sie haben Wunder vollbracht! Sehen Sie nur!«

Sie hatte tatsächlich wieder rosige Wangen und leuchtende Augen. »Es scheint Ihnen deutlich besser zu gehen.«

»Ja! Ich kann es kaum fassen. Anfangs dachte ich, von dem grässlichen Zeug wird mir bestimmt noch übler, aber das war nicht der Fall! Ich habe Ihre Anweisungen befolgt, jeden Tag, ganz genau, und es hat geholfen! Ach, Miss Anni – darf ich Sie so nennen? Die Bediensteten nennen Sie alle so –, wie soll ich Ihnen nur danken?«

»Nicht nötig. Mich freut es, dass Sie sich besser fühlen.«

Sie bot mir den Sessel ihr gegenüber an. »Dr. Trefusis war gestern da. Er konnte meine Besserung kaum glauben. Natürlich hab ich ihm von Ihnen erzählt«, erklärte Violet begeistert. »Gestern habe ich meiner Mutter ein Telegramm nach New York geschickt – sie wollte schon mit dem Schiff kommen. Aber weil es ihr auch nicht so gut geht, habe ich ihr geschrieben, dass ich mich erholt habe und sie sich nicht die Mühe zu machen braucht. Könnten Sie, wenn sie zur Geburt hier ist, auch einen Blick auf sie werfen?«

»Wenn sie das möchte.«

»Ich hätte sogar Lust, ein paar Freunde einzuladen. Als es mir so schlecht ging, war es sehr leer im Haus.«

Violet schien wieder ganz die Alte zu sein.

»Sie können aufhören mit dem Ingwertee. Trinken Sie ihn nur noch, wenn Ihnen übel ist. Ich habe Mrs Thomas frische Pfefferminzblätter für Tee gegeben, der ebenfalls gegen Übelkeit hilft und Ihnen vermutlich besser schmeckt. Aber mit dem Malzbier müssen Sie, fürchte ich, weitermachen.«

»Ach, an das hab ich mich gewöhnt. Donny amüsiert sich königlich, wenn ich es trinke. Miss Anni, er ist so lieb zu mir gewesen, so besorgt. Wahrscheinlich würde er Sie wie ich gern umarmen!«

Um Beherrschung ringend stand ich auf.

»Ich muss gehen, nach einem kleinen Kind im Ort sehen, das dringend meiner Hilfe bedarf.«

»Natürlich.« Violet erhob sich ebenfalls. »Kommen Sie mich doch wieder besuchen. Hätten Sie Zeit für eine meiner Abendeinladungen?«

»Leider nein. Ich habe niemanden, der auf meinen kleinen Sohn aufpasst.«

»Von Donny weiß ich, dass Ihr Mann gestorben ist. Das tut mir sehr leid. Bestimmt ist Ihr kleiner Sohn so hübsch wie Sie. Ich beneide Sie um Ihr exotisches Aussehen!«

»Danke für das Kompliment. Aber ich muss jetzt wirklich gehen.«

»Dürfte ich Sie einmal in Ihrem Cottage besuchen und Ihren

kleinen Jungen kennenlernen?«, fragte sie mich, als sie mich zur Tür begleitete. »Ich kenne hier so wenige Leute. Alle meine Freunde sind in London.«

»Ich bin viel unterwegs. Bitte rufen Sie vorher an.«

»Das tue ich, Miss Anni. Auf Wiedersehen, und noch einmal herzlichen Dank.«

39

»Meine Frau scheint wieder ganz die Alte zu sein«, sagte Donald einige Tage später, als er mir einen riesigen Blumenstrauß, Pralinen und Champagner von Violet brachte. »Und du hast eine neue Bewunderin.« Er grinste. »Nicht einmal in meinen kühnsten Träumen hätte ich gedacht, dass ich dir irgendwann Geschenke von meiner Frau überreichen würde. Das Leben kann manchmal ganz schön absurd sein.«

»Ja, das stimmt«, pflichtete ich ihm bei und versuchte, dich von den Pralinen fernzuhalten.

»Du bist wunderbar«, sagte Donald und nahm mich in die Arme. »Deine Methoden mögen zwar nicht der Tradition entsprechen, aber sie funktionieren.«

»Sie entsprechen sehr wohl der indischen Tradition. Überdies sind sie vollkommen natürlich.«

»Ich ziehe den Hut vor deinem Wissen. Leider hat das Ganze auch einen Haken: Mit ihrer neu gewonnenen Energie lädt Violet alle möglichen Leute zu uns ein. Sie scheint verlorene Zeit wettmachen zu wollen. Du weißt, wie sehr ich ihre Freunde hasse. Das einzig Gute daran ist, dass ich zu dir kommen kann.« Er zog mich auf seinen Schoß und küsste mich.

»Ja, das ist schön. Deine Frau hat mich gefragt, ob sie mich hier besuchen und Moh kennenlernen kann.«

»Ach.« Donald runzelte die Stirn. »Und was hast du geantwortet?«

»Ich habe sie gebeten, zuerst anzurufen, weil ich viel unterwegs bin, aber ich kann sie wohl kaum daran hindern zu kommen, oder?«

»Nein. Tja, das macht die Sache komplizierter. Mir ist es gar nicht recht, wenn Violet weiß, wo du wohnst.«

»Meinst du, mir? Aber was soll ich machen?«

»Keine Ahnung. Nimm sicherheitshalber das Foto von uns dreien vom Nachtkästchen. Das würde sie wahrscheinlich seltsam finden«, versuchte er zu scherzen.

»Bitte, das ist nicht zum Lachen. Ich habe wegen Violet ständig ein schlechtes Gewissen. Wenn ich jetzt auch noch so tun soll, als wären wir befreundet …« Ich schüttelte den Kopf. »Das wird mir zu viel. Leider finde ich sie sympathisch, Donald. Sie ist wirklich nett und wirkt trotz ihres Reichtums irgendwie verletzlich.«

»Ich weiß, Anni. Wollen wir hoffen, dass ihre Begeisterung bald abflaut. Da du die Einzige warst, die ihr helfen konnte, klammert sie sich momentan an dich. Für sie bist du jetzt die Schwangerschaftsexpertin. Ich könnte mir denken, dass Dr. Trefusis darüber nicht gerade glücklich ist.«

»Der hat mich vorhin angerufen und mir gesagt, dass er mich morgen besuchen will, um sich meinen Kräutergarten anzusehen und meine Mittel erklären zu lassen.«

»Tatsächlich? Das überrascht mich. Ich habe ihn immer für ziemlich altmodisch und engstirnig gehalten.«

»Möglicherweise steht er neuen Dingen aufgeschlossener gegenüber, als du dachtest.«

»Du solltest allmählich Geld für deine Hilfe verlangen«, riet Donald mir. »Ich möchte nicht, dass du ausgenutzt wirst.«

»Vielleicht gehe ich wieder in meinen Beruf zurück, wenn Moh älter ist. Aber im Moment bin ich glücklich, so wie es ist.«

»Übernimm dich nicht, ja?« Er streichelte meine Wange.

»Und lass dich nicht von meiner Frau zu Dingen überreden, die du nicht möchtest. Sie kann sehr überzeugend sein.«

Am folgenden Tag besuchte mich Dr. Trefusis im Cottage. Ich führte ihn in das kleine Gewächshaus, wo er sich die Pflanzen anschaute und Fragen dazu stellte.

»Die Kräuter allein reichen nicht«, erklärte ich. »Man muss eine Diagnose stellen und den *dosha*-Typ des Patienten bestimmen, das heißt, *pitta, vata* oder *kapha.* Dazu sind eine Bewertung von Körperbau und Hautfarbe sowie ein Urteil über Gemütszustand und Persönlichkeit nötig. Erst dann kann man dem Patienten das richtige Heilmittel zuordnen. Die Mittel, die ich benutze, entstammen jahrtausendealter indischer Tradition. Ich verwende nicht nur die frischen Pflanzen, sondern trockne auch die Blätter und bewahre sie in Gläsern auf oder zermahle sie zu Pulver. Die Wurzeln ergeben meist die wirkkräftigsten Arzneien.«

»Faszinierend, wirklich faszinierend«, murmelte er. »Und welcher Typ ist Lady Astbury?«

»*Vata,* was bedeutet, dass sie einen feingliedrigen Körperbau mit geringem Fettanteil hat und leicht friert. Außerdem leidet sie unter unregelmäßiger Verdauung, was ihre schlimme morgendliche Übelkeit erklären dürfte.«

»Verstehe. Macht es Ihnen etwas aus, wenn ich mir ein paar Ableger mitnehme und sie bei mir einsetze? Und vielleicht könnten Sie mir beibringen, einige der Grundsubstanzen herzustellen. Zum Beispiel gegen Bronchitis.«

»Nehmen Sie, was Sie wollen. Wenn Sie mich jetzt entschuldigen würden. Ich muss nach meinem Sohn sehen. Er ist bestimmt von seinem Nachmittagsschläfchen aufgewacht.«

»Natürlich«, sagte Dr. Trefusis. »Ich komme gleich nach.«

Später verabschiedete sich der Arzt mit der Bitte, in der folgenden Woche wiederkommen zu dürfen. Doch er schaute nicht mehr vorbei.

Dafür besuchte mich Violet, die begeistert war von dem gemütlichen, typisch englischen Cottage. Als sie Moh erblickte, wartete ich mit angehaltenem Atem auf eine Bemerkung über seine blaue Augen, die zum Glück ausblieb.

»Was für ein hübsches Kerlchen! Ihnen wie aus dem Gesicht geschnitten, Anni.«

Du schienst Violet zu mögen, wahrscheinlich weil sie bei jedem Besuch Spielsachen und Süßigkeiten für dich mitbrachte.

»Bitte«, sagte ich eines Nachmittags zu ihr, als ihr Chauffeur ein glänzendes rotes Dreirad für dich aus dem Kofferraum des Wagens hob. »Sie verwöhnen ihn zu sehr.«

»Unsinn! Kinder kann man gar nicht genug verwöhnen«, erklärte Violet. »Außerdem weiß ich, dass Sie Ihre Dienste gratis anbieten und so gut wie nichts verdienen, Miss Anni. Das ist das Mindeste, was ich tun kann.«

In den folgenden Wochen saßen Violet und ich an vielen kalten Februarnachmittagen miteinander vor dem Kamin und aßen die Butterpfannkuchen, die sie mitgebracht hatte.

»Ich bin jetzt viel zu dick, um nach London zu fahren, und allein mit den Bediensteten und Donny ist es in dem Haus ziemlich langweilig«, erklärte sie mir. »Schön, dass ich zu Ihnen kommen und mich mit Ihnen unterhalten kann.«

Obwohl ich bei ihren Besuchen immer angespannt war, weil ich wusste, dass ich auf der Hut sein musste, lauschte ich Violet fasziniert, wenn sie von ihrem privilegierten Leben in Amerika erzählte. Und sie interessierte sich umgekehrt für meine Kindheit in Indien. Ihr freundliches, großzügiges Wesen und ihre naive Überzeugung, dass immer alles gut ausgehen würde, nahmen mich für sie ein. Am Ende begann ich mich tatsächlich auf unsere Gespräche zu freuen, mit denen mir Violet viele lange Wintertage verkürzte. Ich würde sogar so weit gehen zu behaupten, dass wir so etwas wie Freundinnen wurden.

Sie verhielt sich mir gegenüber niemals gönnerhaft; mehr als einmal erklärte sie mir sogar, dass sie sich angesichts meiner herrschaftlichen indischen Herkunft ziemlich gewöhnlich fühle.

»Wie alle in Amerika bin ich, was ich bin, nur deshalb, weil meine Familie beruflich Erfolg hat. In meiner Heimat regiert der Geldadel. Natürlich«, fügte sie spöttisch hinzu, »erinnert Donnys grässliche Mama mich immer gern daran, woher ich komme. Kennen Sie sie?«

»Ja, sie wohnte noch im Hauptgebäude, als ich vor Jahren meine Schulferien dort verbrachte«, antwortete ich.

»Ich weiß, dass sie die Nase rümpft über alles, was ich tue.« Violet aß einen Bissen von ihrem Butterpfannkuchen. »Aber sie hatte nichts dagegen, dass ich mein Treuhandvermögen in die Renovierung ihres Familienanwesens gesteckt habe«, erklärte sie schmunzelnd. »Gott sei Dank hat Donny darauf bestanden, dass sie nach unserer Hochzeit nach Dower House zieht. Ich glaube nicht, dass ich es unter demselben Dach aushalten würde wie diese Frau.«

»Ja, sie ist nicht ganz einfach«, pflichtete ich ihr bei.

»Ich würde sie sogar eine alte Hexe nennen!«, entgegnete Violet kichernd.

»Wie die meisten Schwiegermütter. Sie stammt aus einer anderen Zeit und hat Mühe, sich in der neuen zurechtzufinden.«

»Miss Anni, Sie sind immer so freundlich zu allen, obwohl Sie selbst so viel Leid erfahren haben. Die Bediensteten sprechen von Ihnen, als wären Sie eine Heilige. Ich hoffe, von Ihnen zu lernen, wie ich ein besserer Mensch werden kann.«

Als mir bewusst wurde, dass Violet sich das tatsächlich wünschte, hatte ich ihr gegenüber ein noch schlechteres Gewissen.

Anfang März verabschiedete sich der Frost, und gelber Stechginster breitete sich wie ein goldener Teppich übers Moor. Hin und wieder schaute Donald im Auftrag von Violet vorbei und beklagte sich nur halb im Scherz darüber, dass seine Frau mich nun öfter zu Gesicht bekomme als er. Ich ertappte mich dabei, dass ich sie verteidigte, wenn er etwas Negatives über sie sagte. Im April hatte ich allmählich den Eindruck, seine Frau lieber zu mögen als er.

Als ich Violet noch nicht persönlich gekannt und sie nur durch Donalds Augen gesehen hatte, war es mir leichter gefallen, sie zu hintergehen. Doch nun begann ich mich zu fragen, wie lange wir diese seltsame Dreiecksbeziehung noch aufrechterhalten konnten.

Eines Morgens erhielt ich einen Brief von Indira, der über Selina in London an mich weitergeleitet worden war.

Patna-Palast
Patna
Indien

29. März 1922

Anni, meine liebste und älteste Freundin,
wie geht es Dir? Wo steckst Du? Es freut mich zu hören, dass Du nicht mehr verschollen bist, wie Selina bei unserer Begegnung in Frankreich dachte. Warum hast Du mir nicht geschrieben??? Bitte melde Dich so schnell wie möglich und erzähl mir alles. Was mich anbelangt: Varun ist in Europa, und ich sitze mit der grässlichen Ehefrau Nummer eins in der zenana. *Liebste Anni, bitte komm mich und meinen Kleinen doch einmal besuchen. Wir haben ihn Kunwar genannt. Mich freut besonders, dass Ehefrau Nummer eins nur zwei Mädchen hat, was bedeutet, dass unser hübscher Sohn einmal der Kronprinz sein wird, wenn Varun nach dem Tod seines Vaters die Maharadschawürde übernimmt. Varun hat mir versprochen, mich im Juni zu holen, wenn der Kleine alt genug zum Reisen ist. Dann mieten wir ein Haus in Südfrankreich. Vielleicht möchtest Du uns ja dort besuchen?*
Du fehlst mir sehr, liebste Anni. Bitte schreib bald.
Indy XXX

Ich hatte mich nicht bei ihr gemeldet, weil ich nicht wusste, was ich ihr verraten konnte. Indira und ihr Mann verkehrten in ähnlichen Kreisen wie die Astburys, und sie war nun einmal nicht sonderlich diskret.

Als ich einen nichtssagenden Brief an sie zu Papier brachte, in dem ich ihr so wenig wie möglich von mir berichtete und mich dafür umso eingehender nach ihr erkundigte, stellte ich betrübt fest, dass ich nicht einmal meiner besten Freundin gegenüber ehrlich sein konnte. Mein Leben war ein einziges Lügengespinst. Egal, wie ich es betrachtete: Unser Betrug nahm unserer Liebe alles Schöne.

Jedes Mal, wenn sich nun jemand dafür bedankte, dass ich ihm oder einem Verwandten geholfen hatte, und mich für meine Freundlichkeit und Großzügigkeit lobte, gruben sich meine Schuldgefühle tiefer in meine Seele. Denn ich war nicht der Mensch, für den sie mich hielten, keine arme Witwe, die der Gemeinschaft so bereitwillig Zeit und Wissen zur Verfügung stellte, die alle mochten und der alle vertrauten. Ich war eine Frau, die sich aushalten ließ, eine Geliebte, die ihrem Liebhaber ein uneheliches Kind geboren hatte und die Beziehung mit ihm unter den Augen seiner Frau weiterführte. Seiner Frau, die mich für ihre Freundin hielt …

»Was ist los, Anni?«, fragte Donald eines schönen Frühlingsnachmittags. Er hatte die Gelegenheit ergriffen, zu uns herüberzureiten, während Violet im Hauptgebäude ein Nickerchen hielt. »Ich spüre doch, dass dir etwas auf der Seele liegt.«

»Ich hasse mich selbst!«, rief ich und brach in Tränen aus.

Donald legte tröstend die Arme um mich. »Anni, wenn das Kind auf der Welt ist, nimmt Violet bestimmt wieder ihr altes Leben auf und sucht sich einen anderen Zeitvertreib. Sicher wird sie nach New York fahren, um den Verwandten den Nachwuchs zu präsentieren, und sie liebt die Londoner Wintersaison. Höchstwahrscheinlich wird sie dich bald vergessen.«

Seine Tröstungsversuche fruchteten nicht viel und berührten mein Herz nicht, das sich so sehr nach Erlösung sehnte. Donald dachte nur an die rein praktische Seite, nicht an meine komplexen und schmerzhaften Gefühle.

An jenem Abend kam mir, nachdem ich dich ins Bett gebracht hatte, zum ersten Mal der Gedanke, Devon zu verlassen. Vielleicht war es das Beste, wenn wir wegzogen. Dann konnte ich endlich als der Mensch leben, der ich in Wahrheit war, und musste kein schlechtes Gewissen mehr haben. Allmählich fraß mich der Betrug von innen her auf.

Während ich mich später schlaflos im Bett wälzte, fiel mir ein, dass Violet mich gebeten hatte, ihr bei der Geburt ihres Kindes beizustehen. »Meine Schwägerin Selina sagt, Sie hätten ihr damals so sehr geholfen«, hatte sie erklärt. Zumindest diesen Wunsch würde ich ihr erfüllen müssen. Doch sobald das Kind geboren wäre, würde ich eine endgültige Entscheidung über unsere Zukunft treffen.

Zu allem Überfluss wurde das Singen in meinen Ohren Tag für Tag lauter. Ich hoffte, dass es sich lediglich um eine Projektion meiner eigenen Verzweiflung handelte, und versuchte, es zu ignorieren.

Die letzten Wochen von Violets Schwangerschaft fielen in eine Hitzewelle im Juli, und Violet bat mich fast jeden Tag zu sich ins Hauptgebäude. Dort saßen wir in der kühlen Orangerie, wo sie elektrische Deckenventilatoren hatte anbringen lassen.

»Meine Güte«, stöhnte sie und blickte an sich herunter, »ich bin dick wie ein Walfisch und kann bei dieser Hitze kaum noch schlafen.«

»Es dauert nicht mehr lange«, tröstete ich sie.

»Wirklich? Ich habe das Gefühl, dass die Schwangerschaft kein Ende nimmt. Nach der Geburt müssen Sie mir helfen, wieder so schlank wie früher zu werden. Sonst passe ich in keins meiner Kleider mehr.«

»Für die Figur und natürlich auch für das Kind wäre es das Beste, wenn Sie selbst stillen. Könnten Sie sich das vorstellen?«

»Oje!« Violet verzog den Mund. »Das machen doch die Eingeborenen in Afrika.«

»Ich habe Moh selbst gestillt«, erklärte ich.

»Anni, so war das nicht gemeint. Sie stammen aus einer anderen Kultur …« Violet errötete.

»Keine Sorge, Violet«, sagte ich und tätschelte ihr Knie, »ich verstehe Sie schon richtig.«

Einige Tage später fiel mir auf, dass Violets Knöchel geschwollen waren; außerdem beklagte sie sich über Kopfschmerzen. Ich riet ihr, die Füße hochzulegen, damit die Schwellung zurückgehe.

»Lady Astbury fühlt sich sehr unwohl«, teilte mir Dr. Trefusis eines Morgens nach einem Besuch bei ihr mit. »Ich finde Augustkinder am schlimmsten, obwohl die Geburt wahrscheinlich immer gleich mühsam ist.«

»Sie klagt seit Tagen über Kopfschmerzen. Beunruhigt Sie das nicht, Dr. Trefusis?«

»Nicht sonderlich«, antwortete er und steckte das Stethoskop in seine Tasche. »Ich habe das Kind palpiert und seinen Herzschlag festgestellt, der deutlich vernehmbar und regelmäßig ist. Es sind noch drei Wochen bis zur Geburt. Wollen wir hoffen, dass das Kind sich nicht noch länger Zeit lässt. Vielleicht könnten Sie Lady Astbury ja eines Ihrer Mittel geben, um die Sache ein wenig zu beschleunigen?«

»In diesem späten Stadium der Schwangerschaft möchte ich mich nicht mehr in den Lauf der Natur einmischen. Kinder kommen, wenn sie bereit dazu sind.«

»Ich dachte, alles, was Sie verwenden, sei *natürlich*«, entgegnete Dr. Trefusis. »Jedenfalls werde ich morgen wieder bei Lady Astbury vorbeischauen.«

»Natürlich.«

Nachdem er sich mit einem Lächeln verabschiedet hatte, ging ich zu Violet, die sehr blass war und nach meiner Hand griff. »Anni, mir ist vor Kopfschmerzen ganz übel. Können Sie mir etwas dagegen geben?«

Plötzlich wurde das Singen in meinen Ohren besonders laut. Ich versuchte es zu ignorieren.

»Ich lasse Ihnen von der Zofe kalte Tücher bringen, und vielleicht finde ich etwas gegen die Übelkeit. Bitte ruhen Sie sich erst einmal aus. Dann sehen wir, ob es besser wird.«

»Würden Sie mir eine Weile Gesellschaft leisten, Anni? Mir ist ziemlich elend.«

»Selbstverständlich. Ich bleibe hier, bis Sie schlafen.«

Als Violet endlich eingedöst war und sich unruhig hin und her wälzte, löste ich meine Hand aus der ihren und ging nach unten. Donald begrüßte mich am Fuß der Treppe.

»Wie geht's ihr?«

»Heute fühlt sie sich gar nicht gut. Im Moment schläft sie. Ich fahre nach Hause und sehe nach, ob ich etwas finde, was ihr helfen könnte.«

»Der Arzt meint, ich soll mir keine Sorgen machen. Wie siehst du das, Anni?«, fragte er am Wagen.

Ich sagte ihm lieber nicht, dass Violets Symptome auf nichts Gutes schließen ließen.

Nachdem ich frische Pfefferminzblätter gesammelt und für Violets geschwollene Knöchel mit Fenchelsamen, Kreuzkümmel und Koriander vermischt hatte, fuhr ich noch einmal zu Tilly, bat sie, auf dich aufzupassen, und gab ihr Wechselkleidung für dich, falls ich länger wegbleiben müsste.

»Ist Lady Astbury krank?«

»Sie fühlt sich heute nicht besonders gut.«

»Sie ist eine zarte Person«, lautete Tillys Kommentar. »Bleiben Sie bei ihr, solange es nötig ist, Anni. Ich kann Moh gern hier zu Mabel ins Bett legen.«

»Danke.«

Als ich Astbury erreichte, ging es Violet noch schlechter. Sie klagte über unerträgliche Kopfschmerzen und Übelkeit.

»Trinken Sie das«, forderte ich sie auf und flößte ihr den Pfefferminztee ein. Dann legte ich ihr ein Lavendeltuch auf die Stirn und überprüfte ihre Temperatur, die normal war. Anschließend fühlte ich ihren rasenden Puls. Wenn sich ihr Zustand in der folgenden Stunde nicht besserte, würde ich Dr. Trefusis holen lassen. Endlich wurde sie ruhiger, und ich blieb neben ihrem Bett sitzen, während sie friedlich zwei oder drei Stunden schlief. Irgendwann klopfte es an der Tür, und Donald streckte den Kopf herein.

»Wie geht's ihr?«

»Sie schläft. Warten wir ab, wie sie sich fühlt, wenn sie aufwacht.«

Er lächelte dankbar.

Wie es wohl für ihn war, seine Frau und seine Geliebte nebeneinander zu sehen?

»Bitte ruf mich, wenn ihr etwas braucht.«

»Ja danke.«

Als Violet kurz vor Mitternacht die Augen aufschlug, veränderte sich ihre Gesichtsfarbe. Plötzlich griff sie sich mit einem Schmerzensschrei an den Unterleib.

Ich schlug die Decke zurück und bat sie, mir zu zeigen, wo genau es wehtat.

»Es ist … wie ein enges Band um meinen Bauch …« Sie verstummte, als der Schmerz sie erneut durchzuckte.

»Violet, ich glaube, die Wehen beginnen!«

»Mein Kopf … mein Kopf«, stöhnte sie.

»Tut er immer noch weh?«, fragte ich und fühlte ihre glühend heiße Stirn.

»Schrecklich …« Die nächste Wehe ließ sie erneut verstummen.

»Keine Angst«, beruhigte ich sie und betätigte die Klingel

neben dem Bett, um die Zofe zu rufen. »Hören Sie auf Ihren Körper. Er weiß, was zu tun ist.«

»Bin so froh … dass Sie hier sind …«

»Ich lasse jetzt Dr. Trefusis holen.«

»Bitte nicht weggehen!«, rief sie aus und packte mich fest an der Hand.

»Violet, ich bin nur ein paar Minuten fort, versprochen.« Ich löste meine Hand aus der ihren und hastete die dunkle Treppe hinunter. Über Violets Zustand war ich alles andere als glücklich, und das Singen in meinem Kopf wollte nicht aufhören.

Da ich unten niemanden fand, durchquerte ich Violets Gemächer und klopfte laut an der Tür zu Donalds Ankleidezimmer.

»Anni, was ist los?«, fragte er, als er im Pyjama herauskam.

»Die Wehen haben eingesetzt. Wir müssen sofort Dr. Trefusis rufen. Sie hat Fieber und starke Kopfschmerzen. Ich glaube, sie sollte so schnell wie möglich ins Krankenhaus. Irgendetwas stimmt nicht«, fügte ich hinzu. »Ich habe nach ihrer Zofe geklingelt, aber die reagiert nicht. Könntest du sie wecken und sie bitten, abgekochtes Wasser, kalte Tücher und saubere Handtücher zu bringen, während wir auf Dr. Trefusis warten?«

»Natürlich, aber der Arzt hat nach wie vor kein Telefon, also muss ich jemanden zu ihm schicken.«

Ich nickte und kehrte in Violets Schlafzimmer zurück.

In der Zwischenzeit hatte sie sich im Bett übergeben. Wieder setzte das Singen in meinen Ohren ein.

Ich zog die Bettdecke weg und richtete sie auf, damit sie es bequemer hatte, während ich sie mit Worten zu beruhigen versuchte.

»Ariane, bitte hol sofort Seine Lordschaft«, bat ich die Zofe voller Panik.

Wenig später erschien Donald. »Mein Gott!«, murmelte er schockiert, als er seine Frau sah.

»Wenn Dr. Trefusis in der nächsten halben Stunde nicht da ist, muss sie jemand im Wagen ins Krankenhaus bringen. Länger können wir nicht warten.«

»Ich gehe schon mal nach unten und lasse den Wagen vorfahren«, sagte er und rannte hinunter.

Zwanzig Minuten später wies ich Ariane an, Mrs Thomas zu wecken, damit sie Zuckerwasser zubereitete, hauptsächlich deshalb, weil ich die Zofe loswerden wollte, die mit entsetzt-fasziniertem Blick hinter mir herumstand.

Plötzlich wurde Violet ganz still, schlug die Augen auf und sah mich an.

»Irgendwas ist nicht in Ordnung, stimmt's?«

»Keine Sorge. Das Kind will nur viel schneller auf die Welt als vorgesehen. Sie müssen jetzt sehr tapfer sein und der Kleinen helfen.«

»Der Kleinen?«, fragte Violet lächelnd. »Es ist ein Mädchen?«

Das hatte mir mein Instinkt gesagt.

»Ja, Violet.«

Sie schloss die Augen. Bis Dr. Trefusis eintraf, verlor sie immer wieder das Bewusstsein. Zwanzig Minuten später erblickte Violets und Donalds kleine Tochter das Licht der Welt. Sie war winzig, und ich fragte mich, ob sie überleben würde. Doch noch mehr Sorgen machte mir ihre Mutter. Obwohl Dr. Trefusis und ich uns die folgenden zwei Stunden abmühten, konnten wir die Blutung nicht stoppen.

»Mein Gott«, stöhnte Donald, der neben der reglos daliegenden Violet saß und ihr übers Haar strich. »Können wir denn nichts tun? Sollten wir sie nicht ins Krankenhaus bringen?«

»Lord Astbury«, antwortete Dr. Trefusis, »Ihre Frau ist nicht transportfähig.«

»Wir können doch nicht tatenlos zusehen, wie sie verblutet!«

Dr. Trefusis schüttelte leicht den Kopf in meine Richtung.

»Tut mir leid, Lord Astbury, aber wir können ihr nicht mehr helfen. Sie sollten sich jetzt lieber von ihr verabschieden.«

Donald legte den Kopf auf Violets Brust und begann zu schluchzen.

Da es mir nicht zustand, ihn zu trösten, nahm ich das winzige Kind, das wir in einen Korb gelegt und fast vergessen hatten, während wir versuchten, das Leben der Mutter zu retten, auf den Arm.

»Ich füttere und wasche die Kleine«, flüsterte ich ihm zu.

Er nickte, und ich verließ den Raum.

Um sechs Uhr am folgenden Morgen stellte Dr. Trefusis offiziell den Tod von Lady Violet Astbury fest. Es war ihr nicht mehr vergönnt gewesen, ihr Kind zu sehen.

40

Der tragische Tod von Lady Violet stürzte den Ort Astbury in tiefe Trauer und warf einen dunklen Schatten auf das Anwesen. Ich quälte mich im Cottage mit düsteren Gedanken. In Violets letzten Stunden hatte ich gewusst, dass etwas nicht in Ordnung war. Ich versuchte, mich damit zu trösten, dass der Arzt die Situation als nicht besorgniserregend eingeschätzt hatte, aber trotzdem ging mir Violets vertrauensvoller Blick nicht aus dem Kopf. Am Ende hatte ich sie, weil ich nicht meinem Instinkt gefolgt war, auf schlimmste Weise enttäuscht.

Seit dem Tag ihres Todes war Donald, der wie der gesamte Ort an mich geglaubt hatte, nicht mehr bei mir gewesen. Und das Telefon klingelte nicht wie sonst, wenn jemand medizinischen Rat benötigte. Mir war klar, dass man mir die Schuld gab. Ich konnte Hexenschuss und Gicht oder eine einfache Erkältung kurieren, aber als es wirklich darauf ankam, hatte ich versagt.

Obwohl ich wusste, dass Violet nicht zu retten gewesen

war – schließlich hatte der angesehene Dr. Trefusis mit mir um ihr Leben gekämpft –, machte ich mir schreckliche Vorwürfe.

Dass Donald Witwer, also frei, war, belastete mich in dieser Situation nur.

Gab er mir die Schuld?

Warum rief er nicht an oder ritt übers Moor zu mir? Ich hatte Violet gemocht und ihm das auch immer wieder gesagt. Er glaubte doch hoffentlich nicht …?

Einige Tage nach Violets Tod beobachtete ich von meinem Schlafzimmerfenster aus, wie Maud Astbury aus dem Wagen stieg und sich über den schmalen Pfad dem Cottage näherte. Ich legte dich mit Spielsachen, die dich beschäftigen sollten, in dein Bettchen, holte tief Luft und ging nach unten.

»Hallo, Lady Astbury«, begrüßte ich sie.

»Darf ich reinkommen?«

»Ja.« Sie folgte mir ins Wohnzimmer. »Nehmen Sie Platz. Möchten Sie einen Tee?«, fragte ich sie, als sie steif in der Mitte des Raums stehen blieb.

»Nein danke. Dies ist, wie Sie sich vielleicht denken können, kein freundschaftlicher Besuch.«

»Was kann ich für Sie tun?«

»Ich möchte Sie bitten, Lady Violets Beisetzung nächste Woche nicht beizuwohnen. Unter den gegebenen Umständen würde ich das für unangemessen halten.«

»Verstehe.«

»Sie pflichten mir doch sicher bei?«

»Wenn Sie auf meine Beziehung mit Ihrem Sohn anspielen sollten: Ich kann verstehen, dass Sie es für falsch halten, wenn ich zur Beerdigung seiner Frau ginge. Aber Lady Violet war meine Freundin, und ich habe in der Nacht ihres Todes alles in meiner Macht Stehende getan, um ihr zu helfen.«

»Zu *helfen*? So nennen Sie das?«

»Ja, Lady Violet litt unter Eklampsie. Meiner Meinung nach hätte man sie selbst im Krankenhaus nicht retten können.«

»Ich glaube kaum, dass Ihre begrenzte medizinische Erfahrung Ihnen eine Meinung zu dem Thema erlaubt«, erklärte Maud mit gerümpfter Nase. »Aber egal, Miss Chavan, mir steht kein Urteil über Sie zu. Das überlasse ich anderen. Was wollen Sie jetzt tun?«

»Darüber habe ich noch nicht nachgedacht«, log ich. »Im Moment beschäftigt mich der Tod von Lady Violet zu sehr. Darf ich fragen, was aus dem Kind werden soll, jetzt, da die Mutter nicht mehr unter uns weilt?«

»Natürlich ziehe ich zurück ins Hauptgebäude und unterstütze Donald bei der Erziehung. Das ist meine Pflicht. Donald besteht darauf, das Kind Daisy zu nennen, was offenbar Violets Wunsch war.« Mauds Miene verriet, dass sie diese Wahl missbilligte.

Mir war klar, dass sie mich nicht aufgesucht hatte, um höflich mit mir zu plaudern. »Lady Astbury, darf ich nach dem eigentlichen Grund Ihres Besuchs fragen?«

»Ja. Ich möchte, dass Sie das Anwesen auf der Stelle verlassen. Sie haben genug Schaden angerichtet. Meinem Sohn und dem neugeborenen Kind zuliebe müssen Sie einsehen, dass es keine andere Lösung gibt.«

»So wie damals, als Sie meine Briefe an Donald abgefangen haben?«, konterte ich.

»Das habe ich zum Schutz meiner Familie getan. Andere mögen sich von Ihrer Freundlichkeit und Hilfsbereitschaft täuschen lassen, aber ich habe Sie von Anfang an durchschaut, Miss Chavan.«

»Und was sehen Sie in mir?«, erkundigte ich mich, vor Zorn und Anspannung bebend.

»Ein gewöhnliches indisches Flittchen. Glauben Sie ja nicht, ich hätte noch nie etwas mit Mädchen wie Ihnen zu tun gehabt.« Maud drohte mir mit dem Finger. »In Indien habe ich den Teufel in der Frau erkannt, die mein Mann vor mir verbergen wollte. Er hat sich zu schmutzigen kleinen Rendezvous in dieses grässliche Loch zu ihr geschlichen, nachdem ihr Dienstverhältnis bei uns beendet war. Und dachte, ich würde es nicht merken! Mir sind seine Tränen bei unserer Abreise aus Indien nicht entgangen. Sie galten ihr.«

Allmählich begann ich, ihren Hass auf mich zu begreifen.

»Wie der Vater, so der Sohn! Sie schauen ihr sogar ein bisschen ähnlich. Das habe ich mir gleich bei Ihrer Ankunft hier gedacht. Aber die indischen Bauern sehen ja alle irgendwie gleich aus. Ihr Typ übt einen für mich unverständlichen Reiz auf die Astbury-Männer aus. Miss Chavan, wir als Frauen wissen, wie leicht die Herren der Schöpfung den Verlockungen des Fleisches erliegen. Deshalb müssen wir die Entscheidungen für sie treffen. Wenn Sie Donald tatsächlich so sehr lieben, wie Sie behaupten, muss Ihnen klar sein, dass Ihr Anteil an Lady Violets Tod Ihre weitere Anwesenheit in Astbury inakzeptabel macht.«

»Lady Astbury, ich war dafür nicht verantwortlich. Ich habe alles getan, um Lady Violet zu retten.«

»Das mögen Sie glauben, meine Liebe, aber es ist bekannt, dass Sie bei ihrem Tod bei ihr waren. Es wird Gerüchte geben. Glauben Sie nach allem, was passiert ist, wirklich an eine gemeinsame Zukunft mit Donald? Ihnen dürfte einleuchten, dass jede weitere Beziehung mit ihm nicht nur aussichtslos wäre, sondern auch seinen guten Ruf in der Gesellschaft ruinieren würde.«

»Ich werde Donald nach seiner Meinung fragen. Bisher hatten wir noch keine Gelegenheit, uns über die Zukunft zu unterhalten.«

»Weil es keine Zukunft geben wird.«

Ich sah mich gezwungen, meine Trumpfkarte zu spielen. »Und was ist mit unserem Sohn Moh? Existiert der Ihrer Ansicht nach auch nicht? Der potenzielle Erbe von Astbury?«

Maud lachte schallend. »Miss Chavan, Sie wissen sicher, wie

viele uneheliche Kinder von Männern wie Donald gezeugt werden. Meine Liebe, Ihr Sohn ist ein Bastard und wird Astbury niemals erben.«

Plötzlich begriff ich, wovor sie Angst hatte.

»Das stimmt natürlich. Es sei denn, wir heiraten, was wir vor drei Jahren vorhatten.«

Ihr entsetzter Gesichtsausdruck zeigte mir, dass ich ins Schwarze getroffen hatte.

»Mein Sohn würde Sie niemals heiraten«, sagte sie und wich meinem Blick aus.

»Donald hat mich schon einmal gefragt. Vielleicht tut er es wieder.« Nach all den Gemeinheiten meiner ihrer Ansicht nach falschen Hautfarbe und Nationalität wegen konnte ich nun nicht anders, als es ihr heimzuzahlen. »Ich lasse es Sie wissen, wenn wir unsere Pläne für die Zukunft besprochen haben, Lady Astbury. Aber jetzt muss ich zu meinem Sohn. Wäre das alles?«

»Wollen Sie Geld? Ich könnte welches für Sie auftreiben, wenn Sie sofort verschwinden.«

»Donald hat immer sehr gut für mich gesorgt, und bestimmt tut er das auch weiter. Lady Astbury, ich muss Sie bitten zu gehen.«

Ich öffnete ihr die Tür.

»Was wollen Sie dann?«, fragte sie.

»Nichts, nur dass Ihr Sohn glücklich ist«, antwortete ich.

»Wenn Sie bleiben, machen Sie ihn kaputt. Das ist Ihnen doch klar?«, sagte sie verzweifelt.

Als ich schwieg, verließ sie das Cottage und ging zu ihrem Wagen und dem wartenden Fahrer zurück. Ich schloss die Tür und rannte nach oben, um dich aus deinem Bettchen zu nehmen und an mich zu drücken. Leider hatte Maud recht.

In den langen, einsamen Stunden seit Violets Tod war ich selbst zu dem Schluss gelangt, dass es keine Hoffnung mehr für Donald und mich gab. Der letzte Atemzug von Violet hatte das Ende unserer Beziehung eingeläutet. Egal, wie stark unsere

Liebe war und aus welchem Blickwinkel ich sie betrachtete: Wir würden unser Leben lang Schuldgefühle haben.

Maud hatte recht mit den Schlüssen, die man aus meiner Anwesenheit während Violets letzten Stunden ziehen würde. Sogar meine Freunde in Astbury, die mich kannten und mochten, hätten eine offizielle Beziehung zwischen Donald und mir nicht gutheißen können. Manche hätten mir vielleicht sogar unterstellt, alles selbst eingefädelt zu haben.

»Moh«, seufzte ich an jenem schrecklichen Nachmittag. »Ich glaube, es gibt wirklich keine Hoffnung.«

In den folgenden Tagen überlegte ich weiter. Im vergangenen Jahr hatte ich einen Teil von Donalds Haushaltsgeld gespart. Und wenn ich die Perlenkette, die er mir zu Weihnachten geschenkt hatte, verkaufte, reichte der Erlös vermutlich für eine Dritte-Klasse-Passage nach Indien. Der große Rubin lag nach wie vor unter dem Pavillon am Palast von Koch Bihar vergraben. Wenn wir beide es schafften, zu ihm zu gelangen, konnte ich mir von seinem Gegenwert ein Dach über dem Kopf leisten, bis ich eine Möglichkeit gefunden hatte, mir meinen Lebensunterhalt zu verdienen.

Ich verfasste mehrere Briefe an Donald, in denen ich ihm zu erklären versuchte, warum ich wegwollte. Doch am Ende zerriss ich sie alle. Vielleicht, dachte ich, war es besser, überhaupt nicht zu schreiben. Wenn er mich tatsächlich liebte und mich so gut kannte, wie ich glaubte, würde er mich auch so verstehen.

Violets Beisetzung fand erst drei Wochen nach ihrem Tod statt, damit ihre Eltern daran teilnehmen konnten. Ich fühlte mit ihnen – sie waren bereits mit dem Schiff von New York unterwegs gewesen, um rechtzeitig zur Geburt ihrer Enkelin in England zu sein, als sie mitten auf dem Atlantik vom Tod ihrer Tochter erfuhren. Das erzählte mir Tilly, die ich am Tag nach der Beerdigung im Kramerladen des Ortes traf und die uns beide auf eine Tasse Tee in ihr Cottage einlud.

»Miss Anni«, sagte sie, als mir die Tränen übers Gesicht liefen. »Bitte nicht weinen. Ich weiß, dass Sie alles in Ihrer Macht Stehende getan haben.«

»Danke. Aber die Leute im Ort und die anderen Bediensteten geben mir die Schuld.«

»Ach, achten Sie gar nicht darauf. Die freuen sich immer über Klatsch. Das legt sich wieder. Keine Sorge, die kommen schon gekrochen, wenn ihr Kind erkältet ist oder hustet.«

»Es hat Gerede über mich gegeben?«

»Es ist bekannt, dass Sie bei Lady Violet waren, und der Arzt muss ja irgendjemandem die Schuld in die Schuhe schieben.«

»Was soll das heißen?«

»Diejenigen, die in der Nacht dabei waren, wissen, wie sehr Sie der Lady geholfen haben. Aber der Arzt will nicht zugeben, dass er die Probleme nicht früh genug erkannt hat.«

Mein Herz wurde bleischwer, als ich diese Worte hörte. Sollte ich den Sündenbock für den Arzt spielen?

»Es wird sich alles beruhigen, jetzt, wo sie in der Erde ist. Die Welt dreht sich weiter, und es gibt andere Dinge, über die man sich das Maul zerreißen kann.« Tilly tätschelte mir tröstend die Hand. »Machen Sie sich keine Gedanken, Miss Anni. Leute, die Sie kennen, wissen, dass Sie nicht mehr für sie hätten tun können.«

Ich sah sie an. »Ja, das stimmt.«

Mein liebster Sohn, gleich werde ich dir erzählen, wie ich deinen Vater Donald das letzte Mal sah und was danach mit mir passierte. Ich werde versuchen, sachlich zu bleiben, um dich nicht aus der Fassung zu bringen.

Eine Woche nach Violets Beisetzung stand Donald vor meiner Tür. Er sah schrecklich aus. Wir wussten beide nicht, was wir sagen sollten, doch du, Moh, der du keine Ahnung von den Ereignissen hattest, bist auf seinen Schoß geklettert, um dich wie üblich von ihm drücken zu lassen. Ich kochte uns Tee, den wir schweigend in der Küche tranken.

»Machst du mir Vorwürfe?«, fragte ich schließlich.

»Du hast an dem Tag gesagt, sie würde es schaffen …«

»Ich habe gesagt, wir müssen den Arzt rufen, wenn die Kopfschmerzen nicht nachlassen. Und sie schienen besser zu werden, jedenfalls vorübergehend. Du erinnerst dich doch sicher, dass sie schlief, als du hereingeschaut hast, oder?«

»Ja«, antwortete er traurig und fügte hinzu: »Tut mir leid, dass ich dich nicht besucht habe.«

»Das kann ich verstehen.«

»Anni, was haben wir getan? Ich …«

Er weinte sich an meiner Brust aus wie ein Kind. Wir hatten beide keine Schuld an Violets Tod, aber um die Fakten ging es hier nicht. Es reichte, dass wir uns beide schuldig *fühlten*.

Kurze Zeit später legte ich dich ins Bett, weil ich nicht wollte, dass du deinen geliebten Mr Don so durcheinander erlebtest. Anschließend ging ich wieder nach unten und servierte ihm einen Teller Suppe.

»Du siehst aus, als hättest du wochenlang nichts gegessen.«

»Viel habe ich nicht runtergekriegt.« Er zögerte, den Löffel in der Hand. »Da sind doch keine ungewöhnlichen Gewürze drin, oder?«

»Donald, bitte glaub mir: Was ich Violet gegeben habe, war völlig harmlos, nichts, was ich nicht auch meinem eigenen Sohn verabreichen würde oder dir …«

»Tut mir leid, das war ein sehr schlechter Scherz«, entschuldigte er sich. »Verzeih mir.«

Nach dem Essen wirkte er ein wenig munterer.

»Hast du Brandy im Haus?«

»Ich glaub schon.« Er folgte mir ins Wohnzimmer, wo ich die Flasche aus dem Schrank holte, die er mir in einem seiner Weihnachtskörbe geschickt hatte. Ich öffnete sie und schenkte ihm ein Glas ein, das er in einem Zug leerte.

»Besser.« Zum ersten Mal blickte er mir in die Augen und

streckte die Hände nach mir aus. »Vergib mir, Anni. Das hast du nicht verdient. Leider lässt mich das Gerede nicht kalt.«

»Das merke ich.«

»Natürlich hast du ihr geholfen, so gut du konntest, das habe ich mit eigenen Augen gesehen. Komm.« Er breitete die Arme aus, und ich ließ mich von ihm umarmen, weil ich mich so sehr nach seiner Berührung, seiner Wärme und seinem Vertrauen sehnte. »Vergib mir«, wiederholte er und begann, mich zu küssen. »Ich liebe dich. Mein schlechtes Gewissen …«, seine Hände wanderten über meinen Körper, »… hat mir den Verstand vernebelt. Ich liebe dich, Anni, ich liebe dich, ich liebe dich …«

Bis dahin hatte ich Donald als sanften und einfühlsamen Liebhaber gekannt. Doch an jenem Abend nahm er mich auf dem Boden des Wohnzimmers, und als er laut meinen Namen rief, spürte ich, wie seine Frustration, seine Schuldgefühle und seine Qualen sich in mich ergossen.

Als wir hinterher nebeneinander auf dem Boden lagen, entschuldigte er sich. »Ich bin nicht ich selbst.«

»Das sind wir wohl beide nicht.«

»Kann ich hierbleiben, Anni?«

»Natürlich«, antwortete ich leise.

Als ich in jener Nacht in seinen Armen lag, wollte ich ihm sagen, dass ich Astbury mit dir verlassen würde. Doch meine Kraft reichte nicht dazu, denn ich wusste, er würde versuchen, mich davon abzubringen. Ich beoachtete ihn beim Schlafen, und wieder hörte ich dieses laute Singen. Ich redete mir ein, dass es den Verlust unserer Liebe nach meiner Abreise prophezeite.

Im Morgengrauen stand er auf und zog sich an, um nach Astbury zurückzukehren, bevor die Bediensteten seine Abwesenheit bemerkten. Ich begleitete ihn zur Haustür. Dort nahm er mich zärtlich in den Arm, und zum letzten Mal spürte ich seinen Herzschlag.

»Auf Wiedersehen, Donald«, sagte ich und ließ die Finger über sein geliebtes Gesicht wandern.

»Ich liebe dich, Anni, bitte vergiss das nie.« Er hob mein Kinn ein wenig an.

Am liebsten wäre ich ihm nachgelaufen. Es brach mir fast das Herz, ihm übers Moor nachzublicken.

Am folgenden Tag packte ich unsere Kleidung und die wenigen Dinge von Wert, die wir besaßen, in einen Koffer. Ich hatte beschlossen, mit dir nach London zu fahren, wo ich meine Perlenkette in Hatton Garden versetzen und unsere Schiffspassage von Southampton nach Indien organisieren wollte.

Am Morgen klopfte es laut an der Tür. Als ich sie öffnete, standen zwei Polizisten davor.

»Sind Sie Mrs Anahita Prasad?«

»Ja. Was kann ich für Sie tun?«

»Wir nehmen Sie des Todes von Lady Violet Astbury wegen fest. Sie haben das Recht zu schweigen, aber es könnte zu Ihrem Nachteil sein, wenn Sie bei der Befragung Dinge, die Sie später vor Gericht möglicherweise entlasten, nicht angeben. Alles, was Sie sagen, kann gegen Sie verwendet werden. Wenn Sie uns jetzt bitte zur Polizeiwache begleiten würden.«

41

Ich sah die Beamten an, als hätten sie den Verstand verloren.

»Kommen Sie, Mrs Prasad«, sagte der eine, packte mich am Arm und zog mich hinaus. »Machen Sie keine Schwierigkeiten.«

»Mein kleiner Sohn schläft oben. Ich muss ihn holen.«

»Zerbrechen Sie sich darüber mal nicht den Kopf. Um den kümmert sich später jemand.«

»Nein!«, rief ich aus und versuchte, mich seinem Griff zu entwinden. »Ich kann ihn nicht allein lassen!«

Er packte mich fester, und sein Kollege ergriff meinen anderen Arm. Zu zweit zerrten sie mich hinaus, schoben mich auf den Rücksitz des Wagens und brachten mich von dir weg.

Meine Erinnerungen an das, was danach passierte, sind verschwommen, aber ich glaube, während jener furchtbaren Fahrt durchs Moor Donald auf Glory gesehen zu haben, kurz bevor wir den Ort Astbury erreichten. Ich rief seinen Namen, so laut ich konnte, bis sich eine raue Männerhand über meinen Mund legte.

Allerdings weiß ich noch gut, dass ich wieder dieses hohe Singen vernahm, das ich jedoch meiner Verzweiflung zuschrieb.

Nach der förmlichen Anklageerhebung wurde ich ins Londoner Holloway Gefängnis gebracht, einen Ort, schrecklicher als der schlimmste Albtraum. Am deutlichsten erinnere ich mich an die Kälte und das Regenwasser, das durch das Metallgitter in der Wand meiner Zelle eindrang, sowie an die Schreie der seelisch und körperlich gequälten Seelen. In den ersten Tagen dachte ich nur an dich und kreischte immer wieder deinen Namen. Jeden, der meine Zelle betrat, flehte ich an, mir zu sagen, was mit dir geschehen war. Der Gedanke an dich allein im Cottage ließ mir Tag und Nacht keine Ruhe.

Ich weiß nicht, wie lange es dauerte, bis ich zum ersten Mal Besuch bekam.

Als Selina wie ein Engel der Gnade in den dunklen Besucherraum trat, sank ich schluchzend auf die Knie und umschlang ihre Knöchel mit den Armen.

»Gott sei Dank bist du da! Mein Sohn … ich weiß nicht, was sie mit Moh gemacht haben!«

Ein Wachmann zog mich mit Gewalt von ihr weg, setzte

mich auf einen Stuhl und drohte mir, meine Arme hinter dem Rücken zu fesseln, falls ich mich wieder bewegte.

»Ach Anni …« Selina begann ebenfalls zu weinen. »Es tut mir so leid.«

»Bitte mach dir meinetwegen keine Gedanken. Mir geht es nur um meinen Sohn«, erklärte ich mit bebender Stimme.

»Anni …«

»Selina, weißt du, wo er ist?«, fragte ich, der Hysterie nahe. »Möglicherweise noch im Cottage. Ich habe Donald gesehen, als sie mich mit dem Wagen wegbrachten, und ihm etwas zugerufen, aber vielleicht hat er mich nicht gehört. Bitte, Selina, sieh nach, ob Moh noch dort ist. Er wird Hunger haben und Angst …« Ich vergrub schluchzend den Kopf in den Händen.

»Henri und ich waren in Europa unterwegs und sind erst vor ein paar Tagen in seinem Château in Frankreich angekommen, wo ich zwei Telegramme erhalten habe. Natürlich sind wir sofort nach England aufgebrochen. Ich kann es immer noch nicht fassen. Was für eine grässliche Tragödie …«

»Bitte glaube mir, Selina: Ich bin nicht für Violets Tod verantwortlich. Niemand hätte sie retten können. Dr. Trefusis war dabei; er kann das bestätigen. Ich habe ihr nichts Schädliches gegeben.«

»Bestimmt hast du alles in deiner Macht Stehende getan, Anni.«

»Ja, das habe ich. Und Donald? Wie geht es ihm?«

»Haben sie dir das nicht gesagt?«

»Was gesagt? Seit ich an diesem schrecklichen Ort bin, habe ich keinen Kontakt zur Außenwelt mehr.«

Selina hob die Hand an ihre Schläfe. »Dann bleibt es an mir hängen. Donald ist wohl zum Cottage geritten, um Moh zu holen. Und … Gott im Himmel, wie soll ich dir das nur erklären? Niemand weiß, was genau passiert ist. Man hat Donald und Moh am Bach gefunden. Wir nehmen an, dass Glory sie abgeworfen hat. Als sie entdeckt wurden, lebte Donald nicht mehr. Er ist mit dem Kopf auf einem spitzen Stein gelandet, vermutlich war er sofort tot. Und Moh …« Selina riss sich zusammen. »Wahrscheinlich ist er bei dem Sturz vom Pferd in den Bach gefallen und … ertrunken.«

»Heißt das, mein Sohn ist tot? Und Donald auch? Bitte sag mir, dass das nicht stimmt, Selina, bitte …«

»Anni, es tut mir so leid …«

Ich sah Selinas bestürztes Gesicht, als ich mit einem Aufschrei zu Boden sank. Einer der Wachleute stellte mich auf die Beine, schleifte mich aus dem Raum, den Flur entlang, die Stufen hinunter und stieß mich schließlich in meine Zelle.

»Du kommst erst wieder raus, wenn du dich beruhigt hast«, sagte er und verriegelte die Tür. Es dauerte eine ganze Weile, bis ich merkte, dass der hohe Klagelaut, der mir in den Ohren klang, von mir selbst stammte.

Nach einiger Zeit verwandelte sich meine Hysterie in Apathie. Ich weiß noch, dass ich irgendwann in den Besucherraum gebracht wurde, wo fremde Schattengestalten mir etwas zu erklären versuchten. Ich zog mich ins Nichts zurück, hörte auf zu existieren, weil mich der Schmerz sonst überwältigt hätte. Die Fremden sprachen von der Anklage gegen mich und wie ich mich verteidigen müsse, um nicht am Galgen zu landen. Wenn ich nicht endlich antworte, sagten sie, müssten sie mich bis zur Gerichtsverhandlung in eine Irrenanstalt sperren.

Mein Sohn, vermutlich hältst du mich nun für schwach, weil ich mich nicht verteidigte. Doch die Nachricht, dass du mit deinem Vater gestorben warst, zerbrach mich. Ich lag in meiner Zelle und betete nur noch um den Tod, damit ich euch bald wiedersehen könnte.

»Aufstehen! Besuch!«, brüllte einer der Wachleute. Doch ich blieb zusammengerollt auf meiner Pritsche liegen und schüttelte matt den Kopf.

Er richtete mich auf, tauchte den schmutzigen Lappen, das Einzige, womit ich mich waschen konnte, in eine Schale mit Wasser und wischte mir das Gesicht ab. »Soll keiner behaupten, dass wir uns hier nicht um die Gefangenen kümmern«, sagte er, hievte mich hoch und schleifte mich wie eine leblose Puppe aus dem Raum.

»Und kreisch nicht wieder so rum vor dem Besuch«, ermahnte er mich.

Im Besucherraum ließ er mich auf einen Stuhl fallen, auf dem ich mit gesenktem Kopf hockte, weil ich zu schwach war, ihn aufrecht zu halten, und es mich nicht interessierte, wer mich sehen wollte. Wenn diese neue Qual vorüber wäre, konnte ich endlich wieder ins Nichts eintauchen.

Da hörte ich jemanden eintreten, und ein vertrauter Duft stieg mir in die Nase.

»Anni? Anni, schau mich an.«

Ich erkannte die Stimme. Da ich das Ganze jedoch für eine Halluzination hielt, hob ich den Kopf nicht.

»Ich bin's, Anni, Indira. Bitte zeig mir, dass du mich erkennst.«

Fast hätte ich laut gelacht. Ich war mir sicher, dass meine Fantasie mir wieder einmal etwas vorgaukelte.

»Anni«, flehte die Stimme ein drittes Mal. »Sieh mich an.«

»Das bist nicht du«, flüsterte ich und zupfte an dem dünnen Baumwollstoff, der meine Knie bedeckte. »Sondern ein Trugbild …«

Ich hörte Schritte auf mich zukommen und spürte, wie warme Hände die meinen ergriffen.

»Anni, mach die Augen auf! Du träumst nicht, ich bin wirklich hier. Und bitte mach schnell, sonst glaub ich noch, dass du tatsächlich so verrückt bist, wie die behaupten.«

Ich öffnete, immer noch ungläubig, die Augen.

»Hallo, Anni. Siehst du? Ich bin da. Ja, ich bin's! Bitte sag mir, dass du mich erkennst, Anni.«

Ich nickte stumm.

»Gott sei Dank.«

Als sie die Arme um mich schlang, glaubte ich endlich, dass sie real war.

»Mein Gott, Anni, wie schaust du nur aus«, flüsterte Indira und musterte mich mit Tränen in den Augen. »Aber jetzt bin ich da. Du musst dir keine Sorgen mehr machen.«

»Wer hat es dir gesagt?«, flüsterte ich, als ich meine Stimme schließlich wiederfand.

»Selina. Wir haben uns in Frankreich getroffen, kurz bevor sie die schreckliche Nachricht erhalten hat. Vor ungefähr einer Woche hat sie mich angerufen und mich und meine Familie um Hilfe gebeten. Es war ein Riesenglück, dass sie mich erwischt hat, weil wir gerade nach Indien zurückfahren wollten. Tja, und da bin ich.«

»Wie lange …« Ich leckte mir über die trockenen Lippen. »Wie lange bin ich schon hier?«

»Ich glaube, drei Wochen. Alles Weitere besprechen wir, sobald du hier raus bist.«

»Nein, Indy.« Ich schüttelte traurig den Kopf. »Sie lassen mich nicht raus. Man beschuldigt mich des Mordes an Violet Astbury. Sie werden mich hängen, aber das ist mir egal. Moh … mein Sohn, ist tot. Donald auch. Ich will nicht mehr leben.«

Sie bedachte mich mit einem strengen Blick. »Anahita Chavan, erinnerst du dich, dass ich dir genau diese Worte gesagt habe, als du damals zu mir nach Indien gekommen bist?«

»Ja.«

»Und jetzt werde ich dir helfen.«

»Indy, das ist eine andere Situation. Moh und Donald leben nicht mehr. Ich will wirklich sterben. Bitte lass mich.«

»Es ist tatsächlich eine Tragödie, aber ich kenne dich seit unserer Kindheit und habe miterlebt, wie du anderen – auch mir – immer wieder Kraft gegeben hast. Die musst du jetzt für dich selber finden. Du schaffst das, das weiß ich.«

»Danke, Indy. Trotzdem ist es zwecklos. Sie werden mich zum Tod verurteilen.«

»Es wird keine Verhandlung geben. Die Anklage ist fallen gelassen worden. Ich bringe dich nach Hause.«

Ich sah sie verständnislos an. »In das Cottage am Bach lassen sie mich bestimmt nicht zurück.«

»Nein, Anni, ich bringe dich heim, nach Indien.«

Auch meine Erinnerung an die Entlassung aus Holloway und die Ankunft in Indiras Haus in Knightsbridge, das ich aus der Kindheit kannte, ist verschwommen. Im Gedächtnis geblieben ist mir allerdings das weiche Gefühl jener Tage – die sanften Hände, die Daunenkissen und die leisen Stimmen. Ich hörte keine gequälten Schreie mehr, nur noch Stille, und schlief die ganze Zeit – so heilt die Natur Körper und Geist.

Ich weiß noch, dass Indira mich jedes Mal, wenn ich aufwachte, sanft dazu überredete, den Mund aufzumachen, so dass sie mich mit Brühe füttern konnte. Sie säuberte und versorgte die Wunden, die meinen Leib nach Wochen im Schmutz bedeckten. Dabei erzählte sie mir amüsante Begebenheiten aus unserer Kindheit und fragte mich, ob ich mich noch erinnere, wie sie vor unserer Abreise ins englische Internat bei Pretty im Elefantenstall geschlafen habe, oder an den Abend, als wir Miss Reid auf dem Schiff hinters Licht führten, damit Indira mit dem pfirsichfarbenen Chiffonkleid das Herz ihres Prinzen erobern konnte.

Ich lauschte ihr stumm.

Im Rückblick bin ich mir sicher, dass Indira und ihre Liebe mich retteten. Irgendwann wusste ich, dass ich mich nicht mehr länger in den Schlaf flüchten konnte und die Kraft finden musste, ins Leben zurückzukehren.

»Ich habe das Gefühl, du bist auf dem Weg der Besserung«, sagte Indira eines Morgens zu mir, als ich ihr den Suppenlöffel aus der Hand nahm und erklärte, ich könne wieder selbst essen.

»Ja, ich glaube, du hast recht«, pflichtete ich ihr bei.

»Gott sei Dank. Ehrlich gesagt gab es Momente, in denen ich dachte, das wird nichts mehr. Ich hab schon angefangen, an meinen Fähigkeiten als Krankenschwester zu zweifeln.« Sie grinste. »Für andere zu sorgen, war noch nie meine Stärke.«

»Indy …« Mir traten Tränen in die Augen. »Du warst einfach wunderbar. Wenn du nicht gewesen wärst …«

»Vergiss es. Ich weiß, dass du noch schwach bist, Anni, aber trotzdem möchte ich unsere Schiffspassage nach Indien so bald wie möglich buchen. Ich traue der grässlichen Lady Astbury nicht über den Weg.«

»Wie meinst du das?«

»Zerbrich dir darüber nicht den Kopf. Das hat Zeit, bis du wieder halbwegs auf dem Damm bist.«

Ich nickte dankbar. »Weiß deine Mutter, dass ich bei dir bin?«

»Natürlich! Sie hat doch dafür gesorgt, dass du freikommst.«

»Sie hat mir also verziehen?«

»Aber ja. Und mir auch, weil sie natürlich ihren Enkel kennenlernen wollte. Sie schreibt mir jeden Tag, schickt dir Grüße und sagt, dass sie dich bald sehen möchte. Und jetzt probieren wir mal, ob du stehen kannst und es bis zum Bad schaffst.«

Als ich mich in den folgenden Tagen zusehends erholte, sagte ich Indira, dass sie die Schiffspassage nach Hause buchen könne. Doch aufgrund meiner nach wie vor geringen seelischen Belastbarkeit mied ich es, die wirklich wichtigen Fragen zu stellen.

Eines Nachmittags teilte Indira mir mit, dass ich Besuch habe.

»Es ist Selina. Ich finde, du solltest vor unserer Abreise mit ihr reden.«

Ich spürte, wie ich vor Angst blass wurde.

Indira nahm meine Hand. »Ich bleibe bei dir, das verspreche ich dir. Anni, wir fahren in zwei Tagen; du musst mit ihr sprechen.«

Ich fügte mich in mein Schicksal. Fünf Minuten später gingen Indira und ich die Treppe zum Salon hinunter.

»Anni«, begrüßte mich Selina, deren Gesicht so fahl und abgehärmt wirkte wie das meine. »Wie geht es dir?« Sie nahm meine Hand und drückte sie.

»Besser, danke.«

»Gott sei Dank! Ich war entsetzt, dich an diesem furchtbaren Ort zu sehen.«

»Tut mir leid, dass ich allen so viele Umstände gemacht habe«, entschuldigte ich mich.

»Unsinn. Diese Tragödie geht auf das Konto einer einzigen Person. Komm.« Sie hakte sich unter. »Setz dich.«

Wir nahmen auf der Chesterfieldcouch Platz, meine Hände in denen von Selina. Indira setzte sich in den Sessel uns gegenüber und ließ mich nicht aus den Augen wie eine wachsame Tigermutter ihr Junges.

»Danke für deine Hilfe, Selina.«

»Dafür musst du Indira und ihrer Familie danken.«

»Selina, bitte bestätige mir, dass ich nicht versucht habe, Violet zu ermorden. Ich war mit ihr befreundet, habe ihr geholfen und bis zum Ende alles für sie getan, was ich konnte, obwohl ich wusste, dass es aussichtslos war.«

»Das weiß ich, liebste Anni. Du hast ein gutes Herz. Aber lass mich von Anfang an erzählen, das macht es leichter. Als die Nachricht vom Tod Violets und meines Bruders in Frankreich eintraf, bin ich sofort nach Astbury gereist. Erst dort habe ich von deiner Festnahme erfahren. Mir war klar, dass dahinter nur eine Person stecken konnte, und zu der bin ich gefahren.«

»Deine Mutter«, sagte ich.

»Ja. Natürlich hat sie mir weiszumachen versucht, dass sie nichts damit zu tun hat, und behauptet, Dr. Trefusis habe als

Erster Zweifel an den Heilmitteln geäußert, die du Violet während der Schwangerschaft und am Tag ihres Todes verabreicht hast. Inzwischen waren Violets Eltern zu ihrer Beisetzung eingetroffen, denen Dr. Trefusis seine Mutmaßungen mitteilte. Begreiflicherweise haben sie einen Schuldigen gesucht und Dr. Trefusis geraten, mit seinem Verdacht zur Polizei zu gehen.«

»Obwohl er wusste, dass er selber verantwortlich war«, mischte sich Indira ein. »Schließlich war er der behandelnde Arzt.«

»Dr. Trefusis hat dich zum Sündenbock gemacht«, erklärte Selina. »Und meine Mutter … Wir wissen alle, warum sie dich loswerden wollte.«

»Sie war ein paar Tage nach Violets Tod bei mir«, sagte ich. »Und sie hatte schreckliche Angst, dass Donald mich nun, da Violet nicht mehr lebt, tatsächlich wie ursprünglich geplant heiraten könnte.«

»Wenn er nicht gestorben wäre, hätte er das höchstwahrscheinlich auch getan«, versicherte mir Selina. »Er hat dich sehr geliebt.«

»Und ich ihn …« Bei dem Gedanken an ihn musste ich mich zusammenreißen, um nicht hysterisch zu werden. »Selina, ich hatte bereits vor dem Besuch deiner Mutter beschlossen, Astbury endgültig den Rücken zu kehren. Mir war klar, dass weder Donald noch ich Violets Tod verwinden könnten. Aber woher kamen die Belege für ihre Vergiftungstheorie?«

»Erinnerst du dich noch, dass Dr. Trefusis einmal bei dir war, um Ableger von deinen Pflanzen und Kräutern zu nehmen?«

»Ja. Er sagte, er würde gern mehr über ihre Heilkräfte erfahren.«

»Leider«, seufzte Selina, »scheint der gute Doktor nicht nur von harmlosen Kräutern, sondern auch von Pflanzen Ableger genommen zu haben, die im Ruf stehen, für Schwangere gefährlich zu sein. Und die hat er der Polizei als Beweismittel überlassen. Darunter Flohkraut, eine Minzart, die in der

Schwangerschaft bekanntermaßen schadet. Am Tag von Violets Tod hattest du ihr ein Mittel gegen das Ödem gebracht und Pfefferminztee gegen die Übelkeit eingeflößt.«

»O nein.« Ich schlug die Hand vor den Mund, und Tränen traten mir in die Augen. »Aber das war kein Flohkraut, sondern ganz normale Pfefferminze, die auch in meinem Garten wächst. Selina, ich beschäftige mich von Kindesbeinen an mit ayurvedischer Medizin. Flohkraut kann man normalerweise in geringen Mengen ohne Gefahr als Tee trinken. Es wächst hier in Devon wild und eignet sich gut zur Behandlung von Erkältungen und Grippe. Selbstverständlich weiß ich, wie gefährlich es für Schwangere ist. Es kann vorzeitige Wehen oder Blutungen auslösen …« Ich verstummte, als mir bewusst wurde, wie gut alles passte.

»Anni, bitte, versuch, dich nicht aufzuregen. Wir wissen alle, dass du niemals absichtlich jemandem Schaden zufügen würdest«, meinte Indira. »Zu allem Überfluss konnte Dr. Trefusis auch noch einen Aufsatz von einem anerkannten amerikanischen Professor präsentieren, in dem detailliert die schädigende Wirkung von Flohkraut auf Schwangere beschrieben wird. Außerdem hat er eine Probe Traubensilberkerze vorgelegt, eine weitere Pflanze, die in der Schwangerschaft als gefährlich erachtet wird. Eine Bedienstete aus der Küche behauptet, du hättest ihr neulich Tee daraus gekocht.«

»Ja, weil der gegen Rheuma hilft!«, rief ich aus.

»Daraufhin sind die Polizeibeamten zu deinem Cottage gefahren und haben festgestellt, dass du tatsächlich diese und andere Kräuter in deinem Gewächshaus und Garten anpflanzt«, erklärte Selina.

»Aber dass sie in meinem Garten wachsen, ist doch noch lange kein Beweis dafür, dass ich sie Violet gegeben habe, oder?«

»Liebste Anni, bitte sei nicht naiv.« Indira schüttelte den Kopf. »Maud Astbury hat hier in der Gegend das Sagen. Violet war tot, und wenn Maud sagt, dass sie ermordet wurde, kümmert sich die örtliche Polizei darum, egal, wie dürftig die Beweislage ist.«

»So weit begreife ich es. Und wieso wurde die Anklage fallen gelassen?«

»Ich habe meine Mutter zur Rede gestellt und sie angefleht, auf die Polizei einzuwirken, dass sie die Anklage zurückzieht. Natürlich wollte sie davon nichts wissen; sie hat behauptet, sie habe darauf keinen Einfluss, der Gerechtigkeit müsse Genüge getan werden.« Selina verzog das Gesicht. »Da habe ich ihr das ins Gesicht gesagt, was ich ihr schon so lange sagen wollte: dass sie eine verbitterte, bigotte, egoistische Frau ist und ich zu ihren Lebzeiten nicht mehr nach Astbury komme.«

»Dann hat Selina Kontakt mit mir aufgenommen«, erzählte Indira die Geschichte weiter. »Zum Glück ist meine Mutter intelligenter als Maud und hat Freunde an höheren Stellen als sie«, erklärte sie triumphierend. »Ein Anruf genügte, damit die Anklage fallen gelassen wurde. Die einzige Bedingung war, dass du nach Indien zurückkehrst und nie wieder englischen Boden betrittst.«

»Verstehe. Und die Drumners? Glauben die nach wie vor, dass ich ihre Tochter umgebracht habe?«

»Ich denke, die haben genug andere Probleme«, antwortete Selina. »Obwohl es Sissy nicht so gut geht, wollten sie, dass ihre Enkelin zu ihnen nach New York kommt. Natürlich hat meine Mutter widersprochen und darauf bestanden, Daisy bei sich in Astbury Hall zu behalten, weil sie die gesetzliche Erbin ist. Sie sind nach New York zurückgekehrt, um das Sorgerecht für ihre Enkelin zu erstreiten.«

»Die arme Kleine wird also unter Umständen von Maud aufgezogen?«, fragte ich entsetzt.

»Ziemlich sicher«, antwortete Selina. »Schließlich ist die kleine Daisy Britin, und nicht einmal der Einfluss der Drumners dürfte ausreichen, um ihnen das Sorgerecht zu verschaffen. Ich habe Mutter an diesem schrecklichen Tag angefleht,

Daisy mir zu geben, damit ich sie zusammen mit ihren Cousinen großziehe, aber natürlich wollte sie davon nichts wissen. Sie wohnt jetzt wieder in Astbury Hall, wo sie die folgenden Generationen nach ihren Vorstellungen formen kann. Ich habe sie lange nicht mehr so energiegeladen erlebt«, berichtete Selina traurig.

Mir wurde flau im Magen. Maud Astbury hatte eine Generation vernichtet und bekam jetzt Gelegenheit, eine weitere zu ruinieren.

»Die Frau ist völlig verrückt«, meinte Indira.

»Könnte gut sein«, pflichtete Selina ihr bei.

»Sie ist das personifizierte Böse«, murmelte ich. »Entschuldige, Selina«, fügte ich hastig hinzu.

»Kein Grund, dich zu entschuldigen. Ich stimme dir da vollkommen zu. Deshalb haben Henri und ich beschlossen, ganz nach Frankreich zu gehen. Ich will nicht einmal mehr im selben Land leben wie sie.«

»Immerhin können Hexen kein fließendes Wasser überqueren«, bemerkte ich mit einem Anflug von Sarkasmus.

Selina warf einen Blick auf die Uhr auf dem Kaminsims. »Tut mir leid, aber ich muss jetzt gehen. Bitte, Anni, bleib in Kontakt mit mir. Und besuch uns doch mal in Frankreich. Wohin wollt ihr in Indien?«

»Zuerst zum Palast meiner Eltern in Koch Bihar«, antwortete Indira. »Ma möchte die arme Anni unbedingt sehen. Und so muss ich noch nicht gleich in die *zenana* im Palast meines Mannes zurück.«

Wir standen auf, und Selina umarmte mich. »Du hast schwere Zeiten hinter dir. Bestimmt blicken Donald und euer Kleiner von dort, wo sie jetzt sind, voller Liebe auf dich herab.«

»Danke für alles, Selina.« Als sie zur Tür ging, wusste ich, dass ich die Frage aussprechen musste, die schon lange in der Luft lag.

»Selina, wo ist mein Sohn begraben?«

Sie blieb stehen, holte tief Luft und drehte sich zu mir um. »Genau das habe ich auch gefragt, als ich nach Astbury gekommen bin. Die Leute im Ort und die Bediensteten wissen nichts über Mohs Tod. Ihnen wurde gesagt, er sei bei deiner Verhaftung bei dir gewesen. Meine Mutter wollte offenbar nicht, dass jemand von Donalds Tod auf dem Weg zum Cottage erfährt, wo er seinen Sohn retten wollte. Der einzige andere, der die Wahrheit kennt, ist Dr. Trefusis. Und der hat mir gesagt, Moh sei diskret in einem Winkel des Kirchhofs beigesetzt. Dort war tatsächlich ein frisches Grab ausgehoben. Ich habe mit dem Geistlichen gesprochen. Der meinte, er hätte bei der Beisetzung gefragt, ob ein Grabstein nötig sei, und Dr. Trefusis hätte verneint. Soweit der Geistliche weiß, ist das Kind bei der Geburt gestorben und hatte keinen Namen. Tut mir leid, Anni.«

»Sogar im Tod musste seine Existenz ein Geheimnis bleiben«, flüsterte ich.

»Immerhin liegt er an einem ruhigen Fleck begraben. Ich habe für dich Rosen auf sein Grab gelegt. Du gehörst einem anderen Glauben an. Hoffentlich war das richtig.«

»Danke, Selina. Es war genau richtig.«

»Ich habe Indira eine Kopie von Mohs Sterbeurkunde gegeben, die von Dr. Trefusis ausgestellt wurde. Auf Wiedersehen, Anni, pass auf dich auf.«

Als sie sich verabschiedete, sah ich Indiras besorgten Blick in meine Richtung.

»Ich gehe nach oben, mich ausruhen«, teilte ich ihr mit.

»Anni, alles in Ordnung?«

»Ja«, versicherte ich ihr und verließ den Salon.

Beim Betreten des Zimmers, in dem Indira mich gepflegt hatte, wurde ich plötzlich ruhig.

Warum?

Als wir England zwei Tage später verließen und die Angst und der Schmerz der vergangenen Wochen allmählich aufhörten, mein verwirrtes Gehirn zu quälen, begriff ich, warum.

Ich erkannte, dass ich das Singen an unserem letzten gemeinsamen Abend für Donald gehört hatte, aber nicht für dich, Moh. An jenem Morgen, kurz vor dem Eintreffen der Polizei, hatte ich, als ich dich in dein Bettchen legte und dich wie immer auf die Stirn küsste, nichts gespürt oder gehört.

Und jeden Abend, wenn ich an Deck die Götter um Rat fragte, lauschte ich auf die Stimmen, die sich meldeten, wenn jemand die Erde verließ, wie es bei Violet und Donald der Fall gewesen war, doch bei dir blieben sie stumm.

Eines Abends kurz vor unserer Ankunft reichte Indira, die meine neu gefundene Ruhe so interpretierte, dass ich mich in mein Schicksal fügte, mir zwei Umschläge.

»Mach den zuerst auf«, sagte sie und deutete auf den kleineren.

Als ich ihn öffnete, glitt die Perlenkette heraus, die Donald mir geschenkt hatte.

»Die war bei deiner Kleidung, die sie mir im Gefängnis zurückgegeben haben, aber ich hatte Angst, dass ihr Anblick dich zu sehr aus der Fassung bringt. Soll ich dir beim Zumachen helfen?«, fragte Indira.

»Danke.« Ihr Gewicht wieder an meinem Hals zu spüren, tröstete mich. Meine Finger tasteten danach, wie sie es schon so oft getan hatten.

Indira zeigte auf das andere Kuvert. »Und da drin sind ein Foto von Moh und dir und seine Sterbeurkunde, Anni. Die willst du sicher aufbewahren.«

Ich lächelte. »Danke, Indy, aber ich brauche seine Sterbeurkunde nicht. Mein Sohn ist nicht tot, das weiß ich.«

Astbury Hall,
Juli 2011

42

Rebecca legte aufgewühlt das Manuskript beiseite und sah auf die Uhr. Es war nach Mitternacht.

Violet Astbury hatte ihr Kind in dem Bett geboren, in dem Rebecca nun lag. Violet, eine kerngesunde Frau Anfang zwanzig, die sich über Kopfschmerzen und Übelkeit beklagt hatte.

»Hör auf damit!«, ermahnte sich Rebecca, die Panik in sich aufsteigen spürte. »Violet ist bei der Geburt gestorben!« Sie stand auf und lief unruhig im Zimmer hin und her. »Herrgott, Rebecca, du bist nicht schwanger …«

Als ihr einfiel, dass sie nach wie vor auf das Ergebnis des Schwangerschaftstests wartete, brach sie in Tränen aus. Eines stand fest: In diesem Raum, in dem sich Violets Tragödie ereignet hatte, hielt sie es keine Sekunde länger aus. Voller Panik beschloss Rebecca, nach Ari zu suchen.

Sie verließ Violets Räume, folgte den dunklen Fluren, klopfte an allen Türen und öffnete sie leise, um einen Blick in die Zimmer zu werfen. Weil alle dunkel waren, ging sie auch noch die andere Seite der großen Treppe ab.

Da vernahm sie plötzlich das hohe Singen, das sie aus ihren Träumen kannte. Obwohl Rebecca Angst hatte, näherte sie sich dem seltsamen Gesang, den Anahita als Todeswarnung beschrieben hatte.

Sie hielt auf dem dunklen Flur vor der Tür inne, hinter der sie das Singen hörte, nahm all ihren Mut zusammen, legte die Hand auf die Türklinke und drückte sie leise hinunter.

Rebecca spähte in das Zimmer. In dem matten Licht machte sie links eine Gestalt vor einem Spiegel aus. Als Rebecca die

Tür weiter öffnete, sah sie, dass diese Gestalt vor einem Frisiertisch saß und sich singend die langen blonden Haare bürstete. Der Duft stieg ihr in die Nase, den sie nachts in ihrem Zimmer gerochen hatte – Violets Parfüm. Rebecca drückte die Tür noch ein wenig weiter auf, um das Gesicht der Frau im Spiegel betrachten zu können. Da verstummte das Singen. Die Frau hatte sie bemerkt.

Als sie sich umzudrehen begann, floh Rebecca. Vor ihrem eigenen Zimmer trat jemand aus dem Schatten und zog sie hinein.

Rebecca stieß einen markerschütternden Schrei aus.

»Ganz ruhig! Ich bin's, Ari«, sagte er, während sie sich nach Luft schnappend seinem Griff zu entwinden versuchte. »Um Himmels willen, Rebecca, was ist passiert? Was hat Ihnen einen solchen Schrecken eingejagt? Bitte versuchen Sie, sich zu beruhigen«, bat er sie, als sie sich mit den Händen auf dem Bett abstützte, um ihre Atmung unter Kontrolle zu bekommen.

»Ari, bitte, Sie müssen mich hier wegbringen … Ich glaube, ich werde wie Violet vergiftet, und gerade habe ich in einem Zimmer eine fremde Frau entdeckt, die sich singend die Haare bürstet.« Rebecca holte ein paarmal tief Luft. »Ich weiß nicht, ob sie real ist oder ein Geist, aber ich habe sie gesehen, wirklich. Sie war, während ich schlief, in meinem Zimmer … Mein Gott … In dem Raum ist Violet gestorben!« Rebecca sank auf den Boden. »Bringen Sie mich hier weg, noch heute Nacht! Ich habe solche Angst«, wimmerte sie.

Ari kniete neben ihr nieder.

»Rebecca, Sie stehen unter Schock, sind krank und haben möglicherweise Fieber, was Halluzinationen auslösen kann, und …«

»Nein! Ich habe sie mit eigenen Augen gesehen und mit eigenen Ohren gehört. Bitte, Ari«, flehte sie. »Sie müssen mir glauben. Ich bin nicht dabei, den Verstand zu verlieren. Die Frau war real!«

»Ich glaube Ihnen. In diesem Haus gibt es unzählige Zimmer. Vielleicht hat Anthony einen Hausgast, von dem wir nichts wissen.«

»Mag sein, aber ich habe diese Frau schon zuvor gespürt und gehört«, beharrte sie. »Manchmal rieche ich in der Nacht ihr Parfüm, das Parfüm von Violet. Wenn es hier tatsächlich eine andere Frau gibt, ist sie schon länger hier. Warum haben wir sie nie gesehen, und wieso kommt sie nachts in mein Zimmer? In der vergangenen Woche ging es mir wegen dieser schrecklichen Kopfschmerzen und der Übelkeit ziemlich schlecht. Es ist genau wie bei Violet. Ich bin mir sicher: Jemand will mich umbringen. Ich muss hier weg!«

»Rebecca …« Ari sah, dass sie schwer atmete. »Ich kann nachvollziehen, dass Sie nach der Lektüre von Anahitas Geschichte Parallelen zwischen Ihnen und Violet erkennen. Aber ich wüsste nicht, wie jemand, der Ihnen Böses will, Ihre Anwesenheit hier arrangiert haben soll. In Ihrem angeschlagenen Zustand geht, glaube ich, Ihre Fantasie mit Ihnen durch. Anders kann ich es mir nicht erklären.«

»Trotzdem will ich weg von diesem Haus«, schluchzte sie. »Und zwar *sofort.*«

»Leider haben alle Hotels der Gegend um diese Uhrzeit geschlossen. Es ist fast eins. Das müssen wir also auf morgen verschieben.«

»O Gott«, stöhnte Rebecca. »Ich hab nicht mal ein Schloss an der Tür. Jeder kann reinspazieren und …«

»Rebecca, fühlen Sie sich in meiner Gegenwart sicher? Ich meine, vertrauen Sie mir?«

Sie überlegte. »Im Moment habe ich das Gefühl, niemandem vertrauen zu können.«

»Ich würde vorschlagen, dass ich den Rest der Nacht in dem Wohnbereich nebenan verbringe. Sie brauchen dringend Schlaf.«

»Wenn mir das noch einmal jemand sagt, schnappe ich wirklich über«, stöhnte Rebecca.

»Selbst wenn er recht hat?« Ari schmunzelte. »Soll ich Ihnen aufhelfen?«

»Nein danke, das schaffe ich schon«, antwortete sie und richtete sich auf. »Ich wäre tatsächlich dankbar, wenn Sie auf dem Sofa nebenan schlafen.«

»Gern. Gute Nacht, Rebecca.«

»Danke. Hoffentlich halten Sie mich jetzt nicht für feige.«

»Schon in Ordnung. Das kann ich verstehen.«

»Ari?«

»Ja?« Er blieb an der Tür stehen.

»Morgen würde ich Ihnen gern ein paar Fragen über Ihre Urgroßmutter stellen.«

»Ja, natürlich, aber bitte versuchen Sie jetzt zu schlafen, Rebecca.«

Am folgenden Morgen schreckte Rebecca desorientiert aus dem Schlaf hoch. Als sie sich an die Geschehnisse der Nacht erinnerte, stand sie auf, eilte in den Wohnbereich und sah, dass sich dort niemand aufhielt. Sie trat hinaus auf den Flur.

Ari unterhielt sich am oberen Ende der Treppe leise mit Mrs Trevathan. Die beiden drehten sich zu ihr um.

»Guten Morgen, Schlafmütze«, begrüßte Ari sie. »Es ist schon nach Mittag.«

»Du liebe Güte! Ich muss am Nachmittag am Set sein und noch meine Sachen packen und hier ausziehen und …«

»Bitte beruhigen Sie sich«, sagte Mrs Trevathan. »Ari hat mir erzählt, was heute Nacht passiert ist. Dafür gibt es eine einfache Erklärung. Kommen Sie, gehen wir in Ihr Zimmer.«

»Die Erklärung würde ich gern hören. Ich weiß, was ich gesehen habe und dass ich nicht verrückt bin«, meinte Rebecca, als sie ihr Zimmer betraten, wo sie sich mit verschränkten Armen aufs Bett setzte. »Also gut, wer ist sie? Und was hat sie in meinem Zimmer verloren, wenn ich schlafe? Denn dass sie dort war, weiß ich, Mrs Trevathan!«

»Ja, meine Liebe«, erklärte Mrs Trevathan. »Die Frau, die Sie letzte Nacht gesehen haben, ist meine Mutter Mabel. Sie war früher das Kindermädchen Seiner Lordschaft.«

»Ihre Mutter? Warum ist sie hier?«

»Mein Vater ist vor zwanzig Jahren gestorben, und Mum ist im Ruhestand in den Ort gezogen, wo sie glücklich und zufrieden war. Aber vor ein paar Jahren wurde sie nach mehreren Stürzen ein wenig wirr im Kopf. Immerhin ist sie einundneunzig.«

»Aha.«

»Ich habe Seiner Lordschaft erklärt, dass mir, wenn ich ihr helfen will, nichts anderes übrig bleibt, als bei ihr im Ort zu wohnen. Da hat er mir vorgeschlagen, zwei der Räume im Dachgeschoss für sie umbauen zu lassen. Anfangs hat das wunderbar funktioniert, und ich konnte sowohl für sie als auch für Seine Lordschaft da sein, aber im vergangenen Jahr hat sich Mums Gesundheitszustand verschlechtert. Seine Lordschaft war so freundlich, eine Pflegerin für sie einzustellen, die sich rund um die Uhr um sie kümmert. Ich glaube, Sie haben sie am Tag Ihrer Ankunft in der Küche gesehen.«

»Ja«, bestätigte Rebecca. »Und einmal draußen. Sie hat eine alte Frau im Rollstuhl herumgeschoben. Ich dachte, das wären Statisten für den Film.«

»Das war meine Mum. Leider schweifen nicht nur ihre Gedanken, sondern auch ihre Füße. Besonders in der Nacht, wenn die Pflegerin schläft. Das Zimmer, in dem Sie sie heute Nacht gesehen haben, ist das, in dem sie als Kinderschwester Seiner Lordschaft wohnte. Ich habe sie nicht das erste Mal dort gefunden. Reicht Ihnen das als Erklärung?«

»Die Frau heute Nacht war nicht alt.« Rebecca runzelte die Stirn. »Sie hatte lange blonde Haare und hat beim Bürsten vor sich hin gesungen.«

»Mum hat lange Haare, allerdings eher weiß als blond. Tut mir leid, dass Sie sich in den letzten Wochen einige Male erschreckt haben, aber ich schwöre Ihnen, dass es in diesem Haus keine Gespenster gibt und auch niemanden, der Ihnen Böses will. Nur eine manchmal etwas wirre alte Dame.«

»Wahrscheinlich hat Violet Astburys Geschichte, die ich heute Nacht gelesen habe, mich aus der Fassung gebracht«, musste Rebecca zugeben. »Sie litt unter schlimmen Kopfschmerzen wie ich, und nach ihrem Tod nahm man an, dass sie vergiftet worden war.«

»Rebecca war gestern Abend ein wenig überreizt«, erklärte Ari. »Sie glauben nicht wirklich, dass jemand Sie vergiften möchte, oder, Rebecca?«

»Nein, natürlich nicht«, versicherte sie hastig.

»Verstehe. Mr Malik, bleiben Sie doch hier und leisten Sie Rebecca Gesellschaft, während ich Frühstück mache. Ich würde Rührei auf Toast vorschlagen. Bestimmt sind Sie bereit, das Essen zu ihrer Beruhigung für sie vorzukosten«, brummte Mrs Trevathan, als sie das Zimmer verließ.

»Oje«, stöhnte Rebecca. »Jetzt hab ich sie verärgert.«

»Die kriegt sich schon wieder ein«, meinte Ari schmunzelnd. »Aber nun zu den organisatorischen Dingen: Wollen Sie jetzt, da Mrs Trevathan Ihnen eine plausible Erklärung geliefert hat, hierbleiben, oder soll ich Steve bitten, eine Hotelunterkunft für Sie aufzutreiben?«

»Ich weiß es nicht. Vermutlich habe ich heute Nacht tatsächlich ein bisschen überreagiert.«

»Sagen Sie mir einfach Bescheid. Im Notfall mache ich das, was meine Vorfahren früher getan haben, als sie noch im Dienst der Briten standen: Ich lege mich zu Ihrem Schutz auf den Boden vor Ihrer Tür.«

»Machen Sie sich nicht über mich lustig! Mein Gott, was für eine Tragödie Ihre Urgroßmutter beschreibt!«, seufzte sie. »Dass ausgerechnet diese Hexe Maud Astbury die arme Daisy, Anthonys Mutter, aufgezogen hat … Kein Wunder, dass Anthony ein bisschen seltsam ist.«

»Wenn eine Familie und ein Anwesen vierhundert Jahre überdauern sollen, müssen die jeweiligen Oberhäupter stahlhart sein. Maud Astbury, die das drohende Ende der Linie sah, war bereit, das zu ihrer Rettung Nötige zu tun.«

»Aber die ist ihr nicht gelungen. Wenn Anthony kinderlos bleibt, endet die Linie mit ihm.«

»Ja. Übrigens habe ich gestern Donalds Tagebuch gelesen, weswegen ich noch wach war, als Sie auf dem Flur herumgegeistert sind. Als Sie an meiner Tür geklopft haben, war ich im Bad«, erklärte er. »Das Tagebuch hat mir weitere Fragen beantwortet, danke.«

»Meinen Sie, wir sollten es Anthony geben?«

»Bei dem Essen gestern Abend habe ich ihn als noch stärker in sich gekehrt empfunden als sonst. Ich glaube nicht, dass ihm das Tagebuch etwas nutzen würde. Es liegt auf der Hand, dass er nicht mehr erfahren möchte. Und das kann ich ihm nicht verdenken.«

»Ich auch nicht.«

»Rebecca, darf ich Sie etwas fragen? Sie kennen ja jetzt die Geschichte – glauben Sie, dass Moh damals tatsächlich in dem Bach ertrunken ist?«

Rebecca holte tief Luft. »Ich weiß nicht, was ich von der Sache halten soll. Beweise gibt es dafür jedenfalls nicht, oder?«

»Nein. Mein Instinkt sagt mir, dass es nicht so war. Vor meiner Abreise möchte ich auf jeden Fall die Wahrheit herausfinden.«

»Ihnen ist klar, dass Tilly, Anahitas Freundin aus dem Ort, Mrs Trevathans Großmutter war? Was bedeutet, dass ihre neunzigjährige Mutter, die mir offenbar heute Nacht einen solchen Schrecken eingejagt hat, in ihrer Kindheit mit Moh spielte.«

»Stimmt! Wahrscheinlich war sie damals zu jung, als dass sie sich jetzt noch daran erinnern könnte, aber wer weiß. Vielleicht statte ich ihr später einen Besuch ab.«

»Mrs Trevathan weiß bestimmt mehr, als sie zugibt«, sagte Rebecca.

»Möglich, doch sie ist Lord Anthony und den Astburys gegenüber viel zu loyal, um auch nur ein Wort über ihre Geschichte verlauten zu lassen. Trotzdem bin ich davon überzeugt, dass Ihnen hier keine Gefahr droht, Rebecca. Sie sollten nicht weggehen, weil Sie glauben, die Reinkarnation von Violet Astbury zu sein.«

»Danke, Ende der Lektion.« Sie lächelte. »Bei Tageslicht betrachtet hört sich alles ziemlich verrückt an, das muss ich zugeben.«

»Okay. Wenn Sie mich jetzt entschuldigen würden, ich muss noch einige Dinge erledigen. Es sei denn, ich soll Ihr Essen vorkosten …«

»Ari!«

»War ein Scherz. Bis später.«

Rebecca leerte den Teller, den Mrs Trevathan ihr brachte, obwohl sie keinen Hunger hatte und Rührei nicht besonders mochte. Als Steve sie nach dem Essen aufsuchte, versicherte sie ihm, dass sie sich, obwohl sie nach wie vor Kopfschmerzen habe, wohl genug fühle, am Nachmittag ihre Szene zu drehen.

Am Set wurde sie von den anderen Schauspielern und dem Filmteam mit Umarmungen begrüßt. Sie wusste nicht, ob der Empfang ihrer Trennung von Jack wegen so herzlich ausfiel oder weil sie krank gewesen war.

Robert unterhielt sich kurz unter vier Augen mit ihr.

»Schätzchen, du bist hart im Nehmen, und dafür danken wir dir. Ich werde versuchen, die Szene so schnell wie möglich in den Kasten zu kriegen, damit du wieder raufgehen und dich hinlegen kannst. Morgen wird ein anstrengender Tag für dich.«

Als sie auf ihren Einsatz warteten, drückte James sie fest. »Das mit Jack tut mir leid«, sagte er. »Ist es wirklich aus?«

»Wenn er sein Leben nicht auf die Reihe kriegt, schon.«

»Ich habe ein schlechtes Gewissen, weil ich möglicherweise nicht ganz unschuldig daran bin, dass er es sich bei dir verscherzt hat. Schließlich habe ich mich nicht wirklich gewehrt, als er mit mir durch die Kneipen von Ashburton ziehen wollte.«

»Wie geht's der Kellnerin?«, erkundigte sich Rebecca spöttisch.

Als James rot wurde, wusste sie, dass sie ins Schwarze getroffen hatte.

»Action!«

»Ehrlich gesagt erinnere ich mich nicht allzu gut an sie«, antwortete James, nachdem Robert signalisiert hatte, dass die Szene im Kasten war. »Ich will Jack nicht allein die Schuld geben, weil ich ihn gern begleitet habe, aber der Bursche weiß, wie man einen draufmacht.«

Rebecca blieb eine Antwort erspart, als Robert erneut »Action!« rief.

Eine halbe Stunde später erklärte Robert, sie seien fertig. Rebecca floh in die Garderobe. Als sie zehn Minuten später herauskam, erwartete sie Mrs Trevathan.

»Schön, dass ich Sie erwische, Rebecca. Seine Lordschaft lässt fragen, ob Sie sich vorstellen könnten, heute Abend mit ihm zu essen. Er sagt, er hätte Sie tagelang nicht mehr gesehen.«

»Ja, gern«, antwortete sie mit schlechtem Gewissen darüber, ihren Gastgeber vernachlässigt zu haben.

»Das wird ihn bestimmt aufmuntern. Er ist in letzter Zeit nicht er selbst.« Mrs Trevathan legte die Stirn in Falten.

»Ist er krank?«

»Nein, nein. Aber die Filmarbeiten und dann noch Mr Malik mit seinen Geschichten über die Vergangenheit – das ist alles ein bisschen viel für ihn. Ach, übrigens: Dr. Trefusis hat angerufen, um Ihnen zu sagen, dass er morgen mit den Ergebnissen von Ihren Untersuchungen vorbeischaut.«

»Danke, Mrs Trevathan. Wir sehen uns später.«

Auf dem Weg nach oben grübelte sie, woher sie den Namen Trefusis kannte. Es dauerte eine Weile, bis ihr einfiel, dass der Arzt aus Anahitas Aufzeichnungen so hieß. In Astbury schienen Vergangenheit und Gegenwart wirklich überall miteinander zu verschmelzen …

Nach einer Ruhepause von einer Stunde wachte sie erfrischt auf und nahm ein Bad. Um sieben Uhr, sie überlegte gerade, was sie zum Abendessen anziehen solle, klopfte es an der Tür. Als sie öffnete, stand Ari vor ihr.

»Hallo, kommen Sie rein.«

»Wie fühlen Sie sich?«, erkundigte er sich.

»Mir geht's gut, danke. Heute esse ich mit Anthony zu Abend.« Sie hob eine Augenbraue. »Darauf könnte ich eigentlich verzichten.«

»Länger als bis halb zehn hält er nie durch, also wird's wenigstens kein langer Abend für Sie.«

»Das Chaos mit Jack ist mir peinlich. Endlich werde ich Gelegenheit haben, ihm alles zu erklären und mich zu entschuldigen. Sind Sie auch mit von der Partie?«, fragte Rebecca hoffnungsvoll.

»Nein, ich bin nicht eingeladen.«

»Übrigens ist mir heute aufgegangen, dass der Arzt, der mich neulich untersucht hat, mit dem verwandt sein muss, der mit Maud Astbury unter einer Decke steckte. Sie haben denselben Familiennamen – Trefusis.«

»Ach, tatsächlich?«, meinte Ari. »Wieder eine Spur, der ich nachgehen kann. Danke. Ich überlasse Sie jetzt Ihrem Schicksal und wünsche Ihnen einen schönen Abend mit Anthony. Falls Sie mich brauchen sollten: Mein Zimmer ist da vorne rechts.«

»Danke, ich komme schon zurecht. Steve hat mir gesagt, dass bis mindestens Mitternacht im Park gedreht wird. Ein Pferd scheint seinen Text vergessen zu haben. Deswegen sind sie in Verzug. Immerhin bin heute mal nicht ich schuld«, erklärte Rebecca schmunzelnd.

»Gut, dann also bis später«, verabschiedete Ari sich von ihr.

Zwanzig Minuten später betrat sie das Esszimmer, wo sie erstaunt feststellte, dass Anthony ein neues Tweedjackett trug, sich die Haare gewaschen und sich rasiert hatte.

»Guten Abend, Rebecca.« Er begrüßte sie mit einem seltenen Lächeln. »Nehmen Sie Platz.«

»Danke.«

»Mrs Trevathan meint, Sie fühlen sich immer noch nicht so gut, weswegen sie Fisch gekocht hat, etwas Leichtes für Ihren empfindlichen Magen.«

»Danke, sehr freundlich, Anthony.« Sie setzte sich.

»Wenn ich Ihnen das sagen darf: Sie sehen hinreißend aus.«

Rebecca bedankte sich, verwirrt über das Kompliment.

»Sind Sie schon über die Trennung von Ihrem Freund hinweg?«

»Ich beginne allmählich, sie zu verdauen. Leider hat er mir keine andere Wahl gelassen.«

»Wenn die Liebe vorbei ist, bleibt kein Raum mehr für Sentimentalitäten.«

»So einfach war das nicht, aber immerhin bin ich dabei, es zu verarbeiten.«

»Erheben wir das Glas auf ruhigere Gewässer und die Rückkehr zur Normalität.« Anthony griff nach der Weinflasche.

»Ich bleibe lieber beim Wasser«, sagte Rebecca und legte die Hand über ihr Glas.

Da trat Mrs Trevathan ein und servierte den Fisch.

»Sieht sehr gesund aus«, lautete Anthonys Kommentar. »Die Amerikaner lieben Fisch, nicht wahr? Ich weiß, dass Violet sich ihn damals frisch von Linmouth schicken ließ. Wir Briten sind eher Fleischfresser.«

»Die meisten Amerikaner haben auch nichts gegen ein gutes Steak.«

Anthony nahm Messer und Gabel in die Hand. »Nur noch eine Woche, dann fahren Sie zurück nach New York, stimmt's?«

»Ja. Allerdings stehen mir zuvor noch ein paar Tage Nachbereitung in London bevor. Vermutlich werde ich es merkwürdig finden, wieder in New York zu sein. Die Ruhe von Astbury Hall wird mir fehlen.«

»Tatsächlich?«

»Ja, es war wunderschön hier, Anthony. Ich kann Ihnen gar nicht genug für Ihre Großzügigkeit, Gastfreundschaft und Freundlichkeit danken.«

»Keine Ursache. Es war mir eine Freude, Sie hier zu haben.«

Sie aßen einige Minuten schweigend.

»Sehr gut«, sagte Anthony, als er fertig war, und tupfte sich den Mund mit der Serviette ab.

»Ja«, pflichtete Rebecca ihm bei.

»Meine liebe Rebecca, sind Sie sicher, dass keine verwandtschaftliche Beziehung zwischen Ihnen und meiner Großmutter Violet besteht?«, fragte Anthony plötzlich. »Ich habe nämlich das Gefühl, dass das Schicksal Sie aus einem bestimmten Grund nach Astbury geführt hat.«

»So sicher ich sein kann. Schätze, es handelt sich um einen Zufall.«

Er legte das Besteck beiseite und musterte sie mit einem eindringlichen Blick.

»Das glaube ich nicht.« Anthony verschränkte nervös die langen Finger. »Rebecca, ich …«

»Ja?«

»Der Zeitpunkt ist nicht ideal, das weiß ich, aber ich wollte unbedingt mit Ihnen reden, bevor Sie sich gedanklich mit der Abreise beschäftigen. Ich … habe vom ersten Augenblick an gewusst, dass das Schicksal Sie zu mir geführt hat. Sie, das Ebenbild meiner amerikanischen Großmutter Violet. Glauben Sie an Reinkarnation?«

»Offen gestanden habe ich mir darüber noch keine Gedanken gemacht.«

»Ich schon. Meine Mutter hat immer behauptet, ich sei als

Junge wie Violet gewesen, und ich habe ihr tatsächlich sehr ähnlich gesehen. Und nun kommen Sie aus Amerika hierher, so jung und schön wie sie.« Plötzlich nahm Anthony Rebeccas Hand und drückte sie. »Begreifen Sie denn nicht? Das ist Vorsehung.«

»Was ist Vorsehung?«, fragte Rebecca verwirrt.

»Das mit Ihnen und mir! Donald und Violet, die beide so jung starben, war es nicht vergönnt, Astbury in die Zukunft zu führen. Wir könnten das, da bin ich mir sicher.«

»Ich ...«

»Ich weiß, das kommt überraschend für Sie«, fuhr Anthony hastig fort. »Natürlich konnte ich Ihnen als Gentleman meine Gefühle nicht gestehen, solange Sie mit einem anderen verlobt waren. Aber jetzt ist er weg, und das erscheint mir wie ein Fingerzeig des Schicksals. Unser Weg liegt klar vor uns. Sehen Sie das denn nicht, Rebecca?«

»Anthony, ich weiß nicht, was ich sagen soll.« Rebecca schaute in der Hoffnung, dass die sonst allgegenwärtige Mrs Trevathan auftauchen würde, in Richtung Tür.

»Ich habe Mrs Trevathan gebeten, uns nicht zu stören, bis ich sie rufe«, erklärte Anthony, der ihren Blick bemerkte. »Sie brauchen sich also keine Sorgen zu machen, dass sie hereinkommt. Ich habe Ihnen das heute Abend gesagt, weil ich wusste, dass Sie Bedenkzeit benötigen würden.« Anthony nahm ein abgewetztes Lederetui aus der Tasche. »Rebecca Bradley, ich möchte Sie bitten, meine Frau zu werden.«

Als er das Etui öffnete, kam ein prächtiger Verlobungsring mit Saphiren und Brillanten zum Vorschein.

»Das ist Violets Verlobungsring, den sie bis zu ihrem Tod trug. Bitte lassen Sie mich prüfen, ob er die richtige Größe hat.«

Er griff nach ihrer Hand. Rebecca verfolgte benommen, wie Anthony ihr den Ring ansteckte, der genau passte.

Anthony lächelte erfreut. »Jetzt ist er endlich wieder da, wo er hingehört.«

Rebecca starrte auf den Ring, in dem sich das Licht des Kronleuchters brach.

»Wie lautet Ihre Antwort, Rebecca?«, fragte Anthony. »Könnten Sie es sich vorstellen?«

Rebecca wusste, dass sie ihre Worte mit Bedacht wählen musste. »Anthony, Ihr Antrag ehrt mich sehr, aber wie Sie soeben richtig festgestellt haben, war ich bis gestern mit einem anderen verlobt. Das muss ich zuerst verarbeiten. Außerdem kennen wir uns kaum.«

»Ich verstehe, dass Sie Zeit brauchen, Rebecca, doch seit Ihrer Ankunft hier haben wir viele Stunden miteinander verbracht, in denen wir uns kennenlernen konnten. Auf Sie habe ich mein ganzes Leben lang gewartet. Stellen Sie sich vor, wie wir gemeinsam Astbury zu neuem Leben erwecken könnten! Ihre Anwesenheit hier hat die Atmosphäre verbessert, genau wie die von Violet damals. Mit Ihnen als Lady Astbury hätte ich die Kraft, dieses Haus so zu gestalten, wie es unserer Kinder würdig wäre. Violet, bitte sag Ja.«

»Anthony, ich heiße Rebecca.«

»Entschuldigung.« Er lächelte verlegen. »Ein lässlicher Fehler, finden Sie nicht?«

»Ja, aber …«

Anthony packte sie an den Schultern, zog sie zu sich heran, presste seine Lippen auf die ihren und zwang sie zu einem Kuss. Sie versuchte erfolglos, sich zu wehren. Plötzlich ließ er sie los. Rebecca wollte zur Tür, doch er hielt sie zurück.

»Bitte verzeihen Sie mir, es hat mich übermannt. Sie sind so schön«, fügte er mit verlegenem Gesichtsausdruck hinzu. »Ich habe die Kontrolle verloren.«

Rebecca entwand ihm ihre Hand, und er ließ die Schultern hängen. Sie empfand gleichzeitig Mitleid und Abscheu, als sie Violets Ring vom Finger nahm und ihm zurückgab. »Tut mir leid, Anthony, ich kann Sie nicht heiraten. Ich glaube, es ist das Beste, wenn ich das Haus verlasse«, fügte sie hinzu. »Danke für

Ihre Gastfreundschaft in den vergangenen Wochen. Auf Wiedersehen.« Rebecca hastete zur Tür.

»Bitte geh nicht, Violet, bitte lass mich nicht allein …«

Sie eilte die Treppe hinauf in ihr Zimmer, wo sie schwer atmend in einen Sessel sank.

Nun war klar, dass sie Astbury auf der Stelle verlassen musste. Anthony, der arme verblendete Anthony, hielt sie tatsächlich für Violet. Während Rebecca ihre Sachen in ihren Koffer warf, überlegte sie, wie sie aus dem Haus kommen konnte, ohne von Anthony aufgehalten zu werden. Zuerst würde sie nachsehen, ob Ari in seinem Zimmer war, und wenn nicht, konnte sie immerhin noch zu dem Filmteam flüchten, das irgendwo im Park drehte.

Rebecca spähte auf den Flur hinaus, ging mit ihrem Koffer zu Aris Zimmer, klopfte an der Tür, öffnete sie und stellte fest, dass niemand da war. Da sie keine Sekunde länger in dem Haus bleiben wollte, lief sie, so schnell es das Gepäck zuließ, hinunter in die Küche. Wieder niemand. Von dort hastete sie weiter in den Eingangsbereich, wo sie mit einem Seufzer der Erleichterung den Hof betrat und sich zwischen den Lastwagen mit der Kameraausrüstung hindurchschlängelte.

Inzwischen war es dunkel; nicht einmal der Mond erhellte den Himmel. Rebecca verbarg sich hinter der Hecke, die den Hof auf einer Seite begrenzte, und verharrte einige Sekunden lang, um Atem zu schöpfen und auf Geräusche des Filmteams zu lauschen. Doch es herrschte völlige Stille. Sie überlegte fieberhaft, welche Szene gedreht wurde, und kam zu dem Schluss, dass das Team irgendwo bei der vorderen Auffahrt sein musste. Den Koffer immer noch in der Hand, machte sie sich im Schutz der Büsche auf den Weg zur Vorderseite des Gebäudes. Als sie den Park erreichte, erkannte Rebecca, dass sie einen Fehler gemacht hatte: Von hier aus waren die hellen Scheinwerfer jenseits des hinteren Gartens zu sehen.

Rebecca versteckte ihren Koffer hinter einem Busch – sie

konnte ihn später holen, im Moment behinderte er sie nur – und lief den Weg zurück, den sie gekommen war, zum hinteren Teil des Hauses, dann an der dunklen Einfassung des ummauerten Gartens entlang. Auf der anderen Seite der hohen Eibenhecke, die den Garten vom Moor trennte, würde sie den Lichtern zum Team und in die Sicherheit folgen können. Sie beschleunigte ihre Schritte. Als sie die Hecke erreichte, schlüpfte sie durch die Öffnung und entdeckte, keine dreihundert Meter entfernt, das Filmteam.

»Gott sei Dank«, flüsterte sie erleichtert und blieb kurz stehen, um Atem zu schöpfen.

Da hörte sie hinter sich ein Rascheln. Rebecca wollte sich umdrehen, doch bevor sie herausfinden konnte, wer es war, wurde ihr ein Tuch aufs Gesicht gepresst. Ein durchdringender Geruch stieg ihr in die Nase, und ihr wurde schwindlig.

Wenige Sekunden später verlor sie das Bewusstsein.

43

Ari musste eine Weile suchen, bis er die Treppe zum Dachgeschoss von Astbury Hall fand. Als er an den zahlreichen Türen vorbeiging, fragte er sich, in welchem Zimmer Anahita ihren ersten Sommer in Astbury verbracht hatte.

Fernsehgeräusche führten Ari in den bewohnten Bereich des Dachgeschosses, wo er an einer Tür klopfte. Wenige Sekunden später wurde sie von einer Frau in Pflegerinnenuniform geöffnet.

»Kann ich Ihnen helfen?«, erkundigte sie sich argwöhnisch.

»Ja. Ich würde gern mit Mrs Trevathans Mutter sprechen. Soweit ich weiß, wohnt sie hier oben.«

»Ja. Dürfte ich erfahren, worum es geht?«

»Ich halte mich vorübergehend im Haus auf und stelle Nachforschungen über die Familiengeschichte der Astburys an. Weil Mrs Trevathans Mutter hier gearbeitet hat, könnte sie mir vermutlich ein paar Fragen beantworten.«

»Verstehe.« Die Pflegerin zögerte.

»Wer ist da, Vicky?«, fragte eine Stimme mit starkem Devon-Akzent aus dem Zimmer.

»Ein Herr, der sich mit Ihnen über die Zeit unterhalten möchte, in der Sie hier gearbeitet haben«, antwortete die Pflegerin.

»Bitten Sie ihn herein«, sagte die Stimme.

Die Pflegerin ließ Ari ein. Er betrat einen gemütlichen, überheizten Raum, in dem eine alte Dame vor dem in voller Lautstärke laufenden Fernseher saß. Ihre weißen Haare waren im Nacken zu einer Schnecke geschlungen, und sie hatte die gleichen wachen grünen Augen wie ihre Tochter.

»Hallo«, begrüßte sie Ari. »Wer sind Sie?«

»Mein Name ist Ari Malik. Ihre Tochter hat mir erzählt, dass Sie hier oben wohnen. Ich bin Gast von Lord Astbury.«

»Das hat meine Tochter Brenda erwähnt. Allerdings hat sie mir nicht gesagt, dass Sie mich besuchen würden. Egal. Ich habe Sie vom Fenster aus im Garten beobachtet. Stellen Sie das Ding aus, Vicky, man versteht ja sein eigenes Wort nicht«, wies sie die Pflegerin an. »Also, mein Lieber, was wollten Sie mich fragen?«

»Darf ich mich setzen?«

»Natürlich. Ich heiße übrigens Mabel Smerden.«

»Freut mich, Sie kennenzulernen, Mrs Smerden. Danke, dass Sie mir Ihre Zeit opfern. Ich bin nach Astbury gekommen, weil ich herausgefunden habe, dass jemand aus meiner Familie die ersten drei Jahre seines Lebens auf diesem Anwesen verbracht hat. Er hieß Moh Prasad. Ich glaube, seine Mutter Anahita war mit Ihrer Mutter Tilly befreundet, und Sie selbst haben als kleines Kind mit Moh gespielt.«

Mabel lehnte sich in ihren Sessel zurück. »Meine Mutter ist tot, und ich erinnere mich an nichts.«

Ari spürte ihr Unbehagen. »Jede kleinste Erinnerung könnte mir bei meinen Nachforschungen darüber, was mit ihm passiert ist, helfen. Wurde je ein Foto von Moh gemacht? Ich weiß, dass er Zeit bei Ihnen im Cottage verbracht hat, als Ihre Mutter auf ihn aufpasste.«

»Vielleicht gibt es irgendwo ein Foto von ihm. Bei den Sachen meiner Mutter.«

»Könnte ich das sehen?«, fragte Ari.

»Vicky?«, rief Mabel die Pflegerin herbei. »Holen Sie die alte Pappschachtel unter meinem Bett hervor.«

Die Pflegerin nickte und kehrte wenig später mit der Schachtel zurück.

»Geben Sie sie Mr Malik. Da drin könnten ein oder zwei Aufnahmen von Moh sein. Von mir als kleinem Kind sind jedenfalls welche dabei.«

»Danke.« Ari öffnete die Schachtel, in der sich schwarzweiße Erinnerungsstücke an eine vergangene Epoche befanden. Die neueren Bilder, auf denen Mrs Trevathan als Kind zu sehen war, lagen obenauf. Während Ari sich fasziniert in die Vergangenheit zurückarbeitete, hatte er das Gefühl, die gewaltigen Veränderungen der vergangenen hundert Jahre in kondensierter Form in Händen zu halten. Fast ganz unten entdeckte er das Foto einer Frau, die unverwechselbar seine Urgroßmutter Anahita war, neben einer anderen Frau, die Tilly sein musste. Die beiden saßen steif auf Stühlen vor einem Steincottage, jeweils ein Baby – Mabel und Moh – auf dem Schoß. Ari betrachtete seinen Großonkel, Donalds und Anahitas Sohn. Er war ein richtiger kleiner Engel, und seine dunklen Haare und riesigen Augen wiesen große Ähnlichkeit mit seiner Mutter auf. Ari stieß auf weitere Fotos von Anahita mit Moh bei einer Weihnachtsfeier. Sie war eine echte Schönheit gewesen.

»Haben Sie ein Bild gefunden?«, erkundigte sich Mabel.

»Ja. Sie wirken darauf sehr glücklich«, antwortete Ari und reichte es ihr.

»Stimmt. Sie können es behalten. Ich brauche es nicht.«

»Das bedeutet mir sehr viel, danke.«

»Wollen Sie etwas trinken? Um diese Zeit gönne ich mir für gewöhnlich eine heiße Schokolade. Ich bekomme nicht mehr allzu oft Besuch.«

»Eine Tasse Tee wäre schön.«

»Gut. Vicky, stellen Sie mal das Wasser auf, ja?«

Als die Pflegerin den Raum verlassen hatte, fragte Ari: »Sie selbst waren damals noch ein kleines Kind. Hat Ihre Mutter Ihnen je erzählt, wie Moh gestorben ist? Ich weiß, dass er in der Nähe des Cottage im Moor, wo er mit seiner Mutter lebte, vom Pferd gefallen ist.«

»Das wissen Sie?«, fragte Mabel verwundert. »Woher?«

»Kurz vor ihrem Tod hat Anahita mir die Geschichte ihres Lebens anvertraut. Lady Selina hatte ihr erzählt, dass Donald unmittelbar nach Anahitas Verhaftung Moh aus dem Cottage holen wollte und Vater und Sohn starben, weil Donalds Pferd sie abgeworfen hat. Anscheinend ist Moh im Bach ertrunken.«

»Oje …« Mabel traten Tränen in die Augen. »Mr Malik, ist Ihnen klar, dass Sie damit die Büchse der Pandora öffnen?«, fragte sie, als die Pflegerin mit den Getränken zurückkam. »Danke.« Mabel ließ sich von Vicky die heiße Schokolade geben. »Sie können in Ihr Zimmer gehen, während ich mich mit Mr Malik unterhalte.«

»Rufen Sie mich, wenn Sie mich brauchen«, sagte Vicky und entfernte sich.

»Mabel, Sie wissen, wovon ich rede, stimmt's?«

»Ja, leider«, antwortete sie nach kurzem Schweigen. »Sie mussten seiner armen Mum ja irgendwas sagen. Sonst hätte sie keine Ruhe gegeben.«

»Anahita hat nie Ruhe gegeben und, obwohl sie vor ihrer Ankunft in Indien Mohs Sterbeurkunde bekam, nicht geglaubt, dass er mit Donald gestorben ist.«

Mabel richtete den Blick in die Ferne und stieß einen tiefen Seufzer aus. »Diese Hexe«, murmelte sie.

»Sie meinen Lady Maud?«

»Ja. Die vielen Stunden in der Kapelle haben nichts gefruchtet, das habe ich als Anthonys Kindermädchen mit eigenen Augen gesehen. Daisy, Anthony und ich, wir haben alle unter ihr gelitten.«

»Das kann ich mir denken. Anahitas Geschichte offenbart, welche Rolle Lady Maud gespielt hat.«

»Leider wurde sie im Alter nicht milder«, sagte Mabel. »Nach dem Tod von Donald und Violet hatte Lady Maud freie Hand mit der Erziehung ihres Kindes. Die arme Kleine, ganz allein in dem großen Haus. Daisy musste drei- oder viermal täglich in der Kapelle beten, und ihre Großmutter hat ihr eingeredet, dass alle Männer schlecht sind. Kein Wunder, dass Daisy bei der Erziehung ihres eigenen Sohnes – Lord Anthony – nicht das beste Händchen hatte«, erklärte Mabel. »Ich musste als sein Kindermädchen tatenlos zusehen, wie sie mit ihm umging. Der arme Junge«, seufzte sie. »Er wusste wirklich nie, woran er mit Daisy war. Und das alles wegen dieser teuflischen Maud, die auf Gottes Geheiß ihre Familie zerstört hat.«

»Mabel«, begann Ari vorsichtig, »meine Äußerung, dass Moh an jenem Tag mit Donald am Bach gestorben ist, scheint Sie nicht überrascht zu haben. Den Bediensteten und den Leuten im Ort wurde doch gesagt, Moh hätte Anahita bei ihrer Verhaftung begleitet. Wieso wussten Sie die Wahrheit?«

»Die kannte ich nicht. In meiner Kindheit wurde getuschelt. Sie können sich bestimmt vorstellen, wie das bei Bediensteten ist.«

»Moh war an jenem Morgen *nicht* bei Anahita. Die Polizeibeamten haben ihr nicht erlaubt, ihn mitzunehmen, und sie hat ihn später nie wiedergesehen. Aber ich glaube, das ist Ihnen bekannt«, schloss Ari mit leiser Stimme.

»Was weiß man schon sicher …«

»Mabel, in ein paar Tagen reise ich nach Indien zurück und komme nie wieder nach Astbury Hall. Es war der letzte Wunsch meiner Urgroßmutter, dass ich die Wahrheit über ihren verlorenen Sohn herausfinde. Bei meinen Nachforschungen bin ich wieder und wieder in Sackgassen geraten. Anthony will nicht reden …«

»Seine Lordschaft weiß nichts!«, fiel sie ihm ins Wort. »Sie sollten ihn nicht aus der Fassung bringen, Mr Malik. Er ist zartbesaitet, und meine Tochter hat schon genug Mühe mit ihm.«

»Sie sind meine letzte Hoffnung. Bitte, Mabel, erzählen Sie mir, was damals tatsächlich mit Moh passiert ist. Ich schwöre, dass ich kein Wort verraten werde. Nach allem, was Anahita der Astburys wegen erdulden musste, fände ich es nur gerecht, wenn die Geschichte endlich aufgedeckt würde. Ist Moh an jenem Tag wirklich am Bach gestorben, oder hatte Anahita all die Jahre recht, und er war am Leben?«

Der Blick der alten Dame begann zu flackern.

»Nein, der kleine Moh ist an jenem Tag nicht gestorben«, seufzte sie schließlich. »Aber der Blitz soll Sie treffen, wenn Sie das irgendjemandem verraten. Brenda weiß genauso wenig von der Geschichte wie Seine Lordschaft, verstehen Sie?«

»Danke, Mabel«, sagte Ari mit leiser Stimme, den es sehr berührte, dass Anahita all die Jahre recht gehabt hatte.

»Mum – Tilly – hat es mir erst auf dem Sterbebett erzählt. Sie wollte sich das Geheimnis, das sie ihr Leben lang gehütet hatte, von der Seele reden, und hatte das Gefühl, ihre Freundin Anahita verraten zu haben. Aber was hätte sie tun sollen? Wenn sie gesagt hätte, was Dad beobachtet hat, wären sie hochkant aus dem Cottage geflogen.«

»Was Ihr Vater beobachtet hat?«, wiederholte Ari verwirrt.

»Ja. Vielleicht ist es Schicksal, dass meine alte Mum es mir erzählt hat und Sie jetzt nach Moh suchen. Mein Herz rät mir, Ihnen zu sagen, was mein Dad damals am Bach gesehen hat. Wissen Sie, er war der Hilfsbriefträger …«

Das Cottage am Bach,
August 1922

44

Jim Fenton genoss die warme Mittagssonne auf seinem Rücken, als er übers Moor radelte. An Tagen wie diesem hatte er das Gefühl, als Briefträger den besten Beruf der Welt zu haben, auch wenn es im Winter, wenn Schnee lag, anders aussah. Besonders gern brachte er Miss Anni Post, die manchmal für einen Plausch oder ein Tässchen Tee Zeit hatte. Normalerweise ließ er sich nicht einladen, aber ihr Cottage war so abgelegen, dass es niemandem auffiel, wenn er einmal eine Viertelstunde Pause machte.

Außerdem hatte Jim Mitleid mit ihr, weil sie ganz allein mit ihrem kleinen Jungen so weit draußen wohnte. Tilly sagte oft, Anni solle in den Ort ziehen, wo sie Gesellschaft hätte, doch Anni schien zufrieden zu sein, wo sie war.

Da hörte er hinter sich auf dem Feldweg das Geräusch eines Motors. Im Moor begegnete man nur selten Automobilen, und als dieses an ihm vorbeifuhr, sah er, dass es sich um einen Polizeiwagen handelte. Wohin der wohl unterwegs war? In der Gegend gab es nur ein einziges Cottage, das von Miss Anni. Und tatsächlich: Als Jim es wenige Minuten später erreichte, stand das Auto davor.

Aus dem Innern des Häuschens hörte er laute Stimmen. Gerade als er sein Fahrrad an den Zaun lehnte, ging die Haustür auf, und zwei Männer zerrten die kreischende Anni aus dem Cottage.

»Ich kann meinen Jungen nicht allein lassen! Bitte, ich muss ihn holen! Er hat bestimmt Angst – *bitte* …«

Jim duckte sich hinter den hohen Zaun, als die Männer die

sich heftig wehrende Anni auf den Rücksitz des Autos schoben. Dann wurde der Motor angelassen, der Wagen setzte zurück und fuhr mit hoher Geschwindigkeit, eine Staubwolke hinterlassend, in Richtung Ort. Jim begriff nicht so recht, was er soeben beobachtet hatte, er wusste nur, dass der kleine Moh im Cottage allein war.

Als er zur hinteren Tür des Häuschens rannte und sie öffnete, fiel sein Blick auf einen Topf mit vor sich hin köchelndem Essen auf dem Herd und einen Korb mit feuchter Wäsche auf dem Küchentisch. Egal, was gerade passiert war: Miss Anni hatte nicht vorgehabt, das Haus so überstürzt zu verlassen. Nachdem er den Topf vom Herd genommen hatte, ging er ins Wohnzimmer, um nach Moh zu suchen. Da er dort nicht war, stieg er die Treppe hinauf und streckte den Kopf in einen kleinen Raum, in dem Moh friedlich schlafend in seinem Bettchen lag.

Jim beschloss, Miss Annis Telefon zu benutzen und Doreen von der Vermittlung im örtlichen Postamt zu bitten, dass sie zu Tilly lief und dieser sagte, sie solle ihn bei Miss Anni anrufen. Sie würde wissen, was zu tun war; bei dem Gedanken, das arme Kind hier allein zu lassen, war ihm nicht wohl. Jim machte sich auf den Weg zu dem Tischchen im Flur, auf dem das Telefon stand. Er befand sich auf halber Höhe der Treppe, als er hörte, wie ein weiterer Wagen vor dem Cottage hielt. Da er von unten nicht nachschauen konnte, wer es war, und es letztlich keinen Grund für seine Anwesenheit in Miss Annis Cottage gab, hastete Jim wieder hinauf in das Zimmer an der Vorderseite des Häuschens, um hinunterzublicken.

Sein Herz setzte einen Schlag lang aus, als er Lady Maud Astbury höchstpersönlich in Begleitung von Dr. Trefusis aus dem Wagen steigen sah. Lady Maud marschierte den Gartenpfad zur Haustür, worauf Jim, der schreckliche Angst hatte, entdeckt zu werden, sich unter dem Bettgestell aus Metall verkroch. Von dort aus vernahm er, wie die Haustür sich öffnete und wieder schloss, und dann gedämpfte Stimmen von unten.

»Das Kind schläft bestimmt oben. Holen Sie es.«

Jim hörte die schweren Schritte des Arztes auf der Treppe und hielt den Atem an, als die Tür des Zimmers aufging, in dem er sich versteckte. Er sah ein Paar glänzend schwarze Schuhe, die nicht weit von ihm innehielten, bevor sie sich wieder in Richtung Flur entfernten.

»Der Kleine ist hier, Lady Astbury. Soll ich ein paar Sachen für ihn einpacken? Er wird Wechselkleidung und Windeln für die Fahrt brauchen«, rief der Arzt vom anderen Zimmer aus nach unten.

»Nehmen Sie mit, was nötig ist, aber machen Sie schnell«, antwortete Lady Maud ungeduldig.

Jim hörte von nebenan das laute Schreien Mohs.

»Ruhig, Kind«, versuchte der Arzt, Moh zu beruhigen, der sich lauthals darüber beklagte, von einem Fremden aus dem Schlaf gerissen worden zu sein. »Ich würde gern ein paar Fläschchen für ihn mitnehmen, Lady Astbury. Die dürften in der Küche sein.«

»Wenn Sie meinen. Obwohl ich kaum glaube, dass das Kind auf dem Weg nach London verhungern wird. Beeilen Sie sich!«

Jims Herz klopfte wie wild. Würden sie den Kleinen nach London zu Miss Anni bringen? Da Jim von klein auf gelernt hatte, niemals an Entscheidungen des Adels zu zweifeln, blieb er in seinem Versteck und lauschte weiter.

»Sind Sie endlich fertig?«, fragte Maud einige Minuten später.

»Ja, Lady Astbury.«

»Gut. Dann bringen Sie mich nach Dower House und fahren Sie mit dem Kind weiter nach London.«

»Ja, Lady Astbury. Es handelt sich um eine gute Einrichtung, wo hervorragend für die Kleinen gesorgt wird.«

»Sie werden dort sagen, es handle sich um ein Findelkind,

Sie hätten keine Ahnung, woher er stamme oder wer seine Eltern seien.«

»Ja, Lady Astbury«, antwortete der Arzt, und Jim hörte, wie sie das Haus verließen.

Jim, der den Atem angehalten hatte, damit ihm kein Wort von dem entging, was die beiden sprachen, stieß die Luft aus.

Er hörte, wie der Motor angelassen wurde.

Nachdem er unter dem Bett hervorgekrochen war, wagte er einen kurzen Blick aus dem offenen Fenster und sah einen Reiter auf das Cottage zugaloppieren.

Jim duckte sich hinter den Vorhang, von wo aus er weiterhin alles mitverfolgen konnte.

Der Reiter, der gerade von seinem Pferd sprang und sich vor den Wagen stellte, um ihm den Weg zu versperren, war Lord Donald Astbury.

»Wo ist Anni, Mutter?«, fragte er, nachdem er die Beifahrertür geöffnet hatte. »Und wo bringt ihr Moh hin? Was, zum Teufel, ist hier los?«

Donald griff ins Innere des Wagens, zog Moh vom Schoß seiner Mutter und nahm ihn auf den Arm. Als der weinende Junge ihn sah, breitete sich ein Lächeln auf seinem Gesicht aus. »Mr Don!«, rief er erfreut aus.

»Ja, ich bin's, mein kleiner Moh, Mr Don. Du musst keine Angst mehr haben. Ich passe auf dich auf.«

Donald wandte sich Lady Maud zu, die inzwischen ausgestiegen war. »Ich habe gerade die weinende Anni auf dem Rücksitz eines Polizeiwagens gesehen. Sie hat mir Mohs Namen zugerufen. Wo wolltest du meinen Sohn hinbringen?«

»Donald, als ich gehört habe, was mit Miss Chavan passiert ist, bin ich sofort mit Dr. Trefusis hergekommen, um ihn mitzunehmen, bis klar wäre, was weiter geschieht.«

»Ach, tatsächlich? Moh kann genauso gut mit seinem Vater nach Astbury reiten, was, kleiner Mann?« Donald stieg mit Moh in den Sattel.

»Hast du den Verstand verloren?«, kreischte Maud. »Du kannst diesen … *Bastard* nicht mit nach Astbury nehmen. Donald, komm zur Vernunft! Deine Frau ist soeben gestorben, und man verdächtigt deine Geliebte, die gerade von der Polizei verhaftet worden ist, des Mordes an ihr! Begreifst du nicht, was das bedeutet? Von deiner Verbindung mit dieser indischen Frau und … *dem da* …«, sie deutete auf ihren Enkel, »… darf nichts nach außen dringen. Es wäre eine Schande, wenn sich das herumspricht.«

Donald sah sie ungläubig an. »Anni wird verdächtigt, Violet umgebracht zu haben? Warum? Das ist doch absurd!«

»Donald, lass dich bitte einmal im Leben nicht von der Lust leiten. Dr. Trefusis hat in ihrem Gewächshaus gefährliche Kräuter entdeckt und sie der Polizei gegeben, weswegen Anklage gegen sie erhoben wurde. Leider habe ich keinen Einfluss auf den weiteren Lauf der Dinge.«

»Aber mit Sicherheit hast du sie in Gang gesetzt, Mutter«, entgegnete er mit hasserfüllter Stimme. »Sag mir doch bitte, bevor ich versuche, die Mutter meines Kindes aus dem Gefängnis zu befreien, wohin du meinen Sohn bringen wolltest. Hattest du am Ende gar vor, Moh ganz verschwinden zu lassen? Das würde ich dir durchaus zutrauen.«

»Mach dich nicht lächerlich! Dr. Trefusis kennt ein sehr gutes Waisenhaus in London, das Fälle wie diesen aufnimmt.«

»Fälle wie diesen? Mutter!«, rief Donald aus. »Du scheinst tatsächlich den Verstand verloren zu haben. Offenbar bin ich gerade noch rechtzeitig gekommen. Wenn du mich nun bitte entschuldigen würdest: Ich nehme meinen Sohn mit nach Astbury Hall.«

»Nein!«, rief Maud aus. »Das kann ich nicht zulassen.« Sie trat vor ihn. »Gib mir den Jungen!«

»Mutter, geh mir aus dem Weg, sonst reite ich dich über den Haufen. Du hast nichts Besseres verdient!«

Jim, der sich noch immer hinter dem Vorhang verbarg, beobachtete die Auseinandersetzung zwischen Mutter und Sohn mit fasziniertem Entsetzen.

»Doktor Trefusis, verstellen Sie ihm den Weg mit dem Auto!«, wies Maud den Arzt an.

»Zum letzten Mal: Weg da!«

Glory begann nervös zu tänzeln, als Donald versuchte, die Stute nach rechts zu lenken. Doch dort stand der Wagen. Glory stieß ein angstvolles Wiehern aus, scheute und warf Donald und Moh ab.

Donald kam mit einem lauten Knall ungebremst auf dem Boden auf, weil er den Fall nicht mit den Händen abfangen konnte. Vater und Sohn lagen reglos da, Moh nach wie vor auf dem Arm seines Vaters.

Dr. Trefusis sprang aus dem Wagen und lief zu ihnen, während Maud vor Schreck erstarrte.

»Lady Astbury, ich spüre kaum einen Puls. Lord Astbury muss bei dem Sturz direkt auf einem Stein aufgekommen sein. Er blutet aus dem Ohr. Wir müssen ihn mit dem Auto so schnell wie möglich ins Krankenhaus bringen.«

»Was ist mit dem Kind?«, fragte Maud. »Ist es am Leben?«

Wie um ihr das zu beweisen, bewegte Moh sich und stieß einen lauten Schrei aus.

»Er muss ebenfalls ins Krankenhaus. Ich habe keine Ahnung, ob er innere Verletzungen erlitten hat.«

»Unsinn! Dieses Kind hätte sowieso nie auf die Welt kommen dürfen, und Sie fahren es jetzt wie geplant nach London.«

»Lady Astbury, ich flehe Sie an. Wir dürfen keine Zeit verlieren. Ich muss Lord Astbury sofort ins Krankenhaus bringen!«, wiederholte Dr. Trefusis.

»Sie tun, was ich Ihnen sage. Nehmen Sie das Kind, und dann fahren wir los.«

»Ich verstehe Sie nicht …« Der Arzt verzog gequält das Gesicht. »Sie wollen Ihren Sohn hier allein lassen? Lady Astbury, wenn er nicht versorgt wird, könnte es gut sein, dass er stirbt.«

»Holen Sie das Kind!«

Zögernd hob Dr. Trefusis den weinenden Moh auf den Arm und setzte ihn auf den Rücksitz des Wagens, während Lady Maud vorne einstieg. Kurz darauf entfernten sie sich mit hoher Geschwindigkeit von dem Cottage.

Jim starrte entsetzt vom Fenster aus auf Donalds reglosen Körper hinunter, neben dem das Pferd stand.

»Mein Gott«, flüsterte Jim und drehte sich mit weichen Knien vom Fenster weg. Dabei fiel sein Blick auf das Foto von Moh, Anni und Donald neben dem Bett, das bestätigte, was er soeben belauscht hatte. Jim nahm das Bild vom Nachtkästchen, hastete die Treppe hinunter und hinaus zu Donald.

»Lord Astbury, können Sie mich hören?«, rief Jim aus, als er neben Donald in die Hocke ging. Hätte er doch mehr über Erste-Hilfe-Maßnahmen gewusst! Da regte sich Donald und schlug die Augen auf.

»Gut, Lord Astbury, wach bleiben, bis Hilfe kommt. Bitte, Sir, bleiben Sie wach!«, flehte Jim ihn an.

Plötzlich trat ein Lächeln auf Donalds Lippen.

»Anni«, murmelte er. Dann schloss er die Augen für immer.

Astbury Hall,
Juli 2011

45

Als Mabels Geschichte zu Ende war, hatte Ari Tränen in den Augen.

Er sah zu Mabel hinüber, die durchs Fenster in die hereinbrechende Abenddämmerung hinausstarrte.

»Was für eine Tragödie«, sagte Ari und räusperte sich. »Eine Mutter lässt ihren Sohn allein im Moor sterben. Ist das zu fassen?«

»Ja«, pflichtete Mabel ihm bei. »Meine Mum meinte, als Dad ihr alles erzählt hatte, er hätte zu tief ins Glas geschaut.«

»Glauben Sie, Maud wollte, dass ihr Sohn stirbt?«

»Dad hat gesagt, es hätte mehr als zwei Stunden gedauert, bis Hilfe kam. Als endlich jemand da war, hat mein Dad sich natürlich verdrückt. Er konnte es sich nicht leisten, über das befragt zu werden, was er gesehen hatte. Dann hätte Lady Maud ihn wahrscheinlich auch noch aus dem Weg geräumt! Was für eine schreckliche Geschichte. Sie hat meine Eltern bis zu ihrem Lebensende belastet.«

»Das kann ich mir vorstellen. Wissen Sie, wohin der Arzt Moh gebracht hat?«

»Nur, dass Dad glaubte, Moh wäre in ein Waisenhaus in London gekommen.«

»Es wundert mich, dass Maud ihn nicht an Ort und Stelle im Bach ertränkt hat«, sagte Ari.

»Mein Dad war der Ansicht, dass sie das vermutlich getan hätte, wenn der Arzt nicht dabei gewesen wäre.«

»Obwohl der auch keine große Hilfe war«, bemerkte Ari seufzend.

»Mr Malik, Sie müssen verstehen, dass die Bediensteten dem Landadel damals auf Gedeih und Verderb ausgeliefert waren. Niemand wagte es, sich seinen Befehlen zu widersetzen. Dr. Trefusis blieb keine andere Wahl, als Lady Maud zu gehorchen. Sonst hätte sie ihn ruiniert.«

»Er hat die Sterbeurkunde ausgestellt, die Selina Astbury Indira für Anahita gegeben hat«, erklärte Ari. »Das ist doch bestimmt ungesetzlich, oder?«

»Aber wer sollte ihm den Betrug nachweisen?«, fragte Mabel. »Von dem wusste ja nur mein armer alter Dad. Meine Mutter hat sich geweigert, jemals wieder in Astbury Hall zu arbeiten. Wenn sie gekonnt hätten, wären sie ganz weggegangen, aber damals war das nicht so einfach.«

Als es am Türrahmen klopfte, hoben sie beide den Blick. »Entschuldigen Sie die Störung«, sagte die Pflegerin und schob einen Rollstuhl herein. »Es ist spät, und ich möchte nicht, dass Sie sich überanstrengen, Mabel. Vielleicht könnten Sie das Gespräch morgen fortsetzen, Mr Malik?«

»Ja«, antwortete Mabel, als die Pflegerin ihr in den Stuhl half. »Ich glaube, wir haben alles Wichtige beredet. Bitte vergessen Sie nicht Ihr Versprechen, das, was ich Ihnen erzählt habe, für sich zu behalten.«

»Natürlich. Danke noch einmal«, sagte Ari.

»Ich glaube, es war die richtige Entscheidung, es Ihnen zu sagen. So ist zumindest ein Fehler ausgebügelt worden. Gute Nacht, Mr Malik. Schauen Sie doch vor Ihrer Abreise noch einmal vorbei. Dann können wir uns über glücklichere Tage unterhalten.«

»Gern.« Ari war schon fast an der Tür, als ihm ein Gedanke kam. »Können Sie eigentlich allein gehen, Mabel?«

»Jetzt nicht mehr, nein. Die Arthritis, wissen Sie. Ich komme nur noch im Rollstuhl von A nach B. Manchmal trägt Lord Anthony mich hinunter, damit Vicky mich im Garten herumschieben und ich frische Luft schnappen kann.« Sie schmunzelte. »Aber meine grauen Zellen funktionieren noch ganz gut, was, Vicky?«

»Allerdings, Mabel.« Vicky erwiderte ihr Lächeln. »Ihr entgeht nichts.«

»Das glaube ich aufs Wort. Also dann: Gute Nacht«, verabschiedete sich Ari und schloss die Tür hinter sich.

Die Erkenntnis, dass Anahita die ganze Zeit über recht gehabt hatte, stimmte ihn euphorisch. Wer wusste wohl, was aus Moh geworden war, nachdem man ihn aus Devon weggebracht hatte?

Eine Person fiel ihm ein …

Ihn beschäftigte Mrs Trevathans Behauptung, Rebecca habe am Abend zuvor Mabel gesehen. Denn Mabel hatte ihm gerade versichert, dass sie sich nicht allein fortbewegen könne. Wie sollte sie es da schaffen, mitten in der Nacht in dem Gebäude herumzugeistern? Und was Mrs Trevathans Behauptung anbelangte, dass Mabel ein wenig wirr im Kopf sei: Ari kannte, abgesehen von Anahita, keine ältere Dame, die geistig so wach war wie Mabel. Mrs Trevathan log also. Fragte sich nur, warum.

Wieder träumte Rebecca von dem Singen und dem Parfüm und davon, von Astbury und den dort lauernden Gefahren wegzulaufen …

Sie schreckte hoch, schlug die Augen auf und stellte fest, dass ihr Blick getrübt war. Als sie versuchte, sich die Augen zu reiben, merkte sie, dass ihre Arme hinter ihrem Rücken fixiert waren und schmerzten. Der Geruch, der ihr in die Nase stieg, war stark, sehr stark, und erneut sah sie in dem trüben Licht die Frau aus der Nacht.

Ich träume, dachte sie, *ich schlafe, gleich wache ich auf, und sie ist weg.*

Einige Zeit später sagten ihre Sinne ihr, dass sie tatsächlich wach war. Sie erkannte den Rücken der Frau, die sie in der vergangenen Nacht gesehen hatte, und stellte fest, dass sie selbst auf einem Stuhl mit hoher Rückenlehne saß und ihre Arme hinter ihrem Rücken gefesselt und ihre Knöchel zusammengebunden waren. Benommen und mit den schlimmsten Kopfschmerzen seit Tagen versuchte Rebecca herauszufinden, wo sie sich befand. Jedenfalls nicht in ihrem Zimmer in Astbury Hall, so viel stand fest.

Allmählich kehrte die Erinnerung wieder: an Anthonys Heiratsantrag, seinen überraschenden aggressiven Kuss, ihre Flucht aus Astbury Hall und die Suche nach dem Filmteam, das Tuch auf Nase und Mund und schließlich an die Dunkelheit.

Sie musterte die Frau. Wer da vor ihr am Frisiertisch saß, war definitiv keine gebrechliche alte Dame von über neunzig Jahren. Von hinten wirkte ihr Rücken sogar ziemlich breit und kräftig.

Als Rebecca an sich herunterblickte, sah sie, dass sie keine Jeans mehr trug, sondern ein weiches knöchellanges Seidenkleid. Was bedeutete, dass diese Frau, wer auch immer sie sein mochte, sie ausgezogen hatte.

Rebecca bekam eine Gänsehaut.

Ich werde wie Violet sterben, ich weiß es …

Ihr Herz klopfte wie wild, und ein tiefer Seufzer entrang sich ihrer Brust.

»Ich weiß, dass du wach bist. Deine Augenlider zucken.« Glockenhelles Lachen. »Schau mich an. Ich tu dir nichts, versprochen. Ich heiße übrigens Alice, wie in *Alice im Wunderland*«, stellte sie sich vor und wandte sich Rebecca zu.

Rebecca hielt entsetzt den Atem an, denn das war keine Frau, sondern ein gespenstisches Zerrbild von Weiblichkeit. Langes blondes Haar umrahmte ein Gesicht mit ungeschickt aufgetragenem Make-up: blaue Augenlider, klumpig getuschte falsche Wimpern, schwarzer Eyeliner, leuchtend roter Lippenstift in den Fältchen alter Haut, rosafarbenes Rouge auf den Wangen.

Alice strich sich übers Haar. »Bin ich denn so furchteinflößend?«

Rebeccas Lippen formten ein »Nein«.

»Tut mir leid, dass ich zu so drastischen Mitteln greifen musste, um dich bei mir zu halten, aber ich wollte nicht, dass du weggehst. Ich hoffe, du hast Verständnis. Du bist meine neue Freundin.«

Ihr Instinkt sagte Rebecca, dass es das Beste war, allem zuzustimmen, was Alice sagte, während sie sich in dieser surrealen Situation zurechtzufinden versuchte.

»Armes Ding, du siehst schrecklich blass aus. Ich geh mal nach unten und koche uns eine schöne Tasse Tee.«

Rebecca nickte.

»Bitte gib mir eine richtige Antwort; Mummy hat immer gesagt, es ist unhöflich, wenn man das nicht tut.«

»Ja bitte«, presste Rebecca hervor.

»Gut.« Als Alice aufstand, wurde Rebecca bewusst, wie groß sie war, und dass sie ein altmodisches Seidenkleid trug, nicht unähnlich dem, das Rebecca anhatte. Ihre riesigen Füße steckten in Seidenschühchen.

»O Gott …«, hauchte sie und sah sich um. Sie befand sich in einem ihr unbekannten Zimmer. Auf dem altmodischen Messingbettgestell lag eine Patchworkquiltdecke, und die geschlossenen Vorhänge hatten ein ausgebleichtes Blümchenmuster. Auf der Marmorplatte des Frisiertischs standen allerlei Kosmetika, darunter ein geöffnetes Fläschchen von dem Parfüm, das Rebecca aus Violets Zimmer kannte.

Denk nach, Rebecca, denk …

Sie seufzte frustriert.

Wer war Alice?

Als sie schwere Schritte hörte, wandte sie den Kopf, so gut es ging.

»Da wären wir. Ich hab dir einen Tee gemacht und löse jetzt deine Fesseln, damit du ihn selber trinken kannst«, teilte Alice ihr mit, stellte zwei Tassen Tee auf dem Frisiertisch ab und verschüttete dabei fast alles. Dann machte sie Rebecca los. »Hoffentlich hab ich dir nicht wehgetan; ich musste dich festbinden, damit du nicht runterfällst beim Schlafen, mit einem Seidentuch, weil das nicht so reibt an den Handgelenken. Gleich besser, oder?«

Als Alice den Blick hob, sah Rebecca, wer sie war.

Wenn man vom Teufel spricht, dachte Ari, als Mrs Trevathan mit besorgtem Gesicht auf ihn zukam.

»Haben Sie Rebecca gesehen?«, fragte sie.

»Ich dachte, sie isst mit Lord Anthony zu Abend?«

»Hat sie auch, aber danach ist sie verschwunden. Ich habe in ihrem Zimmer nachgeschaut; sie scheint weg zu sein, mit allen ihren Sachen und ihrem Koffer.«

»Wirklich?« Ari runzelte die Stirn. »Vielleicht hat sie doch noch beschlossen, ins Hotel zu gehen. Das könnte ich ihr nach dem Schreck letzte Nacht nicht verdenken.«

»Das ist mir auch schon in den Sinn gekommen«, pflichtete Mrs Trevathan ihm bei. »Aber wahrscheinlich hätte sie dann Sie gebeten, sie hinzubringen.«

»Würde sie nicht eher Lord Anthony fragen? Sie war doch zum Essen bei ihm.«

»Ja, aber anschließend zieht er sich für gewöhnlich in sein Zimmer zurück, und da will ich ihn nicht stören.«

Ari merkte Mrs Trevathan die Nervosität an. »Vielleicht sollten Sie dieses eine Mal eine Ausnahme machen. Wenn Sie mir zeigen, wo sein Zimmer ist, rede ich mit ihm.«

»Nicht nötig«, antwortete sie hastig. »Ich könnte Steve, den Produktionsleiter, fragen, ob er etwas von ihr gehört hat. Der müsste inzwischen wieder im Hotel sein.«

»Gute Idee.« Ari sah ihr nach, wie sie zum Telefonieren in Anthonys Arbeitszimmer ging, und vergewisserte sich, dass Rebeccas Räume tatsächlich leer waren. Dann folgte er Mrs Trevathan nach unten, um zu hören, ob sie etwas Neues von Steve erfahren habe, doch sie schüttelte den Kopf.

»Leider weiß er nichts«, teilte sie ihm mit.

»Wenn Sie mir ein Telefonbuch geben, telefoniere ich die Hotels in der Gegend ab, um festzustellen, ob sie sich ein Zimmer hat reservieren lassen«, schlug Ari vor.

Fünfzehn Minuten später wusste er, dass im Umkreis von dreißig Kilometern keine Reservierung von Rebecca eingegangen war. Steve gelangte zu demselben Resultat.

Ari lief in dem kleinen Arbeitszimmer auf und ab. Wenn Rebecca tatsächlich beschlossen hatte zu gehen, hätte sie ihm sicher eine Nachricht hinterlassen oder zumindest Mrs Trevathan Bescheid gesagt. Sie war zu höflich, um sich auf französisch zu empfehlen. Außerdem erhob sich die Frage, wer sie chauffiert hatte. Steve hatte gesagt, Graham habe nichts von ihr gehört. Es sei denn, sie hatte sich selbst ein Taxi bestellt.

»Gibt's was Neues?«, erkundigte sich Mrs Trevathan, als sie das Arbeitszimmer betrat.

»Nein. Es ist, als hätte Rebecca sich in Luft aufgelöst. Ich mache mir ernsthaft Sorgen. Es ist an der Zeit, Lord Anthony zu fragen. Er hat sie als Letzter gesehen.«

»Er wollte beim Essen nicht gestört werden«, fiel Mrs Trevathan plötzlich ein.

»Wirklich? Ist das nicht ungewöhnlich?«

Mrs Trevathan seufzte. »Man weiß nie so genau, was im Kopf Seiner Lordschaft vor sich geht.«

»Wo ist sein Schlafzimmer?«, fragte Ari. »Wenn Sie mir das nicht sofort sagen, trete ich jede Tür in diesem gottverdammten Mausoleum ein, bis ich ihn finde.«

»Schon gut, schon gut.« Mrs Trevathan war den Tränen nahe. »Ich bringe Sie hin.«

Mrs Trevathan führte ihn in den anderen Flügel, passierte eine Reihe von Türen und blieb schließlich vor einer am Ende des Flurs stehen.

»Hier sind seine Räume«, erklärte sie. »Bitte warten Sie auf dem Flur, während ich klopfe. Er soll Sie nicht sehen, wenn er die Tür aufmacht, denn er wird in der Nacht ungern von Fremden gestört. Und ich möchte meinen Job nicht verlieren.«

Mrs Trevathan wartete mit dem Klopfen, bis Ari einige Schritte zurückgetreten war.

»Lord Astbury? Tut mir leid, wenn ich störe, aber ich muss dringend mit Ihnen sprechen«, sagte sie laut.

Keine Reaktion.

»Vielleicht schläft er«, mutmaßte Mrs Trevathan mit einem nervösen Blick auf Ari. »Ich versuch's noch mal.« Sie klopfte ein zweites Mal, wieder keine Antwort.

»Gehen Sie rein und wecken Sie ihn auf«, wies Ari sie an, der die Angst in Mrs Trevathans Augen sah.

»Er mag's wirklich nicht, wenn jemand unangemeldet sein Zimmer betritt.«

»Herrgott, sagen Sie ihm, es handelt sich um einen Notfall! Wenn Sie es nicht tun, mache ich es.« Als Ari einen Schritt auf die Tür zutrat, öffnete sie sie selbst.

»Warten Sie hier.« Sie ging hinein und schloss die Tür hinter sich.

Wenige Sekunden später kam sie wieder heraus. »Er ist nicht in seinem Zimmer.«

Ari wirkte nicht sonderlich überzeugt.

»Hören Sie, junger Mann, Rebeccas Verschwinden beunruhigt mich genauso sehr wie Sie, und ich versichere Ihnen noch einmal, dass Seine Lordschaft nicht da drin ist. Er macht öfter mal nächtliche Spaziergänge.«

»Und wo führen die ihn für gewöhnlich hin?«

»Ach, er bleibt auf dem Anwesen.«

»Mrs Trevathan!« Allmählich verlor Ari die Geduld. »Es ist nach Mitternacht, und wir haben immer noch keine Spur von Rebecca. Offenbar ist jetzt auch noch Anthony verschwunden. Ich hätte gute Lust, auf der Stelle die Polizei zu rufen.«

Mrs Trevathan sah ihn entsetzt an. »Bitte, tun Sie das nicht!

Ich bin sicher, dass ihr nichts fehlt. Vielleicht ist sie mit Seiner Lordschaft unterwegs …«

»Mir ist klar, dass Sie zu Loyalität verpflichtet sind, aber auch, dass Sie mehr wissen, als Sie zugeben. Ich habe vorhin mit Ihrer Mutter gesprochen, von der Sie behauptet hatten, dass sie nachts im Haus herumgeistert. Sie selbst hat mir erklärt, sie könne sich ohne Rollstuhl nicht fortbewegen. Rebecca hat neulich nachts nicht sie gesehen, stimmt's? Sie haben gelogen. Mrs Trevathan, Sie haben exakt dreißig Sekunden, um mir zu verraten, wo ich Lord Anthony finde, bevor ich die Polizei rufe!«

Ari ging mit großen Schritten den Flur entlang und die Treppe hinunter zum Arbeitszimmer. Mrs Trevathan hastete ihm nach. Als er den Hörer von der Gabel nahm, kapitulierte sie.

»Bitte nicht …« Sie sank weinend in einen Sessel. »Ich wusste, dass es ihm nicht bekommen würde, wenn sein Tagesablauf durcheinandergebracht wird. Solange er Ruhe hat und sich zurückziehen kann, läuft es ganz gut. Dieses Chaos ist schuld an allem. Ich hätte es ahnen müssen.«

»Sagen Sie mir einfach, wo Sie sie vermuten, dann kommen wir bestimmt auch ohne Polizei zurecht.«

Mrs Trevathan holte tief Luft.

»Wir brauchen den Wagen.«

46

Beim Teetrinken mit Alice gingen Rebecca tausend Gedanken durch den Kopf. Während sie die höflichen Antworten gab, die Alice zu erwarten schien, versuchte Rebeccas allmählich erwachendes Gehirn, das Puzzle zusammenzusetzen.

»Macht unsere kleine Teegesellschaft nicht Spaß?«

»Ja.«

»Weißt du, Violet, Mummy hat dich sehr geliebt«, erklärte Alice. »Sie hat dafür gesorgt, dass die Bediensteten in deinen Räumen jeden Tag Staub wischten, sie hat dein Bett frisch beziehen und alle Vasen mit Blumen füllen lassen. Natürlich warst du tot, aber sie hat immer gesagt, dass ich dich eines Tages kennenlernen würde. Ich glaube, sie meinte im Himmel, aber jetzt bist du schon hier auf Erden bei mir! Ist das nicht schön?«

»Ja«, antwortete Rebecca artig.

»In der Zeit, die du da oben warst, hat Mummy einfach so getan, als wär *ich* Violet.« Alice strich sich über die Haare. »Als ich klein war, hat Mummy gesagt, ich wäre dir wie aus dem Gesicht geschnitten. Sie hat mir die Haare lang wachsen lassen und mir hübsche Seidenbänder hineingeflochten. Außerdem hat sie mir die hübschesten Kleider von Harrods schicken lassen, auch das, das ich gerade trage.«

»Es ist sehr schön«, sagte Rebecca, der aufgefallen war, dass Alice Schmeicheleien liebte.

»Danke. Es freut mich so, mich mit einer anderen jungen Dame unterhalten zu können. Mummy mochte Jungs – und Männer – nicht sonderlich. Ihrer Ansicht nach waren das schmutzige, stinkende, aggressive Kerle. Sie hat immer gesagt, die taugen nur zu einem. Wir wissen beide, was sie damit meinte.« Alice kicherte und wurde rot.

»Da hatte sie bestimmt recht«, pflichtete Rebecca, die mehr und mehr begriff, Alice bei.

»Als Kind war ich sehr einsam. Ich durfte keine anderen kleinen Mädchen einladen und hatte keine Freundinnen. Schade, dass du damals nicht hier warst. Wir verstehen uns gut, nicht wahr? Wir sind uns so ähnlich.«

»Ja. Dass du so einsam warst, tut mir leid.«

»Deshalb habe ich mir meine Freundin Amy ausgedacht. Wir

haben stundenlang miteinander geredet, obwohl ich wusste, dass sie nicht real ist. Und jetzt habe ich dich. Du musst immer bei mir bleiben. Das tust du doch, oder?« Alice traten Tränen in die Augen.

»Ja, natürlich.«

»Meine Mutter hat mich verlassen, und dann war ich ganz allein. Ich glaube, sie hat mich nie sonderlich gemocht. Sie hat mich immer angeschrien. Ich …« Als sie zu weinen begann, lief ihr die schwarze Wimperntusche über die Wangen.

»Darf ich dir ein Taschentuch bringen?«, erbot sich Rebecca, die nach einem Grund suchte, von dem Stuhl aufstehen zu können.

»Danke, du bist wirklich nett. Die Taschentücher sind da drüben, in der Schublade beim Bett.«

Rebecca, der klar war, dass sie schnell handeln musste, rannte zur Tür, riss sie auf und hastete die schmale Stiege hinunter. An der Haustür drückte sie verzweifelt die Klinke herunter, doch die Tür war verschlossen.

»Wo willst du hin? Komm zurück.«

Als Rebecca in der Hoffnung, einen anderen Weg hinaus zu finden, in den hinteren Teil des Cottage lief, hörte sie Alice die Treppe herunterpoltern.

»Hilfe!«, schrie Rebecca voller Angst in der Küche, schlug Alice die Tür vor der Nase zu und tastete auf der Suche nach dem hinteren Ausgang in der Dunkelheit herum. Alice folgte ihr und stolperte über Möbel.

»Wo bist du, Violet? Bitte, das Spiel gefällt mir nicht. Ich hab im Dunkeln Angst …«

Als Rebecca Alice auf sich zukommen hörte, wich sie in eine Ecke zurück und glitt auf den Boden.

»Da bist du ja!« Riesige Hände zogen Rebecca wieder hoch. »Ich mag dieses Spiel nicht. Komm doch mit mir nach oben, dann können wir Verkleiden spielen.«

»Bitte … Lass mich los«, flehte Rebecca, als Alice sie unbeholfen durch die Küche zerrte. Plötzlich hörte sie, wie die Tür aufging.

»Sei brav und lass deine Freundin los«, sagte eine vertraute Stimme. »Mummy würde dieses Spiel nicht gefallen.«

Es dauerte eine Weile, bis sich die Hände, die Rebecca hielten, von ihr lösten. Sie sank auf den Boden wie eine Puppe.

»Mr Malik, würden Sie bitte das Licht einschalten? Die unartigen Kinder haben im Dunkeln das Mörderspiel gespielt.«

Als es hell wurde, erkannte Rebecca Mrs Trevathan und Ari.

»Tut mir leid, Brenda«, entschuldigte sich Alice. »Ich bin unartig gewesen.«

»Ja, aber wenn du mich jetzt brav begleitest, verspreche ich dir, Mummy nichts zu sagen. Komm, Liebes.« Mrs Trevathan streckte Alice die Hand hin. »Deine neue Freundin muss nach Hause.«

»Sie soll nicht gehen. Bitte, Brenda, kann sie nicht bleiben? Ich …«

Alices Unterlippe begann zu beben, und sie fing zu weinen an.

»Wenn du artig bist, darf deine neue Freundin morgen vielleicht zum Spielen wiederkommen.«

»Bitte, ja. Ich bin so allein …«

»Ich weiß, Liebes. Komm, es ist spät.« Mrs Trevathan wandte sich Ari zu. »Ich bringe dieses kleine Mädchen nach oben und ins Bett. Fahren Sie doch das Ihre auch nach Hause. Die beiden können ein andermal wieder miteinander spielen. In Ordnung?«

Ari, der schockiert das Wesen an Mrs Trevathans Hand betrachtete, nickte stumm.

»Gute Nacht und danke fürs Kommen«, verabschiedete Mrs Trevathan sie.

Auf dem Weg zum Wagen hörten sie Mrs Trevathan weiter ruhig auf Alice einreden. Ari schob Rebecca auf den Beifahrersitz.

»Sind Sie verletzt?«, fragte er, als er sich hinters Steuer setzte und den Motor anließ. »Soll ich Sie ins Krankenhaus fahren?«

»Bringen Sie mich bloß weg von hier«, stöhnte sie. »Von diesem schrecklichen … *Wesen.*«

»Hat er Ihnen wehgetan, Rebecca? Zwar habe ich Mrs Trevathan versprochen, nicht die Polizei zu rufen, wenn sie mir verrät, wo er Sie hingebracht hat, aber das, was ich gerade erlebt habe, entbindet mich, denke ich, von diesem Versprechen.«

»Mir fehlt wirklich nichts, danke. Ich will einfach nur weg von hier«, wiederholte Rebecca.

»Keine Sorge, ich bringe Sie in Sicherheit.«

Als sie durchs Moor fuhren, rief Ari über Handy Steve an.

»Rebecca ist bei mir. Die Einzelheiten erzähle ich später. Jetzt brauche ich erst mal ein Hotelzimmer für sie. Bitte rufen Sie den Arzt an, der sie neulich untersucht hat.«

»Ist sie verletzt?«

»Ich glaube nicht, aber er sollte sie sich trotzdem ansehen.«

»Fahren Sie sie zu meinem Hotel in Ashburton. Ich informiere die Rezeption. Bestimmt ist noch ein Zimmer frei. Wenn nicht, kann sie meines haben.«

»Der Arzt soll so schnell wie möglich kommen.«

Steve gab Ari die Adresse, der sofort das Navigationsgerät programmierte.

Im Hotel war Ari dankbar, dass Steve es geschafft hatte, eine Suite für Rebecca zu organisieren. Er hatte eine Nachricht an der Rezeption hinterlassen, dass Ari sich mit ihm in Verbindung setzen solle, wenn sie weitere Hilfe benötigten.

Rebecca ließ sich von Ari zum Aufzug und in ihr Zimmer begleiten.

»Ich habe überhaupt nichts dabei«, seufzte sie müde, als Ari ihr ins Bett half.

»Wo ist Ihr Koffer?«, erkundigte er sich.

»Hinter einem Busch in Astbury«, antwortete sie mit einem matten Lächeln.

»Nicht so wichtig. Den hole ich morgen. Oder brauchen Sie gleich etwas daraus?«

Bevor sie antworten konnte, klopfte es an der Tür, und Ari öffnete sie.

»Guten Abend«, begrüßte Dr. Trefusis ihn. »Oder sollte ich lieber guten Morgen sagen? Tut mir leid, ich musste noch zu einem anderen Patienten. Wie geht es ihr?«

»Sie ist unverletzt, aber ziemlich durcheinander. Soll ich Ihnen erklären, was passiert ist?«

»Nicht nötig«, sagte der Arzt mit leiser Stimme. »Der Patient, um den ich mich gerade gekümmert habe, ist Lord Astbury. Mrs Trevathan hat mich gerufen.«

»Verstehe. Wo ist er jetzt?«

»Nach wie vor in dem Cottage im Moor. Ich habe ihm ein starkes Beruhigungsmittel gegeben, das dafür sorgt, dass er tief und fest schläft, bis ich morgen früh alles für ihn organisieren kann. Mrs Trevathan ist bei ihm. Mit ziemlicher Sicherheit wird er sich am Morgen an nichts mehr erinnern. Doch nun zu Miss Bradley.«

Dr. Trefusis trat zu Rebecca.

»Wie ich höre, haben Sie heute Nacht ziemlich aufregende Dinge erlebt.« Er setzte sich auf die Bettkante und nahm ihre schlaffe Hand, um ihren Puls zu fühlen. »Hat er Sie verletzt?«

»Nein.« Rebecca war so erschöpft, dass sie kaum noch einen zusammenhängenden Satz herausbrachte. »Er hat mir ein Tuch auf Mund und Nase gepresst, das sehr stark roch, und ich habe das Bewusstsein verloren und bin in einem fremden Haus aufgewacht. Keine Ahnung, wo.«

»Höchstwahrscheinlich hat er Chloroform benutzt, das in der Medizin früher als Betäubungsmittel eingesetzt wurde. Es ist harmlos und hat keine Nebenwirkungen. Mrs Trevathan vermutet, er hätte es in dem Medizinschränkchen in der Speisekammer gefunden. Keine Ahnung, wie alt das Zeug ist. Sie hat mir das Fläschchen gegeben, und ich lasse den

Inhalt morgen analysieren, um sicher zu sein, dass er nicht schädlich ist.«

»Ich dachte «, Rebecca fuhr sich mit der Zunge über ihre trockenen Lippen, »… ich komme nie wieder von ihm weg.«

»Ich kann mir vorstellen, dass das ein Schock für Sie war, Miss Bradley. Lord Astburys Zustand ist mir bekannt, seit ich damals die Praxis von meinem Vater übernommen habe. Ich bezweifle, dass er Sie, auch wenn er heute Nacht ziemlich verwirrt war, verletzt hätte.«

»Er hat mich für seine Großmutter Violet gehalten.«

»Ja, das hat Mrs Trevathan mir erzählt.«

»Er weiß doch nicht, wo ich bin, oder? Und er wird mir nicht folgen?«, fragte sie voller Angst und packte seinen Arm.

»Sie sind in Sicherheit, Rebecca. Er hat keine Ahnung, wo Sie sich aufhalten, und momentan ist er so stark sediert, dass er selbst orientierungslos sein dürfte. Aber lassen wir die Ereignisse der letzten Nacht. Ich würde Sie mir gern ansehen. Wie geht's den Kopfschmerzen?«, erkundigte er sich, während er ihr Herz abhörte.

»Im Augenblick sind sie ziemlich schlimm.«

»Das Chloroform hat nicht gerade geholfen. Ich wollte sowieso morgen früh bei Ihnen vorbeischauen, weil ich zu wissen glaube, weswegen Sie sich so schlecht fühlen.«

»Ach.«

»Ja. Entspannen Sie sich; es besteht keinerlei Anlass zur Sorge.«

»Bin ich schwanger?«

»Nein, Rebecca. Alle Tests sind negativ. Ich erkläre Ihnen meine Theorie morgen. Erst einmal …«, er holte Tabletten aus seiner Tasche, »… sollten Sie die nehmen. Es handelt sich um ein leichtes Beruhigungsmittel, das Ihnen beim Einschlafen helfen wird.«

»Was ist los mit Anthony? Warum war er wie ein kleines Mädchen verkleidet? Er hat sich selbst Alice genannt.«

»Das ist eine sehr lange Geschichte, Miss Bradley, die ich Ihnen morgen ausführlich erzählen werde, wenn Sie ausgeruht sind. Heute sage ich Ihnen nur so viel, dass Ihnen körperlich nichts fehlt, Sie hier in Sicherheit sind und schlafen sollten.« Dr. Trefusis erhob sich. »Ich hole Ihnen jetzt den jungen Mann herein. Gute Nacht.«

»Wie geht es ihr?«, erkundigte sich Ari, der draußen unruhig auf und ab gelaufen war.

»Sie hatten recht: Physisch fehlt ihr nichts, aber sie ist verstört – kein Wunder.«

»Mich hat er in diesem Aufzug auch erschreckt«, gestand Ari. »Ich weiß, dass Rebecca sich erst wirklich sicher fühlen wird, wenn er hinter Schloss und Riegel ist. Nach den Ereignissen dieser Nacht sollten wir doch lieber die Polizei informieren, meinen Sie nicht? Schließlich hat er sie entführt.«

»Wenn Miss Bradley das möchte. Aber bevor sie das tut, würde ich gern mit ihr sprechen. Ich komme morgen früh noch einmal vorbei. Gute Nacht.«

Ari verabschiedete sich von dem Arzt und kehrte zu Rebecca zurück, setzte sich auf die Bettkante und nahm Rebeccas Hand. »Wie fühlen Sie sich?«

»Okay«, murmelte sie mit geschlossenen Augen.

»Soll ich heute Nacht bei Ihnen bleiben? Ich kann wieder auf dem Sofa im Wohnbereich nebenan schlafen.«

»Nein!« Sie schlug die Augen auf und packte seine Hand. »Bitte lassen Sie mich nicht allein. Bleiben Sie hier, Ari.«

»Wenn Sie das wollen.«

»Ja.« Sie lockerte ihren Griff. »So viele Fragen«, seufzte sie.

»Die haben Zeit bis morgen. Rebecca, versuchen Sie, ein wenig zu schlafen.« Er ging zu dem Sessel in der Ecke des Zimmers.

»Ari?«

»Ja?«

»Würden Sie mich in den Arm nehmen? Dann merke ich es, wenn Sie gehen.«

»Ja. Würde es Ihnen etwas ausmachen, wenn ich mich zu Ihnen ins Bett lege? Dann muss ich mich nicht so verrenken.« Er grinste.

»Kommen Sie.«

Ari legte sich aufs Bett, und Rebecca kuschelte sich in seine Arme wie ein Kind.

»Danke, dass Sie hierbleiben«, murmelte sie müde.

»Schon okay. Schlafen Sie gut, Rebecca«, flüsterte er.

Am folgenden Morgen saß Rebecca blass, aber ruhig mit einer Tasse Kaffee in der Hand in ihrer Suite.

»Bei Lord Astbury wurde mit Mitte dreißig Schizophrenie diagnostiziert«, erläuterte Dr. Trefusis ihr. »Nach dem Tod seiner Mutter hat er einen Nervenzusammenbruch erlitten und ähnliches Verhalten an den Tag gelegt wie heute Nacht. Mich wundert es nicht, dass er verwirrt ist – seine Mutter Daisy hat ihn vollkommen kontrolliert und ihn sein ganzes Leben lang kaum aus den Augen gelassen. Jedenfalls wurde er in die örtliche Psychiatrie eingeliefert, wo man ihn fast ein Jahr lang mit Medikamenten und therapeutischen Maßnahmen stabilisierte. Keiner weiß den Auslöser für seine Ausfälle, ob die Neigung dazu angeboren ist oder durch seine Erziehung verursacht, doch ich bin mir ziemlich sicher, dass Lord Astburys schwierige Kindheit eine Rolle spielt.«

»Anthony hat mir in seiner … Verkleidung … davon erzählt.« Rebecca schluckte. »Er behauptet, seine Mutter hätte ihm schöne Kleider von Harrods kommen lassen. Stimmt das?«

»Leider ja. Lord Astburys Mutter Daisy ist von ihrer Großmutter, die sie aufgezogen hat, eingeredet worden, dass alle Männer schlecht sind. Als sie zur Heirat gezwungen wurde, um einen Erben für das Anwesen zu produzieren, und der sich dann als Junge entpuppte, wollte sie das nicht akzeptieren. Fragen Sie Mrs Trevathan oder auch ihre Mutter Mabel, die ihn beide sein ganzes Leben lang kennen. Sie hat Lord Astbury Bänder in die langen Haare geflochten und ihn seine gesamte Kindheit gezwungen, Kleider zu tragen.«

»Der arme Junge«, sagte Rebecca. »In seinem Arbeitszimmer ist mir ein Foto von einem kleinen Mädchen aufgefallen, das Anthony sehr ähnlich sieht. Ich habe sie für seine Schwester gehalten, aber das muss er sein. Was ist mit seinem Vater?«, erkundigte sie sich. »Hatte er nichts zu melden?«

»Nach allem, was ich von meinem Vater weiß, der die Praxis von meinem Großvater übernommen hatte und damals Daisys Arzt war, hat Lord Astburys Vater sich weder als Ehemann noch als Vater hervorgetan. Die Ehe war von Anfang an ein rein pragmatisches Arrangement. Obwohl Maud Astbury die Männer verachtete, brauchte sie einen, der mit ihrer Enkelin einen Erben für Astbury zeugte. Der Mann, den sie für Daisy auswählte, hat sich als stadtbekannter Trunkenbold entpuppt, der sich den größten Teil der Zeit in London aufhielt und das Vermögen der Astburys durchbrachte. Er starb, als Lord Astbury ein kleiner Junge war.«

»Das hat Anthony mir erzählt. In Anthonys Kindheit und Jugend lebten also nur er, Maud und Daisy in Astbury Hall?«

»Nach Mauds Tod konnte der angerichtete Schaden nicht mehr behoben werden. Daisy wollte nicht, dass Anthony in die Schule geht, und hat ihn von wechselnden Hauslehrerinnen unterrichten lassen. Ihre Besessenheit von ihrer schönen toten Mutter Violet hielt ein Leben lang an. Sie hat Lord Astbury beigebracht, sie zu bewundern.«

»Das habe ich gemerkt«, meinte Rebecca.

»Jedenfalls wurde er nach seiner Entlassung aus der Klinik in die Obhut von Mrs Trevathan gegeben, die schon seit Jahren als Haushälterin in Astbury arbeitete und ihn verstand. Miss Bradley, die Frau ist eine Heilige. Sie widmet ihr Leben ganz ihm.«

Dr. Trefusis seufzte. »Solange nichts die Ruhe von Astbury Hall störte, funktionierte Lord Astbury und werkelte in seinem geliebten Garten herum, was für ihn eine Art Therapie war. Die Medikamente, die er jeden Tag nahm, stabilisierten ihn so weit, dass er ein halbwegs normales Leben führen konnte. Hin und wieder zog er sich in das Cottage im Moor zurück, um sich das zu gönnen, was Mrs Trevathan als ›Verkleidungsspiele‹ umschreibt. Wir hatten beide das Gefühl, dass es das Beste ist, wenn er sein Alter Ego gelegentlich an einem abgeschiedenen Ort herauslassen kann, wo ihn niemand sieht. Natürlich habe ich ihn wie sein Psychiater beobachtet, und Mrs Trevathan hat sich mit mir in Verbindung gesetzt, wenn es Anlass zur Beunruhigung gab. Er hat einige Jahre ohne Rückfall überstanden.

Doch zu Beginn dieses Jahres hat er dann beschlossen, das Filmteam nach Astbury zu lassen, weil er das Geld brauchte. Mrs Trevathan war von Anfang an dagegen. Sie kannte ihn gut genug, um zu wissen, dass ihn das überfordern würde, aber was sollte sie machen?«

Rebecca nickte.

»Und dann kamen Sie ins Spiel. Anthony hat gleich Ihre Ähnlichkeit mit seiner toten idealisierten Großmutter Violet erkannt, an der sich sein Alter Ego orientiert.«

»Auf mich in meiner normalen Kleidung hat Anthony nicht reagiert. Erst mit den blonden Haaren und dem Kostüm im Stil der zwanziger Jahre bin ich ihm wie Violet erschienen.«

»Bestimmt glaubte er, ein Gespenst zu sehen. Gleichzeitig hat ihn – ich vermute das jetzt einfach einmal, weil ich den Bericht des Psychiaters noch nicht kenne – seine *männliche* Reaktion auf Sie als Frau verwirrt. Seine beiden Persönlichkeiten standen in Widerspruch zueinander, und dieser Konflikt brachte ihn aus dem Gleichgewicht. Während der männliche Teil von Anthony sich in Sie verliebte, begriff ›das kleine Mädchen‹ nicht, wieso Violet plötzlich zum Leben erwacht war. Können Sie das nachvollziehen, Miss Bradley?«

»Leider ja. Was Sie mir erklären, passt zu dem, was er mir heute erzählt hat. Ich habe ihn neulich nachts in Astbury in seiner Verkleidung gesehen. Mrs Trevathan wollte mir weismachen, dass das ihre alte Mutter war, aber natürlich stimmte das nicht. Außerdem hatte ich ihn schon mit dieser merkwürdig hohen Stimme singen hören, und ich bin mir sicher, dass er nachts in mein Zimmer gekommen ist. Ich habe das Parfüm gerochen.«

»Oje. Mrs Trevathan hat ein schrecklich schlechtes Gewissen, dass sie so lange tatenlos zugesehen hat. Für gewöhnlich taucht Lord Astburys Alter Ego nicht im Hauptgebäude auf. Und der Gerechtigkeit halber muss ich erwähnen, dass Mrs Trevathan ihn nur schützen wollte.«

»Sie hat mich angelogen, Dr. Trefusis«, beharrte Rebecca.

»Ich weiß, Miss Bradley, aber bitte versuchen Sie trotzdem, ihr zu vergeben. Sie wollte Lord Astbury schützen, weil sie wusste, dass er bei einem Rückfall wieder in der Psychiatrie landen würde. Und die war die Hölle für ihn.«

»Das entschuldigt nicht, dass Anthony oder für wen er sich heute Nacht auch immer gehalten hat, mich betäubt, entführt und in einem Cottage mitten im Moor gefesselt hat!« Rebecca legte die Hand auf die Stirn. »Ich versuche zu begreifen, warum ich die Sache nicht weiterverfolgen soll, aber ich hatte heute Nacht echte Todesangst!«

»Das kann ich verstehen, Miss Bradley. Es tut mir wirklich leid. Ich fühle mich verantwortlich, weil ich die Zeichen früher hätte erkennen sollen. Vielleicht beruhigt es Sie zu erfahren, dass Lord Astbury sich gegenwärtig in der geschlossenen Abteilung der Psychiatrie aufhält, wo man sich um ihn kümmert. Ob Sie die Polizei einschalten, liegt selbstverständlich bei Ihnen. Wenn Sie Anzeige gegen ihn erstatten, landet Lord Astbury höchstwahrscheinlich wieder in der Klinik. Und Sie hätten beide keine Ruhe mehr vor den Zeitungen.«

»Das ist mir klar. Wie lange wird er in der Klinik bleiben müssen?«

»Bis sein Psychiater ihn wieder für stabil hält. Bei seinem gegenwärtigen Zustand könnte das viele Monate, wenn nicht gar Jahre dauern. Möglicherweise wird er sogar nie mehr entlassen.«

»Anthony ist mir von Anfang an sehr kindlich erschienen, und ich hatte irgendwie das Bedürfnis, ihn zu beschützen …« Rebecca traten Tränen in die Augen. »Er ist so ein sanfter Mensch, aber das Monster, in das er sich heute Nacht verwandelt hat – mir fehlen die Worte.«

»Miss Bradley, bitte versuchen Sie, sich selbst und ihm zuliebe, Lord Astbury als den freundlichen, hochintelligenten Mann in Erinnerung zu behalten, den Sie kennen, nicht als die bedauernswerte Kreatur, die Sie heute Nacht erlebt haben. Nach allem, was er in der Kindheit erleiden musste, verdient er unser Mitleid. Er hatte nie die Chance auf ein normales Leben. Sie können sicher sein, dass er in absehbarer Zukunft niemandem mehr Probleme bereiten wird.«

»Das ist mir klar.«

»Bevor ich gehe, würde ich Ihnen gern noch erklären, was ich für die Ursache Ihrer Kopfschmerzen halte.« Dr. Trefusis holte einen Bericht aus seiner Arzttasche. »Ihre Bluttests haben keine negativen Befunde ergeben. Allerdings sind mir leicht erhöhte Adrenalinwerte aufgefallen. Sagen Sie, Miss Bradley, leiden Sie unter Heuschnupfen?«

»Ja«, antwortete Rebecca verblüfft. »In den Staaten ist es ziemlich schlimm. Hier haben meine Augen gejuckt. Mrs Trevathan meint, das sei eine allergische Reaktion auf Ambrosia, das in der Gegend wächst.«

»Haben Sie in letzter Zeit Kamillentee getrunken?«

»Ja, den hat Mrs Trevathan mir regelmäßig aufgebrüht, weil er ihrer Ansicht nach entspannend wirkt. Täglich zwei oder drei Tassen.«

»Dann ist, denke ich, die Ursache des Problems gefunden. Kamillentee – besonders aus frischen Blüten – kann Heuschnupfen ungünstig beeinflussen und Symptome wie die von Ihnen beschriebenen verursachen, darunter starke Kopfschmerzen und permanente Übelkeit. Ich halte das für den Grund Ihres Unwohlseins, Miss Bradley. Wenn ich also Mrs Trevathan das nächste Mal sehe«, erklärte Dr. Trefusis mit einem Augenzwinkern, »werde ich ihr sagen, dass sie ungewollt dabei war, Sie zu vergiften!« Er schloss seine Arzttasche. »Lassen Sie von jetzt an die Finger vom Kamillentee. Dann stellt sich ja heraus, ob die Symptome verschwinden. Ich lasse Ihnen Beruhigungsmittel da, und falls weitere Probleme auftreten sollten, rufen Sie mich einfach.«

»Danke für Ihre Hilfe, Dr. Trefusis«, sagte sie, als er zur Tür ging. »Ich denke über die Sache mit Anthony nach.«

»Gut. Auf Wiedersehen.«

Dr. Trefusis fuhr mit dem Lift hinunter in die Lobby.

»Wie geht es ihr?«, erkundigte sich Ari, der unten auf den Arzt gewartet hatte.

»Erstaunlich gut«, antwortete dieser. »Obwohl sie zerbrechlich wirkt, ist sie hart im Nehmen.«

»Ich finde auch, dass sie sich toll gehalten hat«, pflichtete Ari ihm bei. »Eines würde ich gern noch mit Ihnen besprechen, bevor Sie gehen, Dr. Trefusis.«

»Und zwar?«

Ari erklärte es ihm.

Ari vergewisserte sich, dass Rebecca etwas gegessen hatte, und schlug ihr dann vor, sich eine Ruhepause zu gönnen. Als es eine Stunde später an der Tür klopfte, öffnete Ari sie.

»Wie geht's ihr?«, fragte James Waugh. »Darf ich reinkommen?«

»Natürlich«, rief Rebecca erfreut.

»Sehr gut!« James betrat das Zimmer beschwingten Schrittes und umarmte sie.

»Rebecca, Sie haben ja jetzt Gesellschaft. Kann ich mal kurz eine Stunde weggehen?«, fragte Ari.

»Kein Problem.«

»Auf dem Rückweg bringe ich Ihren Koffer von Astbury Hall mit.«

»Danke, Ari.«

»Den scheinst du gut abgerichtet zu haben«, bemerkte James, als Ari außer Hörweite war. »Du musst mir alles erzählen. Wie du dir vielleicht vorstellen kannst, rätseln alle im Team, was heute Nacht passiert ist. Angeblich bist du von Lord Astbury in ein abgelegenes Cottage im Moor verschleppt worden.«

»Wer hat dir das erzählt?«, fragte Rebecca entsetzt.

»Wer kann schon sagen, von wem die Geschichte stammt? Wahrscheinlich ist sie maßlos übertrieben. Oder nicht?«

Wie Dr. Trefusis vollkommen richtig erkannt hatte, lag Rebecca daran, dass die Zeitungen nicht Wind von der Sache bekamen. Solche Storys prägten sich ein; in Talkshows würde man sie immer wieder danach fragen. Sie hatte nur das Bedürfnis, die Angelegenheit zu vergessen.

»Er hat mich gefragt, ob ich seine Frau werden will, und mein Nein nicht gut verkraftet«, antwortete Rebecca ein wenig spöttisch.

»Du meine Güte.« James setzte sich aufs Bett und nahm ein paar Trauben aus der Obstschale. »Du kannst dich vor Männern nicht retten! Und was ist mit dem gut aussehenden Inder, der deinen Beschützer spielt? Gehört der auch zu deinen Verehrern?«

»Ari hat mir sehr geholfen. Aber er ist nur ein Freund, nichts weiter.«

»Wenn du meinst.« Er verzog spöttisch das Gesicht. »Jedenfalls ist es schön, dass du fast wieder die Alte bist.«

»Ich habe Steve gesagt, dass ich morgen für die Dreharbeiten fit bin.«

»Ich persönlich hatte nichts gegen die kleine Verzögerung. Weil jetzt nur noch die Szenen mit dir ausstehen, hatte ich ein paar höchst angenehme freie Tage.«

»Mit der Kellnerin?«

»Volltreffer!« James grinste. »Sie folgt mir auf Schritt und Tritt. Ich glaube, sie möchte Kinder. Leider sieht meine Lebensplanung das im Moment nicht vor. Jetzt lasse ich dir deine Ruhe, aber wenn du später Lust auf ein leichtes Abendessen haben solltest, würde ich mich freuen, dir Gesellschaft zu leisten.«

»Danke, James. Ich glaube, ich bleibe hier und gehe früh schlafen.«

Er bedachte sie mit einem intensiven Blick. »An welcher Stelle der Verehrerliste stehe ich momentan? Könnte es sein, dass ich allmählich nach oben wandere? Du servierst die anderen ja einen nach dem anderen ab.«

Rebecca knuffte ihn in den Arm. »Du bist eine Spielernatur, James. Mir ist klar, dass du es nicht ernst meinst.«

»Nein, wahrscheinlich nicht. Aber ich hoffe, dass wir in Kontakt bleiben, wenn du wieder in den Staaten bist. Rebecca, ich habe die Zeit mit dir genossen. Robert sagt, wir harmonieren prima auf der Leinwand. Wer weiß, am Ende werden wir ein Traumpaar wie Olivier und Leigh oder Brad und Angelina! Ich geh jetzt mal runter, nachsehen, ob meine Lieblingskellnerin mir einen Tee macht.« James küsste sie auf die Wange und stand auf. »Bis später, Schätzchen.«

Ari folgte Dr. Trefusis in dessen Küche.

»Darf ich Ihnen einen Tee anbieten? Ich wollte gerade Wasser aufsetzen.«

»Danke.«

»Ich habe für Sie alle Krankenakten des Jahres 1922 aus der Praxis meines Großvaters durchgeackert und zu den von Ihnen genannten Daten keinerlei Aufzeichnungen über den Tod eines Kindes mit dem Namen Moh Chavan oder Prasad finden können.«

»Ehrlich gesagt wundert mich das nicht«, seufzte Ari.

»Ich bin ein wenig verwirrt. Sie sagen, für Ihren Verwandten wurde eine Sterbeurkunde ausgestellt?«, fragte der Arzt, als er zwei große Tassen aus einem Schrank holte.

»Ja.« Ari nahm die Urkunde aus ihrer Plastikhülle. »Wie Sie sehen, hat Ihr Großvater sie unterschrieben. Ich habe sämtliche Kirchen- und Gemeinderegister dieser Gegend durchgeschaut, aber sie scheint nirgendwo dokumentiert zu sein.«

»Merkwürdig.« Dr. Trefusis warf einen Blick auf die Sterbeurkunde. »Ja, das ist die Unterschrift meines Großvaters. Von Rechts wegen hätte er das Duplikat zur offiziellen Registrierung einreichen müssen.«

»Ich habe alle offiziellen Verzeichnisse online überprüft und keine Spur gefunden. Seine Mutter hat übrigens nie an Mohs Tod geglaubt.«

»Ach.«

»Mabel Smerden hat mir bestätigt, dass er nicht gestorben ist. Ihrer Ansicht nach wurde Moh an jenem Tag in ein Waisenhaus in London gebracht.«

»Von wem?«, fragte Dr. Trefusis und nahm Ari gegenüber Platz.

»Von Ihrem Großvater. Tut mir leid.«

Ari, der eine Rechtfertigung erwartete, war überrascht, als der Arzt lediglich den Blick senkte.

»Leider muss ich zugeben, dass mich das nicht überrascht. Keine Ahnung, unter welchen Umständen Ihr Verwandter zur Welt kam, aber ich weiß, dass mein Großvater jungen Frauen in Not geholfen hat. Wenn die Babys da waren, hat er sie diskret an von der Kirche geführte Waisenhäuser vermittelt. Mr Malik, Sie müssen verstehen: Damals war die Welt anders.«

»Das beginne ich zu begreifen.«

»Mein Großvater war kein schlechter Mensch«, fuhr der Arzt fort. »Er tat, was er konnte, um den Leuten zu helfen. Ich suche Ihnen die Namen der Waisenhäuser heraus, mit denen mein Großvater kooperierte. Der Himmel allein weiß, ob die heute noch existieren, aber einen Versuch ist es wert. Warten Sie bitte einen Moment.«

Dr. Trefusis entfernte sich und kam wenig später mit einem schmalen Lederband zurück. »Darin stehen die Anschriften und Telefonnummern der örtlichen Krankenhäuser, Namen von anderen Ärzten und Ähnliches. Hinten finden Sie die Adressen von drei Waisenhäusern, nur eines davon in London. Soll ich sie Ihnen aufschreiben?«

»Danke. Wie Sie richtig festgestellt haben, wissen wir nicht, ob sie noch existieren. Außerdem habe ich keine Ahnung, ob Moh seinen Geburtsnamen beibehalten hat. Allerdings kann ich Ihnen das genaue Datum nennen, an dem er in das Waisenhaus gekommen sein müsste. Es war der Tag, an dem Donald Astbury gestorben ist.«

»Wirklich? Wenn es das Waisenhaus noch gibt, lässt sich das bestimmt online überprüfen. Zögern Sie, falls Sie damit keinen Erfolg haben sollten, bitte nicht, mich anzurufen. Ich muss zugeben, dass die Geschichte mich interessiert.«

»Fragen Sie Mabel Smerden. Obwohl sie mir das Versprechen abgenommen hat, nichts zu verraten. Doch jetzt will ich Sie nicht länger belästigen«, sagte Ari und erhob sich. »Ich lasse es Sie wissen, wenn ich herausfinden sollte, was weiter mit ihm geschehen ist.«

»Bitte tun Sie das. Wie geht es übrigens meiner Lieblingspatientin?«

»Sehr gut, danke«, antwortete Ari, als Dr. Trefusis ihn zur Tür brachte.

»Ich finde sie faszinierend, und es überrascht mich nicht, dass es Lord Astbury genauso ergangen ist. Sie können sich glücklich schätzen, Mr Malik. Auf Wiedersehen.«

Auf dem Rückweg nach Ashburton machte Ari einen Abstecher nach Astbury Hall, stellte den Wagen im Hof ab und sah sich nach Rebeccas Koffer um. Er brauchte eine ganze Weile, bis er den Busch fand, hinter dem sie ihn versteckt hatte, und trug ihn zum Auto, wo er ihn im Kofferraum verstaute. Dann betrat er das Gebäude, um sich im Dachgeschoss von Mabel Smerden zu verabschieden.

Sie begrüßte ihn mit einem Lächeln. »Haben Sie Zeit auf ein Tässchen Tee, mein Lieber?«, fragte sie ihn.

»Nein, Mrs Smerden, leider nicht. Ich wollte mich nur von Ihnen verabschieden. Ich fahre morgen nach London und habe gerade mit Dr. Trefusis gesprochen. Er hat mir die Adresse eines Londoner Waisenhauses genannt, die ich überprüfen werde, wenn ich dort bin.«

»Gut. Lassen Sie es mich wissen, falls Sie herausfinden sollten, was aus ihm geworden ist, ja?«

»Ja. Danke für Ihr Vertrauen.«

»Ich bin für alle Beteiligten froh, dass die Wahrheit endlich heraus ist. Meine Mum Tilly hat Anahita immer für eine wunderbare Frau gehalten.«

»Das war sie auch«, bestätigte Ari.

»Ach, übrigens: Das habe ich für Sie herausgesucht.« Mabel griff nach einem gerahmten Foto auf dem Tisch neben ihr und reichte es Ari. »Das Bild von Donald Astbury, Anahita und Moh, das mein Dad aus dem Cottage am Bach mitgenommen hat.«

Ari betrachtete die drei Menschen auf dem Foto, deren Geschichte nun ein Teil der seinen war. »Danke, Mabel, ich werde es gut aufbewahren. Auf Wiedersehen.«

Ari ging nach unten, um seine eigenen Sachen aus seinem Zimmer zu holen, und legte das Tagebuch mit dem Foto in seine Tasche.

Unten hielt er kurz unter der großen Kuppel inne und dachte an Anahita und was sie der Astburys wegen hatte erdulden müssen. Er fragte sich immer noch, warum sie es ausgerechnet ihm aufgetragen hatte, ihrer Geschichte nachzugehen.

Da hörte er es: zuerst leise, so leise, dass er es für Ohrensausen hielt. Doch dann, als das Singen lauter wurde und sich zu der Kuppel erhob, erfüllte ihn merkwürdige Euphorie.

Mit Tränen in den Augen erkannte Ari, dass Anahita ihm nicht nur ihre Geschichte vermacht hatte.

47

Ari aß mit Rebecca in deren Suite zu Abend.

»Ich muss Sie bewundern«, sagte er, als er ihr ein kleines Glas Wein einschenkte. »Nach der letzten Nacht wäre ich bestimmt ein nervliches Wrack.«

Rebecca zuckte mit den Achseln. »Ich kann ungewöhnliches Verhalten irgendwie verstehen. Meine Mutter war zwar nicht schizophren wie Anthony, aber wenn sie getrunken hat, konnte sie schon mal aggressiv werden. Deshalb bin ich die dunklere Seite der menschlichen Natur gewöhnt. Der Held sind vielmehr Sie, Ari, weil Sie Mrs Trevathan gezwungen haben, Ihnen zu sagen, wohin er mich verschleppt hat. Gott sei Dank!«

»Kein Wunder, dass ich keinen Blick in das Cottage am Bach werfen sollte. Anthony hat, als ich ihn danach fragte, behauptet, es sei einsturzgefährdet. Bleibt natürlich immer noch die interessante Frage: Sind Sie nun mit Violet verwandt oder nicht?«

»Da ich meinen Vater nicht kenne, werde ich das vermutlich nie herausfinden. Aber das will ich auch gar nicht. Vorbei ist vorbei. Jetzt möchte ich mich auf die Zukunft konzentrieren.«

»Sie haben recht, Rebecca. Es hat keinen Sinn, sich mit Gedanken über die Vergangenheit aufzuhalten. Ich werde Ihrem Beispiel folgen und mich ebenfalls auf die Zukunft konzentrieren, wie auch immer die aussehen mag.«

»Wenn Sie das tröstet: Ein Zeitungsfoto von Jack mit seiner neuen Freundin hat mich dazu gebracht, Rotz und Wasser zu heulen. Das hat echt wehgetan.« Rebecca stand auf, ging zum Sofa und zog die Zeitung darunter hervor. »Hier steht: ›Vorbei! Jack schickt Becks für neue Liebe in die Wüste!‹ Hätt ich mir eigentlich denken können.« Sie seufzte.

»Tut mir leid für Sie, Rebecca.«

»Nicht nötig. Letztlich ist es das Beste so. Ich wusste, dass es kein Zurück mehr geben würde, wenn ich ihm sage, dass er seine Probleme anpacken soll. Das lässt sein Stolz nicht zu.«

»Kreisen die Reporter schon wie die Aasgeier?«

»Scheint so. Als Sie weg waren, hat mich mein Agent angerufen. Wenigstens haben die noch nicht spitzgekriegt, dass ich hier bin. Aber irgendwann erfahren sie es – das lässt sich nicht vermeiden.«

»Ihr Leben ist nicht gerade ein Zuckerschlecken, was?«

»Mein Agent wollte, dass ich eine Pressemitteilung rausgebe, doch ich habe mich geweigert. Mir reicht's. Was kümmert's mich, was andere Leute denken! Ich weiß, was passiert ist, das genügt mir.« Rebecca schüttelte den Kopf. »Nach den vergangenen vierundzwanzig Stunden werden Sie mir das vielleicht nicht glauben, aber die Ruhe von Astbury Hall fehlt mir. Dort war ich abgeschottet. Die Leute scheinen mich für ihr Eigentum zu halten, und davon habe ich genug.«

»Das kann ich verstehen«, sagte Ari.

»Offen gestanden graut mir vor der Rückkehr nach Hause.«

»Apropos zurückkehren: Ich reise morgen früh ab, weil ich noch einiges in London zu erledigen habe, bevor ich Ende der Woche nach Indien fliege.«

»Müssen Sie wirklich? Ich meine, natürlich.«

»Sie brauchen keine Angst mehr zu haben, da bin ich mir sicher. Anthony ist in der Psychiatrie, und Sie sind mit dem ganzen Filmteam im Hotel. In ein paar Tagen reisen Sie selber ab.«

»Ja. Dann ist das heute Abend also der Abschied?«

»Ich denke schon.«

»Danke noch mal für Ihre Hilfe in den letzten Tagen. Das werde ich nicht vergessen.«

»Und mich hoffentlich auch nicht«, meinte Ari schmunzelnd.

»Nein, wie könnte ich? Jedenfalls«, wechselte sie abrupt das Thema, »habe ich morgen einen harten Tag am Set und muss mich darauf vorbereiten. Und Sie müssen bestimmt noch packen«, fügte sie hinzu.

»Ja.«

Sie standen auf.

»Tja, das wär's dann wohl«, meinte sie.

»Ja.«

Sie gingen schweigend zur Tür.

»Gute Nacht, und passen Sie auf sich auf«, sagte er.

»Das tue ich.« Rebecca traten Tränen in die Augen. »Ich begleite Sie noch zum Aufzug.«

Sie verließen das Zimmer Seite an Seite, und er drückte den Rufknopf für den Lift.

»Auf Wiedersehen, Ari«, verabschiedete sie sich, als er den Aufzug betrat und die Tür sich zu schließen begann.

Er drückte den Knopf, um sie wieder zu öffnen. »Rebecca?«

»Ja, Ari?« Sie senkte den Blick.

»Sehen Sie mich an.«

Als sie den Blick hob, erkannte er, dass ihre Gefühle den seinen entsprachen.

»Ich möchte Ihnen noch etwas sagen, bevor ich gehe. Wir haben in den nächsten Tagen beide eine Menge vor, und ich muss nach Indien zurück. Aber ich finde, wir sollten uns bald wiedersehen. Meinen Sie nicht auch?«

Wieder begannen die Lifttüren, sich zu schließen. Diesmal drückte Rebecca auf den Knopf.

»Ja.«

»Falls Sie jemals beschließen sollten, nach Indien zu kommen, würde es mich freuen, wenn Sie mir Bescheid sagen.«

»Wird gemacht.«

»Versprochen?«

»Versprochen.«

Die Aufzugtüren schlossen sich.

Am folgenden Tag kehrte Rebecca nervös zu den Dreharbeiten nach Astbury Hall zurück.

»Machen Sie sich keine Sorgen, Rebecca, wir beschützen Sie schon vor unerwünschten Verehrern, die in dunklen Fluren lauern«, versicherte Steve ihr, als er sie in die Maske begleitete. »Es ist nur noch ein Tag.«

»Kein Problem«, erwiderte sie, verlegen darüber, dass ihre Geschichte sich offenbar schon herumgesprochen hatte.

Zum Glück fanden die Dreharbeiten größtenteils draußen statt, und anschließend brachte man Rebecca sofort zum Hotel zurück.

Dort wurde Rebecca bewusst, dass sie es nun, da sie nicht mehr in Astbury Hall wohnte, kaum erwarten konnte, Devon zu verlassen. Obwohl sie die größte Suite des Hotels hatte, litt sie unter Klaustrophobie und sehnte sich nach den weiten Räumen, an die sie mittlerweile gewöhnt war.

»Himmel, wie soll das werden, wenn ich wieder in New York bin?«, fragte sie sich laut und dachte an ihre Wohnung ganz oben in einem glänzenden Stahlturm, in dem die Paparazzi sie sofort nach ihrer Ankunft in die Enge treiben würden.

Nicht nur die wild wuchernden Gärten und das Moor würden ihr fehlen, gestand sie sich ein. Und auch nicht nur Jack. In den vergangenen vierundzwanzig Stunden hatte sich eine Leere in ihr breitgemacht, die sie nicht so richtig einschätzen konnte. Einfach ausgedrückt fühlte es sich an, als hätte sich ein Teil von ihr verabschiedet und einen dumpfen Schmerz zurückgelassen, mit dem sie sich im Moment nicht auseinandersetzen wollte.

Nachdem der Regisseur das Ende der Dreharbeiten verkündet hatte, tranken Schauspieler und Filmteam in der Abendsonne auf der Terrasse Champagner.

»Tut's dir leid, dass es vorbei ist, Becks?«, erkundigte sich James.

»In mancher Hinsicht schon. Es waren bemerkenswerte Wochen. Ich glaube, ich habe nicht nur als Schauspielerin, sondern auch als Mensch dazugelernt.«

»Allerdings«, pflichtete Robert ihr bei und legte den Arm um sie. »Tolle Arbeit, einfach wunderbar. Ich rechne mit jeder Menge Auszeichnungen im nächsten Jahr.«

»Danke, Robert. Hoffentlich habe ich dich nicht enttäuscht.«

»Aber nein. Und ich hoffe, dass wir bald wieder zusammenarbeiten.«

Mrs Trevathan servierte den Champagner. In den vergangenen beiden Tagen hatte Rebecca das Gespräch mit ihr gemieden, weil sie nicht an die nächtlichen Geschehnisse erinnert werden wollte. Doch nun musste sie zu ihr gehen und sich verabschieden. Egal, was passiert war: Mrs Trevathan hatte immer rührend für sie gesorgt.

Als das Filmteam zum letzten Mal die Ausrüstung zusammenpackte, betrat Rebecca den Salon, um nach ihr zu suchen. Sie fand sie in der Küche, wo sie Gläser spülte.

»Hallo«, sagte sie vorsichtig. »Ich wollte mich verabschieden.«

Mrs Trevathan trocknete sich die Hände an der Schürze ab und drehte sich mit gequälter Miene zu ihr um. »Rebecca, was mit Ihnen passiert ist, tut mir sehr leid. Es war meine Schuld. Ich hätte erkennen müssen, wo das alles hinführen würde.«

»Bitte machen Sie sich keine Vorwürfe, Mrs Trevathan. Ich finde, Sie haben sich all die Jahre ausgezeichnet um Anthony gekümmert.«

»Für die Menschen, die wir lieben, opfern wir vieles.« Sie

seufzte. »Jedenfalls hoffe ich, dass Sie Astbury nicht in schlechter Erinnerung behalten.«

»Natürlich nicht. Abgesehen von dem, was neulich nachts passiert ist, hat es mir hier sehr gut gefallen. Und was ist mit Ihnen? Was werden Sie tun, jetzt, wo Anthony erst mal nicht mehr in Astbury ist?«

»Das Anwesen wird nun von Treuhändern verwaltet. Sie entscheiden über die Geschicke von Astbury. Aber selbst wenn sie beschließen, es zu verkaufen, wird das eine Weile dauern.«

»Die Treuhänder können das? Ich dachte, die Entscheidung kann nur Anthony treffen.«

»Ja, doch leider wird Seine Lordschaft für unzurechnungsfähig erklärt werden. Ich besuche ihn jeden Tag in der Klinik. Er möchte Ihnen sagen, wie leid es ihm tut, dass er Sie erschreckt hat. Dass er sich in Sie verliebt hat, war sehr verwirrend für ihn.«

»Ich weiß. Dr. Trefusis hat es mir erklärt. Mir tut es auch leid.«

»Sie müssen sich nicht entschuldigen. Schließlich können Sie nichts für Ihr Aussehen und Ihre Wirkung auf ihn. Aber ich weiß, dass er sich freuen würde, wenn Sie ihm in einem Brief verzeihen. Es könnte ihm helfen.«

»Ja, das mache ich.« Rebecca sah, dass Mrs Trevathans Miene sich aufhellte. »Sie sagen, es geht ihm ein bisschen besser?«

»Es ist noch zu früh, das zu beurteilen. Meine Besuche bei ihm fallen mir schwer, denn er weint viel und möchte unbedingt nach Hause, weil er noch nicht begreift, wo er sich befindet. Der Arme ist ziemlich durcheinander. Ich hoffe nur, dass es den Ärzten bald gelingt, ihn zu stabilisieren. Es wäre sehr nett, wenn Sie ihm schreiben könnten. Außer mir hat er niemanden.«

»Das werde ich. Aber jetzt möchte ich mich verabschieden. Ich breche von hier direkt nach London auf.«

»Ich wette, Sie sind froh, wieder zu Ihrem richtigen Leben in New York zurückzukehren.«

»Im Moment nicht, wenn ich ehrlich bin. Und Sie werden mir fehlen, Mrs Trevathan.«

»Bitte hören Sie auf, sonst muss ich noch weinen! Kommen Sie, lassen Sie sich drücken.«

Mrs Trevathan breitete die Arme aus.

»Seit Ihrer Ankunft haben wir ganz schön viel erlebt«, seufzte Mrs Trevathan, als Rebecca sich von ihr löste. »Werden Sie diesen jungen Inder wiedersehen?«

»Ich weiß es nicht.«

»Es geht mich ja nichts an, aber ich finde, Sie würden gut zusammenpassen. Auf lange Sicht wäre er auf jeden Fall besser als so ein unzuverlässiger Schauspieler.«

»Möglich.«

»Strengen Sie sich an, damit ich stolz auf Sie sein kann.«

»Ich versuche mein Bestes, das verspreche ich. Und wenn Sie mich jemals in New York besuchen wollen, habe ich in meiner Wohnung jederzeit ein Plätzchen für Sie.«

»Danke, meine Liebe. Aber wir wissen beide, dass ich Seine Lordschaft nicht allein lassen kann, nicht einmal ein paar Tage. Schreiben Sie mir, ja? Und halten Sie mich auf dem Laufenden.«

»Versprochen, Mrs Trevathan. Auf Wiedersehen.«

»Noch etwas: Möchten Sie die als Andenken an Ihre Zeit hier mitnehmen?«

Mrs Trevathan hob die Vase mit der Rose vom Fensterbrett, die Anthony im Garten von Astbury für Rebecca abgeschnitten hatte.

»Sie ist immer noch nicht verblüht. Erstaunlich, nicht?«, meinte Mrs Trevathan. »Erst als Sie Astbury vor ein paar Tagen verlassen haben, ist das erste Blütenblatt abgefallen. Sie hat eine so schöne Farbe. Vielleicht wollen Sie sie in einem Buch pressen und aufbewahren? Sie könnte Sie daran erinnern, wie Seine Lordschaft ursprünglich war.«

»Ja«, sagte Rebecca, die verstand, warum Mrs Trevathan sie

ihr geben wollte, nahm sie und roch daran. »Auf Wiedersehen, Mrs Trevathan.«

»Auf Wiedersehen, meine Liebe.«

Rebecca verließ die Küche und durchquerte den Eingangsbereich. Unter der großen Kuppel blieb sie stehen und dachte daran, wie sie Anthony das erste Mal an der Tür gesehen hatte.

»Auf Wiedersehen«, flüsterte sie in die Stille hinein.

48

Ari blickte durchs Fenster auf den grünen Stadtgarten vor dem viktorianischen Haus hinaus, von dem die Stimmen spielender Kinder heraufdrangen.

»Miss Kent erwartet Sie«, teilte die Frau am Empfang ihm mit.

Ari bedankte sich und folgte ihr einen schmalen Flur entlang, dessen Geruch nach verkochtem Essen ihn an seine Schulzeit in England erinnerte. Wenig später wurde er in ein kleines, vollgestopftes Büro geführt, in dem hinter dem Schreibtisch eine zierliche, gepflegte Frau um die sechzig saß.

»Guten Tag, Mr Malik. Ich darf Sie darauf hinweisen, dass Ihr Vorgehen höchst ungewöhnlich ist. Üblicherweise wendet man sich an eine offizielle Adoptionsagentur, die die Daten an uns weitergibt.«

»Sie müssen entschuldigen, Miss Kent. Ich habe diesen Weg gewählt, weil ich den Namen meines Verwandten nicht sicher weiß und morgen nach Indien fliege.«

»Verstehe. Darf ich fragen, wann Ihr Verwandter Ihrer Ansicht nach in das Waisenhaus gebracht wurde?«

»Ich glaube, vor neunundachtzig Jahren. 1922, am zweiundzwanzigsten August.«

»Das ist immerhin eine genaue Auskunft«, erklärte Miss Kent. »Und wie alt soll er damals gewesen sein?«

»Etwa drei. Er war halb Inder, halb Engländer und hatte blaue Augen. Vermutlich wurde er von einem Dr. Trefusis hergebracht, doch ob der seinen wahren Familiennamen angab, weiß ich nicht.«

»Sie scheinen gut informiert zu sein, Mr Malik. Leider muss ich Ihnen mitteilen, dass Kinder solchen Alters, besonders gemischtrassige, nur sehr selten hier aufgenommen wurden. Verzeihen Sie den Vergleich, aber wie Welpen sind Neugeborene leichter unterzubringen als ältere Kinder, und geeignete Familien für unsere Schutzbefohlenen zu finden ist seit jeher unser Anliegen.«

»Die Familie war wohlhabend; vielleicht hat sie Geld angeboten?«

»Möglich.«

Miss Kent musterte ihn.

»Es freut mich, Ihnen mitteilen zu können, dass unsere Einrichtung Archivinformationen nach fünfundsiebzig Jahren an die Verwandten herausgeben darf, weil wir davon ausgehen, dass der Betroffene inzwischen tot ist und durch die Weitergabe persönlicher Informationen keinen Schaden nehmen kann. Andere Einrichtungen sehen zwischen neunzig und hundertzehn Jahren vor, weil die Menschen heute älter werden.«

»Der Verwandte, nach dem ich suche, ist mit ziemlicher Sicherheit tot. Ob er bereits als kleines Kind oder erst vor zehn Jahren starb, ist mir allerdings nicht bekannt.«

»Beginnen wir doch bei dem Datum, das Sie mir genannt haben.« Miss Kent nahm den Telefonhörer in die Hand und bat um die Archivaufzeichnungen für den fraglichen Zeitraum. Wenig später betrat eine junge Frau mit einem großen ledergebundenen Buch den Raum.

»Danke, Heather.«

Ari beobachtete gespannt, wie Miss Kent bis zu dem von ihm

genannten Datum blätterte. Wenn dieser Versuch erfolglos blieb, waren seine Möglichkeiten erschöpft, das wusste er.

»Da wären wir: zweiundzwanzigster August …«

Ari wartete mit angehaltenem Atem.

»An dem Tag wurde um zehn Uhr abends von einem Dr. Smith ein Junge ins Heim gebracht. Offenbar handelte es sich um einen Findling, der vor der Tür des guten Arztes abgelegt worden war.«

»Wohl kaum«, murmelte Ari.

»Mr Malik.« Miss Kent musterte ihn über den Rand ihrer Brille hinweg. »Das war bei verzweifelten Frauen damals gang und gäbe. Für gewöhnlich vertrauten sie das Kleine dem Geistlichen oder dem Arzt der Gemeinde an, und der musste dann sehen, wie er es unterbrachte.«

»Verstehe.«

Miss Kent wandte sich wieder dem Buch zu. »Das Kind hatte keinen Namen. Es wird hier folgendermaßen beschrieben: ›eurasischer Typ, blaue Augen, gesund, wohlgenährt, etwa drei Jahre alt, keine besonderen Merkmale.‹ Spende erhalten.« Miss Kent sah Ari an. »Könnte er das sein?«

Ari nickte aufgeregt.

»Da steht noch mehr«, erklärte Miss Kent.

»Haben sie ihm einen Namen gegeben?«

»Ja.«

»Und …?«

»Sie haben ihn Noah genannt. Fragen Sie mich bitte nicht, warum. Vielleicht hat es in jener Zeit eine Überschwemmung in London gegeben. Es gibt schlechtere Namen, und ich finde diesen sogar sehr einprägsam.«

»Ja, stimmt. Und der Familienname?«

»Adams. Ebenfalls ein guter biblischer Name. Mir kommt da ein Gedanke …«

»Noah Adams«, wiederholte Ari. »Ist er lange hier gewesen?«

»Geduld, Mr Malik, ich möchte da noch etwas überprüfen.«

Miss Kent stand auf und holte eine Mappe aus einem Aktenschrank. »Gütiger Himmel«, rief sie nach einem Blick hinein aus.

»Was ist?«

»Offenbar ist aus ihm unser geschätzter Verwaltungsvorstand Dr. N. Adams geworden.«

»Sie kennen ihn?«

»Ja. Ein wunderbarer Mensch. Er hat sehr viel Geld für das Heim gesammelt und bessere Bedingungen für die Kinder geschaffen. Seiner angegriffenen Gesundheit wegen ist er mit Ende siebzig in den Ruhestand gegangen, und einige Jahre später ist er dann gestorben. Er war eine Institution.«

Ari nahm den Umschlag, den Anahita ihm über ihren Anwalt hatte schicken lassen, aus der Plastikhülle und öffnete ihn. »Wissen Sie zufällig das genaue Datum seines Todes?«

Miss Kent zog die Fotokopie eines Nachrufs aus der Mappe. »Der ist aus der *Times.* Wir haben ihn aufgehoben, weil darin erwähnt wird, dass er Verwaltungsvorstand bei uns war.«

Ari ließ ihn sich geben, las das Datum von Noah Adams' Tod und verglich es mit dem, das Anahita zehn Jahre zuvor kurz vor ihrem Tod in krakeliger Schrift notiert hatte.

»Mein Gott.«

Die Daten waren identisch.

»Alles in Ordnung, Mr Malik? Sie wirken erschüttert.«

»Das bin ich. Entschuldigen Sie.«

»Dem Nachruf können Sie alles Weitere über sein Leben entnehmen. Merkwürdig«, murmelte Miss Kent, als sie zum Kopierer ging. »Ich wusste, dass Dr. Adams selbst als Kind hier gewesen war, habe mich aber nie intensiver damit beschäftigt. Er war sehr beliebt.« Miss Kent reichte Ari die Kopie des Nachrufs.

»Danke.« Aris Blick fiel auf das Schwarz-Weiß-Foto eines attraktiven älteren Mannes. »War er ein netter Mensch?«

»O ja. Er hat die Kinder immer mittwochs mit Kuchen besucht. Sie haben Tee miteinander getrunken, und er hat ihnen zugehört und nicht nur die ganze Zeit selbst geredet. Da wir eine private Einrichtung sind, hat Dr. Adams eifrig Spenden gesammelt, um bestmögliche Bedingungen für die Kinder zu schaffen. Und die Begabteren hat er zum Studium ermutigt. Er war ihnen ein Vorbild.«

»Meine Urgroßmutter hat nie geglaubt, dass er als Kind gestorben ist. Wissen Sie zufällig, ob Dr. Adams je versucht hat, seine Mutter zu finden?«

»Nein, Mr Malik, und leider ist die Person, die Ihnen das möglicherweise hätte verraten können, seine Frau Samantha, vor ein paar Jahren ebenfalls gestorben.«

»Hatten sie Kinder?«

»Nein. Dr. Adams hat immer gesagt, die Kinder hier seien seine Familie. Er und seine Frau haben ihren gesamten Besitz dem Heim vermacht. Das Geld hat uns sehr geholfen.«

»War es eine glückliche Ehe?«

»Ich glaube, es war eine echte Liebesheirat; sie wirkten sehr harmonisch. Aber das steht alles in dem Nachruf.«

»Danke für Ihre Hilfe, Miss Kent. Jetzt will ich Sie nicht länger aufhalten.«

»Keine Ursache. Freut mich, dass ich Ihnen helfen konnte. Hier ist meine Visitenkarte mit meiner E-Mail-Adresse. Zögern Sie nicht, sich bei mir zu melden, wenn Sie noch Fragen haben sollten.«

»Danke.« Ari steckte die Karte in seine Brieftasche und stand auf. »Auf Wiedersehen, Miss Kent.«

Nachdem Ari selbst etwas gespendet hatte, trat er aus dem Gebäude in den hellen Julisonnenschein hinaus, wo sein Blick auf einen Spielplatz fiel, auf dem vor Vergnügen kreischende Kinder mit Eimerchen und Schaufel in einem Sandkasten spielten. Ari bemerkte auch den gepflegten Garten und den frischen Anstrich des alten Hauses.

Dies war Mohs Erbe, dachte er, als er sich auf eine Bank in der Sonne setzte, um den Nachruf zu lesen. Anahita wäre sicher stolz auf ihren Sohn gewesen, der von ihr ganz offensichtlich das Interesse für Medizin und von seinem Vater den Hang zur Wohltätigkeit geerbt hatte.

Dr. Noah Adams MB BCh (Oxon) FRCOG, OBE
24. Februar 2001

Der bekannte Geburtshelfer Dr. Noah Adams wuchs im Randall-Findlingsheim in Walthamstow, East London, auf. Trotz seiner alles andere als unbeschwerten Kindheit gelang es ihm, ein Stipendium für ein Medizinstudium in Oxford zu erringen. Im Zweiten Weltkrieg schloss er sich dem medizinischen Korps an, in dem er zuerst in Frankreich und später in Ostafrika diente. Nach seiner Rückkehr nach Oxford, wo er sein Studium beendete, heiratete er Samantha Marshall, eine britische Krankenschwester, die er in Frankreich kennengelernt hatte. Dr. Adams ging nach London, arbeitete im St Thomas' Hospital und legte alle für das Royal College of Surgeons nötigen Examina ab. Er spezialisierte sich auf Geburtshilfe und gehörte zu den Pionieren der Forschung auf dem Gebiet der Präeklampsie, einer lebensbedrohlichen Erkrankung, die zum Tod der Mutter und des ungeborenen Kindes führen kann. Dr. Adams hat zahlreiche wichtige Artikel zu diesem und anderen gynäkologischen Themen verfasst. Er fungierte als Verwaltungsvorstand in dem Kinderheim, in dem er selbst aufgewachsen war, und setzte sich unermüdlich für Waisenkinder ein. Von der Queen erhielt er einen OBE für seine Wohltätigkeitsarbeit und Forschung in Geburtshilfe und Frauenheilkunde. Dr. Adams hinterlässt seine Witwe Samantha.

Ari merkte erst, dass er weinte, als feuchte Flecken den Text auf der Fotokopie verschwimmen ließen. Er wischte sie weg und beobachtete eine Weile die glücklich und zufrieden in der Sonne spielenden Kinder, bevor er Mohs Sterbeurkunde aus der Plastikmappe nahm, zerriss und die Stücke auf den Boden fallen ließ.

»Ich habe ihn gefunden«, flüsterte er und hob den Blick zum Himmel.

49

»Ich hab dir doch gesagt, dass ich eine Pause mache, Victor«, erklärte Rebecca noch einmal ihrem Agenten. »Und ich werde mindestens sechs Monate, vielleicht sogar ein Jahr, wegbleiben.« *Möglicherweise für immer*, dachte sie.

»Becks! Im Moment bist du so was von heiß. Ich kann ja verstehen, dass du eine Auszeit brauchst, aber könntest du nicht erst mal nach Hause kommen und die für das nächste oder übernächste Jahr planen?«

»Nein, ich reise morgen ab«, erklärte Rebecca mit fester Stimme.

»Das ist verrückt. Die Medien werden annehmen, dass Jack dir das Herz gebrochen hat, und das der Welt so präsentieren.«

»Sollen sie. Weißt du was, Victor? Das ist mir scheißegal.«

Schweigen am anderen Ende der Leitung. »Ich begreife das nicht, Becks. Wir haben so viele Jahre gemeinsam deine Karriere aufgebaut und die richtigen Filme ausgewählt. Und jetzt, wo wir endlich die Früchte ernten könnten, ziehst du die Reißleine. Hey, du bist doch nicht schwanger, oder?«

»Nein, Victor, ich bin nicht schwanger«, antwortete Rebecca. »Wie bereits erwähnt, brauche ich einfach eine Pause.«

»Und wo willst du hin?«

»Das verrate ich dir nicht. Ich erwarte kein Verständnis, aber du kannst mich auch nicht umstimmen. Also würde ich vorschlagen, dieses Gespräch zu beenden. Ich wäre dir dankbar, wenn du das, was in den kommenden Monaten auf dem Gagenkonto eingeht, an mich weiterleitest.«

»Gut möglich, dass das das letzte Geld sein wird, das du als Schauspielerin verdienst, wenn du deinen Plan in die Tat umsetzt. Du weißt so gut wie ich, wie schnell man vom Fenster weg ist.«

»Auf Wiedersehen, Victor, und danke für alles.«

Rebecca legte auf und sank erleichtert aufs Bett. Vielleicht war sie tatsächlich verrückt, aber zum ersten Mal im Leben wollte sie es niemandem recht machen. Sie brauchte Zeit, um etwas über die Welt und ihren Platz darin zu erfahren, und sie war keine Ware, die man kaufen und verkaufen konnte, sondern ein Mensch. Wenn ihre Karriere in ihrer Abwesenheit den Bach runterging, dann war es eben so.

Wie Marion Devereaux, ihre erfahrene Schauspielerkollegin, während der Dreharbeiten in Astbury gesagt hatte, würde sie nur besser werden, wenn sie Lebenserfahrung sammelte. Und das konnte sie in ihrer privilegierten Welt, in der sie Frauen spielte, denen immer ein Happy End vergönnt war, und in der sie wie eine Prinzessin behandelt wurde, nicht. Sie blickte sich in ihrer Suite im Claridge's Hotel um. An dem Ort, zu dem sie am folgenden Tag reisen würde, sah es bestimmt anders aus.

Sie hatte Ari mehrmals auf Band gesprochen, er solle sie zurückrufen, aber noch nichts von ihm gehört. Obwohl sein Schweigen schmerzte, würde sie sich nicht von seiner Reaktion abhängig machen. Männer und ihre Erwartungen hatten in ihrem bisherigen Leben eine viel zu große Rolle gespielt. Es war an der Zeit, dass sie nicht mehr nur ihrer Schönheit, sondern auch ihrer Meinung und ihrer Intelligenz wegen geachtet wurde. Vielleicht gelang es ihr dann, eine gesunde Beziehung mit jemandem einzugehen.

Egal, ob Ari Malik auf ihre Nachricht reagierte oder nicht: Sie würde nach Indien fliegen.

Ari aß einen Happen im Hotelrestaurant und ging dann hinauf in sein Zimmer, wo er sich, erschöpft von der emotionalen Anspannung der vergangenen Tage, voll bekleidet aufs Bett fallen ließ. Am folgenden Morgen wachte er um sechs Uhr auf. Wenn er seinen Flug erwischen wollte, musste er sofort aufbrechen. Er warf seine Sachen in seine Tasche, checkte aus und winkte ein Taxi herbei. Unterwegs fiel ihm auf, dass der Akku seines Handys leer war. Er hätte sich gern noch von Rebecca verabschiedet und ihr gesagt, wie sehr er sich ein Wiedersehen mit ihr wünsche, doch das würde warten müssen, bis er zu Hause war.

Als Ari vor dem Businessclass-Schalter an das dachte, was ihn daheim erwartete, merkte er, dass er sich weder auf sein tolles, aber seelenloses Apartment noch auf sein Büro freute, in dem er allerlei würde abarbeiten müssen. In den vergangenen vierundzwanzig Stunden war ihm der Gedanke gekommen, sein Unternehmen zu verkaufen, um wie Anahita und Dr. Adams etwas zu tun, das ihm Befriedigung verschaffte.

Vielleicht würde er gleich zu seiner Mutter fahren, ihr erzählen, was er in England herausgefunden hatte, und sie um Rat bitten. Und er würde seiner Großmutter Muna Donalds Tagebuch geben, das er sich von Mrs Trevathan ausgeliehen hatte.

»Seiner Lordschaft dürfte es in den kommenden Wochen nicht fehlen«, hatte diese traurig gesagt.

Nachdem er seinen Boarding Pass erhalten hatte, sah er zur Economyclass hinüber. Immerhin, dachte er, erlaubte ihm die harte Arbeit den einen oder anderen Luxus. In der Schlange fiel ihm eine junge Frau mit Rucksack, T-Shirt, abgeschnittener Jeans und Flip Flops auf, die die dunklen Haare zu einem kurzen Pferdeschwanz unter einer Baseballkappe gefasst hatte und kein Make-up trug. Irgendwie kam sie ihm bekannt vor.

Gerade wollte er sich wieder abwenden, als er das leise Singen vernahm, das er zuletzt in Astbury gehört hatte. Er blickte noch einmal hinüber und blinzelte verblüfft.

Ari streckte die Hand über die Abgrenzung zwischen Business- und Economyclass aus und tippte ihr auf die Schulter.

Sie drehte sich überrascht um.

»Hallo, was machen Sie denn hier?«, fragte er. »Mit den dunklen Haaren und der Kappe hätte ich Sie fast nicht erkannt. So haben Sie keinerlei Ähnlichkeit mehr mit Violet«, stellte er lächelnd fest.

»Nein.« Sie zuckte mit den Achseln. »Mir ist klar geworden, dass das alles Schall und Rauch ist.« Sie runzelte die Stirn. »Haben Sie meine Nachrichten nicht erhalten?«

»Nein, der Akku von meinem Handy ist leer. Also, was haben Sie vor?«

»Wie Sie sehen, fliege ich nach Indien«, erklärte sie schmunzelnd, und sie mussten beide lachen.

»In der Economyclass?«

»Ja, ich will's machen wie alle.«

»Verstehe. Aber könnte ich Sie nur für diesen Flug überreden, zu mir in die erste Klasse zu wechseln? Als Einheimischer wäre ich in der Lage, Ihnen in den kommenden neun Stunden zu erklären, was Sie in Indien unbedingt tun und sehen müssen, um sich selbst zu finden.«

Sie überlegte kurz, bevor sie antwortete: »Ja.«

»Und dürfte ich Sie einen Teil der Strecke als Guru und Beschützer begleiten? Indien kann für eine junge Alleinreisende ziemlich gefährlich sein.«

»Wirklich? So gefährlich wie Astbury?«

»Das wage ich zu bezweifeln. Also, Rebecca, kommen Sie?« Er streckte ihr die Hand hin, und sie ergriff sie.

»Ja«, antwortete sie.

»Geben Sie mir den Rucksack«, sagte Ari und ließ ihre Hand los, um ihr das Gepäckstück abzunehmen. »Und jetzt Sie«, forderte er sie auf.

»Hallo«, begrüßte er sie grinsend, als sie unter der Abgrenzung durchgeschlüpft war.

»Hallo.«

Dann nahm er sie in die Arme.

Epilog

Anahita, 1957

So näherte sich meine Geschichte also dem Ende, mein Sohn. Bleibt nur noch, dir zu berichten, was nach meiner Rückkehr nach Indien geschah. Die Maharani empfing mich, als wäre ich nie weg gewesen. Und der letzte Rubin, unter dessen Erdhülle sich der Schlüssel zu meiner Freiheit und Unabhängigkeit verbarg, befand sich nach wie vor in seinem sicheren Versteck unter dem Pavillon.

Indira wollte, dass ich sie wie früher als Gefährtin zu ihrem Palast und auf Reisen begleitete, doch ich schlug ihr Angebot aus.

Denn, lieber Moh, dein Vater hatte mir vor seinem Tod ein letztes Geschenk gemacht. Der Himmel allein weiß, wie das kleine Leben, das in unserer letzten gemeinsamen Nacht entstand, es schaffte, die stürmische Zeit meiner Haft, Trauer und Krankheit zu überstehen, aber genau das tat es. In Koch Bihar bestätigte mir meine alte Freundin Zeena, die weise Frau, dass ich im vierten Monat schwanger war.

Diesmal verlief alles ganz ruhig. Obwohl mir fast das Herz über deinen Verlust brach, hatte ich immerhin das Gefühl, dass aus den Ruinen neues Leben erwuchs.

Indira kehrte kurz nach unserer Ankunft zu ihrem Palast, ihrem Mann und ihrem Kind zurück, doch ich blieb in Koch Bihar, wo mich, als mein Leibesumfang wuchs, eine merkwürdig lethargische Gelassenheit überkam.

Deine Schwester Muna kam am fünften Juni 1923 zur Welt, und Zeena half mir bei der Geburt. Das neue Baby wirkte genauso entspannt und ruhig, wie die Geburt verlaufen war. Manchmal fragte ich mich, wenn ich die Kleine in der Nacht stillte, ob sie meine Gabe geerbt hatte. Später stellte sich heraus, dass das nicht der Fall war. Ich weiß aber, dass einer ihrer Nachkommen sie erben wird. Und dass ich das zum gegebenen Zeitpunkt erkennen werde.

Als Muna fünf Jahre alt war, hatte ich schließlich das Gefühl, mir ein eigenes Leben aufbauen, meine Träume verwirklichen und den schützenden Palast verlassen zu müssen.

Ich hatte es hauptsächlich meiner alten Oberschwester aus dem Royal Hospital zu verdanken, die mir meine Papiere aus der Zeit des Ersten Weltkriegs sowie eine glühende Empfehlung schickte, dass ich eine Stelle in einem örtlichen Krankenhaus bekam und mit der offiziellen Ausbildung zur Krankenschwester beginnen konnte. Natürlich war es immer mein Traum gewesen, Ärztin zu werden, doch im Indien des Jahres 1928 ließ sich der für eine Frau noch kaum realisieren.

Aber ich machte das Beste aus meiner Situation, und in dem Maß, wie Indien sich veränderte, veränderte sich auch meine Perspektive. Ich unterstützte Gandhi, besonders im Hinblick auf die Rechte der Frauen. Mein lieber Sohn, ich darf dir mitteilen, dass ich mir einen gewissen Ruf erwarb.

Ich schreibe dies im zehnten Jahr unserer Unabhängigkeit von den Briten. Das Land ringt um Selbstbewusstsein und die Überzeugung, dass es in der Lage ist, nach so vielen Jahren der Fremdherrschaft selbstständig Entscheidungen zu treffen. Ich glaube, dass wir es schaffen werden. Momentan baue ich mithilfe von Indira und ihrer Mutter das erste Frauenkrankenhaus seiner Art in Indien auf. Durch die Kontakte der Maharani ist es mir gelungen, mit bekannten Gynäkologen aus der ganzen Welt in Verhandlungen zu treten.

Besonders ein Arzt aus England hat mir sehr geholfen, ein Dr. Noah Adams, der in der gynäkologischen Abteilung des St Thomas' Hospital arbeitet und mir deshalb wertvolle praktische Ratschläge geben konnte. Ich hoffe, dass er eines Tages, wenn unser Krankenhaus steht, Zeit haben wird, mich zu besuchen.

Mein lieber Moh, ich bin am Ende meiner Geschichte angelangt. Falls du am Leben bist, was ich nach wie vor glaube, wünsche ich dir Glück und Zufriedenheit. Ich kann nur beten, dass wir uns, wenn nicht in diesem Leben, so doch nach dem Tod treffen.

Mein Kind, vergiss nie, dass ich dich von Herzen geliebt habe.

Deine dich liebende Mutter

Anahita X

Dank

Herzlichen Dank an meine Verlage auf der ganzen Welt, besonders an Peter Borland von Atria Books, der mir den Mut gegeben hat, ein so ambitioniertes Projekt wie *Die Mitternachtsrose* anzugehen. Ich kann nur hoffen, seinen Erwartungen gerecht geworden zu sein. Ein besonderes Dankeschön an Catherine Richards von Pan Macmillan, die so geduldig das Manuskript bearbeitete, sowie an Jeremy Trevathan, Almuth Andreae und Georg Reuchlein, Judith Curr, Jorid Mathiassen und Knut Gorvell, Fernando und Milla Baracchini, Annalisa Lottini und Donatella Minuto. Ohne ihre Freundschaft, Ermutigung und Unterstützung würden meine Bücher nicht ihr Publikum erreichen.

Viele haben mir bei meinen Recherchen geholfen, unter ihnen Raj Chahal, Dr. Preema Vig, Rachel Jaspar bei Coram, Line Prasad, Pallavi Narayan, Mark von »All Experts«, Radhika Artlotto, Greg und seine Leute vom Dhara Dhevi Hotel in Chiang Mai, die nicht nur für die Ruhe sorgten, die ich zum Schreiben von Anahitas Geschichte brauchte, sondern mir auch einen Crashkurs in ayurvedischer Medizin gaben.

Ein weiteres Dankeschön an meine persönliche Assistentin Olivia Riley (wer möchte da noch behaupten, dass Verwandte nicht erfolgreich zusammenarbeiten können?), meine fantastischen Freunde und Cheerleader; Jacquelyn Heslop, Susan Boyd und Rita Kalagate, meine Mutter Janet und meine Schwester Georgia. Und natürlich an meinen Mann Stephen und meine Kinder Harry, Isabella, Leonora und Kit. Sie alle geben mir das Gefühl, dass sich die harte Arbeit lohnt.

Und last but not least an all die wunderbaren neuen Freunde und Leser, die ich auf meinen Reisen kennengelernt habe und deren Begeisterung mich anspornt weiterzuschreiben.

Bibliographie

Die Mitternachtsrose ist ein Werk der Fiktion mit historischem Hintergrund. Hier die Quellen, die ich verwendet habe:

Barnett, Lionel D., *Hindu Gods and Heroes. Studies in the History of the Religion of India,* Crest Publishing, Johannesburg 1995.

Chopra, Deepak, *The Complete Book of Ayurvedic Home Remedies,* Piatkus Books, London 1999.

Devi, Gayatri, *A Princess Remembers. The Memoirs of the Maharani of Jaipur,* Rupa Publications, Neu-Delhi 1995.

Forster, E. M., *Auf der Suche nach Indien,* Fischer Tb, Frankfurt a.M. 2009.

Jhabvala, Ruth Prawer, *Hitze und Staub,* Klett-Cotta, Stuttgart 1985.

Kipling, Rudyard, *Rewards and Fairies,* Folio Society, London 1999.

Moore, Lucy, *Maharanis. The Lives & Times of Three Generations of Indian Princesses,* Penguin, London 2004.

Royle, Trevor, *Last Days of the Raj,* Michael Joseph Ltd., London 1989.

Scott, Paul, *The Raj Quartet,* Arrow, London 1996.

Stewart, Amy, *Gemeine Gewächse. Das A bis Z der Pflanzen, die morden, verstümmeln, berauschen und uns anderweitig ärgern,* Berliner Verlag Taschenbuch, Berlin 2011.

Tagore, Rabindranath, *Verirrte Vögel*, Hyperion-Verlag, Berlin 2011.

Wenn Ihnen

»Die Mitternachtsrose«

gefallen hat und Sie Interesse an dem ersten Band der »Sieben-Schwestern«-Reihe von Lucinda Riley haben, lesen Sie auf den nächsten Seiten weiter.

LUCINDA RILEY

Die sieben Schwestern

Roman

Maia ist die älteste von sechs Schwestern, die alle von ihrem Vater adoptiert wurden, als sie sehr klein waren. Sie lebt als Einzige noch auf dem herrschaftlichen Anwesen ihres Vaters am Genfer See, denn anders als ihre Schwestern, die es drängte, draußen in der Welt ein ganz neues Leben als Erwachsene zu beginnen, fand die eher schüchterne Maia nicht den Mut, ihre vertraute Umgebung zu verlassen. Doch das ändert sich, als ihr Vater überraschend stirbt und ihr einen Umschlag hinterlässt – und sie plötzlich den Schlüssel zu ihrer bisher unbekannten Vorgeschichte in Händen hält: Sie wurde in Rio de Janeiro in einer alten Villa geboren, deren Adresse noch heute existiert. Maia fasst den Entschluss, nach Rio zu fliegen, und an der Seite von Floriano Quintelas, einem befreundeten Schriftsteller, beginnt sie, das Rätsel ihrer Herkunft zu ergründen. Dabei stößt sie auf eine tragische Liebesgeschichte in der Vergangenheit ihrer Familie, und sie taucht ein in das mondäne Paris der Jahrhundertwende, wo einst eine schöne junge Frau aus Rio einem französischen Bildhauer begegnete. Und erst jetzt fängt Maia an zu begreifen, wer sie wirklich ist …

Eins

Nie werde ich vergessen, wo ich war und was ich tat, als ich hörte, dass mein Vater gestorben war.

Ich saß im hübschen Garten des Londoner Stadthauses einer alten Schulfreundin, eine Ausgabe von Margaret Atwoods *Die Penelopiade* aufgeschlagen, jedoch ungelesen auf dem Schoß, und genoss die Junisonne, während Jenny ihren kleinen Sohn vom Kindergarten abholte.

Was für eine gute Idee es doch gewesen war, nach London zu kommen, dachte ich gerade in dieser angenehm ruhigen Atmosphäre und betrachtete die bunten Blüten der Clematis, denen die Hebamme Sonne auf die Welt half, als das Handy klingelte und ich auf dem Display die Nummer von Marina sah.

»Hallo, Ma, wie geht's?«, fragte ich und hoffte, dass mir die entspannte Stimmung anzuhören war.

»Maia, ich …«

Marinas Zögern verriet mir, dass sich etwas Schlimmes ereignet hatte.

»Ich weiß leider keine bessere Möglichkeit, es dir zu sagen: Dein Vater hatte gestern Nachmittag hier zu Hause einen Herzinfarkt und ist heute in den frühen Morgenstunden … von uns gegangen.«

Ich schwieg; lächerliche Gedanken schossen mir durch den Kopf, zum Beispiel der, dass Marina sich aus irgendeinem Grund einen geschmacklosen Scherz erlaubte.

»Du als Älteste der Schwestern erfährst es zuerst. Und ich

wollte dich fragen, ob du es den andern selbst sagen oder das lieber mir überlassen möchtest.«

»Ich …« Als mir klar zu werden begann, dass Marina, meine geliebte Marina, die Frau, die wie eine Mutter für mich war, so etwas nicht behaupten würde, wenn es nicht tatsächlich geschehen wäre, geriet meine Welt aus dem Lot.

»Maia, bitte sprich mit mir. Das ist der schrecklichste Anruf, den ich je erledigen musste, aber was soll ich machen? Der Himmel allein weiß, wie die andern es aufnehmen werden.«

Da erst hörte ich den Schmerz in *ihrer* Stimme und tat, was ich am besten konnte: trösten.

»Klar sag ich's den andern, wenn du das möchtest, obwohl ich nicht weiß, wo sie alle sind. Trainiert Ally nicht gerade für eine Segelregatta?«

Als wir diskutierten, wo meine jüngeren Schwestern sich aufhielten, als wollten wir sie zu einer Geburtstagsparty zusammenrufen, nicht zur Trauerfeier für unseren Vater, bekam die Unterhaltung etwas Surreales.

»Wann soll die Beisetzung stattfinden? Elektra ist in Los Angeles und Ally irgendwo auf hoher See, also dürfte nächste Woche der früheste Zeitpunkt sein«, schlug ich vor.

»Tja …« Ich hörte Marinas Zögern. »Das besprechen wir, wenn du zu Hause bist. Es besteht keine Eile. Falls du wie geplant noch ein paar Tage in London bleiben möchtest, geht das in Ordnung. Hier kannst du ohnehin nichts mehr tun …« Sie klang traurig.

»Ma, *natürlich* setze ich mich in den nächsten Flieger nach Genf, den ich kriegen kann! Ich ruf gleich bei der Fluggesellschaft an und bemühe mich dann, die andern zu erreichen.«

»Es tut mir ja so leid, *chérie*«, seufzte Marina. »Ich weiß, wie sehr du ihn geliebt hast.«

»Ja«, sagte ich, und plötzlich verließ mich die merkwürdige Ruhe, die ich bis dahin empfunden hatte. »Ich melde mich später noch mal, sobald ich weiß, wann genau ich komme.«

»Pass auf dich auf, Maia. Das war bestimmt ein schrecklicher Schock für dich.«

Ich beendete das Gespräch, und bevor das Gewitter in meinem Herzen losbrechen konnte, ging ich nach oben in mein Zimmer, um die Fluggesellschaft zu kontaktieren. In der Warteschleife betrachtete ich das Bett, in dem ich morgens an einem, wie ich meinte, ganz normalen Tag aufgewacht war. Und dankte Gott dafür, dass Menschen nicht die Fähigkeit besitzen, in die Zukunft zu blicken.

Die Frau von der Airline war alles andere als hilfsbereit; während sie mich über ausgebuchte Flüge und Stornogebühren informierte und mich nach meiner Kreditkartennummer fragte, spürte ich, dass meine emotionalen Dämme bald brechen würden. Als sie mir endlich widerwillig einen Platz im Vier-Uhr-Flug nach Genf reserviert hatte, was bedeutete, dass ich sofort meine Siebensachen packen und ein Taxi nach Heathrow nehmen musste, starrte ich vom Bett aus die Blümchentapete so lange an, bis das Muster vor meinen Augen zu verschwimmen begann.

»Er ist fort«, flüsterte ich, »für immer. Ich werde ihn nie wiedersehen.«

Zu meiner Verwunderung bekam ich keinen Weinkrampf. Ich saß nur benommen da und wälzte praktische Fragen. Mir graute davor, meinen fünf Schwestern Bescheid zu sagen, und überlegte, welche ich zuerst anrufen sollte. Natürlich entschied ich mich für Tiggy, die zweitjüngste von uns sechsen, zu der ich immer die engste Beziehung gehabt hatte und die momentan in einem Zentrum für verwaistes und krankes Rotwild in den schottischen Highlands arbeitete.

Mit zitternden Fingern scrollte ich mein Telefonverzeichnis herunter und wählte ihre Nummer. Als sich ihre Mailbox meldete, bat ich sie lediglich, mich so schnell wie möglich zurückzurufen.

Und die anderen? Ich wusste, dass ihre Reaktion unterschiedlich ausfallen wurde, von äußerlicher Gleichgültigkeit bis zu dramatischen Gefühlsausbrüchen.

Da ich nicht wusste, wie sehr mir selbst meine Trauer anzuhören wäre, wenn ich mit ihnen redete, entschied ich mich für die feige Lösung und schickte allen eine SMS mit der Bitte, sich baldmöglichst bei mir zu melden. Dann packte ich hastig meine Tasche und ging die schmale Treppe zur Küche hinunter, um Jenny eine Nachricht zu schreiben, in der ich ihr erklärte, warum ich so überstürzt hatte aufbrechen müssen.

Anschließend verließ ich das Haus und folgte mit schnellen Schritten der halbmondförmigen, baumbestandenen Straße in Chelsea, um ein Taxi zu rufen. Wie an einem ganz normalen Tag. Ich glaube, ich sagte sogar lächelnd Hallo zu jemandem, der seinen Hund spazieren führte.

Es konnte ja auch niemand wissen, was ich gerade erfahren hatte, dachte ich, als ich in der belebten King's Road in ein Taxi stieg und dem Fahrer sagte, er solle mich nach Heathrow bringen.

Fünf Stunden später, die Sonne stand schon tief über dem Genfer See, kam ich an unserer privaten Landestelle an, wo Christian mich in unserem schnittigen Riva-Motorboot erwartete. Seiner Miene nach zu urteilen wusste er Bescheid.

»Wie geht es Ihnen, Mademoiselle Maia?«, erkundigte er sich voller Mitgefühl, als er mir an Bord half.

»Ich bin froh, dass ich hier bin«, antwortete ich ausweichend und nahm auf der gepolsterten cremefarbenen Lederbank am Heck Platz. Sonst saß ich, wenn wir die zwanzig Minuten nach Hause brausten, vorne bei Christian, doch heute hatte ich das Bedürfnis, hinten allein zu sein. Als Christian den starken Motor anließ, spiegelte sich die Sonne glitzernd in den Fenstern der prächtigen Häuser am Ufer des Genfer Sees. Bei diesen

Fahrten hatte ich oft das Gefühl gehabt, in ein Märchenland, in eine surreale Welt, einzutauchen, die nichts mit der Wirklichkeit zu tun hatte.

In die Welt von Pa Salt.

Als ich an den Kosenamen meines Vaters dachte, den ich als Kind geprägt hatte, spürte ich zum ersten Mal, wie meine Augen feucht wurden. Er war immer gern gesegelt, und wenn er in unser Haus am See zu mir zurückkehrte, hatte er oft nach frischer Meerluft gerochen. Der Name war ihm geblieben, auch meine jüngeren Schwestern hatten ihn verwendet.

Während der warme Wind mir durch die Haare wehte, musste ich an all die Fahrten denken, die ich schon zu »Atlantis«, Pa Salts Märchenschloss, unternommen hatte. Da es auf einer Landzunge vor halbmondförmigem, steil ansteigendem, gebirgigem Terrain lag, war es zu Lande nicht erreichbar; man musste mit dem Boot hinfahren. Die nächsten Nachbarn lebten - Kilometer entfernt am Seeufer, so dass »Atlantis« unser eigenes kleines Reich war, losgelöst vom Rest der Welt. Alles dort war magisch … als führten Pa Salt und wir, seine Töchter, ein verzaubertes Leben.

Pa Salt hatte uns samt und sonders als Baby ausgewählt, in unterschiedlichen Winkeln der Erde adoptiert und nach Hause gebracht, wo wir fortan unter seinem Schutz lebten. Wir waren alle, wie Pa gern sagte, besonders und unterschiedlich … eben *seine* Mädchen. Er hatte uns nach den Plejaden, dem Siebengestirn, seinem Lieblingssternhaufen, benannt. Und ich, Maia, war die Erste und Älteste.

Als Kind hatte ich ihn manchmal in sein mit einer Glaskuppel ausgestattetes Observatorium oben auf dem Haus begleiten dürfen. Dort hatte er mich mit seinen großen, kräftigen Händen hochgehoben, damit ich durch das Teleskop den Nachthimmel betrachten konnte.

»Da sind sie«, hatte er dann gesagt und das Teleskop für mich justiert. »Schau dir den wunderschön leuchtenden Stern an, nach dem du benannt bist, Maia.«

Und ich hatte ihn tatsächlich gesehen. Während er mir die Geschichten erzählte, die meinem eigenen und den Namen meiner Schwestern zugrunde lagen, hatte ich kaum zugehört, sondern einfach nur das Gefühl seiner Arme um meinen Körper genossen, diesen seltenen, ganz besonderen Augenblick, in dem ich ihn ganz für mich hatte.

Marina, die ich in meiner Jugend für meine Mutter gehalten hatte – ich verkürzte ihren Namen sogar auf »Ma« –, entpuppte sich irgendwann als besseres Kindermädchen, das Pa eingestellt hatte, um auf mich aufzupassen, weil er so oft verreiste. Doch natürlich war Marina für uns Schwestern sehr viel mehr. Sie wischte uns die Tränen aus dem Gesicht, schalt uns, wenn wir nicht anständig aßen, und steuerte uns umsichtig durch die schwierige Zeit der Pubertät.

Sie war einfach immer da. Bestimmt hätte ich Ma auch nicht mehr geliebt, wenn sie meine leibliche Mutter gewesen wäre.

In den ersten drei Jahren meiner Kindheit hatten Marina und ich allein in unserem Märchenschloss am Genfer See gelebt, während Pa Salt geschäftlich auf den sieben Weltmeeren unterwegs war. Dann waren eine nach der anderen meine Schwestern dazugekommen.

Pa hatte mir von seinen Reisen immer ein Geschenk mitgebracht. Wenn ich das Motorboot herannahen hörte, war ich über die weiten Rasenflächen und zwischen den Bäumen hindurch zur Anlegestelle gerannt, um ihn zu begrüßen. Wie jedes Kind war ich neugierig gewesen, welche Überraschungen sich in seinen Taschen verbargen. Und einmal, nachdem er mir ein fein geschnitztes Rentier aus Holz überreicht hatte, das, wie er mir versicherte, aus der Werkstatt von St. Nikolaus am Nordpol stammte, war eine Frau in Schwesterntracht hinter ihm hervorgetreten, in den Armen ein Bündel, das sich bewegte.

»Diesmal habe ich dir ein ganz besonderes Geschenk mitgebracht, Maia. Eine Schwester.« Er hatte mich lächelnd hochgehoben. »Nun wirst du dich nicht mehr einsam fühlen, wenn ich wieder auf Reisen bin.«

Danach hatte das Leben sich verändert. Die Kinderschwester verschwand nach ein paar Wochen, und fortan kümmerte sich Marina um die Kleine. Damals begriff ich nicht, wieso dieses rotgesichtige, kreischende Ding, das oft ziemlich streng roch und die Aufmerksamkeit von mir ablenkte, ein Geschenk sein sollte. Bis Alkyone – benannt nach dem zweiten Stern des Siebengestirns – mich eines Morgens beim Frühstück von ihrem Kinderstuhl aus anlächelte.

»Sie erkennt mich«, sagte ich verwundert zu Marina, die sie fütterte.

»Natürlich, Maia. Du bist ihre große Schwester, zu der sie aufblicken wird. Es wird deine Aufgabe sein, ihr all die Dinge beizubringen, die du anders als sie bereits kannst.«

Später war sie mir wie ein Schatten überallhin gefolgt, was mir einerseits gefiel, mich andererseits jedoch auch aufregte.

»Maia, warte!«, forderte sie lauthals, wenn sie hinter mir hertapste.

Obwohl Ally – wie ich sie nannte – ursprünglich eher ein unwillkommener Eindringling in mein Traumreich »Atlantis« gewesen war, hätte ich mir keine liebenswertere Gefährtin wünschen können. Sie weinte selten und neigte nicht zu Jähzornsausbrüchen wie andere Kinder in ihrem Alter. Mit ihren rotgoldenen Locken und den großen blauen Augen bezauberte Ally alle Menschen, auch unseren Vater. Wenn Pa Salt von seinen langen Reisen nach Hause zurückkehrte, strahlte er bei ihrem Anblick wie bei mir nur selten. Und während ich Fremden gegenüber schüchtern und zurückhaltend war, entzückte Ally sie mit ihrer offenen, vertrauensvollen Art.

Außerdem gehörte sie zu den Kindern, denen alles leichtzufallen schien – besonders Musik und sämtliche Wassersportarten. Ich erinnere mich, wie Pa ihr das Schwimmen in unserem großen Swimmingpool beibrachte. Während ich Mühe hatte, über Wasser zu bleiben, und es hasste unterzutauchen, fühlte meine kleine Schwester sich darin ganz in ihrem Element. Und während ich sogar auf der *Titan*, Pas riesiger ozeantauglicher Jacht, manchmal schon auf dem Genfer See fast seekrank wurde, bettelte Ally ihn an, mit ihr im Laser von unserer privaten Anlegestelle hinauszufahren. Ich kauerte mich im Heck des Boots zusammen, wenn Pa und Ally es in Höchstgeschwindigkeit über das spiegelglatte Wasser lenkten. Diese Leidenschaft schuf eine innere Verbindung zwischen ihnen, die mir verwehrt blieb.

Obwohl Ally am Conservatoire de Musique de Genève Musik studierte und eine begabte Flötistin war, die gut und gern Berufsmusikerin hätte werden können, hatte sie sich nach dem Abschluss des Konservatoriums für eine Laufbahn als Seglerin entschieden. Sie nahm regelmäßig an Regatten teil und hatte die Schweiz schon mehrfach international vertreten.

Als Ally fast drei war, hatte Pa unsere nächste Schwester gebracht, die er nach einem weiteren Stern des Siebengestirns Asterope nannte.

»Aber wir werden ›Star‹ zu ihr sagen«, hatte Pa Marina, Ally und mir lächelnd erklärt, als wir die Kleine in ihrem Körbchen betrachteten.

Weil ich inzwischen jeden Morgen Unterricht von einem Privatlehrer erhielt, wirkte sich das Eintreffen meiner neuen Schwester weniger stark auf mich aus als das von Ally. Genau wie sechs Monate später, als sich ein zwölf Wochen altes Mädchen namens Celaeno, was Ally sofort zu CeCe abkürzte, zu uns gesellte.

Der Altersunterschied zwischen Star und CeCe betrug lediglich drei Monate, so dass die beiden einander von Anfang an sehr nahestanden. Sie waren wie Zwillinge und kommunizierten in ihrer eigenen Babysprache, von der sie einiges sogar ins Erwachsenenalter retteten. Star und CeCe lebten in ihrer eigenen kleinen Welt, und auch jetzt, da sie beide über zwanzig waren, änderte sich daran nichts. CeCe, die jüngere der beiden, deren stämmiger Körper und nussbraune Haut in deutlichem Kontrast zu der gertenschlanken, blassen Star standen, übernahm immer die Führung.

Im folgenden Jahr traf ein weiteres kleines Mädchen ein. Taygeta – der ich ihrer kurzen dunklen Haare wegen, die wirr von ihrem winzigen Kopf abstanden wie bei dem Igel in Beatrix Potters Geschichte, den Spitznamen »Tiggy« gab.

Mit meinen sieben Jahren fühlte ich mich sofort zu Tiggy hingezogen. Sie war die zarteste von uns allen, als Kind ständig krank, jedoch schon damals durch kaum etwas zu erschüttern und anspruchslos. Als Pa wenige Monate später ein kleines Mädchen namens Elektra nach Hause brachte, bat die erschöpfte Marina mich gelegentlich, auf Tiggy aufzupassen, die oft an fiebrigen Kehlkopfentzündungen litt. Und als schließlich Asthma diagnostiziert wurde, schob man sie nur noch selten im Kinderwagen nach draußen in die kalte Luft und den dichten Nebel des Genfer Winters.

Elektra war die jüngste der Schwestern, und obwohl ich inzwischen an Babys und ihre Bedürfnisse gewöhnt war, fand ich sie ziemlich anstrengend. Sie machte ihrem Namen alle Ehre, weil sie tatsächlich elektrisch wirkte. Ihre Stimmungen, die von einer Sekunde zur nächsten von fröhlich auf traurig wechselten und umgekehrt, führten dazu, dass unser bis dahin so ruhiges Zuhause nun von spitzen Schreien widerhallte. Ihre Jähzornsanfälle bildeten die Hintergrundmusik meiner Kindheit, und auch später schwächte sich ihr feuriges Temperament nicht ab.

Ally, Tiggy und ich nannten sie insgeheim »Tricky«. Wir behandelten sie wie ein rohes Ei, weil wir keine ihrer Launen provozieren wollten. Ich muss zugeben, dass es Momente gab, in denen ich sie für die Unruhe, die sie nach »Atlantis« brachte, hasste.

Doch wenn Elektra erfuhr, dass eine von uns Probleme hatte, half sie als Erste, denn ihre Großzügigkeit war genauso stark ausgeprägt wie ihr Egoismus.

Nach Elektra warteten alle auf die siebte Schwester. Schließlich hatte Pa Salt uns nach dem Siebengestirn benannt, und ohne sie waren wir nicht vollständig. Wir wussten sogar schon ihren Namen – »Merope« – und waren gespannt, wie sie sein würde. Doch die Jahre gingen ins Land, ohne dass Pa weitere Babys nach Hause gebracht hätte.

Ich erinnere mich noch gut an den Tag, an dem ich mit Vater im Observatorium eine Sonnenfinsternis beobachten wollte. Ich war vierzehn Jahre alt und fast schon eine Frau. Pa Salt hatte mir erklärt, dass eine Sonnenfinsternis immer einen wesentlichen Augenblick für die Menschen darstellte und Veränderungen einläutete.

»Pa«, hatte ich gefragt, »bringst du uns noch irgendwann eine siebte Schwester?«

Sein starker, schützender Körper war plötzlich erstarrt, als würde das Gewicht der Welt auf seinen Schultern lasten. Obwohl er sich nicht zu mir umdrehte, weil er damit beschäftigt war, das Teleskop auszurichten, merkte ich, dass ich ihn aus der Fassung gebracht hatte.

»Nein, Maia. Leider konnte ich sie nicht finden.«

Als die dichte Fichtenhecke, die unser Anwesen vor neugierigen Blicken schützte, in Sicht kam und ich Marina auf der Anlegestelle warten sah, wurde mir endgültig bewusst, wie schrecklich der Verlust von Pa war.

Des Weiteren wurde mir klar, dass der Mann, der dieses Reich für uns Prinzessinnen geschaffen hatte, den Zauber nun nicht mehr aufrechterhalten konnte.